U0940583

袁世凯

张琳璋◎著

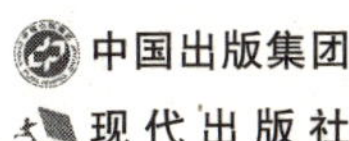
中国出版集团
现代出版社

图书在版编目（CIP）数据

袁世凯 / 张琳璋著. —北京：现代出版社，2017.1

ISBN 978-7-5143-4714-2

Ⅰ. ①袁…　Ⅱ. ①张…　Ⅲ. ①长篇历史小说－中国－当代

Ⅳ. ①I247.5

中国版本图书馆CIP数据核字（2016）第273649号

袁世凯

作　　者：张琳璋

策划编辑：庞俭克

责任编辑：申　晶

出版发行：现代出版社

地　　址：北京市安定门外安华里504号

邮政编码：100011

电　　话：010-64267325　64245264（传真）

网　　址：www.1980xd.com

电子邮箱：xiandai@cnpitc.com.cn

印　　刷：三河市宏盛印务有限公司

开　　本：710mm×1000mm　1/16　　印　　张：30.25

版　　次：2017年1月第1版　　印　　次：2017年1月第1次印刷

书　　号：ISBN 978-7-5143-4714-2

定　　价：59.80元

目　录

第一章　袁世凯蛰居洹上村　张季直访友彰德府……1

第二章　多情女蒙冤死鱼腹　惹是非煽风点邪火……14

第三章　庆寿辰洞房逢双喜　惊事变群小诂举兵……28

第四章　天下大乱奸人智高一筹　各方调度隐者阴谋出山……43

第五章　摄政王内外交困　徐菊人彰德密谋……57

第六章　钦差大臣调兵遣将　攻陷汉口屠城三日……72

第七章　黑枪结果吴禄贞　大权终归袁世凯……86

第八章　秘密谋划闪电组阁　软硬两手安排内线……103

第九章　国恩深荷秘密卖主　扫清北方巧施连环……117

第 十 章 细雨拂尘孙文归来 民国肇基舍我其谁 …… 134
第十一章 当头棒喝袁世凯恼怒 孙文用兵汪精卫诋毁 …… 152
第十二章 袁世凯逼宫招招狠毒 孙逸仙通电泄露机关 …… 169
第十三章 借刀杀人良弼殒命 哭哭啼啼清帝退位 …… 185
第十四章 孙总统黯然谢任 袁总统风光走马 …… 203
第十五章 批八字命算真龙天子 揽大权挤垮第一内阁 …… 220
第十六章 真阴谋枪毙张振武 假革命迷惑孙逸仙 …… 239
第十七章 黄克强发展国民党 袁慰亭迎迓梁启超 …… 259
第十八章 国会竞选全线溃败 独夫民贼又起杀心 …… 279
第十九章 罪恶枪响宋教仁殒命 阴谋败露袁世凯耍赖 …… 295
第二十章 酒后真言志在独裁 巨金收买反咬黄兴 …… 311
第二十一章 忽人忽鬼大耍两面 秘密借款阴谋出兵 …… 326
第二十二章 步步紧逼逼人造反 二次革命惨遭败绩 …… 342
第二十三章 扼杀民主天下袁氏一家言 武装胁迫三选当上大总统 …… 358
第二十四章 袁主义以袁画圆分内外 废约法以法废法定特权 …… 379

第二十五章 不堪愚弄熊内阁倒台
权集一身政事堂颁令 …… 396
第二十六章 尊孔复古宣扬忠孝节义
两面嘴脸加快帝制步伐 …… 412
第二十七章 阴谋公开激怒英雄将军
强奸民意大要流氓手段 …… 430
第二十八章 武装讨袁蔡锷誓师云南
南柯一梦国贼龙驭归西 …… 451

后　　记 …… 475

第一章　袁世凯蛰居洹上村
张季直访友彰德府

这是清宣统三年（1911 年）初夏的一个早晨。

豫北彰德府火车站。

从汉口开过来的火车一声长笛之后，缓缓地停下来了。

一节豪华车厢门前，车门打开，先是有两个全副武装的乘警跳下车来，警惕地四下瞭望了一下站上的情景，见没有什么异样，便分列左右，向上仰望着什么人，同时伸出手臂来，做搀扶状。果然，他们的上方，很快出现了一位五十八九岁的老年男子。此人生得中等身材，方面大耳，面皮白皙，身穿一件亚麻长袖短衫，深蓝色苏纺裤子，着黑帮白底布鞋，手里一把折扇很自然地在胸前悠闲地摆动一下两下，做派风采显得十分儒雅。

他在两个乘警的搀扶下走下火车，后面几个跟班也相继下了车，人们站脚未稳，就从下车上车的人流里挤过几个人来，为首的一个，三十来岁，矮矮胖胖，黑黄面皮，走动起来浑圆的肩膀摇摇晃晃的，既显示了他的结实，又流露出一股霸气。这时，只见他快步奔过来，笑嘻嘻地，对着那人抱拳作揖，口里说道："小侄给季直伯父请安。"说着话，早单膝跪地，把那头颅深深地埋下去。

那人定睛看去，大喜，道："这不是记儿吗？好小子，几年工夫，你长成大人了！这是在你彰德，又是你叫我，倘是在路边邂逅，老夫我无论如何也是不敢相认的！"转身对身后几个跟班的说："他就是我常跟你们说起的那位袁克定袁大公子，留学德国的，德文英文都是极佳的，你们还不快快过来见过。"

那几个年轻后生如何敢怠慢，忙抱拳施礼道："小的们见过袁公子。"

袁克定向他们还了礼，转过脸来，对那位老者说："家父接到伯父的电报，说今日要来寒舍，高兴得昨日一夜没有睡好觉，今晨天不亮就把侄儿唤醒了，催着上路，说，快快去接，快快去接。现车马都在站外边候着呢，请伯父登程吧。"

那老者叹口气说："我与慰亭，有些年没有相见了呢，这次去京，说什么我也要在彰德下车，看看他！记儿贤侄，头前引路，咱们走！"

这位被袁克定恭恭敬敬口口声声呼叫伯父的老者，不是别个，乃是光绪朝的状元公张謇。

这张謇乃江苏南通人氏，字季直，是一个名满天下的大才子，光绪二十年（1894 年）甲午特科状元及第。甲午战争爆发以后，因不满于李鸿章的妥协退让，无能误国，曾经上书光绪帝，弹劾权臣李鸿章，虽因慈禧老太婆的保护，没有扳倒那个卖国贼，可是他却因此博得了一个诤臣的美誉。当年光绪皇帝接受康有为、梁启超变法维新主张，大搞新政，他是最积极支持的一个。后来慈禧发动政变夺权，变法失败，囚光绪于瀛台，杀人抓人，恢复旧制，谭嗣同等六君子喋血菜市口，康有为、梁启超逋逃日本，一时间白色恐怖弥漫全国。他见国事日非，自己又无能为力，便一气之下，辞去了翰林院修撰之职，去到南方，创办纱厂，经营公司，兴办学校，不几年，竟然大成规模，成了一位赫赫有名的实业家、教育家。他与那袁世凯，早在光绪六年（1880 年）就已经相识了。那时，他在山东登州庆军统领吴长庆的幕中任文书，而此时袁世凯来投，吴长庆命他在自己手下帮办文案，后来又一起随庆军去了朝鲜，两人的交谊便愈发密切了。屈指算来，已经有三十年的情分了。朝鲜时候，袁克定只有三四岁，随父在军中，由大姨太太沈氏抚养，那时，因他额头有一块胎记，小名就叫记儿。这也便是张謇一见面，随口就如此称呼他的缘故。谁知，随着年龄的增长，他那块胎记，竟然慢慢地变淡了，这次见面，张謇悄悄留意了一下，发现已经痕迹全无，这确也算得是一件生理上的奇事。不过，坐在马车里的张謇只是心下暗自称奇，嘴巴上并没有问及，袁克定虽是晚辈，毕竟已经是三十多岁的人了，且在朝廷上任着农工商部右丞之职，关于他小时候的话说多了，总是有欠礼貌，不甚合适。

一路上跟袁克定说着闲话，张謇张目观赏这豫北风光，果然是一派赏心悦目，别有风采，很是令人心醉。脚下，一马平川，田地肥沃，作物生长繁茂，官道两旁林木葱郁，不时有水塘三三两两点缀其间，野鸭水鸟，嬉戏玩耍；又有长河婉转，滔滔奔涌而过，河上渔舟帆影，或顺流而去，或静泊老柳之下，那如画景色，一点儿也不乏江南情味，甚至使人霎时间忘记自己置身北国。再放眼远处，梯田层层，沟壑可见，土岭高坡，如同波浪起伏，蜿蜒向远；一辆牛车，吱吱扭扭，从沟底走出，缓缓地爬上坡去，忽然又跌入谷底，眨眼不见；几只山羊，散漫在远处的山坡上，有的在悄无声息地吃草，有两只却跳起前脚，歪着脑袋，顶起角来，而牧羊人却不见，只见附近灌木丛杂，槐榆成林，松柏流翠。再往更远处极目，太行山脉，呈一道灰暗色调，起伏高低，绵延开去，不知其有几百几千里遥远，成一道大布景，最后完成了这一幅北国山乡图画的佳作。

“记儿贤侄，眼前这一条大河，可是洹水?”张謇手指着从远处奔涌而来的一条流水，问道。

骑在高头大马上的袁克定朗声应道：“正是。此水源出林县西北的林虑山中，至彰德境内的善应山，渐成气势，湍流涌出，泉脉浩大，由西蜿蜒向东，横贯彰德，注入卫水，恰从我家洹上村前经过。伯父大人，您看此水气象如何？是不是很美啊?”

“美啊，美啊!”张謇赞叹道，“山川秀美，纯然在乎一个水字，有水则有了灵气，无水便少了精神，这彰德地面，山明水秀，景色赛江南，得益者何，洹水也！记儿贤侄，看见眼前这神仙似的美景良园，老朽我不能不深赞令尊大人的好眼光，好算计，给自己安排了这么一个好退处!”

受到夸奖和赞美，袁克定得意非常，他策马在车前边打了个回旋，说：“这洹上景色还不能算是最好的呢，家父在豫北的汲县、辉县、浚县也都置有田土山林房地产业，那边的景色都不赖，最好的要数辉县。辉县有百泉、苏门胜景。百泉是卫水之源，泉流清澈，毛发可鉴，四季不减；苏门胜景，更是妙不可言，那座巍峨的苏门山，山高林密，清幽深邃，有很多古迹留存其间……”

张謇说：“经你这么一说，我倒想起来了。魏晋时候的孙登，竹林七贤的阮籍，还有宋人程颢、程颐、周敦颐似乎都在这里或隐居或讲学，好像乾隆皇帝也曾经来这里驻跸过!”

“一点儿不差，伯父真是博古通今!”袁克定说，“苏门山上，有孙登长啸的啸台遗迹，上边篆刻着很多前人题咏，家父也有一副对联刻在上头呢!”

“是吗？你且吟来，叫老夫赏鉴赏鉴。”

袁克定拧起眉毛，略一沉思，想起来了，便放声吟道：“运际昌期应不容先生长啸，闻犹兴起却常留终古高台。”

张謇笑道：“确是一副好联！不过，从这一联诗里，我知令尊是不甘这山林寂寞的，他心在朝廷，这苏门山水岂能挽留住他那云鹏之心!”

说着话，一路走来，眨眼来到了一座林木掩映的庄园前边，洹上村到了。

张謇在几个随从的搀扶下，下了马车，以折扇遮住刺眼的阳光，驻足而观。只见这庄园四周被高有两丈的土墙团团围绕，土墙下边，是深不见底的壕堑深水。土墙的四个角上，有形状如紫禁城角楼模样的哨亭耸立，虽不及紫禁城角楼修筑得精致，却也是结实适用，枪眼炮眼，隐约可见。土墙上，哨亭里，不时有荷枪的兵士走动。这时，一队十几个人组成的全副武装的马队嘚儿嘚儿地从南边奔过来，到了跟前时，勒住缰绳，放缓了脚步，领队的长官向袁克定喊了一声“敬礼”，那十几个兵士便齐刷刷地行举手礼，从袁克定他们一行人面前缓缓过去。走出去十几丈远，才放开马蹄，嘚儿嘚儿地一路烟尘，去远了。

“这些是护庄的马队，他们正巡逻呢。”袁克定笑嘻嘻地解释说。

张謇微微点头，心下暗想：这个袁世凯，果然势力浩大，被朝廷贬斥下来，蛰居在此，还有如此势力，竟然有政府军队给予保护，其北洋一派，盘根错节，上下串通，内外勾连，难怪连摄政王都把杀他的心悄悄收敛起来，畏惧三分呢！

正自想着，忽然唢呐声声，震天响。张謇随声看去，早见护庄河吊桥之上，一股人流黑压压从庄门里涌出，迎将出来。为首的，正是他几年不见的袁世凯。

“季直哥哥，是你吗？可想死小弟了！”袁世凯声音洪亮，底气十足，喊出话来，撼心震耳。他抱拳过头，大步流星，一路喊叫着，奔了过来。

张謇收起纸扇，抱拳为礼，也喜笑颜开，迎了上去，说：“慰亭贤弟，愚兄也是想念你呀！”

两人相见，执手对望，好不亲热。

那袁世凯牵住张謇的手，紧握不放，哽咽道：“弟不为摄政王载沣所容，几为其刀下之鬼，幸得庆亲王奕劻、张之洞大人说项，始得留下性命，苟延残喘，但无过遭贬，逐出朝廷，来到此间，做一田舍翁以苦挨岁月。幸得我兄记挂小弟，不以弟卑贱，委屈下顾，弟敢不谢兄之高义乎！”

张謇摇头说：“我弟何出此言耶！弟为何人？当世之英雄也！潜龙雾豹，偶不如意，这算什么？古来圣贤，有几人没有冷落寂寞境遇？然天时不负有心者，所谓‘渡江天马南来，几人真是经纶手’，焉知明日朝廷有事，摄政王不亲自来请？到那个时候，龙蛇趁风雨，虎豹下山冈，经天纬地，叱咤风云，愚兄我已见之矣！”

一席话，只说得袁世凯身心舒畅，好不得意欢喜，仰面大笑。他身后的众人，也应声而乐，一时间笑语声喧，加之唢呐声又大起，桥上气氛，热烈到了极点。

袁世凯转身来，把身后跟随他来迎客的众人介绍给张謇。

其实，这些人里，大部分张謇是认得的。

特别是最前边的那三位，北洋三杰之一的王士珍，进士出身的梁士诒，秀才出身的倪嗣冲，跟他更熟。他抱拳为礼，跟众人一一见过。

过了吊桥，进得庄来，眼前忽然一亮。但见街道宽阔，东西南北，四通八达；房舍俨然，亭台楼阁，井然有序；有小桥流水，有湖泊莲池，有茂林修竹，有山石流泉……大路两旁，距离住宅稍远一些的地方，还有菜园子、果园子、瓜园子、桑园子，还有跑马场、牲口圈……一路之上，不时有巡逻的骑兵步卒列队走过。

袁世凯一直紧紧地牵住张謇的手，领着他往堂奥深处行来，不时地指指点点，介绍着他的园林建筑。

“哥哥请看，这是小弟的‘五柳草堂’，仿效五柳先生陶渊明故事，是小弟读书吃酒的地方……这是纳凉厅，是小弟夏日午睡歇凉的地方……这是啸竹精舍，是小弟请戏子唱堂会或跟贱妾们打麻将斗牌九的地方……这是垂钓亭，是小弟跟清客们钓鱼取乐子的地方……这是红叶馆，这是澄淡榭，这是杏花村，这是天秀峰，这是椎风洞，这是散珠崖，这是鉴影池，这是卧波桥……这些景观建筑，总括起来占地有四十几亩。”

袁世凯一路说着，张謇边听边点头，早已经被他说得目不暇接，眼花缭乱了。嘴里情不自禁地赞叹道：“慰亭我弟，你这个田舍翁做得好啊，愚兄敢说，当年的西太后和她那个颐和园，也赶不上你这里来得清净快活！”

袁世凯呵呵而笑，并不反驳，也不谦让，只是把张謇那手牵得更牢，脚下的步子迈得更大了。

眨眼间，来到一处特别大的园子门前，园门是一座修建精美的高高的大牌楼，两旁门柱上，大红漆底，绘有金龙彩凤，红花绿卉，彩蝶翠鸟，两行颜体楷书草就的对联分列两厢，格外醒目，曰：“君恩彀向渔樵说，身世无如屠钓宽”。张謇沉吟其前，品味再三，点头微笑。又仰面看去，只见那横牌正中，蓝色底子上两个娟秀的大字，道是：“养寿”。大惊道：“此，西太后之亲笔也！”袁世凯得意地笑道：“哥哥好眼力，这正是太后老佛爷所赐手书，是专为小弟这个园子写的，因此之故，这个花园就叫养寿园了。”

“好大的一座园子！”张謇惊叹道，“这里花红柳绿，秀木成林，小桥流水，山石嵯峨，真乃神仙隐匿之所。人生在世，有这般幽雅的地方颐养天年，还有什么可以奢求的呢！”

袁世凯呵呵而笑，面有得意之色，向前边伸了伸手，说：“请哥哥随小弟进园一观。”

跨过牌楼，绕过一处假山，眼前豁然开朗，只见园内左右回廊环绕，花木叠翠，迎面一座高大轩敞的楼阁，雄踞虎卧，十分庄严。殿堂正中，一张横匾高悬其上，三个大字浓墨重彩，遒劲有力，道是：“养寿堂”。左右两厢门柱之上，又有一副楹联曰：“圣明酬答期儿辈，风月婆娑让老夫”。张謇笑道：“这一联诗好，贴切有味，非集前人之句，敢不是贤弟亲自撰拟的吧？”袁世凯说：“大哥好眼力，此联正是小弟所拟，今日在圣人面前丢丑了。”张謇摇头说：“贤弟此言差矣，为兄我如今是一个彻头彻尾的商人，满脑子都是金钱利润，于那诗词文章，早已经生疏了。”袁世凯说：“哥哥休要过谦，你此番既来，小弟少不得要讨你几幅墨宝珍藏的。”

说着话，张謇在袁世凯导引下进了左跨院。这里是袁世凯办公会客的地方，张謇新来，自然跟家主人要有话说，众人陪伺到院门前边，纷纷客套了几句，抱拳作揖，退去了。张謇跟着袁世凯往里边走，忽然听见东边一间房里传出嘀嘀嗒嗒接发电报的声音，又见有人手里拿着电稿出出进进，甚是忙碌的样子，心下暗自道：“好个袁世凯，他虽说罢官退隐，这家里还有电报房跟京师和各省各军联系，此人野心，不可谓小。”

那袁世凯携着张謇的手，进得房来，让座拜茶，亲热得跟什么似的，笑眯起眼睛，问：“哥哥此番进京，是应朝廷宣召呢，还是另有公干？”

张謇说：“愚兄受沪、津、粤、鄂诸省之实业家们的委派，为借助美国资本发展国内实业，拟组织赴美报聘团一事而入京陈说，希望得到朝廷支持。另，上月朝廷责任内阁已经成立，于立宪一项，究有何打算，愚兄身为江苏谘议局局长，亦不能不洞悉一二。目前国家已经糜烂到无以复加的程度，民变此起彼伏，国家无有安定的一天，新内阁倘若不拿出点儿切实有效的办法来，前途真是令人堪忧呢。愚兄此番转道彰德，就是想听一听慰亭对于国事的意见，也好带到京城，供摄政王、总理大臣们参考采纳。”

袁世凯听他如此说，心下明白了张謇此来的目的，原来是为他们买卖上的事情赴京活动的，屁股上并没有带着什么危险麻烦，不会给他惹起什么是非，便放了心。后来听他又说出国事意见的话，忙摆手摇头说：“小弟回乡，眨眼间快两年了，乐天安命，清心寡欲，这闲云野鹤的日子，倒也快活，外边的纷扰也懒得听它！于国家大事一项，既无人给弟传递消息，弟亦无心去打听它，实在说不上什么来。”

张謇听见这话，意味深长地点了点头，微微冷笑，说：“人说袁世凯乃当世奸雄，我还与之争论，今日听你这般说话，果然一大奸雄无疑也！”

袁世凯一怔，问：“兄何出此言，难道弟有什么不诚实的地方吗？”

张謇说：“诚实，慰亭贤弟诚实着呢！说什么‘乐天安命’‘清心寡欲’‘闲云野鹤’，有你这样的‘闲云野鹤’吗？身边文官武将集合着一大群，还有与外界联络的电报房，马队兵丁护卫左右，分明一个小朝廷，外边的纷扰你是很懒得听呢！”

听见这话，袁世凯一下子涨红了脸，支吾道：“哥哥误会……这些……其实……”

张謇说：“你也休要搪塞我，你也休要难为情，慰亭之心，愚兄如何不晓得？我知你不仅仅跟朝廷一些重臣以及各省大员有着密切的联系，而且还跟美、英、德、日诸国使臣也暗通着消息，至于你的嫡系北洋各军将领，更是依旧在你的控制之下，唯你的将令是从。你袁世凯装出一副可怜兮兮的韬晦相，那是做给摄政王和反对派看的，你那内心深处，无日无时不谋划着东山再起，重掌大权。”

几句话，字字敲在袁世凯的麻骨上，直说得他面红耳赤，无地自容。

张謇接着说："这也不能全怪你，谁叫摄政王载沣和那些反对你的人要把你往死路上逼呢！人有累卵之危，如何不求自保？难得的是，贤弟于自保的同时，还能时刻不忘重出江湖。这大概就是《礼记》上说的'凡事豫则立，不豫则废'的道理吧？《左传》亦说：'恃陋而不备，罪之大者也；备豫不虞，善之大者也。'贤弟虽然遭贬归乡，并未沉湎安逸，而是心系家国，志在忧时，愚兄此番不虚彰德之行矣。今日见贤弟身边集合着这么多当世俊彦，忙碌如常，大清不死，庶几有望，我心甚慰！"

袁世凯哈哈大笑，一个长揖到地，兴奋地说："小弟知哥哥此来，必有教于我。"说罢，他起身快步走至门边，伸手把那两扇木门关得死死的，然后，转回身来，小学生一般，规规矩矩恭恭敬敬地落了座。他在张謇面前，摆出一副听候教训的样子，十分虔诚。

那张謇毕竟是个书生，哪里经得起袁世凯这样一番表演？看他那副认真恭敬的样子，早被感动得一塌糊涂，恨不得把自己的一些政见汩汩滔滔，全从肚子里倒出来。

张謇说："慰亭知道外间对朝廷新组建的这届内阁如何评价吗？"

袁世凯说："不是说它是皇族内阁吗？"

张謇说："正是。你看啊，奕劻为总理大臣的这届内阁，奕劻之外，那桐、徐世昌、梁敦彦、善耆、载泽、唐景崇、荫昌、载洵、绍昌、溥伦、盛宣怀、寿耆，共有十三人，满族竟占九人，汉族仅有四人。而在满族中，皇族又占去了大部分，这是违背立宪原则的，与君主立宪政体不相容，外间老百姓叫它是皇族内阁，实在是没有冤枉它！"

袁世凯说："摄政王载沣从骨子里就不相信汉人，他那心里，朝廷立宪不过是个手段罢了，谁个真的想实行君主立宪来着？"

张謇说："假立宪，是掩耳盗铃，自欺欺人，到头来搬起石头砸自家脚，这个道理连小孩子都看得清楚明白，摄政王如何视而不见呢？我们立宪党人召集各省谘议局开会，联合向朝廷上书，指出这个皇族内阁不合法，名为内阁，实为军机，名为立宪，实为专制，必须解散。要求朝廷另派大员出任内阁总理，另组责任内阁。但是，折子递上去了，泥牛入海，没有了消息，摄政王根本不予理睬！"

袁世凯说："摄政王眼里，这个大清朝，乃是他爱新觉罗氏的私有财产，君上大权，议员岂可以过问？立宪可以，用它来化解一下国内日益激化的矛盾，作为权宜之计，行之可也，倘真的夺起皇族的权力来，他如何肯答应？我料他是寸步不让的。光绪三十四年，清廷宣布九年召开国会的期限，公布宪法大纲及逐年筹备事宜，很明显，立宪一事，在他们心里只不过是说说而已，谁个想过动真格的来着？宣统二年，朝廷又严拒十六省议员代表要求年内召开国会的请求，说什么筹备尚不完全，国民程度参差不齐，等等，明眼人谁不知道他那是借口，欺骗视听的？摄政王还扬言说，将来即或实行立宪，也要以资政院代替国会。这是什么话？稍有一点儿立宪知识的人都知道，资政院与国会，其性质根本不同，一为专制政体之议政机关，一为立宪政体之立法监督机关，如何可以混淆，如何可以替代？人民所以要求召开国会，就是要变专制政体为立宪政体，你用资政院替代了国会，还立个什么宪？这些，摄政王并非不知晓，他是知晓得很，一言以蔽之，就是压根儿反对立宪，就是不愿意失去皇权，不愿意失去他爱新觉罗氏的私家财产啊！"

张謇说："他不让，他不愿，他与世界潮流这样顶下去，逆潮流而动，大清朝之亡，指日可待矣。"

袁世凯长叹一口气说："这正是小弟所忧虑的啊！国家一乱，必为乱党所乘，战火四起，人民涂炭，这个国家真的不能成其为国家了。到了那个地步，摄政王想闹真立宪，为时已晚。"

张謇听袁世凯如此说话，心下十分感动，便道："慰亭贤弟既知立宪乃最明智的救国之路，就应该坚定地站在我们立宪党人的一边，跟我们一起努力，争取国家早日实行真立宪！"

这时，袁世凯的面色变得很难看，本来黑红的面皮一下子变成了酱紫色，他的面肌抖动了几下，显出十分痛苦为难的样子，眼里噙着泪花，哽咽道："听哥哥如此说话，是怀疑小弟主张立宪之心了！须知，我袁世凯也是最早主张立宪救国的立宪派人士呀！只是，如今我是朝廷罢黜不用之人，摄政王派来监视的卧底就住在我家里，我纵然赞成立宪，有报效国家之心，又有什么用呢？英雄无用武之地，有国难投呀！"说着，他推开临院的一扇窗户，张眼寻找了一下，然后指着远处假山旁边的一个中等个子的"瘦猴"说："哥哥请看，此人名叫袁得亮，乃摄政王派来监视我袁某的坐探尔！"

张謇惊道："如此，小可此来，摄政王必知之矣。"

袁世凯冷笑道："哥哥勿怕，若没有手段对付他摄政王，我袁某人也不敢在家安这个电报房，更不敢养这么多门生故吏文官武将。所谓天高皇帝远，这洹上村，还是咱袁氏的天下！"

正说话间，忽然听见娇滴滴一声女子的妙音传来，道是："大人快开开门，我们姊妹来拜望张先生了！"

袁世凯呵呵而笑，忙招手叫张謇来到窗前，往院里一指，说："哥哥请看，谁来了？"

张謇走过来，往院里张望，见碎石小路上，花卉丛间，大姨太太沈氏和二姨太太吴氏、三姨太太金氏在丫鬟们的搀扶下，相跟随着，袅袅婷婷地飘了过来。

袁世凯打开门，笑问道："你们如何来了？"

领头的沈氏亮起她那娇软的江苏口音，说："听说张先生来家了，我们姊妹便相约着赶来请安。"

说着话，进得房来，三人便把那纤手放在腰胯上，屈了屈腿，齐整整地跟张謇道了个万福，只慌得张謇抱拳作揖，还礼不迭。

"这日子过得何等快呀，流水似的，一晃十几年过去了，想起当年在朝鲜的时候，恍如昨日呢！"沈氏说。

张謇忙回答道："如何不是？日月如梭，转眼我已经老了。只是各位太太，还是那般花容月貌，春色不减当年呢！"

一句话，把三个姨太太说得咯咯大笑，争相道："俺们姊妹早都变成老太婆了，还花容月貌呢！不过，这话，我们家大人可是爱听呢！"

原来这大姨太太沈氏，乃是江苏崇明县人氏，早年沦落风尘，是个妓女出身。当年袁世凯初出道时，落难上海，于穷困潦倒之际，逛妓院取乐子，认识了她。谁知两人一见倾心，分外投缘，遂结百年之好。那沈氏拿出自己存攒了多少年的贴己银两，资助袁世凯做盘缠，去往山东登州投奔吴长庆的庆军。这袁世凯在男女情事上，却也是个有情有义的风流种子，当他有了一官半职，随着庆军到了朝鲜时，不忘沈氏旧情，便把她接往同住，并且让她做了大姨太太，长子袁克定便交由她抚养。

二姨太太吴氏，乃是三姨太太金氏的陪嫁丫鬟，同时陪嫁的三个女子，袁世凯撤离朝鲜时，逃脱掉一个，剩下吴氏和李氏二人，谁知，袁世凯在选择姨太太上并不讲究，什么门第、身份、美丑他一概不管，只图高兴，便加占有。金氏乃是朝鲜国王李熙的王妃之妹，出身名门，身份高贵，嫁给袁世凯时年仅十六岁。此女生得婉约美丽，知书达理，通晓音律，也算得是个才女。谁知嫁了这样一个武夫，温存之后，便觊觎新欢，没有几天，就先后把陪嫁过来的两个丫鬟也相继占有，索性一律收房，都成了他的小妾。袁世凯在这上边倒也公平，不分主仆，一概以年龄分派。那吴氏长于金氏，便做了二姨太太，李氏少于金氏，便作了四姨太太，而真正的主子金氏小姐，反倒做了三姨太太。四姨太太李氏在袁世凯直隶任上时，产后病殁，不然，此刻来凑热闹喧哗的，将是四人而非三人也。

故人相见，闲话当年，有关朝鲜时候的话题几个女人谈得正兴高采烈，袁得亮推门进来了，他恭恭敬敬地跟袁世凯一欠身子，说："四叔，彰德府唱河南坠子的粉头赛梨花已经到了，厨上问酒饭已经备齐，是不是可以上桌了？"

袁世凯说："叫他们上桌！把王大人、徐大人他们都请过来，我今日要与季直哥哥一醉方休！"

那袁得亮领命，俯首退下，自去安排去了。

女眷们也起身告辞，退回后宅。

张謇一把拉住袁世凯，不解地问："慰亭不是说，这个袁得亮，乃是摄政王派来监视你的坐探吗？他如何又叫你四叔呢？吃饭招待的事情又这般热心，跑前跑后，仿佛自家人一般，这是怎么回事？"

袁世凯哈哈大笑，说："他们这些当奴才的，最是没有骨头没有脑子的东西，要么贪财，要么好色，他在主子面前当走狗，图的就是这个。我既给他财，又给他色，比摄政王给的多得多，他如何不跟我认本家，甘心情愿地当我的狗？不瞒哥哥说，他每月给摄政王的密报，都是我叫手下人替他写的呢！"

张謇听见这话，心下暗自惊诧道："摄政王呀摄政王，你这样的笨蛋王爷，要心眼玩手段，一百个也抵不上袁世凯半个。你知道吗？正是你派来监视袁世凯的坐探，如今跟袁贼伙穿一条裤子，正耍着你玩呢！"

午饭以后，张謇在客房里睡了一大觉，傍晚时候，日头的毒焰收敛了些，空气中有了一丝凉意，袁世凯过来约他去洹水边散步。

张謇是江苏南通人，他的家乡置于长江水系的最东边，濒临大海，那里水网纵横，稻花飘香，景色宜人。对于北国，他以前很长时间，印象里就是一个"干"字，沙漠瀚海，缺水少雨，干燥多风；而对于北国诸省里的河南，那个"干"字之外，又要加上一个"穷"字，赤地千里，旱灾虫灾，饿殍遍野，啼饥号寒，印象很是不好。这次来彰德，亲身置于其间，眼前所见，并非以往的印象，而是觉得虽不及他的家乡秀美，却也是水塘如镜，洹水流长，平原丘陵，山脉峡谷，很是入眼。此刻，当他与袁世凯并肩走在乡间田埂之上，滔滔奔流的洹水之滨，一种"纷纷红紫已成尘，布谷声中夏令新"的诗情诗绪，荡漾胸臆，很感快活。

"慰亭，今年四月间，革命党在广州发动了一次黄花岗起义，你知道吗？"张謇问。

"如何不知？两广总督张鸣岐要不是逃得快，必死无疑。"袁世凯说。

"这些年，孙文的革命党闹得愈来愈厉害了呢！这次参加起义的民军里头，相当大的一部分是新军和巡防营的官兵，他们像孙猴子钻进铁扇公主的肚子里一般，从内里往外头杀，最是厉害。"张謇说。

袁世凯正走间，听见这话，突然止住步，煞有介事地瞅住张謇，半晌，才意味深长地说："哥哥这话，乃说到当今朝廷的命脉上了！俗话说，不怕外敌强大，就怕窝里反叛。如今朝廷的新军，跟朝廷一心的有几个？而离心离德之人，比比皆是，这才是国家的隐患呢。摄政王无能，看不到这一层也就罢了，更让人可气的是，自家给自家捣起乱来，这个太平日子就算是彻底没有指望了！"

张謇听出他话里有话，忙问：“慰亭听说什么了吗？怎么说摄政王自家给自家捣乱？”

袁世凯说：“哥哥没有听说朝廷要颁布‘铁路干线国有’的政策吗？已经派员与英、法、德、美四国银行团接触，准备签订借款筑路合同，出卖粤汉、川汉铁路所有权。”

张謇怀疑地说：“不会吧，粤汉、川汉铁路，乃是商办，它属于民营，是地方士绅集股而筑的，也是经政府同意批准了的，如何可以卖给外国人？”

“为什么不可以卖给外国人？”袁世凯说，“收归国有了，就是国家的了，朝廷想卖给谁就卖给谁，合理合法，名正言顺——这便是摄政王载沣的执政逻辑。”

“这不是要天下大乱吗？”

“所以我说，一个朝廷，自家要是给自家捣起乱来，就没救了！”

“唉，怎么可以这样？”

张謇无可奈何地摇头叹息。

袁世凯也跟着他哭丧着脸，做出失望的样子。

这天晚上，袁世凯留张謇在他的房里说话，说到两个人都无话可说的时候，才抵足而眠。

望着那扇亮灯的窗户，袁克定不解地问梁士诒说：“燕孙世叔，俺家老爷子跟这个姓张的买卖人，咋有那么多话说啊？”

梁士诒说：“贤侄，你休小觑了这个张謇，当今立宪党人里头，康、梁之外，就是此人了。而康有为、梁启超如今逋逃海外，国内他便是立宪第一人，笼络住他，便是笼络住孙文革命党之外的另一大派势力。不然，袁大人何苦劳这个神呢！”

袁克定咋舌说：“呀，这里头还有这个埋伏着，是小侄肤浅了呢！”

第二天清晨，袁世凯陪张謇吃早饭，他们在小餐厅刚刚落座，就见三个小丫鬟每人手上的托盘里，分别端着两大海碗小米绿豆稀饭，一大箩筐鸡蛋，一大箩筐包子。张謇看时，估摸了一下，那里边鸡蛋少说也有三十几个，包子有十几个，满满当当填满了整个箩筐。

袁世凯说：“季直哥哥，开吃！”

“等等吧。”张謇说。

“还等什么？就我们两个，快趁热吃吧。”袁世凯说。

张謇不解地说：“既然只有我们两个，为何弄来这么多？”

“多吗？不多，不多！”袁世凯一边说着，一边张开大嘴巴，先自把一个鸡蛋剥吧剥吧塞进嘴里去了。

张謇觉得他那个吃相像饿死鬼似的，很可笑，无奈地摇摇头，只好拿起筷子，从旁边拿起一只小碗，从大海碗里倒出一点儿绿豆粥，慢慢地喝了一口。

但是，眼前的景象让他着实大吃了一惊！眨眼工夫，袁世凯面前已经堆起一大堆鸡蛋皮，十几个煮鸡蛋被他不动声色地填进了肚皮，而且，似乎还没怎么样似的，好像这顿早餐才刚刚开了个头儿！

这顿饭，张謇吃了一个煮鸡蛋，一个小豆包，喝了一小碗粥。而看那袁世凯时，他足足吃了二十四个煮鸡蛋，十个包子，喝了三大碗小米绿豆粥。

张謇被惊吓得瞠目结舌，半晌，惊叹道："慰亭，真熊虎豹之士也！五十二岁的人了，饭量尚自胜过年轻后生，梁山好汉武二郎，亦不过如此啊！"

张謇要走了，袁克定早套好了马车，领着一帮小子跟张謇的几个随从先去了庄外等候着去了。这里，袁世凯携住张謇的手，缓缓走出。王士珍、梁士诒、倪嗣冲们则远远地尾随着，跟在后面缓行。

过了护庄河吊桥，张謇死命推住袁世凯，说什么也不叫他再前行了，说："就此停步，就此停步。"

袁世凯做出依依不舍地样子，往前涌动着，不肯罢休，终于经不住张謇的坚阻，只好作罢，脸上流露出无奈的表情。他牵住张謇的手，扯往一旁，避开众人，眼泪汪汪地说："哥哥，小弟有三事相托，不知哥哥能答应否？"

张謇说："贤弟的事情，就是为兄的事情，请讲。"

"第一事，弟主张维新立宪，乃平生夙愿，此心可以剖沥对天，戊戌年那件事，非弟有心，实出于无奈，且已事隔多年，不用再提了，请兄代弟婉言表白于立宪党人中间，说明弟立宪救国之心迹，化解怨仇，容弟加入，成为立宪一员，则幸甚。"

张謇说："这个容易，为兄照办就是。"

"第二事，此番进京，兄若见到摄政王，一定务必替小弟转达切切敬仰问候之忱。"

张謇说："这个，不劳嘱咐。愚兄此番进京，必要运动各方，让朝廷把责任内阁的重任交给你，你就等着摄政王派人请你出山的消息吧。"

"第三事，最近，康、梁在海外，频繁派人回国入京，奔走于摄政王以及善耆、载泽等王公大臣门下，非欲置弟于死地不可。请兄致函康、梁……"

话未说完，张謇便摇头打断了他，说："康、梁之仇君，冰冻三尺，海深万丈，其恨不能啖汝之肉，碎汝之骨，岂可以言辞书信化解乎？此事难办，此事难办。"

听见这话，袁世凯黯然神伤，怅然若失，重重地耷拉下他那颗滚圆肥硕的大脑壳。

张謇一行走了，渐渐地走远。袁世凯望着他们远去的背影，黑红的大胖脸上不知道为什么，忽然又变了表情，黯然的神色转瞬消失殆尽，代之而有的，是一种令人捉摸不透的狡诈的笑。他笑什么呢？为什么发笑呢？他身后的那些跟随他一起下台的文官武将们谁也猜不透。

路上，张謇对他的随从们说："袁世凯果然不是那些碌碌诸公可比，他要优秀得多！我们立宪党人有了这个北洋实力派的盟友，中国的民主进程庶几可望加大了速度，亦未可知也！"

第二章　多情女蒙冤死鱼腹
惹是非煽风点邪火

天还没有亮透，黑蒙蒙的时候，袁世凯的三哥袁世廉就起床了。

他有五十四五岁年纪，身体远不及他的四弟世凯，很虚弱。去年，他从徐州兵备道任上卸职以后，袁世凯就把他接来洹上村同住。他们兄弟六个，长兄世昌，二兄世敦，还有自己，乃是正室夫人刘氏所生。可惜长兄世昌，英年早夭。世凯以下的三个弟弟，世辅、世彤，则是继母刘氏所生。所以他与世凯，乃是同父异母。五个兄弟，从小一起读书长大，感情本来都很不错，只是十年前，继母病殁，因为坟地之事，世敦与世凯发生争执，二兄世敦以为继母刘氏乃袁家侧室，不准葬入祖坟正穴，只能埋葬在祖坟附近的荒地上，世凯不愿把自己的生母埋在祖坟旁边的角落遭遇羞辱，忍受凄凉，与之争执多次，世敦执意不允，世凯无奈，只得另买坟地，埋葬了母亲。从此，兄弟反目，不相往来。不过，这件事情，他因在外省做官，没有参加进意见，所以并未影响到自己与世凯的关系，他们的兄弟情感，一如往常，到了晚年，似乎又更亲密了些。

穿好衣裳，袁世廉从门后拿过那根竹制拐杖，开开门，缓缓地走出去，他要去练武场找他的弟弟世凯，然后一块儿去村外洹河岸上散步。——这是他来到洹上村以后，新养成的一个并非习惯的习惯。

练武场设在庄子东头的打谷场上，方圆几百步大小，周围十几株几搂粗的大柳树环绕，场面显得十分空旷幽僻。正北边一株老柳下，有一口辘轳水井，井旁有一块大石头，平躺在那里。袁世廉每次来这儿看四弟习武，都是坐在这块大石头上。

袁世凯练把子，跟别人不同，什么刀枪剑戟斧钺钩叉十八般兵器，十八般武艺，一般练家，讲究样样练得精熟，着着都是高手。他却不然！自打小时候就顽劣异常，懒惰成性，读书不中才中道转而习武，何曾吃过苦头下过真功夫拜过名师习练过真家伙？譬如北洋三杰之一的王士珍，人家每天早晨演习武艺，一把宝剑，净重三十多斤，提着它，就跟手里掂着一根小木棍，找那花园里的一个僻静处，不声不响，舞动起来，腾挪跳跃，脚下不起尘土，剑锋翻卷，豪光不动声色，一路陈式太极剑一百单八式下来，面不改色，气不稍喘，若不留心，谁个会知道那花影深处藏着个武林高手呢？而袁世凯则不然，他于那精深的武艺虽然不通，却习练了一身笨功夫，傻力气。刀枪之类的玩意儿，他是一概不要的，他要的是一个大石锁，一副石头杠铃。那石锁，是他在直隶总督任上，命人专门给他定做的，一块五六十斤重的大石头，被那石匠雕凿成一个石锁模样，重有五十五斤八两六钱，上边有一个石把，恰好能够放进去一只手，这便是他晨练的第一般兵器。第二般兵器石头杠铃，却是河南农村练家惯常使用的土器械，乃是一根碗口粗细的枣木棍子，两端穿进去两个带有洞眼的扁圆石头。袁世凯练的这两块石头，他叫人专门上过称，每个有六十四斤重。袁世凯每天早上来到这里，先要耍一会儿石锁，再把那粗木棍子扛上肩，一起一蹲一起一蹲地练上它十几个来回，弄得满身满脸大汗淋漓了才罢手。袁世凯尝对人言，说："大凡领兵之人，不外乎两种，一种人是为将者，好比虎牢关前的吕布吕奉先，领兵冲锋陷阵者也，武艺不精可不中！另一种人是为帅者，好比统率三军的中军司令，只要有个好身体，有一身蛮力气，就中啦，武艺强弱倒在其次，好比汉末枭雄董卓。曹孟德所以行刺失手，不敢贸然行事，还不是畏惧董卓有一身蛮力气？老子这一生所为者，统率也，要练的不是武艺，而是气力也！"

袁世廉来时，袁世凯正在袁得亮的侍候下练习扛杠子。

这时候的袁世凯，已经练出一身大汗来了。只见他赤裸着膀子，下身只穿着一条蓝布大裤衩子，黑巾缠腰，打着赤脚，满身横肉，扑嗒扑嗒往下滴汗珠子。他肩扛着那根横木，平伸出两条胳膊，张开大手，紧紧抓住左右两头的两个扁圆石头，挺胸腆肚，咬牙憋气，涨红的脑门上青筋暴起，缓缓地弯曲双腿，撅起屁股，沉下身去，蹲伏在地，大口喘息着，稳住神，继而又撅起屁股，挺起腰肢，缓缓地绷起双腿，往直里伸，又是一番咬牙憋气，脑门上青筋暴起，他终于挺直了胸膛腆起了肚皮……

"五下了。"袁得亮说。

"再接着来。"袁世凯吭吭哧哧地说。

于是，继续练。

一直扛到第八下，实在是扛不动了，只得轻轻地把那粗木棍子的石头杠铃放在场院边上的一个特制的木架子上，才低头弯腰，拱出身来。

袁得亮早把一块大手巾递上去。

袁世凯一边擦着汗，一边跟袁世廉打招呼，说："三哥，昨晚睡得咋样？"

袁世廉哼了一声，算是做了回答。他皱皱眉头，不悦地瞅着袁世凯，说：“老四，年纪不饶人，怎么说，你也是五十出头的人了，这个，不练也罢。”

袁世凯笑道：“不练怎成？前边的事情还多着呢，没有一个好身体，任啥都休谈！”

“你呀，我最烦的就是你那功名心！”袁世廉说，“这眼下的光景就不赖！若能在这洹上村安度晚年，我看就是烧了高香了！”

这时，袁得亮已经从辘轳水井里打出一大桶清水，哗地倒入旁边的一个石头砌的水槽子里，袁世凯走过去，坐在一块石头上，伸出两只大脚，泡入池中。袁得亮又打出一桶水来，他把它放在袁世凯身后，接过手巾，在那桶里清把清把，就开始陪着谄笑给袁世凯擦身、洗脚、擦脚、穿鞋、穿衣……做这一系列活计的时候，他始终一脸媚笑，不吱一声，显得十分恭谨。

袁世凯笑呵呵地享受着这一切，不言也不语，只是偶尔地，向他投过来一瞥冷冷的目光，而那冷冷的一瞥，又是为这个奴才所觉察不到的。

兄弟两个并着肩膀开始了他们的漫步。他们先去花园里转悠了一圈，又去猪圈羊圈看了看猪呀羊呀鸡呀鸭呀，然后转道马棚，看了一会儿饲者牵马遛牲口，最后才从马棚后边的一条小路上了洹河大堤。

“这个袁得亮，你是不是过于宠信他了，他毕竟是摄政王派来的奸细。”袁世廉说。

“那是三哥高看他了。”袁世凯说，“三哥记得咱们小时侯在项城老家，外出玩耍，屁股后头总要领条狗吗？三哥领的是条大黑狗，我领的是条白花狗，咱们领着它们去跟邻村的孩子打架，人上狗也上，打得他们抱头鼠窜，大哭大号。”

“如何不记得。”

“这袁得亮就是咱们屁股后头的狗！”袁世凯笑道，“这种人，连狗都不如，狗还讲义气，有个忠心什么的，这类人，只要满足他的私欲，你就是他的亲爹亲祖宗。我之所以要他左右跟随，一则，示他以亲近，二则，实际也是拴住他，监视他，要他小子死心塌地为我效命。须知，载沣杀我之心，还没有放弃呀！”

话说到这里，袁世凯的紫红色胖脸煞时变成酱黑色，愤怒和忧郁的神色交织成一团乌云，立即笼罩了他的情绪，令他很不愉快地回忆起两宫晏驾的那个严酷的冬季。

光绪三十四年（1908 年）农历十一月十四日，光绪皇帝驾崩，十五日，西太后仙逝，十二月二日，三岁的新皇帝溥仪即位，其父载沣以摄政王监国。

于是，他袁世凯的厄运凶险开始了。

先是谣传纷纭，说是光绪帝乃是他害死的，当时因见慈禧病势沉重，恐不久于人世，怕光绪重掌政权杀他以泄戊戌叛卖之恨，就买通御医，在汤药里下毒，毒杀光绪帝。又传他夜闯瀛台，以红丸强灌，亲手弑君。同时还有传说，说光绪死前，留有遗诏，系用朱笔亲写“必杀袁世凯”的手谕，并对隆裕太后说，“杀我者，袁世凯也，汝当为我报仇雪恨。”又有人传言，说光绪皇帝自遭戊戌之变后，囚居瀛台，恨袁甚，画一乌龟，书其姓名于其上，日日以竹箭射之，既复取下，以剪刀剪割成碎片，令片片做蝴蝶飞，几以此为常课。一时间，“两宫祸变，袁为罪魁”“先帝遗诏，志在杀袁”的谣言，响彻京城内外。

这些谣传，虽然厉害得很，已经令他声名狼藉，威严扫地，但终非事实，除了面子尽失之外，对他并不构成直接的威胁。

严重威胁到他的生命安全的，首先是逋逃海外的康有为、梁启超。他们得悉光绪皇帝死讯，立即在日本、南洋、欧美各地，同时发出《光绪帝上宾请讨贼哀启》和《讨袁檄文》，通电讨伐。又上书摄政王，历数罪状，扬言，“先帝之丧苟有可疑，袁世凯固贼也；既无可疑，袁世凯亦贼也。为先帝复大仇，为国家除大害，理在杀袁，势在杀袁！”而这个时候，朝廷里那些平素仇袁恨袁的皇族亲贵朝廷大臣如善耆、载泽辈，更是外结康、梁，内联同党，串联呼应，无不主张迅速除袁。接着也是最最主要的，便是摄政王载沣的杀袁之心。载沣之要杀自己，非为其兄报仇，嫉恨他的北洋权势也是一个主要的理由。所以，当国丧一过，御使言官们就秉承他的意旨，弹劾他袁世凯的奏章便如同雪片似的飞来。善耆、载泽趁机进言，煽动摄政王说：“此时若不速作处置，恐异日势力养成，削除不易，祸在不测。”摄政王接受了他们的意见，当即草拟了一道将袁革职拿交法部治罪的谕旨。幸有庆亲王奕劻得到消息，及时通知他，叫他快快逃命。那天夜晚，冰天雪地，北风如刃，化装成普通百姓的他蜷缩在开往天津的火车上，好不凄凉也！他低眉缩颈，恐怖万状，破帽遮眼，狗一样龟缩在角落里不敢露脸。他知道，这个时候只要有一个巡警或是路人认出他来，呼叫一声，他袁世凯的性命休矣！

幸得奕劻、张之洞反对杀他，更幸得摄政王载沣是个没有主见软弱怯懦的主儿，面对奕劻、张之洞的问题，“杀袁世凯不难，北洋军造起反来怎么办？主少国疑，诛戮大臣，天下大乱了怎么办？”他竟然收回谕旨，把他“开缺回籍”了结了此案。

一场虚惊差一点儿没有让他掉了脑袋。

袁世廉说：“听说，摄政王曾经秘密召见赵炳麟，询问除掉你的谋略，可有此事？”

“如何没有？”袁世凯说，“此贼为载沣献计说，要他悉数解散袁党，一概罢免，召立宪党人康有为、梁启超、郑孝胥、张謇等人入京，教授皇帝读书，并为摄政王顾问，以收海内人望。实行君主立宪，大赦党人，示天下以为公。”

“如此，我袁门休矣！”袁世廉惊道。

“幸得载沣小儿没有全听他的话，仅仅罢了我几个贴己下属的官，北洋军却未敢轻动，康、梁立宪诸项，更不考虑，不然，弟此生再无出头之日了。”袁世凯说。

“张謇此来，听说你百般殷勤，还要加入他们的立宪党，此何意也？你不是反对立宪吗？跟康、梁又不共戴天。”

袁世凯冷笑笑，说：“三哥，你可知君子报仇，不动声色的道理吗？他爱新觉罗氏既不能容我，逼杀我于前，罢黜我于后，这个仇，我是必报的。大清的气数已尽了，当此乱世，我要烧它三把火，煽它几扇风，天下大乱，我等才好乱中取事啊！”

袁世廉阴冷地一笑，心领神会，便放低声音问道：“这次朝廷决心把南方的几条民营铁路收归国有，卖给外国人，可是你的主意？”

袁世凯说：“也是，也不全是，摄政王自己也确实要占这个便宜。我不过利用他的贪欲，推其波而扬其澜，叫庆亲王奕劻、徐世昌们把事情往大里闹罢了。”

袁世廉睁目驻足，打量他半晌，以手指点着他的鼻子，诡诈地说：“乱天下者，袁世凯也！亡大清者，袁世凯也！”说罢，哈哈大笑。

袁世凯也跟着他大笑。

他们的笑声，打破了洹河清晨的寂静，附近芦草丛里的水鸭，被惊得乱飞。

兄弟两人在洹河岸上溜达着散了一会儿步，见大红日头已然缓缓冒出，渐渐升起，便一路说笑着返了回来。路过花园的时候，隐约看见有个女子的身影晃过，就不见了，甚是奇怪。又见那花工老邢，见他们过来，只一闪，便闪身钻进了茅庵，似乎在躲避他们。

袁世廉皱眉说：“什么人，大清早地往老邢这儿乱跑？”

袁世凯也觉得很奇怪，怒道：“难道有哪个大胆女子敢跟他通奸不成？”

袁世廉说：“老四，你弄了那么几个妓女丫鬟在房里，这些人，水性杨花，贞洁二字是谈不上的，你可要当心，别让人把屎盆子扣你头上！”

袁世凯沉默不语，可是，他那一脸怒容，早变成黑青色了。

袁世廉回他自己的房里休息去了，袁世凯迈步转向养寿堂，进了左跨院他的书房，这时，他的二儿子袁克文推门进来。他叫了一声爹，就双膝跪地，两只手往前边一趴，磕了一个响头。

“招儿，你何时回家来的？为什么不事前通报一声？”袁世凯觉得很奇怪，他没有叫他回来，这小子不在天津好好待着，怎么自作主张就跑回来了？

袁克文笑嘻嘻地从地上爬起来，慢慢凑到近前些，说：“孩儿在天津闷得慌，想爹爹了，就跑回来啦。”

“屁话！你这个大名士会闷得慌？吃喝嫖赌抽大烟，听说最近又勾搭上了青帮，当上了头子，你会闷得慌？敢不是又惹下了什么麻烦，叫我替你擦屁股的吧。”袁世凯怒道。今天早上，因为花园子里那件事情，他正心里窝火发怒呢，这个小子不告而回，又是一件让他生气的事情。

袁克文并不惧怕他的发怒，而是从怀里掏出一张照片来，双手递上去，说：“爹爹，您看看这个，可喜欢？”

袁世凯接过那张照片，一看，原来是个美人照。那照片上的女子，一脸稚气，瓜子脸，柳叶眉，大眼睛，双眼皮，樱桃小口红得往外流水，果然有着十二分的姿色，情不自禁地便动了心，刚才的怒气霎时间烟消雾散没有了踪影。

拧起眉毛睁大眼睛观赏了一会儿，笑问道：“她是谁？哪弄来的？”

“爹爹先说此女子怎么样？是不是很美？”

“美则美矣，只是看去好像还没有成年。”袁世凯说。

“爹爹好眼力！”袁克文高兴地说，“此女姓郭，小名叫巧儿，今年刚过十五岁，浙江归安县人，还是个雏儿呢。朋友介绍我认识的，孩儿不敢留下，就替她赎了身，领回家来送给爹爹，献给爹爹五十二岁大寿。”

袁世凯默默点点头，咧开大嘴笑了，说：“嗬，这么说，你这狗才还知道孝顺，拿个大活人给我做寿礼。”

“孩儿虽生性顽劣，不务正业，可是在孝敬老人上，却是不含糊的，诗云，‘父兮生我，母兮鞠我！抚我蓄我，生我育我。顾我复我，出入腹我’，爹娘养育之恩，孩儿任什么时候也是不敢有忘的。”

袁世凯被这个伶牙俐齿的儿子几句话哄得呵呵而笑。他说：“好你一张俐口！人呢？领来我见一见。”

袁克文嘻嘻笑地说：“孩儿交给五娘了。五娘说，再过几日，就是大人的生日了，大寿之日成亲圆房，喜上加喜，讨大人一个喜欢。故而，爹爹暂时还须忍耐一时，眼下是急不得的。”

“混账小子，谁个急了？还不快快滚蛋！”

袁克文被撵出来了，他心里美滋滋的。他从袁世凯的呵呵笑声里，知道自己这回马屁拍到了点子上，大人处得了一个满头彩。

这个袁克文，小名叫招儿，字豹岑、抱存，号寒云。今年二十一岁，光绪十六年（1890 年）出生在朝鲜，乃是三姨太太金氏所生，因大姨太太沈氏无出，袁世凯做主，便将他从小过嗣给沈氏为子，以荫生授法部员外郎。此子风流倜傥，聪明过人，有过目不忘的本领。从小没有认认真真读过书，没有认认真真练过字，却是一个填词作诗写文章的高手，于那书法一项，更是了得，行草楷篆，自成一家，有着很深的造诣。还酷好昆曲，尤擅青衣，经常男扮女装，出入于教坊之间，艺声大红大紫。又喜玩耍古钱，中国古代钱币就不用说了，秦汉以来的历代钱币，他是应有尽有，收集大全；就是外国钱币，他也是个收集专家，别的不说，仅世界各国的金币，各个时代的，大大小小的，方方圆圆的，他收集的，比得过世界上任何一个国家的钱币收藏家。除这些正当的爱好之外，他还有那歪门邪道的非正当的爱好，更是了得，吃喝嫖赌抽大烟，他是五毒俱全。

这些暂且不表，且说他从袁世凯书房里一蹦一跳地出来，迎头跟前来报告事情的梁士诒撞了个满怀，被拉扯住，那梁士诒笑问道："二世兄为何如此高兴？有甚喜事说给咱听听。"袁克文哪里有闲暇顾及他，扭转身抱拳一揖，说："改日有空，小侄专去看望世叔。"说罢，拔腿就跑，一溜烟钻进了后宅月亮门。

不想没有跑几步，迎面又被人横里挡住，只听得娇滴滴一声呼唤，倒是吓了他一大跳。

"二少爷，哪里去？"

袁克文抬头一看，拦住他的不是别人，是六姨太太，忙陪着笑脸说："啊，原来是六娘，孩儿这厢有礼了。"

六姨太太一甩香帕子，撇撇嘴，说道："少给老娘来这一套！侬这次回来，又给侬老子送来个小的吧？侬个了得唼，先玩够玩足了，不新鲜了，老子跟前一送，反正侬那老子是不管破不破的，只消年轻漂亮就要，阿拉不晓得你那一套鬼把戏？"

几句话，吓得袁克文作揖打拱告饶不迭："我的亲姑奶奶，亲妈，你饶了我吧，这话传到老爷子耳朵里去，你我都别想活！"说完，抱头而逃。

六姨太太在后边跺着脚骂道："侬个没良心的死鬼，跑吧，总有一天阿拉咬死侬，活吞了侬才解恨。"

六姨太太一头骂着，一头气歪歪地往后边东院七姨太太房里去了。

这个六姨太太，姓叶，字丽侪，江苏丹徒人氏，本是南京钓鱼巷的一个妓女。袁世凯在直隶总督任上时，有一次派袁克文去南京公干，这位风流少年去寻花问柳，结识了叶氏，两人一见倾心，遂山誓海盟，定下嫁娶之约。克文归时，叶氏以玉照相赠，依依不舍，洒泪送别，专等迎娶。谁知，克文返津复命，正向老子磕头时，不慎把叶氏的照片掉落地下，被那袁世凯看见，便问掉者何物。此时的袁克文，尚未结婚，不敢暴露自己的嫖妓劣行，遂灵机一动，便撒起谎来，说自己在南边给爹爹物色了一个好看的姑娘，请爹爹看看，喜欢不喜欢。袁世凯接过照片一看，果然是江南佳丽，连连说好，立即派人前去迎娶。满心欢喜的叶氏，默颂上苍，大慈大悲，终于让她得遇有情有义的少年郎君，此生有了归宿。谁知，洞房花烛之夜，翩翩少年变成了一个满脸横肉浑身杀气的脏老头子，她对于袁克文的恼恨就不用说了。这便是袁克文一见她，便如同耗子之见猫，而她一见袁克文，便怨气冲天，挖苦数落的缘故了。

七姨太太张氏正在院子里摆弄花草，她见叶氏来了，忙起身迎接，说：“姐姐怎有空闲来妹子处了？快快请屋里坐。”

叶氏说：“妹子，侬这是干什么呀？怎么摆弄起花花草草的来啦？”

张氏说：“前儿大人来我房里，看见我墙角处种的这些花草，甚是高兴，而众花之中，他尤其喜欢这盆兰花，还说，这兰花形状似草，其实是花，很像他的品行，看似粗糙，五短身材，相貌不扬，其实那骨子里，高洁得很，尊贵得很。过些日子，就是他的生日了，我找来一个白玉盆养它，到时候献上去，也算我一片爱他之心。只是这花叶甚小甚瘦，花开了一茬，竟不再开，妹子我正在这儿犯愁呢，姐姐快来教我。”

“养花这类事情，阿拉如何晓得？”叶氏说着，蹲下身子，看她摆弄那花，说：“这个盆子很好，白玉似雪，圆润如珠，配上这株兰花，到时候，准能讨大人喜欢。只是这花叶太瘦，又不开花，那风景就逊色不少……哎，你为何不去问一问花工老邢，他懂这个呀！”

张氏说：“妹子今儿清晨已然去过了，那老邢说，养花第一要有好土，土里有肥，有沙，养分空气充足，花才叶肥蕾多。当时就给了我一大包土，叫我回来换上，从新栽过。”

“这就对啦！”

“老邢还嘱咐我，花移好后，不能见阳光，要放在背阴处，待它确实活了，长出了新叶时，再去找他，取些肥料过来，敷在根部，这时候可以见阳光了，再有半月，准是蓓蕾满枝，大人生日时候争相开放，一准误不了日子。”张氏得意地说。

这个七姨太太张氏，乃是山东潍县人氏，年龄二十岁，生得苗条身材，白嫩皮肤，花容月貌，袁世凯众妻妾里头，除三姨太金氏之外，她是长得最美的一个，气质虽不及金氏矜持，却也高雅不俗，因生性活泼，又未曾生育过，并且弹得一手好琵琶，唱得一口好曲，所以最讨袁世凯的喜欢。她自知自个儿在大人心里的位置，得意之外，当然要用些心思去巩固那些宠爱，于是便有了这个精心培育兰花的秘密计划。

这天晚上，袁世凯来到她的房里，夫妻缠绵过后，她伏在袁世凯耳朵上悄声说道：“大人生日，奴婢将有一件礼物送上呢。”

“什么礼物，拿来我看。”袁世凯高兴地问。

“暂时保密，到时候大人就知道啦。”

“说说何妨。”

“不说嘛，人家保密，到时给大人一个惊喜。”张氏撒着娇说，“不过，奴婢给大人留下一个诗谜，大人却去猜去，到时候真猜着了，也未可知呢！那诗谜是，‘春色堤上绿，红花笑里开。’”

袁世凯呵呵而笑，道：“不说也罢，猜诗谜，却让人费脑子。不过，你那礼物只要叫我老袁喜欢了，本大人就重重地赏你！”

转眼五六天过去了，张氏移栽的兰花活转过来，她欢喜非常。这天清晨，早早地，她就跑去花房找那老邢，要肥料。

“老邢，我那兰花活了呢，还长出来两个新芽芽呢！”张氏说。

老邢笑嘻嘻地从花房里出来，手里捧着一个小包包，递给张氏，说：“这是小的精心沤泡的一包肥料，前几天就晒干碾磨碎了，奶奶拿回去，小心施在花根上，每次一小撮，施过后浇些水，只消三四次，准保花繁叶茂，成一盆好风景。”

“那就谢谢啦！”

张氏高兴地接过那个小包包，迈起小碎步，水上漂似的，一溜小跑地往回走，可是，还没跑出十几步远，她就被一个黑胖的身子一堵墙似的挡住了。抬头一看，挡住她的不是别人，竟是她的丈夫袁世凯。虽说有些吃惊，但她还是满心欢喜，抿嘴一笑，双膝往下蹲了蹲，算是行了礼。道：“大人。”

“手里拿的什么？”袁世凯问。

张氏并没有觉察袁世凯表情的变化，更没有察觉他发怒，因为平日里他跟妻妾们说话都是绷着个脸子的。便一扭身子，从他的腰胯处钻过去，一路小跑着，一路说道：“俺们不告诉你！”

可是，在她还没有跑出去多远的时候，她忽然听见背后传来一声大喝：“把他给我捆起来，扔河里去！”

这时候，停下脚步的张氏，才知道发生了变故，才看见袁世凯身后还有几个凶神恶煞的庄丁。她慌忙扭转头去看，只见花工老邢已经被几个大汉扭住胳膊正往身上捆绳子。她大惊失色，急忙转回头，奔过去抱住袁世凯哭道：“大人，这是怎么啦？为了什么呀？”

谁知，袁世凯更怒了，抡起胳膊，啪地就狠狠扇了她一记耳光，低声骂道：“淫妇！”

一巴掌把张氏打出去两丈开外，当时血水就从口角里流出来，惊吓得她再也不敢言语。她只看见老邢被几个大汉拖住往前边洹河里拉，她只听见老邢声嘶力竭地大喊：“老爷，我犯何罪啦，你要杀我？我死不瞑目啊！”

老邢的身影已经被前边的花木挡住了，他的声音，那沙哑的声嘶力竭的声音也渐渐听不见了，老邢被抛进湍急的洹河里去了，他被活活淹死了……害死他的人是我呀……张氏又惊又怕，她于那极度的惊恐懊悔惶惑里支撑不住了，眼前一黑，她昏死了过去。

怒气冲冲的袁世凯回到他养寿园左跨院的书房，命人叫来五姨太太，随手从抽屉里拿出一个小瓶子来，啪地放在桌子上，说："给那个淫妇送去，叫她死！"

"大人，老七并没有做什么呀，她只是……"五姨太太战战兢兢地说。

"住口！"袁世凯打断了她的话，厉声喝道，"女人不贞，只有死！叫她去死！"

却说这时候的张氏，袁世凯疑她不贞赐她一死的消息早就传了过来，委屈冤枉，才刚刚二十岁的年龄，正青春年少，初开的花朵儿似的，如何甘心就死？可是，不死，能行吗？大人发下来的话，那就是圣旨，逃脱一死，是万不可能的了，服毒自杀，想起自己打小儿没有爹娘，被人贩子卖入娼门，受尽了人世上凌辱凄凉，指望跟了袁世凯，又深得他的喜欢宠爱，此生此世，算是有了依靠，可以过上几天人的日子，谁知，凭空里祸从天降，自个儿当时只想着如何讨大人的喜欢，却忘记了男女授受不亲，跟别的男人，女眷们是不能说话的……依恋生命，不甘就死，无辜丧命，天大的冤枉……又想起那个无辜的老邢，就是因为跟自己说了几句话，弄了一把肥料，糊里糊涂把性命搭进去，被扔进了那洹河里淹死，这是为什么呀……她越想越想不通，越想不通越觉得委屈冤枉，打着滚地哭……

五姨太太来了，把那瓶毒药往那桌子上一放，哭着劝道："妹子呀，有什么办法呢？谁叫我们是女人呀？三纲五常，贞节牌坊，哪一件不是拴住我们手脚的绳索，大人既已疑你不贞，谁还能说转他转过意来？"

六姨太太叶氏不服，哭道："妹子跟那老邢说话，还不是为了给大人祝寿献礼的事儿，就是说了两句话，怎么就不贞了？难道说句话就要背上那个淫荡的罪名吗？我去找大人评评理去！"

五姨太太喝道："老六，你也不想活了吗？你还嫌乱得不够吗？非要再加进去一个才甘心？"

听见这话，六姨太太叶氏掩面而号，跺着脚地大哭不止。

这天夜里，大雨如注，狂风怒吼，洹上村笼罩在一片凄风苦雨里。

半夜时分，一个黑影，披头散发，半裸着身子，哭哭啼啼地从后宅里走出来，孤魂野鬼一样，歪歪扭扭，一步三滑，奔向了那洹河大堤……

她是七姨太太张氏。

她奔到大堤之上，扑通一声双膝跪倒，珠泪满面地泣道："老邢大哥呀，是我害了你呀，我们穷人的命为什么就这样下贱不珍贵呀？人家叫死，就得去死……这公平吗？是我害了你呀……如今，我也要随你去了，到了阴曹地府，我去给你当牛做马，补偿你的冤枉……"

说完，朝那滔滔的洹河流水，咚咚咚，磕了三个响头，只磕得满脸满头泥浆淋淋。然后，缓缓地爬起身来，大风大雨里，她戛然止住了哭声，只把一张愤怒的脸仰望着黑沉沉的天空，双眼喷出怒火，尖厉地吼道："老天爷呀，你公道吗？你为什么不从天上摔下来摔死啊？爹呀娘呀，你们在哪里呀？你们既然生下我，为什么又抛弃我呀，让我今天落个这样的下场？……"

尖厉的愤怒的呼喊渐渐地变得嘶哑，渐渐地沉寂下去，七姨太太张氏，年轻轻的只有二十岁的张氏，纵身跳入滚滚的洹河里去了。一道闪电劈下，照见了她黑色的瘦小的身影，只一闪，洪涛里打了一个滚，就没有了踪迹……

半个月以后，她的尸体在一百里远的地方漂浮出来，谁也不认得她是谁，谁也不知道她是为何淹死在洹河里的……再以后，她的尸体就不见了，永远地从这个世界消失了，洹上村里的人们很快地就忘记了她。

这天上午，袁世凯从夫人于氏的房里出来，回到养寿堂，梁士诒领着赵秉钧来了。

他们进得房后，那赵秉钧前迈一步，习惯性地抖一抖袖子，往前一个探身，给袁世凯行了一个单膝着地的跪拜礼。袁世凯往前探了探身子，算是还了礼，笑问道："智庵，你怎么也受了我的牵连，被罢了官？"

赵秉钧起身，恭立一旁，笑道："罢官是早晚的事，只是摄政王不知为何，对我下手晚了些。"

"你那个民政部尚书，管着巡警道，北京城里的警察，都是你的喽啰，不由他不慎重从事，各方面都稳妥了，那个载沣自然就下手了，这不，把你开销了吧。"袁世凯说。

"开销也好，让小的跟着大帅也来这洹上村歇息歇息，养养身体。"赵秉钧笑嘻嘻地说。

袁世凯皱皱眉头，说："恐怕你也歇息不了几天了，这个大清朝，已经乱成一锅粥了，它能让咱们歇息？"

赵秉钧从怀里掏出一个大信封，双手递上去，说："这是我来前，菊人兄叫我带来的，他说，庆亲王奕劻很是听话，此人贪而无谋，大人的银钱很起作用，朝廷这次派往四川镇压护路乱民的督办大臣，任命端方，很是顺利。听说端方上任前要来洹上村拜谒大人，请大人再煽煽他的风，中国的事情，也许从他这里是个转折也未可知呢！"

袁世凯一边看着书信，一边点头说："徐世昌这个协理大臣当得好，他只要控制住奕劻老儿，大清朝的事情，就在咱弟兄的手掌心里了。你先下去歇歇吧，也去看看王士珍、倪嗣冲他们。"

"是，属下告退。"

赵秉钧恭恭敬敬地后退一步，又弯腰行了一个跪拜礼，跟着梁士诒退了出去。

这个赵秉钧，乃是河南临汝人氏，字智庵，书吏出身。中日甲午战争时期，一个偶然的机缘，认识了袁世凯，从此铁心追随。袁世凯也没有亏待他，把这个书吏提拔为典史、同知，又升为巡警道，掌管北京全城的治安。袁世凯任直隶总督兼协办大学士时，又把他提拔为民政部侍郎，不久，又提拔为朝廷一品大员，让他当上了民政部尚书。所以说，袁世凯于他，有再造之恩，他忠于袁世凯，也是死心塌地，没有二话的。

说时迟，那时快，转眼五六天过去了，却说这一日，袁世凯正在书房跟梁士诒、王士珍们议论四川商民护路请愿，革命党人乘机组织民军造反的事情，袁克定从外边进来，报告说，端方来了，好威风，一队几百人的官军护送着，趾高气扬的样子，像打了胜仗的大将军，已经在庄门前边下马了。

袁世凯笑道："新官上任嘛，如何能不威风威风。"

众人齐笑道："小人得志，这趟差事是苦是辣，他还没有品出味道来呢！"

袁世凯抬头看看外边的日头，正火辣辣地烤人，便诡诈地说："别急着叫他进来，先让他日头地里暖和暖和，晒一个时辰，等老小子冒油了，再放进。对他说，我正在诊病吃药呢。"

袁克定会心地一笑，出去玩去了。

这里，袁世凯继续跟他的幕僚们闲谈。

袁世凯说："这个端方，宣统元年直隶总督任上被载沣免职，闲了两年了，好不容易得了今日这个美差，怎能不张狂呢，可以理解，可以理解。"

王士珍说："今日，四川、湖北、湖南三省，民绅怨气最大，说是请愿，实与造反无二，好比干柴之待火，一点即燃。他此番身入险地，倘不谨慎小心，必酿大祸。"

倪嗣冲说："川鄂民气，最是火辣，端方若用招抚，小心调解，慢慢舒缓，大事或可有救，倘若一味镇压，激起民变，必乱天下。"

袁世凯说："你们说的都是些什么话？为何要他谨慎小心，为何要他小心调解？倘中国不乱，你我什么时候才能出头啊？他此番来，必是求教我应付办法，我当以三字为赠。"

众人问："请问大帅，哪三字？"

袁世凯说："一是'狠'，二是'急'，三是'杀'。"

梁士诒说："这叫官逼民反。"

袁世凯呵呵而笑，道："朝廷已经把老百姓逼反了，端方再去逼上一逼，这把火，也许真会大烧起来，亦未可知也！"

说罢，仰天大笑。众人跟着他谄笑声声。

转眼，一个时辰快到了，袁世凯说："我乃重病之人，尔等快快搀扶我到病榻上去吧。”

众人随声大笑，果然相搀相扶地把袁世凯侍候歪倒在了床上，专等端方的到来。

笑声未落，已经听见外边杂沓的脚步声响，众人慌忙把那笑吞回肚里，把那苦抹满脸上，一个个做出愁眉苦脸的样子，唉声叹气。袁世凯呢，早把衣服脱下，头发弄乱，以黑巾包头，蒙上被单，盖住脑袋，呻吟连声。

端方一头闯进来，三步并作两步走，急速地奔向床头，说：“大帅，大帅，您怎么病了呢？端方来看您来了呀……”

袁世凯故做吃惊状，说：“端方大人，你、你、你，如何委屈……车驾……来我这个荒郊野地……”

端方跪伏床下，说：“端方感激大帅举荐之恩。”

“大人快快请起来说话，如此大礼，您要折杀草民了。”袁世凯一边说着，一边挣扎着要起床。他在儿子袁克定的搀扶下，勉强地半坐起身子，倚在床头上，喘息地说：“袁某乃是被摄政王免死罢黜不用之人，哪里有什么脸面向朝廷举荐大臣啊。实在是国事日非，忧心如焚，而四川湖北这次闹得也是太厉害了，不选得力能臣，是难以担当此重任的，是以不揣待罪，冒死进言，不想被朝廷采纳。”

端方从地上爬起身，坐在床头旁边的一把椅子上，作揖拱手，说：“朝廷这次任命下官为川汉、粤汉督办大臣，解决四川一带保路乱民骚乱事件，下官此来，就是为这一件重要的大事请教大帅。”

袁世凯说：“‘请教’二字，实不敢当，大人有问，但讲不妨。”说完，以目光示意众人暂且回避。众幕僚知趣地屏息退下，袁克定也跟着他们走了出去。

房间里只有端方和袁世凯了。

端方说：“下官离京时，摄政王特别召见，一再嘱咐，此番前去四川，当以抚为主而剿辅之，民变势头，遏制住是主要目的，万勿激化矛盾，扩大事态。而朝廷上诸位大人，有言抚者，有言剿者，意见纷杂，说什么的都有。敢问大人，当以剿耶，当以抚耶?”

听见这话，袁世凯并不回答，他拧眉锁目，沉思良久，才长舒了一口气，反问端方道：“大人的意见为何?”

端方沉吟再三，嗫嚅言道：“下官以为，似当抚之。”

袁世凯说：“当年山东闹拳匪，朝廷亦曾用招抚之策，结果越抚越多，几成燎原。山东一百零六个州县，几乎无处没有拳匪作乱，可谓遍地皆匪。余奉命任山东巡抚，上谕给我‘剿抚两难，徐图挽救’这样一个模棱两可的策略，其实是没有策略也。余当时力排众议，只认准一个‘剿’字，以武卫右军为先锋，大开杀戒，毫不留情，结果，只消三个月，十万拳匪，尽数瓦解，山东告罄。”

“如此，大帅是主张剿了。”端方说。

“朝廷此番将粤、汉、川民营铁路收归国有，并无大错。普天之下，皆为王土，率土之滨，皆为王臣，几条铁路，建在大清朝的地盘上，用的是朝廷的民力物力财力，当然应该朝廷收回。大人此番前去，名正言顺，光明磊落，此之为出师有名也。”袁世凯伸出右手，比画着，侃侃而谈，“此次暴乱，细分析之，不外乎两类人。一类乃投资士绅，这些人不满于个人资本的损失，利用爱国之名，花钱收买一些社会流民，聚众请愿，给政府施加压力，希望朝廷撤销既定政策。此类人好办，只消抓住几个为首的劣绅，杀头示威，其余的惊吓之余，必作鸟兽散。另一类乃是革命党，趁乱煽动，旨在造反。对于这类人，办法只有一个，那便是坚决镇压，绝不手软。此之为以威示乱，以武力保太平也。”

端方小鸡叨米似的，频频点头不止，说：“大人的意思是，此番前去，当以剿杀为主。”

“当年余在山东，倘不示以高压强权，三个月内，全省十万拳匪，如何歼灭？”袁世凯说。

“然则，所用军队，就地征调呢，还是请朝廷另派？”

“当地军队，并非大人亲信，且与当地士绅多有联系，调度起来，未必听话。大人任湖广总督多年，湖北自然有亲信部队可调，为何不率之入川，以成大功？”

端方闻言，如梦初醒，恍然大悟，感激莫名地起身离座，一个长揖到地，说：“大帅一席话，如拨云翳而见青天，端方此去，当赶赴湖北，亲率新军一标，杀奔四川，定要将那里的乱火扑灭，乱民剿杀。”

袁世凯拊掌而喜，道：“如此，则大清有救矣！”说着，突然掀开身上的被单，趴在床上，跪伏下头颅，给端方叩头不止。

惊得端方慌了手脚，连声说：“大人如此，下官如何敢当？”

端方终于匆匆告别，扬尘而去。

袁世凯翻身下床，对他的幕僚们说：“哈哈，端方此去，四川必然大乱。”

梁士诒说：“四川一乱，看那摄政王如何处置，怕他火烧眉毛时不来相求。”

袁世凯说：“求也不理他！我等且作壁上观者！”

说罢大笑。众人也跟着他大笑起来。

第三章　庆寿辰洞房逢双喜
惊事变群小话举兵

这天清晨，与往常一样，袁世凯练过功夫以后，跟他的三哥袁世廉去那洹河大堤上散了一会儿步，说了一些无关痛痒的闲话，折转回来，忽然想到，他已经有几天没有去正室夫人于氏的房里跟她说话了，便咳嗽了几声，走进后宅，往于氏居住的四合院里走去。

进得房来，他笑问道："太太，你好。"

于氏起身迎接，面上毫无表情地回问道："大人，你好。"

这袁世凯的家里，夫妻之间，有一个不成文的规矩，那便是妻妾们一律称呼他为"大人"，而他呢，称呼正室于氏为太太，称呼其他几个偏房小妾则叫她们"老大、老二、老三……"他在妻妾们面前，永远是身居高位的一家之主，他的官不仅做在朝廷，也同时做在家里，做在妻妾们的心上，让她们永远畏惧他，臣服他，隶属于他。

光绪二年（1876 年），十七岁的袁世凯奉堂叔袁保恒之命，从北京返回河南应乡试，奈何读书不多，学问不精，名落孙山，这年的十一月，他与陈州名门于氏结婚。于氏长袁世凯一岁，初时夫妻感情还好，很快他们便有了长子克定，但是，有一天，发生了一件事情，竟然惹恼了袁世凯，让他对于氏的态度大变，从此不再与其同房，表面上客客气气，实则心里只把她当成了一个牌位。于氏在袁世凯的家里，只有一个正室夫人的虚名，并没有夫妻之实，更谈不上管家之权，她变成了一个多余的人。那是一件怎样的事情，竟然影响了她的一生，造成她一生的不幸呢？说起来，也并非什么大事，乃是夫妻间的一句普通的对话而已，在别人的家里，也许什么也算不上，可是在袁世凯这里，就犯了大忌了，闯下大祸了。

事情的原委是这样的。有一天，袁世凯发现他的夫人于氏经常喜欢系一条大红绣花缎子腰带，觉得很好玩，就跟她开玩笑说：“看你打扮的样子就像个马班子。”“马班子”一词，在河南人那里，是对妓女的专用称呼。袁世凯说他的夫人打扮得像个妓女。于氏听见这话，很是生气，她可没有把这句话当成夫妻间的玩笑话，而是认为自己受到了极大的侮辱，便反唇相讥道：“俺不是马班子，俺有姥姥家。”“有姥姥家”是什么意思呢？就是说，俺于氏是有娘家的人，是个明媒正娶的大太太，而不是没有娘家人的姨太太、小老婆。这句话很伤了袁世凯的自尊心。因为他的生母正是一个姨太太、小老婆，他是一个没有姥姥家的人。敏感的袁世凯以为于氏这是在揭他的短处，在嘲讽他，奚落他，大怒，拂袖而去，从此再也不跟她同房，把她丢在项城老家，一丢就是多少年，夫妻之间便有名无实了。后来，袁世凯做了山东巡抚，接其母刘氏去济南，于氏才跟随婆婆来到他的任所。后来洹上村的宅子翻修以后，她又跟随着来到了这里，自己一个人领着两个丫鬟独居在一个大院子里，受尽了凄凉寂寞。但是她倔强的性格并未因此而有所变化，相反地，一些别人不敢说的话，不敢做的事，她仍然敢说敢做。

“今儿已经是八月初三了，距离大人的生日没有几天了，不知道他们都准备得怎么样了？”于氏说。

“这些你就不用操心了，到日子，自有丫鬟媳妇们来伺候你，穿衣打扮，去养寿园接受众人参拜。”袁世凯说。

“谁希罕那个，不过是替你操着心罢了。”于氏皱眉说，“听说，你又弄了个小的，要在那天举行大礼。不是我多嘴说你，也是五十多岁的人了，你弄那么多小丫头片子在家里，个个都是生养的高手，一粘上边就给你怀上，扑哧扑哧一窝一窝地下，这可怎么得了啊！再说，自个儿的身子，也须保养……”

她那里说得正喋喋，听的人早不耐烦了，袁世凯涨红着面皮，说：“我还有些事情要安排，你歇着吧。”说完，起身就要走。

谁知，这时候，后边大姨太太的院子里传来一阵吵闹，其间，还夹杂着女人的哭声和一个男人的吆喝声。袁世凯惊问道：“这是谁，敢如此闹腾？”

于氏也觉得很奇怪，这袁家，谁敢如此放肆，大呼小叫的，成何体统？她忙叫一个丫鬟过去看看，究竟出了何事。

很快地，探看究竟的丫鬟回来了，报告说：“是三老爷发威呢，二少爷剪了辫子，被他发现了，撵着打，直追到大姨太太屋里，大姨太太护着儿子，不叫打，正闹得不可开交呢。”

于氏惊道：“好好儿的，剪什么辫子？这不是要闹革命党吗？倘被衙门里的人知道了，告个谋反罪名，这一家人还不落个满门抄斩？”

袁世凯怒道：“休得胡说！就是没事，也要被你们这些饶舌妇嚼出事来！”

说着，快步走了出去，直奔后院。

大姨太太的四合院，距离于氏的院子只隔着一片花草地，迈步就到了。袁世凯进去时，正看见大姨太太沈氏大张开双臂把持住门框，把袁世廉挡在屋外边，哭嚷着不叫他进去，而袁世廉呢，手里掂着一根木棍子，嘴里骂着娘，不依不饶地硬要往里边闯。他的身后，几个姨太太跟着吵吵，支持着袁世廉。他们见袁世凯来了，一个个都憋住了气，不敢再言语，只睁大了一双眼睛看。

袁世廉说："老四，你来得正好，看你那儿子堕落到什么地步了，他这是要灭我袁氏一门啊！"

袁世凯说："三哥，您先消消气，这小子，让我来教训他吧。"

袁世廉说："你给我往死里打！不打狠了，他不长记性！"说完，狠很地一扔棍子，跺着脚骂着"忤逆混账东西""背叛祖宗的不肖子孙"之类的话，恨恨而去。

这里，袁世凯冲着屋里喝道："混小子，还不滚出来！"

袁克文战战兢兢地从屋里溜出，爬伏在地上，告饶道："请爹爹饶恕孩儿。"

袁世凯定睛看去，只见他脑袋顶上披散着一头短发，齐耳朵长短，衬着他那张青春焕发的脸，显得很是精神，比脑袋后头拖着一根长长的大粗辫子要利索得多了，可是，这辫子能是说剪就剪的吗？剪了辫子，还能说是大清朝的人吗？那不变成了革命党了吗？

"你胆子不小啊，敢擅自剪辫子，说说为什么？"袁世凯问。

"脑袋后头拖着它，又沉又别扭，还招洋人耻笑，天津有不少年轻人都剪了的，非是孩儿自个儿标新立异。"袁克文说。

"那你们出门办事，不怕衙门里的人抓你？"

"出门带个假的，应付差使，回到自己个家里，就扔了它，图个消停。"

袁世凯扑哧一声笑了，说："原来是个假洋鬼子！"

沈氏见袁世凯笑了，知道事情有了转机，赶忙说："叫他留起来，一两个月，就长上了，先带几天假的吧。"

袁世凯点点头，问："你亲妈的话，可听见了？"

袁克文说："孩儿听见了。"

"那快起来吧，跪了半天了呢，膝盖骨都要碎了呢！"沈氏急忙走上前，伸手把袁克文拉起来。

这个沈氏，袁克文虽是过继给她的，却比亲生的还疼爱，溺爱得不成样子。袁克文抽大烟逛窑子，花钱如流水，她把自己的贴己钱都给了他，还替他编瞎话从老爷子那里要钱给他挥霍，袁克文学坏，跟她有很大的关系。因为她溺爱护短，亲生母亲的三姨太太金氏，反而无可奈何，看着儿子堕落不成器，心里干着急，又没有办法。

袁世凯回身看见门外边五姨太太六姨太太和几个丫鬟，立马沉下脸子，怒道："听我告诉你们，以后这个家，不管发生了什么事情，都不许你们大惊小怪，吵吵嚷嚷，不然，外边没有乱呢，自个家里倒先乱起来，那不是自取其祸吗？话我说过了，谁要是违反了，自个儿去想后果吧。"

五姨太太六姨太太本是来看热闹瞧笑话的，听见这话，吃了个没趣，便一个个领着自己的丫鬟悄然退去了。

这时，袁世凯问袁克文说："前日，我叫你给邮传大臣盛宣怀的回信，你可已经写好了？"

袁克文说："孩儿已经写罢了，还有《重修百泉祠庙碑》的碑文，孩儿也一并写毕，正要给爹爹送去呢，不想偏偏遇见三大，又偏偏把假辫子掉下来，招来这一场乱。"

"跟我来吧。"

袁克文跟着袁世凯来到养寿堂他的书房，从怀里掏出那信和碑文，双手擎着，恭恭敬敬地放在书案上。

袁世凯说："我懒得看，你给我念念吧。"

袁克文答应了一个"是"，忙从书案上取回那信和碑文，先念那信道："杏荪仁兄台鉴：兄大札拜读，不胜惶恐，且作汗颜。兄所言'方之历朝贤将相，罕有其匹，际此时局益艰，亟盼东山再起，宏此远谟，岂异人任'之语，誉之过高，实不敢当。弟初病左足，嗣病右臂，头眩心悸，益以失眠，精神日见颓靡，志气更不待言。承大哥期望之厚，当铭诸肺腑。惟久病衰朽，心与世违，愿长作乡人，以了余年，有负厚爱，无任悚惭。弟病眼昏花，不能具丹庄书，敢祈谅之。"

袁克文读毕，肃立一旁，屏息不语。

袁世凯听得正自入神，见没了下文，怔了一刹，问道："没了？"

"没了。"

"为何如此之短？"

"给盛宣怀这样的官员写信，愈短，愈见其威，长了，反倒高抬了他，是以写短。"

袁世凯点头说："我儿此言深得官场奥妙。不过，休小觑了这个盛宣怀，此番与四国银行团签订币制实业借款合同，将川汉、粤汉铁路收归国有并做抵押，激起风潮，酿成乱局，他当属功劳第一，将来为父我还要大用他呢！"

袁克文点头称"是"，便展开第二篇碑文来，朗声念道："龙骧虎跃之士怀奇负异，每息偃乎寥廓之藩，以韬养其光气。而贤哲之有经世之略者，亦往往因以自放焉如康节诸人而已。今余幸以余闲，无人事之忧，而菊人虽居朝列，志亦不忘丘壑，乃得相与致意于此。缅怀孙、阮之高踪，盖乎不可攀已。时方多事，风云倏扰，不知所穷，要非沈雄俊伟之才，不足以贞多难。意者风教所树，英才骏足接踵而兴，世变赖以康济……”

正读到这里，袁世凯禁不住大声喊好，道：“这几句好，这几句好！风云才刚刚蒸腾，大清朝廷‘不足以贞多难’，解决中国问题的英才骏足自当应运而生，‘世变赖以康济’，赖谁呀，赖我老袁！我老袁不出山，这个乱局就无法收拾！这几句好！这几句好！”

袁克文受到鼓舞，后边的话念得声音更高了，可是，袁世凯一句也没有听进去，他已经完全陶醉在那‘要非沈雄俊伟之才，不足以贞多难’的幻觉里，他觉得自己的机会就在前面，伸手可及……

袁克文读毕，见老父大睁着眼睛盯视着窗外的蓝天白云，似乎将他忘却，知道老爷子必有所想，不敢打扰，把文稿放回书案，正欲悄然退下，不料，这时候，袁世凯却又俯下头来，眯缝起一双眼睛瞅住他看，问道：“你前儿送过来的那个小妞，叫啥来着？是何方人氏？”

“回爹爹话，她姓郭，名叫巧儿，是浙江归安人氏。”袁克文说。

袁世凯把那肥胖的身子压在桌子上，往前倾着，认真地听。他摇晃着脑袋说：“不好，不好，江浙人身子孱弱，骨头架子小，灯草灰似的。”

袁克文笑道：“不然，苏杭美女，素以娇小玲珑吴侬软语为妙，不似北方女子，大手大脚，粗粗拉拉，憨声憨气，让人扫尽胃口，你看我亲妈还有六娘，她们的风味，绝非那些北方女子可以比的，爹爹不是格外宠爱吗？这个郭巧儿，乃‘豆蔻梢头二月花’也，其间妙处，爹爹一试便知，不需孩儿多嘴。”

袁世凯嗔道：“谁个叫你多嘴了？我只问你，她人现在哪里？”

袁克文说：“七娘原住的那个院子后边，有一处面东的宅子，原是大嫂她们回庄时的住处，爹爹如何忘记了？五娘把她暂时匿藏在那里，派了两个丫鬟伺候着，我还是几经打探才得知的呢！爹爹想见，孩儿领路就是。”

袁世凯笑道：“谁个有心去见她？你滚蛋吧。”

袁克文窃笑着，低头屏息而去。

这时，梁士诒和袁克定急匆匆地进来，梁士诒手里还拿着一份电报。

看见他们紧张的脸色，袁世凯猜出一定有什么大事发生了，便问道：“何事？”

梁士诒说：“大人，四川出事了，川督赵尔丰逃出成都，不知去向，端方在入川的路上，中了革命党的埋伏，全军覆没，端方被杀。”

“什么？”袁世凯大惊，“你是说端方死了？”

袁克定说：“是。端方率军刚入川境，就被革命党的民军包围，一个不剩地悉数被歼，他自己也惨遭杀害。”

“我只是叫他去乱川，可没有叫他去死啊！”袁世凯若有所失，沉痛地说，“看来，四川的局面已经完全不可收拾了。”

梁士诒说：“四川的保路请愿，已经演变成武装造反，革命党又乘机起事，现在真是乱成一锅粥了。”

袁世凯沉默不语了。他倒背着双手，低着大脑袋，急促地在屋子里走。走过来走过去，不停地走，成都的大乱，赵尔丰的逃跑，端方的被杀，这些都令他胆战心惊。他希望乱，愈乱，他出山的日子就愈临近。可是，他又怕乱，真的乱到不可收拾的地步，他即使出山了，又有什么用呢？那混乱的局面，能整死端方，焉知不也能整死他？……他忽然止住脚步，停在梁士诒面前，问道：“四川乱了，谁最害怕？”

“大人，这还用问吗？当然是摄政王最害怕。”梁士诒说。

“天下大乱了呢？”

“自然也是他摄政王了！天下大乱了，大清朝完蛋了，他摄政王就要被推上断头台，他能不害怕吗？”

“你是说，载沣要上断头台？”

“真的有一天，天下大乱了，第一个上断头台的，可能就是他载沣。”

“哈哈哈哈！”袁世凯大笑了，载沣上断头台的话，他很爱听，“乱得好！四川乱得好！天下乱得好！再乱一些，就更好了！哈哈哈哈！”

他的狂笑，把王士珍、倪嗣冲、赵秉钧们招来了，他们初知赵尔丰逃跑端方被杀也大吃了一惊，但是很快地，他们便心领神会地跟着袁世凯大笑起来，狂笑起来，因为他们知道，天下愈乱，大帅出山的时间就愈早，他们出头的日子就愈早。至于大清朝的命运，去他的吧，哪个鳖孙操他的心？老子们关心的，就是大帅何日出山，自家何日出头！

“秋风起兮白云飞，草木黄落兮雁南归。”

秋色渐渐地浓了，袁世凯的生日也临近了。

袁世凯是咸丰九年（1859 年）的农历八月二十日出生的，那一天的阳历是九月十六日。今年是宣统三年（1911 年），这一年的农历八月二十日，是阳历的十月十一日。

今天是农历八月十七，送寿礼的贺寿诞的客人们已经陆续赶来了。一应迎送大事，自然有赵秉钧、倪嗣冲去料理，用不着他操心，早上从洹河堤岸上回来，他去迎宾馆走了一趟，看望了一下他的几个刚刚赶过来的下属，他们是刚提升不久又被免职的山西巡抚张锡銮、革职的直隶候补道段芝贵、启用没有希望的候补知府袁乃宽，还有王锡彤、杨度等人。现任江北提督的段祺瑞、军谘使冯国璋因军务在身，不能前来，早已经派人送来丰厚的寿礼了。庆亲王内阁总理大臣奕劻和他的儿子载震，内阁协理大臣徐世昌、那桐，邮传大臣盛宣怀，陆军大臣荫昌等人，也都有贺礼送来。养寿园大门的彩门牌坊，搭得又高又大，松柏青绿，红花黄花，一团锦绣，很是气派。戏台子也搭好了，周围的芦席都是一崭的新！袁克定正指挥着工匠往上边挂大红灯笼、红绿彩绸呢。

袁世凯无心看这些，他悄悄叫上袁得亮，避过众人的眼睛，奔了后宅。他们主仆二人，不走大路，专拣背旮旯没人见的墙角屋檐山墙底下走，转弯抹角，鬼鬼祟祟，来到了七姨太太的四合院房后的一个大土崮堆旁边，袁得亮伸手拉住袁世凯，叫他蹲下。

"四叔，我这后脊梁背上怎一阵一阵发寒？莫不是七姨太太的阴魂还没有散呢，要找咱爷们儿的麻烦？"袁得亮颤颤地说。

"胡说八道！老子打小儿就在死人堆里爬，哪有什么鬼魂作祟？"袁世凯怒道，"可是，咱们怎么过去呢？这前边有一个大水坑，这儿要这个水坑干啥，明儿叫人填上！"

"爷，明儿填上挡不住眼下咱爷们就没有办法，除非蹚水过去。"

"水深不？"

"不知道，最少也有齐腰深吧。"

"太深了……"

"可是爷，两天以后她就是爷怀里的物件了，干吗这么急着要看她，咱爷们等两天不就得了？"

"你懂个屁！吹吹打打弄到手里的，有什么味道，爷就喜欢偷到手的。"

"嘻嘻，先偷后娶，真有爷的！"袁得亮说，"如今硬过是没有路了，只有一个法子，顺着河坑绕过去，只是爷的靴子……"

"不怕，咱们绕！"

费了好大的劲儿，一双靴子上粘满了泥，袁世凯终于绕到了郭巧儿临时居住的宅子外边。侧着耳朵听，院子里有人说话的声音，好像是五姨太太，两个人屏气不敢动。又等了好大一会儿，听见门扇咣当一声关上的响声，又听见一阵窸窸窣窣的脚步声远去，院子里静下来了。

袁得亮说："爷，侄儿去叫门。"

袁世凯小声说："不，咱跳墙。"

袁得亮蹲下身子，双手抓住墙砖，伏下头去，让袁世凯踩在他的后背上，扒住了墙头，只一送，就把他送了上去。袁世凯一抬腿，身子往下一翻，啪嗒一声，人轻轻地落在了院子地上。一抬头，五姨太太领着两个小丫鬟站在他的面前，正抿着嘴笑呢！

“大人，这个小妮子已经是您的人了，想弄她，弄就是了，大大方方叫人送过去不就得了，干吗做贼，翻墙越脊的？要是崴着脚踝子伤着哪儿了，明儿的喜事可怎么办呀？”

满身是土双脚是泥的袁世凯狼狈至极，大张着嘴巴赤红着脸，一时间“我、我、我”地说不出一句话来。

“丫头，搀着大人先回咱们房里去收拾收拾吧，你看这还像直隶总督国务大臣的样儿吗？”五姨太太不无讥讽地说。

这天晚上，袁世凯就住在了五姨太太杨氏的房里。

“吃着碗里的，看着锅里的，你们这些男人呀，怎么就改不了那个‘色’字？”杨氏把一张粉脸紧紧地贴在袁世凯毛茸茸的胸脯上，撒着娇说。

袁世凯嘿嘿地讪笑，说：“怕被你撞上坏了我的好事，到了儿还是被你撞上了，你就是个狐狸精，紧要的时候，偏偏出来挡爷的道儿！”

杨氏哧哧地谄笑道：“别人不知道大人，奴婢能不知道大人您吗？跟了您这些年，人家是干吗的？木头棍子呀！再说，当年，大少爷大少奶奶把俺送进袁府里来，成亲的前一天晚上，是谁半夜三更翻墙头跑到人家房里强奸了人家的？惊吓糟蹋得人家没脸活在这世上，天明了临去时才告诉人家您是哪个……后边的老六、老七不也是这个遭遇吗？先奸了人家，再娶人家，大人的招数俺们哪个不知道呢。眼前的这个郭巧儿，才刚刚十五岁，水灵灵的嫩，大人您能轻易放过她？”

袁世凯伸手掐住杨氏的胳肢窝，忽地举起来，摇晃着，像摇晃一个拨浪鼓，说：“如此说，原来你这个小娘们儿一直在暗处盯着我哪！”

杨氏咯咯咯地娇笑着，喘息道：“还用盯着吗？大人以为这袁家后宅里的人们都是瞎子啊？”

“既不是瞎子，老子今晚就要把你个小娘们儿先自弄瞎了！”

说着，一个鹞子翻身，把杨氏压在了身下，压得杨氏在下边嗷嗷乱叫道：“大人，轻些……大人，轻些……”

这个杨氏，年岁不大，只有二十三岁，却是一个脂粉堆里的豪杰人物，生得相貌虽然一般，当不得那个“美”字，却颇有心计，精明得很，很会讨袁世凯的喜欢，是袁家的管家婆，在这个后宅子里，可谓有权有势，炙手可热，连正室夫人于氏都让她三分，轻易不去招惹她。她是天津宜兴埠人氏，从小卖入娼门。袁克定的小妾马氏与其友好，他们为了讨袁世凯的喜欢，便买了来献于袁世凯。谁知，此女非但床上功夫了得，她那心思还特别得细，很会体贴照顾安排袁世凯的生活，以致到了后来，袁世凯一步也离不开她，无论走到哪里，这个五姨太太和冤死的七姨太太是必须要带在身边的。现如今老七已经死了，只剩下了这个老五，在袁世凯心里，她是愈发珍贵了。

一眨眼，袁世凯的生日八月二十这一天来到了。

一大早，五姨太太杨氏就亲自领着一大帮子丫鬟媳妇来到养寿堂袁世凯的书房，伺候着他洗漱更衣，做着拜堂前的准备。

“大人今日红光罩体，印堂生辉，主贵人入堂，家业鼎盛，官运亨通。”五姨太太杨氏说。

袁世凯狡黠地一笑，俯首她的耳边，悄声说道：“那夜没有弄瞎了你，此刻来恭维老子，打的啥主意呀？不怕老子有了新的，不要你这旧的了吗？”

杨氏撇撇嘴，白了他一眼，说：“天地良心吧！人的良心要是真叫狗吃了去，那有什么办法呢？”

两个人说笑着，一会儿工夫已经穿戴整齐了。

看那袁世凯时，藏青色长袍，紫红色马褂，白底高腰朝靴，头戴一顶黑缎子瓒花瓜皮小帽，大概是个头儿太矮太胖的缘故，看去，长身子短腿大粗腰，说他是戏台上卖炊饼的武大郎吧，腰上又缺少一条围裙，说他是街上耍把子翻跟斗的大马猴吧，他直棱棱的分明是个人模样，总之，此时的袁世凯，富贵有之，气派有之，喜气有之，就是没有一个人样儿！

忽然之间，唢呐声大起，锣鼓家伙震天响，迎亲的队伍开过来了！

说来也是怪事，寻常百姓人家，迎亲者，乃是男方新姑爷率领着迎亲队伍赶去女方新人家里去迎娶，八抬大轿，抬上新人，吹吹打打，招摇过市，抬回男家，拜堂成亲。而今日袁世凯成亲，却是迎亲的大队人马不去女方家里走动，而是来到养寿堂袁世凯的书房，吹吹打打，鞭炮齐鸣，迎接男方款步步入养寿园大厅，戏台前头，正中间早有一个大大的“喜”字高悬，身披大红喜花的袁世凯在赵秉钧、王士珍等人的簇拥下，笑嘻嘻地来到正中站定，接受早已红盖头盖顶伺候在一旁等候多时的新人郭巧儿的参拜。

郭巧儿在伴娘六姨太太的搀扶下，袅袅婷婷，扭扭捏捏，走上前来，站定在袁世凯的面前，双膝跪地，拜了三拜。然后，扭转身来，款款地返回她的洞房新居。郭巧儿走时，鼓乐队尾随其后，一路吹吹打打，热闹非常，转回后宅去了。

大厅里，袁世凯接受了众人的贺喜，婚礼便算结束。接下来，寿庆大典便开始了。

有人小心地揭去了那个斗大的“喜”字，下边便出现了一个更大的“寿”字。这时候，有人高声喊道：“夫人来了！”

大厅里的宾客扭转头看去，只见于氏夫人在两个丫鬟左右搀扶之下，一身的新衣新帽、云鬓花颜地走了过来。袁世凯忙起身让座，叫于氏坐在他的右手椅子上。这时，赵秉钧走上前来，当众高呼道：“婚礼已毕，祝寿开始，请寿星入坐——”

袁世凯本来已经坐下了，听见这一声唤，忙又站起身来，抱拳作揖，向众人示意，然后笑吟吟地坐下。

接着，赵秉钧宣布各方寿礼名单，他朗声读道——

国务总理大臣、庆亲王爷，送金元宝一双，白银五千两；

内阁协理大臣那桐，送白璧一双，白银三千两；

内阁协理大臣徐世昌，送金虎宝鼎一尊，白银三千……

赵秉钧一口气念了半个时辰，终于念完了。

再接下来，是在场的各位来宾敬献贺礼。

卸署江北提督、开缺副督统王士珍，副督统衔、开缺奉天度支使张锡銮，已革黑龙江民政使倪嗣冲，直隶候补道段芝贵等人，排成长长的队伍，鱼贯而入，向袁世凯顶礼膜拜，献礼祝寿。

毕。再接下来，便是妻妾们的祝寿队伍了。

大姨太太沈氏领头，接下来是二姨太太、三姨太太、五姨太太、六姨太太。四姨太太、七姨太太已死，不再提了，八姨太太今日才刚刚过门，尚不知礼数，免参。

姨太太们的贺礼进行得一帆风顺，不时地惹得袁世凯仰天大笑，欢喜非常。谁知，到了六姨太太叶氏的时候，出岔子了，一下子搅乱了一切，弄得袁世凯恼也不是，不恼也不是，尴尬极了。

那六姨太太怀里抱着一盆兰花，俯首走进大厅，跪在袁世凯面前，说："大人，奴婢今日送给大人侬的寿诞礼物，是这盆盛开的兰花，大人侬看，它开得好看不好看呀？"

袁世凯生性喜兰，他常对人言，这兰花生得像草，实里是花，看似普通，却极典雅，很像他老袁，外里粗糙，内里却是锦绣文章，有用不完的智慧和胆量。此刻，看见六姨太太把一盆兰花送他，高兴得很，说："好看，好看！老六，你最知道我的心，这份礼物别致，我最喜欢。"

六姨太太说："大人，您可知此花是谁人所养？"

"不是你养的吗？"

六姨太太摇摇头，反问道："有一个诗谜，大人可曾猜过？"

"什么诗谜？"

"春色堤上绿，红花笑里开。"

袁世凯大惊，这是七姨太太张氏生前给他出的谜，老六怎么在这时候说起它？他很是不明白，他不知道老六要干什么。

"大人，侬想起来了吧？诗谜还在，说谜的人已经不在了。"

袁世凯皱眉道："老六，你到底要说什么？"

“大人呀！这盆兰花，它是七姨太太精心为大人侬培育的呀！为了今天能将此花献给大人侬，七姨太太培土施肥，请教花工老邢养花之道，可是、可是……她竟然落了个不贞的罪名，屈死为鬼……哎呀，阿拉的亲妹子呀……”

六姨太太说着说着，终于止不住悲哀，号啕大哭，声震屋宇，把个寿庆活动搅了个乱七八糟。

五姨太太一看乱了阵了，赶忙走过来，连哄带劝，好说歹说，在几个丫鬟的帮助下，总算把人弄出去了，大厅里才恢复了平静。但是，喜庆的气氛一点儿也没有了。

袁世凯沮丧地坐在那里，一言不发。

寿宴开始了，戏台上的锣鼓家伙也铿铿锵锵地大响起来。敲打了一阵之后，开戏了。第一出，是彰德府唱河南坠子的名角粉头赛梨花的清唱。

那赛梨花走上台来，弦子一响，小鼓轻敲，玉指举处，开唱之前先引吭念了一道开场诗，曰：“说的是，本朝一位大英雄，十二三岁少年时候，就已经显出他蟾宫折桂的文才，气吞山河的气概，那真是——眼前龙虎斗不了，杀气直上干云霄。我欲上天张巨口，一口吞尽胡天骄。”

众人闻听她的这个道白，忽然悟出这四句诗乃是袁世凯少年时代的作品，此刻，经这位女人在这种场合一念，竟然大出效果，不禁哄然大笑起来。袁乃宽站起身来，高声喊道：“这是咱们大帅儿时诗篇，果然英雄了得，众位，捧场啊！”于是，场子里一时叫好声鼓掌声大起。

袁世凯惊道：“我儿时的东西，她们如何得知的呢？”

那赛梨花待人们的掌声笑声叫好声小些了之后，咚咚咚连敲三下响鼓，放开喉咙唱道：“我今独上雨花台，万古英雄付劫灰。谓是孙策破刘处，相传梅销屯兵来。大江滚滚向东去，寸心郁郁何时开。只等羽毛一丰满，飞下九天拯鸿哀。”

“好啊——”叫好声大起，大厅里顿时喧嚣成一片。刚才六姨太太叶氏带来的哀怨悲怆气氛一点儿也没有了。

于氏夫人也听出来了那诗句的意思，说：“这不是你小时侯瞎写的那些顺口溜吗？为了这些，老爷还打了你的板子，说你贪玩不用功，写的是些污七八糟的东西，今儿这是怎么啦？他们怎么乱叫起好来了？”

头脑正被众人的叫好声捧得飘飘然的袁世凯，听见身边这个老婆子不合时宜的扫兴话，顿时沉下脸子，说：“你累了，回去歇着去吧。”

于氏夫人走了，赛梨花已经开始了她的正本演唱，唱的是薛丁山招亲一折，这是袁世凯最爱听的段子，他眯起眼睛打着拍子着迷入神地听。

大厅里的众人，吃饭喝酒嘴巴忙，耳朵更忙，吧唧着嘴巴直竖起耳朵嘻嘻哈哈地边吃边听，好不快乐也。

就在人们陶醉在这喜庆氛围里如醉如痴的时候，袁克定手里拿着一份电报，神色慌忙地跑进来，惊恐地喊道：“不好了，革命党攻下武昌了，武汉三镇沦陷了!”

只这一句话，婚宴寿宴的喜庆完全被扫荡殆尽了!

人们顿时陷入恐惧张皇惊讶茫然无所措之中!

袁世凯接过电报，只匆匆地一瞥，便惊吓得面如土色浑身颤抖瘫坐在椅子上，半晌说不出话来。

过了好大一会儿，他才缓过一口气，从惶恐里醒转过来，看见戏台上呆站着的赛梨花和面前的酒席宴，回过神来，有气无力地说：“撤宴，罢演……”

袁得亮和袁克定二人架着瘫软了的袁世凯，把他送回他的洞房里去，服侍着宽衣脱鞋，躺在了床上，跟新娘子郭巧儿交代了几句，悄然退下。

且说那个新娘子郭巧儿，十五岁的小孩子，被袁克文带到这洹上村以来，半个多月里，一个人单住在前边一栋大房子里，空空荡荡，虽说有个小丫鬟做伴，可那个才十二岁，任啥事不懂，胆子比她还小，一到了晚上，便猫在她的床头上一动也不敢动了，如此，更让她心惊胆怕，草木皆兵。遇到有风的夜晚，外边风声鹤唳，总觉得脚步沙沙，有人走来，把她吓得什么似的。心里只巴望着，快快结亲拜堂，叫那个男人收了房，身边有个男子汉壮胆。今日总算把事情办过了，从此，自己也是有了男人的女人了，一颗悬着的心，总算落了地。

谁知，刚才那两个男人搀扶着一个醉汉进来，把他安放在床上，说是今日跟他拜堂的新人。我的天王爷爷呀，这是个人吗？那个黑胖，那一脸一身的横肉，那个凶恶可怖的做派，这不是山上的妖魔鬼怪，就是海里的巡海夜叉，或是阎王殿里的判官无常……他那身上，从里到外，散发着一股杀气恶气淫秽之气，哪里有一点点儿的人气啊！这样的人会是她的男人吗？她又害怕又失望，在她心里，暗暗地怨恨起袁克文这个小白脸儿来。先是跟自己恩恩爱爱，海誓山盟，说要赎出去永不分离。后来又说要把自己送给一位大老爷、大财主、大将军，叫她终生有享不完的福。不管是跟他们谁吧，只要跳出那个火坑，能有一个安顿的日子过，她就是烧高香了。一个娼妓，有你挑拣的份吗？听命吧……可是，可是，任她怎样想，万万想不到袁克文把她许配的这个大老爷、大财主、大将军，是这么一个凶神恶煞的主……这不是一个杀人的强盗吗？愈想愈怕，愈怕愈想，情不自禁地流下泪来。

袁世凯躺在床上，喘息了一会儿，心情渐渐平静了些，刚才的恐怖惊慌也稍稍缓解了些。他坐起身子，睁眼看着面前的这个小姑娘。只见她生得一张瓜子脸，小嘴，大眼睛，高鼻梁，白皙如玉的皮肤透着红晕。因为她人是坐着的，看不出她的高低来，但纤细的腰身，丰满的胸脯，微微撅起的小屁股蛋，却是看清了的，果然是江南女子，姿色迷人……看着，看着，忽然觉得心里热辣辣的热血上涌，下边也鼓胀起来，由不得自己了……他翻身下床，像一只发了狂的野猪黑熊一样，瞪圆一双铜铃似的眼睛，大张开如盆的血口，猛扑了过去……二话不说，就把郭巧儿平地掂了起来，往床上一扔，就好像扔个枕头包袱什么的，扔了上去，然后，撕吧撕吧，三下五除二，剥了个精光，接下来，就是泰山压顶似的压下……只听见郭巧儿惊恐地叫了一声“妈呀”，呻吟了几声，就再也听不见她的声音了……

就在这天夜里，夜深人静的时候，洹上村沉入梦乡万籁俱寂的时候，袁世凯从酣睡中醒来。他推开小狗一样蜷卧在身边的郭巧儿，眨巴眨巴眼睛，奸黠地笑了。他的笑里，已经完全没有了惊恐和惶惑，有的，只有诡诈、狡猾、阴冷和歹毒。

忽然，他的无声的奸黠的笑，一下子变成了尖厉的疯狂的大笑，“啊哈哈哈哈……啊哈哈哈哈……啊哈哈哈哈……”

这尖厉的疯狂的笑声，打破夜的沉寂，在洹上村的上空盘旋，惊醒了他的那些因为恐惧而惴惴不安的下属，那些阴险的毒辣的贪婪的自私的灵魂，他们从他的笑里，似乎明白了什么。

第二天上午，众人齐集养寿堂大厅，团团围聚在袁世凯身前，研究应对时局的办法。

“大清朝完了！”倪嗣冲第一个发言，他今天的情绪显然很冲动，往日里在袁世凯面前那屏息敛容的恭敬也没有了。

“这一天是迟早要来的，事发之时，觉得突然，细想一想，势之必然也！”梁士诒说。

“是呀，即或武昌不反叛，也会在别处反叛的，大清朝这堆干柴，任何地方都有可能狼烟大起的，亡国之势已必不可免。”王士珍说。

袁世凯笑道：“诸位所论，诚然！然则，当此之时，我辈将如何措手足？”

倪嗣冲慨然而曰：“今朝政日非，大乱已至，而朝廷方面，可以平乱的人才李鸿章、刘坤一、张之洞辈，皆已作古，现只有袁大帅您在。现大帅面前有两个选择，一是出山保大清，一是揭竿而起，趁乱起兵，直捣北京，取而代之。我北洋三十万精锐，拥保大帅坐龙廷，改朝换代，就在此时！”

赵秉钧说：“大清已经腐败透顶，糜烂将死，弃之犹恐不及，如何反去保它？大帅，反了吧！”

袁乃宽也说：“大帅，反了吧！”

段芝贵也说：“大帅，反了吧！”

袁世凯说：“你们这是要我反叛朝廷，从孤儿寡妇手里夺天下，陷我于不义啊！”

倪嗣冲说：“大帅此言差矣！古来英雄豪杰，哪一个不是趁乱起兵，摧枯拉朽，上应天命，下合人心，建立新王朝的？汉高祖刘邦斩蛇起义，创立炎汉四百年基业。唐太宗李世民玄武门兵变，创下大唐盛世三百年，万古流芳。赵匡胤陈桥兵变创立大宋，朱元璋红巾军起义创立明朝，这些史实无不有力地说明了这个道理。今大清气数已尽，正是英雄举大事的时机，大帅万不可错过。”

赵秉钧等众人齐声应和，都劝袁世凯趁乱造反。

袁世凯微微而笑，不言不语，一边听着众人的高论，一边暗自拨打着自家的算盘。

武昌出了大事，杨度待不住了，他对王锡彤、张锡銮、袁乃宽诸人说：“各位大人，此时京城里是何情况，十分重要，小可拟即刻进京，诸位是否一起走？”

张锡銮说：“我正有此意。”

王锡彤、袁乃宽说：“我们打算留下，在这里等消息，并看大帅的态度以定行止。”

杨度、张锡銮去跟袁世凯告别。袁世凯握住他们的手说：“二位回京，打探消息，很好。请带话给总理大臣和那桐、徐世昌等诸位大人，就说武昌事变，绝非当年洪、杨可比，它要严重得多，万勿等闲视之。袁某三世受大清恩遇，今日虽罢黜归乡，乃是一介荒野农夫，亦忧心如焚，记挂朝廷也！”

张锡銮说：“大人放心，我等一定会运动各方，说什么也要叫摄政王重新启用大人。”

杨度说：“事发突然，请大人勿急于动作，且等待我在京城的消息吧。”

袁世凯抚着杨度的肩胛，亲切地说：“皙子于我，真乃肝胆相照患难与共之人也！我还有一些家事，着犬子克定与你们一起赴京去吧。”

说完，叫人找来袁克定，领进书房，关上房门，从抽屉里拿出一张银票，递给他，说：“记儿我儿，这是三十万两银票一张，你此番进京，要秘密送到庆亲王府，面交奕劻。记住，只请安问候，不准谈国家大事，更不准谈论武昌事变。奕劻老儿贪财如命，他看见银票，自然会明白一切。”

又从抽屉里拿出一封书信，递给他说：“你去东交民巷，面见英国公使朱尔典和美国公使嘉乐恒，要他们干什么，这里边都书写清楚，不需汝多言。”

送袁克定到门口，袁世凯说：“还有一事，是要我儿施展才能去办好的，就是你此番进京，一定要去刑部大牢看望谋刺摄政王的革命党人汪精卫。这个人了不得，在革命党里地位仅逊于孙、黄，估计他出狱的日子不会远了，你要走在前头，结交于他。”

袁克定说：“杨度跟孙、黄还有汪精卫都是极熟的，是否叫上他一起去？”

袁世凯大摇其头，说：“你要记住，世界上可以信任的人，只有自己。自己之外，皆舟楫车马也。大丈夫所以称王称主，不同于凡庸者，善假于物也！”

袁克定恍然大悟，笑道：“孩儿明白了！”转身而去。

袁世凯见他们出了庄，仰面而笑，禁不住唱起了豫北梆子腔：“有本王打坐在金銮宝殿，尊一声驸马儿细听王言……”

第四章　天下大乱奸人智高一筹
各方调度隐者阴谋出山

这天深夜，王士珍来到养寿堂袁世凯的书房，看那袁世凯，正一个人敞怀露体赤巴脚蹲卧在椅子上有滋有味地喝酒吃肉呢。他面前的桌子上，猪脚，羊蹄，鸡爪子，鸭脖子，花生米，兰花豆，乱七八糟地摊开了一桌子。

王士珍笑道："大帅，天都塌了，朝廷上乱成了一锅粥，摄政王正哭爹叫娘没有法子呢，你却在这里大吃大喝，好不快活。岂不闻'处江湖之远则忧其君'的古训了吗？"

袁世凯哈哈大笑，说："聘卿兄弟，此话差矣！我老袁此时已经不是什么朝廷大臣，贬谪官员，乃是一个被摄政王免杀不用的乡下农夫，天塌不塌，朝廷上乱不乱，摄政王哭不哭，干我老袁何事？去他娘的蛋！我老袁此时心里头高兴，哈哈哈哈，天塌得好啊！哈哈哈哈，朝廷乱得好啊！哈哈哈哈，载沣个鳖孙哭爹叫娘去吧，对不住，老子这儿看笑话啦！哈哈哈哈……"

王士珍说："这样想，果然让人感觉痛快！"

"痛快就对啦！"袁世凯说，"兄弟，弟兄们跟着咱老袁受牵连啦，受委屈啦，这会儿，借革命党的一把火，咱也来个坐山观虎斗，看看载沣小儿怎样收拾这个烂摊子吧。喝酒！干杯！痛快呀痛快呀！啊哈哈哈哈……"

王士珍笑嘻嘻地坐在他对面椅子上，抓了一把花生豆往嘴里填，端起一杯酒来一饮而尽，说："摄政王收拾不了的时候，就要来请大帅出山了。"

"不出，不出！"袁世凯说，"老子不是他载沣的小妾，来劲儿了就拉过来干，没劲儿了就扔一边去，老子不吃这个！"

"对，咱又不是小孩子，任他哄着玩儿！"王士珍说，"大帅的意思是，黄袍加身，反了他娘的！"

"你是说造反？"听见"造反"两个字，袁世凯刚才的疯狂没有了，他一下子沉下脸来，情绪忽然平静了许多，变得很清醒的样子，摇摇头说：“从孤儿寡母手里夺江山，不干，不干，我老袁不能让天下人看不起咱。”

“迂腐之见！”

“就是说，你也鼓动哥哥造反了？”

“为什么不呢？”

袁世凯睁目凝视他半晌，说：“浅见！傻瓜蛋才这个时候拉竿子造反呢。人家革命党跟大清朝干得正热乎呢，我们插这一手算什么？替革命党挨枪子儿啊？替摄政王挨枪子啊？老子姜太公稳坐钓鱼台，这一出不比戏台上演的热闹啊？”

“大帅言不由衷。”王士珍笑道，“我料大帅，知大清气数已尽，是把砝码压在了那个反字上的，嘴上不说罢了。”

袁世凯哈哈而笑，说：“说你浅见吧，你还不服气。造反，怎么反，跟革命党联手，人家要咱老袁吗？信咱老袁吗？自个儿干？怎么干，北洋军之外，清廷旧臣尚多，且都很具实力，真的打起来，胜负难分倒在其次，革命党反趁了空子，这天下就不是咱哥们的了。”

“那么，余下的一条路，就是出山了，大帅不是不出山吗？”

“山恐怕还是要出的，关键是要怎样出！”袁世凯沉默了，他端起酒杯，呷下一口酒，就再也不说一句话了。

第二天早晨，遛弯儿的时候，袁世廉黑丧着脸，瓮声瓮气地问：“老四，听说你那属下众人鼓噪着要你造反，可是真的？”

“三哥，别听他们瞎嚷嚷。”

“这可是灭门的事，你可要想好了！”

袁世凯淡然一笑，说：“造反，是闹着玩的吗？成了，他们是开国元勋，跟我要一字并肩王，败了，他们做猢狲散，我袁世凯落个身首异处，家破人亡，千古罪人，万世骂名。这种赔本的买卖，不干不干！再者说了，清廷虽已到山穷水尽走投无路的地步，可是，还并没有临到绝境，离咽气还有一截子路呢，赵尔巽、张人骏、铁良一撮清廷旧臣，还很有实力，一时间恐怕灭掉很难。再者说了，我自家的北洋军，握有实权的姜桂题、段祺瑞、冯国璋辈，他们的想法如何，愿意拥戴我吗？临时反水了怎么办？即使他们铁心跟我，南方的革命党也不是好对付的。长江以南，民气发达，志在共和，北洋军的势力很难侵入。依小弟之见，我看还是表面维持清室，慢慢走着看才是上策。”

“这话在理。武昌这一闹，天下大乱是刚刚开了个头儿，热闹戏还在后头呢，安生日子恐怕是过不长久了，你要处处谨慎才是。唉，‘十年天地干戈老，四海苍生痛哭深’，当年清兵入关，杀戮中原百姓的惨剧，今日难道真的要轮到他满洲人了？”袁世廉唉声叹气地说。

袁世凯哈哈而笑，说：“三哥，你今日怎替他爱新觉罗氏担起忧来了？想想前年他要杀你兄弟时候的恶相，今日叫小子害害怕，也是天理报应！不说这些不痛快的事情了，咱们哥儿俩下棋去！”

两个人说着话，就往养寿园的五柳草堂而去。袁世凯吩咐身边的人说：“叫厨房给我和三爷弄几样时鲜菜蔬果子之类好吃的来，拿两瓶好酒，我今儿要跟三爷下棋歇息，谁也不准来打搅俺们！”

下人刚走两步，袁世凯又叫住他，说：“把二少爷叫来，我有事情叫他去办。”

两个人当门炮把马跳下了没有几步棋，袁克文来了，说：“爹，叫儿子啥事？”

袁世凯说：“招儿，你去天津出趟差吧，把天津卫最好的照相师傅给我叫来，叫他们连夜赶来，带上照相的洗相的家伙，愈快愈好，我明天就要照。”

“明天，那么急？”

“多带些钱去，你现在就出发！”

袁克文迟疑了一下，要问什么，袁世凯已经急了，脱下一只靴子就砸过去，喊道：“还不快去！”

袁克文抱头鼠窜，赶赴天津请照相师傅去了。袁世凯这里，一边下着棋，一边吃着瓜子花生，喝着美酒，好像这个大清朝，什么事情也没有发生似的，国泰民安，四海清平。

赵秉钧、倪嗣冲、袁乃宽们，则一个个急得热锅上的蚂蚁似的，就地打转转，他们不明白，大帅这是怎么了，多么好的机会，他只消一个号令，三十万北洋军马，立即杀向北京，三下五除二，就解决了统治中国二百六十多年的大清政权，而建立起来一个新的王朝……可是，大帅为什么没事人一样，竟然能够静下心来下象棋！

王士珍、梁士诒、王锡彤这几个有些城府的，则微微冷笑着，不言也不语，静观着一切。

袁得亮来了。

这个摄政王派到洹上村来监视袁世凯的小人、探子、走狗，手里拿着一封他拟好的密折，鬼鬼祟祟地走过来，小心翼翼地贴了过去，双手垂下，肃立一旁，大气也不敢出。

袁世凯头也不抬地问：“得亮，你有何事，难道不知道我要清净吗？”

袁得亮赶忙习惯性地一甩马蹄袖，跪下一条腿，施了个安如礼，说：“四叔，小的如何不知您在这儿跟三世伯下象棋要安静呢？可是，这件事儿有些沉，侄儿做不了主，只有前来请示四叔。”

"何事?"

"摄政王来了密电，想知道四叔您对于武昌事变的态度，我这里回了个报告，请四叔过过目。"

袁世凯一怔，这个情况他倒忽略了，忙停下棋，笑道："噢，你是如何回复他的?"

袁得亮把密折递上去。

袁世凯迅速地浏览了一遍，点头说："你这几句写得不赖，'袁某得悉武昌叛乱，望北而泣，长拜不起，道：恨革党占我城池，戮我百姓，乱我国家，恨世凯不能为国家靖难，替皇上分忧，整日慵懒荒村，英雄无用武，岂不憋死人了。又说：我袁氏三世受朝廷厚恩，今虽被黜不用，然我袁世凯生是大清之臣，死是大清之鬼，与革党逆贼势不两立。'这些话甚合我意。只是在文辞上，还须斟酌，不要露出虚假才好。你去找梁士诒大人，请他帮你改一改。"

袁得亮领命，颠儿颠儿地去了。

袁世廉摇头说："可怜摄政王，煞费苦心派来的探子，却变成对方的走狗，倒帮着对手欺骗起自己来了，大清朝真的是没得救了!"

袁世凯说："这条狗能为金钱美女出卖旧主子，将来也会为金钱美女出卖新主子，等我一旦得势，必杀之，免得他坏我的事。"

这天下午，北京徐世昌来了密电，向袁世凯报告了一个紧急消息：摄政王载沣已经任命陆军大臣荫昌为帅，督率陆军两镇赶往湖北镇压叛乱，湖北军队及赴援各军均归其节制调遣。并饬海军提督萨镇冰率领军舰，会同长江水师往援。

袁世凯放下电文，一笑，说："果然不出所料。"再也没话，叫人拿上钓竿，去垂钓亭钓鱼去了。

梁士诒不解，问身边的王士珍说："此是何意?"

王士珍说："这个荫昌，乃是满洲正白旗人，字午楼，系同文馆毕业。曾经留学德国，专攻陆军。北洋武备学堂时候，当过大帅的总办，也算是一个老部下了。此人桌面上的学问有之，实战上的经验无有，载沣用此等人领兵，没有不败绩的。大帅所以不以为然，缘之于此也。"

"原来如此。"梁士诒说，"不过，荫昌所率陆军两镇的主将，一个是冯国璋，一个是段祺瑞，这两个人却是北洋二虎，是了得的战将，他们上阵，武昌方面肯定够呛。"

王士珍笑道："大人这是以常理推论军事，你要知道，荫昌调不动他们。我料此二人，近日当先后来洹上拜谒大帅，聆听战策。"

后半夜时候，天淅淅沥沥下起了小雨。雨中，忽然庄门前边来了一群车马，咚咚地砸门，还听见袁克文骂人的声音，原来是天津的照相师傅乘夜车赶来了。

乱腾了一阵，这帮人进了客房，安顿下来，只听见袁克文说："诸位抓紧时间眯会儿眼，天一亮，就得给爷照相，到时候别叫不醒。"

众人答应着，东倒西歪地和衣躺下，立马鼾声一片。

天大亮了，袁克文赶来叫醒众人，洗巴洗巴，扛上照相器材，就往河沿赶。

到了洹河岸上，找了一个风景优美的河湾，人们便七手八脚地忙碌起来，只一会儿，便把照相机的架子支好了，派人拿雨伞遮住。

照相师傅仰脸看了一眼簌簌的小雨，皱眉道："这天气不好，光线暗，照出来的效果未必会好。"

袁克文说："你这是什么话？不照出好效果来，谁花大价钱跑去天津请你们来呀？"

照相师傅说："我是说，这老天爷恐怕一时难晴，雨里照相……要不，咱们等雨停了。"

袁克文说："你懂个屁！大帅要的就是这个雨天，不见老杜诗曰'雨洗平沙静，天衔阔岸纡'，你今日就要给大帅照出这个境界来！"

照相师傅哭丧着脸，为难地大摇其头，嘴里又不敢说什么。

大约半晌午的时候，袁世凯、袁世廉兄弟两个来了。他们身披蓑衣，头戴斗笠，脚蹬芒鞋，手持钓竿，在袁得亮几个小子的搀扶簇拥下，一脚深一脚浅地从大堤上走过来。

不知道什么时候，前边上游岸边一棵老柳树下早就停泊着一只打鱼小船，这时候撑了出来，一直撑到袁世凯他们面前才靠岸停下。船夫伸出竹篙，递给袁世凯兄弟，叫他们一个一个扶助竹篙上了小船。船上早就备有竹制小板凳，船夫扶着他们坐下，这才把渔舟撑向河对岸老柳树下停住。

袁世凯一直哈哈而笑，嘴里不停地说："今天，咱老袁兄弟也当一回电影明星，照几张艳照，出出名儿！"

王士珍、梁士诒、倪嗣冲等一大群幕僚，早闻到消息赶了过来。他们远远地站在河堤上，聚在一起看热闹。七嘴八舌，啧啧连声。

"大帅是怎么想的呢？新鲜得别致！"

"好一幅陶渊明秋钓图！"

"醉翁之意不在酒，在乎山水之间耳！"

"这张照片在上海、北京的报纸、刊物上一登，摄政王看见了，当作何想啊？"

"我猜大帅的意思，就是叫他载沣看的。叫他看看，大帅在洹上村悠哉着呢！"

袁克文把照相师傅拉向船边，指着船上的人说："你听清楚了，现在，这船上的钓鱼者，不是以前的直隶总督大人，也不是大将军大都督什么的，而是两个隐居山林的隐士、高人，是姜太公，是屈原，是陶渊明！这意思你可明白了？”

照相师傅点点头说：“明白了，要照出那山野悠闲、不问时世的自在来。”

“就是这个意思。现在，你就是这儿的导演啦，你指挥吧，大帅他们一切都听你的号令啦。”

于是，照相师傅一会儿对对镜头，一会儿跑去指挥钓者整整身子，摆摆姿势，猴子似的，来来往往地奔跑不停。

刚刚摆好了一个姿势，照相师傅正要开拍，谁知，袁世凯突然诗兴大发，昂头挺胸，扬起钓竿，朗声吟道：“身世萧然百不愁，烟蓑两笠一渔舟。钓钩终日牵红蓼，好友同盟只白鸥。投饵我非关得失，吞钩鱼却有恩仇……”下边的两句却一时卡住，没有了词儿，挠着头皮想了半晌，终于想不出来，忙向着袁克文笑喊道：“招儿我儿，快帮忙爹爹想想下边的词儿，把这首渔舟写真诗续完它！”

袁克文应声道：“这个容易！”仰天沉吟片刻，说道：“有了，爹爹请听——‘回头多少中原事，老子掀须一笑休！’”

袁世凯大喜，笑道：“‘老子掀须一笑休’，好啊！知我者，我儿也！”

岸上众人，也齐声喊好。

闹腾了半天，才平静下来，于是接着照相。

这一次，袁世凯照了很多相。有他跟三哥世廉一起的，有他自己单独个儿的，都是雨中垂钓图。下午就冲洗出来了，哗啦啦摊开了一桌子，任袁世凯选。他从中选出来三张，递给袁克文，说：“叫他们连夜各洗出来五百张，派人分别送到上海、北京的报馆去，叫他们登，要多少钱都中。余下的，去北京王公大臣家里送，认得的不认得的，都送，要多少，送多少，送完了再加印！”

袁克文领命去办了。

袁世凯对他的幕僚们说：“猜猜，摄政王看见我这烟雨垂钓图，该做何感想？”

“不背过气去，也差不多了！”众人齐声迎合道。

三天以后，即十月十四日，清廷突然颁布上谕，任命袁世凯为湖广总督，督办剿抚事宜。所有该省军队及各路援军，均归其节制调遣；荫昌、萨镇冰所带之水陆各军，亦得会同调遣，并告诉他，要力顾大局，不得推辞。奕劻拿到上谕，兴高采烈，以为他替袁世凯要了一个复出的好机会，替大清朝廷物色了一个平叛的大将军，从此天下太平有望了，便兴冲冲地派阮忠枢为使，赶去洹上村劝驾。

阮忠枢，字斗瞻，合肥人氏，举人出身。袁世凯任山东巡抚时，他就投在袁幕任师爷。袁世凯文案上的事，他做得让袁世凯最满意。后来经袁世凯提拔，曾经做过顺天府丞，邮传部副大臣。正是因了这层关系，庆亲王奕劻才委派他奉诏为使，前去劝驾。阮忠枢也因为自己跟袁世凯的这个渊源，表现得是很有信心。自己揣摩着，此番劝驾，必然不辱使命。孰料，彰德府下车，车站上冷冷清清，连个接站的也没有。他只好带着几个随从，雇了几匹牲口，自个儿骑上一匹叫驴，踢踏踢踏地赶去洹上村。到了村口护庄河前，几费口舌，大日头下，晒成半死了，才准许入庄。

进得庄去，袁得亮接住，引进客房。

阮忠枢洗了一把脸，咕咚咚喝了一大碗凉水，喘息地问袁得亮说："大帅何在？我身上负有王命，要立即见到大帅。"

袁得亮说："大帅在垂钓亭钓鱼呢，小的领您去。"

来到垂钓亭前，远远看见袁世凯头戴一顶大檐草帽，披着一件白布无袖短衫，敞着怀，手执一根长长的钓竿，端坐在亭前一把藤条椅子上，全神贯注地钓鱼呢。阮忠枢不敢怠慢，忙撩起长衫下摆，迈起小碎步，刷地奔过去，近到跟前，扑通一声，双膝跪地，抱拳，作揖，道："属下拜见大帅。"

袁世凯头也不回，问道："可是斗瞻么？你如何来了？"

阮忠枢道："回大帅话，属下奉庆亲王之命，带着皇上的上谕，来看望大帅来了。"

"噢，如此说来，你是身有皇命的人啊，是草民失礼了！"袁世凯扭转身来，笑吟吟地说，"快快起来吧。请随我养寿堂里说话。"

说完，扔下钓竿，牵住阮忠枢的手，无限亲密的样子，返回养寿园来。

到了书房，更衣，洗漱，重新见礼，让座，拜茶。

袁世凯问："上谕何在？"

阮忠枢从怀里掏出一个卷成一团的黄缎子圣旨，慢慢打开来，递上去，说："请大帅一观。"

袁世凯草草地浏览一通，毕，微微冷笑，说："我乃摄政王免杀不用之人，剿抚重任，如何担当得起？"

阮忠枢说："大帅倘不出山，大清江山休矣。"

袁世凯哈哈大笑，说："你是这样看吗？"

阮忠枢说："非唯属下如此看，满京城里的人，凡是有些眼光的，无不如此看。"

袁世凯说："未必吧。侍郎桂春不是说要尽诛京城汉人吗？我袁某亦是汉人，倘进得京去，不是亦在杀戮之列？"

阮忠枢说："桂春的这句疯话，如何能够当真？它恰好说明朝廷里现在人心惶惶，满汉官员猜忌日甚，没有了主见。"

袁世凯摇头说："未必就没有了主见！我看摄政王就很有主见呢！他不是跟

王公大臣们计划过，无论我镇压革命党成功与否，最后都要杀我以除隐患吗？如出师失败了，则以失败为借口诛杀之；若成功了，保住了大清江山，则另找借口先夺兵权而后诛杀之。"

阮忠枢惊道："大帅连这个也知道了，属下还有何言？坦白地说，摄政王这番启用大帅，确系出于无奈。"

"你且说来。"

"是。"阮忠枢说，"初时，商讨派遣军队平叛事，何人为帅，这第一个题目就犯了难。总理大臣庆亲王奕劻，协理大臣那桐、徐世昌，联名上奏，保荐大帅。摄政王大怒，说，难道我大清真的无人了吗？离了他袁世凯就要亡国了吗？本王偏不用他！为此，协理大臣那桐说了一句劝载沣不要赌气的话，便遭到训斥，当着那么多人的面，一点情面也不顾及了，气得那桐非要辞官不可。于是就派了荫昌为帅。主帅有了，下边自然是调派军队了。军队未动，钱粮先行，可是大清朝廷国库空虚，哪有余钱充实军费？向英、法、德、美四国银行团借贷吧。美国代表司戴德和法国代表贾思纳说，你们的政府贪污腐败，官员无能，我们贷款给你们，没有强有力的保证，款子收不回来怎么办？不贷，不贷！除非你们重新起用袁世凯。英国驻华公使朱尔典代表驻京公使团甚至用命令的口吻对摄政王说，今日中国的局面，只有袁世凯大人能够收拾，你们必须起用袁世凯，不是任他做一个寻常的高级官吏，而是作为朝廷的顾问和皇权执行者来起用，这样，你们的政权才能转危为安，我们各国在华的利益才能保证。在这种情况下，摄政王不得已才颁布此诏，决定起用大帅的。"

"着哇！你既知摄政王疑我，为什么还力主我出山呢？难道'主疑将死'的道理你不知道吗？"袁世凯有些愠怒了，他怒视着阮忠枢说。

阮忠枢作揖赔笑道："摄政王懦弱，非一般有为之主可比，功成则杀之，功败亦杀之，乃是他一厢情愿。大帅真地出山了，军权在握，那个时候，恐怕就由不得他了。三年前他杀不了大帅，三年后的今天，恐怕他就更杀不得的了！"

听见这话，袁世凯转怒为笑，说："这话，倒还有几分道理。"

"那么，大帅是同意出山了？"阮忠枢问。

袁世凯微微而笑，并不回答。

下午，杨度从北京赶回洹上村。他是得知阮忠枢奉上谕来此后而匆匆赶来的，他反对袁世凯奉诏出山。他一进庄，就一头钻进袁世凯的书房，半天也没有出来。

晚饭时候，袁世凯在养寿园设宴，招待阮忠枢。他把朝廷的上谕贡在正中间香案上，请众人浏览，请众人发表意见。

阮忠枢的客席上，有王士珍、梁士诒两位陪同。阮忠枢不高兴地抱怨两人说："大家都是大帅的属下旧部，都是同朝为官的朋友，因何我来了，你们一个个都缩头乌龟一样躲起来不见我，让我在大日头下晒个半死？岂不闻'朋友合以义，当展切偲之诚'吗？"

王士珍说："你来前连个电报也不发，非唯我等不知，恐怕大帅也是感觉意外呢，不然，如何不派人去站上迎接呢？常言说得好，不知者不为罪，斗瞻如此责备，弟等实是冤枉。"

阮忠枢说："谁说没有电报发来？这么大的事情，如何能够草率？我看诸位是看见家主子不愉快，也跟着噘嘴耷拉脸的吧。"

梁士诒陪着笑说："实是不知。或许大帅收到电报，因事关摄政王，引起烦恼，压下不说，也是有的。好了，小弟这里先干为敬，自罚三杯如何？"

说着，便端起酒杯来，一饮而尽。又自斟自饮，补上两杯。

王士珍说："我也自罚三杯，算是给贤弟赔罪了。"

阮忠枢转怒为笑，说："话既然说开了，也就不要自罚了，不然，反说我小性儿，大家同饮吧。"

这时，只见倪嗣冲起身步到堂前，对袁世凯一拱手，说："大帅，这个上谕是领不得的！载沣既然叫您去督办剿抚事宜，却只给个湖广总督，只给您节制调遣该省军队的权力，而对于荫昌、萨镇冰所率领之水陆各军，只能会同调遣，这是不信任大帅您呀！用人不疑，疑人不用，既为所疑，自然是不能奉诏的了。"

段芝贵说："古人说，'置将不善，一败涂地'，摄政王既用我，又疑我；以疑我之心而用我，是将我置之死地而求自保也。其假手革命党以排除异己的狼子野心，昭然若揭，所以属下赞成丹忱之言，不能应诏。"

赵秉钧、袁乃宽等人也随声附和说："不能应诏！不能应诏！"

一时间大厅里吵嚷成一片。

袁世凯待众人的声音小了一些，站起身来，说："摄政王杀我之心，这几年一直没有放下，这一点，慰亭虽笨，亦深知之。此番他毕竟是以朝廷之命命我，毕竟是在国家遭罹大难的时候命我，我若不领旨奉诏，是抗王命也。我袁家世受皇恩，忠于朝廷，尽忠报国，鞠躬尽瘁而后已，不奉诏的话，诸位快休再提起。"

袁世凯话音刚落，大厅深处一张桌子前站起一人，哈哈而笑，声音洪亮，众人将那脑袋齐刷刷地扭了过去，看时，却是王锡彤。

只听那王锡彤朗声问道："公之出山，是为国也。敢问大帅，清廷亲贵用事，贿赂公行，贪官污吏遍于国中，即使无有湖北之祸，国能救乎？"

袁世凯一怔，俯首摇头，说："不能。天之所废，谁能救之？"

王锡彤说："然则，公何以受命？"

袁世凯少气无力地说："托孤受命，势不能拒，唯有死而后已矣！"

王锡彤说：“古来封建专制强权之国，不能容纳功高震主之臣，摄政王屡次欲谋君，即在于此也！公家族且不保，何言保国？前朝此例万千，同为汉族尚不能免，况我与满人，乃是异族相疑，能保善终乎？”

袁世凯沉吟有顷，终于嗫嚅而言道：“可是，我老袁家总不能去做革命党吧？我不做革命党，我的儿孙辈亦不能做革命党。”

话说到这里，似乎已经无话可以说了，酒席宴上，顿时鸦雀无声，气氛死寂。

第二天一大早，阮忠枢就要返京复命去了，他必须在当天晚上从袁世凯那里得到确实的回答。晚饭以后，他匆匆赶去养寿堂袁世凯的书房，可是，杨度已经在那里了。阮忠枢无奈，只得站在门外花坛边上等。

书房里，杨度正在苦口婆心地规劝袁世凯不要奉诏。

杨度说：“大帅，湖北清军起义的消息您知道吗？”

袁世凯惊道：“有这等事？消息确实吗？”

杨度说：“是刚刚出狱的汪兆铭告诉我的。他说，这是绝密情报，湖南、广东、四川的清军亦在秘密串联，不日也要起义，响应武昌革命，大清朝亡在旦夕了。”

袁世凯说：“这就是说，摄政王命我节制调遣湖北清军，只不过是一纸空头支票？”

杨度说：“如何不是？大帅您想，湖北清军已无军可调，而荫昌统辖的陆军第一、第二军和萨镇冰的海军又不准您插手，摄政王这是用您呢，还是害您呢？不是昭然了吗？”

袁世凯说：“如此说来，这个诏，是应不得的。”

杨度说：“午间宴席上，大帅回答王锡彤大人的话，说大清是‘天之所废，谁能救之’，确系至理之言。既有此见，知国不能救，何以又要逆天行事，托孤受命？”

“照你说，咱们不奉诏？”

“理之必然也！”

袁世凯点点头说：“好吧，我就听你的，不奉诏！”

杨度出来了，阮忠枢赶忙进去。

袁世凯问：“斗瞻贤弟，可是为奉诏事？”

阮忠枢说：“属下为上谕而来，自然是为此事操心，请大帅给个明确答复，奉诏耶？拒诏耶？”

袁世凯笑道：“我且问你，摄政王之用我，是出于真心乎？”

阮忠枢说：“迫于形势，万不得已，非真心用公。”

袁世凯说："既知此，你为何又力主我奉诏出山？"

阮忠枢说："大清之亡，天人共见，明公倘不出山，犹如蛟龙之困于沙滩，猛虎之囚于平野，纵然有腾云驾雾气吞山河之志，不得其势，亦是枉然。明公出山，纵然仅有鄂北是非之地，亦可营造气势，英雄用武，乘清廷之孱弱，迎历史之潮流，以康、梁之君主立宪、虚君共和为号召，天下所归，舍大帅而其谁？"

袁世凯闻言，大喜，哈哈大笑不止，说："斗瞻真我兄弟也！汝明日回朝，报告庆亲王、总理大臣奕劻老王爷，就说我袁世凯世受国恩，忠心赤胆以报朝廷，海枯石烂，此心不变。我随后将有专折入京，历陈心迹。"

"如此，属下就放心告退了。"

阮忠枢欢欢喜喜地去了。

袁世凯望着他的背影，一丝冷笑浮现嘴角，眼睛里射出狡诈的光。

他觉得很是得意，这个时候，那个一心想杀他的摄政王载沣，此刻终于求到他的头上来了，扭扭捏捏地求他，心怀杀机地求他，提心吊胆地求他……他觉得很好玩儿，很风光，很有面子……这一回，他真地要跟载沣小儿斗一斗心眼儿，玩一玩游戏了。他料定，载沣不是他的对手，大清朝廷也不是他的对手，他的对手在革命党那边。但是，此刻，他要先跟不是对手的爱新觉罗氏斗一斗法了，他要玩儿得他们团团乱转！

第二天一大早，送走了阮忠枢以后，回转书房，他把梁士诒叫到跟前，对他说："燕孙兄弟，咱们给摄政王上一道折子，你来写，如何？"

梁士诒说："大帅真的要奉诏了吗？"

袁世凯说："为什么不呢？载沣要给咱爷们松套子，咱们拒绝他，那不是傻子吗？奉诏！"

梁士诒问："这折子如何写法？"

袁世凯说："他不是以足疾开缺我的吗？咱爷们就也来个因为足疾奉诏而不上任，跟他逗着玩儿玩儿！我的意思你明白吗？"

梁士诒笑道："大帅这是要应而不诏，跟他泡泡蘑菇，斗斗气，他急咱不急，让他火烧眉毛转圈子去吧！"

"正是此意！正是此意！"袁世凯呵呵而笑。

两个人在书房叽咕了一阵子，梁士诒很快就起草了一份奏折，递给袁世凯看。那折子是这样写的——

臣闻命之下，惭赧实深。伏念臣世受国恩，愧无报称；我皇上嗣膺宝录，复蒙渥沛殊恩，宠荣兼备。徒以养疴乡里，未能自效驰驱，捧读诏书，弥增感激。值此时艰孔亟，理应恪遵谕旨，迅赴事机。惟臣旧患足疾，迄今尚未大愈。去冬又牵及左臂，时作剧痛。次系数年宿疾，急切难望痊愈。然气体虽见衰颓，精神尚未昏瞀。近自交秋骤寒，又发痰喘作烧旧症，益以头眩心悸，思虑恍惚。虽非旦夕所能就痊，而究系表证，施治较旧恙为易。现既军事紧迫，何敢遽请赏假，但困顿情形，实难支撑。已延医速加调治，一面筹备布置，一俟稍可支持，即当立疾就道，藉答高厚鸿慈于万一。

袁世凯看罢奏折，嘻嘻而笑，挤眉弄眼地说："很好！就是这样写！你载沣不是说我有足疾吗？不是以足疾为借口开销我吗？好吧，老子今日就也以足疾回报你。告诉你，老子的脚病还没有好呢，还不能给你去冲锋陷阵呢！而且，不仅仅是足疾，老子还有胳膊疾，还有痰喘旧疾，还有作烧旧疾，老子一身是病！如今正病得头眩心悸，思虑恍惚着呢！你那武昌前线不是形势紧急吗？你小子不是急着叫我出兵吗？等着吧！等老子的病好了再说吧。多痛快呀！这个报应！"

梁士诒也赔着笑脸说："这道奏折，叫摄政王去品味吧，其间味道无穷呢！特别是'头眩心悸，思虑恍惚'八个字，意味深长，讽刺挖苦达到了极致！"

"活该！"袁世凯狠狠地说，"这叫以牙还牙，以眼还眼！老子不是他载沣的使唤丫头，也不是他的小妾，老子是袁世凯！"

说着骂着，袁世凯一面派人马上把奏折送去彰德府，叫他们转递上去，一面拿起钓鱼竿子，叫上他的三哥世廉，去垂钓亭钓鱼去了。

就是这天晚上，天刚刚擦黑，袁世凯正在养寿园跟众人清谈天下事变，清廷震惊，摄政王如热锅上的蚂蚁没有了主见的时候，袁得亮跑过来说："四叔，陆军大臣荫昌来了，他的卫队已经驻扎庄外，他已经进庄来了。"

袁世凯笑道："怎么，荫昌这是要赶赴前线了，他要'万里赴戎机，关山渡若飞'啊！"

倪嗣冲笑应道："将军百战死，壮士难回归。"

王士珍说："丹忱这句改得好，荫昌领兵，凯旋回归是叫难上难！"

众人大笑。

袁世凯问："我当如何迎接他？"

梁士诒意味深长地说："大帅不是正在病中吗？卧床患病之人，还是不谈少谈国事为好啊！"

袁世凯马上明白了他的意思，便挟肩挤眼，出个怪脸，对赵秉钧说："呀，我老袁果然病得不轻呢，智庵贤弟，快快扶我去病榻上歇息！"

众人大笑着，簇拥着袁世凯回他的养寿堂书房里去。

等到荫昌匆匆赶到时，袁世凯早已经准备就绪，正躺在床上哎哟哎哟呻唤呢！

荫昌来到床前，关切地问："慰亭兄，你这是怎么啦，病得如此沉重？"

袁世凯说："唉，先是足疾，后来又蔓延到左臂，入秋以来，寒气侵人，往常年的咳喘旧疾又犯了，每夜痰喘不止，加之目眩头晕，四肢乏力，午楼兄，我已经是个废人了啊！"

荫昌说："武昌叛变，天下动乱，国家正在用人之际，兄竟然病成这个样子，大清朝难道真的要完了吗？"

袁世凯大咳了一阵，只憋得满面通红，眼泪鼻涕双流，又喘息半晌，这才艰难地说："袁某乃是乡居之人，于国家大事上，未敢胡乱置辞也。"

荫昌说："兄已被朝廷任命为湖广总督，督办剿抚事宜，弟正要与兄联手，齐心并力，剿灭湖北叛党，兄何以乡人缄言也。"

袁世凯苦笑笑，说："看我这个样子，纵有杀敌报国之心，亦无能为矣！就是有些见解，又有何用啊，不过是纸上谈兵罢了。既知无用，何必多说！"

荫昌安慰他说："兄但安心调养，盼能早赴戎机，为朝廷平息叛乱。湖北战事，尽可放心，其本系一群乌合之众，又无主持之人，不难扑灭，弟此番出征，很有信心。"

听见这话，袁世凯故作惊状，瞠目荫昌，注视良久，缓缓言道："午楼兄为何如此轻敌耶？湖北以黎元洪为将，何谓无人？这些叛党，新军以外，其骨干大多为日本留洋学生，而他们中学习军事者成百上千，君无人之说，足见轻敌，兄此去前敌，可不令人替君捏着一把汗啊！"

荫昌看见袁世凯震惊担心的样子，心下不免也跟着紧张起来，忙问："以兄之见呢？弟当如何措手足？"

袁世凯沉默不言，只闭起眼睛，呼噜呼噜喘气。

荫昌起立，作揖鞠躬施礼道："请兄教我。"

书房里静极了，只听见袁世凯的哮喘之声。大概正是这个声音，反衬得这里格外的寂静。而这个寂静，又使得急于问出个所以然的荫昌愈发心急火燎。他拱手站在那里，像站在一团烈火上，表面没有动静，内心却翻江倒海似的，很不自在。

大约一袋烟的工夫，袁世凯才慢慢睁开眼睛，少气无力地问荫昌说："此番两军对垒，以士气论，彼高耶？我高耶？"

荫昌说："若论士气，自然是叛军高些。"

袁世凯说："非高些，而是远远胜于我军！敢问，此战敌败可以四散再聚，我败可乎？"

荫昌说："我败则散矣，焉能再聚？"

袁世凯说："是以我军只能胜得，而绝不能败得！然则，两军相遇，胜败各半。而我军只能胜而不能败，败则大局不堪矣，君身家性命不堪矣！"

荫昌听到这里，已经额头浸出汗水来了。他张皇地问："如此，我该怎么办？"

袁世凯说："你我兄弟一场，当此紧要关头，我以三国周郎之言以送君。其言曰：'兵犹火也，不戢将自焚'。"

荫昌似乎还没有听懂他的话，嗫嚅问道："兄的意思是……"

袁世凯霍地翻身起床，怒道："我叫你收敛兵势，谨慎处置，以相持观望而待其变为上策，这还不懂吗？"

荫昌幡然醒悟，大喜，一个长揖到地，感激地说："弟受教了！"

荫昌走后的第二天，段祺瑞来了，他是骑马奔驰了数百里而赶来的。当天晚上，这位荫昌平乱军前敌第一军的司令官，就在袁世凯的书房里密谈了一夜。他们谈了些什么，谁也不知道，众人也不敢问。只知道第二天天还没有亮，段祺瑞就策马而去了，而袁世凯呢，面上的微笑似乎更诡秘更奸黠了。他后来干脆把天津卫的名角请到家里来，就在养寿园里唱起了大戏。

一天，看戏的间隙，他对王士珍说："荫昌的第二军司令官冯国璋也该来了，把他这个军安排妥当，我老袁这第一步棋也就走完了。"

王士珍问："大帅的第二步棋将怎样走？"

袁世凯哈哈大笑，狡猾地反问道："你说呢？"

第五章　摄政王内外交困
徐菊人彰德密谋

摄政王载沣下了早朝回到醇亲王府，已经是半晌午了。

乱七八糟的国事，没有一件不是惊心的，没有一件不令他寒心丧胆，没有一件不是棘手难办让他焦头烂额无所措手足的！

他这个摄政王，当到这个份上，真是连猪狗都不如了。猪呀狗呀尚且能吃饱肚皮能酣然高卧能四外里溜达溜达，就是将来有朝一日被人屠宰上了断头台，也先自过了几天悠闲的日子。他呢，自从武昌事变发生以来，半壁江山，一把火起，眼见得就要势成燎原，烧遍神州大地，祖宗创下的基业，大清朝一统天下二百六十年江山，眼见得就要分崩离析了，他如何能够甘心？二十八岁年纪，他忽然觉得自己这个摄政王的肩头，似乎有些过于稚嫩了些，他感觉很吃力，感觉很吃不消。他不明白，列祖列宗的在天之灵，为什么把这么重的担子加在他的身上？维护住爱新觉罗氏的政权，维护住满洲人的利益，保住他们主子的地位不动摇！把奴才们的造反镇压下去，杀死他们，千刀万剐，夷灭九族！……他又不甘心于自我的软弱，不甘心于自我的无能，他不愿意承认这个……不，他甚至觉得自己并不比戊戌年毅然厉行变法而遭到老佛爷无情镇压的长兄载湉差。那个为了振兴大清，不顾慈禧皇太后和满朝守旧大臣的反对，接受康有为、梁启超变法主张而厉行新政、废除旧制的德宗皇帝，他的果敢，勇敢，勇往直前、义无返顾，他的这些精神、胆量、豪气和远见，他这个当兄弟的，也一样都具备，一样都有！一母同胞，血管里流淌的是一样的血液，他如何可能就比当年的德宗皇帝差了呢？戊戌变法那一年，德宗皇帝似乎也是二十八岁，只是自己所遭遇的这些变故，载湉没有遇到罢了，倘若他面临眼下这样的局面，或许他还不如自己呢？唉，朝廷上那些长舌妇们，那些长于议论而实际什么事情也办不成的侍郎尚书们，那些王公大臣们，都会背后里抱怨我，责我软弱无能，说什么此王不及彼皇此弟不及彼兄等昧心之言……这个摄政王的位子交给他们坐坐试试？能比本王强得了多少吗？恐怕早就压趴下了也未可知呢！真是不当家不知柴米贵。“世情恶衰歇，万事随转烛”，唉，人心不古啊，人情可恶啊！唉……

自从光绪三十四年（1908 年）德宗皇帝晏驾、宣统元年（1909 年）他的儿子做了新皇帝他当上摄政王以来，三年了，他处理的千件万件国家大事里，可以这样说，没有一件不是有板有眼中规中矩的，他有这个自信！而这众多大事中，有两件事遭人们议论最多，引出的麻烦最大，却又是他心目里最为得意之作，那便是建立皇族内阁和将粤汉、川汉铁路收归国有。他这个被人们视为软弱无能的摄政王终于做出了个样子叫那些短视的别有用心的大臣们看看，倘没有些手段没有些胆量没有些硬气，敢这样大刀阔斧力排众议地去干吗？这些坐着说话不腰疼的家伙们，这些指手画脚横挑鼻子竖挑眼的是非之徒们，你们别忘了，别搞错了，这个大清朝廷，究竟是谁家的天下？它乃是我爱新觉罗氏的天下！我爱新觉罗氏的家业不用我皇族内阁，难道要你们汉人来组织内阁吗？来当我爱新觉罗氏的主子吗？普天之下莫非王土，率土之滨莫非王臣，这一点，本王一点儿也没有含混不清，一点儿也没有犯糊涂。当然，手段还是要耍一耍的，内阁里也添了几个汉臣做陪衬，可那是做给外人看的，是堵那些整日里吵吵立宪、民权的立宪党人革命党人嘴巴的，内阁里头，归其了儿，还是我皇家说了算！这叫什么？这就叫皇权！就叫专制之权！再说那粤汉、川汉铁路，不错，它是经朝廷批准，准予民间集资修筑起来的。它的股权在民间商绅。可是，那些富有的商绅是什么？是大清朝的主子吗？不是！他们不过是我爱新觉罗氏家的一些富有的奴才罢了。他们的钱财，谁给他们的，我爱新觉罗氏呀！倘没有主子的恩赐，他们有什么？什么也没有！主子如今要他们牺牲一点儿个人的利益，而顾全主子的利益，怎么的啦，就不愿意啦？这些忘恩负义的奴才！你们也不替主子想一想，不把这两条铁路的路权卖给外国人，他们能贷款给我大清朝廷吗？能解我国库空虚手里没钱的窘境吗？国家机器不运转了，主子的日子没法过了，你们这些奴才能活得快活吗？从这一点说，出卖路权，归根结底，也是为了你们这些奴才啊！这一点，本王一点儿也没有含混不清，一点儿也没有犯糊涂。你们闹吧，你们反吧，直到把你们斩尽杀绝了，你们就不闹了……本王做的这两件大事，当得上“英明”二字！

当然，也有不“英明”的事情，也有让本王想起来就心里发毛惊慌不安的事情，办砸了的，那就是三年前没有杀掉袁世凯。

“袁世凯”三个字一出现在脑海里，载沣的思维顿时就嘎地一声卡了壳，他实在是不愿意再想下去。他感觉一种懊丧，他似乎丢失了什么，他茫然而惶惑。他的面孔霎时变得苍白，面肌也痛苦地抽搐个不停。

袁世凯的奏折就放在他的书案上，这个流氓、恶棍、叛徒、野心家，他竟然敢利用我大清罹难的时候跟本王玩儿起了文字游戏，讽刺挖苦，看朝廷的笑话！要不是情势紧迫，迫于无奈，八个袁世凯也要杀了他！可是……唉，这个时候，真是叫本王杀又不得，用又不放心，可怎么办呢？他似乎看见了袁世凯那一张猪肝似的大胖脸，此时正瞅着他笑呢，挤眉弄眼地笑，不怀好意，别有用心。他又似乎听见了他那沙哑的公鸭嗓子的声音，正对他说话："臣足疾未愈，左臂又病，交秋骤寒，又痰喘作烧，头眩心悸，思虑恍惚……"载沣紧闭双眼，猛地摇一摇脑袋，他要把面前袁世凯的面孔声音统统摇去，他实在是不敢也不愿面对这个家伙。因为他确实听出来袁世凯那些话语里的讥刺嘲弄、幸灾乐祸、弦外之音。他在藐视本王呢！

侍者悄悄地推门进来，报告说肃亲王善耆、恭亲王溥伟、贝勒载泽、大臣良弼、桂春求见。载沣说："叫他们进来吧。"

一阵杂沓的脚步声响，善耆、溥伟等人神色紧张地鱼贯而入。行礼毕，分左右站立。

"刚刚下朝，怎么又来啦，有什么事情吗？"载沣问。

善耆说："摄政王恐怕还不知道吧，湖北新军，已经悉数叛变，投到革命党一边去了。"

"什么？"载沣大惊，问道，"你这消息可靠吗？我怎么没有听见总理大臣报告？"

载泽说："庆王爷老迈昏庸，眼睛里只看见钱，军情方面，迟钝得很。这么重要的军报，竟然还没有上达！"

良弼说："荫昌重兵压境，本来可以争得人心，唤起士气，谁知他畏葸不前，竟取守势，给了革命党整顿兵马、收买人心的机会，是以新军尽叛，湖北局面已经不可收拾。"

载沣对侍者说："快快派人去叫总理大臣、协理大臣到王府里来。"

溥伟问道："王叔可已经见到袁世凯的折子了吗？"

载沣说："已经见到。怎么，你有什么看法吗？"

溥伟说："袁世凯葫芦里卖的什么药？什么足疾、臂疾、喘疾、作烧，什么头眩心悸、思虑恍惚。真耶假耶？又说不能就痊，又说不敢遽请赏假，此何意也？他到底要干什么？"

桂春说："我看他是在隔岸观火呢！不然，为何不应诏？不应诏也就罢了，朝廷再另选能人，未必就吊死在他这一棵树上。可是，他偏不言明，扭扭捏捏，吞吞吐吐，犹抱琵琶半遮面，恶毒着呢！摄政王，今天这个时候，是心慈手软不得的，我看，还是下决心吧，对汉人只有一个'杀'字，别无他法，先把京城里的汉人斩尽杀绝，保住朝廷安全再说。”

善耆说：“你又来了！京城里的汉人你杀得完吗？没等你这里开刀，汉人的刀片子就抹到你的脖子上了。你这些添乱的话，请不要再说了，什么时候了，你还火上浇油。”

溥伟说：“桂大人的话虽说得难听，却未必没有道理。第一点我们就要搞清楚，汉人没有一个是靠得住的。当初叔王就不该放虎归山，此番又要命他领兵，这无异是引狼入室，侄儿甚是忧虑不安。”

听见这话，载沣默然良久，说：“奕劻、那桐力保，说袁世凯有将才，北洋军皆为其编练，有威，可以服众，故权且命之。”

溥伟说：“这正是侄儿担心的。纵难收回成命，可否用忠贞智勇之臣，以分其势？”

载沣说：“好哇，你那里有人选吗？谁个可用？”

溥伟摇头说：“王叔监国三年，难道就没有亲信可用之人？”

载沣说：“满眼都是他们的人，我何曾有爪牙心腹？这个时候，不听他们的，怎么办？”

溥伟闻言，俯首叹息，再无话说。

这时候，内阁总理大臣奕劻领着协理大臣那桐、徐世昌赶来了。见礼毕，载沣怒问道：“湖北新军叛变的事情，你们为何不及时报告？”

奕劻说：“内阁也是刚刚收到湖北方面的电报，立即就相约赶来了，臣等并未敢迟缓。”

载沣说：“老王爷，湖北情势如此紧急，您老拿个主意，看究当如何办啊？”

奕劻说：“臣等已经议过了，此事不可再拖延了，必须一方面电令荫昌火速进兵，打几个硬仗，把叛军的气焰压下去，另一方面派人再去彰德，催促袁世凯尽快走马上任，他一出面，局面或许很快能够扭转。”

善耆冷笑道：“驱虎赶狼，狼未去，虎先伤人，奈何？”

那桐说：“如今也顾不得许多了，当务之急是要先把狼群赶走。”

载泽说：“袁世凯是何等样人？虎狼之人也！你们事事如此依赖袁氏，把国家的命运押在袁世凯一人身上，这不是在加速我大清的灭亡吗？”

那桐说：“大势今已如此，倘不用袁，指日可亡，用袁，覆亡尚须稍迟，或可不亡。”

恭亲王溥伟长叹一声，含泪悲吟道：“‘国家将亡，必有妖孽’，袁世凯，当世之妖孽也，奈何！”说罢，向摄政王一个作揖，拂袖而去。

善耆、载泽等人也尾随而走，留下老迈昏庸的奕劻、那桐、徐世昌，让他们跟摄政王商量对策去吧。

很快地，前方传来进攻失利的消息。

荫昌接到朝廷命令进兵的电报，不敢稍怠，马上传下令去，命讨逆第一军司令段祺瑞组织兵马，主动出击，跟武昌革命军交了几次手。不料，一触即溃，接连吃了好几个败仗，京山、天门、黄州、宜昌相继丢掉。军事要地刘家庙又被革命军攻下，清军只得退守到滠口一带。士兵们情绪低落，没有战心。段祺瑞也摇头叹息，连说不占天时，没有地利，军无斗志，这个仗难打。荫昌无奈，只得如实禀报朝廷，暂取守势，继续与革命军相持。

派去彰德催袁上任的阮忠枢，去得急，回来得也急，只带回来一句话。那袁世凯说："袁旧病未除，新症方剧。俟调理可支，方能就道。今鄂兵全变，各路零星援兵绝少，无济于事，且急切难到。部军皆有专帅，讵易会调。纵现赴鄂，无地驻足，无兵节制，用何剿抚？"

一句话，问得摄政王载沣张口结舌，无言以对。

更坏的消息接踵传来。十月二十二日，革命党人焦达峰、陈作新和立宪党人联手，在湖南长沙发动起义，杀死巡防营统领黄忠浩，赶走巡抚余诚格，成立了军政府，宣布湖南独立。同日，陕西西安新军起义，将军文瑞兵败自杀，巡抚钱能训被拘，陕甘总督升允逃跑，不知去向，陕西宣布独立。十月二十三日，九江新军起义，占领湖口、马当两大要塞。二十五日，广州将军凤山被革命党人炸死，广州城里人心惶惶，新军随时都有叛变的可能……

面对这严峻的情势，摄政王、隆裕皇太后举措皆失，一筹莫展，热锅上的蚂蚁似的，团团乱转。

这一天，在养心殿，隆裕皇太后和摄政王载沣召开御前会议，商量应付时局的办法。

此时的隆裕皇太后，已经是一个四十三岁的半老徐娘了。这位当年大光绪皇帝三岁的皇后娘娘，二十一岁年纪时由她的姑母太后老佛爷强逼光绪皇帝娶了她，并册封为皇后，就因生得貌丑相恶，心术不正而遭到光绪的冷遇。1908 年光绪、慈禧相继死去，立醇亲王载沣的三岁的儿子溥仪为皇帝，改年号宣统，她被尊为皇太后，垂帘听政。

这个女人，虽高高居于太后的位置上，享受着至高无上的威严，其实是一个色厉内荏的角儿，最是层懦弱脆弱没有主见的主儿。当年她失宠于德宗皇帝，只得依赖姑母慈禧，讨好于人，做人家的卧底探子耳报神，监视自家丈夫的行止，讨得慈禧老佛爷的信任和庇护，巩固住自己皇后的位子，用尽了走狗奴才的心思……如今，总算熬出了个头来，当上了皇太后，可是，工于心计，设计阴谋，玩弄手段，一百个一千个她，也远不及当年的老佛爷厉害。正所谓此太后不及彼太后也！此刻，面对分崩离析的局面，她更是方寸大乱，六神无主，虽说是由她出面主持会议，商量办法，可她心里空空如也，什么主见也没有。

众人参拜施礼毕，隆裕皇太后泣道："各位卿家，武昌的革命党愈闹愈厉害了，湖南江西广州也已经大乱，甚至连北方的陕西也闹起独立来了，半壁江山眼看不保，这个时候，你们谁有什么主意，就快快说出来，为国纾难，替主分忧，方是为臣之道啊！"

桂春出班奏道："臣启太后，国家非常时期，兵权尤为重要，万不可掌握在汉人手里。荫昌虽系满洲正白旗人，但他曾任北洋武备学堂总办，与袁世凯至交，关系非同一般，前番命他领兵，臣已心怀疑虑，就近日战况看他，其人并不效力，甚不得力，连战皆败，有负朝廷重托，臣举一人，可以前敌立功，平息武昌叛乱。"

隆裕太后问道："卿举何人？"

"江宁将军铁良。"桂春说，"铁良乃我满洲镶白旗人，历任兵部侍郎，练兵大臣，军机大臣，陆军部尚书，通晓军事，忠于朝廷，可以替下荫昌指挥平乱。"

那桐出班奏道："此计万不可行！两湖虽乱，江浙尚安。倘将铁良这样强有力的将军调出，正是给革命党以机会也。江浙一乱，则江南尽失矣，请太后明断。"

奕劻说："怎见得荫昌就不晓军事，不忠于朝廷？荫昌留学德国，专攻陆军，领兵多年，虽战有失利，胜负难免，我军元气并未大伤。且临阵换将，兵家大忌。桂春意气用事，此言大谬！"

一时间两种意见僵持在那里，大殿上出现了难堪的寂静。

隆裕太后看帝师徐世昌俯首而站，似有所欲言又缄口沉默，便问道："徐师傅，您是皇上的老师，有何见解，不妨说出。"

徐世昌听见皇太后唤他，叫他说话，慌忙出班，跪伏在地，说："臣有罪，臣不能言。"

隆裕太后说："您是皇帝师傅，又是内阁协理大臣，有什么主意尽管说，不要有什么顾虑。"

徐世昌说："臣启太后，臣乃是汉人，是桂春大人要杀的人，所以，臣即或有话，也是不能言的。"

听见这话，隆裕太后扑哧一声，说："噢，为了这个呀。桂春的话不能算数，那是他胡吣呢，现在都什么年月啦，早都满汉一家了，更何况又是朝廷用人之际呢？你们都给我听着，自打今儿开始，往后谁要是再说满汉分裂的话，我就要他当堂掌嘴。徐师傅，您有什么话，就请说吧。"

徐世昌抱起拳头往上连连作揖，说："臣谢太后。臣有罪，臣不敢言。"

隆裕太后皱眉道："既能言了，怎么又不敢言了？您就大胆地说吧，哀家不罪于您。”

徐世昌叩头不迭，说：“臣谢太后。臣有罪，臣就不得不言了。”

隆裕太后说：“可不要累死人了！就请徐师傅说吧！”

徐世昌说：“臣以为，武昌连连兵败，用兵不利，非荫昌之过，乃是朝廷之过。”

只这一句话，犹如晴空炸了一声霹雳，把养心殿里的人们一个个只惊了个目瞪口呆，傻在了那儿。

半天，隆裕太后才缓过神来，问：“朝廷派他去打仗，仗打败了，怎么反怪罪于朝廷，徐师傅，您是糊涂了吧？”

徐世昌说：“臣虽庸碌，却未曾糊涂。臣敢问太后，荫昌所率之兵，乃我大清哪路兵马？”

隆裕太后说：“自然是北洋六镇的兵马呀，这何消一问？”

徐世昌说：“臣敢再问，北洋六镇的兵马为何人所编练？”

隆裕太后说：“自然是当年的北洋大臣袁世凯所编练的，这又何消一问？”

徐世昌说：“问题就出在这里了。太后您想，北洋军上上下下，大小将弁，那心目里只有一个袁大帅，并不知荫大帅，荫昌统领这样的军队，军心不散，已属难得，指望他号令整肃，上下同心，所向披靡，那不是痴人说梦吗？更何况讨逆军第一、第二两军之统领段祺瑞、冯国璋，更是袁氏嫡系将领，与荫昌貌合神离，不愿效死力，荫昌能够稳住他们，与敌军相持，没有全线溃败，这已经是不幸中之大幸了。”

话未说完，已有人厉声喝问道：“徐世昌，你是要朝廷把军权悉数交给那袁世凯吗？”

众人循声看去，只见载泽面孔涨红，怒气冲冲，大步走出班列，手指着徐世昌说：“此人乃袁氏同党，阴谋为袁世凯谋我兵权，请太后先杀此贼，而后再议其他。”

桂春应声道：“正是这话！徐世昌巧言令色，阴谋乱政，夺我满人兵权以呼应叛党，乃是我朝廷内奸，不能不除之以绝后患，请太后明断！”

那桐出班奏道：“臣启太后，此是御前会议，人人有讲话之权。况且，徐大人说话，句句在理，切中要害，又是经太后准诺了的，如何便要杀人？既不要人讲话，我等这个协理大臣当他何用，不如告退，请太后准予臣下卸职还乡。”

庆亲王、总理大臣奕劻也出班奏道：“北洋六镇军马，乃袁世凯所编练，此谁人不晓？北洋将弁，但知有袁而不认其他，此谁人不知？当此国家危难之时，只有启用袁世凯，令其掌兵，才有纾难解危的可能，这个明白如昼的道理，此谁人不解？奈何疑袁如此，张口奸佞，闭口虎狼，现如今天下新军叛者不少，唯独没有一支北洋军马背叛朝廷，反而开赴前线，身临死地，为朝廷而战斗，此何故也？袁世凯一人之心，亦即千万北洋将弁之心也。众望所归，是以无变。朝廷大臣、皇室亲贵似这样疑神疑鬼，动辄杀头，谁还敢为朝廷解忧，替国家纾难？我等内阁大臣无能为力，臣已老朽不堪用，亦请解职，回家养老去吧。”

礼亲王善耆呵呵而笑，说：“你们这是怎么了，一句话不通，就要告老还乡，这还有国家股肱大臣的风范吗？军权事大，关系国家命运，不可以草率言之。我看诸位还是从容讨论，谨慎分析，不要意气用事为好。难道袁世凯的银钱真的把我朝廷大臣的良心买去殆尽了吗？”

庆亲王奕劻大怒，沉下脸来喝问道：“你这是何意？把话说清楚了！”

这个时候，大厅里已经乱成一锅粥了。御前会议变成了吵架之会，围绕着袁世凯，两派大臣吵在了一团，不可开交。

隆裕太后见弹压不住，只好宣布散朝，改日再论。

御前会议以后，徐世昌就病倒了。不是真病，是装病。载泽在朝堂上公然骂他是袁党、内奸，要杀他的人头，他焉能甘心受辱？所以便一纸假条递了上去，来个借题发挥，躺倒不干，不再理事了。

总理大臣奕劻，七十五岁高龄了，老迈昏庸，贪财揽权，朝廷上下的一应大事，全凭着那桐、徐世昌两个协理大臣替他料理，出主意应付，此时，一下子少了一个，仿佛失去一条臂膀，如何不心里着急？他约了那桐，前去探视。

这个徐世昌，乃是直隶天津人，字卜五，号菊人。光绪三年（1877 年），十八岁的袁世凯乡试落第，便由其叔父袁保恒带到河南开封任上，随其读书。这个时候，徐世昌的家也在开封，与袁家为邻，于是两个少年便成了好朋友。徐世昌长袁四岁，读书用功，学问比袁世凯强得多，但因家境贫寒，无力赴京应考。袁世凯少年侠义，资助他去京应试，不想，徐世昌一举成功，考中了举人。几年以后，又考中了进士，授翰林院编修，成了朝廷官员。所以，袁世凯便成了徐世昌的恩人救星，从此以后，他的人生便与袁世凯结下了不解之缘。光绪二十一年（1895 年）冬天，袁世凯奉命在天津小站操练新军，徐世昌以翰林身份参与其事。光绪三十年（1904 年），他又以内阁学士的身份出任袁世凯的练兵处提调，都是因为他与袁世凯的这个“总角之交”。载泽说他是袁党，阴谋为袁谋取兵权，其实是没有冤枉他的，一语中的，说到了要害处。

当然，这一点，他肚子里的这个阴谋，什么时候他也是不会向人承认的。他此刻的装病，就是要否认这个。

奕劻、那桐见礼，落座，侍女献上茶水，徐世昌眼含热泪，摇头叹息，说：“古人云，‘君子不畏虎，独畏谗夫之口’，老王爷，您是皇族亲贵，万金之躯，委屈车驾，下顾臣家，不怕招来诋毁吗？”

奕劻说："载泽等人胡言乱语，菊人勿以为意。'小人之誉人反为损，小人之毁人反为誉'，大人一心事主，忠于朝廷，人所共见，还是把心思放宽为好。"

徐世昌说："虽然如此，只是这些年轻亲贵，不谙世事，一味任性胡为，动辄疑人杀人，这个协理大臣，属下看来是当不下去了啊！"

那桐说："要撤，咱们都撤。值此多事之秋，这些人既拿不出办法，又说不出主见，更不会领兵上阵，却反而要今日疑这个，明日杀那个，喋喋不休，吵吵闹闹，什么意思呢！"

徐世昌说："即或他们不吵闹，我看这个破烂摊子亦够我三人招架了。长此下去，何日是个终了？老王爷，您老人家经历的事情多，是不是该为我等谋划一个出路了呀？"

说完，只把一双细眼暗暗打量过去，看那奕劻老儿的反应，他自家心里说："你这个老而贪财的家伙，今日还用得着你，赶明儿，袁世凯真的出山了，你这个老家伙还不让让位子吗？"

这时，侍女匆匆跑进来，报告说，皇太后和摄政王的车驾已经到了门前，人马上就进来了。

徐世昌这一惊非小，翻身下床，连叫更衣。

奕劻说："此必是为朝廷向四国银行团借款不着，受了外国人的要挟，载泽、善耆必是碰了钉子了，不得已，又打我等的主意来了。"

那桐说："看来，朝廷不大用袁世凯已经不行了，洋人那边的压力，比你我的唇舌要管用得多呢！"

说话间，隆裕太后在摄政王载沣的陪同下已经步入外厅，往卧室这边走过来了。而这个时候，徐世昌还没有更衣完毕，袍子还披在身上，脚上只穿上一只鞋子，另一只脚却光着，无奈，只好光脚踩在地下，衣冠不整地匍匐在地，迎接銮驾。

那桐也跟着他跪接。

奕劻是长辈老王爷，跪接之礼自然是免了的，但躬身迎驾的礼仪还是要有的。

"免礼，平身，你们都起来吧。"隆裕太后说。

进到卧室，正当中坐下，摄政王也在旁边的椅子上坐下，隆裕太后看了一眼徐世昌，问道："听说徐师傅病了，哀家不放心，过来看看您，吃的什么药？可见好些了？"

徐世昌说："谢太后垂询，也没什么大病，不过受了点儿风寒罢了，太医院开了个方子来，吃了几剂，已见大好了。"

隆裕太后说："好些了就好，待痊愈了，哀家还有紧急的事情劳驾您去办呢。”

徐世昌听见这话，猜出朝廷要马上大用袁世凯了，有可能派他去彰德府走一遭，便又慌忙跪伏在地，装出诚惶诚恐的样子，说：“臣并无大恙，太后若有差遣，尽管吩咐就是，徐世昌万死不辞。”

隆裕太后说：“哀家知道徐师傅乃是我朝第一大忠臣，为朝廷办差，是忠心不贰的。奈何事情紧急，只得委屈您带病走一遭了。”

徐世昌以头伏地，静听懿旨。

“前儿御前会议以后，哀家和摄政王认真研究了徐师傅的意见，以为您的话是对的，北洋六镇的兵马本来是袁世凯所编练，现如今派荫昌去发号施令，这怎么能行得通呢？前方战事失利，责任自然是在朝廷用人不当啊！哀家决定，召还荫昌，授袁为钦差大臣，所有赴援之海陆军、长江水师及此次派出各军，均归其节制调遣，如何？”

徐世昌叩头不止，说：“如此，则武昌战事，可望翻盘。”

隆裕太后说：“哀家拟派汝前去彰德，促袁接旨成行，徐师傅可愿往？”

徐世昌说：“王命差遣，臣子唯知赴汤蹈火，焉有愿与不愿之说？臣下领旨。”

隆裕太后说：“如此，甚慰我心。摄政王，请您把给袁世凯的圣旨交给他吧。徐师傅，哀家派您为使，此番前去彰德，务要劝说袁世凯立即出山，开赴武昌前线，平定叛乱，挽救时局。”

“臣领旨！”

送走隆裕太后、摄政王，奕劻仰头哈哈大笑。

那桐问：“老王爷所笑何来？”

“袁世凯终于要出山了，大清的天下，庶几可望再平安几年了。”奕劻说，“菊人打算何时出发？”

“王命在身，属下决定就乘今晚的车赶去。”

奕劻说：“很好。我马上电报袁世凯，叫他亲去彰德车站迎你。”

这天晚上十点多钟，徐世昌身着便衣带上几个随从保镖乘夜车抵达彰德。袁世凯亲自来火车站迎接。他上前紧紧攥住徐世昌的手，叫道：“哥哥。”徐世昌应道：“兄弟。”袁世凯把嘴巴附在他的耳边，悄声说：“禁声，回家再说话。”徐世昌会意地点一点头，跟着袁世凯钻进了一辆马车。

进庄后，马车直奔养寿园，在养寿堂前停下。袁世凯携着徐世昌，两人大步走进书房，啪的一声关上了房门。

“啊哈哈哈哈！”

“啊哈哈哈哈！”

书房里传出一阵畅快舒心的大笑。

那大笑声，一声接一声地，也分辨不出哪一声是袁世凯的，哪一声是徐世昌的，两个人的笑声混合在一起，有奸诈的笑，有阴险的笑，有得意的笑，有胜利的笑。

袁世凯说："大清朝要完了！"

徐世昌说："对，这些当惯了主子的家伙，也该当当奴才了！"

袁世凯说："不过，可不能让他们亡在革命党手里！"

徐世昌说："对！但也不能让他们亡在咱们弟兄们手里！"

袁世凯说："高明！得让他们亡在他们自家手里！"

徐世昌说："这叫自家掘坑埋自家！"

袁世凯问："哥哥说，下一步该怎么办？"

徐世昌反问道："兄弟，你说呢？"

袁世凯说："山野小儿玩儿尿尿和泥的把戏，哥哥还记得吗？咱哥俩儿今天就给他来个尿尿和泥玩玩儿，大清朝这团尿骚泥，任你我兄弟揉捏一番。"

徐世昌说："揉捏一番，就不能急。"

袁世凯说："高明！不能急，咱们就慢慢走，等等看。"

徐世昌说："你袁世凯这是孬逼宫！"

袁世凯说："你徐世昌这是暗欺主！"

"你逼宫！"

"你欺主！"

"你黑脸！"

"你红脸！"

"啊哈哈哈哈！啊哈哈哈哈！"

"有本王打坐在金銮宝殿……"袁世凯地道的河南高梆腔似乎很有味儿。

可是，突然，书房里的笑声说话声唱戏声戛然停止了，变成了死寂。只是灯光还亮着，荧荧的灯光很暗很暗，不时把一个黑影投射在窗棂上，摇晃几下，倏忽消失了。然后，又把另一个黑影投射在窗棂上，摇晃几下，倏忽又消失了。

谁也猜不透房里的人在干什么，说什么，算计什么，谋划什么。

第二天一大早，绵绵细雨中，养寿园垂钓亭前，多了一副钓竿，袁世凯、袁世廉之外，又添了一杆徐世昌的。

那袁世凯斗笠蓑衣，眯眼望着垂饵，嘻嘻而笑，抱膝而吟，道："百年心事总悠悠，壮志当时总未酬。野老胸中负兵甲，钓翁眼底小王侯。思量天下无磐石，叹息神州持缺瓯。散发天涯从此去，烟蓑雾笠一渔舟。"

吟罢哈哈大笑。

徐世昌抚掌赞道："好诗！'野老胸中负兵甲，钓翁眼底小王侯'，正是这话，正是这话！"也跟着他大笑不止。

远远观望的袁克定不解地问梁士诒道："如此大笑高声，哪条鱼儿敢来上钩啊？"

梁士诒说："姜子牙垂钓渭上，其志不在鱼而在天下。我料袁公必有大谋，他的第二步计划当实施矣。"

这天下午，徐世昌离开洹上村，回京复命去了。

几乎与徐世昌同时到达的，是袁世凯的奏折。

他那折子写道——

> 臣衰病余生，何堪负重，然受恩高厚，利钝姑不敢计，惟有竭尽心力，以图报称。但鄂省兵叛库失，臣赤手空拳，无从筹措，必须赶募得力防军，以备驻防收复地面及弹压各属。臣奏请于直隶、河南、山东诸省，招募曾经入伍之壮丁一万二千五百人，作为湖北巡防军。臣奏请拨款白银四百万两，以备军用。臣奏请任命冯国璋总统前线第一军，段祺瑞总统前线第二军。臣奏请饬令卸属江北提督、开缺副都统王士珍襄办军务；副都统衔开缺奉天度支使张锡銮、已革黑龙江民政使倪嗣冲、直隶候补道段芝贵、山东军事参议官陆锦、直隶补用副将张士钰、直隶补用知府袁乃宽等均随臣驰往前敌委用差遣……

摄政王见到这道奏折，心下叹道："这是把他的亲信走卒心腹爪牙都笼络到他的麾下了，有了军权，羽翼丰满，此人要是作起乱来，较之革命党，威胁要更大啊！"

可是，有什么办法呢？既已用他，也只好按照他的意思去行事了。

摇头叹息，踌躇再三，最后，还是在他的奏折上批下一行苍白的文字："所奏照准。汉口军情紧迫，望力疾就道，用副朝廷优加倚重之至意。"

但是，袁世凯奏折里要求速拨军费白银四百万两，这么大的数额，眼下国库空虚，四国银行团又不肯借贷，哪里去筹这笔款子？这可不是要急死人了！

他去找隆裕太后商量办法。

隆裕太后惊道："要这么多，这从哪儿弄去呀？把大家伙儿叫过来，商量商量吧。"

皇族贵胄、内阁大臣们都来齐啦，隆裕太后把袁世凯的奏折递给大家传阅，要众人拿个法子出来。

又是那个桂春，第一个吵闹起来，说："袁世凯这哪里是勤王呢，这简直是要造反呢，臣启太后，赶快下谕旨把他捉拿归案，菜市口开刀问斩算了，杀了他，我大清朝或许还能有救。若照他袁世凯单子上的办理，亡国无日矣!”

隆裕太后不悦道：“你这是怎么说话呢？哀家把你请来，就是叫你出主意的，怎么净说气话？”

桂春说：“臣启太后，臣并没有说气话，句句说的都是实话。您看那袁世凯折子上说的，先要把他的那些被朝廷罢了官的狐群狗党官复原职，笼络身边，这不是公然招降纳叛吗？没有异志，能这么干吗？这且罢了，开口就要白银四百万两，狮子大张口，这是要把朝廷的血脉全吸干了啊！袁世凯这一手，比革命党还歹毒千倍。他这是不用一刀一枪就置我于死地呀！司马昭之心，太后您怎么就看不出来呢？”

载泽说：“国库空虚，拿不出钱来，洋人那边又不肯借贷，四百万两，哪里去筹？”

隆裕太后问：“洋人不是说只要袁世凯出山，领兵讨逆，他们就借钱给咱们吗？怎么又不算啦？”

摄政王载沣说：“这是事变刚发生时候他们的话，后来，荫昌出师不利，湖北尽叛，湖南、江西、广东又接连叛乱，洋人责我们无能软弱，无所作为，他们在江南的利益没有了保障，所以就变啦。现在，各国驻汉口和驻北京的外交使团已经公开宣布我大清政府与革命党为交战团，他们外国人严守中立，不介入中国交战双方的战事。这个态度下，是不会借钱给我们的。”

“中立？中立他奶奶个头!”隆裕太后骂道，“这些个洋人，没有一个是靠得住的，危难时刻，这不是帮着革命党打我们的黑枪吗？还是咱们自个儿想法子吧。国库里还能拿出来多少？”

摄政王载沣说：“荫昌出兵的时候，已经拨出了一大笔款子，现如今，五十万两也难凑够了。”

肃亲王善耆说：“常言说，兵马未动，粮草先行。出兵打仗，军费上不去是要误事的。四百万两虽说多了些，五十万两无异于杯水车薪，也是无济于事啊!”

一时间，养心殿上阴云笼罩，与会的大小臣僚一个个愁眉苦脸，大眼瞪小眼，没有了法子。

隆裕太后哀叹道：“我大清朝，难道真的到了山穷水尽的地步了吗?”

这时，大殿之上突然爆发出一个号啕大哭之声。众人张目看去，只见一人掩面而号，声音凄凉，抽肩耸背，跪伏在地，号啕不起，哀莫大焉。

隆裕太后定睛看时，见是帝师徐世昌，赶忙问道：“徐师傅有话，尽管说来，不要悲痛过甚。”

那徐世昌哽咽有顷，哭声渐弱，几番强止，才一把鼻涕一把泪地奏道：“臣有罪，臣不能言。”

隆裕太后抹去眼角边的泪水，亦哽咽道：“徐师傅有话但讲。”

徐世昌说：“臣有罪，臣不敢言。”

隆裕太后说：“哀家恕你无罪，徐师傅但讲无妨。”

徐世昌说：“臣有罪，臣不得不言了。臣徐世昌，有三大罪于朝廷，臣有愧于先帝先太后托孤之重，臣有负于当今幼主，臣不是人，臣有罪呀！”

桂春冷冷地说：“你有何罪，慢慢说来，不要尽哭。”

徐世昌突然挺起上身，仰面向天，双手伸出，似乎那房梁之上有人在听他说话，并止住了哭泣，无限悲戚地道：“臣这一罪，食君之禄，不能为主分忧，文不能谋划帷幄，筹措钱粮，武不能领兵陷阵，决胜于千里之外，只知在朝堂之上与臣僚双目相望，哀声叹息，手足无措，乃是无用之臣。”

一句话，只说得大殿上众人面有愧色，俯首不语。

徐世昌接着说道：“臣这二罪，明知用袁，乃是引虎入室，后患无穷，却没有办法改变这一现状，反而亲去彰德，劝其出山，眼见得他兵权在握，难以驾驭。倘将来一旦生变，臣有何面目见先帝先太后于九泉之下耶。”说罢大哭，声震屋宇。

载泽听见他这第二罪，竟然说出用袁是引虎入室的话，既觉意外，又很感动，心想：平日里把这个徐世昌视为袁党，多方刁难，处处留心，格外监视，没有想到，他还是我满人的朋友，朝廷的忠臣，倒是冤枉了他！便动容劝道：“大人节哀。大人之心，我等尽知。”

载沣也俯首相劝，道：“大人忠心朝廷，本王今知之矣。”

隆裕太后也说：“古人说，疾风知劲草，路遥知马力。皇帝有这样忠心事主的老师，这真是我大清之幸也！”

徐世昌再接着哭诉道：“臣这三罪，臣自恨平日里不知节俭，一味奢侈浪费，花钱如流水，没有一点储蓄，当此国家困难，朝廷用钱之际，手上空空，拿不出银钱来接济支援，臣有负朝廷知遇之恩，臣是大清朝大大的罪人呀！啊呀呀呀……”

徐世昌这第三罪，一下子说出来臣下无钱捐献国家的话，在众人心里打了一个惊雷，划过一道闪电，立即收到霹雳惊天，风暴卷地的效果。这之前，人人愁眉苦脸脑子里盘算的，尽是国库空虚朝廷无钱洋人不借的话题，没有人想到自家的万贯家私、宅基田土、商铺庄园。此刻，经他这么一提，把他们一个个的私产与朝廷的困窘匮乏联系上了，不由得他们那心里不立马打起了哆嗦，心想：徐世昌这是要干什么呀？

且看那徐世昌，这个时候，跪伏在地，声泪俱下地往前爬了几步，半仰起头来，对隆裕太后说：“臣虽穷，拿不出更多的银钱来，北太平庄后街尚有一处宅子，可以卖得白银三万两，臣决定把它卖掉，以充军资，以表臣忠心事主的赤诚之心，请太后勿拒。”

这个举措，却是隆裕太后和摄政王载沣所万万没有想到的。

隆裕太后感动地说：“徐师傅，国家有难，咱们想别的法子，怎么好动用您的私人钱财呢？这是万万不可行的。”

徐世昌睁目道：“国家若亡了，臣落在革命党手里，必然是个人头落地、家破人亡的下场，那些身外之物还有什么用啊？”

隆裕太后泣道：“徐师傅这话，说到根子上去了，倘我大清朝完了，我们这些皇族亲贵王公大臣，还不是死路一条呀？这样看来，那些金哪银哪，又有何用呢？还不是都落入贼人之手？”

那桐出班奏道：“臣愿捐出白银三万两以纾国难。”

奕劻会心地跟那桐点点头，也说：“臣愿捐出白银十万两以纾国难。”

因为徐世昌三个人带头，这样一来，这个朝会变成了募捐之会。摄政王载沣也表态说：“本王亦捐银十万两。”

载泽、善耆、溥伟这些皇族亲贵，在这个场合，无可奈何，也都极不情愿地或多或少都捐了钱。

隆裕太后揩抹着泪水说：“难得诸位臣工如此明于事理，你们不忘国家，国家也不会亏待了你们，待此难渡过，朝廷上是决然要加倍偿还各位的，绝不能叫你们个人蒙受损失。我刚才心里初算了一下，后宫尚有一些积蓄，我也要倾其所有，拿出二百万两充作军费吧。告诉袁世凯，四百万虽然一时凑不够，二百万两权且节省着用吧。”

下朝的路上，庆亲王奕劻歪歪扭扭地走近徐世昌，低声说：“菊人贤契。你这三罪三哭，厉害得很呢，一下子掏出老汉十万两银票去！”

徐世昌说：“关键是袁慰亭的军费解决了，他可以从容用兵了。”

那桐接过话来，说：“你那‘引虎入室’的话，可是够歹毒的！偏又不早说，谕旨都颁布了，人也已经走马上了任，变不得了，你才说，鬼着呢！虽然，有朝一日袁世凯知道了，必不饶你！”

说罢，三人嘿嘿地窃笑起来。

第六章　钦差大臣调兵遣将
攻陷汉口屠城三日

“雨色秋来寒，风严清江爽。”

转眼之间，节气已经进入深秋。

草木摇落，白霜匝地，远山寒彻，雁群南翔。

滔滔洹水，波浪冷峻，寒气袭人，夏日的汹涌已经不见，代之而有的是令人肃杀的清寒和舒缓。堤岸上的老柳，细长的枝叶已经全然泛黄，透出一丝丝血色的筋脉，秋阳下闪着异样的光。而那些老槐树、老榆树、白杨树、臭椿树们，则落叶满地，枝干上只落得光秃秃的干净，黑青色的枯枝秋风里瑟缩，还不时地发出呜呜的哀响。河两岸的田地里，秋作物已经开始了收割，谷子地和苞米地、高粱地都变成了赤褐色，农夫们连秸秆都尽数运回家里去了，大地袒露出它的胸膛。这里那里还残留着一些棉花地、红薯地，都已经气息奄奄，失去了色彩。只有脚下土坡上一丛丛的野菊，得了天时似的，把那金黄色的花瓣拼命地摇曳着，给人们一些儿生气。

今天早晨，袁世廉跟他的四弟袁世凯的散步，时间似乎要比往日长些，原因是他待会儿就要坐火车回项城老家去了，他跟他的兄弟还有许多话要说说。

他们在袁世凯照相的河湾处停住了脚。袁世廉仰起头来，咧嘴眯眼瞅住一群排成人字形的雁阵，目送着它们，一直到看不见了，也不愿意收回那目光。那南飞的雁阵正是他现在的心境，他也要南归了，回到自己世代居住的老家去。明年开春，天气暖和了，雁阵还会回来，而他呢，就不会回来了，永远不会回来了，老四的这个世外桃源，这个让他有了一些留恋的地方。当然，让他更留恋的，是他的对于兄弟的依依不舍的感情。

“今天后半晌，我就可以到家了。”袁世廉说。

“是呀，火车快，四五个时辰就到了。”袁世凯说。

“还有四五十里土路呢，牛车马车可跑不过火车。”袁世廉说。

“天擦黑了，总是能到的。晚饭你就要在家里吃了。”袁世凯说。

“叶落归根，人老还家，人生一世，谁也摆脱不了这个结局。”袁世廉说，“老四，武昌的事情平定了，你也该告老还乡了吧？”

袁世凯嘿嘿笑笑，说：“三哥在家里等着我，到时候了，兄弟就回去啦。项城老家，我可是有年头没有回过了呢！”

袁世廉说：“别骗我了，你的心正野着呢，回家的话，说说而已。不过，弄个钦差大臣，执掌兵权，已经是我袁家祖坟冒烟了，干几年，看好就收吧。”

袁世凯说：“为啥这天下就不能姓一回袁？汉朝姓过刘，唐朝姓过李，宋朝姓过赵，明朝姓过朱，大清朝姓过爱新觉罗，他们都姓得，咱们袁家为啥就姓不得？”

袁世廉听见这话，面孔拉下来，睁目道：“你要做乱臣贼子、改朝换代？老四，你可要仔细着，别到最后落个夷灭九族的下场，让你三哥陪着你去绑缚刑场，遭万世唾骂！”

袁世凯赔笑道：“这不是话赶话，赶到这儿了吗？放心吧，你兄弟是精忠报国岳鹏举，万古留芳美名扬，你就等好吧。我叫你五弟妹给你准备了些银票，几万两吧，回去置几顷地，盖几处宅子，别舍不得花。”

早饭以后，袁世廉走了，是袁克定送他走的，袁世凯这里有紧急公务要办，就免去火车站送了。王士珍众人跟着他送至庄头，看见车马去远了，这才返回来了。袁世凯叫上王士珍和梁士诒，匆匆去了他的书房。众人留在养寿堂里，马上要在这儿召开重要会议，商议出兵武昌和京城里的事情，他们一边布置着会场，一边议论纷纷。

又是那个倪嗣冲，调门儿最高，他兴冲冲地说：“看来，这一回摄政王载沣小儿是死心塌地服了咱们袁大帅了，他那颗高傲的头颅，也耷拉到了裤裆里了！湖广总督改成钦差大臣，光杆司令变成执掌兵权，这个变化也真是够大的了。”

袁乃宽说：“不大又怎么办？面对眼下的情势，半壁江山马上就要没啦，皇族亲贵一个个吓得屁滚尿流，六神无主，拿不出个主意来，他摄政王不是傻子，他知道，与其让革命党得势，宗庙覆亡，何如重用咱们大帅，或许还能苟延残喘，不致就完蛋。”

段芝贵说：“既有今日，何必当初呢？三年前磨刀霍霍，一心想着杀人，倘当年他的阴谋真的得逞了，袁公遇了害，今日拯救他大清天下的主可能就没有了，他摄政王也罢，隆裕太后也罢，当今的小皇帝也罢，满朝王公大臣们也罢，全等着去上那断头台了！”

王锡彤是一直反对袁世凯出山的，他认住了一个死理，那便是“专制之国不容有臣功高震主”，清廷今日重用他，只不过一时权宜利用罢了，功成是死，功败亦是死，不如什么都不干，还能保住性命，落个消停。袁世凯反利用的这一着高棋，他可是一丁点儿也没有考虑得到。此时，大摇其头说：“唉，世事多变，岂是人心所可以预料者？”

倪嗣冲取笑他说：“这一回，王大人该不会又劝阻大帅出山了吧？”

王锡彤说：“当时，你们不是也反对出山的吗？”

袁乃宽说：“我等反对，是因朝廷给的官小权小，跟王大人的反对可不是一个意思呢！”

这句话，说得众人哄堂大笑，王锡彤也跟着他们哈哈笑起来。

养寿堂里一片欢声笑语，喜气洋洋。这些因为袁世凯而被罢了官的贪官污吏，看见了他们重出江湖的一线曙光，如何不喜形于色、手舞足蹈呢？

袁世凯大步流星地走过来了！

他器宇轩昂，容光焕发。两条短腿很是有力，蹬蹬蹬蹬，重夯排地一般，一步踏下去，似乎就要把那地面踏下个深坑。五短的身材，这个时候似乎也不见其短了，而是十分地英武雄壮。他换上了当年当北洋大臣时候的官服，红顶子，马蹄袖，长袍大褂，白底朝靴，屁股后头拖着一条已然花白了的大粗辫子，一摇一摆地晃悠。

王士珍、梁士诒一武一文也都是喜笑颜开，满面春风，左右陪侍而来。

袁世凯直奔大堂正中的那个书案，不落座，而是雄赳赳气昂昂当堂而站，把一张笑脸冲着众人，眯细起眼睛来看。

众人肃然而立，屏住呼吸，以一幅景仰、钦佩、崇敬、唯命是从的神态，仰视着他，奴颜卑膝地等候着他的训话。

袁世凯扫视了众人几个来回，自己个儿觉得威风也摆得够味儿了，便突然低下头来，从袖管里摸出来了那圣旨，向众人脸前头晃了几晃，压低声音问：“这道上谕，各位可都看过了？”

众人齐声答道：“都看过了！”

袁世凯又问：“有没有看过的吗？没有看过，现在可以拿过去看。”

众人哈哈地一阵笑，又一次齐声答道：“都看过了。”

袁世凯说：“看过了，那我还说说吗？不说了吧。”

众人再一次齐声答道：“说说吧！”

“说说？”袁世凯得意地歪倾着脑壳，笑瞅着大家问。见众人也笑看着他，等待他说话，便道：“那我就说说。”

袁世凯摇晃了一下身子，使劲地咳了一声嗽，右手捏着那一卷黄绢圣旨，往上高举起来，抖落着，说：“这道上谕给我老袁升官了，官升三级，湖广总督变成钦差大臣了。”

众人发出讨好的笑声。

“俺觉得这事有些奇了怪了。湖广总督俺老袁还没有去上任呢，微功未建，怎么就又给升官了？摄政王载沣王爷敢是糊涂了么？无功受赏，俺老袁这心里还真有点儿那个。”

众人又是一阵讨好的笑。

袁世凯接着说道：“这回，朝廷给俺老袁的权力可真是不小！统帅我北洋段、冯两军之外，并拨直、奉两省武器装备新募兵员听调，所有赴援之海陆军、长江水师及此次派出各军，全线归某节制调遣。这就是说，荫昌所有的权力我老袁都接过来了。咱还有荫昌没有的权力，那就是这上边明文写着，军情瞬息万变，此次湖北军务，军谘府、陆军部不为遥控。以一事权。”

倪嗣冲插嘴道：“大帅，他们军谘府、陆军部要是敢遥控，咱爷们儿就不干了，撒他娘的手。”

袁乃宽说：“正是这话，不为遥控，算他载沣明白！”

袁世凯皱皱眉头，说：“你们不要插嘴！我可要把话说在前头，这里边还有一条，准我相机因应，有撤换将弁之权，军法从事之权，先斩后奏之权，少时老袁我颁布将令，分派给各位的差使，你们可要都仔细了，谁要是退缩不前，畏葸观望，误我大事，纵然我老袁有兄弟情分，这军法可是无情的，别到时候说我翻脸不认人！”

这后几句话一反前边的嬉皮笑脸，陡然间严厉起来，立时把大厅里的气氛搞得十分紧张。刚才还插话打哈哈的倪嗣冲、袁乃宽们，顿时紧张了，闭嘴睁目，挺直腰板，大气也不敢出了。

袁世凯命令道：“王士珍听令！”

王士珍大步走出，抱拳作揖，应道：“末将在！”

袁世凯说：“你任本军副帅，协助本帅，襄办军务。”

王士珍得令退下。

袁世凯命令道：“倪嗣冲听令！”

倪嗣冲大步走出，抱拳作揖，应道：“末将在！”

袁世凯说：“今日起，你任河南布政使，统领新近招募的二万新兵，组建河南巡防营，驻守京汉铁路沿线，保证我在鄂作战北洋军的西路、后路安全。同时看好咱们的老窝。”

倪嗣冲得令退下。

袁世凯命令道：“袁乃宽听令！”

袁乃宽大步走出，抱拳作揖，应道：“末将在！”

袁世凯说："命你为行营总管官，主管司令部各项事务。"

袁乃宽得令退下。

袁世凯命令道："段芝贵听令！"

段芝贵大步走出，抱拳作揖，应道："末将在！"

袁世凯说："任命你为武卫右军右翼翼长，会同安徽、江苏各省援军，确保我东路安全。"

段芝贵得令退下。

"其余各将，随本帅南下湖北，根据战事进展，当随时有任务分派。"袁世凯把军事将领们分派完毕以后，转过头来，对另一边侍立着的梁士诒、赵秉钧、王锡彤说："诸位大人，你们的任务比他们这些将官要重要得多。袁某请你们速速赶回京城，立即与徐世昌取得联系，积极活动，先把皇族内阁搞垮，把政权夺过来，才能实现我们君主立宪、虚君共和的最终目标。实现不了这个目标，武昌前线就打不赢革命党。即或打赢了，也守不牢靠。袁世凯这里拜托各位了。至于你们的官职，我已有奏本上去，官复原职，重加任用。"

说完话，把那黄绢子圣旨往袖筒里一塞，急匆匆地走了出去。

养寿堂里，众人一阵骚动，互相贺喜的，互道珍重的，依依惜别的，乱作了一团，这些文官武将，各自回到自家的住处，该走的，打点行装，纷纷上路；留下的，也准备行囊，只等待袁大帅的命令一下，便奔赴战场。

袁得亮在西跨院门首迎住了袁世凯，他兴冲冲地叫道："四叔，我呢？您老人家怎样安排侄儿我呀？"

袁世凯笑问道："你会领兵打仗吗？炮兵，骑兵，步兵什么的，你会吗？"

袁得亮摇摇头说："侄儿不会。"

袁世凯又问："写文章，管钱粮，画地图什么的，你会吗？"

袁得亮摇摇头说："侄儿不会。"

袁世凯三问："武的你不会，文的你也不会，你叫我怎么安排呀？"

袁得亮说："可是侄儿忠心可靠呀！我跟随在四叔身边，牵马坠镫，侍候您老人家……"

袁世凯眯细起眼睛，打量他多时，心里暗自道："你这个小奸细，贼探子，你不来找老子，老子还真把你给忘了。这回，老子还真要派你个用场呢！"嘴巴上却说："放心吧，自家侄儿，本帅一定派你一个好差使！"

袁得亮得到这话，千恩万谢，咧着大嘴，欢天喜地地去了。

袁世凯来到电报房，正在忙着的袁克定抬头看见，忙迎了上去，说："爹，您老怎亲自来啦，派人叫我一声就是啦。"

袁世凯说："记儿，马上替老子拟一份电报给段祺瑞、冯国璋，告诉他们，总部拟三日后出发，行辕设在湖北孝感之花园口，叫他们给老子清理地方，部署军队，封锁道路，三天后去花园口报告军情，接受任务。”

“是。”袁克定说，“父亲，您老忙活了一上午了，累了吧，回书房歇歇去吧。外边有电报来，儿子会及时报告的。”

“说走就要走了，没多少时间啦，你妈那里，你几个娘那里，我还要都去安排一下。”袁世凯说。

袁克定说：“家眷的事情，交给二弟不就得啦，何劳父亲大人亲自过问？”

袁世凯说：“过儿那小子，是风流名士，这类琐细事情，他是不会干的，他也干不好，还是老子亲自走走吧。”

从电报房里出来，袁世凯把一应要办的大事都已经办妥，他的那些部下，该走的都在陆续离开，留下的也都在忙着准备行囊，他没有心思去管他们，这些年来，他与这些下属之间，早就有一个不成文的约定，分派下去的事儿，归谁的谁自己个儿去办就是，只准办好，不准办砸了，要是因为无能或是不尽心，他不会饶了他们。对于那些格外尽心又有能耐的人，他不仅有奖励，还会记住他们每一个人的优点长处，将来大用。这些下属当然知道他的这个性情，所以一个个都死心塌地地跟着他，甘心情愿替他卖命，因为他们知道，自己的才能本事，在袁世凯这儿什么时候也不会埋没了。

原配夫人于氏在门口迎接他，说：“大人好，大人里边坐吧。”

袁世凯说：“夫人好。”

丫鬟把茶水递上来，袁世凯品了一口，瞅瞅于氏，问：“我马上就要去南边了，你是打算回天津住呢，还是留在这儿？”

于氏说：“我哪儿也不去。”

袁世凯说：“那样也好。我交代老五，叫他多给你留下些钱，留几个得力的丫头侍候，你也再想想，看还有什么需要的，告诉我。”

于氏说：“什么也不需要，有碗饭吃就中了。”

又说了几句可有可无的淡话，袁世凯起身出来，又去了大姨太太的院子。

从二姨太太的院子出来，天已经快晌午了。二姨太太挽留他说：“吃了午饭再走吧。”

袁世凯说：“不啦，我今儿去老三房里吃去，你就别忙活啦。”

进了三姨太太金氏的院子，里边静悄悄地没有一点儿声音。袁世凯觉得很奇怪，便屏住气，放轻了脚步，推门进了屋。张眼一看，并不见金氏的影子，连小丫鬟的人影也不见，下意识地往里间屋里瞅，一眼看见床上躺着个大男人，光着两只大脚丫子，一只脚的上边还夹着一只毛笔，还嘴里哼哼唧唧地唱昆曲《牡丹亭》，大怒，厉声喝道：“什么人，竟敢如此放肆！”

这声大喝无异晴空炸响了一声霹雳，那躺在床上的男人只惊吓得屁滚尿流，翻身滚下了床，趴在地上，叫道："父亲大人，孩儿不知爹爹驾到，没有迎接，恕罪恕罪。"

袁世凯仔细一看，原来这个男人不是别个，乃是他那个不务正业的二儿子招儿。便转怒为笑道："看看你那样子，都是成亲有了家室的人了，还没有个正经，光着两只脚，成何体统?"

袁克文嘿嘿傻笑着，从地上爬起来，说："孩儿在给倪嗣冲他们写扇面呢。"

这时候，袁世凯已经看见床上还零散放着几个扇页，顿时明白了这个坏小子正用脚丫子拿笔往那扇页上题诗作画呢，便斥道："你拿脚丫子画画题诗，能好得了?"

袁克文说："给那几个酸秀才呆举人们的东西，何用动手，脚丫子就打发他们屁颠儿屁颠儿了。"

袁世凯哈哈大笑了。他随手拈起一个写好的扇页看，见上边题的是一首五言绝句，道是——

楼小能容膝，檐高老树齐。
开轩平北斗，翻觉太行低。

笑道："这不是老子的诗吗?"便又拈起一个扇页看，见也是一首五言绝句——

棹艇捞明月，逃蟾沉水底。
搔头欲问天，月隐烟云里。

袁克文说："父亲大人不要再看了，孩儿写的全是您老人家的诗篇。"

袁世凯高兴了，说："这么说，老子的那些诗呀文呀的，你全能背下来?"

袁克文说："孩儿倒背如流。"

这时候，身背后传来一声轻柔的软绵绵的声音："大人好，大人请坐。"

袁世凯回转身来，看时，眼前忽然一亮，一位体态修长雍容华贵仪态大方的美夫人亭亭地站立在面前。她着一袭乳白色长裙，近似于朝鲜女子的那种长裙，又不全然是，还有中国满洲女子旗袍的特色，是融汇了朝鲜长裙和满洲旗袍的一种完全新款的长裙，广袖，紧身，细腰，百褶，下摆飘逸拂地，盖住脚面，映衬得那着裙的女子，走动起来宛若白云一朵，轻掠水面，停下脚步又似盛开的百合一株，含羞伫立，给人的那种美感是无法用言语形容的。更何况这位三姨太太金氏，乃是朝鲜贵族出身，从小受到很好的家庭教育，有着很高的文化艺术素养，气质高贵，举止矜持，身上蕴含着一种只能感觉不能捕捉的内在的美。再加上她肌肤白若凝脂，面若秋月，明眸泛波，修眉如叶，丹唇流红，皓齿含贝，天生的一幅美人坯子，更显得她娇媚超俗，柔情万种。而且，她还有一头长及脚踝的乌油油的势若流瀑的美发，云髻嵯峨之下，瀑流倾泻，浮光跃金，披肩过胯，随风荡漾……那别具一番媚态，更是令人神往陶醉，魂魄颠倒。

这时，她一手轻绾住刚刚梳理过的秀发，一手拈着一朵正待簪上发髻的血色玫瑰花儿，站在那里，瞅着袁世凯微微而笑。

袁世凯一时间被她的美丽惊住了，怔了半晌，才缓过神来，笑道："老三，你今儿好漂亮啊！"

金氏苦笑笑，说："你们中国古诗上说，'芙蓉露下落，杨柳月中疏'，四十几岁的人了，漂亮二字，是谈不上了。"

袁世凯说："可是，我看你，依然是当年在朝鲜时候的模样，那一身高贵的贵族气息，还丝毫未减。"

金氏抿嘴一笑，弯腰深深一躬，说："谢谢大人夸奖。"立即，又收敛起笑容，吩咐丫鬟去厨间传饭。她又特别对袁克文说："招儿不要走，在这里陪大人一起吃吧。"

袁克文说："是。"

很快地，菜肴摆上，冷的热的一大桌子。

吃饭的时候，袁世凯问道："我马上就要去南方打仗了，你们母子是回天津呢，还是留在这里？"

金氏说："如果大人允可，自然是回天津居住。"

袁世凯说："也好。招儿，回到天津，你小心照顾好你妈，不要到处乱跑。你要是干出越轨的事情给老子惹了麻烦，当心我打断你的腿！"

袁克文赶紧放下筷子，趴在地上，说："孩儿不敢惹祸，孩儿一定照顾好我妈。"

金氏皱眉道："何苦来呢，正吃着饭，又教训起儿子来了。"

袁世凯笑看她一眼，说："你妈护着你，起来吧，吃饭。"

吃过午饭，袁世凯去六姨太太叶氏房里午睡去了，袁克文凑到金氏跟前问道："妈，儿子看您和我爹，恭敬有之，亲热没有，这是为何？"

金氏说："你看我恭敬他吗？"

袁克文说："你每次跟他说话，总是客客气气的，彬彬有礼，怎么不是恭敬？"

金氏说："那叫恭敬呀，那叫敬而远之。"

袁克文愕然道："敬而远之，是藐视，看不起，难道妈看不起他？"

金氏说："如果真看不起他倒还好了，可惜不是。"

袁克文说："夫妻之间，看不起还不严重呀，怎倒说还好了？"

金氏说："你妈我恨他！"

袁克文这次是真的惊得目瞪口呆了，他万万想不到，自己这个逆来顺受性格软弱的朝鲜妈妈，那心里居然还有对于她丈夫的切齿的仇恨。

"今天，我们母子既然把话说到这儿，妈就多说两句吧。"金氏说，"第一恨，他欺骗了我的家庭。当初议亲时，你的父亲亲口答应娶我过门后尊我为正室夫人的，还起誓赌咒，说要怎样珍惜我疼爱我，并发誓不再纳妾。这样我的父亲母亲才答应了这门亲事，我以李王妃妹妹的高贵身份下嫁给了他。谁知，过门之后才发现，我不过是他的一个小妾耳！这且罢了，他竟然先后强奸了我陪嫁过来的两个丫鬟，还纳她们为妾，并且按照年龄大小，跟我一样排列，我这个夫人一下子变成了三姨太太，地位跟我的两个丫鬟一样，这是怎样的羞辱呀！第二恨，他以管教为名，唆使大姨太太沈氏虐待我，折磨我，每日非打即骂，罚冻罚饿，给大姨太太洗脚洗屁股，比使唤丫头还要低下十分。我这条左腿留下的残疾，就是大姨太太把我绑在桌子腿上打断的，现在每逢天阴下雨，还疼得受不了呢。我向他求饶，请求他约束一下大姨太太，谁知他却说，家务事，太太说了算，你去求她吧。儿子你看，这是什么丈夫啊，不给自己的妻子做主，反而叫别人折磨她摧残她，是人吗？而那时我才只有十六岁，还是个孩子呀！他给我心灵的伤害罄竹难书。第三恨，我的父母一直以为我嫁过来是享受正室夫人的尊贵的，后来听说我做了人家的妾，并且跟陪嫁丫鬟一样的地位待遇，两位老人爱女心切，如何不心如刀绞以泪洗面啊？他们娇生惯养的女儿去了千里之外的异国他乡，从此再没有见面的机会，他们的悲痛和思念，不是可以想见的吗？有一天，我的精神恍惚的老母亲去井边打水，她忽然看见井水里出现了女儿的面影，立即想到女儿一定是死在异国他乡了，便一头投入井里自杀了。我的父亲既痛心女儿的悲惨，又悲哀老妻的亡故，哀伤过度，吐血而去。是他害死了我的亲生父母，你说，我能不恨他吗？"

说到这里，金氏早已泪流满面泣不成声了。

袁克文也黯然神伤，落下泪来，嘴里咕哝道："'恶紫之夺朱也，恶郑声之乱雅乐也，恶利口之覆邦家者'，豺狼之性，此之谓乎！"

转眼三天时间到了，袁世凯的司令总部该开拔了。

这三天里，直隶、河南两省调派过来的军队，蜂群一样，一拨一拨地涌来又涌走，乱糟糟地搅混了天。直属中军总部的五千人马，前一天晚上就集结完毕，齐集在彰德火车站前，只等时候到了，登上军车，保护着袁大帅开赴湖北前线。

天还没有亮，袁得亮就蹲坐在养寿堂西跨院前边的花池砖墙下，两只眼睛眨巴眨巴盯视着袁世凯的书房窗户，一直到太阳升起老高了，他还蹲坐在那里不起来。有人问他在干啥，他说，我等俺四叔呢，俺四叔说了，要派俺一个好差使。人们吃早饭的时候，袁乃宽领着两个人走过来，对他说，得亮兄弟，大帅叫你去办件事。说完，扔给他一把铁锹，领他来到南头猪圈粪坑旁边一块空地上，说，挖吧。袁得亮问，挖啥？袁乃宽说，挖坑，三尺宽，六尺长，五尺深，总之，你躺在里边合适就中啦。袁得亮问，挖那干啥？袁乃宽说，大帅叫你干的，我如何知道！袁得亮笑道，俺四叔叫俺干的，必有大用，俺挖！于是他脱去布衫，光着膀子干了起来。

上午九时整，洹上村庄头打麦场上号角声大响，护卫营的兵士集合了，马队在前，步军在后，龙旗、帅旗、五色军旗迎风招展。袁世凯身着戎装，腰挎军刀，在王士珍、段芝贵、倪嗣冲、袁乃宽诸多武将的簇拥下，威风凛凛，大踏步地走到帅旗之下，翻身上了一匹青鬃烈马，站稳当了，厉声问道："袁得亮何在？"

远远站在大树后边观望的袁得亮忽听见大帅叫他，高兴非常，急忙应道："四叔，侄儿在此！"颠儿颠儿地跑过来，上去牵住了马缰绳。

袁世凯俯首问他："叫你干的事，如何了？"

袁得亮说："挖好了，三尺宽，六尺长，五尺深，侄儿挖了一个大清早。"

袁世凯说："那好，本帅要杀狗祭旗。来人，给我拿下！"

几条彪形大汉忽地从队伍里蹿出，上去就掐住袁得亮的脖子，三下五除二，不容分说，反剪双臂，把人就捆了个结结实实，扑通一声，扔在地上。

袁得亮大惊，狂喊道："四叔，这是怎么啦？侄儿忠心耿耿呀！四叔，我可是您的人呀！"

袁世凯笑道："袁得亮，住嘴！本帅杀你祭旗，就有杀你的道理，你今日背叛得摄政王，你明日便背叛得本帅，似你这类背叛主子卖主求荣之徒，猪狗不如，留你何用？你清早挖的那个深坑，便是你的墓穴，这叫自家挖坑埋自家。推出去砍了！"

这时候，袁得亮才知道，袁世凯的杀狗祭旗，原来是杀自己呀！他声嘶力竭地喊道："冤枉啊，袁世凯，你过河拆桥，你不是人……你杀忠臣，你不得好报呀……袁世凯，你背叛光绪，背叛康、梁……你也是……"

袁乃宽上去堵住了他的嘴巴。

行刑官钢刀起处，只听得咔嚓一声，袁得亮身首异处，抛尸在那呼啦啦的帅旗之下。袁世凯仰天大笑，啊哈哈哈哈……啊哈哈哈哈……

在他的狂笑声里，龙旗招展，帅旗飘扬，中军大营启动了。

正是，车辚辚，马萧萧，行人弓箭各在腰。万鼓雷殷地，千旗火生风。

袁世凯和他的将弁军马，浩浩荡荡地开赴彰德火车站去了，霎时，洹上村打麦场变得空寂无人了。只有一摊一摊的马粪，油光发亮的，冒出的热气在那儿袅袅地上升。

袁得亮的尸体，被人扔进了他清晨刚刚挖好的那个深坑里，宽三尺，长六尺，深五尺，他是按照袁世凯给他的尺寸挖的。他身首异处，躺在里边，他的魂灵将作何感想呢？

袁世凯说他是一条卖主求荣的狗，他承认自己是狗吗？

军车一共是两列，满载着五千军马，隆隆地往南疾驰。

袁世凯的专车在第二辆军车的中间。那一节车厢被分成两半，南边的一头是他办公的地方，北边的一头是他的家眷暂住的地方。他的专车前边的那节车厢，是王士珍们的指挥车。电报机就安设在那里，二十四小时不间断地发出嘀嘀嗒嗒的声音，与武汉前线和北京保持着联系。

忽然，阴云四合，狂风大起，转眼之间倾盆大雨从天而降，天地间立即笼罩在一片白茫茫的雨雾里。袁世凯移步车窗前，看那大雨，谋划着他此番进军武汉的军事部署。用木板子隔开的后车厢，鸦雀无声，仿佛五姨太太和她的贴身丫鬟小翠儿并没有住在那边似的，竟然没有一丁点儿声响。这其实并不奇怪，袁世凯虽是个无赖，骂人打人害人杀人算计人，无所不用其极，手段卑鄙极了。可是，他这个人，治军却亦是极严的，行军路上，他绝然不准许五姨太太们到他的办公室里来，更不准她们在隔壁房间里说话走动时发出什么声响。

王士珍推门进来了，手里拿着一封加急电报，神情显得很紧张。

“大帅，京城出事了。”他说，“徐菊人来电说，驻扎保定的第六镇统制吴禄贞，最近赶赴滦州，与二十镇统制张绍曾、第二混成协统领蓝天蔚等人联合起来，向朝廷发出《请愿意见政纲》，要求清廷立开国会，制定宪法，特赦党人，组织责任内阁，皇族永远不得充任内阁总理及国务大臣等十二条。吴禄贞还跑去了山西，跟山西的革命党谋划要组织燕晋联军，吴任大都督兼总司令，直捣北京。”

袁世凯闻言，面色骤变，赶忙迎过去，接过电文。半晌，才说：“吴禄贞、张绍曾他们这一手，厉害！恐怕不只是直捣北京的问题，恐怕还要断我后路。”

王士珍说：“这也正是我所担心的。我军的后路要是被他们断了，后果就不堪设想了。”

袁世凯说：“这个吴禄贞，湖北武备学堂出身，又赴日本学习军事，是个文武全才。他跟湖北革命党早有联系，此人要是在北方闹起来，我军将腹背受敌，咱们的日子就不好过了。”

“怎么办？”

袁世凯问：“山西的事情是咋回事？”

王士珍说：“太原新军已经发动了起义，杀死了山西巡抚陆钟琦，成立了军政府，推举阎锡山为都督，山西已经不是大清的了。”

袁世凯沉默了，半天低头不语，最后说：“吴禄贞这事，沉。”

军车是在当天深夜十一点多钟抵达湖北孝感以北的花园口的，北洋军第一、第二两军的总制段祺瑞、冯国璋亲自赶去火车站迎接。

因为吴禄贞、张绍曾的事情，袁世凯的情绪很是不好。他黑沉着脸，一言不发，只对向他敬礼的段、冯二人点一点头，便一头钻进车里，往他的司令部开去。

袁世凯的临时行辕设在花园口的一坐关帝庙里。这个庙宇很大，又在半山腰，形势险峻，只有一条官路通连，可以说是绝对的安全。袁世凯下车以后，带着他的属下军官各处察看了一通，比较满意，便对段、冯二人说：“劳驾费心，一切安排还算妥帖。”

他的办公地点设在后院正中间的大殿里。大殿西首有一溜三间套间，那里便是他的临时书房兼卧室。袁世凯直接进去，有兵士早端来洗脸水，侍候着他洗了一把脸。袁世凯往太师椅上一坐，对段、冯二人说：“芝泉、华甫，说说情况吧。”

第一军总制段祺瑞说：“报告大帅，湖北的情况很糟糕。京山、天门、黄州、麻城、广济、宜昌、襄阳，新军皆叛，悉数为革命党所有，军民士气高昂，汉口、汉阳、武昌三镇，互为犄角，黎元洪亲为布阵，不时有叛军突袭，我军几番受挫。”

第二军总制冯国璋说：“听说黄兴已经从海外归来，出任前敌总指挥，叛军士气空前。”

段祺瑞说：“前日，前线军士报告，黎元洪命人制一大旗，上书‘黄兴到’三字，各处阵地前都跑遍，欢呼声不绝于耳。这种情势下，对我军很是不利。”

袁世凯不屑地微微一笑，转了话题，问道：“我军将士对于本帅接替荫昌，统领三军，有何看法？”

段祺瑞说：“欢声雷动，雀跃相庆，都说，袁大帅出山，这仗就有打头了。可不再被动挨打了，老子们也要全线反击了！”

冯国璋说：“连洋人都认为平定叛乱指日可待了呢！德国人办的《汉口日报》上说，最重要的是清廷任名袁世凯为钦差大臣，这说明北京方面已经认识到局势的严重性了。当前，这个国家碰到空前的麻烦，只有袁世凯能够挽回局势。日本国驻华武官青木宣纯说，在今日之中国，袁世凯是目前从动乱中恢复秩序的唯一人物。听说，美、德两国公使还就此向朝廷发了致贺专电。”

王士珍插话说：“发致贺专电这事有之，并且不光是美、德两国，俄国、英国、法国等也都发了。我们在洹上村都见到贺电原文了呢。”

袁世凯说：“这些洋人，最是善于投机，他们哪里是欢迎本帅出山，分明是关心他们的在华利益，这一点老子清楚。芝泉，前一阶段你执行本帅命令很坚决，虽说军事上吃了点小亏，本帅补充给你。下边，你的第一军变成第二军，撤回信阳去休整，以后我有大用，华甫，你的第二军变成第一军，开上去，我叫你打一个大仗，拿下汉口。”

冯国璋不解地问：“大帅不是叫我们慢慢走，等等看吗？如何又要动大的了？”

袁世凯嘿嘿笑笑，说：“这也是慢慢走，等等看。慢走，不是不走。小败，不是不胜。善用兵者，诡诈第一，当败则败，当胜则胜。军人打仗，自古至今，都是打的政治。荫昌为帅，本帅叫你们按兵不动，略有小败，是叫清廷看见荫昌之无能也。不然，老子如何出山？今日叫你们打个大的，拿下汉口，是向清廷示强也，不然，如何震撼朝廷？老子不是跟荫昌一样无能了吗？”

冯国璋受了启发，恍然大悟，说：“属下明白了。”

袁世凯问：“有把握吗？”

冯国璋说：“只要拼了命去攻，总是要拿下的。”

袁世凯说：“对，给老子拼命去攻打，把老本都压上去，不要怕死人。死多少人老子不管，老子只要汉口！”

冯国璋说：“末将明白，死多少人不管，只要汉口！”

王士珍说：“二位将军，请跟我来，咱们研究一下具体的军事部署。”

段、冯二将跟随着王士珍退下去了，一场大战马上就要在他的指挥下拉开序幕，一天，抑或两天，三天，汉口就要攻下来了，北洋军要大抖神威，把青龙旗插上汉口城头。那个时候，叫摄政王看看，叫隆裕太后看看，叫那些外国洋人看看，解决中国问题的人，不是别个，乃是他袁世凯，也唯有他袁世凯！但是，这些本该令他兴奋的念头，却怎么也并不能令他兴奋，一个阴影徘徊在他的心里，严重地影响着他的情绪，而令他惴惴不安。

那个阴影，就是吴禄贞。

他清楚地知道，如果吴禄贞的燕晋联军真的形成，并且真的直捣北京，只消半日，清廷就完蛋了，他的北洋军在腹背受敌的情况下，也将分崩离析，做鸟兽散。那个时候，他的一切谋划，都将化为泡影，失去了意义。倘若真是那样，简直就太可怕了。他不敢往深里去想。

他忽然感觉困倦。

他蹒跚地走进后院私宅。

五姨太太杨氏和丫鬟小翠赶上去搀扶他。看他脸色不好，心事重重，不敢多问，只侍侯着他躺上床去。

在海军舰队和长江水师强大的炮火支援下，冯国璋集中优势兵力向汉口民军发动了猛烈进攻。冯国璋公然对清军将弁许诺，攻下汉口，奸淫不究，抢掠归己，焚城三昼夜。数万清兵大喊着“发财立功”的口号，一次一次地强攻猛攻，终于依仗人多势众，武器先进，弹药充足，在十一月一日这天，攻破了汉口城垣。立即，汉口城里城外烈焰熊熊，哭声震野，北洋军如同兽群一般，冲进城去，奸淫妇女，烧杀抢掠，汉口老百姓遭受了空前的灾难。

北洋军的野蛮行径，立即遭到全国人民的声讨。

王士珍拿着北京、天津、上海各地的报纸来找袁世凯，报告说：“华甫在汉口闹得太过了，已经引起外界的声讨，这样下去，恐怕对我北洋军的声誉不利。”

袁世凯说：“屌！不给士兵点儿甜头，谁还卖命冲锋啊？叫他们骂去，乱也就是三天。三天以后，兵士归营，奸淫抢掠的事情就没有啦。”

冯国璋从汉口前线赶来了，袁世凯夸奖他说：“华甫，这一仗打得好，给北洋军长脸啦！你要趁热打铁，把汉阳一并给我拿下来，叫孙文、黄兴也看看，我北洋军可不是吃素的！”

冯国璋说：“末将索性杀过江去，连武昌也一锅端了算了！”

袁世凯说：“你可不要轻敌呀，眼下先把汉阳的革命党解决了，下一步如何走，等一等再说。”

这天晚上，袁世凯得到急电，说朝廷给武汉前线发运的军火专列，在石家庄被吴禄贞拦截，车上装载的军火，全部被他截获了。

袁世凯大惊，说：“这是他配合武汉的革命党，捅我的后路呢！面前的黄兴不可怕，身后的吴禄贞倒是有些怕人呢！咋办？”

第七章　黑枪结果吴禄贞
大权终归袁世凯

吴禄贞截获军火的事情，让袁世凯如坐针毡，很是焦躁不安。一个整天，他没有离开办公室一步，一会儿站在地图前边搔头皮，一会儿躺在行军床上瞅天花板，茶饭无心，心事重重，想解决问题的法子。

屋漏偏遇连阴雨，越是焦躁，令人烦心的事情越是，接连不断。

徐世昌、梁士诒分别来了紧急电报，说北京城里现如今已经谣言四起，人心浮动，说是吴禄贞的燕晋联军说话就要打进北京城，张绍曾的第二十镇也要在滦州起兵相应，数万军马就要杀进城来，皇族亲贵、朝廷大臣、满洲八旗，一个不留，尽数杀绝。这下可把那些平日里作威作福骄横傲慢的皇族亲贵、朝廷大臣吓得屁滚尿流、惊魂落魄了。有人已经开始悄悄离开北京，逃亡天津、大连的外国租界里去了。一些满人巡警公开扬言，要暗杀京城里的袁党、革党、立宪党，死也要拉几个垫背的。

袁世凯皱眉道："北京可不能乱。咱们的后路要是乱了，这仗就难打了。"

王士珍说："可是，北京要是不乱，朝廷还是把持在皇族亲贵的手里，咱们还是没戏。这一乱，你看看他们一个个那熊样，不是很有利于我们取而代之吗?"

听见这话，袁世凯笑了，说："你这话很有道理！且慢，此乱可用，此乱可用也！聘卿，发电回去，叫徐世昌、梁士诒他们给我推波助澜，加紧活动。要害是解散皇族内阁，撤去满族大员，选举出以强有力之汉人任总理的新的政府。让咱们在资政院里的朝廷里的内阁里的人悉数出动，联合北京城里所有的立宪党人，大家一起跟着革命党人喊叫，闹得愈凶愈好，闹得摄政王载沣、隆裕太后心惊肉跳，茶饭无心，夜不能寐。他们害怕了，咱们的事就好办了。"

王士珍说："关键是解散皇族内阁。是不是给奕劻老儿也发个电报，告诉他，倾巢之下，安有完卵。这个时候，最聪明的办法是急流勇退，庶几还可保全家人性命，个人财产。此老只要主动辞职，徐世昌、那桐随之，皇族内阁也就寿终正寝了。”

袁世凯说：“好主意！不妨把电文再写得邪乎些，此老最贪财惜命，几句话就能吓死他。不过，光北京城里还不行，还要叫外省动起来，给张謇发电报，叫他配合一下，不过，话要说得策略，他们这些读书人，最争的是礼数。如此里应外合一闹腾，黑云压城，气势汹汹，才能逼着载沣小儿下决心。”

王士珍说：“是不是也同时调几路军队去，毕竟北京是咱们的老窝，那里不能被革命党占据了。”

袁世凯沉吟片刻，说：“军队先不要动，一调去军队，就乱不起来了。不过，可以专电赵秉钧，他是民政部大臣，叫他想法子把满籍巡警都强制遣散了，换成汉人，暗中保证京畿的社会平稳。让他记住，这次咱们是乱朝廷，不乱市井。朝廷乱了，咱们好出来收拾摊子，社会要乱了，咱们跟朝廷一块儿完蛋。”

袁世凯的乱朝廷不乱市井的谋略，很快就见到了效应。梁士诒、赵秉钧、杨度在北京四出活动，大造谣言，弄得京城一日三变，流言蜚语满天飞；又利用汉口大捷，张扬袁世凯平叛有功，大肆进行幕后活动，为袁世凯主持内阁大造舆论。民政大臣赵秉钧采取强制手段，迅速遣散了所有旗籍巡警，并以汉人代替之，掌握了京城的治安权。

惶惶不可终日的隆裕太后召来摄政王载沣，内阁大臣奕劻，协理大臣那桐、徐世昌，向他们讨要办法。

隆裕太后问：“摄政王，外界谣传吴禄贞的燕晋联军威胁北京，此事可真？”

摄政王说：“应该属实。”

隆裕太后问：“保定、太原距离北京有多远？他们的军队多长时间可以威胁京城？”

摄政王说：“几百里耳。朝发而夕至。倘乘火车，三两个时辰便可抵达。”

隆裕太后惊道：“这不是说，我们如今坐在火山口上了，随时都有可能成为叛军枪口上的猎物了吗？快快叫袁世凯回师保驾。”

奕劻说：“太后，袁世凯是动不得的，他若一动，则汉口又失，且势必惊动吴禄贞，是逼其动手啊！”

隆裕太后着急地说：“那怎么办？难道我们娘儿两个就这样坐以待毙，等着叫革命党来杀？”

那桐嘀咕道：“三十六计，走为上策。不如太后和皇上远走承德，躲避一时。”

听见那桐这话，徐世昌慌忙出班奏道：“臣以为太后和皇上不能离京。”

“为什么？”隆裕太后问。

徐世昌说："出京更不安全。一路之上，荒郊野外，不要说革命党，就是一小股土匪杀来，就难以应付。"

"这可怎么办呀？"隆裕太后说，"徐师傅，你快快给哀家出个主意吧。"

徐世昌跪伏在地，说："臣有罪，臣不能言。"

隆裕太后说："说吧，什么时候了，徐师傅有话尽管言。"

徐世昌说："臣有罪，臣不敢言。"

隆裕太后说："可又来了！哀家恕你无罪，说吧。"

徐世昌说："臣有罪，臣不得不言了。以臣之见，第六镇统制吴禄贞，第二十镇统制张绍曾和协统蓝天蔚，所争者，其请愿意见政纲十二条也。朝廷不如尽答应之，解散现任内阁，厉行宪政，如此，他们没有了口实，起兵或可延迟。"

奕劻说："当此之时，也只有这个办法了。臣请辞去内阁总理大臣之职，以纾国难。"

那桐也说："臣请辞内阁协理大臣之职。"

徐世昌说："臣亦请辞内阁协理大臣之职。"

摄政王载沣叹道："你们都辞了职，撒手事外，这个烂摊子叫我怎么办？"

奕劻说："现在，外边拥兵之人要求我等辞职，朝廷之上，众汉臣亦要求我等辞职之声日高，看眼下这情势，皇族不退出内阁，满人不交出实权，国家难以有一刻之宁日矣。为我爱新觉罗氏之基业得以延续，我等也只好作出牺牲了。"

徐世昌说："此届内阁不解散，国无宁日。"

载沣说："看来，本王只得颁布上谕，开放党禁，实行宪政，审议宪法了。"

徐世昌忙说："如此，则大清幸甚，国家幸甚。"

摄政王载沣说："能幸甚吗？颁布了上谕，未必就能平定天下之乱啊！"

隆裕太后说："不如此，又当怎么办呢？就这样吧，摄政王马上拟旨，颁布天下，昭示皇上欲行立宪新政之决心，为安全计，哀家决议西狩承德，摄政王加派禁卫军一路护送，料也无事，先躲一躲眼下京城之乱再说。"

徐世昌偷眼看一眼隆裕太后，心里暗想：看你那熊样儿，几句谣言就把你吓成这个样子，倘真的有朝一日大兵压境，还不吓死啊！

摄政王这次一改往常顽固不化的死硬态度和办事迟疑不决拖拖拉拉的作风，回去以后就以皇帝的名义接连颁发了四道上谕，曰实行宪政谕，曰起草宪法谕，曰革除亲贵秉政谕，曰大赦国事犯谕。四谕之中，三、四两谕最有意思。革除亲贵秉政谕和大赦国事犯谕，是摄政王载沣历年来最为反对的，可以说是寸步不让，毫不动摇。他尝对人言："亲贵不秉政，这国家还是我爱新觉罗氏的吗？国事犯倘赦免无罪，那不是听任革命党造反老百姓作乱吗？宪政可以考虑，宪法可以考虑，唯独这两条，断然不能放开口子！"今天，迫于日益恶化的形势，朝不保夕的危机，为了苟延残喘，他不得已而颁下此谕。并且在上谕里一再陈说，一俟事机稍定，简贤得人，即令组织责任内阁，不再以亲贵充任国务大臣。并且在第四道上谕里特别宣布，所有戊戌以来因提倡改革获罪、因犯政治革命嫌疑畏罪潜逃以及此次乱事被胁自拔来归者，一律赦其既往。今后臣民如不逾越法律范围，均享国家保护之权利，非据法律，不得擅以嫌疑逮捕。并开放党禁，准许党人按照法律组建政党，借以养成人才，收作国家之用。并将宣誓太庙，以资信守。

这真是恰如庄子所言，“臭腐复化为神奇，神奇复化为臭腐”，当初康、梁变法光绪皇帝厉行新政之时，倘无有慈禧老太婆的政变风波，中国的事情，何至于糜烂至此？爱新觉罗氏的政权何至于腐败至此，危险至此？何至于有今日之革命党大起，皇族亲贵惶惶然如同丧家之狗耶？这又是老百姓流行的一句俗言，叫作不撞南墙不回头，不遭蛇咬不动心。只是此时的开明开放为时已晚，所谓臭腐难化，神奇不在，大清的危亡已经不可挽回了啊！

上谕一颁，袁世凯在京城里的走卒徐世昌、梁士诒、张锡銮、赵秉钧、杨度辈，立即行动，奔走于朝廷大臣和外国使节之间，四处扬言，要推举一位强有力的能够力挽狂澜的汉人为国务总理，而这个人就是袁世凯。国内的立宪党人张謇，也分别代山东巡抚孙宝琦、江苏巡抚程德全上书朝廷，并且以江苏谘议局的名义电告资政院，强烈要求摄政王载沣和隆裕太后，特简贤能，尽快组阁。

迫于内外压力，摄政王载沣和隆裕太后不得已，只好颁布诏令，任命袁世凯为内阁总理大臣，着其迅速来京，组织完全内阁。

在湖北孝感肖家港行辕，袁世凯笑了。他抖动着摄政王发给他的电文，傲慢地说：“载沣小儿，此时用着我老袁了吧？此时还杀袁某不杀？杀呀！革命党要取你的脑袋了，你求上我老袁给你保驾了吧！啊哈哈哈哈，啊哈哈哈哈！”

王士珍讨好地说：“属下此时明白大帅的第二步计划了，原来是要他这个总理大臣！”

袁世凯哈哈大笑，说：“不错！那个总理大臣不能总是叫他皇族亲贵担当，我们汉人也是有份的。这不，送上门来了！”

王士珍笑问道：“敢问大帅，这第三步将是为何？能否提前知会一声？”

袁世凯诡诈地一笑，反问道：“你猜呢？”

王士珍说：“猜不透。”

“那就慢慢猜。”袁世凯说，“现在，你给我发两份电报。一个给隆裕太后，叫她老老实实在京城待着，不要乱跑乱动，北京的治安我会安排，绝对保障她和皇上的安全。她要是一跑了，没了猴儿，我们手里牵着根空绳子何用呀？她跟那个小皇上一步也不能离开北京！第二个发给摄政王载沣，告诉他，我袁世凯无德无能，不能胜任内阁总理大臣要职，请他另择高明。”

王士珍说：“给到手了，为什么不要，大帅何必辞谢？”

袁世凯说：“老子跟载沣小儿玩玩，你不是请我当吗，老子还不希罕呢，非叫他来个三请不可！”

内阁总理大臣马上就十拿九稳地到手了，这令袁世凯十分得意，他倒背着双手，嘴里哼唧着“有本王打坐在金銮宝殿……”，晃晃悠悠地踱出办公室，往后院私宅里走去。

五姨太太杨氏和丫鬟小翠迎接住他。

“大人，嘛事呀，这么高兴？”杨氏问。她是天津宜兴埠人，一口地道的天津话，非常好听。“敢是又打胜仗了？”

“打胜仗算个屌！老子叫它胜，它就胜，老子叫它败，它就败，胜败还不是老子一句话！”袁世凯说。

“我猜，老爷准是又升官了。”丫鬟小翠说。

“升嘛子官呀，大人刚升了钦差大臣，已经到天上了，还升，升嘛？”杨氏说。

小翠说：“钦差大臣上边就没有再大的官了吗？我猜，要不是升官，老爷怎会如此欢喜呢？”

小翠是天津县人，她跟杨氏两个天津女子一个腔调的天津话，嘛长嘛短的，把袁世凯逗得哈哈大笑。他说：“还是小翠聪明，老子今儿接到上谕，升老子为总理大臣啦！”

杨氏惊喜道：“这可是一人之下万人之上的大官呀，大人，咱们可该庆贺庆贺！”

袁世凯说：“庆贺庆贺。传话下去，叫他们给老子备几样菜，喝酒，吃肉，睡觉！”

这杨氏，乃是从小儿步入娼门的人，于那京昆小曲，自然是谙熟于心，吹拉弹唱，无所不通的。虽生得相貌平平，黑黄皮肤，宽肩大胯，却是机灵非常，极会猜袁世凯心事讨袁世凯喜欢的一个。她见袁世凯今日口口声声要喝酒吃肉，还说出那睡觉的话，知道他升官高兴，便笑吟吟地从里间屋墙上取下那把精致的月琴来，抱在怀里，说：“大人升官，奴婢也高兴，妾就为大人歌上一曲，以助雅兴，如何？”

“好，好，本大人好久不听老五唱曲子了，今日高兴，来一段听听！”袁世凯欢叫声声，一边大口喝酒，一边鼓掌催促。

只见那杨氏转轴拨弦叮咚作响，三两声之后，便樱唇轻启，玉齿缓开，引吭而歌道——

猛见他可憎模样，——小生哪里得病来——早医可九分不快。先前见责，谁承望今宵欢爱！着小姐这般用心，不才张珙，合当跪拜。小生无宋玉般容，潘安般貌，子建般才；姐姐，你可是可怜见为人在客！

绣鞋儿刚半拆，柳腰儿勾一搦，羞答答不肯把头抬，只将鸳枕捱。云鬟仿佛坠金钗，偏宜鬏髻儿歪。

我将这纽扣儿松，把缕带儿解；兰麝散幽斋。不良会把人禁害，呔，怎不肯回过脸儿来？

我这里软玉温香抱满怀。呀，阮肇到天台，春至人间花弄色。将柳腰软摆，花心轻拆，露滴牡丹开……

这个杨氏，把她那尖细的嗓儿变粗，柔软的音量变细，压低了嗓门儿，大睁开眉眼儿，挑起眉梢，掀翻秋水，学着《西厢记》里张君瑞作态，把他与崔莺莺夜半偷情云雨书斋的惊艳调情放浪缠绵诲淫诲盗表演得活灵活现入微入细淋漓尽致，好不撩人性情，启人邪念，把个袁世凯撩拨得热血上涌，淫欲陡生，嘴里大叫着“好哇，好哇！快唱他两个偷情入港麻心醉魂的段子。”嘴巴上喊叫着，早一手抓过身边的丫鬟小翠儿过来，只往那怀里一塞，早压在身下，醉醺醺一张老脸贴了上去，吭吭哧哧只往那小翠娇嫩的脸蛋儿上啃，把个小翠只吓得“妈呀，妈呀”乱叫。

这一顿豪饮，只喝到日头西沉、玉兔东挂，天黑如染，红烛高照，袁世凯早酩酊大醉了。他被五姨太太杨氏和丫鬟小翠抬到床上，脱去衣服鞋袜，盖上锦被，鼾声如雷，沉入梦乡。

五姨太太杨氏也饮了不少酒，她在小翠的侍候下，洗吧洗吧，也拱在他的身边，早早地安歇了。丫鬟小翠见两个主子都睡了觉，她便回到自己个儿的东套间里，也脱衣睡下。

也不知道过了多少时候，三五个时辰以后吧，夜静更深，万籁俱寂，这个世界好像死了过去一般，袁世凯分明地看见有一个人悄无声息地推门进了他的房间。刺客！他下意识地马上想到了这一点。惊觉中，翻身坐起，伸手从枕边抽出一把手枪，喝道：“什么人？”谁知，那人并不害怕，也不惊慌，而是款款地朝他径直里走来。袁世凯感觉很奇怪，睁大双眼看去，却是一个妙龄女子，二十来岁，瘦高条儿身材，一头乌黑的头发披散着，从瘦削的肩头跌下，落在乳白色的长裙上，黑白是那样分明。只是看不清她的脸。她的脸低垂着，被一绺散发遮住，看不清晰。她是谁呢？似曾相识，又似曾不相识，然而很美，那轻盈的体态儿，高贵的做派儿，恍若神仙。袁世凯痴呆呆地瞅住她，痴呆呆地瞅着她走过来，走到自己的床前……她要干什么？……袁世凯伸出手来想去抚摩她，牵住她的纤手……但是，他落了空，他什么也没有抓住……

那女子羞羞答答地坐在他的床边，把身子紧靠住他，羞羞答答地说：“大人，您不认得我了？俺是老七呀！”

袁世凯惊喜道：“怎么，你是张……老七……我正孤闷，想你呢，你竟来了！好、好……”

那女子忽然抽抽噎噎哭了起来，说：“大人，你，屈了我，还我命来……还我命来……”

一霎时，“还我命来！还我命来！”在袁世凯耳边大响。仿佛是从天外传下来的声音，比惊雷还响，震得他的耳膜都疼痒难忍……他看那女子，满脸泪痕，可不正是他的七姨太太张氏，那个山东姑娘……他最疼爱的山东姑娘老七。他急切地唤道：“老七，老七……”一把手抓住她，紧紧地抓住不放。

可是，这个时候，另外一个声音在他的耳边响起了：“大人，您干吗？您是不是做噩梦啦？”

袁世凯被唤醒了，他睁开眼睛，看见自己正躺在五姨太太的怀里。

五姨太太杨氏说：“大人，您松松手呀，我的脚被您攥得太紧，疼死人家了！”

袁世凯这时候才发现，自己的一只大手正紧紧地抓住杨氏的一只小脚。

“大人，您做了个嘛梦？是不是梦见七姨太太了？”杨氏问，“我听见您梦里大声叫老七呢，吓死人了。”

袁世凯一言不发，阴沉着脸子躺在那里，他在想刚才的那个梦，想梦里的七姨太太老七，想那个他曾经非常疼爱，走到哪里都带到哪里的人。是的，这次来湖北，他的身边少了一个人，他觉得有些空……那个人，就是老七……他没有了她……他想，也许自己真的冤了她，叫她白白地丢了一条性命，可是……

一阵燥热袭来，他浑身出了一层虚汗。

袁世凯失眠了。他烦躁地在床上翻来覆去，他烦躁地把五姨太太贴过来的软绵绵的身子推去一边，他的眼里射出来一道焦渴的光，凶狠的光，绿色的光……五姨太太杨氏有些怕。她战战兢兢地蜷缩起身子，闭住嘴巴不敢发出声音，她感觉自己的四肢在颤抖。

袁世凯忽然翻身起床，赤身露体心急火燎地坐在床沿找鞋子。

杨氏从他那焦渴发怒的神情里看见了他的欲火燃烧，知道他要干什么了，情不自禁地扯住他的手，哀求说：“大人，她才十三岁呀，还没有来身上呢……”

袁世凯狠狠地甩掉她的手，趿拉着鞋子冲出去，像一头发了情的野猪，嘴里哼哼唧唧地乱撞，一头撞进东套间里去。

杨氏眼里含着泪，不无怨恨地瞅住他的背影，侧耳听那房里的动静。

只听见小翠哀求道："老爷，您要干吗？老爷，您饶了我吧……"

袁世凯并没有声响。

又听见小翠哭求道："老爷，老爷……求您……"

接下来，就传出小翠一声"妈呀"的哀号……再下去，就是她嘤嘤的哭泣声了。

一个时辰以后，小翠的哭声渐渐没有了，代之而有的，却是他的惊雷一样的鼾声。

杨氏知道，袁世凯的目的达到了，他占有了小翠。从此以后，她的这个十三岁的使唤丫头，将变成袁家的第九位姨太太，跟她平起平坐了。她的心里，呼地涌起一股酸意。

早饭后，袁世凯来到前院他的办公室，刚坐下，袁乃宽就从外边领进一个人来，袁世凯抬眼一看，是倪嗣冲。

他皱眉问道："你不在任上管好你的兵马，来这里干什么？"

倪嗣冲说："报告大帅，彰德方面昨夜发生了军情。"

"何事？"袁世凯一怔。这个情况引起了他的警觉，因为那里是他的老窝呀！

倪嗣冲说："吴禄贞从石家庄派出一个团，妄图奇袭洹上村，被我发觉了，我的部队迎上去，跟他们对峙在邯郸以南的刘家湾车站附近。"

"接上火了？"

"没有。"倪嗣冲说，"六镇的人发现行动被察觉，就地驻扎，不动了，属下这才赶来报告。"

袁世凯嘿嘿冷笑道："吴禄贞个小子，想掏老子的老窝。"

倪嗣冲说："听说，吴禄贞这次袭击，是跟京城里的亲贵载泽、良弼事先谋划好的。他们要断绝我军后路，阻止您入京。良弼跟吴禄贞说，亡大清者，非唯革命党，亦有袁世凯，而袁世凯更为隐蔽毒辣具有欺骗性也。他要吴控制住京汉路，先抄袭老窝，再背后发难，与武昌革命党南北夹击。"

袁世凯听见这个情况，心下大惊，暗自思量道：吴禄贞这一手厉害呀，他的矛头，不仅指向大清朝廷，更指向了我老袁，他这是要背后出手，一刀置我于死命呀！他黑沉下脸子，怒容如晦，呆坐在椅子上沉默良久，最后，终于气势汹汹地起身，大步走到北山墙边，展开军事地图，注目细观，有顷，才恶狠狠地说："看来，这个吴禄贞已成我心腹大患，不除掉他，老子就休想安生了。"

这时，王士珍手里拿着一份电报进来，说："大帅，摄政王又来了电报，催您赴京上任去呢。"

袁世凯不耐烦地问："这是第几封啦？"

王士珍说："第二封。"

袁世凯说："别理他。还照着上一封回电回给他，就说老子才疏学浅，不堪重任。"

王士珍答应着要走，被袁世凯叫住，对他说："你快点儿回来，咱们商量一下吴禄贞的事情，这个冤家对头又给老子捣乱了。"

袁乃宽说："请大帅给我一标兵马，叫属下去灭了他。"

倪嗣冲说："也只有这个办法了，不消灭他，咱们的后路就安定不了，大帅进京，一路也不安全呀。"

王士珍进来了，听他们谈论，这时，插嘴说："要打，索性连张绍曾的第二十镇和蓝天蔚的第二混成协也摆进去，一口都吃掉。"

袁世凯摇头说："不妥，不妥。北方是咱们的地盘，不能让战火弥漫，真打起来，未必得志。反而逼迫吴禄贞与张绍曾、蓝天蔚们联合起来，加快行动，逼迫他们引山西民军入京，那样一来，就乱了营了，置我北洋军于腹背受敌的地位，不妥，不妥，得想别的法子。"

袁乃宽说："那除非组织暗杀团，杀了他个孬孙。"

袁世凯笑了，说："暗杀倒是个法子，可是，你听说过暗杀者有组团的吗？大队人马去暗杀人家，这不是告诉人家赶紧防备吗？这事，得叫他自己人干，神不知鬼不觉地把事做了。"

袁乃宽一派大腿，说："嗨，我怎把此人忘记了呢！大帅，可记得第六镇十二协统领周符麟否？"

"如何不知，他不是因为聚众赌博被吴禄贞强行撤职的那个人吗？怎么，你是说他？"袁世凯说。

袁乃宽说："此人现在武汉前线，对吴怀有切齿仇恨，尝于酒后拔刀顿足，恶毒咒骂，说迟早必杀吴以雪恨。"

王士珍说："此人属下也认得，为人最是心毒手狠，乃亡命之徒，可以利用。要不，属下去见见他？"

袁世凯摇头说："不，我要亲自见他，你们马上派人去把他叫过来。"

正议论间，机要秘书又匆匆送来了北京急电。王士珍接过一看，笑道："摄政王又发来催行的电报了，这一回是第三次了，大帅可该答应下来了吧？"

袁世凯呵呵而笑，道："三请够啦？够啦老子也不奉诏！你回电给摄政王，告诉他，朝廷新颁宪法之十九信条里有规定，内阁总理大臣需由国会公举选出，今国会未选，名不正言不顺，本大臣不敢奉诏！"

王士珍三人听见这话，齐声哈哈大笑，说："大帅玩弄载沣小儿，真是有根有据，有板有眼，叫他肚子痛又没有话说，高明，高明，真是高明！"

袁世凯诡诈地笑道："高明的地方还在后头呢，你们拭目以待吧。"又转对倪嗣冲说，"你火速赶回去，严密监视吴禄贞的动静，给老子看好家，不准有一丝儿闪失。"

倪嗣冲领命，一刻也不敢多停留，率领着他的卫队，乘专车返回豫北前线去了。

第二天下午，袁世凯正在后院搂着新纳的九姨太太小翠午睡，袁乃宽从汉口赶回来，他身后跟着原第六镇第十二协统领周符麟。因事情紧急，袁世凯又有交代，所以，他们一到，袁乃宽便叫警卫军士叫醒了他。

袁世凯洗漱毕，步出房来，迎面看见袁乃宽身后站着一个面黑如染、六尺开外的彪形大汉，知道是周符麟。

袁乃宽领着周符麟跨前一步，立正敬礼。礼毕，周符麟又扑通一声双膝跪地，趴下就磕头，嘴里憨声憨气地说道："周符麟拜见大帅，祝大帅身体健康，永远健康！"

袁世凯慈祥地微笑着，点一点头，问："你就是好汉周符麟吗？"

周符麟赶紧又磕头不迭，说："属下周符麟乃大帅麾下一无名小卒，'好汉'二字不敢当。"

"当得，当得！"袁世凯呵呵而笑，伸出手来，亲切地把他拉起，说，"周符麟三字，本帅闻名久矣，闻名久矣！"说着，大步而走。袁乃宽赶紧跟上，周符麟也从地上爬起来，膝盖上的尘土也来不及掸掉，匆忙追出。

进到袁世凯的办公室，周符麟有些紧张，他觉得自己忽然之间有了身价，一个草莽武夫，被免了职的中级军官，能够受到鼎鼎大名的袁世凯袁大帅的亲切接见，并且在他的办公室里与他密谈，面授机宜，他感觉受宠若惊。他直挺挺地立正站立，睁圆一双金鱼眼，大气也不敢出，以一种崇敬的敬畏的无限忠诚的态度，静听大帅的每一句吩咐。

袁世凯端坐在虎皮椅上，一直以一种亲切的微笑面对他，问："叫你去办什么事情，可知道了？"

"报告大帅，小的知道了，袁将军已经跟我交代得很清楚。"周符麟说。

"你可敢去？"

"如何不敢？小的恨死吴禄贞了，恨不能扒其皮食其肉！他竟敢当着几千弟兄的面辱骂我，解了我的职。这一回，有大帅做主，我非杀了他不可。"

袁世凯问："你打算怎样杀他？"

周符麟说："小的有亲信兄弟十几个，我们化装成老百姓，秘密潜入石家庄，打他的黑枪，杀死他。"

袁世凯摇头说："如此，大事休矣。"

周符麟听见这话，顿时昏了头脑，脑袋门上冒出一层冷汗，他不知道自己哪里说错了话。

“倘如此杀人，你还没有出手，就要被对方消灭。”袁世凯说，“你不能出面，你要躲在后头，叫吴禄贞的亲信去动手，人不知鬼不觉，杀他一个措手不及，大功才可以告成。”

周符麟的脑袋点得跟小鸡叨米似的快。

袁世凯接着问：“你在吴禄贞身边有可靠的人吗？”

“报告大帅，吴禄贞的护卫营管带马惠田是我的拜把兄弟，东北老乡。”

“铁不铁？”

“铁。”

袁世凯呵呵笑了。他从抽屉里取出一张支票，放在周符麟面前，说：“这是三万元银票，给你去买通马惠田，叫他下手，我五天后要你杀死吴禄贞的消息。功成，本帅自有重用。功败，就自裁吧。你愿意自裁吗？”

周符麟说：“报告大帅，小的不愿意自裁。小的还要为大帅杀敌立功呢。五天以后，大帅静候枪杀吴禄贞的捷报吧！”

周符麟领命而去了。袁世凯对袁乃宽说：“你派一个特别小组，暗中监视此人。倘办事得力，则暗里助他。倘有二心，立即干掉，不能让他把机密泄露出去。”

袁乃宽奉命出去安排去了。

袁世凯对王士珍说：“为防万一，现在该我们调动军队了。聘卿，给我拟定命令。命调直隶提督、武卫左军总统官姜桂题率领所部进驻京畿，负责京城防务，严防燕晋联军奔袭北京。调北洋陆军第三镇统领曹锟、河北通永镇总兵王怀庆率领本部兵马，进驻滦州，监视张绍曾、蓝天蔚部，张、蓝若有异动，立即歼灭。命倪嗣冲率所部严密监视石家庄第六镇动静，周符麟一旦得手，着他立即赶赴石门，收编六镇官兵。”

王士珍说：“这样安排，则我军后方无忧矣。”

袁世凯说：“后方稳妥了，我们就该集中精力研究对付前方的革命党了。”

这一天，袁世凯把亲信走卒刘承恩叫到书房，递给他一封山东巡抚孙宝琦的来电，说：“慕韩大人就目前战事有专电给我，你且看看。”

刘承恩接过电报，迅速浏览一通，笑道：“孙大人这是要大帅去跟他黎元洪讲和呢。”

袁世凯说：“你以为讲和如何？”

刘承恩说：“属下以为，孙宝琦的话不无道理。他说，朝廷实有息事宁人之意，不视革党为大敌，大帅您此战胜之不武，不胜为笑，似宜一面奋战，一面遣员和谈，仗公威望，革党必降心相从，大帅不妨遣员一试。”

袁世凯问：“你意派何人相宜？”

刘承恩说：“大帅若一时没有得力之人，属下愿往。”

“此正我意也。”袁世凯呵呵而笑，说着话，从抽屉里拿出早已经写好的信件，递给他，“这是我写给黎元洪的一封亲笔信件，我对他说，朝廷已下罪己诏，确定施行立宪，赦开党禁，皇族不问国政，国事尚可有挽回振兴之期，希望南北罢战议和，南军诸公不独不咎既往，朝廷将一一予以重用。我的这些话，虽出于至诚，彼方未必尽信，汝此去，先探探口风耳。”

刘承恩领命，未敢怠慢，带了几个随从，便奔汉阳而去了。

王士珍问袁世凯说：“大帅以为议和有望吗？”

袁世凯说：“有望无望，还不是事在人为？叫它有望，则有望矣。叫它无望，则希望全无。孙宝琦说得对，朝廷并未视革党为大敌，其视大敌者何，我袁某也。借革党之手而谋我，才是他们的本心。问题是我们要把这个游戏玩儿好，不掉底，这里面有个智慧，还有个耐心。”

王士珍说：“还有个灵活。恐怕我们还要再打一仗，给革党一点压力，给朝廷一点颜色。”

袁世凯诡诈地一笑，说：“不错，本帅正是这个意思。明天，你随我去一趟前线，帮助冯国璋具体部署一下攻取汉阳之役的谋略。”

在湖北滠口冯国璋的司令部，袁世凯问道：“战前准备工作如何？”

冯国璋说：“报告大帅，万事俱备了，只待大帅的一声令下了。”

袁世凯说：“我已经派刘承恩去武昌找黎元洪谈判去了，你这里准备大战。这叫两手策略，一手摇橄榄枝，一手舞大刀片。橄榄枝麻痹敌人，大刀片消灭敌人。最终目的是消灭敌人！”

冯国璋说：“据报，前几天，革命党在湖北军政府前阅马场上举行了一次登台拜将典礼，黎元洪委任黄兴为战时总司令。黄兴把司令部设在汉阳，将陆军扩充为八个协，眼下正布防备战，要跟我军决一雌雄呢。”

说话间，海军司令萨镇冰赶来了。袁世凯说：“你来得正好。我马上就要入京组阁了，行前，要跟你们把湖北的战事定下来。我军眼下的目标是汉阳古城，我要求你们水路两军配合行动，以陆军为主攻，海军辅攻，十日内拿下汉阳城。革党方面不是以黄兴为帅吗？这很好呀！攻下汉阳城，就是打败了黄兴！黄某人何人也？常败将军也！此公这些年来到处起义，到处失败！起义一次，失败一次，我料他这次汉阳城下，必定也要吃个大败仗！至于这场仗如何打，损失多少军械钱财，战死多少人马，那是你们的事情，我一概不管，我只要结果，要你们给我十天之内拿下汉阳城这个结果！”

冯国璋、萨镇冰保证说："请大帅放心，十天之内，属下一定拿下汉阳，为大帅入京大壮行色。"

袁世凯哈哈大笑，说："大清朝的军权已经在咱爷们儿手里了，此番进京，那个政权也要落到咱爷们儿手里，封侯晋爵，升官发财，谁说了算？咱爷们儿说了算！二位不要错过这次大好机会，好自为之吧！"

冯国璋、萨镇冰高声应道："誓死效忠大帅，十日拿下汉阳！"

住了两天，各处视察了一通，袁世凯返回的时候，手抚冯国璋的脊背说："华甫，甩开膀子打吧，我给你准备了三万生力军，二十万军费和朝廷新近从德国购进的二百门大炮，两千挺机关枪，你都给我投进去。十个二十个打他一个，焉能不胜？"

冯国璋听见有这么多军队军费大炮机关枪送上来，高兴地说："大帅给我如此强大的后援，拿下汉阳，末将更有把握了。"

返回的军列上，王士珍问："大帅，此番交战，我军必得。而敌方失陷汉阳，龟山之险没有了，武昌城暴露在我军强大的火力之下，必不能守。大帅为何不命令华甫率军强渡长江，乘胜而进，一鼓作气拿下它呢？"

袁世凯微微而笑，闭目不语。

王士珍叹道："大帅玄机，真是令人难以捉摸。"

回到湖北孝感肖家港行辕，北京的消息来了。资政院已经全票选举通过袁世凯为内阁总理大臣。摄政王载沣和隆裕太后连发电报，催促他火速赴京组阁。

袁世凯高高擎起电报，哈哈大笑，得意扬扬，放声朗诵大诗人李白的诗句道："仰天大笑出门去，我辈岂是蓬蒿人。"他命令王士珍，马上电令倪嗣冲，调集军马，清除京汉铁路沿线，确保他赴京的安全。命令袁乃宽，收拾家当，集合卫队，随时待命北上。

石家庄也来了好消息，周符麟暗杀成功，吴禄贞在他石家庄火车站附近的办公室里，被他的亲信骑兵营管带马惠田乱枪杀死。驻扎滦州的张绍曾、蓝天蔚，已经势孤力单，翻腾不起大浪了。北方地盘，严重的危险已经没有了。

"有本王打坐在金銮宝殿，尊一声驸马儿细听王言……"处理完公务的袁世凯，一路吟唱着豫北高梆，倒背双手，一步三摇地步入后院来了。

五姨太太杨氏和新纳的九姨太太刘氏（丫鬟小翠）笑吟吟地迎接住他，一边一个挽住了他的胳膊。

五姨太太说："不用问，敢是那总理大臣拿到手里了！"

袁世凯哈哈连声，说："今日起，在这个国家，小皇帝之外，就是老子最大了！摄政王载沣小儿，一边儿晾蛋去吧！"

九姨太太说："叫他们备酒，咱们给大人庆贺庆贺！"

袁世凯抚摩着她的腮帮子，说：“对，庆贺庆贺！庆贺庆贺！”

这天晚间，袁世凯正拥抱着左右两个妻妾饮酒取乐，庆贺他荣升内阁总理呢，袁乃宽走进来报告说，派去武昌的刘承恩回来了。袁世凯慌忙放下酒杯，推开两个爱妾，起身就走。来到办公室，一连声说：“快叫，快叫！”

刘承恩应声进来，施礼毕，侍立一旁。

袁世凯问：“此番前去，情况如何？他们可愿意谈判？”

刘承恩摇摇头说：“不尽如人意，不尽如人意。”

袁世凯说：“详细谈谈。”

刘承恩说：“属下此番去武昌，带去了大帅的信件，黎元洪倒是非常重视，亲自和军政府的几个大员接见了我。属下对他说，袁大帅派我来，是为议和一事。我们这样打下去，汉人打汉人，同室操戈，自相残杀，什么意思呢？为什么不坐下来商量商量，找出一个解决问题的办法来。黎元洪说，坐下来谈一谈，这很好哇，我们不是陪你坐在这儿了吗？可是，中国的事情，明明白白摆在那儿，还有什么可以商量的呢？封建帝制不推翻，大清皇帝不推倒，中国人民就没有出头的日子，随随便便和了，那些为了拯救国家的先烈们不是白白地牺牲了吗？”

袁世凯呵呵冷笑道：“这个黎元洪，他是谁呀，忘记自己个儿是被人家革命党从床底下拽出来的了，说出话来，比孙文黄兴还硬邦呢！你接着说。”

刘承恩说：“属下说，当今朝廷，已经同意实行君主立宪了，这跟诸位要求的民主共和其实差不了多少，都是皇权让位于民权，都是实行宪政制度，诸位革命的目的已经达到了，再打下去，生灵涂炭，国力疲惫，不是明摆着叫外国列强来瓜分豆剖吗？为今之计，不如暂息兵端，公举代表入京，协助袁公，组织新内阁，共图国家振兴之策。黎元洪说，你这话，有两大错误，一是对于清廷的判断，一是列强瓜分之说。不错，清廷是提出来君主立宪，可这是真立宪吗？非也！明眼人谁个不知，这是清廷的障眼法，权宜之计，这是不屑批驳的。你说的那个瓜分说，是这些年清廷顽固守旧分子攻击革命的一种陈词滥调，袁世凯打出它来，没有丝毫意义。外国列强所以敢在中国的地盘上为所欲为，横行霸道，那是因为清政府腐败卖国所致，革命正是要打倒列强，夺回我中国人的尊严和权利，阻止他们的侵略瓜分。袁世凯今日打着拥戴大清的旗号，借着清廷北洋六镇的军力，明里看是为保大清，实里是为他自己驱逐满人、自践帝位张目的，狼子野心，路人皆知。今日你回去，转告袁世凯一句话，告诉他，他想取满人自代，是愚者所为，尽早打消这个主意。不要忘记他是个汉人，给满人当奴才，甘为满奴，人格何在？不要忘记摄政王几番欲杀他害他的事件，昨日的事情，怎么今日便忘却了？伤疤未好就忘痛，君子不为也！国仇私仇在身，袁公奈何替贼人卖命啊？我劝他反旆北向，不如倒戈投降革命，才是明智之举啊！”

刘承恩那里还要喋喋说下去，早已经羞红了脸的袁世凯实在听不下去了，打断了他的话，说："和谈不成，反被其辱，你下去吧。"

刘承恩一怔，知道袁世凯已经不高兴了，赶紧抱拳行礼退出。但是，刚出了门，又急忙转回身来，从怀里掏出一封信函，说："我还带回黄兴给大帅的一封信件，请大帅查收。"

袁世凯听说黄兴有信函给他，忙起身离座，快步走到门口，亲手接过那信。

他屏退众人，关上房门，展开那信——

……满洲朝廷，衣冠禽兽，事事与人道背驰，二百六十年来，有加无已，是以满奴主权所及之地，即生灵涂炭之地。睁眼四观，民主自由法制之文明社会，潮流汹涌，势所必然。而满奴顽固愚蠢，国门紧闭，思想僵化，不思进取，犹自夜郎自大，独裁专制以求万年。其所言之君主立宪、开放党禁云云，不过是欺人之谈，以求苟延残喘也。明公来信，但言及汉口之生灵而思休战，毋乃眼光过短而视野过狭，敢问我中华民族四万万生灵明公将置于何地耶？当此之时，救国家，救民族，无它，惟有以推倒清室、恢复我汉人主权为第一要义。窃闻，人才原有高下之分，起义断无先后之别，以明公之才能，高出兴等万万，以拿破仑、华盛顿之资格，出而建拿破仑、华盛顿之事功，直捣黄龙，灭此虏而朝食，非但湘、鄂人民戴明公为拿破仑、华盛顿，即南北各省当亦无有不拱手听命者。苍生霖雨，群仰明公，千载一时，祈无坐失。明公若能推翻清室，拥戴共和，必可举为民国大总统。

读到这里，袁世凯忽地一下子把那信笺紧紧地攥在手掌心里，紧紧地贴在胸膛之前，两只大眼只瞪得如铜铃般大小，如豆的两个黑眼球球，滴溜溜乱转。呼吸也急促起来了，风箱一样的气流，呼哧呼哧地从喉管里往外蹿，多毛的胸脯大起大落，起伏不平，甚至浸出一层浑浊的汗水，有的已经开始顺着汗毛间隙往下流了。

拿破仑、华盛顿、大总统……这几个字眼，惊雷般地在他的耳边震响，訇然有声，令他惊恐，令他惶惑，更令他兴奋和不安。他突然高声喊道："记儿我儿！招儿我儿！你们快快地过来呀！"

袁乃宽闻声跑了进来，说："大帅，大少爷、二少爷都没有在行辕，您叫他们有事情吗？"

袁世凯从慌乱里镇静下来，他抬手抹去额头上脸颊上的汗水，说："没事，你退下吧。"

他终于冷静下来了，心里说：“拿破仑、华盛顿是什么人？还真一时搞不清楚，当然，记儿、招儿他们都知道，可是，两个人一个在北京，一个在天津，一时间捞摸不到。不过，大总统是什么他可是知道的，那就是共和政体下的皇帝，万岁爷。当大总统，他这以前可真是没有想过。想过当内阁总理大臣，想过君主立宪，想过把皇上架空起来自个儿大权独揽……可是，就是没有想过当什么大总统。大总统怎么是我当呢，那应该是孙文、黄兴这些革命党人当的呀，我当？老子能当吗？那叫什么，不伦不类。嘿嘿，嘿嘿，嘿嘿嘿嘿……”

袁世凯阴冷地笑了。

这天，一直到天黑透了，他都没有从办公室里出来。他在想着那个陌生得很的拿破仑、华盛顿、大总统……

他跟黄兴以前就打过交道。不过，不是黄兴找的他，而是他找的黄兴。还有孙文，他跟孙文也打过交道，不过，也不是孙文找的他，而是他找的孙文。那是他在直隶总督任上，是摄政王要拿他开刀的前夕，在他感觉到仕途黑暗，性命危险的时候，他跟黄兴、孙文分别打过一次交道。

这是机密，绝对的机密，谁也不知道的，那时侯，他袁世凯也是眼见没有一条活路了，所谓天怒人怨，他是迫不得已而为之的。

他曾经派遣密使，奔赴海外，找到孙文、黄兴，把他欲结交革命党，里应外合，做大清朝廷的内奸叛逆的信函面交给他们，希望自己能够帮助革命党完成推翻满人统治的大业。但是，孙文和黄兴没有一个人相信他这个出卖康、梁背叛光绪皇帝的首鼠两端的人，他的联络落了空。

今天，黄兴竟然在两军对垒、大战犹酣的时候，许诺他一个大总统，这不会是空口说白话吧？

但是，这不能说不是一个思路。

或许是一个很好的思路。

1911 年，十一月十三日，在倪嗣冲护路军的严密警戒下，袁乃宽率领着大批卫队的保护下，袁世凯耀武扬威浩浩荡荡地抵达北京了。

隆裕太后领着小皇帝还有摄政王载沣，在养心殿接见了他。

袁世凯跪伏在地，无泪而泣，诚惶诚恐，样子显得十分恭顺乖巧。

隆裕太后说：“你的仗打得不错，汉口已经收复，汉阳旦夕可下，这都是你指挥有方，哀家甚感欣慰。”

袁世凯叩头道：“这都是仰仗列祖列宗在天之灵的保佑，仰仗当今皇上和皇太后的懿德，前线将士用命，才旗开得胜，立此微功的。”

隆裕太后忧虑地说：“现在，南方十五省尽失，长江以南尽属叛党，收复失地，振兴国家，哀家今日只有仰仗你了，希望你不要辜负了我和皇上的祈望。”

袁世凯泣道："臣一家三世，世受国恩，时势虽已如此，臣岂忍心辜负孤儿寡妇乎！臣自拜此大命，膺此大任，日夜苦思，不知如何始能上安圣虑，下除民苦。唯有杀身成仁，以古圣贤之心为心，誓为清廷保全社稷。"

说到这里，早已声泪俱下，泣不成声了。

隆裕太后亦泣道："我大清朝，有爱卿这样的忠臣保国，什么样的艰难危险不能渡过去呢？谘政院既已选举汝为内阁总理大臣，望卿速速组阁，早平叛乱，建设国家，保我大清天下圣祚绵长，不致断绝。"

袁世凯说："拨乱反正，承平百年，亦臣之愿也。臣谨领懿旨，臣请告退。"

袁世凯告辞退出，摄政王载沣凝视着他的背影，痴呆呆凝固住一般，面如土色，一句话也说不出来了。隆裕太后扭转头来连叫他几声，他都没有缓过神来。

摄政王怅然若失道："口言善，身行恶，明知其为国家之妖孽而用之，我大清朝今日这是怎么了啊？"

隆裕太后说："唉，时势走到这一步，又有什么法子呢？防着点儿他罢了。"

第八章 秘密谋划闪电组阁 软硬两手安排内线

北京锡拉胡同袁宅。

胡同外边的大街上，胡同里边的长巷子里，到处都是荷枪实弹的卫兵，还有穿戴怪里怪气的便衣特务。赵秉钧和袁乃宽，一个穿便衣长袍马褂，一个穿军装佩剑挎枪，不时地在门前晃悠。他们两个之外，还有一个中等身材四十来岁的人，头戴一顶黑呢子礼帽，短衫，灯笼裤，一式纯黑色，腰间别着一把德国造六轮手枪，那做派气度，趾高气扬的样子，自是与众不同，偶尔跟赵秉钧、袁乃宽们遇见，也是一个拱手作揖，打个招呼过去，好像谁也不理会谁，跟这两个袁世凯的嫡系平起平坐不相上下似的。他是谁，如此牛气霸气？

他叫陆建章。

他是安徽蒙城人，字朗斋，天津北洋武备学堂毕业，很早就投身袁世凯门下，曾帮助袁世凯训练“新建陆军”，颇得袁世凯的信任赏识，他与北洋军阀集团里的冯国璋、段祺瑞、王士珍、曹锟、靳云鹏，都是北洋武备学堂的学友，与北洋元老姜桂题也是小站练兵时的同僚，他三十六岁时便当上了协统之职，跻身北洋军阀集团的上层。后来，他调任山东曹州镇总兵，广东高州镇总兵，成为一个手执生死大权的地方军阀。现在，他被清廷调来京师，担任京防营务处总办之职，负责京城的安全保卫，专事对付同盟会在北京城里的地下活动。

清廷的京防营务处，是一个兼有特务与宪兵性质的特务机关，是徐世昌、荫昌二人奉袁世凯之命向朝廷申请设立的，他的这个职务，也是徐、荫二人秉袁世凯之命向朝廷举荐的。

陆建章此人性情阴险，工于心计，杀戮成性，唯袁世凯马首是瞻，是袁世凯手下的一个大特务头子。

不要看他和赵秉钧、袁乃宽这些人，身居高位，手握重权，耀武扬威，可是，在袁世凯这儿，屁也不是，纯粹是走狗一个。袁世凯来到京城，保卫他的安全，便是他们这些走狗奴才报效忠心的大好机会，他们谁也不肯放过，除了派人站岗执勤以外，他们跟班检查，不时巡视，讨好主子，自然是要很费一番心思和精力的。

这天晚上，陆建章正自巡视间，忽见一辆西洋马车嘚儿嘚儿地驶进胡同里来，在胡同口，早有兵士上前拦住，有几个便衣侦探也及时围上，帮着盘问车上的人。

来人的跟班并不怯他们，显得很是傲气，不屑于跟这些兵士便衣啰唆，怒喝道："叫你们的头儿来说话!"

陆建章闻言，大踏步走过去，厉声问道："什么人，敢如此张狂?"

这时，只听见马车上端坐的那人，轻轻地咳嗽一声，说："朗斋老弟，是你么?"

听见这声音，陆建章吓了一大跳，马上喝退众人，对着车上那人作揖打拱，赔着笑脸，奴颜卑膝地说："老爷子，怎么是您老人家呀? 幸会，幸会! 小的这就说去府上拜谢呢，怎么就在这儿见着啦?"转回身来，冲着那几个兵士便衣大声骂道："瞎了眼的狗奴才，怎么连徐阁老都不认得啦吗?"

胡同深处晃悠的赵秉钧、袁乃宽闻声也赶过来，一看，是徐世昌的车马到了，如何敢怠慢，也赶忙作揖打拱，迎驾不迭。

徐世昌微微笑笑，一个抱拳，算是还了他们的礼。

马车继续前进，一直开到袁世凯的门前才停下，陆建章早跑步上去恭恭敬敬打开了那车门，搀扶着徐世昌下了车，一直把他送进门里。听见动静的袁世凯早迎将上来，对着陆建章们挥挥手，打发他们退下，他自个儿亲自搀住徐世昌的左臂，笑容可掬地低声下气地说："哥哥，来得正好，小弟正有一大堆事情等着跟哥哥商量呢。"

徐世昌笑呵呵地说："我也正有一大箩筐事情要跟兄弟说，又知道你行动不方便，这不就自己个儿跑来啦!"

这个徐世昌，个头儿长得跟袁世凯差不多，都是五短身材，长身子短腿，可是，那皮肤面色却迥然相异，大不一样。徐世昌面如桃花，粉嘟嘟地透着红晕，白胖白胖的，生得十分富态，因为是个进士出身，肚子里装满了子曰诗云，所以显得文绉绉的，不似袁世凯的粗野，张嘴骂娘，也没有袁世凯的紫黑难看。

这时候，他转过脸来，把嘴巴凑近袁世凯的耳朵，悄声问："'争利亦争名，驱车复驱马'，这第一步，军权你抓过来了；第二步，政权你抓过来了；敢问兄弟这第三步，你要抓什么?"

袁世凯亦将嘴巴凑过去，俯在他的耳边，笑答："'求名有所避，求利无不营’，小弟要的是这个国家。”

徐世昌哈哈大笑，道：“正是这话！正是这话！”

进得书房，袁世凯大声喊道：“备酒，备酒！上菜，上菜！今日晚间，我要跟大哥痛饮一醉！”

刚刚落座，侍卫兵进来禀道：“二位姨太太来了。”

袁世凯说：“来得正是时候，快叫他们进来，拜见我哥哥。”

说话间，五姨太太杨氏领着九姨太太刘氏迈腿进来了，当庭一站，五姨太太是认得徐世昌的，笑吟吟地施礼道：“妹妹们见过大哥哥。”那个九姨太太刘氏，小小年纪，没有经过这个场面，有些怯生，面上的表情羞答答的，只有跟在五姨太太后边动作，嘴巴是紧紧地闭着，不敢发出一点儿声音来的。

徐世昌赶忙起立还礼，说：“都是自家人，不需多礼，不需多礼。”

二位姨太太见过礼以后，就退了出去。她们的这一番出现，是袁世凯特意安排的，目的是叫徐世昌高兴，告诉徐世昌，他在袁世凯的心目里，纯粹是自家哥哥，亲骨肉一般，叫徐世昌感觉亲切，亲近，亲热，亲密无间。

瞅着两个姨太太的背影消失在门外，徐世昌笑问道：“这个小的是老几？多大了？”

袁世凯说：“老九，十三岁了。”

徐世昌惊道：“兄弟好艳福，十三岁的雏儿你都搞呀，真是英雄本色在好色，谁个好色不英雄！羡煞哥哥我了！如何，她可承受得了？”

袁世凯说：“嗷嗷乱叫，哭爹叫娘。”

“哈哈哈哈！哈哈哈哈！”

一阵淫荡的奸笑之后，他们收敛了笑容，正襟危坐，面孔变得严肃起来，喝酒吃肉，言语也书归正传了。

徐世昌问：“你打算怎样得到这个国家？”

袁世凯说：“我也说不清楚，心里朦胧得很。大清朝是肯定没有救了，没有存在的价值了，灭亡是必然的了，可是，舍弃了它，又将怎样呢？兄弟我还真是说不清楚。前一段时间，康有为、梁启超在日本接连发表文章，说什么君主立宪，虚君共和，主张保存清室，对小弟倒是有些启发。”

徐世昌说：“取而代之，再建立一个朝廷，实行君主制，似乎不合时宜，必遭到革命党和外国列强的反对，人心非此，是自取其祸也，不能行。君主立宪，虚君共和，康有为、梁启超的法子未必不是一个上上等良策，我看，我们就打君主立宪的旗号，把皇室挂起来，做个摆设，国家的事情，还是咱哥们儿说了算。如此，外国列强那里也好有个说法，而革命党那边也未必不可以通融，反正都是立宪嘛！”

袁世凯默然不语，只把一双眼睛诡诈地盯视着他看，似有所欲言。

徐世昌说："兄弟难道还有别的什么法子吗？"

"法子倒还有一个，就是不知道能不能行得通。"袁世凯阴沉地一笑，从怀里掏出一封信函来，递给徐世昌，说，"哥哥请看这个。"

徐世昌接过那信，拆开一阅，大惊，道："这不是革命党黄兴给你的招降信吗？他要你推翻满清，拥戴共和，代价是举你为大总统，这些话，诱饵也，如何可信？"

袁世凯说："如果非诱饵，而真心如此呢？如果确系诱饵，而我不上钩，反以之诱他，又将怎样？"

徐世昌说："你想试试？"

"试试又有何妨？"袁世凯说，"推翻满清，这很容易，制造几个事端，杀几个人，说几句危言，就能吓死它。大清的生死在我等手掌心里，叫它死，它不能活，叫它活，它不能死。拥戴共和，这亦很容易，拥戴就是了，在我等的眼里，君主立宪与民主共和并无有区别，无非是过河的舟楫行路的车马也，关键是要运载我等渡过河去驮运我等走路快捷也。"

徐世昌点头说："这样想问题，你的话应该说很有道理。管他娘嫁给谁呢，只要有酒喝！管他娘立宪制还是共和制，只要大权在我手里！"

袁世凯嘿嘿而笑，他随手拿起两只酒杯，把一只放在左边，一只放在右边，道："这两只酒杯就是清廷与革党，我们各执其一，以革党压清廷，使之退位就范，以清廷压革党，使之谈判让权，如何？"

徐世昌说："此所谓鹬蚌相争，渔人得利也！只是这个游戏很难玩儿好，漏了底，就鸡飞蛋打了！"

袁世凯说："鸡飞蛋打又怎么样？三十万北洋军，我们怕谁不成？了不起，打就是了，天下未必就不能姓一回袁！"

这天晚上，他们密谈到后半夜才结束。袁世凯命令袁乃宽派一队军士一路护送徐世昌回家。陆建章为了讨好这位举荐他当上京防营务处总办的恩人，也领着二十几个便衣特务跟随护送。

第二天一上班，袁世凯就叫人把大儿子袁克定叫过来，问他道："记儿，给爹说说，什么是拿破仑，什么是华盛顿？"

"爹，您老人家问这个干啥？"袁克定不解地问，"这是两个外国洋人的名字。"

"知道是两个洋人，可他们是什么样的洋人呢？是不是很厉害、很有名？"袁世凯问。

袁克定说："当然，他们是洋人历史上有名的大政治家呢！有名，看怎么说了！先说拿破仑，他的全名叫 Napoleon Bonaparte……”

话没有说完，袁世凯就大骂起来，道：“混蛋小子，怎么撇起洋文来了，老子能听得懂吗？”

“求人家，还骂人，不讲理。”袁克定笑道，“翻译过来就叫拿破仑·波拿巴，是法国第一帝国和百日王朝皇帝，创建法兰西帝国，是法国最有名的政治家和军事家。华盛顿，原名叫乔治·华盛顿，是美利坚联邦共和国的奠基人，美利坚联邦共和国第一任大总统。爹干吗问他们？”

“噢，原来一个是法国大皇帝，一个是美国大总统，黄兴这是以中国大总统许我呢呀！”袁世凯自言自语道。忽一转念，想起汪精卫来，便转了话题问，“汪精卫怎么样，你跟他相处得好吗？”

袁克定说：“他现在还住在泰安客栈，儿子叫他换个好些的住处，他硬是不肯，说这里是他蒙难的地方，有了感情，不愿意去别处居住。不过，几年的牢狱生活，锐气全消啦，可不是当年谋刺摄政王时候的样子啦。”说着，从怀里掏出了一片纸，递给袁世凯说，“这是他新近写的一首诗，爹爹请看。”

袁世凯接过那纸片，张眼看去，只见汪精卫那诗道——

忧来如病亦绵绵，一读黄书一泫然。
瓜蔓已都无可摘，豆萁何苦更相煎？

袁世凯哈哈而笑，道：“‘豆萁何苦更相煎’，好，好，革命党与大清，在他心里已经不是死敌了，乃是豆萁之同根，‘何苦更相煎’，汪兆铭已无斗志矣！”

袁克定接着说：“孩儿跟他相处得极好，爹爹叫给他的钱，他也都收下了，说赶明儿要跟孩儿结拜为异姓兄弟，义结金兰，还说要来看望爹爹。”

袁世凯高兴地说：“好哇，好哇！结拜，结拜！欢迎，欢迎！”

说话间，梁士诒进来报告说，英国公使朱尔典来了。袁世凯挥手打发走儿子，忙起身迎接。他站在办公室的门前大理石头台阶上，满面欢喜地作揖打拱，对已经走进院子里的朱尔典高声喊道：“欢迎，欢迎，老朋友，你终于来看我了！”

朱尔典学着他的样子，也双手抱拳，作揖打拱，说：“袁总司令，本公使代表本国政府和英王陛下，恭喜您升官发财，荣任内阁总理大臣。”

袁世凯哈哈大笑，说：“谢谢。快请进。”

进到办公室，朱尔典落座之后，对袁世凯说：“我们英国政府，还有德国、美国、法国政府，都认为中国的问题，是清朝政府官员腐败无能的问题，所以四处烽烟，战乱不止，只有重用您，任命您为前线总司令，授您以大权，才能够平息南方的革命，保证我们在华的利益。”

袁世凯说：“是呀，在我出山的问题上，贵公使和德、美、法诸国公使出力不小，袁某人衷心感激。”

朱尔典说：“我们是老朋友，不要客气，帮助您出山，重掌大权，是我们的责任，义不容辞的。不过，请问袁总理，您的治国方针是什么，我和我的政府对这个很感兴趣。”

袁世凯说：“当今的世界潮流，民主自由势不可当，封建皇帝一人专权已经不合时宜了，还想把国家变成一家一户的私有财产，已经不可能了，老百姓不接受它了，实行立宪政治已是大势所趋。本总理大臣今后的治国方针无他，唯有效法贵国，实行君主立宪，推动民主政治。”

朱尔典问：“你的意思是，还要保存大清皇帝？”

袁世凯说：“正是。本朝皇帝是废弃不得的，废弃了，势必招致另外一些人的反对，国家仍然处于混乱中。但是，他的权力要大大地受到限制，要还权于民，厘定宪法，实行议会制度，从前满汉歧视之处要一扫而空之。对于南方的革命党，要以和谈解决，革命党英雄汪精卫最近不是有诗说‘瓜蔓已都无可摘，豆萁何苦更相煎’吗？我很赞成他的观点，和为贵，用和谈的办法解决问题。”

听了袁世凯的这一番话，朱尔典大受感动，大受鼓舞，他兴奋地说：“很好，您是一个具有民主思想的人，您站得很高，看问题很全面，对于中国的国情了解得很透彻。看来，我们各国使臣公举您是正确的。我要把您的这些话报告给我的政府，叫他们更好地支持您！”

袁世凯说：“谢谢。我们互相支持，保障贵国在华利益，也是我这个总理大臣义不容辞的责任啊！”

送走朱尔典，袁世凯对梁士诒、王士珍说：“看来，我得往各国公使处走走了，我得向他们展示出一种民主的姿态。你们没有听见吗？朱尔典夸奖我说，我是一个具有民主思想的人，看来，这些洋人很喜欢这个民主思想，那咱们就做出个样子来叫他们看！咱们这届政府，可是离不开洋人的支持，这些家伙口袋里有钱，得掏他们点儿，不然，如何维持？”

梁士诒、王士珍说，那些洋人肯定是愿意给的，在咱们身上花几个小钱，保障了他们更大的在华利益，为什么不干呢？这些洋鬼子，算得过来这个账！

一句无意间的“算账”的话，忽然刺中了袁世凯的某根神经，令他激灵一下，打了个哆嗦。正高高兴兴的情绪，一下子跌入万丈深渊里去，刚才还满面红光的脸一下子黑暗了。

他想起了一个人。

那个人名叫梁启超。

昨天晚上，他跟徐世昌拟定内阁成员名单时，他们就想到了他。

梁启超让他背如芒刺，心如火燎。

看出他情绪的突然变化，梁士诒、王士珍互相递了个眼色，悄然退下，大厅里只剩下袁世凯一个人了。

是呀，康有为、梁启超对他积怨太深了。张謇说，他们恨不能啖其肉，碎其骨，袁世凯相信这是真的，丝毫也不夸张。戊戌变法的流产，慈禧太后的发动政变，谭嗣同六君子菜市口的喋血，以及后来的政闻社的垮台，都跟他袁世凯有着直接的关系，对于光绪皇帝和康、梁来说，"叛徒"二字并不冤枉他。今天回过头来看一看，大清朝廷不得已而倡言的君主立宪，以及自己也要打出的别有用心的君主立宪，其实，没有一个有人家康有为、梁启超的君主立宪来得真实真切真心真意！人家康、梁的维新变法、君主立宪，才是真格儿的救国救民的真谋略。当年如果听了他们的，何至于有后来的八国联军侵入北京呢？何至于有今日的辛亥革命党造反呢？何至于有眼下的国家败亡四分五裂民不聊生呢？凭良心说话，从这些看，他袁世凯毫无疑问，乃是一个大大的历史罪人，民族败类，宵小无赖。

可是，良心是什么？谁个又有良心？谁个又讲良心？去他妈的良心吧，奶奶个熊！倘没有当年自己的告密，叛变光绪、康梁，倘没有慈禧太后的发动政变，废除新政，倘没有八国联军的入侵中国、义和拳大乱，倘没有今年的护路风潮和革命党人的武昌起义，倘没有这一切灾难、动乱、劫难，他后来能得到慈禧太后的信任吗？他能够节节高升一直做到直隶总督北洋大臣以及今日的国务总理大臣的高位吗？他的高官厚禄光祖耀宗荣华富贵这一切的一切能到手吗？老子不相信良心，老子只相信权力，只相信刀把子，只相信野心惩治良心，良心被野心惩治，只相信有奶便是娘！

可是，手腕还是要用一用的，为了达到目的，舟楫车马可用，人才势力也应该权宜一用不是？老子搞君主立宪，谁信？人民交口相传说袁世凯要实行君主立宪了，大家都来拥戴呀，会有这个事儿吗？没有！绝对不会有！没有人会相信他这个戊戌年的叛徒、告密者，现如今要真的搞什么君主立宪了，没有人会相信！可是，如果把梁启超拉进来，把张謇拉进来，情况就不一样了，就是另外一个意思了，人们会说，当年的康、梁又跟袁世凯和好如初了，社会上那些传言未必就是真的了。不相信他的人就会开始相信他了，人们的疑云会顿时消散，会转而变成支持他袁世凯，信任他袁世凯，并且可能拥戴他袁世凯。

可是，梁启超……妈的！跟冤家对头讲和，讨好于他，拉他合作，他会上老子这条破船吗？他会不计前嫌，欣然合作吗？袁世凯的内心，思想斗争非常激烈。

可是，如果我这届政府里，没有梁启超、张謇这些真正的立宪党人，世人是绝对不会接受它的！就像世人绝对不接受皇族内阁一样——这却是个无情的事实！倘若是那样的话，情景就堪忧了啊！……

袁世凯经过一番艰苦的思想大搏斗，他终于下了决心，准备首先折节屈膝，给梁启超抛递媚眼，摇动橄榄枝，乞乐于他。日他奶奶的，大汉天子还在鸿门宴上装孙子呢，齐王韩信还有过胯下之辱呢，老子对他梁启超说几句软话，那算个屌！他命人叫来梁士诒。

袁世凯对他说："你跟梁启超是同学，由你出面，先跟他疏通疏通，如何？"

梁士诒一怔，袁世凯这话说得太突然，他事前没有思想准备，一时不知如何回答。

袁世凯说："我是说，咱们马上要成立的责任内阁里，不能没有梁氏参加。"

梁士诒是何等聪明之人，很快就转过神来，明白了袁世凯的用心，说："当然，如果有梁启超进来，那天下人对于我们，就会少去很多误会。不过，以梁启超疾恶如仇的性子，疏通起来恐怕不易。况且，属下跟他只不过是佛山书院时候的同窗，绝不是他广州万木草堂的那些志同道合的康门子弟，他未必会以正眼相视。"

袁世凯说："此人刚直铁面，邪不能入，是有些难度。要不这样，你执笔，以我的口气先给他写一封信寄去，投石探路。"

梁士诒说："这倒是个办法。可是，如何措辞呢？"

"恭维呗，谁拒绝恭维话呢？既要拉人家入伙，就不要吝啬那些恭维之词。"袁世凯手摸下巴，沉吟半晌，琢磨着措辞，迟迟疑疑地吭哧着句子，说，"公抱天下才，负天下望，十余年来，含忠吐谟，奔走海外，抱爱国之伟想，具觉世之苦心，热心匡时，万流仰镜。现国事鼎沸之际，民生涂炭之秋，君必不忍独善其身，高蹈远行，不思同舟之急难，坐视大厦之就倾，务祈念神州之陆沉，悯生灵之涂炭，即日脂车北上，商定大计，同扶宗邦……总之，就是这一类话语，你给我写来。"

梁士诒笑道："大帅的这些话说得就很好，属下照写就是。"

袁世凯说："写吧，马上就写。你一定要把本总理'不遗贤才，共济时艰'的真诚和苦心写出来，让他感动。梁启超如果能出山助我，参加进来，我们的日子就好过多了啊！"

经过一番紧张地筹备和秘密谋划，袁世凯的责任内阁终于出炉了。那一天是十一月十六日，是袁世凯返京的第三天，其内阁组成如下——

总理大臣袁世凯

外交部大臣梁敦彦，副大臣胡惟德
民政部大臣赵秉钧，副大臣乌珍
度支部大臣严修，副大臣陈锦涛
学务部大臣唐景崇，副大臣杨度
陆军部大臣王士珍，副大臣田文烈
海军部大臣萨镇冰，副大臣谭学衡
司法部大臣沈家本，副大臣梁启超
农工商部大臣张謇，副大臣熙彦
邮传部大臣梁士诒，副大臣梁如浩
理藩部大臣达寿，副大臣荣勋

这个班子里，除了无足轻重的理藩部大臣达寿和司法部副大臣梁启超之外，其他所有的人，皆是袁党或袁的朋友，袁世凯实际上是成立了一个北洋集团的责任内阁。

袁世凯责任内阁成立以后所办的第一件事，就是电令湖北前线的冯国璋集中兵力向汉阳城发起最猛烈的攻击。

他对王士珍说："传我的命令，叫冯国璋把他的兵力全部压上去，后援部队也要及时补充上去，一定要在十天之内拿下汉阳!"

也就是在这一天，汉阳城内，革命军战时总司令黄兴利用袁世凯向军政府谋求谈判的机会，他四面部署兵力，在汉水之上架起数道浮桥，乘着夜黑风高，挥师突袭，向汉口玉带门的清军发起攻击。但是，天黑路窄，进攻的革命军人马相撞，自相践踏，乱成一片。这时候，清军早已经侦察得知革命军渡河动向，立即展开阻击，机关枪，大炮，所有的火力全部集中在混乱成团的革命军头上，只打得失去统一指挥的革命军昏天黑地，伤亡惨重。当大批溃军退回汉阳城时，又遭到清军炮火机关枪的猛轰猛扫，所搭浮桥，窄而不稳，溃军争相过桥，人多桥窄，纷纷落水，紧急中浮桥又多数垮塌，断绝了后撤部队的退路，一时间，溺水而死者，被清军炮火轰击扫射而死者，不计其数。

接到袁世凯命令的冯国璋没有放过这个有利的战机，他以北洋军第四师为主攻部队，先后集中了三万兵马，向仅有一万二千人的革命军发起猛攻。黄兴指挥革命军拼死抵抗，仗打得十分艰苦。北洋军的援军源源不断地补充上去，军火物资源源不断地补充上去，而革命军方面，死伤惨重，弹药断绝，后援不继，终于在坚持奋战到第十天上，汉阳城沦陷了。

十一月二十六日，袁世凯接到冯国璋攻陷汉阳城的捷报，大喜，道："好，本总理限他十天，他在第十天上就给老子拿下来啦！冯华甫真我猛将也！叫他把大炮架在龟山上，给我往武昌城里猛轰，往军政府大楼猛轰，轰得黎元洪个鳖孙胆战心惊，心惊肉跳！叫黄兴不得不坐下来跟我谈判！"

王士珍奉命去安排发电报了，刚转身，就又被袁世凯叫回。

袁世凯沉静了一刹，想了一想，说："发电给段祺瑞，命令他火速赶赴武汉前线，就任第一军总司令之职，接替下冯国璋。命令冯国璋立即办理交接手续后火速来京，本总理另有大用！"

目送着王士珍走出大厅，袁世凯吩咐梁士诒说："叫他们准备车马，我要入宫面见太后，向她要钱要物要封赏去！"

梁士诒说："后宫的银子还多着呢！"

袁世凯发狠道："那就榨干了它！"

这一天，大雨雪，狂风卷着密集的雨柱子瓢泼般地泼洒，其间还夹杂着大如绿豆粒儿似的冰霰子，落在房顶上地面上哗啦啦地乱响，打在身上脸上钻心地痛。而这一切，似乎对锡拉胡同袁世凯的家里并没有什么影响，用人们东奔西窜地来来往往忙碌着，人们都屏息敛气，不敢发出一些儿的声响，面上都隐隐地透着紧张。虽说是大白天，可是因为天阴云暗，光线不好，走廊上大厅里的电灯都悉数打开了，灯火辉煌一片，反而反衬出无限喜庆的样子。袁世凯没有去总理衙门里办公，他身穿陆军大元帅的制服，头上戴着军帽，脚上套着大皮靴，一会儿端坐在太师椅上看看报纸，一会儿又坐不住了，站起身，在大厅里搔着头皮转圈子……他似乎是有什么事，他似乎是在等什么人，他明显地表现出心神不安。

上午十点多钟，门外传来汽车引擎的声音，陆建章跑进来报告说，大少爷领着汪兆铭来啦！袁世凯霍地从太师椅子上跳起，大声喊道："快请，快请！"

转又一想，不对劲儿，他有点儿太那个了，过于热情，过于殷勤，别忘了，今儿，是汪兆铭以义子的身份来拜谒他的。这个很重要，他要像一个有威望有身份德高望重的长者，一个慈祥的老人，父亲，一家之主那样子接待他。他要把握好分寸，要给汪兆铭这个后生小子以威严、亲切的感觉，要他一见面就折服于自己作为长辈的威严亲切的笼罩之下。

记儿跟他拜把兄弟，义结金兰，他是一百个支持赞成！你想呀，能够把一个革命党里的领袖人物、三号头头拉进他袁家，成为他袁家的一个成员，这在战略上有着多么重要的意义呀！袁世凯是深知打进去、拉出来在权力斗争里的厉害。当年西太后时代，他要不是结拜了太监李莲英，大把的银票源源不断地送，李莲英能给他在老佛爷那里吹热风送暖气儿吗？李莲英能把太后老佛爷的心思，她身边发生的重要情报暗地里传递给他吗？他能够坐上直隶总督、北洋大臣的位子吗？就算是坐上了，能牢靠得了吗？眼下，他在隆裕太后那里早安排下卧底了，那个人就是徐世昌，并且取得了那个娘们儿的充分信任，虽然他辞去了内阁协理大臣的职位，可是，隆裕太后又任命他为弼德院顾问大臣，兼任军谘大臣、专司训练禁卫军大臣，还外加一个太保头衔，可谓宠信备至了。有徐世昌在内廷走动，隆裕太后、摄政王们有什么动静，不出两个时辰，他就全盘知晓，对付他们的法子还费事儿吗？立时三刻就出炉啦！朝廷方面，诸大臣那里，他的卧底就更多啦，最有力的乃是杨度这个卧底，朝廷里王公大臣们有什么异动，不出两个时辰，他也能全盘知晓，对付他们的法子还用想吗？眉头一皱就出来啦！现如今，他急缺的，就是革命党方面，那里头没有他袁世凯的人。汪精卫自己个儿送上来啦，跟我袁世凯的大儿子拜了把子成了把兄弟，这个大钉子插进革命党的核心机构里头，这比什么都厉害，胜过千军万马啊！从此以后，孙文、黄兴有什么阴谋计划，政治的，军事的，能瞒得过我吗？我的意图谋略不用本总理大臣出面，就有人替我传递过去啦！革命党这个牛鼻子，还不是任凭我袁世凯牵着走？下一步搞谈判，汪精卫就更其重要啦，千金难买啊！啊哈哈哈哈，啊哈哈哈哈……

你想想，革命党方面这么重要的一个人物要来到他袁世凯家里认“义父”，袁世凯那颗野心勃勃的心脏能安静下来吗？

但是，他必须强迫自己安静下来。

袁克定手牵着汪精卫踏进书房门槛的时候，袁世凯端坐太师椅上，慈眉笑目地瞅着他们，微微往前探了探身子，算是对客人的欢迎。

袁克定满脸欢笑地说：“爹，这位就是我刚刚结义的兄弟汪兆铭。”

汪精卫今天穿了一身蓝色西装，打了一条猩红色领带，着浅口黑皮鞋，梳着一头两分的短发，很是精神。他笔挺地站在袁世凯面前，毕恭毕敬地说：“兆铭拜见义父大人。”

说着，跟袁克定并肩而站，先后退一步，又前走一步，抱拳作了一个深深的揖，接着，汪精卫和袁克定相携着手，弯下腰去，双膝跪地，两只手虔诚地往前边一趴，匍匐下头颅，撅起大屁股，后高前低，像两只俯卧在那里的癞皮蛤蟆，咚、咚、咚、咚，一连磕了四个响头，算是正式认了义爹。然后，抬起头，仰望着上边端坐着的袁世凯的脸，眼睛一刻也不敢离开地爬起身来，膝盖上粘的尘土也不敢拍掉，怕表现出对义父的不敬，悄然往旁边移了移脚步，肃然而立。

袁世凯呵呵而笑，频频颔首，两只炯亮的眼睛直视过去，胶着在汪精卫的脸上身上，反复打量，注目多时，忽然大声惊叹道：“果然是博浪沙击秦之张子房也!”

袁克定说：“爹，应该请我这兄弟落座拜茶，怎一个劲儿地看个不够?”

袁世凯说：“不忙落座，不忙拜茶，不忙不忙。”

说着话，起身离座，大步奔到汪精卫面前，问道：“汝学过军事?”

汪精卫说：“未曾。”

袁世凯又问："汝研究过炸弹？"

汪精卫说："未曾。"

袁世凯道："汝未曾学习军事，未曾研究炸弹，竟敢去炸摄政王载沣，真乃当世之英雄也！"

汪精卫说："'英雄'二字不敢当。宣统二年，我与同志喻培伦、黄复生来到北京，曾经先后准备谋刺庆亲王奕劻，贝勒载洵、载涛，都没有成功。后来在甘水桥下埋置炸弹，准备一举炸死载沣，谁知事泄被捕，遗恨千古，如何算得上英雄呢？义父大人不要取笑孩儿了。"

袁世凯闻言，立马镇下面孔，大睁双目，做出很认真很不以为然的样子，严肃地说："此何言也！汉人张了房博浪沙狙击秦始皇，亦未得志，然其胆略，其勇猛，其侠义，世人谁不景仰，不尊其为大英雄？古往今来，'英雄'二字岂可以成败论之？所遗憾者，当年你那一击，倘真的得志了，炸死了那厮，我老袁也就沾了你的光，没有了他后来的杀我贬我迫害于我的遭遇了。"

说着，只围着那汪精卫不转睛地看，嘴里朗吟道："'慷慨歌燕市，从容作楚囚。引刀求一快，不负少年头'，如此诗篇，感天地而泣鬼神；如此少年，风流倜傥，光彩照人；我袁某人今生今世有幸，得此英雄义子，这是苍天在顾眷我吗？这是天下百姓在寄大希望于我吗？这是我袁氏三代祖宗在荫庇于我吗？"说着话，竟然呜呜呜地掩面啜泣起来。

袁世凯这一哭一闹，立时把汪精卫惊吓了个丈二和尚摸不着头脑了，慌了手脚了，不知如何是好了，当然同时也感动得涕泪交流了。他赶忙走上前去，劝道："义父大人止悲，义父大人止悲。"

一旁的袁克定自然知道他老爹这一套鬼把戏，他从小儿见得多了，但是，在汪精卫面前总不能暴露吧，总不能流露出破绽来吧，总要配合着把戏演得真实可信一点儿吧？他于是也凑上前去，帮着汪精卫劝。

袁世凯终于平静下来了。他这个时候才吩咐儿子袁克定请汪精卫落座，拜茶。

袁世凯一边揩抹着眼泪，一边自我解嘲地说："我老了，情感上变得脆弱了，今天见到你，见到你们两个义兄义弟这么亲近，就止不住落下泪来了。"

汪精卫说："这正是古人所谓'君子之怀，蹈仁义而弘大德'也！义父仁义为怀，以仁安人，以义正我，兆铭敢不受教。"

袁世凯说："唉，今天下纷扰，战祸连连，民不聊生，为父在这总理大臣的位置上，上不能平定天下，下不能造福百姓，还有什么仁义可言啊！只盼望湖北的这场战争早早结束，南北议和，国体确定，让天下人把心思都用在建设新中国上，国泰民安，国力强大，人民安居乐业。"

汪精卫说："义父大人真的希望结束这场战争吗？真的希望南北议和吗？"

袁世凯说："如何不真？这样打下去，无辜将士殒命，无辜百姓蒙难，同室操戈，消耗国力，徒叫外国洋人坐收其利，对我们中国人自家是一点儿好处也没有的呀！我是第一个愿意议和的呀！"

汪精卫说："义父若能这样想，这真是天下人的大幸了，可是为什么不付之实践呢？"

袁世凯说："兆铭那么聪明的人，为什么看不出我的良苦用心呢？汉阳攻下以后，隆裕太后，朝廷大臣，前线将士，多少人，多方势力，皆要求我乘胜进攻，一举拿下武昌，再南下金陵、上海，平定江南。是我力排众议，坚持自己的主张，与革命党隔江相持着，就是要寻求一个议和的途径，罢战歇兵，大家共同寻找出一个可以解决中国问题的办法来啊！"

汪精卫说："中国的问题，是推翻帝制的问题，这个问题是南北议和的关键。"

袁世凯说："不差！国体问题不解决，中国的战乱就无有停歇的时候。封建帝制统治中国两千多年了，世界潮流已经向着民主法制的文明社会迈进了，可是我们老大中国还死死抱着一个朽木一般的皇帝制度不放，愚昧、愚蠢、腐败、糜烂下去，国家哪一天才会有希望啊！我这次出山，跟清廷讲的条件就是实行君主立宪，像人家英国人、日本人那样，虚君共和，实行宪政，让人民说了算。你们革命党人不是也主张立宪政治吗？至于君主立宪或是共和立宪，大家可以商量嘛，没有必要动武打仗嘛！"

汪精卫说："君主立宪与共和立宪虽然都是实行宪政，但它们还是有区别的，只有推翻满人统治，推翻封建帝制，才能在中国实现真正的立宪政治。义父大人既然反对封建帝制，拥护立宪共和，那为什么不与革命党联起手来，南北同时动手，推翻满人的封建统治呢？"

袁世凯说："中国的事情很复杂，国情特殊，很多事情大家需要坐下来好好探讨商量，哪里是一句话可以解决的呢？"

汪精卫说："我这次来前，与我党同志黄兴等人交换过意见，大家都认为，只要义父大人能够接受民主共和政体，逼迫清帝退位，结束中国的封建制度，我们革命党就拥戴义父大人就任共和国的第一任大总统。"

听见这话，袁世凯沉默不语了，他俯下脑袋，不停地搔动着头皮，一双眼睛滴溜溜乱转，半晌，才吭吭哧哧地说："清帝退位，这似乎并不难为，只是，这大总统么，我袁某何德何能，敢去忝位？此话兆铭今后万不要再说起。不过，和谈的事情，我还是很寄希望于你呢！"

汪精卫笑了，袁世凯的心思他已经猜透了大半，他从袁世凯身上看见了南北议和的希望，看见了清帝退位封建王朝结束的希望，他忽然感觉到一种鼓舞，他激动地说："唐诗有句云，'但令一顾重，不吝百身轻'，义父大人如此看重我，兆铭焉敢不竭心尽力、赴汤蹈火以效犬马之劳乎！"

袁世凯哈哈大笑，说："好，好！你比克定强，真是我的好儿子也！"

这时，酒宴已经备好，袁世凯盛情请汪精卫入席，他们觥觥交错，相谈甚欢。

而外边的大雨雪，狂风疾扫之下，似乎更猛烈了。

这顿饭一直吃到天擦黑。

汪精卫醉醺醺地告辞出来的时候，袁世凯吩咐儿子说："你领着兆铭去找陆建章，就说我说的，叫他从京防营务处特别费里支出十万元来给兆铭，他刚从狱里放出，需要钱用。"

袁克定答应着，搀扶着汪精卫，歪歪斜斜地走出门去，钻进汽车里走了。

第二天，袁克定见到父亲，很不高兴地抱怨说："兆铭无理，您老人家给了他那么多钱，他竟然连个谢字也不说。"

袁世凯嘿嘿笑笑，说："这你就不懂了。这个汪兆铭，是革命党里的领袖人物，又极要面子，接受人家的钱财，是很有损他的清名的，可是又喜欢那钱，又很想接受，不愿拒绝，于是便悄然领下了，嘴上不说谢，那心里却是感激涕零的呢！这叫什么？这叫君子不受嗟来之食，你不嗟他，馈而赠之，他如何不要呢？他是傻子呀？"

袁克定笑道："噢，原来是心照不宣，不言谢，反而比明说了那个谢字更来得深刻。"

袁世凯说："小子，你学着点儿！这个汪精卫已经被我套住了，你要给我把绳儿拽紧了，别让他逃脱，此人下一步我还有大用呢！"

袁克定说："知道。没用，爹如何肯花那么大的价钱！此所谓'树桃李者，夏得休息，秋得实焉'，孩儿受教了。"

第九章　国恩深荷秘密卖主
扫清北方巧施连环

冯国璋奉命赶到京城，没敢耽搁，稍稍休息了一下，洗了洗澡，换了几件干净衣服，穿戴整齐了，便匆匆赶去锡拉胡同袁宅。

他到时，袁世凯正在书房跟时任直隶提督的毅军总统官姜桂题说话。

这个姜桂题，乃是安徽亳县人，字翰卿，六十多岁了。他早年曾任僧格林沁卫队官，参加过镇压捻军起义。后来跟随左宗棠去了陕甘、新疆，中日战争时候调任新建陆军任右翼翼长，开始接受袁世凯的管辖，很快便得到信任并重用，担任了武卫左军总统官。辛亥革命爆发，驻守保定、石家庄的北洋第六镇吴禄贞准备联络张绍曾、蓝天蔚发动起义响应，威胁北京，袁世凯下令，把他调来京城，负责保卫北京，他也是袁世凯北洋军里的一个亲信，跟北洋三杰王士珍、段祺瑞、冯国璋平起平坐，都是极其气味相投的。

“报告大帅，属下奉命赶来报到。”冯国璋大步走进书房，立正敬礼。

袁世凯说：“来得正好，翰卿恰也在此，我正有重要的事情跟你们商量，快快坐下说话。”

冯国璋答应着，抱拳跟姜桂题一揖，说：“在下见过姜老前辈。”

姜桂题早已经站起身来，抱拳还礼道：“华甫可真是神速，大帅的电报前日才发出去，今日就赶过来了！”

袁世凯也笑问道：“说得也是，如何这么快就办完了接交手续？”

冯国璋说：“军事上的事情，大都是跟芝泉一起拟定的，不需多加交代，军械物资钱粮诸项，自有军需官们去报告芝泉，我懒得去过问，跟芝泉喝了一夜酒，第二天酒醒了，就带着卫队乘车赶来京城了。不过，属下一事不明，请大帅明示。”

袁世凯说：“你是要问既已拿下汉阳，为何不乘胜进军，一举攻取武昌是吧？”

冯国璋说：“正是。属下三军士气正盛，杀气弥天，多么好的战机呀，丢掉它确实可惜，即或议和，也要等拿下武昌再议，那时给革命党的压力就更大了。”

“哈哈哈哈！”袁世凯仰面大笑，说，“性急了不是！‘慢慢走，等等看’，本帅给你的这个作战原则忘记了不是！打仗好比蒸馒头，火小了，不熟；火大了呢，馒头都开裂了，一个个龇牙咧嘴，又难看又难吃。你要是把武昌也一举拿下，真的惹恼了革命党，拼死来斗，胜负难卜倒在其次，关键是打乱了本帅的部署，反而弄巧成拙了。就这个火候，要控制住它，不能再往下里打了。”

冯国璋问：“外间传说大帅要跟革命党妥协，打算放弃君主立宪，赞成他们的民主共和，可是真的？”

袁世凯狡诈地一笑，反问道：“你说呢？”

冯国璋说：“这些政治上的事情，属下如何知道？不过，无论君主立宪，还是民主共和，大清完蛋是没跑的了，这一点恐怕是人人心里都明白的。”

袁世凯呷了一口茶，紧皱起眉头，沉默了一会儿，说：“大清气数已尽，天要亡它，谁能救它？我们之所以打出君主立宪这面旗，就是为了要取代大清，革命党人之所以打出民主共和这面旗，也是为了要取代大清，总而言之，大清是没有救了！不过有一点要看明白了，大清可以亡，我们北洋六镇不能亡。革命党人要得天下，我们也要得天下，怎么得？谁能够得到它？这里边就有学问了。是从革命党人手里夺过来呢，还是叫他们双手捧着送过来呢？所谓戏法人人会变，巧妙各有不同，老子就要跟他们变一回戏法看看，议和的意思就在这里。你给我莽撞地一打，不是要打乱了我的部署了吗？”

冯国璋倒抽了一口冷气，说：“大帅的戏法如此高妙，属下如何看得透呢？看来，还是以不打为妙。”

袁世凯说：“武昌现在不能打，可是，不能叫革命党看出来，相反，恰恰要给他们一个假象，就是打，随时随地我们都有可能打它，收复它，这样，他们才有压力，才肯坐下来跟我们谈判，答应我们的条件，把国家大权送过来。”

姜桂题说：“大帅玩的是兵法里的谋攻，所谓‘上兵伐谋，其次伐交，其次伐兵，其下攻城’。”

冯国璋恍然大悟，笑道：“所谓‘不战而屈人之兵，善之上善也’，属下受教了。”

袁世凯说：“你们说的是对付革命党，其实，我们对付大清也是这个法子。你明天去陆军部报到，我已经叫他们把贝勒载泽的禁卫军大权收回来了，任命你为禁卫军统领。接过军权以后，你先把他们调得远远的，严加整顿，清洗内部，所有的满人军官一律开缺，全都给我换成咱们自己人，不够就从北洋诸镇里抽调，要让它变成咱们手里的一把刀!”

冯国璋啪的一个立正，响亮地说：“是，末将遵命!”

袁世凯转过脸来，对姜桂题说：“你回去给清廷发一个电奏，向清廷要饷。电文里写清楚了，叫各亲贵大臣把他们所存款项，分别提出，捐献国家，接济军用。奶奶的，老子不但要他们的军权政权，还要他们的财权，把他们这些年搜刮贪污的不义之财全挖出来，供给我们北洋军享用。老子这也是‘不战而屈人之兵’!”

姜桂题笑应道：“手里没有权了，袋里没有钱了，这些皇族亲贵就张狂不起来了。”

袁世凯说：“休要大意，狗急是要跳墙的！最近得报，载泽、良弼们已经开始秘密串联，组织了一个什么宗人党，专事暗杀。我看他们的第一个矛头就是指向老子的，我们得防着他们点儿。”

这时，梁士诒进来说：“克定和汪精卫来了，说有紧急事情报告。”

袁世凯说：“叫他们在客厅等候，我马上就去。”

姜桂题、冯国璋起身告辞，袁世凯送他们到门口，看着他们骑马而去，才折转身来，走进客厅。

汪精卫机灵，看见袁世凯进来，赶紧起身，恭恭敬敬一个鞠躬礼，说：“义父安好。”

袁世凯慈爱地点一点头，微微笑着，问：“兆铭这么急着赶来，有什么事情吗?”

汪精卫说：“胡鄂公到了天津。”

袁世凯一怔，他知道这个胡鄂公乃是黎元洪湖北军政府的高级顾问，还兼任着鄂军水陆总指挥之职，他的北上，必有所因，便问：“他来天津何事?”

袁克定说：“黎元洪派他来的，负责北方各省的革命暴动。”

汪精卫说：“他这次来津的身份是湖北军政府全权代表，革命党在北方的一切行动，都由他来主持。此人去年曾经在保定组织过共和会，并在京、津、通州、太原设有分会，会员不少。他这次来，就是要把这些力量发动起来，在天津成立一个鄂军代表办事处，把分散的力量集中起来，统一行动。”

袁克定说：“他们还要组织暗杀团，暗杀的目标就是您和天津总督张怀芝大人。”

袁世凯听见这话，黑沉下脸，骂了一句“奶奶个熊”，说：“怪不得最近两天任丘、雄县有大股土匪暴动，原来根子在胡鄂公这里！兆铭，面对这个情况，你有什么对付的办法?”

汪精卫说：“这个胡鄂公，目前对我还算客气，也谈不上不信任，这样就好对付他。我已经跟黄复生等同志商量，在天津成立一个京津保同盟会，由我出任会长，北方的局面可以凭借这个组织给予控制。不过，义父如果还住在锡拉胡同，就不太稳妥了，下边的一些组织，一些人，我并不能都知道，万一有个照顾不过来……”

袁世凯会心地说：“搬家！记儿，你天津的那几个娘和兄弟姊妹们，虽说住在租界，也不甚安全，这几日你就把他们搬过来吧，我叫人把铁狮子胡同外交部的房子腾出来，那里高墙深宅，要安全些。不过，北京城里躲在暗处的这些革命党，打起老子的黑枪来，也不是好对付的，得想个法子，给他们来个一勺烩！”

袁克定说：“正是这话！兆铭，你要帮着我先把北京的这些黑枪除去，不然，老爷子有个三长两短，可不是闹着玩的！”

“这是大事，得老子亲自安排。”袁世凯沉默了一会儿，说，“兆铭，咱们一家人不说两家话，你掂量着，革命党方面，你要是能控制住局面，不出大岔子，你就放手去干，不用跟我商量，也可以不通报我，这一点，我是一百个信任你。可是，有些情况你要是控制不住，有可能出岔子，你可不要瞒我。”

袁克定说：“你们把矛头指向清廷，闹得他们心惊肉跳，夜不安枕，这俺们不管，可是万万不能冲着咱爹来，这个你可要分清楚了！”

汪精卫笑道：“这还用哥哥嘱咐吗？兆铭心里自然有数，你们放心就是。”

下人进来报告说，酒饭已经备好。

袁世凯说：“吃饭，吃饭！把陆建章叫来，这个爷可是个间谍专家，鬼点子多得很，什么手段都有，让他给想个法子，先让老子在北京安全了再说其他！”

陆建章赶来了。他与汪精卫一年多以前就认识。还是在洹上村的时候，袁世凯就派他去监牢里看望过汪精卫，送钱送衣服什么的，两个人早就成了好朋友。汪精卫跟袁克定拜把子结义，大请亲朋，陆建章是酒宴司仪，最活跃的一个。后来，汪精卫出狱，袁世凯给过他几次钱，每一次都是去陆建章的京防营务处支取的。

饭桌上，陆建章听明白了胡鄂公来津，组织暗杀团的事情，说：“得想法子把他们引出来，摆在明处，就好收拾了。不然，他们在暗处，都有哪些人，哪些组织，老窝在哪里，什么时候想干什么，这些咱们都不知道，如何下手呢？”

袁克定说：“要不，叫你干啥？你快给想个法子，一定要在暗杀团动手以前，灭了他们！”

陆建章看了一眼汪精卫，说：“这件事儿，还得兆铭兄弟帮个忙。”

袁克定说：“你不要指望他，兆铭还有大事要干，不会去给你当探子的。”

陆建章说：“这个我自然知道，不需兆铭做什么具体的事，只需把我的人引荐给胡鄂公就行了，下边的事，就看我的啦！”

袁克定说："你是要派人打进去?"

陆建章说："孙猴子只有钻进铁扇公主肚子里去，才能大显神威。"说完，一双眼睛诡异地瞅着汪精卫笑。

汪精卫看着袁世凯，并不马上回答他。

袁世凯说："你只说是一位赞成共和制的义士要求投奔过来，跟毅军里一批反清将士极有交情的，必定会引起胡鄂公的兴趣。你自己淡进淡出，不要陷进去，不要引起胡鄂公的怀疑就中。"

汪精卫赶紧点头不迭，说："这个兆铭能办到。"

袁世凯又说："还有一件事情你也必须办到的，就是，你尽快把你那京津保同盟会闹起来，以这个组织的名义，把最近非常活跃的直隶、山西、河南的革命党基层组织那些准备闹事的团体掌握住，能解散的解散，能收买的收买，不能解散又不能收买，控制不住的，要及时报告上来，让老子的北洋军去收拾。总之，京畿安全，才能保障与南方革党谈判成功，清廷退位才指日可待。"

汪精卫说："我回去就加快步伐干。"

袁世凯说："干事，离不开钱，没有钱，寸步难行。我给你二十万，如何?"

汪精卫一听有二十万给他，惊喜非常，当时眼睛都亮了，颤抖着声音说："有了这笔钱，干起事来更没有问题了!"

饭毕，袁克定和汪精卫去找杨度去了，陆建章对袁世凯说："大帅出手如此大方，一笔就是二十万，给得太多了。"

袁世凯笑道："不多，不多。汪精卫很精明，又不恋女色，钱上少了，拢不住他。"

很快地，陆建章派到胡鄂公系统里的卧底就发生了作用。这小子给这些急于行动的革命党人吹牛说，他在禁卫军里有很多朋友，不少人都赞成革命，拥护共和，愿意里应外合跟革命党一道起义，攻进紫禁城，一举推翻满清统治，抓小皇帝和隆裕太后的俘虏，跟抓小鸡一般无二。胡鄂公大喜，他下边的人也极力赞成，说要是起义真成功了，革命的目的不是就达到了吗?湖北的战事也就没有再打下去的必要了，天下就太平了。胡鄂公征询汪精卫意见，汪精卫说，这是件大事，你一定要谋划周全，最好先派人去跟禁卫军方面的代表见见面，把情况弄稳妥了再干。又说，这次起义要是真的发动起来，真的成功了，那可真是一个重大的贡献。胡鄂公受到了鼓舞，认为汪精卫果然不同于一般的人，考虑问题就是周全。他哪里知道，这一切都是汪精卫参与布置谋划的呢!

这天北京城大雪，朔风吹得呼呼响，滴水成冰，街上很少行人。前门大街太白楼的一个单间客房里，有几个人正在秘密谈判，商量着一件机密的事情。他们是革命党人李汉杰、陈雄和高新，清军这方面是陆建章和袁克定。

陆建章说："时间就定在二十九日晚上十点钟，这个时候，人们刚吃过晚饭不久，正是心灰意懒准备休息的时候，事变突然，猝不及防，最易成功。"

李汉杰说："这个时间很好。我们革命军担任主攻，从正阳门、崇文门、宣武门三处进攻，直扑紫禁城。"

袁克定说："枪声一响，我就率领三千兵马进攻东华门响应。东华门守军里有咱们自己的人，到时候也从内里打起来，估计半个时辰就可以结束战斗。"

陆建章说："禁卫军第四标是我的部队，到时候，我们就从西直门打进去，直扑西华门，然后跟东华门的弟兄会合，接应你们的革命军。"

高新说："这个计划很周密，如果不出意外，当天夜里就可以结束战斗。"

陆建章说："没有意外，只有成功。袁总理的一个亲信对我说，只要我们把清廷的问题解决了，留下的事情，什么外交呀，安民呀，等等，袁总理自然会派人去跟胡鄂公、汪精卫联系，一切大事尽由革命党来决定，并且还有几万元的经费补贴革命党人。"

袁克定煞有介事地说："不过，有一件事情要说清楚，夜深天黑，两军打起来，如何分辨自己人和敌人呢?"

陈雄说："这个细节很重要，我看这样，那天晚上，咱们的部队一律左臂缠块白布，看见左臂有白布的人，肯定是自己人了。倘若距离远，就暗定口令，以口令联系。"

陆建章问："口令最好，一问一答，答上来的，是自家人，答不上来的，肯定是清军，开枪就是。"

李汉杰说："你们看'共和'如何?"

众人说："很好，就这样定下了!"

转眼，二十九日到了。晚上十点钟一到，革命党人李汉杰、陈雄、高新分别率领数千革命军向正阳门、崇文门、宣武门发起猛攻，一时间，枪炮声大起，喊杀声惊天动地，只吓得紫禁城里的隆裕太后和她怀里的小皇帝哆嗦成一团，拱在墙角里哭哭啼啼。

姜桂题早指挥着他的毅军将士把四门禁闭，全城戒严，冯国璋则命令禁卫军说："凡是左臂缠白巾的尽是革党，给我格杀勿论!"

陆建章则指挥他的军警特务全体出动，按照他打入革党内部卧底提供的名单地址，缇骑四出，照单抓人。

而袁克定则躺在被窝里搂抱着小妾哈哈大笑，大叫快活。

革命党人损失惨重，正阳门、崇文门、宣武门外，血流成河，陈尸狼藉。余下打伤被俘者，数以千计。领导这次起义的前敌指挥李汉杰、陈雄和高新，先后被俘。

陆建章挥舞着大砍刀，恶狠狠地指着他们说："就你们几个乱党，也想冲进紫禁城杀害太后皇上，也想改朝换代？爷们儿略施小计，就叫你们全体暴露，人头落地！"

李汉杰、陈雄、高新连说中计，懊悔不迭，大骂汪精卫、袁世凯不止，英勇就义。

由于汪精卫的叛卖，革命党人的鲜血，无辜地流淌在北京街头。

由于汪精卫的叛卖，袁世凯坐收渔人之利，他一箭双雕，用革命党人的枪声，狠狠地恫吓了一次清廷，同时，又肃清了北京城里的革命党人。

他很得意。

他以为，这一下子，北京城里要平安了，他解除了危险。

第二天一大早，袁世凯就匆匆地赶去宫里请安，抚慰受到惊吓的隆裕皇太后和小皇帝。

"袁爱卿，昨夜晚间是怎么回事呀？又打枪又放炮的，可吓死人了！"隆裕太后说。

袁世凯禀道："昨晚，革命党造反，他们冲击正阳门、崇文门、宣武门，要杀进皇宫，加害太后和皇上。"

隆裕太后问："现在情况怎么样了？可镇压下去了？"

袁世凯说："幸得冯国璋处乱不惊，从容指挥，挫败了这一次叛乱，幸得姜桂题率领毅军及时赶到，封闭四门，搜捕乱党，现在首恶已经伏法，胁从党徒杀的杀了，抓的抓了，已经无事了，请太后放心。"

隆裕太后说："没事了就好，没事了就好！"

袁世凯从衣袖里掏出一个奏折，双手呈上，说："臣有奏本一道，请太后恩准。"

太监走上去接过奏折，转递上去，隆裕太后接在手打开一看，见是索要军费和政府官员薪俸的折子，便皱眉道："三百万两，如何这么多呀？"

袁世凯说："湖北前线，将士用命，十数万人马的开销，每日用度几何，是不难算出来的，恐怕这三百万两，仅湖北军费一项也难以维持两三个月，加之政府官员薪俸，已经有两个月没有开够足饷了，这下边的几个月，更没有着落处，就是开半饷亦不能够。现在多事之秋，国家正是用人之际，薪饷不开，官员们不认真办事，政府职能恐怕难以维系。"

这时，镇国公载涛沉不住气了，厉声喝道："你不是正在跟南军讲和吗？既已讲和，停战不打了，如何还索要这么多的军费？"

军谘使良弼也怒道："我军攻下汉阳，正好乘胜拿下武昌，举手之劳耳，你却下令停战，派使媾和，这是何道理？似这般劳师久战，不求速胜，国库罄尽，革命党不灭亡我大清，恐怕也要灭亡在自家军队的手里。”

袁世凯微微冷笑，说：“不错，本总理大臣是曾派员与南军议和，此事在攻下汉口以后，攻取汉阳以前。兵以诈立，以利功，战阵之间，不厌诈伪，此兵法之常，小儿亦知。倘没有议和麻痹对方，汉阳之役，如何全胜？至于何时进攻武昌，继而顺江东下，收复江陵，那要看时局的发展，敌情之变化而定、孙子曰：智者之虑，必杂于利害。数万将士的生命，大清江山的命运，难道可以凭一时之勇而莽撞行事吗？从古至今，战争就是消耗实力的，粮草不济，军械短缺，薪饷无着，军心势必涣散，这个仗还怎么打下去？况且，今日之势，南方十五省尽叛，海军尽叛，黎元洪、黄兴正在组织革命政府，建立统一的指挥机关以与我相敌。而北方不稳，山西、河南、山东亦相继宣布独立，脱离朝廷。昨夜连北京城里都枪炮大响，革命党数千人冲杀紫禁城，危及宫廷，这是速胜可以求得的吗？听二位皇室亲贵之言，怨气怒气大可冲天，既责我袁某之无能，又怀疑袁某之忠心，又吝啬如同奸贾贪商之守财，不愿调拨军费，更不要说叫你们牺牲自家财力物力以纾国难了，所谓疑人不用，用人不疑，唉，既然如此，臣请辞职，内阁解散，太后皇上另请高明吧。”

袁世凯话音刚刚落地，民政部大臣赵秉钧，陆军部大臣王士珍，邮传部大臣梁士诒便一叠声地吵吵起来，道：“军费不济，薪俸不济，前方将士无心打仗，后方政府形同虚设，离心离德，何谈平乱？不如大家散伙了吧！”

外务部大臣梁敦彦说：“英国、美国、德国、法国外交使团的洋人们早就说过，中国的事情，坏就坏在皇族亲贵干政，领兵打仗他们不能够，经事济世他们不能够，贪污受贿，卖官鬻爵，挑鼻子挑眼，呵斥训斥算计诬蔑有功大臣，他们个个都是高手。今日，革命党都要杀进皇宫里来了，皇族亲贵们还在这儿骂人训人呢，真是可悲啊！”

隆裕太后掩面泣道：“你们都不要斗气了吧，商量大事要紧呢！哀家前日亦收到姜桂题将军的奏折，他说他的部队已经两三个月不开饷了，军士们怨气很大，人心浮动，军心不稳，建议朝廷发动皇亲国戚朝廷大臣们变卖家产，支援国家，上下一心，共济时艰，度过这段苦日子去，说得我这心里酸酸地痛。姜将军忧患国家体谅朝廷之心，着实感人。你们这些亲贵大臣，怎么还不如一个领兵打仗的军人呢？”

她揩抹着眼泪转过身来，对袁世凯说：“哀家今日就发动皇亲国戚爱国捐款，叫他们人人明白救国家就是救自家，叫他们家家都拿出钱来，无论怎么难，也要把军费凑齐了，把官员们的薪俸发下去。哀家带个头，后宫先拿出黄金八万两来！”

袁世凯跪伏在地，连连磕头不止，鼻涕眼泪哗哗地流，说：“太后如此深明大义，如何不让臣下折服，不令上天感动啊！臣深荷国恩如此，敢不殚心竭虑，以死效命乎？”

袁世凯回到他新近搬入的铁狮子胡同家里，梁敦彦、赵秉钧、王士珍、梁士诒一班内阁成员大都在这里，他们蜂拥而上，簇拥着袁世凯，一起进了他的书房。

赵秉钧嘻嘻笑地说：“昨日晚间的一阵乱枪，真把隆裕太后吓了个半死，今日大帅又乘乱跟她要银子，没有不给的，一张口就是黄金八万两。”

王士珍说：“她给的爽快，那是她被圈在皇宫里无处逃生，怕死求生，不得已而为之的。那些皇族亲贵们可就不一定那么顺当了，大难来时，他们会脚底下抹油，溜之乎也。那个成天叫嚣杀尽汉人的桂春，你们谁见过他呀？早跑到大连租界里去当寓公了！”

袁世凯说：“这大清朝是他们爱新觉罗氏的，老子出兵打仗是替他们保江山，他们不拿出钱来，谁拿？倘若吝啬，不知好歹，老子一翻脸，连这个君主立宪也没有了，他们守着那些金呀银呀何用？至于皇族亲贵们，不想掏腰包，要奸使滑，恐怕不成，老子这一关他们过不了，一个个都得掏钱！”

王士珍说：“叫他们掏钱，得师出有名。”

袁世凯说：“可惜，我的朋友张季直不在这里，不然，他准有法子制服这些既贪婪又吝啬还怕死的皇族亲贵们。”

梁士诒说：“法子倒是有一个，大帅不妨一试。”

袁世凯问：“何法？”

梁士诒说：“以本届政府的名义，发行爱国公债，叫他们买。”

赵秉钧、梁敦彦说：“这个法子好，发行爱国公债，怕他们不买！”

王士珍说：“他们要是不买呢？”

袁世凯说：“对，咱们发行爱国公债，发动朝野上下都来购买，特别要求皇族亲贵带头购买。叫三军将领给皇室成员发警告信，对他们说，国家罹难，匹夫有责，要求他们认购国债，并且限定数额，限定时间，必须购买，不买者，即以卖国通敌论处，武夫们说了话，不怕他们不听！”

赵秉钧说：“这一下子，搞他几百万没有问题了！”

王士珍说：“有了这些钱，跟南军方面或打或和，我们都将立于不败之地。”

梁士诒说：“特别要叫摄政王载沣多买，他别没事人似的，好像既已交出了大印，就跟朝廷脱离了干系，就可以在家里颐养天年了。”

袁世凯笑道：“对，叫这小子多多购买，把他的老本都逼迫出来，挤干挤净！老子不要他死，老子要他活受罪！”

一帮人正谈得热烈，侍者进来报告说，英国《泰晤士报》记者莫理循来访。

袁世凯笑道："这个洋人很有意思，他总是在关键的时候来采访我。"

王士珍说："洋人的嘴厉害，他们的话，隆裕太后是最相信的。"

铁狮子胡同外交部这处宅子后院，有一个很典雅的小花园，花园假山旁边，有一座八角山亭，亭前有小桥，亭下有流水，环境十分幽静。袁世凯就在这个山亭上接受了莫理循的采访。

莫理循三十多岁，瘦高瘦高，还有些驼背，很长的脖子向前倾着，两条细腿瘦骨嶙峋，走路像踩高跷，远处看他，纯乎一只长颈鹤。

说了几句闲话，莫理循便单刀直入，直入正题。他问："内阁总理大人，听说您最近要跟武昌的革命党谈判，可是真的吗?"

袁世凯说："寻求用和平的方式解决问题，一直是我们所追求的，早在汉口收复之前，我已经这样做了。当时，我派我在小站练兵时候的幕僚刘承恩道员去找黎元洪将军，带去了我的亲笔信，要求和谈。遗憾的是，黎元洪和湖北军政府的一些大员拒绝了我的善意。"

莫理循问："能透露一下您那封信的内容吗?"

袁世凯说："现在，时过境迁，那信已经不是什么机密了，可以告诉你。我在信里对黎元洪说，朝廷已经下了罪己之诏，决心实行君主立宪，并且赦开党禁，皇族不问国政，请黎将军相信朝廷的诚意，一定设法和平了解南北争端，朝廷方面保证不追究革命党起义过失，诸位将领官员还可以得到朝廷重用，大家一起协理朝政，建设国家。后边的事情是你所知道的，起义者坚决拒绝君主立宪，他们坚持只有承认民主共和这一国体，方可开议，于是，我的北洋军不得已，才有了收复汉阳之役。"

莫理循问："革命党方面对您期许甚高，评价甚好，他们很不明白为什么满人曾经要杀害您，后来又罢黜您，剥夺了您的所有官职，遣返您回到农村乡下的家里，而您还这样死心塌地地效忠清室，甘心情愿地为满人卖命。还听说，黎元洪将军曾经叫刘承恩带话给您，说，只要大人您反戈北征，克服河南、直隶，则豫、直都督非大人莫属，如果能够推翻清廷，实现共和，选举总统的时候，他们将推举大人为首选，这个情况，您知道吗?"

袁世凯微微一笑，点头默认。

莫理循又问："既然这样，大人为什么不接受黎元洪的建议呢？难道大人不知道大总统乃是国家元首，比总理这个职位更显尊贵吗?"

袁世凯听到这里，拂袖而起，满面怒容，厉声言道："是何言也！是何言也！你难道要我袁某做不仁不义之人吗？我袁家三世深荷国恩，我的曾祖父袁耀东乃庠生出身，我的祖父袁树三，乃廪贡生出身，候选训导，曾署任河南陈留县训导兼摄教谕。叔祖袁甲三，进士出身，历任礼部主事、兵部给事中、军机章京、御使之职。叔祖袁凤三，庠生出身，曾任山东禹城训导、教谕之职达二十余年。袁某生父袁保中，副贡出身，曾经主办团练，造福乡梓。胞叔袁保庆，举人出身，曾经转战皖豫等省，剿杀捻军，屡立战功，累官至江陵盐法道。堂叔袁保恒、袁保龄，分别是进士、举人出身，历任翰林院编修、刑部侍郎、内阁中书等职，袁某弟兄中，也有多人担任朝廷官职，皇恩之于我袁家，浩浩汤汤，累代不衰。袁某忠君报国之心，岂是一区区大总统所可以动摇的吗？孟子云，‘无恻隐之心，非人也；无羞恶之心，非人也；无辞让之心，非人也；无是非之心，非人也’，当此国难之时，我袁某唯有鞠躬尽瘁，以死报国，决然不会干出让孤儿寡妇伤心落泪失望绝望的事情来，袁某誓死坚持君主立宪这一政治主张，任何爵位利禄在袁某之眼里，不过粪土草芥耳！南军接受君主立宪，则天下幸甚，反对君主立宪，无他，唯有列阵布兵，放马过来，厮杀就是！”

袁世凯的这一番谈话，可谓说得慷慨激昂、痛快淋漓，口沫乱飞，热泪飞迸，连声音都嘶哑了。

莫理循感到很茫然，他不知道袁世凯为什么说这些与他的采访主题背离甚远的话。他在借题发挥吗？他要发挥什么呢？他睁目端详着袁世凯，想从他那激动的怒气的油头滑脑中看出点儿端倪，但是，他什么也没有看出来。他迟疑了一刹那，问道：“总理大人的这些言论，我明天能够见报吗？”

袁世凯说：“当然，我袁某对自己的言论是负责任的。”

第二天，早朝时候，隆裕太后手里拿着一张英国人办的中文报纸，对袁世凯说：“你昨儿跟英国记者的谈话，哀家已经看过了，你不为革命党大总统的职位动心，忠心事主，反对共和，坚持君主立宪，真是我朝大大的忠臣。前几年朝廷有对不住你的地方，你万万不要往心里去。唉，如今我们孤儿寡妇，无依无靠，生死存亡，也只有指望你了。现在，哀家正式授予你南军谈判之权，是战是和，一概由你做主，朝廷亲贵，不得与闻。至于军费诸项，哀家自会多方筹措，保证供给便了。”说罢，掩面而泣。

袁世凯跪伏在地，也鼻涕眼泪双流，哽咽道：“古人云，‘父子有别，君臣有义’，臣袁世凯当此国家多难之际，誓以古圣贤之心为心，不忘国恩，不负厚土，纵然万死，也要为清廷保存下这个二百多年的社稷！”

下朝回来，袁克定和汪精卫正在客厅等他。

袁克定迎上去问：“老爹大人，您老人家真地要誓死坚持君主立宪的立场吗？如此，跟革命党的谈判不是六个指头挠痒痒，多了一道儿吗？”

袁世凯微微一笑，问汪精卫说：“兆铭也是这样看的吗？”

汪精卫嘿嘿笑道：“义父的那些话，是说给爱听它们的人听的，不关谈判的事，亦不关国体的事，乃‘明修栈道也’。”

袁世凯笑着指指袁克定说："你这个傻小子，枉读诗书若干年，在这方面，远不及你这兄弟聪明。老子若不明修栈道，怎么跟革命党谈判，怎么去'暗度陈仓'啊？"转又问汪精卫道："兆铭有什么事情吗？"

汪精卫从衣袋里掏出一张纸片，递给袁世凯道："云集上海的各省代表，最近议决出了和谈纲要五条款，昨日晚间电报过来的，请义父大人过目。"

袁世凯接过那纸片，张目看去，见那五条款是——

一、推翻满清政府；

二、主张共和政体；

三、礼遇旧皇室；

四、以人道主义待满人；

五、公举伍廷芳为议和全权代表，温宗尧、汪精卫、王宠惠为议和参赞。

袁世凯仰起脸来，拧起眉心，想了想，说："很好，我很快考虑出个意见，再跟你商量咱们的谈判代表人选和议和纲要。到时候我会叫记儿去通知你。"

袁克定、汪精卫走了，袁世凯吩咐下人说："叫他们不要卸车，我要去东四五条铁匠营。"

铁匠营这个地方，并不是一个铁匠云集的所在，它只是个地名而已。至于它什么时候，因为什么原因叫这个名字的，那就无从考究了。袁世凯的双套马车嘚儿嘚儿直奔过来，一直往里边走，来到门前有着一棵古老槐树的宅子前停下时，徐世昌早领着几个妻妾在门首恭候着了。

"兄弟，你只消派个人过来叫一声，我就过去了，干吗还委屈车驾亲自过来呢？"徐世昌说。

"兄弟过来好，这可是有年头不见面啦，过来大家叙谈叙谈，也免得他把这些嫂子们忘记不是！"众妻妾七嘴八舌，吵吵成一片。

袁世凯抱拳作揖，嬉皮笑脸地说道："小弟给嫂子们请安啦，嫂子们一个个还是那么青春年少水灵鲜嫩肉肉乎乎让小弟动心哪！"

"好一个老不正经的袁世凯，你如今已经是儿女成群的人啦，还这样流流气气没有个人样儿，不怕叫晚辈们笑话吗？"

众妻妾跟袁世凯说笑打闹着，让开一条道儿，徐世昌牵住袁世凯的手先走进门去，她们在后边簇拥跟进去。

徐世昌把袁世凯领进书房，转身关上房门，微微笑地问道："南边有了消息？"

袁世凯亦笑道："哥哥猜得不差，正是。"说着，从衣袋里掏出汪精卫刚才给他的那个纸条子。

徐世昌打开那纸条儿，平摊在桌子上，俯下头去看。有顷，直起身子来，眯细着一双眼睛笑说道："这五项，重点是前四项，而前四项里，第一、二两项又是重点里的重点，推翻满清政府，主张民主共和，文章要在这两条里去做！"

袁世凯也诡秘地眯细起眼睛，笑问道："哥哥的意思是……"

徐世昌说："满清政府可以推翻，举手之劳耳！民主共和可以拥戴，张张嘴的事耳！但是，问题的关键是，谁个是天下之主？黎元洪耶？黄克强耶？孙逸仙耶？还是咱哥们儿袁世凯耶？倘若是前三人，对不起，满清政府决不可以推翻，民主共和决不可以拥戴，中国的天下必须实行君主立宪！不过呢，倘若是后边这位，是咱哥们儿，一切都好商量，一切都好商量。"他自己说着，先自哈哈大笑起来了。

袁世凯说："小弟找哥哥，就是要听您这句话，就是要您给拿主意的，当如何行事，请哥哥教我。"

徐世昌品一口茶，闭目养了一会儿神，才缓缓地张开双目，慢条斯理地说："南方各省代表的这次会议，为兄也听到一些消息，其实他们内部，并不是很团结的，而是分歧很大，各怀心思。会议推选黄兴为大元帅，黎元洪为副元帅，决定由大元帅组织临时政府，黎元洪就第一个表示反对。他很不满意，他说，你们这些代表只有联络之责，并无选举之权，你们的话是不能算数的，兄弟你看，矛盾出来了吧？黄兴要是当大总统，黎元洪肯定反对，而黎元洪要是当大总统，黄兴一党肯定通不过，可是，黄也罢，黎也罢，他们都有信给你，有意叫你当这个大总统，人家既然有意送来，咱哥们儿为什么拒之门外呢？缺心眼儿啊？"

袁世凯说："小弟亦是这个意思，只要他们保证把大总统给我，咱们就满足他这四项条款！"

"只要大总统能送过来，四十四百条款也答应他！"徐世昌说，"兄弟，说句实在话，纵观世界潮流，皇权专制是维系不下去了，民主宪政的文明社会，已经取代了封建独裁的君主制度，这是稍稍有一点儿历史常识的人都能够看清楚的，要是再死抱住君主专制政体不放，那无疑是自绝于历史。别人不说，你看梁启超为代表的维新党，他们个个是君主立宪的先锋，现在怎么样了呢？不是都转变了立场吗？梁启超公开宣布拥护民主共和政体，他的那些立宪党同志，江苏的张謇，湖北的汤化龙，湖南的谭延闿，浙江的汤寿潜，四川的蒲殿俊，不是一个个都已经转向革命党了吗？不能说这些人势利眼，实在是大势之所趋人心之所向也！但是，君主立宪这面旗我们还不能放下，我们还得打，为的是拿它压革命党，跟他们谈判讲条件！"

袁世凯说："如此说来，议和谈判可以开始了？"

徐世昌说："为什么不开始？隆裕太后已经任命你为和谈全权大臣，你就应该抓住这个机会，跟南边大打一场谈判仗才对呀！"

"对！大打一场谈判仗！张謇、汤化龙等立宪党人和程德全、黎元洪这些清廷官吏们都支持我老袁，真地谈起判来，我老袁在他们革命党圈子里有人有势力，占他个上风是没有问题的！我老袁——"正得意忘形地说着，忽然卡了壳的火枪似的，戛然没有声音了。再看那袁世凯，似跑了气的皮球，一下子瘪了皮了，刚才还满面红光的脸，此时沮丧成了猪肝色，要多难看有多难看，散了架子，瘫坐在椅子上，耷拉下脑袋，半死不活。

徐世昌吃惊地问："这是怎么了？刚才还生龙活虎的，眨眼变成了着了霜的茄子秧了？"

袁世凯长叹一声，哭丧着脸，拖着哭腔说："南军方面有伍廷芳任谈判代表。伍廷芳何人？精通西洋法律，一生从事外交活动，系谈判专家也。小弟身边众人，虽济济满堂，长于各学各术者不乏其人，但于外交谈判一项，却难得其选，没有能够与伍廷芳较力抗衡者，奈何！"

徐世昌闻言，哈哈大笑，说："兄弟勿忧，谈判之人愚兄我早已为你备下了，唤他来上任就是了！"

袁世凯问："谁个？哥哥快快告诉我！"

徐世昌说："此人你原是认得的，只是这些年来，你们交往不多罢了。他乃是唐绍仪！"

袁世凯听见唐绍仪三字，猛地一个愣怔，大喜，道："对呀，我怎么把这个人忘记了呢！这是一个外交天才呀！光绪三十二年（1906 年）跟英国人谈判，迫使英国人签订了《续订藏印条约》，确认我国对于西藏地方领土主权的那个全权大臣，不就是他唐绍仪吗？"

徐世昌说："更重要的，他是咱们自己人！哥哥我值不值得你信任？"

袁世凯说："这还用说吗？若小弟连哥哥都不信任了，这天底下还有可以信赖的人吗？"

徐世昌说："唐绍仪乃是哥哥我的结义兄弟，我的这套宅子，就是他花高价给我买下来的。他之忠于你，犹如哥哥我之忠于你一般无二。"

"哥哥既然这样说，小弟我还有什么不放心的？就是他了，明天小弟就去拜访他，请他出山，挂帅去南方谈判去！"袁世凯兴奋地说，"只要小弟能够当上大总统，他唐绍仪就是中华民国第一任国务总理，这个愿，小弟可以许给他！"

徐世昌说："我看，咱们也不要等到明天了，现在，我就陪你去拜访他，请他出山。"

袁世凯感动非常，说："如此，那是最好不过了！"

雷厉风行，袁世凯以最快的速度，紧锣密鼓，三天之内便把谈判班子筹措妥当。他们是：总谈判代表唐绍仪，谈判代表杨士琦，谈判参赞杨度、魏宸组，秘密参赞汪精卫。

这天上午，袁世凯带领着这一班人马前去跟隆裕太后和宣统皇帝辞行，隆裕太后对他们说了一些抚慰勉励告诫的话，便耷拉下眼皮沉默不语了。一直反对和谈开议的恭亲王溥伟、肃亲王善耆和贝勒载涛则大放厥词，说了一些很不相宜的话。

溥伟说："当年洪、杨造反，江南十三省都沦陷了，而胡林翼、曾国藩平讨之。现在南方革命党并无多么大的实力，且人心涣散，步调不一，军事上又屡败于我，朝廷不去讨伐，反与叛逆议和，是何道理，成何体统？"

袁世凯说："南方叛党中，黎元洪、程德全辈，乃政府官吏，其公然叛逆，我去讨伐他们理所当然，可以办到。可是，张謇、汤化龙、汤寿潜、谭延闿辈，他们都是老百姓的代表，我如何去讨伐？讨伐老百姓，那是自绝于人民，我是办不到的。况且，和谈开议，乃是太后差遣，懿旨明颁，怎么谈判代表就要成行的时候你们又反对起来了？这叫我这个内阁总理大臣如何施政？无法施政，只有向太后辞职了。"

隆裕太后怒道："和谈开议，是哀家准许的事情，你们不要再妄加非议了，这件事情就这样定了，袁世凯，你就放开手脚，大胆执行去吧。"

"谢太后，太后英明！"袁世凯作揖施礼，恭敬有加。转过身来，对唐绍仪众人说，"你们都看见啦，听见啦，和谈开议，朝廷亲贵是有人反对的，太后、皇上是坚决支持的。你们是太后、皇上的代表，这次去南方谈判，要坚记这一点。"

唐绍仪说："有了太后、皇上的支持，我们的信心就更大了。请太后、皇上放心，臣等决不有辱使命，一定要让南方叛逆之人归附朝廷，平定江南。敢问袁总理，你个人还有什么嘱咐交代的话么？"

袁世凯说："太后的交代，就是朝廷的交代，太后的态度，就是朝廷的态度，本总理和你们一样，都要以太后之言为谈判之言，以太后之决心为谈判之决心。如果非让我再说几句的话，那就是你们要切切牢记，君主制度万不可变，君主立宪要坚持到底，告诉他们革命党，民主共和，不适于中国国情，倘一味闹什么民主自由，势必酿成天下大乱，贻害国家。我袁某深荷国恩，当此不幸局势下，惟知捐躯图报，坚持君宪政治永不有变！如果谈不拢，和平希望完全丧失，袁某定当将率三军，跃马赴险，马革裹尸，以报朝廷三世于我袁氏之厚恩也！"

袁世凯说这些话时，情绪沉痛，声调压抑，表情肃穆，神态悲壮。说到后来，竟然语带哽咽，声有哀音，一幅誓死忠于清室的嘴脸感动了在场的每一个人。

隆裕太后落泪道："朝廷大臣，如果都能像爱卿你这样忠心报国，我们孤儿寡妇还有什么可以担心的呢!"

恭亲王溥伟、肃亲王善耆和贝勒载涛这些皇族亲贵，面对他的表演，一个个茫然相向，面如死灰，一时间不知道怎样判断，如何应对。

回到铁狮子胡同的家里，袁世凯刚才卑躬屈膝、低眉缩颈的丑态一下子变成了趾高气扬、霸气十足的骄横，他厉声问唐绍仪说："谈判材料你都备好了吗?"

唐绍仪说："备好了。一共两份，白天公开谈判时用第一份，专谈君主立宪；晚上秘密谈判时用第二份，专谈大总统归属以及民主共和事宜。"

袁世凯笑道："很好！就这么办!"

唐绍仪问："汪精卫已经是南军的谈判参赞了，又任我方的参赞，怎么判断他是我们的人呢？他毕竟是个革命党呀!"

袁世凯说："这个，你一百个放心，他是我们的人。不过，他的参赞身份什么时候也不能暴露!"

唐绍仪说："这个自然，他是我方的秘密参赞。"

和谈代表们离京的前一天晚上，袁世凯秘密接见了两个人。一个是杨士琦，一个是汪精卫。

他对杨士琦说："你和杨度都是主张君主立宪的，这一点，我心里清楚。可是，汪精卫和唐绍仪都是主张民主共和的，这一点，我心里也清楚。你此番前去，明里你是一个谈判代表，受唐绍仪节制，暗里你是我安排在他们中间的钉子、眼睛、耳报神，你要给我盯住了姓唐的，别叫他谈着谈着谈到革命党那边去了。"

杨士琦说："属下明白。这个姓唐的早年留学美国哥伦比亚大学，一脑子洋人的思想观念，跟孙文、黄兴是一路货。"

袁世凯问："你们这次谈判的重心是什么，可记牢靠了?"

杨士琦说："属下记得死死儿的了，大帅放心。革命党把大总统的位置让出来，咱们民主共和，不让出来，咱们君主立宪，打他娘的。"

袁世凯嘿嘿笑笑，说："你就用这个原则监视唐绍仪。"

杨士琦问："大帅，汪精卫可是个革命党，他能跟咱爷们一心吗？属下是不是连他也一并监视住?"

"不，汪精卫，自己人，你不用去管他，只给我看好了唐绍仪一人!"袁世凯说。

杨士琦走了，汪精卫被叫到袁世凯的书房。

袁世凯问他道："兆铭，你相信我确实能够逼令清廷退位吗?"

汪精卫说："不仅仅我相信，连黎元洪、黄兴都相信。"

袁世凯问："为什么？"

汪精卫说："因为你手里有三十万效忠您的北洋军。"

袁世凯哈哈大笑，说："我给你的承诺不会有变，你给我的承诺呢，会有变化吗？"

汪精卫说："我相信自己在我党的地位和影响力，我党领袖孙文、黄兴一定会尊重我的意见的。"

袁世凯问："你的意见是什么？"

汪精卫说："拥戴义父为中华民国大总统。"

袁世凯又问："如果孙、黄反对呢？"

汪精卫说："黄是不会反对的，我们两个已经交换了多次意见。孙若反对，他一个人的意见，如何能改变我们大多数人的意见呢？义父放心就是。"

袁世凯默默地点一点头，说："如此，我就放心了。"他在房间里转了几个圈子，猛地，停在汪精卫面前，又神色严肃地说："湖北革命党派胡鄂公来津以后，直隶蠡县、完县、博野、高阳、任丘、雄县一带的革命党空前活跃，最近他们纠合了一批民团、警察、壮士，图谋大举。而驻守滦州的张绍曾旧部亦蠢蠢欲动，准备成立北方革命军政府，发动起义，并且组织暗杀团，阴谋谋害于我，这些情况你知道吗？"

汪精卫说："知道。有些情况我已经报告义父了。"

袁世凯问："对于他们，你打算让我怎么办？"

汪精卫反问道："义父打算怎么办？"

袁世凯说："只要你没有异议，我就要大开杀戒，坚决镇压了！"

汪精卫说："北方的那些动乱分子，不是革命党人，乃是分散的小股土匪，任凭义父清剿，到时候兆铭会代表我党声明，他们与我革命党无关。"

听见这话，袁世凯一怔。他没有想到，汪精卫会回答得如此干脆，原来以为他会念及同党同志，求他暂缓镇压或者驱散赶跑或者网开一面尽量减少杀戮呢，谁知反被他诬为土匪，让他放开手脚去杀！想到这里，他情不自禁地盯视了这个人一眼，心里说："毒如蛇蝎狠如狼，想不到这个貌似温和柔弱的白面书生，却有一个虺蜴心肠，豺狼性情，可不能低估了这个家伙！"

第十章　细雨拂尘孙文归来
民国肇基舍我其谁

公元1911年，十二月二十五日上午九时四十五分，“地云夏号”英国邮轮缓缓地驶进上海码头。

季节虽然已经进入初冬，但是上海的气候要较之北京温湿许多，风变得柔和多了，吹面不寒，决然没有北京的凛冽刺骨；天上也决然不会有什么雨雪交加甚至冰霰肆虐，而是细雨如酥，淅淅沥沥，给大地以湿润，给万物以滋润，给空气以柔润，给人们的情绪心境以清爽和润。这种时候，生活在北方干燥气候里的人们，来到上海这个地面，就不能不慨叹同为人类，因为生活的地点不同，环境有异，他们的生活质量会有着怎样的天壤差别啊！

从昨日夜间开始，就下起了蒙蒙细雨。雨水不大，雨珠细若云烟，轻轻扬扬，形成一层白色的雾幛，随着柔和的风而忽东忽西地摆动，飘移，流泻，仿佛有无数只纤细的手，在缓缓地精心地梳理着上海滩里的一切——摩天的高楼，低矮的民宅，宽阔的马路，狭窄的陋巷，当然还有落叶的不落叶的、开花的不开花的、高大挺拔的、矮小丛生的树木花草。

这如烟的雨水似乎也知道今天有一位重要的人物要莅临此地，所以，它们要格外勤勉细心殷勤和热情，把上海的天地洒扫干净，迎接他！

革命军总司令黄兴，沪军都督陈其美，江苏都督程德全，还有伍廷芳、宋教仁、廖仲恺、居正、汪精卫等三十多人，站在码头最前边的铁栏杆前，焦急地凝望着那缓缓驶近的邮轮，瞩望着那已经有人头攒动的旋梯。他们的身后，是上海党、政、军各界代表，各国驻沪领事，国内外记者，黑压压一大片。

陈其美的沪军都督府卫队长兼侦探队长郭汉章率领着他精心挑选组成的护卫队，早已全副武装恭候在码头上，刀出鞘，弹上膛，担任着警戒任务，并且要在孙文踏上上海码头的那一刻起，担当起保卫先生安全的重任。

白色的茫茫的雾幛里，“地云夏号”巨大的黑色形体渐渐变得清晰起来，邮船顶上随风飘扬的米字大旗已经历历在目，旋梯上那些攒动的人头已经面目可见，并且愈来愈真切生动。忽然，人们的眼睛一个闪亮，人们的心脏一个急跳，惊愕、惊讶、惊异、惊奇、惊喜的种种错愕的表情立即复杂地多变地在人们的眉宇间面庞上心坎里风云变幻——他们看见他了！终于看见他了！久旱的禾苗一样！久违的亲人一样！

孙文魁伟的身影出现在邮轮的最上层！

他身着一身黑色的西装，扎着猩红的火焰一样的领带，头戴一顶黑色的圆形的呢质礼帽，满腔激情、满面欢喜、满是亲切地出现了！

人们看见了他炯亮的闪耀着异样神采的眼睛！

他也看见了码头上欢迎他的人们。他摘下礼帽，高扬起手臂，向人们致意，向他的战友们同志们乡亲们同胞们致意。

他身后簇拥着的同盟会员胡汉民、谢良牧、李晓生、朱卓文、黄菊生，日本同志宫崎寅藏、池亨吉、山田纯三郎以及军事顾问美国将军咸马里夫妇等数十人，他们也跟随先生，高扬手臂，向岸上的欢迎人群致意。

军乐声声，礼炮轰鸣，鲜花涌浪。孙文和他的随行人等款步走下旋梯，步上码头，来到欢迎的人群之中。他与黄兴、陈其美、程德全、伍廷芳、宋教仁、汪精卫见面了。

他被他们包围在核心。

他紧紧握住每一双伸过来的热情的手，不愿放松。

他有千言万语要对他们述说，如鲠在喉。

他和他的同志们在革命取得胜利后的此刻相聚，万千感慨，如同江河奔涌，訇然作响，无法收束。

但是，他被潮汐一样汹涌而至的记者们包围了，照相机的闪光灯一个接一个地闪烁着。记者们七嘴八舌，向他提出一个又一个的问题：

“孙先生，您这次带多少钱回来？五十万，抑或一百万？”

“孙先生，请问您这次带回来多少武器？是德国造的呢，抑或是日本造的？”

“请问孙先生，革命军什么时候大举北伐？跟北军的谈判是您的主张吗？”

“孙先生……”

一连串的问题，一个比一个尖锐，一个比一个来得实在，不是问钱的，就是问枪炮的，还有就是问有关南北谈判的，记者们知道革命军现在最缺少什么，最需要什么，全国的老百姓最关心什么。

孙文回答他们说：“予不名一文也，未有一枪一弹也，予所带回者，革命精神是也！我可以负责任地告诉诸位，革命目的不达，断无和谈之可以言也！”

记者群里爆发出一阵热烈的掌声。有人高呼口号道："革命精神万岁!"

黄兴亲自陪伴孙文乘上一辆西洋马车，在武装警卫的护卫下，嘚儿嘚儿地驶离码头，直奔为先生安排的宝昌路四零八号住宅。

陈其美、宋教仁等也分别陪着与先生同来的胡汉民等人乘车跟随。

沿途军民，驻足而观，掌声欢呼声此起彼伏。

抵达寓所，孙文与众人刚刚步入客厅，还没有来得及落座，就有法国巡总麦兰前来拜谒。他对先生说："卑职已经派越南籍巡捕七人在行辕外擎枪巡护，另派华籍警探二名，法籍警探二名，日夜驻守保卫，确保先生寓所安全。"

孙文说："如此甚好，谢谢。"

麦兰退出去后，护卫队长郭汉章正步走进来，报告说："孙先生，我叫郭汉章，奉陈都督之命，从今日始，率领护卫队为先生保驾，随时听候先生命令。"

孙文点头说："很好，现在，你和你的部下可以去休息了。"

陈其美说："他是我的都督府卫队长，为人极为忠实可靠，先生放心使用就是。"

孙文说："劳你考虑得这样周详，自家同志，我就不言谢啦。"

众人说着话，跟随着他走进了书房。孙文张眼各处看看，一切都极令他满意，便笑吟吟地请众人入座，他自己也弯腰坐在书桌旁边的一把椅子上。这时候，侍者早捧上茶水，给大家斟茶。

黄兴说："武昌首义以来，与北军的战争打打和和，克强无能，相继失守汉口、汉阳，我和党内同志盼君之心，真是应了民间老百姓的一句俗语，'盼星星，盼月亮'，盼望先生速速归来。今日总算是盼到了，我这肩头的千斤重担，可以歇一歇了!"

孙文笑道："军事革命还正在进行中，而政治革命才刚刚开始，克强怎么说到了歇一歇的话？你不能歇，我不能歇，我们大家都不能歇呢！不仅不能歇，还要加重量呢!"

孙文的话把众人都说得大笑。

宋教仁说："大清朝的天，已经塌陷了一大半了，二十五个省，宣布独立的已经有十五个省了，半壁江山已经尽属我革命党矣！先生回来，正当其时，快快领导我们把临时政府组建起来，快快组织革命军发动北伐战争，直捣黄龙，光复中华!"

胡汉民说："是呀，形势发展很快，革命迫切需要有一个强有力的领导核心，孙先生的归来，我党核心已就，钝初刚才的话，说出了我们大家的心愿。"

伍廷芳说："北军的和谈代表唐绍仪已经从武昌来到了上海，双方议定继续停战。前日，驻上海的英、日、德、美、法、俄六国领事已经向谈判双方发出照会，以战争使外人遭受物质损失和人身安全遭受危险为理由，要求双方停止冲突，达成协议。”

孙文冷笑道：“是呀，他们还在一些公开的场合吹捧袁世凯，说什么他们对袁世凯极为尊重，希望看到在中国有一个坚强的政府，说什么袁世凯具有统一全局的力量，是将来中国真正的主人，他们的倾向很明显呢！但是，我们要郑重地告诉他们，袁世凯是何许人，我们中国人比他们这些洋人更清楚。他是一个首鼠两端、志在窃国的大阴谋家，我们的革命，除了推翻满清封建专制政权以外，对于他们这些效忠主子的奴才走狗，亦在横扫之列，决不姑息。”

汪精卫听见这话，心下很是不舒服，很感觉逆耳，他皱一皱眉头，咳了两声，说：“走狗倘使反戈，亦当视为同志，这一点，我们革命党人的襟怀还是应该有的。南北议和以来，袁世凯表现尚属积极，主动与我北方同盟会联系，协助我党进行革命活动。最近，谈判期间，由于我党代表提出不承认共和决不开议的先决条件，袁世凯已经联合各位国务大臣，向清廷提出速开国民大会，征集各省代表意见，将君主、共和问题付之公决。他对隆裕太后说，‘彼党坚持共和，不认则罢议，罢议则决裂，决裂则大局必糜烂。试思战祸再起，度支何如？军械何如？岂能必操胜算。万一挫，敌临城下，君位贵族岂能保全，外人生命财产岂能保护，不幸分崩离析，全国沦胥，上何以对君父，下何以对国民’。他的这些话，都是要放弃君主立宪而倾向于民主共和也。对于袁世凯，兆铭实主张以拉为上策，打，实在不是聪明的办法。”

胡汉民不高兴了，他不爱听这些丧失立场的话，便说：“拉，也要看对象。对于袁世凯这样的野心家阴谋家，我们不要太善良了，太一厢情愿了，倘拉的人反被姓袁的拉过去，那就糟糕了！先生到达广州，我与廖仲恺曾极力劝先生留下，不来上海。我们想，先生一到上海，势必要被各省代表推举为总统，可是，先生手上又无一兵一卒可供指挥，何以直捣黄龙？不如就粤中各军加以整顿，可立得精兵数万，以实力廓清北方，扫荡强敌。今日看来，先生还是来上海的决策正确，不然，如兆铭这样的态度，临时政府大总统一职，弄不好就会被袁世凯窃取了去亦未可知也。”

孙文说：“武昌首义一声炮响，未及三月，大半个中国尽举义旗，脱离清廷，这说明什么？说明专制独裁已大不得人心，而民主共和众望所归，人心所向，历史潮流之必然也。人民及党人所望于我者，非望我有坚强之兵力也，乃在能够收拾残局，以拨乱反治也。当前国家之大患，即在无政府。我之所以坚决来沪，目的就是要迅速创建民主共和之政府，主持订立对外对内大政方针，建立作为民主共和国所必备的法律法规。革命政权建立之日，便是满清政府倾覆之时也，纵使袁世凯独木强支，岂能持久乎！”

孙文的话，赢得众人一片掌声。

这时候，午宴已经备齐，陈其美招呼大家入席就餐。

席间，都督府参谋沈虬斋一次一次送来全国各省发来的欢迎函电。

胡汉民代先生接过，并且宣读电文。

湖南都督谭延闿致电云：闻公到沪，飞电传来，巨跃三百，谨代表全湘百万生民欢迎。先生万岁，中华民国万岁。

安徽都督孙毓筠致电云：顷闻台旌莅沪，大局必可挽回，已派代表赴沪欢迎。

江浙联军总司令徐绍桢致电云：东南略定，民国新成，我公艰难缔造，卅年如一日。黄帝降鉴，日月重光，公志大酬，民气复活，水源木本，金国镌恩，北虏未歼，庶政无主，人自树兵，各思专阃，不谋统一，必至攫饷无得，成流寇神州，前途可惧孰甚。我公雄略盖世，为华盛顿替人。祖国明灯，非公莫属，当有善策，以靖横流。

江西军政府以及军、商、学各界公电云：大节抵申，赣省军民，同为额庆。光复祖国，组织共和，尤感先生是赖，除已派代表在沪欢迎外，特此电贺。

浙江省议会致电云：公归国，浙人欢跃，祝中华民国万岁，先生万岁。

福建民军总指挥许崇智致电云：先生提倡共和主义，奔驰海外，备尝险阻艰难，二十年始终如一，以至汉族始有今日，思之涕零，兹闻台驾返沪，闽中将士，极表欢迎。

黄兴朗声言道："先生您看，这就是民心啊！民心所望，天下归一！"

孙文亦感动地说："唐人诗曰，'圣人不利己，忧济在元元'，又曰，'达人无不可，忘己爱苍生'。天下一心，共纾国难，这就是革命必胜的保障！"

饭后，胡汉民提出，先生旅途劳乏，要小憩一两个小时，请各位先去。众人相继告辞，约好午后再来。唯黄兴和陈其美不去，说："我们之望先生归，已经望穿双眼，此刻先生回来了，如何便要离去？去不得，去不得，我等在此客厅里伏案一会儿，陪伴先生便了。"

胡汉民无奈，只得由着他们。

且说黄兴、陈其美两个，因为兴奋，哪里能够入睡？便商量起军国大事来了。

黄兴说："刚才先生所言，国家当前大患，在于无政府，并说共和政府一旦创建，则满清之政权立即倾覆，此真警世箴言也！你和我，这些时日来，所忙碌者，大元帅之选举也。选我，黎元洪等旧官吏不服，选黎，革命党同人又坚决反对，争来争去，不得要领。现在看来，即或得了要领，意见一致，选出了大元帅，又将如何？还是各派各系自成势力，分散割据，难得统一，对于清廷，构不成威胁。孙先生的见识，远在你我之上啊!”

陈其美说：“即或将来和谈取得进展，组织了共和政府，也把那个总统职位虚留给袁世凯，这是怎样的被动？我们简直无知到了幼稚不堪的程度了。”

黄兴说：“我们何不选举孙先生为大总统呢?”

陈其美说：“对呀！我们何不选举孙先生为大总统呢!”

黄兴说：“共和政府一旦建立，孙先生一旦就任大总统，革命的太阳高高升起了，亿万人民有了他们心目中的政权，大清朝这个阴影还不烟消云散呀！南北谈判，我方亦占了绝对压倒之势，不怕袁世凯不加快逼迫清廷逊位的步子!”

陈其美说：“一步棋，走活了全盘！我们马上就跟各省代表联系，选举孙先生为共和国大总统。”

两个人话说到这里，睡意全无了，立即起身，跳上马车，去找各省代表商议去了。

第二天清晨出版的《民立报》上，革命党人马君武率先撰文，披露了各省代表一致拥戴孙先生，拟选举孙先生为中华民国大总统的消息。

消息一出，上海民众相应热烈。人们手拿报纸，争相传阅，奔走相告，大家悬着的漂浮的心，似乎一下子找到了归宿，有了盼望，看见彼岸。

中国有了自己民选的总统，民主共和国的梦想真的要变成现实了！

但是，此时，另一种声音出现了，那声音说：“若选举总统，以功则黄兴，以才则宋教仁，以德则汪精卫。”那意思是坚决反对孙文当总统。

说这种话的人不是别个，乃是一贯在革命党内部闹分裂兴事端的章太炎。

早餐时候，黄兴、陈其美、宋教仁、汪精卫、居正陪侍孙文一起用餐。

话题自然就扯到组建临时政府和选举大总统的事情上来。

孙文说：“你们推举我任临时政府总统，可是，现在就有人反对，我看还是让大家充分发表意见，不要操之过急为好。”

黄兴说：“反对的声音就是一个章太炎，除他之外还有谁个？他说赞成我和钝初、兆铭，倘我们三人中有一人要被选，他肯定又有新的言论出来。这个人是个疯子，大家都叫他‘神经病’，他的话，先生不要放在心上。”

陈其美说：“这个章太炎，参加同盟会，又脱离同盟会，又攻击同盟会，在我们革命党里，是个敌不敌、友不友、我不我的人物，真是弄不懂他！最近，又发出‘革命军起，革命党消’的怪论，引起了很大的思想混乱。”

孙文放下刀叉，拿起餐巾揩拭了一下唇髭，神情变得有些严肃起来，说：“我这次回到上海，虽然时间不长，可是已经感觉到一种可怪的气息。这个气息是什么？就是章太炎为代表的这种‘革命军起，革命党消’的奇怪言论。他的这个口号一经提出，立即得到一些旧官吏和革命党人内部一些意志薄弱者的呼应，大有充塞天地之势。不是有人就兴高采烈地高喊，‘这下好了，革命军起了，革命党要消了’。张謇不是也公开说，‘军事非亟统一不可，而统一最要之前提，则章太炎所主张销去党名为第一’。你们听听，这是什么话？革命军乃革命党领导之革命军队，革命党倘若取消了，革命军的革命还有什么实际的内容吗？不是也同时要消了吗？政治革命还没有开始，而军事革命又要半途而废，这种言论无疑是在断送我中国革命。钝初，希望你近日准备一下，我们要召开一次中国同盟会本部会议，发表《中国同盟会意见书》，明确申明我党革命宗旨，严厉批驳‘革命军起，革命党消’的谬论。”

汪精卫说：“组织临时政府乃是当务之急，我个人没有意见。只是选举大总统一项，是否再考虑考虑。我意先生是否就任大元帅之职，大总统的位置是否还是留给袁世凯。”

宋教仁说：“袁世凯挟清帝以要挟革命党，以革命党反过来挟持清廷，目的是向我们要那个总统之位，他的这个用心，天下人看得很是清楚，为什么要‘虚位留待’呢？没有那个必要嘛！”

孙文皱皱眉头，沉吟片刻，说：“如果我就任大元帅，而把大总统的位置留给袁世凯，任职以后，就没有办法发出重大的政治、外交、社会、风俗等的改革法令，更没有办法领导制定共和国宪法，因为大元帅是没有这个权力的，它不是国家元首，它不能领导完成这些重要的工作。这样一来，我们的革命，烈士们的鲜血，就只能在历史上留下一个共和国的空名而无实质的革命政治内容，辛亥革命的成果就完全落了空了，人们会说，中国革命几十年，流血牺牲，换来的只不过是一个大元帅，人民会对我们失望的！”

黄兴说：“先生的话，真挚亢爽，一派公心，光明磊落，感天动地，克强敬服。此事不要再议了，我们马上可以准备临时政府的筹建和大总统的选举工作了。”

早饭以后，孙文在他的寓所召开了同盟会高级干部会议，研究讨论组织临时政府方案。与会者有黄兴、胡汉民、汪精卫、宋教仁、张静江、马君武、居正等人。会上，宋教仁提出临时政府应实行内阁制，与孙文提出的总统制相左。孙文耐心地对他说：“内阁制乃平时不使元首当政治之冲，故以总理对国会负责，但是，目前我们国家处于非常时期，国家元首倘于国家大事没有了决断之权，很容易造成群龙无首、各自为政、天下大乱的局面，不利于国家的统一安定。吾人不能对于唯一置信推举之人，而设防制直法度；余亦不肯徇诸人之意见，自居于神圣赘疣，以误革命之大计。一切意见，都要服从于国家民族利益为首要原则。”

张静江说：“先生的话很有道理，吾等唯有遵先生之意而行。”

黄兴说：“内阁制断非此非常时代所宜，应该放弃内阁制而选择总统制。”

胡汉民、马君武、居正等人亦都赞成总统制，宋教仁只好服从多数，放弃了自己的主张。

汪精卫亦主张总统制，不过，他这时想的是，倘若孙文当了大总统，袁世凯那边该怎么办呢？他是答应留此位给他的呀！

1911 年的十二月二十七日是一个不寻常的日子。这天上午，孙文在他的寓所书房里，亲切接见了各省代表会公推代表马君武、景耀月、王怀竹、王有兰等六人，跟他们交谈商议组织政府的有关问题。

景耀月说："代表团拟举先生为临时政府大元帅，先生之意如何？"

孙文说："要选举，就要选举大总统，不必选举大元帅，因为大元帅名称，在外国并非国家元首。"

王怀竹说："代表会所议决的临时政府组织大纲，本规定选举临时大总统，但袁世凯的代表唐绍仪曾表示，如南方能举袁为大总统，则袁亦可赞成共和，因此，代表会又决议此职暂时留以有待。"

孙文说："那不要紧，只要袁氏真能拥护共和，我就让给他。不过，总统就是总统，临时字样，可以不要。"

王怀竹说："这要修改组织大纲，俟回南京与代表会商量。"

孙文说："我还有一个意见。本月农历十三日，乃是西历的一月一日，如诸君举我为大总统，我要在那一天就职，同时宣布中国改用西历，亦就是我们所说的阳历，是日即为中华民国元旦，诸君以为如何？"

景耀月说："此问题关系很大，因为中国用农历已经有数千年的历史习惯，骤然改用，必多窒碍，似宜慎重。"

孙文说："古来改朝换代，必改正朔，易服色，现在我们推倒封建专制政体，改建民主共和，与从前更换朝代不同，必须学习西洋，与世界文明各国从同，改用西历一事，即为我们革命成功后第一件最重大的改革，必须办到。"

王怀竹说："此事体大，当将先生建议报告代表团决定。"

这次谈话，历时三个多小时，成立政府、选举总统、改用西历等重大问题，大都有了一个较为明晰的意见。

从先生房里出来，景耀月慨然而言道："先生真慷慨磊落之人也！所商问题，观点明确，态度真诚，坦荡光明，直截了当，大有当仁不让、舍我其谁之概。丝毫没有中国缙绅虚伪谦逊、矫揉造作之态。虽系细微之处，亦见伟大啊！"

因为孙文决定要在农历十一月十三日（西历一月一日）就总统职，时间紧迫，马君武等六人便于当晚返回南京去了。

这天晚饭后，黄兴也收拾行装，与孙文告辞。

孙文问道："克强意欲何往？"

黄兴说："去南京呀，我要亲自向代表们转达先生的各项主张，做一回编外代表去。"

胡汉民说："我也去，跟你做个伴吧。"

人们都走了，都赶去南京参加全国十七省选举共和国大总统的代表大会去了，昨日还车马盈门、高朋满座的宝昌路四零八号孙文先生的住处，忽然沉寂下来，变得冷清了许多。

趁着这个难得的闲暇，广东香山县旅沪同乡在上海老靶子路庆虹园酒馆设宴欢迎孙先生，以表桑梓之情。前来邀请的代表是两位老者，须髯飘然，精神矍铄，他们恭敬地向孙文递上了请柬，说："桑梓之情，乃人世上最纯厚最割舍不断的情谊，如今，革命已经取得胜利，民主共和国即将诞生之际，务请先生赏光，一定去跟乡亲们见上一面，话话家常。"

孙文十分感动，说："二位老人家说得好呀，乡情撩人，孙文虽终年奔波在国内国外，山山岭岭，江河湖海，随风飘落的叶子一样，但是，对于家乡的热恋，却是丝毫也没有减弱的。正所谓'羁鸟恋旧林，池鱼思故渊'，这个宴会，我去参加。"

朱卓文说："先生既要去，我与谢良牧陪同前往吧。"

到达庆虹园酒馆，上到二楼大厅，张眼一看，黑压压几十号人，十五六张餐桌摆满了整个大厅。人们看见孙文进来，都起立鼓掌，笑脸欢迎。孙文很是感动，他一张桌子一张桌子地走了一圈，热情地亲切地跟每一个人握手、问候，最后才在客位上就座。

酒宴开始前，同乡会推举一位青年为代表，向先生致欢迎词。初时，孙文并没有在意，以为只不过是一般的客套应景而已，孰料，听了没有几句话，那孙文便感觉到了一种不寻常，感觉到了一股扑面而来的热情、典雅、文采和睿智，他分明地听进去了那青年演说的每一句话，并且被它们所深深感动。他情不自禁地注目那青年，见他瘦瘦的身子，个头儿并不高，但双目炯亮，奕奕放彩，看去十分精明干练。孙文在致罢答谢辞之后，把那青年特意拉在身边坐下，问他道："年轻的先生，你的尊讳怎么称呼呀？现在何处公干？"

那青年答道："学生叫王云五，现在中国公学任英文教员。"

孙文说："你原来是留过洋的，请问阁下在哪个国家读书？"

王云五说："我没有留过洋，也没有进过正规大学，只在英文书院攻读过，不过一自修者罢了。"

孙文说："自修者好啊！我本行学医，于政治经济军事诸学本亦不通，也是靠自修的，也是一个自修者也，我们两个是一样的！"

孙文的话，引起众人一阵欢笑。

孙文拉着王云五的手，诚恳地说：“共和国政府马上就要成立了，国家正在用人之际，你能不能就任总统府秘书一职？”

大概是太出乎意料之外了，王云五惊喜非常，他霍地站起身来说：“学生愿意追随先生，听从任用。明天我便辞去教职，到南京政府去报到。”

返回的路上，孙文很是兴奋，他对朱卓文、谢良牧说：“古人说，‘功以才成，业由才广’，又说，‘芳林新叶催陈叶，流水前波让后波’，我们民主共和政体与封建专制政体在对待人才的问题上，也是有着根本的区别的。民主共和讲究自由平等，人才可以公平竞争，唯才是举，而封建专制政体则不然，他们对于人才的选择，第一要听话，第二要听话，第三还是要听话，至于他们所说的话是不是真理，那是不准考究的，因为帝王之言便是至理之言，金玉之言，是绝对不允许怀疑的。他们所要的，是奴才而非人才也！这就是中国封建专制政体所以存在两千年的原因之一！今天革命成功了，在我们的共和国政府里，谁要是再用奴才而不用人才，我孙文第一个反对他！”

回到寓处，侍者报告有客人来访，朱卓文接过名帖一看，见是江亢虎，皱眉道：“这个人在日本留学时，就明里一套暗里一套，是个投机分子，清廷的探子，去年经日本去了欧洲，宣扬‘三无主义’，搞什么无宗教、无国家、无家庭，跟先生的‘三民主义’对抗，这种人不见也罢。”

孙文说：“不，我们还是见一见他。听说最近他组织了一个什么中国社会党，宣称拥护共和，既然如此，我们就没有理由拒绝他。广泛地联络团结一切政治势力以推动中国的民主进程，这应该是我们今后的施政原则。”

朱卓文说：“先生总是这样以善良的心对待一切人，可是人家却并不这样对待先生。好吧，我去安排一下吧。”

半个小时以后，孙文在客厅里接见了江亢虎。

这是一个五短身材的瘦子，生得尖嘴猴腮的，面目丑陋，特别是那一双鼠目，两个绿豆眼珠滴溜溜乱转，让人忽然想到那个“贼”字，心里很不痛快。他是江西弋阳人，原来的名字叫江绍铨，后来不知道因为什么原因改成现在这个名字了。看见孙文进来，慌忙起身，快走几步迎接上去，觍着一副谄笑，毕恭毕敬地说：“先生，您好！学生昨日才到上海，今天特来拜谒。”

孙文笑着点一点头，说：“劳你久候了，实在对不起。”

寒暄几句，话题便转到他们的社会党上，孙文问道：“贵党信奉的是何主义？”

江亢虎说：“我党信奉目前西欧刚刚兴起的社会主义学说，将来准备在中国试验推行社会主义。”

孙文说：“这很好呀！‘社会主义’一词，是起源于十九世纪五十年代英法两国空想社会主义者的某些著作中，本来由‘社会的’一词衍生而来，而该词导源于拉丁文 socialis，原意是‘同辈的’‘同伙的’，用来表示一种为了提高群众福利和保障社会和平而改造社会制度的一种思想。现在，统治中国两千多年的封建专制制度即将被推翻，而新的民主共和政体即将诞生，它需要各方面的营养去滋养它完善它，使之尽快地发展壮大起来，我本人是对这个主义竭力赞成的。但是，它是一门新兴的思想观念，一直没有系统的学说，只不过近三五年研究日精，发展很快。可惜我们国家知道它的人很少很少，理解它的含义的人就更是寥若晨星了。贵党提倡此种学说，良可感佩，希望你们广为鼓吹，让这个理论能够普及到每个中国人的心里。”

江亢虎说：“谢谢先生鼎力支持。我曾经研读先生民生主义、平均地权、专政地税之说，觉得先生的主张，实与本党宗旨相同。”

孙文说：“不但此一端而已。我实际是一个完全的社会主义家也。民生主义较为易行于市，所以先推导之，其余需要跟贵党一起研究探讨者还有很多。我这次归国，带回来欧、美最新出版的社会主义名著多种，我把它赠送给阁下，希望你们能够请精晓西文的人士翻译出来，以推广之。俟将来军事稍定，我们再做长谈如何?”

说着，孙文转身进了书房，眨眼间，捧出几部书来。它们是《社会主义概论》《社会主义发达史》《社会主义之理论与实行》《地税原论》等。

江亢虎接过这些著作，喜不自胜，连说：“太好了，谢谢先生！太好了，谢谢先生!”

孙文送江亢虎出门去，看着他上了马车，目送他走远。

可是，此时的孙文，万万没有想到，就是这个江亢虎，在袁世凯窃取临时大总统以后，马上投靠了袁氏，并遵照袁世凯的命令，解散了中国社会党。抗日战争时期，追随汪精卫叛国投敌，充当了汪伪政府的考试院院长，堕落为一个臭名昭著的大汉奸。此是后话，就不再赘述了。

二十八日晚间，胡汉民乘夜车返回上海，见到孙文，连口水也没有喝，就报告南京的情况。

胡汉民说：“今日上午十点，代表大会召开，马君武向各省代表报告与先生谈话经过，特别报告了选举总统和改用西历等项。各省代表们公议，关于总统虚位留待袁世凯一节，都异口同声同意先生意见，认为没有必要。但是，临时大总统一节，众人认为，因各省尚有未光复者，正式宪法亦未制定，正式总统也就无从产生了，大家认为还是加上‘临时’为好。改用西历一节，大多数代表主张暂时不改，维持旧历，会上辩论甚久，最后还是马君武强调先生对此持之甚坚，要求大家尊重先生的意见，始获通过。”

孙文说："不是我坚持己见，不尊重众人意见，实在是国家改制以后，实行民主政体，必将与世界大家庭融合一体，倘不改西历，沿用我国古老旧历，必将带来诸多不便。中国总要向世界文明看齐吧？改用西历的正确和必要和历史意义，用不了多久，大家就会体会到了。"

胡汉民说："明天上午，十七省代表就要齐集丁家桥江苏咨议局会场了，大总统的选举结果，很快就要电传过来了，先生，您此刻的心情如何，是不是很激动很兴奋?"

孙文笑道："心静如水，无波无纹。"

胡汉民惊讶道："庄子曰，'至人无已，神人无功，圣人无名'，先生的修养，真是达到任顺自然神化不测至高至圣了啊!"

孙文大摇其头，说："不能如此说话，不能如此说话！老庄的'至人''神人''圣人'之说，他的这个道德理念、精神追求，是因为他在现实生活里寻觅不到，所以才有了这样一种政治理想。在他的哲学思想里，否认神的主宰一切是正确的，但是他强调事物的自生自化，忽略了人的能动性，忽略了人们改造自然的主观力量，这就是一种偏颇了。我们是积极入世的社会变革者，不是老庄'道法自然'的'无所为'论者，你那个至高至圣的境界，我既无心于此，当然也便是永远达不到的。我所以当此国家处于天翻地覆巨大变革的时候能够心静如水，无波无纹，有两个原因，一是我对于权力、地位、荣誉视之甚轻，轻若鸿毛，所以是激动兴奋不起来的，二是我此时此刻心有所想，须知，人在思考重要问题的时候，他的那泓心海，是波平浪静的啊!"

胡汉民说："先生能告诉我，您在想什么吗?"

孙文说："责任，我在想责任之于我侪，在新中国诞生的时候，它是什么呢?我们将肩负什么呢?"

胡汉民问："先生想到了什么?"

孙文说："首先，第一重要的，我们的共和国，一定要是一个法制的国家，法律神圣，至高无上，任何个人任何党派任何团体，都不能凌驾于法律之上。从总统到庶民，都要接受法律的监督和制约，又同时得到法律的爱护和庇佑。封建专制政体之所以反动，根源就在权力至上，司法隶属于权力之下，统治者的权杖就是国家大法，如此，如何不产生暴政、愚昧、贫穷和虐杀啊！其次，我们要讲求科学，普及教育，倡导仁爱，我们要把古老的中国，变成一个人人是国家的主人，人人是国家的建设者和生活的享受者，再也不要有贫富悬殊，不要有主子奴才，不要有弱肉强食，不要有告密者、阴谋者，不要有恶。有的，便是科学进步，技术发展，思想活跃，谦和礼让，自尊自爱……如此，用不了多久，我们伟大的祖国，很快便能成为世界上最富有最强大最文明的先进国家！其三……"

孙文沉浸在他的美妙的遐想里，他似乎有一些陶醉。他说这些话时，声音放得很低很低，音速放得很缓很缓，仿佛一脉流淌在空谷里的溪水，又仿佛一股徘徊于广袤天际的气流，一种难以言表的意韵隐含其间，令人如痴如醉的心灵恍恍惚惚进入一个桃花源似的梦境里去。

胡汉民的心，似乎也被陶醉了。

一轮皓月，从云隙里游了出来，溶溶月色，洒满天地。

孙文仰头看月，脱口吟道："'心随朗月高，志与秋霜洁'。"

胡汉民说："这是唐人李世民的诗句。"

孙文说："李世民的心志，在于家天下，在于天下为私，而我们革命者的心志，则在于公天下，在于天下为公。民主共和的我们，要比封建专制的李世民高尚得多，伟大得多！"

听见这话，胡汉民惊叹道："呀，这是一位怎样的思想家呀！他那脑海里翻滚的，不是全世界的大洲大洋吗？"

第二天，即十二月二十九日，中午二时许，南京方面发过来的电文送达上海宝昌路四零八号孙文寓所。

一直在门房等候消息的胡汉民、朱卓文等人，接过电报，匆匆一阅，大喜过望，先生终于成功当选了！他们顾不得先生正在午睡，顾不得搅醒他的清梦，胡汉民高擎着那电报纸，一路吆喝道："先生，快快请起床，您当选了！"

孙文披衣起床，开门迎他们众人进来，从胡汉民手里接过电报，眯起眼睛看去，只见那电文写道——

> 孙中山先生鉴：今日十七省代表在南京举行选举临时大总统典礼，先生当选，乞即日起驾来宁，组织临时政府，并由本会议长汤尔和、副议长王宠惠至沪欢迎，特此奉告。各省代表会叩。蒸（初十日）。

电报下边，还附有代表大会通报全国各省电文一则，曰——

> 各省都督府、咨议局，及民立、天铎、新闻、神州、中外、时事、时、申各报馆鉴：本日在宁开临时大总统选举会，到者十七省，孙中山先生当选为临时大总统，特此布告。各省代表会叩。蒸（初十日）。

孙文反复将电文看过三通，满面欢喜，说："诸位可知，天下动之至易，安之至难，有大仁者修治天下，必亦有大恶者扰乱天下，从今日始，我与你们要怀大仁大智大勇之心，肩负起修治天下、与大恶者战斗不已的重任了！"

胡汉民说："是否给南京方面发一个回电？"

孙文点了点头，说："当然要发。"说着话，便端坐书案之前，凝起眉心，略一沉思，拈起毛笔，一挥而就。只见他那回电写道——

南京各省代表诸公鉴：电悉。光复中华，皆我军民之力，文孑身归国，毫发无功。竟承选举，何以克当，惟念北方未靖，民国初基，宏济艰难，凡我国民，皆具有责任。诸公不计功能，加文重大之服务，文敢不黾勉从国民之后，当刻日赴宁就职。先此敬复。孙文叩。

"我马上亲自去发！"胡汉民说，"诸位同志，大家马上紧张起来，距离先生去南京就职，只有两天时间了，还有许多重要的事情要办，你们大家计划一下，赶快行动吧。"

朱卓文说："放心，我们会抓紧的。"

这时，郭汉章进来报告说，马车已经备好，同盟会本部的代表已经在楼下等候了。

孙文跟胡汉民等人交代几句，便穿上外套，戴上帽子，急步往楼下走去。他要出席同盟会本部同志在黄浦江汇中旅馆为他举行的欢迎大会。

南京代表大会推举的代表汤尔和、王宠惠是下午五点多钟赶来上海的，他们在孙文的住处等了将近两个小时，孙文才回来，立即在书房接待了他们。

汤尔和说："我们是受大会委派，前来上海恭迓大总统去南京赴任的，希望大总统一定要在元月一日那天赶赴南京，准时参加大总统受任典礼。"

孙文说："没有问题，就按照你们的安排进行吧。"

王宠惠说："临时大总统候选人选举，是昨日晚间举行的，代表们投票后，暂不开箱，并决定第二天用不记名投票方式正式举行临时大总统选举。今日上午的选举，十点正式开始，全国十七省代表共计四十五人。大会推举汤尔和任主席。汤主席致辞后，遂将昨晚预选票箱揭开，临时大总统候选人有孙文、黄兴、黎元洪三位。之后，大会秘书宣读临时政府组织大纲全文。依据大纲第一条之规定，每省一票为限，由主席逐次呼叫省名，挨次投票。开票结果，孙文得十六票，黄兴得一票。之后，众起欢呼'中华民国万岁'三声，乐声大起，各省代表及列席之军、政、学各界人士，欢声雷动，互为庆贺，中华共和国遂诞生矣！中华大总统遂诞生矣！"

孙文感动地说："当此胜利之时，我们万不可忘记万千革命先烈抛头颅洒热血，不可忘记广大军民对于革命的支持和浴血奋战。我们一定要废除一切封建专制政体的陈规陋习、三纲五常，建设一个完全法制的民主的人民共和国！"

十二月三十一日下午，日本友人宫崎寅藏和山田纯三郎来访孙文。

宫崎问道："今天你不觉得很寂寞吗？"

孙文说："大家都到南京去了，宅子里显得很清静，正好利用这点儿时间思考一些问题。"

这时，朱卓文领着裁缝师傅进来了。那裁缝送来了黄土色的总统制服。

孙文对着穿衣镜穿上它，问宫崎道："如何？可像一个总统？"

宫崎说："很像！先生本来就生得俊伟，穿上这一套衣服，真是威武魁伟得不得了！"

孙文看着镜子里的自己，大摇其头，说："不像，不像！我明天就要去南京就任大总统了，可是口袋里不名一文，这个总统怎么当呀？你要想办法借给我五百万元。"

宫崎笑道："我又不是魔术师，一个晚上，从哪儿给你变出这么多钱来呀！"

孙文说："明天没有钱还可以应付，可是，一周之内你要是不帮我弄到五百万，我这个总统只好逃之乎也了！"

宫崎说："临近年关，明天就是元旦，弄到这么多钱，肯定不是件易事，你容我想想办法吧。"

宫崎二人走了，孙文叫郭汉章备车，他要外出拜客。

朱卓文问："先生，哪里去？要不要我们陪着前往。"

孙文说："我要去看望看望中国革命的隐君子，我们是朋友相聚，你们就不要去了吧。"

上海虹口基督教青年会附近，有一处白色的花园别墅，二层的意大利风格的小楼，小巧玲珑，格外别致。于那万绿丛中，檐牙高挑，仿佛一只展翅欲飞的白鹭，引起人们无穷的联想，而显示它的主人的典雅超群，不同凡响。

孙文的马车嘚儿嘚儿地直奔过来，到了门前，驭手吁的一声长长的吆喝，并排着的两匹高大的枣红马，扬头长嘶，停下了脚步。

乳白色的大白铁门哗啦啦一声响亮，完全打开了，一位五十来岁的绅士和他身边雍容美丽的夫人迎接出来，望着正在侍者搀扶着下车的孙文，含蓄地微微而笑。

孙文张开双臂，热烈地向他们奔去，和男主人热烈地握手，深深地向女主人鞠躬行礼，说："跃如兄，嫂夫人，小弟来看望您们来了。"

这位被孙文称为兄长的室主人，名叫宋跃如，是一位早年留学美国的爱国者，虔诚的基督徒，他自从与孙文结识以来，凡二十余年，与孙文始终保持着极其亲密的友谊，是孙文革命事业的积极支持者。不仅仅是道义上的支持，还有慷慨的经济上的援助，并且还有行动上的支援。宋跃如利用他在山东路开设的美华印书馆，冒着生命危险，为革命党人秘密印刷了大量的革命文件和宣传材料。他的夫人倪桂珍女士也跟丈夫一起，为中国革命承担了爱国任务，进行秘密工作，孙文戏称他们为中国革命的隐君子。

走进大门，二十一岁的宋家长女宋霭龄和十二岁的次子宋子良以及八岁的三子宋子安，早站在楼前台阶上，向他热烈鼓掌，表示欢迎。

当孙文的手握住宋霭龄的软绵绵的纤手的时候，宋霭龄嫣然一笑，柔声说道："欢迎总统阁下光临寒舍。"

孙文受宠若惊，回答她道："谢谢，谢谢。"

宋子良、宋子安也学着他们姐姐的样子，恭敬亲切地说着跟宋霭龄一样的话。

孙文也"谢谢"连声地回答着他们。

进到客厅，落座之后，孙文的目光四下里寻找，终于不见要找的人，便问道："怎么不见庆龄和美龄？"

倪桂珍说："都在美国读书呢！姊妹两个都在佐治亚州威斯里安女子学院上学。"

孙文说："时光荏苒，转眼间当年的小丫头如今都变成大姑娘了！"

倪桂珍说："怎么不是呢，庆龄都十八岁了，美龄也十四岁了呢！"

宋跃如问："明天，就要宣誓就职了，你的事业终于获得成功，我们全家祝贺你。"

孙文说："怎么是我个人的事业呢，难道你们夫妇没有份吗？自从1905年中国同盟会成立以后，先生就参加进来，二十多年来，你冒着被杀头的危险，为革命出钱出力，出生入死，始终不渝，并不求知于当世，这是怎样的伟大啊！今天，革命不忘功臣，我是来邀请你们全家，明天随我一道去南京，参加中华民国庆典，参加我的就职庆典的。"

宋跃如、倪桂珍夫妇说："我们很荣幸地接受你的邀请。"

宋霭龄和他的两个小弟也高兴地拍掌欢呼，向孙文致谢。

宋跃如问："敢问先生，你打算怎样当好这个大总统啊？"

孙文说："是呀，跃如兄问了我一个很大很大的问题，解决好这个问题很难很难啊！当总统是一回事，当好总统就又是一回事了啊！民主共和国的诞生，宣告了几千年的封建帝制的覆灭，从此，中国结束了野蛮专制时期，而开始了一个崭新的文明时代。我这个大总统，第一要做到的，就是铲除封建专制政体下的一切野蛮的愚昧的反民主的东西，而大兴人权民主自由进步科学文明的东西。让我们这个老大中国，从里到外来一个天翻地覆的大变化！"

宋跃如说："很好，必须有这个气概，中国才能从根本上辞旧迎新。不过，先生须知，文明社会的建设，根本在法制。司法不独立，就没有民主共和可言。你这个总统，可不能凌驾于法律之上哟！”

孙文说：“谢谢兄长的提醒。其实，这些天来，小弟一直徘徊于心的，就是这个问题。我就任大总统要办的第一件事情，就是厘定一个《中华民国临时约法》，我要让它成为一部中国近代宪政史上绝无仅有的共和国宪法。我要在这部宪法里，以法律的形式，否定独裁专制的君权，赋予国民民主自由的权利。在这部法律里，要规定中华民国人民一律平等，无种族、阶级、宗教之区别，人民身体非依法律不得逮捕、拘禁、审问、处罚，人民之家宅非依法律不得侵入或搜索，人民有言论、著作、集会、结社之自由，人民享有请愿、陈诉、诉讼、考试、选举、被选举的民主权利；并且规定，法官独立审判，不受上级权力机关的干涉，不准以权代法，以权压法。至于政权机构，则实行三权分立的民主制度，即参议院行使立法权，总统行使行政权，法院行使司法权，三者互相独立，彼此牵制，分而制之，参议院有弹劾总统的权力，而人民享有参政权，国家实行民主管理，如此，就可以从法律上铲除产生独裁专制的土壤，而避免野心家阴谋家篡夺国家权力，实行独裁统治，戕害国家了。”

听见这话，宋跃如长嘘了一口气，说：“这下，我就放心了。逸仙呀，这部民主宪法在这个古老的封建国家的诞生，将标志统治中国两千多年的封建专制制度的覆灭，有了它，才会有大革命后的新中国，中国社会才有可能步入一个完全崭新的文明时代，君要勉力而为之啊！不然，革命的结果，只不过是换来一个民主共和的虚名，而国家政权，依旧掌握在独裁专制者的手里，民主共和有名无实，那才是中华民族最大的悲哀呢！”

1912 年，一月一日，上午十一点钟，开往南京的专车由上海火车站出发，发出隆隆的巨响，在长时间的汽笛声里出发了。

车厢里，孙文偕美国军官霍马里等一批外国政治、军事顾问，各省代表会的代表汤尔和、王宠惠，广东都督胡汉民等数十人，还有大总统的特殊客人宋跃如、倪桂珍夫妇和他们的孩子们，乘坐沪宁铁路专列前往南京，参加大总统就任典礼。

火车站上送行的人群，有各衙各级行政长官，有各民众团体代表，有军队将士代表数千人众，还有成千上万的上海民众。人们满面欢喜，挥动鲜花，高呼口号，争相瞻仰大总统风采。专列缓缓启动时，军乐大起，礼炮致敬，欢声震天。

下午五时，专列在激昂的军乐声里，驶进南京下关车站。

各省代表，文武官员，男女学生，军队将士，各界民众，四万多人，齐集下关欢迎。这个时候，南京各炮台，各军舰，鸣炮二十一响以表致敬。南京城里，大街小巷，披红挂绿，张灯结彩，节日一样。专列在人们的欢呼声里，缓缓转入宁省铁路，至原总督署站停稳。这时，大总统孙文身穿黄色呢质军服，头戴军帽，出现在车门前面。欢迎的民众立即欢声雷动，彩旗飘扬。一辆身披蓝色绣花彩绸西洋双辕马车出现了，人群里走出武汉革命军总司令黄兴和江浙联军总司令徐绍桢，他们一左一右护侍着大总统登上马车。于是，马队在前开路，卫队随后保卫，在军乐队高奏凯旋曲的音乐声里，车队直奔总统府。

晚上十点整，总统府大公堂举行临时总统受任典礼。

气氛庄严而朴素。

各省代表及海陆军代表聚集一堂，黄兴立左，徐绍桢立右，各省代表及各军政长官等排立两阶。

观礼席上，各国领事和各位贵宾之外，还有革命党中“隐君子”宋跃如先生和他的妻子倪桂珍，长女宋霭龄，二子宋子良，三子宋子安。他们是以大总统特别客人的身份前来参加这个典礼的。

孙文款步步入大厅，万岁声骤起。

孙文就座，各部人员向总统行三鞠躬礼。

此时，南京各炮台，长江上各军舰，立即鸣炮二十一响。

军乐声后，典礼开始。各省代表会推举山西代表景耀月报告选举经过。

他说：“今日之举，为中国五千年历史所未有。我国民今日所希望者，在共和政府之成立，以扫除满洲专制政府，使人人得到自由。孙先生为近代革命之先觉，富有政治学识，今日就临时大总统之职，愿孙先生始终爱护国民，毋负国民期望。并请大总统向全国国民宣誓。”

孙文起立，举起右手，当即宣誓曰：“倾覆专制政府，巩固中华民国，图谋民生幸福，此国民之公意，文实遵之，以忠于国，为众服务。至专制政府既倒，国内无变乱，民国卓立于世界，为列邦公认，斯时，文当解临时大总统之职。谨以此誓于国民。中华民国元年元旦。孙文。”

就在孙文宣誓就任临时大总统的时候，在上海，汪精卫乘着夜色，诡秘地潜进袁世凯和谈代表唐绍仪的寓所，向他们送去了最新发生和即将发生的紧急情报。唐绍仪、杨士琦和杨度，把他引进密室，禁闭房门，听取他的报告。

第十一章　当头棒喝袁世凯恼怒
孙文用兵汪精卫诋毁

且说南京中华民国宣布成立暨孙文就任临时大总统的消息传到北京，袁世凯勃然大怒。当时他正在吃晚饭，袁克定拿着唐绍仪发过来的急电，迟迟疑疑地进来，站在门前发呆，欲语又止、嗫嗫嚅嚅的样子，袁世凯一见就知道没有好事，问道：“是不是南边又来了坏消息？”

袁克定说：“南京中华民国已经宣布成立了，孙文要在今晚十点整宣誓就任临时大总统。”

听见这话，袁世凯的脸子忽地黑下来了。他接过电报，匆匆地浏览一遍，一双眼睛霎时变成血红色，从里边忽忽地往外冒绿烟。愣怔了一刹那，立即回过神来，咯吱咯吱地乱咬牙，腮帮子一鼓一鼓地，面肌也抽搐不已。终于一跺脚，站起身来，把手里的一双竹筷啪地攥折了，扔在桌子上，头也不回地走了。

侍侯吃饭的九姨太刘氏早被吓得苍白了脸，浑身乱哆嗦，眼里那泪唰地流下，断线的珠子似的，这个只有十四岁的小姑娘，何曾见过这个阵势，她真的是被袁世凯的暴怒样子吓坏了。

“九娘，你没事吧？”袁克定问。

刘氏说：“人家好好地吃饭呢，你拿什么劳什子电报来烦人，晚一会儿送过来，天就塌了吗？”

袁克定说：“天已经塌了。给你说，你也不懂。唉！”

说完，摊了摊手，做出一个无可奈何的样子，转身离去。

铁狮子胡同外交部这套宅子，纵深有五个院落，九姨太住在第四个院子里，五姨太住在第三个院子里，最后边那个院子是给袁克定、袁克文兄弟预备的，家里的用人车夫老妈子之类人等，则都住在前院右手的一个跨院里边，第二个院子是袁世凯的书房客厅办公会客的地方。他怒气冲冲地从刘氏的院子里出来，穿过月亮门，迎面恰与五姨太杨氏撞了个满怀。

杨氏上去就牵住了他的手，娇滴滴地说："哎哟，大人这是生谁的气呀，脸色这么难看，去我房里宽宽心吧，啊！"

袁世凯并不说话，只一推，便扑通一声把那杨氏推了个仰八叉，一个屁股蹲坐在了石板地上。他也不管，径直往前走。袁克定从后边追过来，被坐在地上的杨氏一把拽住，问："大人今儿是怎么啦？谁让他生这么大的气呀？"

袁克定不理她，径直往里走，又被她抱住腿，便一边挣脱，一边疾走，那杨氏死拽住不撒手，人被拖出去老远，鞋子也被拖掉了一只，还是不撒手。

袁克定急了，说："五娘，你这是怎么了，人家有急事呢，撒手。"

杨氏半坐在地上，蓬散着头发，说："不说老爷子怎么了，你就休想从这里走开。"

袁克定真急了，他用力掰开杨氏的双手，只一搡，又把她搡了个四脚朝天，仓皇而去。

杨氏趴在地上骂道："挨千刀的袁克定，推搡死老娘了！"一边往起里爬，一边嘀嘀咕咕道："这爷儿俩怎么啦，天塌了吗，急成这样儿！"

袁世凯跨过五姨太太通往前院的月亮门，早有梁士诒、赵秉钧、王士珍迎上来。

袁世凯问："你们怎么在这儿？"

梁士诒说："南京出了这么大的事，我们在家里待得住吗？所以就不约而同地来了。"

袁世凯说："来得正好，我正有大事要跟你们商量。"

说话间，袁克定也从后边赶过来了，袁世凯瞅了他一眼，一句话也没说，迈步进了自己的书房。

袁世凯气呼呼地瘫坐在太师椅上，愤怒的眼睛在面前这些人的脸上扫。侍者屏息静气端上茶水，小心翼翼地放在他面前，俯首退了出去。

梁士诒从公文包里掏出一个文件，轻轻放在他的桌子上，说："这是今天收到的，南北双方第四次会议拟定办法，请大帅过目。"

袁世凯斜睨了那文件一眼，说："人家共和国都成立了，孙文大总统都当上了，还议召集国会公决国体何用？唐绍仪这不是跟老子开玩笑吗？"

赵秉钧说："大帅说得是！人家大总统都当上了，还给家里发来这国民会议拟定办法四款，真是不知道他是怎么想的！"

梁士诒说："就这四款也不对呀！每一省为一处，每处各派代表三人，每人一票，到会人数达四分之三即可开议，就这三款，款款于我不利，你想呀，人家革命党已经控制了大半个中国，十五个省都是他们的了，咱们手里只有八个省，按照这个意见，代表人数自然是绝对压倒我们，我们的声音谁听？如此态势，显然对我不利，唐绍仪怎么就同意了呢？”

赵秉钧说：“同意了又怎么样？中华民国都成立了，还议决什么国体呢，这不是废纸一张吗？问题是眼下我们该怎么办？总不能听之任之吧？”

袁克定说：“我马上发电报问汪精卫，不是说‘虚位以待’吗？怎么就让孙文当上啦？看他怎么回答我！”

众人七嘴八舌愤愤不平，议论纷纷，袁世凯只听，却不说话，只把一双眼睛滴溜溜乱转。王士珍坐在一边俯首喝茶，虽然也是满面怒容，却是默不作声。

待众人稍稍平静了一些，袁世凯转过头来，问王士珍道：“聘卿，你有什么话说？”

王士珍缓缓放下手里的茶杯，看了一眼众人，说：“南边这一手来得厉害，突然袭击，造成既成事实，打了我们一个措手不及，实在可恶。不过，他既然不仁了，也就休怪我们不义，我们就针锋相对地顶上去，对着跟他们干，究竟鹿死谁手，还在两说。”

赵秉钧说：“这话对，谁怕谁呀，对着干就是！这个时候，万不可以霜打的柿子，软了瓤！”

袁世凯说：“你叫聘卿把话说完。”

王士珍接着说：“来硬的，不外乎文的武的两手。属下的意见是，一方面下令湖北前线，叫芝泉他们武力施压，炮轰之外，准备大进，拿下武昌我们就有了发言权了。另一方面，我们也在天津成立政府，逼迫清帝退位，当皇帝还是当总统，凭着大帅您挑。”

赵秉钧说：“这个法子好，软硬兼施，凭着我们三十万北洋军的实力，怎么不能拥戴大帅南面为君，闹个皇帝当当！”

梁士诒说：“当皇帝还是当总统，这要看国家形势定，但是，硬起来，对着干，却是正确的，聘卿之言是也！请大帅马上拿出个意见出来，对中外表示一个态度，这个很重要。”

王士珍的话，让袁世凯坐不住了。他起身离坐，倒背起双手，在屋里绕起圈子来了。王士珍、赵秉钧们木头棍子一样，直愣愣地竖在那儿，眼珠子随着他的屁股转，俯首屏气，屁也不敢放出来。

转悠了一大会儿，他突然止住脚步，对几个亲信说：“唐绍仪与南方代表所议四条于我不利，不予承认，且对于南方选举临时大总统毫无阻止办法，他的全权代表一职马上解除。并电告南方代表伍廷芳，所达协议，逾越职权，宣布无效。嗣后应商事件，由伍直接与我电商，以期简捷，此第一要务。第二，聘卿马上以陆军部的名义，把消息捅出去，遍布我北洋各军，就说南方以共和为名，要窃取国家权力，尽杀我北洋军人，叫他们厉兵秣马，准备大战。具体的方法上，我们再细细研究一番。”

说着，袁世凯快步走回书案，一屁股坐在太师椅上，招手众人。赵秉钧几个亲信，赶忙凑过脑壳来，俯首过去，歪倾着脸，看着袁世凯一张一合的嘴巴，变换着表情。

这天晚上，在北京铁狮子胡同袁世凯的住宅里，在南京孙文就任临时大总统的时候，袁世凯和他的亲信们，彻夜密谋对付南方革命党的办法。他们要审时度势，周密谋划，施展阴谋诡计，机关算尽，目的只有一个，那便是如何把已然失去的大总统的位置再夺过来，或者另立政府，自任总统，与南军争夺天下。

第二天早朝，得到消息的皇亲国戚满洲贵族们，一个一个惊慌失措，议论纷纷，隆裕太后携着宣统小皇帝坐在龙椅上，黛眉紧蹙，满面忧愁，不时地发出一声长长的叹息。

恭亲王溥伟问袁世凯道：“国体问题不是由国会解决吗？怎么南北议和期间，南京忽然组织了临时政府，选举出了临时大总统，总理大臣对此有何解释？假设国会会议议决国体为君主立宪，该政府及总统是否亦即取消？”

袁世凯说：“恭亲王问我的问题，正是本大臣欲问革党之问题也。恭亲王不知，本大臣亦不得而知。不过，昨日夜间，南方代表伍廷芳已经有回电，就此番组织政府及选举大总统事，倒是有一个解释。他说，现在民军光复已经十余省，不能无统一之机关，在国会未议决之前，民国组织临时政府，选举临时大总统，此系民国政府内部组织之事，为政治上之通例，若以此相诘，还问清政府，国民会议未议决之前，何以不立即消灭？何以尚委大小官员？会议议决自应彼此遵行，无须再发疑问。你们听听，这是何言也！”

贝勒载涛说：“如此说话，强词夺理，纯乎一个无父无君之叛逆之徒。”

赵秉钧说：“镇国公这话不差，倘不是无父无君，还叫什么革命党呢？还有什么今日十五省之叛啊？现在的问题是，国事已然如此，朝廷下一步该怎么办啊，总要拿出个对策来才是呀！”

隆裕太后说：“赵爱卿之言说得很是，袁爱卿，你们商量出一个应对的办法没有呢？”

袁世凯说：“臣与各位内阁大臣议论再三，认为为今之计，无他，唯有立足在一个打字上。不以兵力征服，谈是谈不出一个结果来的。”

隆裕太后问：“打，朝廷方面有几分把握？”

袁世凯说：“目前南方贼势已成，气焰正盛，与之角力，臣不敢多估，五成还是有的。”

隆裕太后说：“五成把握，敌我胜负各半，既无优势，前景令人担忧。”

袁世凯说："若不开打，自取守势，臣担心过不了多久，恐怕五成的把握也将消弭，那个时候，局面就更不好收拾了。"

听到这里，隆裕太后掩面而泣。宣统小皇帝溥仪奇怪地眨巴着一双小眼睛，仰起小脑壳，东看看这个，西瞅瞅那个，不明白他们为什么一个个愁眉苦脸，说些吓人的话，惹得皇额娘啼哭。

袁世凯说："太后勿悲，古人云，'安危存于自处，不困在于早豫'，臣拥戴朝廷君主立宪之策，为在我中华保住满族利益，维护太后皇帝尊严，臣自当将帅三师，誓死踏平共和，保住大清不亡。"

陆军部大臣王士珍看见袁世凯跟他递眼色，立即会意，忙出班奏道："太后放心，臣等断然拥戴朝廷君主立宪之策，谁敢实行共和政体，吾人唯有奋力战斗，至死不承认民国政权。"

民政部大臣赵秉钧也出班奏道："太后勿悲，民军既举有总统，朝廷大臣生计将绝，人处绝境，求生乃其本性，自今以后，臣等将为满洲而战也！"

禁卫军统领冯国璋厉声奏道："太后，臣等誓死以铁血解决政体，誓与大清共存亡！"

隆裕太后被众人的豪情壮语所感动，转悲为喜道："难得众位卿家如此忠心赤胆，所谓疾风知劲草，路遥知马力，国家危亡之时，忠奸才易于分辨啊！只是朝廷用兵，国库空虚，哀家和各位亲王已经拿不出什么钱财了，军费一项如何解决呢？"

袁世凯说："库空如洗，军饷无着，臣如何不知道？只是无有军饷，兵士必然哗变，闹将起来，必为民军所乘，大势去矣，国破家亡，弹指间事耳。臣请太后降旨，命人将盛京大内、热河行宫旧存金玉瓷器珠宝玩物，尽数发出，变价充饷，以救目前之急。王公大臣皇亲国戚，少不得再一次忍痛割爱，拿出体己家私，以纾国难。"

听见这话，载涛怒道："袁世凯，你又向皇族勒索，甚至连盛京、热河行宫物件也不放过，这是不把朝廷亲贵榨干榨尽，你是不会罢手的！"

袁世凯亦怒道："榨干榨尽你皇亲国戚者，非袁某，乃是革命党人也。镇国公有气，去前线跟民军发去，在这里冲袁某嚷嚷，算什么英雄？再说，皇亲国戚们真的就被榨干了吗？没有油水了吗？非也！哪个王爷家里，没有成百万成千万的家私？不然，干吗一个个去那大连、青岛、天津外国人的租界买地建屋，置办产业？这些，以为我袁某和北洋将士们都不知道吗？镇国公大人您不是也在青岛买下别墅数栋，要在国事不济的时候，逃去那边做养老寓公的吗？今日，袁某我出此下策，所为何来？还不是为你爱新觉罗氏的江山永固不致被人推翻吗？我们这些汉族官员尚自不忘国恩，坚决与南军血战，镇国公系皇族嫡亲骨肉，如何连儿两银子都舍不得掏啊？国之既亡，何谈其家，这个道理，镇国公大人不会不懂吧？”

袁世凯这一番话，只把载涛数落了个张口结舌，无言以对。

隆裕太后说：“你们别吵啦。袁爱卿，哀家准你的奏，你马上派人去盛京、热河办理就是啦！王公大臣、皇亲国戚们，我也叫他们解囊掏钱，支援军费就是了。”

下朝散班，袁世凯与庆亲王奕劻并肩走出。路上，庆亲王皱眉道：“慰亭贤侄，你今儿早朝，又敲了朝廷一笔，少不得本王爷也被你搭上了。”

袁世凯挤眉弄眼，出了个怪相，说：“老王爷尽管大着胆子出，您老人家出十万，我立马派人送回去二十万，决不叫您老吃亏就是。”

奕劻说：“唉，国家弄到这一步，神仙也难医了啊！慰亭，你跟我说句实话，你这脑后的辫子，真的没有想过剪掉它？”

袁世凯戛然止步，大睁双目，瞅住奕劻，表情十分严肃，半晌，郑重说道：“老王爷如何开起这个玩笑？这个玩笑是随便开的吗？袁某自出山以来，始终主张，解决时局的根本办法，无它，非君主立宪政体不可！世凯深荷国恩，当此国难之时，只有肝脑涂地，以死相报，岂忍负孤儿寡妇乎！这条辫子，我还是很爱惜它的，正在苦心积虑地要保全它。剪掉之说，是何言也！”

说完，伸手从背后拽出那根细细的已然花白了的小辫儿，轻轻地无限爱怜地抚摸着它，从上边往下里摸，又从下里往上边摸去，来来往往，情意无限。

回到总理衙门，一进办公室，袁世凯就朝着身后跟随进来的赵秉钧、王士珍、梁士诒哈哈大笑。笑过之后，袁世凯忽然抓起书案上一只瓷杯，忽地高举起来，狠狠地摔将下去，只听得“啪”的一声脆响，那瓷杯被摔了个粉碎。袁世凯厉声骂道：“载涛小儿，跟老子作对，早晚要收拾你！”

赵秉钧说：“今儿朝堂上，良弼却没有说话，岂不怪哉！”

王士珍说：“没有说话的，比说话的更阴险，你没有见他那一双眼睛吗？绿光闪闪，很是凶恶呢！”

梁士诒说：“这两个宗人党党魁，没安好心，得防着他们。”

袁世凯说：“小泥鳅焉能翻起大浪，叫陆建章的特务队防着点儿就是了。现在咱们说正事，我叫你们拟的通电拟好了吗？”

梁士诒说：“已经拟好，请大帅过目。”说着，从皮夹子里拿出一纸，恭恭敬敬递上。

袁世凯接过那电稿，张眼看去，只见那上边写道：“惊悉南京组织临时政府，贼首孙文，已然窃据大总统之职，吾北洋三军将士，莫名惊诧，国民会议未开，而共和政体妄立，此政府实乃伪政府、此总统实乃伪总统是也，吾北洋三十万铁血大军，断然拒绝承认。国家不幸，民族多难，解决时局唯一办法，唯有结合中国国情之君主立宪一途可以行也。今南方革命党，欲行共和政体于中华大地，背叛祖宗，卖国媚洋，吾人唯当奋力战斗，致死捍卫君主立宪而不承认此一崇洋媚外之政体。”

梁士诒问：“大帅，这样写可行得?”

袁世凯点头说：“很好，很好，行得，行得。你们马上发往各地，叫段祺瑞、冯国璋、倪嗣冲、姜桂题诸北洋将领签名其上，通电全国。”

王士珍说：“我并且要以陆军部的名义，明确告诉他们，这一回乃是跟民军争夺天下，只准胜不准败，一定要把国家大权从孙文手里夺过来。此后之战，皆为袁大帅，非为满洲也!”

袁世凯满意地点头微笑，问：“湖北方面如何了?”

王士珍说：“昨日晚间，芝泉已经下令开炮轰击了，密集的炮火炸塌民房无数，武昌城里乱成一锅粥了。”

袁世凯说：“叫芝泉抓紧备战，准备大进。眼下，先派几股小部队夜袭，闹得愈乱愈好。”

王士珍说：“要不，咱们就突然出手，把武昌拿下来?”

袁世凯摇摇头，诡诈地一笑，说：“不忙，我要先看看。”转对梁士诒说：“聘卿，洋人那边，劳动你跑一跑了，他们的支持，比我们的大炮有力量。”

赵秉钧说：“京津一带的官绅，就由我去运动吧，拟俟清帝退位以后，或组织共和政府，或组织立宪政府，当总统，当皇帝，任凭大帅您挑!”

这时，袁克定拿着两份电报进来了，报告说：“汪兆铭来了密电，他说，清帝退位，大总统归还袁公，此议不变。并有孙文电报一封印证。”

袁世凯伸手急急忙忙地抢过那电报，汪精卫的一封只匆忙溜了一眼，便抛去一边了，只捧住那孙文的电报看。只见那电文写道：“临时政府之唯一目的，乃在于速定共和。只要清帝退位，共和既定，临时政府决不食言。公方以旋转乾坤自任，既知亿兆属望，而目前之地位尚不能引嫌自避；故文虽暂时承乏，而虚位以待之心，终可大白于将来。望早定大计，以慰四万万人之渴望”云云。

袁克定说：“看孙文言语，诚挚中肯，不见其伪。”

袁世凯冷笑道：“大奸似忠，古来如此。他孙文几十年奔波，出生入死，流亡逋逃，担惊受怕，忍饥挨饿，所为者何？就是今天啊，就是这个大总统啊！他今已高踞其上，焉肯再丢与他人？他傻了啊？这些鬼话，如何能够骗过我的眼睛？儿呀，政治一道，你还幼稚得很呢!”

一月三日，报纸上登载了黎元洪当选副总统的消息，并且颁布了临时政府各部总长人选，中华民国临时政府已经完成了它的组建，孙文的羽翼完全丰满了!

袁世凯手拿报纸，暴跳如雷，骂爹骂娘，团团乱转。

“好哇，好哇，江苏巡抚程德全当上内务总长啦，浙江谘议局议长汤寿潜当上交通总长啦，连我那状元公哥哥张季直也当上实业总长啦，这个世界全变啦……大清朝要完蛋啦……国家的大权叫孙文给抢跑啦……啊哈哈哈哈……”袁世凯声嘶力竭地喊叫着，说是在笑，又分明是在哭，笑笑哭哭，哭哭笑笑，疯癫了一样，吓得众人躲得远远的，大气也不敢出，生怕一个不小心撞上霉头，给自己招来大祸。

沉静下来的时候，他把自己关在书房里，仰坐在太师椅上瞅天花板，目不转睛地瞅，两只大眼珠子滴溜溜乱转，谋划着他的阴谋诡计。

天津镇总兵张怀芝突然闯进来，愣头愣脑地问：“大帅，和谈破裂了是吧？咱们真的要君主立宪了是吧？属下来听大帅的吩咐来啦！”

袁世凯的思维被张怀芝给搅乱了，打断了，但是，他没有生气，而是很高兴。这个张怀芝，乃是北洋武备学堂出身，曾经跟着他去山东镇压义和团，屡立战功，人虽然愚蠢，却忠诚可靠，是他的得力干将。

“子志来啦，你对目前的时局有什么看法啊？”袁世凯笑吟吟地问。

“报告大帅，大帅的看法，就是属下的看法，属下唯大帅的看法为看法。”张怀芝说。

袁世凯说：“如果本帅赞成共和呢？你也赞成吗？”

张怀芝说：“这个……属下不知道，属下只知道大帅是不会赞成共和的。”

袁世凯哈哈大笑，道：“为什么？为什么本帅不会赞成共和？”

张怀芝说：“报告大帅，属下……不知道。不过，属下想，共和那玩意儿，对咱爷们不利。”

袁世凯说：“你说得不差，共和不利于我们北洋军人，我们要君主立宪，要自己个儿说了算，要咱爷们儿当家管天下，因为这天下本来就是咱爷们儿的！”

张怀芝说：“有了大帅的这句话，属下心里就有底了，回去，我就叫小的们动起来，叫各界士绅都出来闹君主立宪，拥戴大帅当皇帝。”

袁世凯说：“智庵马上就要去天津，你跟他配合好，联络各界名流，特别是立宪党人，准备组织一个政府，跟南方革命党唱一出对台戏，跟他们争天下。你要在天津敲锣打鼓吹喇叭，闹得愈大愈好，可着嗓子嚷嚷去吧，君主立宪，君主立宪！”

张怀芝笑了。这个愚蠢的家伙，经袁世凯这么一点拨，立即心领神会，屁颠屁颠地走了。

袁世凯派人叫来梁士诒。

他问道：“我叫你去跟公使团的洋人联络，你去了吗？”

梁士诒说：“我已经拜会了法国公使，他明确表示，站在大帅一边，支持大帅。”

袁世凯“唔”了一声，眨巴着眼睛想了一会儿，说：“公使团那边，我亲自去办，你呢，专门注意南边，每天及时跟唐绍仪他们联系，不能中断。今明两天，最好派两个亲信去一趟南京，以私交前往，面见孙文，打探打探虚实，看那孙文究竟要怎样。”

梁士诒问：“大帅是不是要跟南军动武?”

袁世凯说：“武，恐怕还是要动的，最起码，我要巩固住咱们眼皮底下这块地盘吧。将来就是不能得志，我也要弄出个南北朝什么的来。”

“以我北洋军的实力，跟他南军分庭抗礼还是没有问题的，大帅远虑，实非属下可及。”梁士诒谄媚地一笑，恭维道，“军咨府第二厅厅长冯又微，是孙文同乡，可否派他跟章宗祥去一趟?”

袁世凯说：“可以。”

这天晚上，袁世凯往怀里揣了两颗从承德避暑山庄搜求来的夜明珠，坐上双辕马车，嘚儿嘚儿直奔东交民巷英国使馆。大英帝国驻华公使朱尔典热情地接待了他。

还是在光绪二十二年（1896 年），他在任总理朝鲜交涉通商大臣的时候，就结识了这位时任驻朝总领事的英国外交官，两人一拍即合，非常投缘，成了好朋友。现在，朱尔典已经升为驻华公使，并且成为北京公使团的领袖公使，他的态度，影响美、德、法、俄、日等列强，袁世凯只要能够得到他的支持，便是得到了整个公使团的支持，这一点，袁世凯心里明镜似的清楚。

“老朋友，你日理万机，怎么有闲暇跑到我这儿来啦? 无事不登三宝殿，你有什么事情要我帮忙吗?”朱尔典问。

袁世凯嘻嘻笑道：“没事就不能来了吗? 多日不见，你不想我，我还想你呢!”

“谢谢，请坐，拜茶。”朱尔典彬彬有礼。

侍者斟上茶水，悄然退下。

袁世凯从怀里掏出那两颗夜明珠，笑嘻嘻地递上去，说：“这是乾隆爷最喜欢的玩意儿，昨日才从宫里得到的，我不敢自己享用，拿来送给老朋友。”

朱尔典一看见夜明珠，一双蓝色的眼睛立马变成了赤红色，睁得滚溜圆，一把抢过来，高擎在手，仔细打量，爱得什么似的。

“喜欢吗?”袁世凯问。

“喜欢，非常喜欢!”朱尔典说，“无功不受禄，说吧，你要我干什么，尽管吩咐就是。”

袁世凯直言不讳，说："南边孙文，北边袁世凯，敢问你们外国公使团，究竟支持哪个？"

朱尔典笑道："阁下一出现，我便知道是为此而来的。这个问题似乎很明白，不需要疑惑的。我们当然是支持你袁世凯了，知道为什么吗？因为只有你，才能保证我们各国的在华利益。如果你们面前的和议破裂了，咎在革命党而不在你这里，这一点，我们是有着很明确的共识的，请你不要怀疑。"

袁世凯满意地点一点头，继续问道："如果本人得到清廷的信任，如果清廷又愿意退位，或者清廷授权我袁某，由我组建一个临时政府，请问贵大使，你和公使团的各位公使能否加以承认？"

朱尔典说："这还用问吗？我们公使团当然是支持阁下您的，这个态度，我刚才已经表述得很清楚，我们会立即发表声明，予以承认。"

袁世凯嘿嘿地笑了。他抬起一只手来，好像一个顽童在大人面前受到宠爱，得意地羞答答地搔动着头皮，撒着娇憨，又问道："如果南北谈判失败，南方拒绝同北方联合的话，我们该怎么办？"

听见这话，朱尔典皱起了眉头，站起身来，在房间里踱步，转了大半圈，突然停在袁世凯面前，一双蓝色的鹰眼盯视着他，说："谈判不能失败，南北必须联合，因为，你们要是破裂了，中国陷入战争，我们的在华利益怎么办？不是要遭受巨大的损失吗？所以，你们的谈判必须成功，你们的联合必须实现，这一点，不能含糊！我们会给南方孙文政权施加压力的。"

还问什么呢？还犹疑什么呢？袁世凯在朱尔典这里吃了一颗定心丸。又扯了一会儿闲篇，他心满意足地告辞出来了。

回到总理衙门，他把王士珍叫过来，对他说："公使团方面已经坚定地站在我们这一边了，现在，该我们以武力向南边施压，逼其就范了。"

王士珍问："大帅的意思是？"

袁世凯说："山西、陕西，已为革党据有，乃是我们的眼中之钉，肉中之刺，必须拔除。河南、山东也跟着革党跑了，安徽又不稳，这几个省要是不掌握住，我们的日子就难过。我决定，派曹锟、卢永祥率领第三镇兵马进占山西，直扑娘子关，进而攻取太原；命令周符麟率部进攻陕西，命令倪嗣冲进攻安徽、河南，派张怀芝的第五镇进攻山东；任命张镇芳署理直隶总督，严密控制直隶，京畿不能乱了。"

王士珍说："这是一个很完整的计划，可以马上施行。只是，革命党方面又要攻击我们破坏和议，把责任都推给我们了。"

袁世凯说："狗屁责任，两军交战，谁先抢到地利谁占优势，别的，谁去管它！还有一个地方怎么忘记了呢？这个地方可是非常重要的啊！"

王士珍说："大帅是不是说的东北三省?"

袁世凯说："正是呀！总督赵尔巽要是能拉过来，老子的后路就可高枕无忧了。"

王士珍说："大帅顾虑得是！段芝贵和张锡銮跟赵尔巽交情最好，可以派他们前去游说。"

袁世凯点头说："我也想到了此二人。叫他们不要声张，秘密前往。"

一个周密的作战计划就这样拟定了。袁世凯要以武力巩固北方，痛剿南方，谈判桌上得不到的，他要在战场上得到它！软的硬的两手，他都要用上了！

且说，受梁士诒的派遣，带着袁大帅的秘密使命，冯又微、章宗祥二人乘车南下，一路风尘，来到金陵城里，秦淮河下。因为有北方议和代表唐绍仪事前打过招呼，联系好时间，所以，他们谒见大总统孙文并没有遇到周折，受到了孙文的特别礼遇。

那天早上，上午九点多钟，他们来到总统府门前，向门房递上名帖，早有一位眉清目秀、文质彬彬的青年热情地迎接上来，对他们说："我叫王云五，是总统府的接待秘书，大总统一上班就命我在此恭候二位了。请随我来。"

二人作揖打拱，连连称谢，跟随着那位王秘书拐弯抹角地往里头进。走过一处花坛，沿着回廊转了几个弯，又上到一层小楼上，沿着走廊又往里走，又拐了两个弯，才来到一处分外清静的所在，早有侍者迎住他们，笑盈盈地打开了一扇玻璃门，请他们进去。这时，他们迎面看见有两个中年人气宇轩昂地站在门外边迎接。门上边的牌子上写有"西客厅"三字。

因为在报纸上每天都能看见孙文的照片，冯又微、章宗祥一眼就认出来眼前的人里有一个是大总统孙文，二人不敢怠慢，慌忙作揖打拱，一撩袍子就要行跪拜之礼，被孙文上前一步挽住了胳膊。

孙文说："我们现在是民国了，跪拜之礼是封建专制的东西，已经废掉了，请不要这样。"

冯又微说："下官冯又微，这位是章宗祥，我们受邮传大臣梁士诒大人的委派，前来拜谒孙大总统。"

孙文说："听说你们要来，我非常高兴。请让我介绍一下，这位是我党同志，广东都督胡汉民先生。"

胡汉民说："欢迎二位光临。请二位里边说话。"

迈步走进西客厅，落座之后，有侍者进来斟茶倒水。这时，冯又微和章宗祥二人又发现了一个怪异现象，令他们心里着实吃惊不小。原来，他们看见，那侍者端上茶壶给孙文斟茶时，那孙文礼貌地伸出右手，放在茶杯旁侧，表示有劳，很为恭敬。待那侍者斟完茶水，收起茶壶的一瞬间，只听那孙文轻声言道："谢谢。”那声音柔和极了，亲切极了。待给胡汉民斟茶时，景况一般。这情景很是让他们不可思议，无法理解。侍者何人？下人也！下人者何？卑贱之人也！孙文、胡汉民，以他们堂堂大总统、大都督的身份，屈节小人，恭而敬之，还言“谢谢”，这不是主子奴才颠倒个儿了吗？真真是令人匪夷所思！二人正自惊愕着，忽然听见孙文说话了。

孙文说：“听说你们要来，我们很是高兴，热烈欢迎啊！”

冯又微说：“我等此番前来，一则，代表梁士诒大人，恭贺孙先生荣任临时政府大总统之职；二则，要亲眼领略一下共和风光，看看它究竟与例行两千多年的君主制度有何不同，开开眼界。”

孙文呵呵而笑，道：“聘卿先生和冯先生都是我们的广东同乡，大家又都是朋友，希望你们不要拘束，随便谈谈，彼此交流。”

冯又微说：“从进入总统府到刚才看侍者给大总统斟茶，下官等发现，这里的用人、下属还有兵士，他们对大总统大都督都敬佩有加，可是并无畏惧之心，亦公然行事，并不避讳，甚感奇怪，难道共和了，就不要上尊下卑了吗？没有了尊卑区别，这天下不是要大乱了吗？”

孙文、胡汉民听见这话，哈哈大笑。

孙文说：“你们这些大清朝的官员，受封建专制制度的影响太深，中毒太甚。也难怪，在中国，自古以来就是君权神授，皇上是真龙天子，神圣不可侵犯，严格的等级制度给人们的精神思想套上无数道枷锁，把人们的思维禁锢得死死的，令你不敢有异想，服服帖帖接受君主的统治。共和社会讲究自由、平等、民主、博爱，大总统、大都督跟普通老百姓没有什么区别，其实也就是老百姓里的一个普通成员，大家是平等的，在法律面前并没有一丁点特权，也绝对不允许有这个特权。要说不同处，那就是大总统大都督只有为老百姓服务的公仆权，老百姓才是国家的主人呢！”

章宗祥问：“你们共和政府里的官员，老百姓怎样称呼呢？大概还是如往常那样，称呼大老爷、大人、爷吧？”

孙文说：“那样称呼，还是平等的吗？我们这里，完全是新风尚，不允许再叫什么老爷大人的了，大家都是同志，朋友，都是共和国的公民。我再告诉你，我们这里，政府各级官员津贴一律二十元。三年穷知府，十万雪花银，在这里是绝对没有的。你们往街上去看看，是不是男人都剪了辫子了？再细看看，那些女子，是不是大都已经放了脚？这就是共和新气象！”

胡汉民说：“前日，有一个颓废青年对我说，现在国家共和了，我要做新中国的新人，从今以后，我要做三件事：一、决不再抽鸦片了；二、决不再赌博了；三、决不再逛妓院了；如违犯，甘受惩罚。你们看，这是多么喜人的变化！”

孙文说："我们还要厘定国家宪法，用法律的形式把国家的共和体制确定下来，任何人，任何集团，任何势力，都不能改变国家的民主性质，都不能以权代法，凌驾于法律之上。在宪法里，我们还要规定人民的权利、义务，让我们的人民有言论、著作、集会、结社的自由……这一切，都是封建专制政体所不敢为的。"

时间过得很快，眨眼到了中午，孙文留他们吃午饭。

下午，黄兴来了，彼此相见。

孙文邀他们一起去检阅海军。

于是，冯又微、章宗祥二人跳上马车，跟随孙文的车队到了下关，一同登上了江防军舰。

海军将士们列队迎接。

孙文仔细地察看了各门火炮、机关枪和其他武器，向随行军官询问它们的性能威力，跟士兵们聊天，询问他们兵舰上的生活。士兵们肃然而立，恭敬回答，气氛非常和谐融洽。冯又微冷眼旁观，这些官兵，对孙文充满敬意，好像儿女之面对父兄，亲热得很，亲近得很，敬爱得很。

孙文对冯又微说："这些大清朝的海军，一旦加入革命行列，成为共和国的生力军，就青春焕发充满了活力，你难道不这样认为吗？"

冯又微喏喏连声，头点得跟小鸡叨米一般。

孙文问他："倘和议破裂，你愿意留在南方吗？"

冯又微面孔涨成紫红色，支支吾吾，吭哧半晌，无言以对。

孙文微微一笑，继续问道："你从事军务多年，北方的军情应该清楚，能够谈谈吗？"

冯又微说："当然。北军装备精良，武器先进，北洋六镇三十万将士，乃袁慰亭一手操练，上上下下，忠事于袁，这一点大总统想是知道的。最近，两军交战以来，袁大帅将军力部署在铁路沿线和黄河、淮河一线，其意在于阻止南军北伐，大总统似亦知道。"

孙文继续问道："袁世凯不讲是非，不看历史潮流，只知贪要权力，所以我料，和议必然破裂。倘果真如此，重新开火，你推测，结果将会怎样？"

冯又微说："请恕下官直言奉告。你们南军，装备太差，武器落后，弹药不足，又时值隆冬，北方天寒地冻，士兵衣单，没有棉衣，且多是南方青年，不适应北方干冷气候，倘大军强渡黄河，长途行军，我见其难。倘南北对峙，以实力论，北强南弱，一经接触，我料北军必胜。况且，南军内部，意见不一，变数很大，亦是后患。某请大总统通观全局，权衡利弊，深思熟虑而后定行止。"

孙文哈哈大笑，说："你忘记一条最重要的东西，那便是士气。须知，战争的胜负，士气的高低，心力的强弱，往往能起到关键的作用啊!”

冯又微说：“诚然。但下官还是希望和议成功，南北一致努力，推翻清室，实现共和，免得夜长梦多，横生枝节，对国家前途、共和前途多有不利。”

孙文连连点头，说：“这话说得中肯，希望以后的发展，会是这个样子。”

但是，后来中国政局的发展，并没有按照人们的预期，“会是这个样子”地发展下去，而是走向了反面。

多少年了，少说也有两千五百多年了吧，中国的事情就是这个样子，它的发生、发展、变化乃至结局，往往是向着人们希望的反面走，愈是往坏里去，愈是有一个坏的结果，它便愈是顺利，一帆风顺，一日万里；而愈是好的愿望，好的举措，好的结果，往往是此路不通，多灾多难，横生枝节，半路夭折。

南北议和，人们最担心的是破裂，然而它却是无情的事实，突兀地分明地无情地摆在人们的面前，强迫人们去面对它、承认它，在它的面前手足无措。

破坏议和的罪魁祸首不是别个，乃是袁世凯!

他命令北洋第三镇曹锟、卢永祥部，奇兵突袭，打了山西民军一个措手不及，一举攻下娘子关，并乘胜拿下山西首府太原。接着，袁世凯任命的山西巡抚张锡銮大摇大摆地走马上任了，太原城头又升起了大清国的龙旗。

袁世凯命令的北洋周符麟部，杀气腾腾地直扑陕西，陕西首府西安大兵压境，战况万分危机。而北洋倪嗣冲部，则向皖北大举进军，与进军河南、山东的北洋第五镇张怀芝部相呼应，大肆镇压当地的革命党。紧接着，袁世凯任命的河南巡抚齐耀林走马上任了，曾经宣布独立的山东巡抚，也在袁世凯的高压下，取消了独立，北面称臣。很快地，袁世凯以迅雷不及掩耳之势，将长江以北的广大地区牢牢地控制在他的手掌心里，他要跟南方的革命党，那个新成立的中华民国政府和这个政府的第一任临时大总统孙文讨价还价了。

袁世凯的倒行逆施，强烈地震撼了南京政权。

南方各省的广大人民群众，各群众团体，广大中下层军政官员，同仇敌忾，义愤填膺，力主北伐，临时大总统孙文，坚定地站在人民群众一边，决心以战斗捍卫中国革命的胜利果实，捍卫民主共和的新政权，主张对袁用兵，武装平叛。

孙文召开紧急会议，研究应对目前时局的意见。

会上，和与战的分歧激烈交锋。

黄兴说：“此次北军行动，破坏了议和局面，其咎在袁氏，广大军民愤怒，亦系情理之中，可以理解。但我观整个形势，和谈的希望并未渺茫，尚有争取的可能，所以不要急于言战。”

汪精卫说：“我们曾经在上海跟北军签订和约五条，其中一条曰，先推翻清政府者为大总统，我们应该实践这个诺言。”

孙文生气地说："袁世凯已经大打出手了，山西太原已经失守，陕西西安危在旦夕，大战的局面已经展开，这个时候还不言战，那么何时言战？和约五条说'先推翻清政府者为大总统'，请问，清政府推翻了吗？今日的事实是，大清朝的龙旗已经代替了我们的革命旗帜，这个诺言如何实践？我这里收到陕西军政府代表高正中等上书一份，向民国政府提出七不解，请各位听听。他说道，袁世凯停战期内，据太原攻陕西，残荼生民，政府专恃和议，坐而听之，不解一；政府成立，民军自有统一的机关，东西可相顾，南北可相援，势成一气，援顾未获实济，不解二；袁世凯不承认唐绍仪议决条件，是准备开战，又同意停战十五日，岂不使他更周密准备开战，不解三；太原失守，陕西受敌，何以援助，不解四；北伐军不下数十万，不出发，不解五；汉口、汉阳清兵悉数北退，明是舍南击北，扼地势之要害，革命政府不图进取，不解六；军饷不足，商务阻滞，居民坐困，如兵为贼、民为匪，不急为补救，不解七。这七不解，条条款款血泪迸流，悲愤谴责洋溢于字里行间，在座的同志诸君，我们是不是应该有个回答，我们应该如何回答？同时，山西军务部长温世泉、云南都督蔡锷、大通军政府黎宗岳、安襄郧荆招讨使季雨霖、蜀军都督张培爵等诸多同志，纷纷来电，明确指出，袁贼远交近攻，居心奸险，望乘此朝愤，联师北伐，何敌不破，岂能甘受袁贼之愚！我等既知袁贼'议和'烟幕，清军叫嚣无忌，岂能坐视其横行？文决意北伐，捍卫辛亥革命之成果。"

由于孙文的坚持和广大军民的决心，同时也因为袁世凯的大举进攻，山西、陕西、河南、山东、安徽各地革命党人的惨重损失，那些反战主和者如黄兴、汪精卫辈一时又拿不出强硬的理由加以阻止，孙文的北伐计划在很短的时间里便形成了。

孙文自任北伐军总指挥，兵分六路，分头并进，全线北伐。

以鄂湘为第一军，由京汉路前进；

以宁皖为第二军，向河南前进；

以淮扬为第三军，烟台为第四军，向山东前进；

合关外之军为第五军，山陕为第六军，向北京前进。

一、二、三、四军达到目的后，即与五、六两军会合，共同攻破北京。

北伐大军分头并进，进展迅速，很快便捷报频传，战况喜人。

先是北伐军柏文蔚部首战告捷，败清军于宿州，继而攻下战略要地徐州。

接着，河南、安徽、湖北几个战场上也传来捷报，清军纷纷惨败，北伐军正按照计划迅猛向前推进。

孙文额手相庆道："如此，直捣黄龙，实现全国统一的日子不远矣！"

南京政府里主和派们坐不住了，他们担心这样打下去，战祸连绵，国无宁日，不知道最后如何收场。最焦躁不安的是汪精卫，他连夜跑去上海，问唐绍仪道："清廷究竟如何处置，袁大帅究竟是何打算，快快拿出个果决意见！"

唐绍仪问："倘清廷真的退位了，能举袁大帅为大总统吗？"

汪精卫说："这还用怀疑吗？不是早已经谈妥了的吗？问题是清廷不退位，说什么话也是白说！"

前方战事不利，袁世凯心里烦躁，他关上门，自己一个人在书房里喝闷酒。

梁士诒推门进来，报告说："天津方面已经准备妥当了，成立北方君主立宪政府已经万事俱备，只等大帅一声令下，他们就挂牌子。"

袁世凯大摇其头说："慢些，慢些，不要急嘛，如今，满天下的人嘴里心里只有一个共和，咱们再闹君主立宪，是自绝于当世，要不得，要不得……你们让老子再看看。"

梁士诒说："属下也是这个看法，眼下，前方战事又于我不利，如果操之过急，刺激南方，人心尽去，局面恐怕更难收拾。"

袁世凯说："本想出兵镇镇他们，谁想反而招来六路大军伐我，给孙文倒提供了一次机会，失算，失算。"

梁士诒说："要不，打电报给唐绍仪，叫他们去跟南边交涉，继续停火？"

袁世凯点一点头，说："只有这样了。叫唐绍仪、杨士琦再找伍廷芳试探试探，看看那个大总统，咱爷们儿还有没有机会……"

梁士诒说："这是最好的结果了，不战而得天下！只是，我料孙文必不退位，总统宝座刚坐上去，屁股还没有暖热呢，就拱手让人，古今中外，没有这么便宜的事。"

袁世凯长叹一口气，说："是呀，倘让给咱爷们儿，他孙文这几十年所为何来呀！"

梁士诒说："叫唐绍仪他们放出口风，试探试探，也不为多啊！"

袁世凯绝望地说："唉，那就试探试探吧。"

接到密电的唐绍仪、杨士琦，立即去拜访南方代表伍廷芳，告诉他，现在，袁世凯正在跟清廷筹商退处之方，请问，清帝退位后举袁世凯为总统有何把握？

伍廷芳立即发电临时大总统孙文，请求答复意见。

事关重大，孙文召开最高国务会议，商讨办法。

黄兴说："先推翻清政府者为大总统，这是和约五条早就协商好了的，我们一定要实践诺言。"

孙文说："'和约五条'已经被袁世凯的军事进攻所破坏，再提它已经没有了意义。袁世凯这个人，巨奸大憝者也！我门把建立民国的大任付托给他，是靠不住的。我们革命党人，应该有勇气、有决心率领起义将士，继续战斗。趁此全国人心倾向革命的时候，多费些气力，扫除障碍，建立新国家，必然胜利可期。”

汪精卫说：“谈判正在进行中，怎说‘和约五条’已废的话？既已恢复和谈，就要争取和平解决，难道可以不战而推翻清室，为什么非要选择战争呢？孙先生不赞成和议，不会是舍不得你这个大总统的职位吧？”

汪精卫的一句话，把孙文的嘴巴封了个严严实实。

黄兴说：“纵然袁世凯不肖，当不得大总统之责，最长也就是四年罢了。四年以后，令其下台，回他的洹上村养老去便了，可是今日，可以罢战，可以逼迫清廷退位，可以不战而全国统一，实现共和，孰得孰失，不是很明白的吗？”

汪精卫又把矛头直指孙文，说：“大总统宣誓之后，不是有明白电报告诉袁世凯，说‘议和之举，并不反对，推功论能，自是公论’，言犹在耳，如何能够反悔呢！”

孙文一张嘴，一颗心，如何能够抵得过诸多人之嘴之心呢？

他在南京临时政府里，被严重地孤立起来了。

迫不得已，他只得回电伍廷芳，说：“如清帝实行退位，宣布共和，则临时政府绝不食言，文即可正式宣布解职，以功以能，首推袁氏。”

电报发出去了，孙文抛笔而叹：“某忝为总统，乃同木偶，一切不能做主，岂不悲夫！”

唐绍仪得电大喜，立即转发袁世凯。

袁世凯收到电报，自是欢喜非常，又大加疑惑，不敢相信这会是真的，半信半疑，亦喜亦忧，坐卧不宁，茶饭无心。

但是，后来，他接二连三收到的几封电报，平静了他的心绪，令他相信，这一切真实可信，俱是实情，他可以放心大胆地去争取那个中华民国大总统的位置了。

这些电报里，最令袁世凯大受鼓舞的有三封，它们是，张謇一封，唐绍仪、杨士琦一封，汪精卫一封。

张謇电报云：甲日满退，乙日拥公，东南诸方，一切通过。

唐绍仪、杨士琦电报云：清必倒，民国必成，宁使人诽谤为王莽、曹操，而西方华盛顿不能专美于前。孰得孰失，当能决之。

汪精卫电报云：项城雄视天下，物望所归，元首匪异人任。

袁世凯吃下了定心丸，精神大振，他命令梁士诒道：“快快备车，我要去东四五条铁匠营，找我哥哥徐菊人谋划逼宫大计也！”

第十二章　袁世凯逼宫招招毒狠
孙逸仙通电泄露机关

夜黑如染，阴云密布。

隆冬时节，朔风呼啸得鬼哭狼嚎一般，分外吓人。

半夜三更，兵荒马乱的世道，人们关门闭户早，黑暗的街巷里早已没有了人影，偶尔有一两身影闪过，不是行窃的贼，就是偷食的狗。

这时，北京什刹海李广桥附近出现了几个黑影。这些人，一式的便装，黑衣黑裤黑帽黑鞋，腰缠黑色英雄巾，手里掂着黑光锃亮的德国造盒子炮，保护着一乘小轿，沿着湖边小径弯弯曲曲快步如飞地奔过来，时而隐于小山之后，时而显身小山之前，忽隐忽现，一直来到有着三座山门的庆王府前停下。

庆王府里的护卫早哗啦啦站出一大排人，手端长枪短枪，喝问道："什么人?"

来人里走出一人，应道："我是袁乃宽，我们家大人特来拜访庆王爷。"

庆王府的人走近轿子，撩起门帘子往里看了一眼，认出来人，道："原来是总理大臣到了，快快请进。"

于是，吱扭扭一阵响，红漆大门打开了，那乘小轿眨眼间便进去了，停在正当院，袁世凯从里边钻出来。

庆亲王奕劻和他的儿子载振早闻报走出，迎接来客。

贝子载振惊问道："哥哥怎黉夜来此，难道又出了什么大事吗?"

袁世凯抖擞两只马蹄袖，劈里啪啦一阵响，早跪在地上，给庆亲王奕行了个跪拜之礼。

奕劻说："起来吧，这么晚了跑来，必有大事要说，请书房里拜茶。"

袁世凯携住载振的手，神色惊慌地说："兄弟，哥哥眼下被别住马腿了，往前没有了路，来找老王爷求救来啦!"

载振说："这么严重，什么事情能难住哥哥您呀？"

袁世凯一路摇头叹息，说："唉，一言难尽呀，一言难尽呀！"

这个袁世凯，跟奕劻之子载振何以如此亲密，哥哥弟弟地叫个不停？他们之间究竟什么关系？

这话说起来就长了。

早在光绪二十九年（1903 年），西太后内定庆亲王主掌军机处的消息尚未公布的时候，时任直隶总督的袁世凯已经从把兄弟李莲英那里得到了消息，他立即派亲信段芝贵秘密进京，夤夜到庆王府给奕劻馈送银两，收买这位王爷。奕劻这个时候还没有得到入主军机的消息，不敢接受。段芝贵说："王爷若是不收，某便不能回去交差。总督袁大人交派小的来，是因为已经得到确信，王爷您就要入掌军机了。袁大人说，这实在是国家的大幸。庚子年与八国联军签订和约，是王爷与李中堂主持的。现在李鸿章已经不在了，唯有仰仗王爷您掌理国政。袁总督素来对王爷无比钦佩，又深知王爷谨慎，博学，有谋略，这一回，国家的复兴可是有望了呢！入掌军机，是一句话的吗？宫禁内外将会有多少必不可免的应酬开销，袁总督说，不如此不足以立威呀！这些银子，不过是袁总督的一点点微忱，孝敬王爷您的一些备赏，算不得什么礼物，千万求王爷您收下。"一番话说得尽情入理，把个奕劻说得眉开眼笑，自然是高兴地收下了。从此以后，袁世凯便成了庆亲王奕劻的亲信走卒，庆亲王家里的一切婚丧嫁娶之事，理所当然地便交由袁世凯一手包办料理，银钱上，奕劻也无须自费一文。就是这座规模宏大的庆王府第，也是袁世凯联络徐世昌、那桐、端方、盛宣怀诸人凑钱兴建的呢！这样的关系，袁世凯能放过奕劻的儿子载振吗？他们两个，再加上徐世昌，三个人臭味相投，互为利用，便八拜成交，结义为桃园兄弟。哥哥兄弟的称呼，就是缘之于此。就是这个载振，光绪三十二年（1906 年）闹过一场轰动京津的杨翠喜案，甚至惊动了西太后，差一点儿没有丢官罢爵锒铛入狱。

那一年，贝子载振官拜农工商部尚书，带着下属官员徐世昌来天津公干，直隶总督、北洋大臣的袁世凯，有意巴结庆亲王奕劻，便破格招待载振。大宴之后，遴选天津名伶演剧以娱载振，袁世凯亲自陪座。女演员杨翠喜出场时，光彩照人，姿容丰丽，歌喉婉转，表情细腻，立即把好色之徒载振的魂魄勾去。袁世凯会意，示意段芝贵料理此事。段芝贵以十万元妆奁名义取得杨翠喜同意，第二日夜间，便把杨翠喜送至载振行馆。载振呢，得到杨翠喜大喜过望，不忘段芝贵殷勤，回到京城，便把他提拔为黑龙江巡抚。谁知，这件事情被御使赵启霖得知，一道专折参奏递了上去，各报馆又哄传渲染，一时间一件特大受贿案件传遍京城。幸得派去查办此事的人是顺天府尹孙宝琦，孙乃是奕劻一党，他的顺天府尹还是奕劻提拔的，如何能对恩人下手？他暗通消息，给载振三天时间安置一切，然后才慢腾腾地赴津查办。又是这个袁世凯，悄悄把那杨翠喜转送天津盐商王宜孙做妾，再制造伪证，证明王宜孙娶杨的时间地点用资待客等一应证据一件不少。孙宝琦就凭着这些伪证证明载振无有此事，纯系冤枉。结果，御使赵启霖反以诬蔑亲贵罪受了降职处分。

你看，袁世凯与庆亲王父子渊源如此，可以说是久经考验的铁关系，他在皇族亲贵里安插下这么一颗钉子，如何不能呼风唤雨、兴风作浪呢！

袁世凯随着奕劻父子进得书房，还没有等奕劻屁股坐在椅子上，就翻身倒地，双膝跪伏下去，趴在地上说道："老王爷，快快救救孩儿吧。"

"这是怎么说话呢，如何又跪下啦？"庆亲王奕劻说，"起来慢慢说，慢慢说，看有什么天大的难题，难住了咱们这位神通广大的袁慰亭袁总理大臣。"

载振上前一步，弯腰搀扶起袁世凯，扶着他坐回座位上，说："哥哥有什么话尽管说，咱们自家人，有福同享，有难同当。"

奕劻说："你刚才说什么'别住马腿，往前没有了路'，是什么意思？难道谈判谈崩了吗？君主立宪革命党方面不接受？"

袁世凯愁眉苦脸地说："还说什么君主立宪呀？就是赞成共和，人家也不买咱们的账了！"

奕劻说："这是什么话，国体问题要国民会议投票解决，哪个票多，就照哪个做去，大家说好了的嘛，难道我们的票数不及对方多？"

袁世凯一听这话，心里想：这个老糊涂，这是说的哪跟哪呀，人家民国都成立啦，国民会议早成了过时的玩意儿啦，南北两军已经又开战啦，谁还跟你投票论输赢呀！冲着这，大清朝也该寿终正寝啦！转又一想，这难道是天意吗，这些满洲贵族王爷贝勒贝子们要是不犯糊涂，我袁世凯蒙谁去呀？心里暗笑，面上却不敢流露出来，便装出一副心事重重的样子，拧锁着眉心说："老王爷呀，孩儿我索性直说了吧，咱们这个大清朝，看来是保不住啦！"

奕劻愕然道："怎么，情势变得如此严重，你那北洋六镇三十万兵马，打不过他们吗？"

袁世凯摇头说："说是三十万，其实二十万人都不到，真正可以上阵打仗的，不过七八万，又被分散在五六个战场上，用在南京武汉的军队，加一块儿不足两万人，又因为军饷不足，军心早涣散了，要不是凭着我这张老脸央告将领们软的硬的手段都用上，镇呼住，早散啦！可是，镇呼能持久吗？三天五天十天半月成，再久些，机关被识破了，内讧一起，大势去矣，就是革命党不打，也要自己个儿玩儿完。老王爷您知道革命党现在有多少兵马吗？宣布独立的十五省军队不说，单说南京孙文手里就有精兵三万，一式的德国新式武器，还有大炮军舰，都是他从外国带回来的，战斗力所向披靡，指哪打哪，没有人能够阻挡得住。我跟他们这次交锋，一接火，前锋就败啦，溃不成军啦。看来，打是没有希望了。”

“那就跟他们谈！无论如何，也要争取君主立宪，保住咱们的皇位皇权皇室尊严！”奕劻说。

袁世凯说：“老王爷，人家民国政府都成立啦，大总统都选出来啦，谁还跟你讲君主立宪呀，再说，又打不过人家！最可恨的是那些老百姓，心里早没有皇上啦，开口闭口就是共和呀，民国呀，民主呀，自由呀，世道完全变了，人心已去了啊！”

奕劻说：“听你这话，大清朝真的要亡？”

载振说：“亡国是早晚的事，就是没有想到会来得这么快！”

一听说大清朝要完蛋了，没有希望了，奕劻的老脸唰地变成了死灰色，一双眼睛惊慌地四顾，恐惧茫然，黯淡悲哀，没了神了。他颤抖着声音说：“那可怎么办呀，等死吧……”

袁世凯说：“我袁家三世深荷国恩，我袁世凯又承蒙朝廷信任，老王爷抬爱，当此国家面临覆灭危机的时候，我如何能够置身事外撒手不管呢？”

奕劻说：“你有什么法子救救咱们这个国家？”

袁世凯说：“国是没有救了，眼下，我们只有想一想退路，救救自己个儿的家了。”

载振说：“我也想到这儿了！所谓树倒猢狲散，自家救自家。”

袁世凯说：“皇太后若是自个儿主动提前宣布退位，争取主动，皇室优待，世凯会力争的，无论如何也要给皇太后皇上争那个皇室尊严。可是如果革命党杀进来，向法国革命那样，皇帝被送上断头台，皇室成员被斩尽杀绝，大人孩子，男男女女，老老少少，血流成河，抛尸街头……那……那就惨了，真是让人不敢想啊！”

奕劻被袁世凯的这些话惊吓得面如土色，上牙打着下牙，哆哆嗦嗦地说：“主动……宣布退位，皇……太后那儿即或……能通过，良……良弼、载涛、载泽、善……善耆他们……未必能……通得过。”

袁世凯深深叹了一口气，说：“这正是孩儿深感为难的地方。这些皇族亲贵，哪有王爷您明白事理呀！只是这样硬充愣头青，死不让位，只怕革命党攻下北京城那个日子到来了，他们被推上断头台，自个后悔已晚，连带别的王爷亲贵，一家老小，就太不应该了！”

奕劻胆战心惊地说：“你别说了，吓死人了……真的到了那一天……唉……我这万贯家私，一家老小，就这样呜呼哀哉了？……唉……”

从庆王府出来，坐在轿子里，袁世凯暗自窃笑，心里说：“徐菊人这家伙就是诡计多端，几句话，就把奕劻老儿吓成这样，怕他不听我调遣！这一下，皇族亲贵里有了投降派，就不怕良弼、载泽们捣乱了！下一步，该找隆裕太后身边的总管太监小德张了。”

第二天晚上，袁世凯设家宴招待总管太监小德张。

这个小德张，可不是当年西太后宠爱东太后讨厌最后遭人算计死于非命的那个小德张，他的真名叫张兰德，因为其坏得出了格，脚底下长疮脑袋顶上流脓，坏透了，人们给他起个外号叫小德张，意思是说这个家伙分明就是当年那个小德张在世。说到坏上，当年的那个小德张比起眼下的这个来，小巫一个，差得远了！就是后来西太后的总管太监李莲英、二总管太监崔玉贵，跟他相比，也是望尘莫及！你想啊，比当年的小德张、李莲英、崔玉贵都坏的东西，其坏其恶，恐怕是无以复加了吧！令人奇怪的是，就是这样一个大坏蛋，隆裕太后却百般信任，太阿倒持，生活细节就不说了，甚至连女人们身上的一些隐秘事儿竟然也听其摆布，呵斥责备，打一巴掌拧一下子，也甘心情愿地受！国家大事上言听计从，更是不要说了，朝廷大臣、皇族亲贵们的一千句话，不及小德张的一个皱眉、咧嘴、点头儿！

袁世凯早就看准了这个家伙，在他身上花的钱何止百万。小德张早就成了袁世凯喂熟了的、放在隆裕太后身边的一条狗。

书房的门紧紧地关闭着，房间里只有袁世凯和小德张。一大桌子酒菜，热气腾腾地侍侯着他们两个。

袁世凯诡诈地东瞅瞅西看看，装出一副非常小心谨慎的样子，说：“兄弟，哥哥今儿把你请来，不为别的，是事先给兄弟透个信儿。”

小德张说：“哥哥您说吧，时局是不是有了什么变化？”

“我这话，只能关起门自己家里人说，出门去，可是不能透露半点风声。”袁世凯煞有介事地说，“肃王爷、恭王爷，贝勒、贝子们，已经悄悄往外省转移财产啦。”

“这个，我也风闻了一些，只是不敢相信是真的。”小德张说。

袁世凯说：“如何不真？他们得到的消息比你我都快。大连、青岛、天津的外国租界里，都有他们的产业、私宅。城防衙门官员给我报告，每天晚上，都有大车小车的金银珠宝往外运。”

小德张紧张起来，问：“听您这话音，形势有些不妙？”

“何止不妙呀，我的兄弟呀，简直是遭透了，大清朝的天，眼见着就要塌了呀！”

“那么严重？”

袁世凯说：“我跟你这样说吧，孙文手上直接指挥的兵马有十万之众，都是精锐，德国人日本人秘密卖给他们武器，六国银行团明里支持大清，暗中支持革命党，给了他们几千万元的贷款。孙文现在是有钱有枪，又有士气，天时地利人和，他占全了。这次前线交火，一接手，我就感觉不对劲儿，怎么仗仗败阵呢？你想啊，有外国人支持着，我们北洋军能不败吗？就是这个北京城里，少说也混进来两三万革命党，这些人，白天穿着便衣，老百姓一个。到了夜间，可都是杀人魔王，巡海夜叉，这个紫禁城，说不定哪一天，就被他们冲进去占了呢！”

“这可怎么办呀？”

“所以哥哥叫你过来，给你透这个底儿，你家里那东西，该着手往外送啦。能埋的埋，能藏的藏，准备后路吧。”袁世凯说着，忽然抽咽起来，珠泪双流，样子悲哀得很。

“哥哥，您怎么伤心起来啦？”

“兄弟，哥哥不是哭自家，是哭朝廷，想我袁家，世受国恩，我身担重职，负有重责，可是……可是我竟然没有一点儿办法，保护皇上皇太后……呜呜……呜呜……”

袁世凯说着，一把一把抹眼泪。

小德张也禁不住落下泪来。

两个人哭了一阵，袁世凯止住哭，对小德张说：“国家是保不住了，现在我们这些做臣下的，只有拼了命，保住皇上皇太后的性命尊严，让革命党人多多地给皇室优待……可是，能否做到那一步，我这心里呀，还真是没有底。”说着，从衣袖里掏出一张汇票，双手递上去，说：“这是哥哥的一点儿心意，十万块，兄弟务必收下。”

小德张说：“哥哥，您这是干什么？”

袁世凯说：“搬家要花钱，安家要花钱，没有钱寸步难行，这是哥哥我替兄弟家里凑上的一点儿安家费，不要嫌少。”

小德张抹一把眼泪，说：“哥哥既然这么说，小弟我就遵命收下了。哥哥放心，您的忠心，您的难处，我回宫以后一定向皇太后启奏。国家的事情，您就看着办吧，我劝皇太后唯君之言是听便了。”

袁世凯听见这话，一边擦着眼泪，一边在心里暗自说：老子就是要的你这个态度，你回去劝隆裕让位保命吧，别白吃了我这一桌酒菜。

1912 年，一月十六日，这一天天阴欲雪，空气干冷，西北风像刀子一样直往人的骨头缝里扎。经过一番周密的谋划，袁世凯领着他那十几个内阁大臣，颠儿颠儿地直奔养心殿来。

隆裕太后抱着小皇帝溥仪，坐在炕头上接见他们。

醇亲王载沣、帝师徐世昌陪同接见。

袁世凯迈步进门，过那道高高的门槛时，不小心绊了一下，一个趔趄，差一点儿没有摔个跟头，幸得后边的梁士诒扶住了他。

他定了定神，领着他的阁员们齐刷刷地跪下，给皇太后皇上行跪拜之礼。

隆裕太后说："诸位爱卿，平身吧。"

众人遵命，一个个从地上爬起来，侍立两厢。唯独袁世凯，仍旧趴在那里纹丝不动。

隆裕太后问道："袁爱卿，你为什么不起来呀？平身吧！"

袁世凯说："臣今日与内阁众大臣联衔上奏的事情，事关重大，请太后容臣跪着启奏吧。"

隆裕太后说："何事？你不要急，慢慢说吧。"

袁世凯领旨，双手抱拳，往上高高地一个作揖，沙哑着嗓子，带着哭腔，说："臣禀皇太后、皇上，与南边的议和，进行不下去了，臣等有罪，臣等罪该万死。"说着，匍匐在地，再不抬头。

隆裕太后说："议和乃是南北双方共同的心愿，互派代表，已经谈了几个来回了，怎么就谈不下去了呢？"

袁世凯微微抬起身子，只是那脑袋瓜子依旧深深地下垂着，给人一种深深的负罪感；满脸哭丧，拧眉锁目，愁云密布，给人一种绝望感；声音低沉，情绪压抑，少气无力，给人一种悲哀、无奈、窒息感。他说："臣启皇太后，南北双方，开议之初，我方坚持之君主立宪，并不是没有希望压倒共和主张，对方代表伍廷芳就说，国家目前所要的，民主也。无论共和立宪政体，君主立宪政体，只要是实现民主宪政，推翻君主独裁，我们不是不能够接受的。这个时候，立宪党张謇等人，一致站在朝廷一边，力主君主立宪政体，这种形势下，国民会议通过君主立宪制度是很有希望的。但是，孙文突然从海外归来，坚决反对君主立宪，说什么既要国家民主，就不能允许君主的存在，中国只有一条道路可行，那便是实现共和政体。很快地，南方便成立了中华民国，建立了共和政府，孙文也当上了大总统，如此，共和局面已成，长江以南十五省尽属共和，海军尽数叛变，拥戴孙文，赞成共和。北方如山西、陕西、山东纷纷独立，河南、安徽亦大半叛去，朝廷可以控制的地区，只有直隶与京畿弹丸之地了。东北三省虽还在朝廷统治下，但是赵尔巽已经控制不住了，整个形势对朝廷十分不利。更有甚者，民心也。今日之中国，朝野上下，心向民国，老百姓开口闭口，尽言共和。说到朝廷，如同谈论一段陈迹，欣赏一件古物，嘲讽蔑视挖苦诋毁之词，满街盈巷，随处可闻。南方代表伍廷芳说道，今日之议，只议共和，君主一词，请勿再言。天下共和政体已定，南北代表所可以议者，清廷之退位也……"

说到这里，袁世凯匍匐在地，以头抢地，放声而泣了。

隆裕太后的面色变得蜡黄，眼泪珠子断线似的，唰唰地流，哽咽道："你跟他们说，君主立宪不成，咱们像康有为主张的‘虚君共和’也成啊。只要保存我皇室至高无上的尊严权利……”

袁世凯大哭一声打断了隆裕太后的话，大摇其头，说：“臣刚才说的是敌方情势。太后可知我方内部状况如何吗？其离心离德，已经到了分崩离析的地步啊！因为军饷无着，加之受共和思潮影响，我前军将士已无战心，成标成协叛我而去者，已经发生多起，更有燎原之势。而英、德等六国银行团，明里支持朝廷，暗里支持革命党，金钱军火，源源不断接济孙文，对我，则强逼还钱，硬性索账，毫无缓和。同时，又趁我内乱，觊觎我疆土，虎视辽东，染指东南，造乱库伦……皇太后啊，今日之天下，已经千疮百孔，神仙难救了啊！啊，啊……”

隆裕太后泣道：“难道就没有法子解救了吗？”

袁世凯停住哭泣，仰起头来，一双泪眼直勾勾地盯视住隆裕太后，有顷，才缓缓说道：“法子倒是有一个，就是不知太后、皇上肯不肯采纳。”

“快快说来。”隆裕急切地问。

袁世凯说：“退位让权，承认共和。”

隆裕放声大哭，道：“袁世凯，你这不是要我放弃祖宗基业，承担亡国的罪名吗？”

袁世凯以头抢地，放声号啕。

一时间，这一男一女，在这养心殿上哭成一片。醇亲王载沣、帝师徐世昌和内阁成员梁士诒、赵秉钧等，也跟着抽抽咽咽，大放哀声。

哭了一阵子，袁世凯仰起脖颈子，拧了一把鼻涕，往袍袖子上擦了几擦，又揩了一把眼泪，往鞋底子上抹了几抹，说：“太后勿悲，请听臣慢慢道来：纵观环球各国，国家政体，不外乎君主、民主两端。所谓民主政体者，如我国尧舜时代之禅让制度，乃察民心之所归，由人民自由选举国家领袖，迥非我国历代亡国之君所可以比。我朝继继承承，尊重帝系，实行的乃是君主政体，早已为世界各国所摈弃废止。可是，我们师法孔孟，以为百王之则，非他，唯民重君轻者也。况且，民军也不是因为要改变民主国体，就减弱皇室的尊荣高贵。更何况东西友邦，因为此次战祸，贸易损失很大，他们所以不计较这些，而热心于居间调停者，是因为朝廷与民军的战争，不过是一个国家政治之改革而已。可是，如果我们的南北战争这样久事争持，列强在中国的利益受到重大损失，那么就难免要出兵干涉。这种情况一旦出现，民军反对朝廷、仇恨朝廷之心，必然强烈。臣尝读法兰西历史，法国革命之时，如皇室早顺民情，拥戴共和，何至于被绞杀于断头台耶？何至于路易之子孙，靡有孑遗也？今日，民军所争者，国家政体也，而非君位也；所欲者，国家之共和也，而非宗社也。我皇太后皇上面对这种情势，难道忍心九庙震惊吗？难道甘愿被赶出这紫禁城而流落街头吗？皇太后英明，必能俯察大势，以顺应民心……啊，啊……”

袁世凯喋喋不休地唠叨其间，罢了职的摄政王载沣，泥塑木雕一般，早被惊吓得瞠目结舌、呆若木鸡了。而那个帝师徐世昌呢，早呼应着袁世凯的奇谈怪论，忽而点头，忽而摇头，点头摇头，不知他是赞成什么反对什么，抽抽咽咽，眼泪鼻涕不停地流，把个养心殿里的气氛弄得像死了人的停尸场。

隆裕太后的脑筋，早被袁世凯的一番话吓唬得乱成了一团麻，没有个头绪了，只会拿着手帕不停地揩抹眼泪。小皇帝溥仪呢，睁着一双小眼，看看这个，瞅瞅那个，不明白地下跪着的这个黑胖老头儿怎么了，为什么一个劲地唠唠叨叨，哭哭啼啼。更不明白皇额娘为什么今儿个也这么悲伤，陪着这个糟老头子哭。

他们为什么哭呢？他心里非常纳闷！

话说完了，也哭得差不多了，袁世凯把奏章递上去，叩头谢恩，爬起身来，俯首退出。

内阁大臣梁士诒、赵秉钧等，也跟在他的屁股后头鱼贯而出。

一出养心殿，走在皇宫的石头路上，袁世凯挺了挺胸膛，呸地吐了一口浓痰，对身前身后的阁员们说：“日他奶奶，这层窗户纸总算戳破了，是死是活，就看这个老娘们的了！”

梁士诒说：“这个老娘们，可不是当年那个老娘们，她早被您的一番话吓得半死了呢！”

袁世凯得意地说：“这号作威作福的东西，不吓她，她能顺顺当当地退位吗?”

走出皇宫，来到大街上，众人作揖告别，纷纷乘上自个儿的马车四下而去。袁世凯跳上自家的双辕马车，对车夫刘二说声“开车，回家!”，便美滋滋地半闭起眼睛，想着自己的心事来了。

他的卫队营长袁振邦率领着三四十名侍卫，翻身上马，护卫在车前车后，扬长而走。

袁世凯的眼前，出现了孙文那张严肃的脸，他说：“君只要迫令清帝退位，结束封建专制政体，我便让位……”

马车一晃，孙文不见了，出现了汪精卫那张小白脸，他说：“义父放心，有孩儿护驾，大总统的位子别人谁也坐不成，您赶快逼令清帝退位吧。”

马车又一晃，汪精卫也不见了，出现了张謇那张胖乎乎的脸，他说：“甲日满退，乙日拥公，抓紧，抓紧……”

突然，“轰”的一声巨响，天塌地陷一般，把袁世凯从美妙的幻境里惊醒，紧接着，又是第二声巨响……再紧接着，便听见车外边有人喊，“革命党!”“刺客!”“炸弹!”“死人了啊!”乱成了一团。

他感觉马车在剧烈地摇晃，在飞快地奔跑……他听见车夫刘二声嘶力竭地吆喝牲口的声音，那是已经不是人腔的惊恐的声音，慌乱的声音，逃命的声音。

凭着预感，他知道自己遭遇到了袭击，这种事情他曾经多少次花钱买通凶手干过，而且没有一次失手。一种求生的欲望迫令他下意识地趴伏在车厢里，双手紧紧地抱住脑壳，大肥屁股高高地翘起，上牙嘚嘚地打着下牙，浑身筛糠，抖作一团，嘴里念念有词，不停声地说，“刺客，刺客……完了，完了……”

跑出去好远了，嘈杂的惊慌的乱七八糟的爆炸声人喊声已经听不见了，他的双辕马车的速度却一点儿也没有减。又不知道过了多少时候，随着一声“吁”的长腔，马车扭动了几下车身，忽然停下来了。

袁世凯听见车夫刘二叫他的声音：“大人，请下车吧。”

袁世凯魂魄早丢失了，跑到九霄云外去了，他分明听见了刘二的叫声，却不知道自己在何处，自己怎么了，死死地抓住手边的一根车帮轴，硬是不撒手。

“大人，没事了，咱们到家了。”

又是刘二的声音。这一回，袁世凯试着睁开了眼睛，他看见刘二满是血污的脸。他侧耳听听，外边传来五姨太太、九姨太太尖叫的声音，知道自己已经到了家了，这才稳住了一点儿神。

“刘二，没事了？到家了？”他气息全无地问。

“爷，到家了，没事了，您老下车吧。”

五姨太太撩起车门门帘一看，不禁大惊失色地尖叫起来：“我的天王爷爷呀，这是怎么了呀，这一脸的血一身的土呀……”

九姨太太年龄小，没有经过世面，早被眼前的景象吓傻了，她哆哆嗦嗦只是一味地哭，嘴里“大人、大人”不停地叫。

袁世凯终于被搀扶出来了。谁知刚下了车，那辆双辕马车轰的一声，哗啦啦歪倒了，前边的车辕栽在地下，后边的车尾翘到天上，悬起来了。睁眼再瞅，原来是右边的那匹辕马跌倒在地。它的肚子受了炸伤，满身流血，此时支持不住了，瘫倒在地上了。

五姨太太拈着小手帕擦拭袁世凯脸上血迹时，发现额头、鼻子碰在车帮上，破了层皮，流了些血，此时都已经凝固住了，没有事情了。

当袁世凯站在自家门首，确认已经平安无事了的时候，他忽然哈哈大笑起来，说：“今天，有人跟我开了个玩笑，哈哈哈哈，开了个玩笑!”

说完，一挥大手，迈起大步，走进门去。

事后，袁世凯询问情况，得知他的车队出了东华门，行到东安门大街的时候，忽然有人从东兴楼饭馆的楼上往下扔炸弹。其中有两颗当即爆炸，顶马、卫队营长袁振邦当场炸死，另一顶马杜保和一名骑兵侍卫受了重伤，不久也死了。

当场捕获住五个革命党，领头的叫张先培、杨禹昌、黄芝萌，他们都是京津同盟会暗杀部的成员。事后搜查时，又在东兴楼上发现了一个大蒲包，里边还包着两颗炸弹，没有来得及扔出去。也是袁世凯命大，倘若他的辕马当时倒下，这两颗炸弹肯定要了他的狗命。

惊吓过后，袁世凯把刘二叫到跟前，对他说："你小子机灵，临危不乱，救了老子的命，老子不会亏待你！"后来，袁世凯当了临时大总统，就提升刘二当他的总统府"司御校尉"，总管总统府所有的马匹车辆。这是后话，不再赘述。

第二天清晨，袁世凯正在两个姨太太陪侍下吃早餐，忽然，"轰"的一声巨响，一颗炸弹爆炸了，吓得袁世凯丢下饭碗，一头钻进桌子底下，双手抱头，不敢动弹。

两个姨太太也匍匐在地，哆嗦成一团。

只听见前院乱了一阵子，后来声音渐渐安静下来，袁乃宽走进来说："大帅，有人往大门口扔了个炸弹，现在没事了。"

袁世凯从桌子底下探出头来，问："人抓住了没有？"

"没有。那家伙扔了炸弹就跑了，侍卫没有赶上。"

袁世凯听说没有事情了，这才缓缓地从桌子底下爬出，两个姨太太也爬起身来，争着给他拍衣裳上的土。丫鬟端来洗手水，袁世凯洗了洗手，接着吃饭。哪里吃得下去？他对袁乃宽说："日他奶奶，革命党瞄住我了，这铁狮子胡同也不安全了！"

五姨太太说："您可不能去前边办公了，那里危险！"

袁世凯说："这后边就不危险了？隔房扔几个炸弹过来，咱们照样玩儿完！"

九姨太太吓得要哭，说："那可怎么办呀？您要有个三长两短，叫俺们可怎么活呀！"

袁乃宽说："大帅，这几天您老先不要去上朝了，请假吧，避避风头。后院有个地窖子，我马上派人去打扫打扫，要不，您老就先在那里办公？"

袁世凯转了半天眼珠子，说："也中，老子就去地窖子里办公吧，炸弹总不能遍地找地窖子钻吧！"

特务头子陆建章得到消息，吓了一大跳，赶忙急头急脑地赶来了。

"大帅，您老人家……"

陆建章后边的话还没有说出，袁世凯早大步走过去，抡起胳膊，啪啪左右开弓，扇了他两个大嘴巴子。骂道："奶奶个熊，老子叫你当这个京防营总办，不是叫你逛窑子抽大烟的，你手下那么多巡警特务，都是吃干饭的吗？革命党都炸到老子头上了，炸弹都扔到家里来了，你这会儿才来！"

陆建章脸上火辣辣地发烧，却不敢摸一下，挺胸而站，听任袁世凯打骂。昨天他跟几个朋友去天津泡窑姐儿，半夜里得到消息连夜赶回，谁知大清早又出了这事呢？该着倒霉。

“人犯呢？审了没有？”

“昨日当场抓住五个，后半夜又抓了五个，小的马上回去审讯。”

“滚！”袁世凯抄起手边的一根木棍，又要打。

陆建章眼见不好，赶忙一个敬礼，转身就跑。

出了地窖子，他不敢怠慢，忙命令手下，房前屋后，三步一岗，五步一哨，加强戒备，以防万一。

梁士诒、赵秉钧、王士珍等人来了。

袁世凯哈哈大笑，说：“良弼、载涛、载泽他们说老子私通革命党，这下好了，革命党的炸弹替老子洗清了罪名，明日早朝，你们问他们，还有什么话说！”

梁士诒说：“他们还会说什么呢？装聋作哑罢了！不过，昨日的事情，也太危险了，真是吓得我等不轻。”

王士珍说：“大帅，这是个千金难买的借口呢！从这一点说，革命党倒是无意中帮了我们一个大忙，逼宫的事情，您就可以不直接出面了，由我们几个去办，话说重说轻，当的不当的，您都能有一个回旋。”

“我也是这样想的。从今日起，你们就给我告假吧。”袁世凯点头说，“聘卿，外交使节们的电报，你安排妥了吗？”

梁士诒说：“安排妥当啦，驻俄公使陆征祥电请清帝退位的电报昨日已经到了，其他驻日本、英国、美国、德国、法国等国家的公使，今明两日都会陆续发来。”

袁世凯说：“很好。压住它们，这些也是咱们手上的炸弹，等隆裕召开御前会议时再拿出来，炮轰他们。”

赵秉钧问：“大帅，下一步我们打算怎么办？”

袁世凯说：“逼令清廷授权给我，在天津组织临时政府。”

王士珍说：“这一步很重要。这样，我们就可以把清廷和南京政府同时抛开，在清帝退位后，由我们组织全国统一之政府，大权就稳稳操在大帅手里了！”

梁士诒说：“大帅高瞻远瞩，眼观六路，耳听八方，神机妙算，属下佩服。”

袁世凯呵呵而笑，说：“干吧，等天下拿到手，老子我亏待不了你们！”

晚饭时候，袁克定从天津赶回家来，一进门就问：“父亲，您老人家受惊吓了，没有伤着哪儿吧？”

“劳你挂记。刺客的炸弹再多扔一颗，你就没有爹了。”袁世凯生气地说，“我正要问你呢，汪精卫怎么回事？他们革命党是非暗杀我而后快是吧？”

袁克定说：“我已经找他们的人交涉过了，汪精卫来电报说，这次刺杀事件乃是下边组织所为，他事先一点儿消息也不知道。已经明令北方同盟会组织，不准再有针对大人的此类行动了。抓到的人，该杀尽杀就是！”转又问五姨太太道：“二弟在哪里？我有话问他呢。”

五姨太太说：“谁见他的影儿啦。”

袁克定说：“他知道消息比我快，昨天下午就回北京了，怎么没有回家？”

袁世凯说：“人家是名士，他爹的死活上不了日程。”

正说话间，袁乃宽来报，说英国公使朱尔典来了。

袁世凯一推饭碗，起身就走。

他在地窨子里接见了这位洋人。

一见面，朱尔典就用中国话说：“老朋友，我们刚刚得到消息，很是着急。看你的样子很好嘛，用你们中国话说，这叫‘大难不死，必有后福’。”

袁世凯说：“朝廷亲贵良弼、载涛、载泽辈，成天骂我是革命党奸细，这下好了，叫他们看看吧，革命党要炸死我呢！”

朱尔典说：“大清朝廷，没有希望了，我们六国银行团，把所有的希望都寄托在阁下身上，我们很想知道阁下的打算。”

袁世凯说：“中国不能乱，不能分裂，只有这样，才能保住你们这些列强的在华利益，这一点，我们大家心里都很清楚。我正在向清廷提议，要求他们授权给我，在天津组织临时政府。天津临时政府一成立，清帝退位，南京临时政府解散，同步进行。中国的统一问题解决了，贵国的在华利益就有了保障，希望老朋友给予支持。”

朱尔典说：“这个意见很好，我们全力支持你。我马上给南京公使团发电报，叫他们给孙文施压。清廷方面，我们也会有所行动。”

朱尔典走了。

陆建章赶来了。他报告说：“卑职审问了抓捕的十个刺客，张光培、杨禹昌、黄之萌三人供认不讳，承认自己是京津同盟会暗杀团的。卑职已经当场将他们正法。其他七名刺客拒不承认，又没有证据，所以，有五个人被洋人保走，另外两个……”

“说！谁保走啦？”袁世凯厉声问道。

“被二少爷克文……保走啦。”

袁世凯大怒，骂道：“这个浑小子，连谋杀他老爹的刺客也敢行保吗？”

陆建章不敢多言，唯唯而退。

一月十七日，隆裕太后召集宗室王公开御前会议，讨论袁世凯等内阁大臣联衔上奏实行共和的问题。

庆亲王奕劻出班奏道："臣启太后，目前国家形势确已糜烂，一个中国，朝廷已经失去三分有二，尚有一分，亦已零散矣。由于饷项难筹，前敌将士皆无战心，随时可叛。而南方革党，势力正锐，仅孙文一人手上就有雄兵六万，实难与其争锋。以臣之意，不如共和，以维大局。"

良弼厉声喝道："庆王，您老是前辈亲王，怎说出如此无父无君背叛祖宗的话来？我爱新觉罗氏的天下，难道就这样轻易与人吗？人言老王爷收受袁世凯重金之贿，处处为其张目，今日观之，此言不谬矣！"

恭亲王溥伟怒形于色，也呵斥道："庆王，昨日你在朝班，扬言孙文已拥有精兵五万，今日朝会，仅一夜之隔，竟又说成六万，奈何孙文兵力增加之速也，奈何老王爷军情得报之速也。一夜之间什么人能招来万余兵马？你这样信口雌黄，做袁贼说客，为革党内奸，意欲何为？难道大清朝完了，你会有什么好处吗？"

镇国公、贝勒载泽说："谁说袁贼不是曹操、董卓？别看昨日他被革命党刺杀未遂，那是他们狗咬狗，内部争斗，在卖我谋我上头，他们的步调是很一致的呢！前者，袁贼借口军饷不足，不能开战，后强勒我后宫黄金八万两，亲贵大臣捐银款近千万，仍不开战，再后又搞起南北议和，干脆放弃开战，今日议和也不说了，索性赤裸裸上折子要求皇帝退位，赞同共和，袁贼居心，乃司马昭之心也！王族中何人敢背叛祖宗，行大逆不道之事，第一个找他拼命的就是我载泽！"

庆亲王奕劻不服，辩道："你们不要红口白牙说得慷慨激昂，冷静下心来想一想，看一看，国家目前到了什么地步！袁世凯说，革党所争者政体，而非君位，所欲者共和，而非宗社。难道像你们这样硬挺下去，就能保住祖宗的江山社稷吗？"

奕劻的话引起众怒，众亲贵蜂拥而上，把庆王困在核心，吵嚷成一片。

隆裕太后掩泣道："你们不要吵闹了，这样能商量出个办法吗？"

但是众亲贵正在激愤中，如何听得下去？这次御前会议不欢而散。

一月十八日，隆裕太后召开第二次宗室王公御前会议，主张退位的庆亲王奕劻请假缺席，良弼、溥伟、铁良、载泽等人，联络了五六十个人齐赴庆王府，围攻奕劻。

一月十九日，御前会议继续召开。这一次，参加会议的除宗室王公外，还有袁世凯之外的所有内阁大臣。

梁士诒出班奏道："臣启奏太后，这是今日接连收到的我驻外使臣发回来的电报，他们异口同声说，君主立宪已不适应世界潮流，请求朝廷顺应人心，自行退位，颁布共和。"

总管太监小德张走下台阶，将那些电报接去，上呈给隆裕太后过目。

赵秉钧出班奏道："目前，南方临时政府已经成立，孙文就任大总统，革命党力量空前强大，而前线我军，士气低落，军无战心，已不足恃。内阁众大臣商议，请太后降旨，准予袁世凯在天津设立临时政府，以与革命党形成对抗，并由此开议。"

镇国公载泽厉声喝道："这是什么话？袁世凯意欲何为？他这不是要彻底背叛我大清朝廷，另立国家吗？太后，袁世凯之请，狼子野心，昭然若揭。他这是名为受命于朝廷，实为背叛大清，企图取代朝廷，自己当皇上。臣请太后降职，立即捉拿袁世凯归案，问他一个谋逆之罪。"

恭亲王溥伟说："袁世凯这是公然反叛，太后不能受他的欺骗。"

肃亲王善耆说："一个国家如何能有两个政府？倘天津成立政府，那么，北京朝廷将置于何地？袁世凯反迹已露，请太后立拿袁贼问罪。"

赵秉钧看见众宗室王公嚷嚷成一片，齐声反对，并且声言要镇压袁世凯，大怒道："国家财政枯竭，譬如江河，已断水源，军费无着，军心已散，怎样打仗？外国列强，陈兵沿海，意欲干涉，如何抵御？君主制度，已经如过街老鼠，人人痛恨，众口言打，继续下去，怎样维系？总理大臣袁世凯与我等内阁成员，日夜忧思，筹措万端，以维护朝廷，效忠王室。不料，却不能得知于众位王爷亲贵，动辄以反叛加罪，意欲加害。外，革命党人以炸弹谋我，内，朝廷宗室王公以叛逆诬我，于外于内，皆不好做人。我等无能，实不能肩负重任，不如辞职，以谢太后。"

说罢，一拂长袖，愤愤而去。

梁士诒说："言既不听，计又不从，我等辞职了吧！"

王士珍亦说："我等辞职了吧！"

内阁大臣们同一步调，向着隆裕太后一个长揖，怒气冲冲，转身就走。

隆裕太后被他们的举动吓得面如白纸，只有紧紧抱着小皇帝，潸然泪下。

这一次御前会议，又是以失败结束。

但是，袁世凯的行径也让宗室王公们看清了他的狼子野心，他们的头脑开始清醒。

良弼出面，召集宗室王公们秘密集会，商量办法。他们决定以宗社党为核心力量，秘密运动禁卫军第一镇兵马，开拔京畿，反对共和，保卫皇室。

在京的蒙古王公们也纷纷出京，各回本旗，组织敢死队，扬言勤王。

陕甘总督升允，整顿兵马，也要直扑京师，勤王护驾，反对共和。

来自宗室王公们的暴动，随时都可能发生。袁世凯感觉到了京师的危险。

他立即电调曹锟第三镇兵马入京，担任护卫。

但是，袁世凯在天津组织临时统一政府的阴谋，同时也遭到孙文的坚决反对。

孙文回电袁世凯，说："清帝退位，其政权同时消灭，绝对不允许清廷把政权私授臣民，北京（天津）不得再另立临时政府，袁世凯不得于民国未举之先，接受满洲统治权以自重。"同时发表南北议和最后解决办法五条，曰——

一、清帝退位，由袁世凯知照驻京各国公使，电告民国政府，或让驻沪领事转达亦可；

二、袁世凯须宣布政见，绝对赞成共和主义；

三、接到清帝退位通知后，孙文即行辞职；

四、由参议院举袁世凯为临时总统；

五、袁世凯被举为临时总统后，誓守参议院所定之宪法，乃能接受事权。

并附带声明：袁世凯若不能实行，即不愿赞同民国，无和平解决之诚意。如此，则优待皇室及满蒙条件亦不能施行，此后战争再起，陷天下于流血，其罪当有所归。

这个通知，一方面通过伍廷芳转交袁世凯，另一方面京津上海武汉各大报纸同时登载。

袁世凯接到伍廷芳转来的通知，喜不自胜。对梁士诒、赵秉钧、王士珍诸走卒们说："赞成共和，一句话耳，孙文对某的要求也太低了些。说这么一句话，就把大总统给我，划算，划算！这样的话，有口小儿也不难说出，何况我老袁乎！"

但是，当他看见报纸上刊登的文字后，大喊不好，搔着头皮抱怨说："孙文这是如何说起？这样公开说话，不是把秘密揭示出来了吗？外人会怎么说我老袁？清廷势必误会，说我卖主求荣，以大清的江山换取自家的大总统位置，而且，外国朋友处也不好交代呀……这，这……叫我如何做人。"

梁士诒说："要不，叫外务部发表一个声明，说大帅本没有欲当总统的意思。"

袁世凯说："只这还不够，还要散布流言，说某要辞职回彰德去，总统不当啦，国务大臣也不当啦。……奶奶个熊，孙文搞这一伙，叫老子羞对天下人，难以遮羞。"

第十三章　借刀杀人良弼殒命
哭哭啼啼清帝退位

一月二十二日，孙文在报纸上公开发表议和最后解决办法五条的当天晚上，良弼手持报纸进宫，面见隆裕太后。

良弼启奏说："太后您看，袁世凯果然是革命党奸细，他以出卖我大清天下为条件，换取南京临时政府大总统的职位，其卑鄙无耻，已然登峰造极；其阴险毒辣，远远超过了曹操、董卓。"

隆裕太后说："孙文文章，哀家已经看过。不过，听说袁世凯已经发表声明，说他并无要当总统的意思。"

良弼顿足道："时至今日，太后您还相信他的鬼话吗？臣请太后幡然醒悟，当机立断。不然，我大清江山，真的要葬送在袁世凯之手了。"

隆裕太后说："到了这个地步，我这心里空空荡荡的，什么主见也没有了，你有什么法子，快快说出来吧。"

良弼说："事已至此，臣也顾不得自谦了，就把肚子里的话一股脑儿倒出来吧。臣的意见是：一、杀掉袁世凯，此人留一日，我大清江山危险一日；二、解散袁内阁，由臣总揽内外事宜，出面组建皇族内阁，着赵尔巽为内阁总理，铁良为大将军，跟革命党人血战到底。"

隆裕太后说："杀掉袁世凯，这件事情太大了，你容哀家想一想。"

良弼说："事情紧急，倘自拖延，机密泄露，大势去矣，臣请太后尽快决断。只需太后点一点头，袁贼首级，臣可立取。"

隆裕太后说："你别乱来，容我从容思之。"

良弼退出去后，隆裕太后怅然而坐，珠泪滚滚，心乱如麻。

总管太监小德张察言观色，轻轻言道："太后娘娘，凡事您老人家要想开些，身子骨儿要紧呀！"

隆裕太后长叹一口气，问道："我说小德张，你说这个袁世凯真的会是革命党的奸细，把咱娘们儿卖了？"

小德张说："这个事儿嘛，小的可把握不准。不过……"小德张眨巴眨巴眼睛，欲言又止，下边的话不敢再说。

"你可说呀，哀家这儿听着呢。"隆裕太后催促道。

小德张点头哈腰，陪着小心地说："不过，依小的想，这世上做买卖，买卖双方要的是个公平交易。就算是袁世凯出卖了大清朝廷，那个共和国大总统的宝座，孙文就会给他了吗？他孙文这几十年把脑袋掖在裤腰上，所为者何？不就是这个大总统吗？他肯轻易交换给袁世凯？再者说了，袁世凯光杆一人去南京当这个大总统，前后左右上上下下都是人家孙文的革命党，虎狼环绕，他的小命都恐怕难保，就甭说那个总统宝座啦。这是小孩子也能算明白的账呀，袁世凯何等精明之人，如何参不透这个？可是，那报纸上白纸黑字写得又这么清清楚楚……国家大事，小的真是一锅糨糊，弄不明白。"

隆裕太后说："你的意思是说，孙文这是使的离间之计？"

小德张说："戏文里这种计策用得还少吗，焉知这回不也是呢？"

隆裕太后问："良弼要杀袁世凯，你说，是杀得呢，还是杀不得？"

小德张说："这个，小的可不敢乱插嘴。太后既然决断不下来，为什么不问一问徐世昌呢？他可是皇帝的老师呀，忠心耿耿，学问渊博。"

隆裕太后说："你看我这脑子，心里一急，怎么就把他给忘了呢？小德张，你亲自跑一趟吧，立马把徐世昌给我宣来。"

一顿饭工夫，徐世昌匆匆赶来了。

隆裕太后在西暖阁接见了他。

徐世昌跪拜施礼，毕，问道："太后夤夜把老臣宣来，不知为了何事？"

隆裕太后说："良弼弹劾袁世凯私通革命党，出卖朝廷，要当南京政府的大总统。此事关系重大，我想听听你的意见。"

徐世昌说："袁世凯乃我朝内阁总理大臣，非是一般官员可以比，不知良弼弹劾有何根据？"

隆裕太后把那张报纸递给他，说："孙文这上边都写得一清二楚了，难道这个证据还不是铁证吗？"

徐世昌笑了笑，说："袁世凯既为革命党奸细，又有这番交易，不知缘何孙文又派人专程来京要炸死他，置他于死命呢？袁世凯如果真的被炸死了，孙文报纸上所言之交易，不是要落空吗？"

隆裕太后问："听你这话，这报纸上的话不可信？"

徐世昌说："自相矛盾，臣实不信。"

隆裕太后说："虽然如此，但事非偶然，孙文如此行事，必然也有缘由，对于袁世凯也不得不防。良弼主张立杀此人，卿家以为行得行不得？"

徐世昌听见这话，心下一惊，两颗眼珠子滴溜溜转了几转，忽然跪伏在地，不再言语。

隆裕很感奇怪，问："徐师傅，你这是怎么啦，正说得好好的呢，如何便跪下了？你还没有回答我的话呢！"

徐世昌说："臣有罪，臣不能言。"

隆裕太后说："可又来了！哀家问你话呢，怎么就不能言了？"

徐世昌说："臣有罪，臣不敢言。"

隆裕太后说："恕你无罪，大胆说吧。"

徐世昌说："臣有罪，臣不得不言了。"

隆裕着急地说："真是累死人了，快快说吧。"

徐世昌说："虎已入室，击之死，幸也。倘击之不死，奈何？"

隆裕太后恍然大悟，说："着哇！良弼要是杀不死袁世凯，那不就糟了吗？那是逼着袁世凯造反呀！"

徐世昌说："太后英明。臣观袁世凯，虽有些拥兵自重，决事主观，却并无反意。无罪遭疑，势必伤心。他纵然不反，三十万北洋军人，却未必个个忠心，作起乱来，则必为革命党所乘。良弼之谋，非谋袁也，乃自谋也，太后万万听他不得。"

"有理，有理！杀不得，杀不得！"隆裕太后一迭声说，"还是徐师傅老成多谋，要不是你这一席话说得透彻，哀家险些听信了良弼之言，酿成大祸。你跪安吧。"

徐世昌走出西暖阁，一摸脑袋，满头大汗。他知道，这是受了惊吓。一出紫禁城，哪里敢怠慢，跳上马车，吩咐车夫道："往回家的路上走，半道上饶个圈子，去铁狮子胡同！"

这时已经是深夜，徐世昌来到袁宅门首，陆建章迎住。

徐世昌说："快快领我去见慰亭，我有紧急事情。"

袁世凯刚刚睡下，听说徐世昌来了，知有大事，忙穿衣起床，迎接至地窨子里坐下。

"哥哥，这么晚了来此，朝廷上有什么大事吗？"袁世凯问。

徐世昌说："刚才隆裕太后唤我去，询及我，袁世凯杀得杀不得。"

袁世凯惊问："谁人要对我下此毒手？"

徐世昌说："还能有谁，事情不是明摆着的吗？"

袁世凯说："必是良弼。"

徐世昌说："良弼今天去找隆裕，所谈两事，一要杀你，二要另组皇族内阁，以赵尔巽为总理大臣，铁良为大将，决死保卫皇室。"

袁世凯说："看来，不放点儿血，这些宗室王公们是不知道马王爷三只眼的！"

徐世昌说："我来找你，就为此事。今晚，我们弟兄要好好地筹划一番了。"

袁世凯点头说："哥哥说的是，哥哥请讲。"

这天夜里，徐世昌跟袁世凯秘密谋划了大半夜，天交五更了，徐世昌才乘车离去。袁世凯一夜未睡，并不疲劳，亦无睡意。早饭以后，他命人把梁士诒、赵秉钧、王士珍叫来，几个人又在地窨子里谋划了半日，梁士诒等领命而去。

第二天早饭以后，袁世凯把袁克定叫到地窨子里，对他说："记儿，良弼奏请隆裕，要谋害我。"

袁克定说："他敢，老子先宰了他！"

袁世凯说："看来，此人一日也不能留了。"

袁克定说："儿子去找陆建章，叫他派两个杀手，今儿晚上就动手做了他。"

袁世凯摇头说："此事不能用咱们的人，得借刀杀他。"

袁克定说："爹的意思是假革命党之手？"

"正是！咱们杀他，是叛逆，是谋反。革命党杀他，是革命，是名正言顺。"袁世凯说，"咱们可不能因为他落个叛逆的罪名，那样很多事情都不好办了。"

袁克定想了想，说："还是爹考虑得周全，儿子粗心了。"

袁世凯从抽屉里拿出一张照片来，递给袁克定，说："这是良弼的照片，背面有他家西四红罗厂的地址。"

袁克定接过照片，把它小心地放进上衣口袋里，说："爹，您老人家等好吧，不出三日，必要良弼小命！"

袁克定走了，梁士诒匆匆赶来了。一进地窨子，他就从袖子里拿出一张纸来，双手递给袁世凯。

袁世凯问："写好了？"

梁士诒说："请大帅过目。"

袁世凯展开那张纸，俯下脑袋，大睁双目，仔细地看，只见那上边写道——

大清前敌将领段祺瑞、姜桂题、张勋等四十八名联衔奏请清帝退位、实现共和，恭折仰乞圣鉴事：

目前国家，大局岌岌，危逼已极！人心涣散，莫之能御！朝廷拟将政体之解决付诸国会，而国会分歧，久拖不决。迟延下去，必将兵溃民乱，盗贼蜂起，寰宇糜烂，国无完土，瓜分惨祸，迫于目前！臣等冒死陈言，强烈要求，请换汗大号，明降谕旨，定共和政体，以现任内阁及国务大臣等暂行代表政府，以靖宇天下。臣等闻，朝廷中一二亲贵，漠视潮流，逆拂民意，坚持独裁，阻挠共和，将士共忿，群情声讨。军心已然动摇，其势面临崩溃，昨十九标几乎叛去。是动机已兆，不敢再有迟延，即联衔陈情代奏。

袁世凯看毕嘿嘿而笑，道："好，好！这四十八名北洋军将领联衔通电，一见报纸，无异于四十八颗炸弹当空炸响，隆裕不吓死，也得翻白眼儿！"

梁士诒说："良弼不是要组建皇族内阁吗？不是要派铁良任大将军统领三军吗？北洋军尽叛，看看谁还听他们的！"梁士诒说着，又从另一个衣袖里掏出另一张纸片，递上去说，"属下并且代大帅和徐世昌、冯国璋、王士珍拟好了联名电段的电文，好言劝段等不要轻举妄动，更不要联衔电奏，要顾全大局，相信朝廷。"

袁世凯笑嘻嘻地接过来，将两份电稿并排放在面前，眯细起眼睛，得意扬扬地端详着，打量着，美不胜言。半晌，才诡诈地说："这第一封电报，叫隆裕及宗室亲贵战战兢兢地依赖咱们，这第二封电报，叫隆裕他们死心塌地地信任咱们，让他们既战战兢兢又死心塌地地听从咱们摆布！"

梁士诒说："属下马上把第一封发给芝泉，叫他照计行事。"

袁世凯说："不能发过去，得派人亲自交给他，亲口传我的话，就说这是在警告清廷，是在逼宫，赶清廷下台，不要客气！"

梁士诒说："那么，就派靳云鹏跑一趟吧。"

袁世凯说："叫他告诉芝泉，明天早上的报纸上，我要看见这道通电！"

第二天，二十三日一大早，天还不亮，天津镇总兵张怀芝手里拿着段祺瑞给他的电报来找袁世凯，见面就问道："大帅，段祺瑞这是何意呀？前日通电反对共和，拥戴君主，今日又叫我跟他一起，反对君主，拥戴共和？这个联衔电奏，属下是署名呢，还是不署名呢？"

袁世凯面孔一板，脸色骤寒，厉声呵斥道："第一军与尔电，余如何知情，何庸问！且余口中何尝宣言共和耶！"

转身而去，不再理他。

张怀芝无端被训斥，丈二和尚，摸不着了头脑，站在当地，好不尴尬。

袁乃宽走过来说："张将军平日里何等聪明，今日怎犯起糊涂来了？没听见大帅说'何庸问'吗，不叫你问，你还问什么呢？在上边签名就是了！"

张怀芝似有所悟，却又不甚明白，糊里糊涂地返回天津去了。

就是这天上午，隆裕太后在养心殿召开御前会议。

庆亲王奕匡、醇亲王载沣出班奏道："臣等启奏太后，今有上海英国商会联合德、法、美、俄、日等国商会，向朝廷提出请愿书，敦促皇帝立即退位，理由是皇帝妨碍和平，帝制遭到举国人民的反对，而没有和平保障的国家，是不可能进行正常的经济贸易的。"

隆裕太后说："这是怎么说呢，怎么连外国人都来逼迫哀家了啊？"

良弼说："这必是那个英国人朱尔典在后边操纵唆使的。"

载泽说："外国人的后边，倘没有咱们中国人作祟，他们怎么会在这个紧要的时候凑这个热闹？臣请太后不要理会他！"

梁士诒、赵秉钧、王士珍等人听见这话，互相对视了一眼，意思是说，听见了吧，这话里的意思是冲着总理大臣袁世凯来的呢！

于是梁士诒出班奏道："臣启太后，今日早间，段祺瑞等北洋四十八名将领联衔通电责任内阁、军谘府、陆军部，声言共和思想，近来将领颇有勃勃不可遏之势，强烈要求请换汗大号，明降谕旨，定共和国体。"

说着，从衣袖里取出来自湖北前线的电文，双手呈上。总管太监小德张接过来，递给隆裕太后。

隆裕接过那电稿，双手抖颤，珠泪双流，大放悲声，说："怎么这么多北洋将领联衔上奏呀，这不是集体逼迫哀家吗？这些领兵的人要是都变了心，我们这大清朝就真是没有活路了啊！"

恭亲王溥伟大怒，道："二十多天前，段祺瑞等四十多名北洋将领联衔上奏，宣示中外，说他们坚决主张维持君主立宪，反对共和政体，并声言若有少数人欲行共和政体，他们必将拼死抵抗，决不妥协，言犹在耳！怎么才刚刚过去了几天时间，又是这个段祺瑞领头联衔，态度大变，又拥戴起共和政体，反对起君主立宪来了？段祺瑞等人的变化，着实耐人寻味！"

良弼说："段祺瑞乃台前一木偶耳！其嘴脸喜怒哀乐，皆取决于幕后牵线之人也。君主也罢，共和也罢，实不干这四十八将领事！"

隆裕太后揩抹着眼泪，说："你们都说的是些什么话呀，含含糊糊，冷言冷语，让人听不明白。"

载泽叹道："唉，太后啊，他们的话已经明明白白了，您怎么还糊糊涂涂的呢？"

这时，陆军部大臣王士珍出班奏道："臣启太后，段祺瑞等四十八将领此举，实属莽撞，很不应该。但又不能责之太甚，甚则有变。臣愿与总理大臣袁世凯、帝师徐世昌、禁卫军统领冯国璋等四人联名电段，劝他们不要轻举妄动，更不能联衔电奏，要相信朝廷，稳定军队。臣再启奏太后，政体的事情万望速决，迟则生变。变生，则天下大乱，不可收拾矣。"

帝师徐世昌出班奏道:“王士珍之意甚好，臣徐世昌附议。”

隆裕太后泣道:“如此，就快快发电报给段祺瑞他们吧，劝他们别再火上浇油啦，哀家已经招架不住啦。至于政体一事，火烧眉毛，哀家如何不知?梁士诒呀，赵秉钧呀，你们转告袁世凯，告诉他，哀家还是坚持召开国民会议解决国体问题的。”

梁士诒说:“这一条，总理大臣袁世凯对臣等有过交代，他说，倘太后坚持国民会议解决国体，则优待皇室条件，必亦将由国会议决之，能否照前优隆，袁总理就做不了主了。”

隆裕哽咽道:“然则，虚君共和如何?只求保留皇帝尊号，其他任凭共和就是，这还不行吗?”

赵秉钧说:“既为共和，就没有皇帝了，保留尊号又有什么意思呢?何况南方革党必不同意，由此又将引发一系列的争执吵嚷，拖延日久，必生变故，到时连优隆条件也没有了，怎么办?”

隆裕听见这话，放声大哭，道:“这可怎么办呀!呜，呜，呜……”

御前会议不欢而散。

这天晚上，袁乃宽手持一封信件来到地窨子里，上呈袁世凯。

袁世凯问:“何人寄来的信函?”

袁乃宽说:“不知道。刚才门房说，有一个书办模样的人送过来的，他说，有紧急军情报告总理大人，请务必马上转交。”

袁世凯有些怀疑，迟疑再三，一双手不停地在那信封上摸。摸到角落处，感觉有个长长的硬硬的东西，大惊道:“不好，这里边有粒子弹!”急忙抛给袁乃宽。

袁乃宽接过去一摸，果然有一个硬东西在里边，就要拆封。

袁世凯说:“别忙，拿到外边没人处再拆看!”

他的脸色早变得煞白，浑身上下也不由自主地哆嗦起来。

袁乃宽跑到后花园假山后头，匍匐在地上，拆开了那信。一张信纸之外，果然从里头滚出一粒手枪子弹，当时吓得手都有些发颤。

远远地躲在月亮门后头探出半个脑袋看的袁世凯，从袁乃宽手上接过那信和子弹头，嘿嘿冷笑，说:“这是在威胁咱爷们儿呢!这是在威胁咱爷们儿呢!”

匆匆回到地窨子里头，看那信函，只见上边写道:“袁世凯逆贼，欲将我朝天下断送汉人，我辈决不答应，愿与阁下同归澌灭!大清朝宗社党”

袁世凯把威胁信抛在书案上，黑下面孔，泥塑木雕一般，愣愣地坐在那里，一言不发。大概有一顿饭的工夫，他才移动了一下身子，干咳了两声，对袁乃宽说:“你去告诉记儿，叫他抓紧，三天之后，我要良弼的性命!”

袁乃宽领命而去了。

三天以后，一月二十六日，北京西四红罗厂良弼府第前边的那条大街上，路东头一家小饭馆前头，停放着一辆马车。这辆车打早上就来了，一直停在这里。一个年轻的读书人乘着这车，一会儿出去兜一圈，一会儿又回到这里，午饭晚饭也都是在这里吃的。店老板疑惑，问他可是等什么人，他也含糊其词，并不多言语。一忙，也就顾不得他了，由他去了。那人吃饭花钱倒是极大方，也喝酒，但是量不大，小呷二两辄止。只是那一双眼睛，总是不停地往街上瞅，还不时地从衣袋里掏出一张相片来看，确实像是在等什么人。

一直等到晚上九十点钟，天已经黑透了，北风又大，街面上少有行人了，小饭铺老板也该关门了，那人突然离开，跳上马车，直奔良弼府第。

一辆双辕马车在一群侍卫的保护下，远远地过来，在良弼门首与那青年的马车相遇。当良弼从马车上下来时，那青年已经站在他面前了。

那青年双手抱拳，满面微笑，操一口地道的四川话，问道："阁下可是军谘使良弼大人?"

良弼刚从肃亲王善耆家里回来，刚到家门口，忽然被这个人堵住，很觉奇怪，便反问道："请问阁下是谁？来此何事?"

那青年说："我有奉天军情来报。"

良弼说："夜已深，有军情明日请去军谘府面谈。"

那青年说："此军情紧急，不可过夜。"

良弼顿生怀疑，厉声问道："你究是何人?"

那青年亦厉声回答曰："某乃革命党人彭家珍者是也，特来给阁下送一件礼物。"

说着，从衣袋里掏出一颗小小的炸弹，说时迟，那时快，竟朝良弼扔去。

良弼躲之不及。只听见"轰"的一声巨响，炸弹爆炸，良弼顿时倒在血泊里。

众护卫看那刺客时，也被炸倒在路边上，有人上前翻动，见伤在脑部，已经断了气了。

良弼未死，呼喊呻吟不止，众人七手八脚抬了进去，紧闭大门，严加防卫。一面赶紧请外国医生前来救治。

这个自称彭家珍的人，乃是四川金堂人氏，字席儒。早年曾入成都武备学堂炮科，毕业后赴日本考察军事，常与革命党交游，立志献身革命。归国后，曾任四川新军第六十六标一营左队哨长，旋升该队队官。宣统元年（1909 年）五月调往云南，任新军第十九镇随营学堂教练官兼教习。后调奉天，历任学兵营讲师、代理管带。就义前任天津兵站司令部副官。武昌起义爆发以后，他曾与吴禄贞、张绍曾等密谋联络北方各镇起兵响应，曾亲自扣压清廷购自欧洲的大批军火，又参与策动王金铭等人的滦州起义。京津同盟会成立，他即入会，被推举为军事部长。这次刺杀良弼，是他从袁克定处得到情报，知清廷退位，亲贵里良弼阻力最大，又是宗社党头目，专与汉人作对，是故，从袁克定那里要了良弼照片和地址前来刺杀的。没有想到，炸弹爆炸以后，一块弹片击中他的头部，当场牺牲，可谓壮烈。

良弼被炸的消息在京城里传开了，紫禁城里一片混乱。二十七日早朝时候，众大臣施礼毕，隆裕太后怀里抱着六岁的小皇帝，掩面而泣道："梁士诒啊，赵秉钧啊，你们回去好好对袁世凯说，务必要保全住我们母子二人性命呀！"

梁士诒、赵秉钧伏地大哭。

梁士诒说："太后放心，臣等誓死保驾，绝对不使太后、皇上受到一点儿伤害。"

赵秉钧说："只要臣等有一口气在，就要对太后、皇上的安全负责。"

这天早朝，亲贵里只有恭亲王溥伟、醇亲王载沣到班，其他宗室王公纷纷请假缺席。他们被良弼的遭遇吓破了胆，有几个甚至悄悄潜赴青岛、大连、天津，躲进租界里去，藏匿不出了。

然而，谁也想不到，良弼被炸断了一条腿，请洋人医生实施手术后，竟然恢复良好，并没有死。消息传到袁世凯耳朵里，他大失所望，连说遗憾不止。

能让良弼活下去吗？袁世凯想到宗社党徒寄给他的恐吓信和信封里装的那粒子弹头。

他把赵秉钧叫来，对他说："良弼没有死，还活得好好的呢！"

赵秉钧立即明白了袁世凯的意思，说："大帅放心，这件事交给属下去办吧。"

良弼被炸的第三天，赵秉钧带着丰厚的礼物，领着一个中医郎中，前来探望。

良弼在卧榻上接见了他。

赵秉钧说："这些革命党，真是杀人不眨眼的妖魔，怎么如此狠毒，竟然下此毒手！"

良弼呻吟有声，并不言语。

赵秉钧说："这种炸伤，手术之后，最难忍受的就是疼痛。下官请来一位京城名医，世上祖传，专医跌打损伤疾患，配得一种汤药，喝了，立可解痛，三剂之后，便可疼痛消失，复员如初，大人可否一试？"

刚刚从死亡线上争回性命的良弼，每日正在遭受着术后疼痛的折磨，听见赵秉钧给他带来中医先生，有汤药可以止痛，如何不燃起一线希望？他频频点头，说："确疼痛难忍，若有良药，快快医我。"

赵秉钧领命，忙去门外招来那位中医郎中，嘱他给大人施药。

这位中医先生，五十多岁，黑黄面皮，瘦骨嶙峋，鼻梁上架着一副花镜。进得房来，略略察看了一下伤处，问了几句淡话，就从身旁的药箱里取出一小瓶药酒，说："大人服下此药，不出一个时辰，便觉疼痛减轻。连服三日，必然活动如常，疼痛全消矣。"

良弼在贴身侍女的侍侯下服下汤剂，当时就感觉伤处发热，疼痛有些减轻，高兴地说："不瞒智庵说，某被炸之后，即疑凶手必袁公指使，心中所恨者，袁公也。今日见大人来，又有良医医我，看来是误会了。"

赵秉钧说："大人遇炸的消息一经传出，袁总理急得什么似的，当时就要着我来看望，因四下寻觅名医，故而迟缓了日子，望乞恕罪。"

又说了几句客气话，赵秉钧便领着那位医者退了出去，一出大门，跳上马车，扬长而去。

一个时辰以后，良弼突然感觉气促神昏，浑身抽搐，奇寒难忍，知道不好，断断续续说："赵……秉……钧……杀……我……"话未说完，便七窍流血，呜呼哀哉，断了气了。

可怜良弼，在众多宗室亲贵里，对于袁世凯的认识，也算得是一个清醒者，竟然屈死在袁世凯的阴谋之手，被他用卑鄙龌龊的手段轻摄了性命，抱恨而去，岂不遗憾！

良弼的死，极大地震惊了清廷。宗室王公们魂飞魄散，逃的逃了，暂时没有离开京城的，也是每日里战战兢兢，闭门深居，猫在家里，不敢外出。

隆裕太后更是胆战心惊，夜不成寐，终日抱着溥仪小皇帝哭啼，眼泪就没有断过。

小德张劝道："太后这样每日以泪洗面，哀伤过度，也不是个办法呀，总要想出一个万全之策来，度过这个劫难才是。"

隆裕说："事已至此，你叫我有什么法子呢？"

小德张说："唉，事到如今，奴才也是一点儿法子也没有了！如今这北京城里，满街都是革命党，听说有两万之众。都一个个身着便衣，怀揣炸弹，混于普通百姓之中，让你辨认不出。只待和议失败，革命军杀到城外，便一声号令，里应外合，到那个时候，这个紫禁城就保不住了啊！"

隆裕惊恐地说："倘果真那样，我母子性命休矣！"

小德张说："奴才说句掌嘴的话，事情到了这一步，太后您老人家凡事也该想通达些，一切都没有保住性命要紧呀！索性答应革命党要求，依从让位，非但性命无虞，还能安居宫闱，长享尊荣富贵。"

隆裕低头拭泪，沉吟良久，悲哀地说："祖宗留下的江山，就这么说没有就没有了，让人怎么心甘？我看今日情势，朝廷命运，我母子性命，皆在袁世凯之手，他只要忠心大清，不做叛逆贰臣，我这大清朝就还有希望。他袁世凯所求者，无非是荣华富贵罢了，哀家赐他一个一等侯爵的爵位，让他位极人臣，换他一个忠臣之心，或许心生恻隐，不做那卖主之事，亦未可知。"

小德张听见这话，心里暗自道：这个时候，你拿侯爵来捆绑袁世凯手脚，他岂能听你摆布？再者说了，革命党给他的是大总统，一国之主，区区侯爵，与大总统相比较，算个屁呀！不过，此人诡诈，这些心里的话，他却一个字也没有说出，只是摇头晃脑，不置可否地连连叹气而已。

良弼被赵秉钧毒杀的第二天，早朝以后，醇亲王载沣乘着双辕马车，带领着一班太监、侍卫，来到铁狮子胡同袁世凯府第。

袁世凯大开仪门，迎接进去。

载沣当堂而站，宣读太后懿旨，道："内阁总理大臣袁世凯，生性敦厚，忠心事主，才调卓绝，功劳盖世。当此国家多事之秋，尽忠报国，以纾国难。其忠可嘉，其功当奖。本太后特施恩德，晋封袁世凯为大清国一等侯爵。钦此。"

跪伏在地的袁世凯，听完懿旨，心下暗自苦笑，说："这是干啥呀，拿我袁世凯当小孩子耍呢？你这大清朝现在是什么时候？土崩瓦解的时候，树倒猢狲散的时候，寿终正寝的时候，这个时候，你拿这个什么侯爵给我，明里是赏我奖我封我赐我，实里是用绳索捆绑住我，逼我跟你们一块儿完蛋！这又何苦呢？那边的大总统还等着我去当呢，难道我就会甘心作茧自缚，做你这个将死朝廷的殉葬品，跟你们一块儿澌灭吗？不干，不干，赔钱的买卖，老子不干！"心里这样想着，嘴巴上却不言语，只是把那脑袋紧紧地贴伏在地面，高高翘起屁股，一动不动。

醇亲王载沣问："袁世凯为何不接旨谢恩啊？"

袁世凯这才抬起脑袋，歪倾着脸，眯缝起眼睛，瞅住载沣，说："臣袁世凯不敢接旨。"

载沣说："太后懿旨已颁，如何说出不敢接旨的话？"

袁世凯说："请醇亲王回复太后，说袁世凯无功受封，实有愧于心，不敢接旨。"

醇亲王载沣一看这情形，知道他一时恐怕不会接下旨来，这样僵持下去，总不是个办法，便将那懿旨往香案上一放，说："袁总理有什么话，请进宫跟太后说去，懿旨本王放在这里了。告辞。"

说完，抬脚就走。

袁世凯无奈，只得爬将起来，紧追上去送行。

在袁宅门首，醇亲王载沣对他说："一等侯爵，何等荣耀，请大人勿谦，速速进宫，去太后面前谢恩是理。"

醇亲王走了，袁世凯返回地窨子，对梁士诒、赵秉钧说："这些日子以来，我力竭声嘶，多方操持，所为者何？还不是为了尽量多地保全他皇室的最大利益，给他们多争得一点儿皇室尊严，没有想到，他们竟以这样的手段来对付我！国之将亡，殆无能救！"

赵秉钧说："这确是一个棘手的难题。大帅若是接下了，就要效忠清室，无疑是甘心被其捆扎手脚，前边的一切努力，都要付之流水，后边的一切工作，都要半途而废。"

梁士诒说："良弼一死，清廷大乱，亲贵或逃或避，人人有朝不保夕之危。今隆裕此封，非侯爵也，实鸩毒也。她以鸩毒加我，大帅岂能受它！"

袁世凯说："如何不是这个道理！受了她的这个鳖孙侯爵，逼宫的戏老子就无法唱了！不受，不受！燕孙，快快帮我拟折子，辞谢不受。"

梁士诒说："好吧，属下马上就写。"

说着话，铺纸拈笔，写将起来，转眼草毕。

只见他写道：臣袁世凯世受国恩，屡叨殊遇。本年武汉事起，重膺疆寄，兼绾兵符，寻以更新政治，荐秉均衡，当艰阻之迭乘，愤阽危之莫挽。绵历数月，寸效未收，国势土崩，人心瓦解，千疮百孔，无术补苴，诚有如明臣史可法所言：但有罪之当诛，并无功之足录者。臣奉旨以来，无状有四，曰，未能维持住君主立宪，保住朝廷；未能起色军事，大振国威；未能斡旋外交，争取友邦；未能根除腐败，清明政治。臣今以衰病之身，受恩如此，受任如此，而咎愆日积，涓埃无补，分当自请罢斥。只以累世受恩，仰见宵旰焦劳，不忍以言去者重烦圣虑。然若再受高爵，则上累朝廷赏罚之明，下辜全国军民之望，其何以昭示天下，表率群僚！惟有恳恩收回成命，使臣之心迹稍白，免致重臣之罪。云云。

袁世凯读毕，笑道："好则好矣，只是把老袁我贬斥得成了个什么东西！"

梁士诒说："大帅若以谦辞太过，属下再行删节。"

袁世凯说："既为谦辞，还是过些好。再者说了，我老袁也没有把自己个儿当成个东西！"

辞谢折子递上去了，隆裕太后不准。

袁世凯无奈，又命梁士诒代他起草第二道申诉折子，曰：夫事变如是而受高爵，揆之祖制，既所不容，验之前朝，适成衰象。现在艰危日迫，困难殊多，朝廷爱臣，不可使臣受挟权要赏之讥；臣爱朝廷，不欲使朝廷有市恩虚縻之迹。现大局震撼，人心动摇，成败利钝，未敢逆睹。事变所极，已陷于水深火热之秋，功效弗彰，莫偿夫返日回天之志。若遽受高爵，忝窃殊荣，不独为前代所羞，亦恐为将来所笑。与其辜恩于日后，何如沥忱于事先？云云。

折子又递上去了，隆裕太后又不准。

袁世凯怒道："老子把该说的话都说了，这个娘们儿如何还缠住俺不放？"

梁士诒说："大帅勿急，常言说，事不过三，容属下再替你写来。"

于是第三道申诉折子又递上去了，隆裕太后还是不准。

于是第四道申诉折子又递上去了，隆裕太后还是不准。

袁世凯大怒，骂道："日他奶奶，这个女人好不知趣，这是黏上俺老袁了！却如之奈何？"

梁士诒说："大帅如是再辞，就是狂悖于朝廷了，受了吧。"

袁世凯苦笑，说："受了她的，又不能为其所用，天下人将如何看我？"

赵秉钧说："孤儿寡妇也是走投无路了，绝望垂死之时，希望以这个爵位，从大帅处得到一条活路，如此看来，亦是可怜兮兮的，让人心酸。"

袁世凯黑沉下脸子，顿足发狠道："天要亡她，关我何事，老子有什么法子救他！"

这天深夜，袁世凯正在地窨子里搂抱着十四岁的九姨太太刘氏酣睡，梁士诒匆匆赶来，唤起他来，报告说："大帅，上海伍廷芳来了急电，因事关重大，属下不敢迟延。"

袁世凯接过电稿，迅速浏览一通，因电文里传来孙文的意见，措辞尖锐而态度坚决，只把袁世凯惊出了一身冷汗。

孙文说："此次议和，屡次展期，原欲以和平之手段，达共和之目的。不意袁世凯始则取消唐绍仪之全权代表，继之又不承认唐绍仪于正式会议时所签允之选举国民会议以议决国体之法。复于清帝退位问题，业经彼此往返电商多日，忽然电称并未与伍代表商及等语。似此种种失信，为全国军民所共愤。况民国既许以最优之礼对待清帝及清皇室，今以袁世凯一人阻力之故，致令共和之目的不能速达，又令清帝不能享逊让之美名，则袁世凯不特为民国之蠹，且实为清帝之仇。此次停战之期届满，民国万不允再行展期，若因而再起兵衅，全唯袁世凯是咎，举国军民，均欲灭袁氏而后朝食。"

袁世凯急道："孙文这些话一旦见报，我老袁就变成狗屎堆了。怎么办？"

梁士诒道："应该马上回电伍廷芳，告诉他，我们这里正在密为布置，请他转告孙文，稍作等待，南北机密之议，万万不可泄露。"

袁世凯说："这样最好，快快去办！"

梁士诒说："不过，清帝退位的事情，不能再这样拖下去了，大帅要赶快想出有力的法子来，逼迫清帝主动逊位。"

袁世凯点头说："容我想想。"

回到卧室，刘氏问道："什么大事，让大人急出这么一身冷汗，隆冬腊月，浑身汗津津的发黏？"

袁世凯把脑袋钻进被窝里，瓮声瓮气地说了一句不着头脑的话："妈的，孙文厉害！"弄得小小年纪的刘氏越发糊涂了。

早饭以后，袁世凯命令袁乃宽马上把杨度找来，他有急事与其商量。

杨度刚从上海回京不久，听说袁世凯召见他，如何敢怠慢，慌忙穿戴整齐了，跟着袁乃宽来到铁狮子胡同袁世凯的家里。

袁世凯在地窨子里接见了他。

袁世凯笑嘻嘻地瞅着他，凝视半晌，说："我知皙子系立宪党人，长时期来主张君主立宪，与康、梁交情甚笃。"

杨度听见这话，大感疑惑，不明白袁世凯叫他来，为何说出这几句让人摸不着头脑的话，便嗫嗫嚅嚅地问："大帅，难道对皙子有了什么怀疑了吗？"

袁世凯说："何谈怀疑，皙子乃我之股肱亲信，一刻也离不了的俊彦之才，本总理正要大用，只是担心皙子不肯俯就罢了。"

杨度慌忙起身，抱拳行礼道："大人有何差遣，尽管吩咐就是，赴汤蹈火，皙子愿意驰驱。"

袁世凯摇头说："赴汤蹈火还谈不上，那些武夫行径，本总理是不会委屈尊下去干的。"

杨度说："究有何事，请大人明言。"

袁世凯说："本总理要你放弃政治主张，转而拥戴共和主义，你可愿意？"

杨度双膝跪地，以头抢地，道："古人尝言，士为知己者死，女为乐己者容，又曰，进退盈缩变化，圣人之长道也。皙子以为，君主、共和，乃丈夫入世之法也，唯有利者就之。大帅先时命皙子与汪兆铭组织国事共进会，倡言君主立宪，皙子全力以赴。今大帅若命皙子转道而力拥共和民主，皙子亦将全力以赴。何者，皙子乃大帅麾下一走卒也，大帅的政治需要，便是皙子的政治主张，君主、共和，唯大帅之命是听！"

"果然是我知己！"袁世凯哈哈大笑道。说着话，拉开抽屉，从里边拿出一张银票放在桌上，对杨度说："这是十万元，我叫你在北京立即组织一个共和促进会，网罗一帮舞文弄墨的闲散文人，每天在中外各类报纸上给我大造舆论，宣言君主立宪已经过时，不合中国实际，要想挽救国家危亡，保全皇室，唯有速行共和一途可走。否则，必将如何如何。话要说得血淋淋地邪乎，而且要把这些报纸每天不落地送进宫去，送到隆裕太后手里，其间奥妙玄机，还用我明说吗？"

杨度叩头不止，说："属下明白了，大帅尽管放心吧。"

袁世凯说："我会叫记儿不时去你那里察看，你有什么要求，跟他说就是。

起来，去办差吧。”

杨度再一次叩头，爬起身来，裤子上的土都来不及拍掉，从书案上拿起那张银票，高高兴兴走了。

杨度果然是个舆论高手，从第二天开始，隆裕太后和宗室王公大臣们的手里，便突然出现了一些外国人的、中国人的报纸，这些真报纸假报纸上边，连篇累牍倡言共和的文章，充满了惊吓恐怖，搅得皇室亲贵们夜不安枕，心惊肉跳。

袁世凯同时上了一道奏折，催促清廷速做决断，早日退位。他写道：“近议国体一事，已由皇族王公讨论多日，当有决定办法，请旨定夺。臣职司行政，惟遵朝旨。”

早朝时候，梁士诒把这道奏折呈上去后，恭亲王愤然怒道：“袁世凯这是什么，强逼退位吗？他如何比革命党还着急呀？”

隆裕太后说：“梁爱卿转告袁总理，咱们效法英国人日本人如何，采用虚君共和政体，国家大事方面，尽管共和就是，只求保全皇帝尊号名位。这样不也是一个法子吗，而且是康有为提出来的，咱们不妨试行之。”

梁士诒说：“虚君共和，这个意见太后前时已经说过，臣和袁总理几番与革命党方面联系，均遭到他们的强烈反对。伍廷芳回电说，南京已然成立了中华民国政府，今日只有皇帝退位，没有保留皇帝之说，若是把皇帝保留下来，还叫什么民国？若清廷再如此敷衍塞责拖延下去，是强逼我们采取军事行动了，干戈一起，优待免谈。此路恐怕行之不通。”

隆裕泣道：“这是只有退位一条路可以走了。”

梁士诒说：“袁总理叫臣代奏太后，与其拖延下去，和议破裂，而导致宗族覆灭，不如主动退位，换取优待，保住皇室尊荣。”

隆裕神情恍惚，半日无言，唯有潸然落泪不止。

醇亲王载沣、庆亲王弈劻木头棍子一样竖在那里，不敢说出自家的意见。

小德张俯在隆裕耳边，悄声说道：“太后，如今保全性命，保住富贵才是最重要的，您老人家拿主意吧。”

隆裕缓过神来，长长地叹了一口气，说：“既然如此，那就退位吧。哀家授袁世凯以全权，与南方革命党协商退位条件吧。哀家这里有三条意见，务必要革命党接受。一、保留‘大清皇帝尊号相承不替’；二、不用‘逊位’一词；三、宫禁及颐和园随时听使居住。”

梁士诒这里，听见这话，大喜过望，马上叩头领旨，出宫去了。

赵秉钧、王士珍也欢喜非常，对梁士诒说：“隆裕总算吐口了，我们快快报告大帅知道。”

三人纷纷跳上自己的马车，直奔铁狮子胡同袁宅。

袁世凯听完他们的汇报，高兴地说：“还等什么呀。快快拟定优待条款，发给唐绍仪，叫他们以退位条件跟伍廷芳交涉，隆裕所提三条，请他们尽量迁就。”

王士珍说：“是不是把我们拟定的优待条件也同时发给段祺瑞、冯国璋等北洋将领，叫他们也发电报给伍廷芳，提出退位条件，亦表明我军界立场。”

袁世凯说：“很有必要。同时，也发给蒙古王公们，叫他们以蒙古联合会的名义也给伍廷芳发电报，三路齐下，才有气势。”

余下来的几天，就是南北双方就退位条件的具体交涉了。当一切条件归于一致的时候，袁世凯突然发现，隆裕太后似乎并不急于退位，也没有意思决定何时退位，她要一味地拖延下去。袁世凯不免有些着急，叫梁士诒他们早朝时候催促几次三番，都没有反应，心下不由得恼火了，骂道：“既已答应退位，何必又拖？这个娘们儿跟老子耍赖！”

赵秉钧说：“我等已经提过几次了，每次提，她都是敷衍，又不能翻脸，真让人没有办法。”

梁士诒说：“催急了，她就抱着小皇帝哭，鼻涕眼泪的，叫人看着可怜。”

袁世凯怒道：“可怜她个屌！她不退位，南边闹起来，老子的大总统还当不当?”

王士珍说：“如今只有一个法子能够吓住她，叫她加速退位。”

袁世凯问：“什么法子，你快说。”

王士珍说：“动用段祺瑞等，这个法子最灵，隆裕心里最怕的，是北洋军翻脸。”

赵秉钧说了：“这个法子好，每次到了坎上，都是芝泉他们的通电解决问题的。”

袁世凯笑道：“那就起草吧，还等什么呢?”

梁士诒知道这一回，又该着他了。因为这些人里，只有他一个人是进士出身，写吧。

铺纸拈笔，埋头写来，转眼草就。只见他写道：共和国体，原以致君于尧舜，拯民于水火。乃因二三王公迭次阻挠，以至恩旨不颁，万民受困。现在全局威迫，四面楚歌。颍州则沦陷于革军，徐州则小胜而大败。革舰由奉天中立地登岸，日人则许之。登州、黄县独立之影响，浸遍于全鲁。而且京津两地暗杀之党林立，稍疏防范，祸变即生。是陷九庙两宫于危险之地，皆二三王公之咎也。三年以来，皇族之败坏大局，罪实难数。事至今日，乃并皇太后、皇上欲求一安富尊荣之地，四万万人欲求一生活之路而不见许。祖宗有知，能不恫乎！盖国体一日不决，则百姓之因兵燹冻馁死于非命者日何啻数万。瑞等不忍宇内有此败类也，岂敢坐视乘舆之危而不救。谨率全体将士入京，与王公剖陈利害。祖宗神明实式鉴之。挥泪登车，昧死上达。请代奏。

袁世凯阅过，大喜道："此徐敬业讨伐武则天之檄文也！燕孙真我之骆宾王也！"

王士珍说："这篇电文，着墨不多，却刀光剑影，杀气弥天，令人胆寒。朝堂之上一宣读，那些王公大臣不屁滚尿流才叫怪！"

袁世凯说："叫靳云鹏携电稿立即出京，命段祺瑞以前敌将领名义发来内阁，明日早朝，我将率领全体内阁大臣上朝请旨，看那隆裕怎么应对！"

第二天早朝，袁世凯率领内阁大臣们上朝议事。

隆裕见袁世凯亲自来了，心下大惊，知道要有大事发生了。可是又没有办法，只得硬着头皮强装出笑脸，问候道："袁爱卿身子骨可好了？亲自上朝，有什么大事吗？"

袁世凯奏道："臣昨晚收到前敌将领段祺瑞等的紧急电报，诸位将领因国体问题久而不决，拟叩关入京，剖陈利害。此事关系重大，臣不敢稍怠，请太后定夺。"说完，从衣袖里掏出段祺瑞的电文，当堂宣读起来。

段祺瑞的电文，句句如同利箭穿心，字字好比炸弹轰响，只把那些王公大臣皇室亲贵们吓得面色如土，战战兢兢。他们人人心下都明白，倘若段祺瑞的军队一进京，那将意味着什么！

隆裕太后早被吓了个半死，半天说不出一句话来，两只眼睛如同决了堤的水流，哗哗的眼泪不断线地流个不止。

袁世凯催促道："究竟如何处置，臣请太后懿旨。"

隆裕太后泣道："哀家还有什么懿旨呀，他们都要杀进京城来了！"

恭亲王溥伟愤愤地说："段祺瑞以武力逼宫，实属反叛，他身后必有指使者！"

袁世凯厉声问道："恭亲王可知那指使者为谁？说出来，袁某立即逮捕他。"

恭亲王一时语塞，不知如何回答。

袁世凯继续说道："若无根无据，信口乱说，势必贻误大事，军谘使良弼大人的遭遇，王爷想是还没有忘记吧。"

这一句话厉害非常，它的潜台词实际是在警告溥伟，你放老实点儿，不然，小心落得如同良弼的下场！

溥伟如何听不出来？他心里虽然不忿，嘴巴上却不敢再言语了，因为他也怕被袁世凯暗杀了呀！

泪下如雨的隆裕太后哭哭啼啼道："事已至此，你就全权去跟南边把优待条件谈妥了吧，退位诏书等项也一并定下来，哀家用宝就是。"

说罢，掩面而泣，由小德张搀扶着，走下龙位，颤颤巍巍地转回内宫去了。

经袁世凯与南方代表伍廷芳往返电报几度磋商，经由参议院通过优待清皇室八条，曰：

一、大清皇帝尊号不废；

二、每年由民国政府拨给皇室四百万金供用；

三、皇帝暂居后宫（后移居颐和园）；

四、宗庙陵寝永远奉祀；

五、崇陵工程如制修造，经费由民国政府支出；

六、宫内各执事人员，照常留用；

七、清宫财产由民国政府保护；

八、禁卫军饷额由民国政府如数供给。

1912年，二月十二日，袁世凯率领全体内阁成员携带退位诏稿入朝，在养心殿向隆裕太后、溥仪皇帝行最后一次觐见礼。

隆裕太后抽抽咽咽哭哭啼啼在退位诏书上钤印御玺。

至此，统治中国二百六十八年的大清王朝宣告灭亡。

第十四章　孙总统黯然谢任　袁总统风光走马

第二天，即二月十三日，孙文正在他的总统办公室与黄兴议论清帝退位的事情，汪精卫匆匆进来了，他手里拿着一封公函和一纸电报。

汪精卫报告说："大总统，清帝退位的诏书和袁世凯发表政见的电文都收到了，请您过目。"

孙文先接过那退位诏书，只见上边写道："今全国人民心理多倾向共和，南方各省既倡议于前，北方将领亦主张于后，人心所向，天命可知。予亦何忍以一姓之尊荣，拂兆人之好恶。特率皇帝将统治权公诸全国，定为立宪共和国体。即由袁世凯以全权组织临时共和政府与民军协商统一办法……"

读到这里，孙文突然打住，面色陡然变得严肃，拿一根手指指点着，对黄兴说："这句'即由袁世凯以全权组织临时共和政府'，是何意也?"

黄兴说："张謇起草诏书的原稿上，并无此语。"

孙文冷笑道："毫无疑问，这是袁世凯叫人加上去的！他这一句话，便把共和政府的性质变了，议会选举产生的民主政府，变成由清帝委任之专制政府，好像我们的中华民国乃是由清朝封建专制政权嬗变而来！"

汪精卫说："这句话出现在退位诏书里，是很不合适。"

"不是不合适，而是根本错误。袁世凯在这里为其组织另一个政府制造理论依据呢！"孙文很气愤，他对在外间屋里俯案工作的秘书王云五说，"你马上草拟一份电报，向袁世凯提出抗议，告诉他，共和政府不能由清帝委任组织，并且质问他，中华民国政府已经建立，问他要干什么，欲分裂国家吗?"

汪精卫笑道："大总统辞职以后，他便就任大总统了，再组织一个政府，袁世凯不是庸人自扰吗?"

黄兴说："这是他给自己留的一条后路，怕当不上这个大总统，自己就再当另外一个，军阀之心，小人之心，奸诈啊！”

孙文看那另一纸电文，那是袁世凯的政见声明，只见他写道：“共和为最良国体，世界之公认，今由弊政一跃而跻及之，实诸公累年之心血，亦民国无穷之幸福。大清皇帝既明诏辞位，业经世凯署名，则宣布之日，为帝制之终局，即民国之始基。从此努力进行，务令达到圆满地位，永不使君主政体再行于中国。”

孙文点头说：“这个政见声明，倒还旗帜鲜明，观点明朗。‘永不使君主政体再行于中国’，这句话我甚爱听！但不知是否是他的心里话，希望他言行一致，表里如一，不口是心非就好。”

汪精卫说：“常言说，言为心声，心为言本，袁世凯倘没有这个觉悟，我想他绝对是说不出这样的话来的。”

孙文说：“对别人，可以这样认为，对袁世凯，则万不能如此看他！戊戌变法时候，他追随光绪皇帝厉行新政，痛哭失声者是他，慷慨激昂者是他，背叛光绪，出卖新政者也是他。此人擅变，长于投机，对于此人，我总是很不放心。”

黄兴说：“不管怎样，这次清帝退位，封建专制制度结束，亏得他才没有刀兵相见，不流血而达到政权嬗变的目的，他是功不可没的。且试用之，倘诡诈专权，不尽如人意，几年之后，选掉他可也！”

汪精卫问孙文说：“大总统今年一月二十二日曾经发表声明说，清帝退位，袁世凯宣布政见之后，即行辞职，由参议院举袁为大总统，此言可否兑现？”

“当然兑现！”孙文看了一眼汪精卫，心里感觉很是奇怪，他不明白，汪精卫为什么如此之急。听他话的意思，好像是怕自己不履行诺言，又像是担心袁世凯就任大总统的事情会出现意外，他好像比袁世凯都担心着急。但是，这个疑惑只是在他脑中一闪，很快便过去了。他说：“我要想一想，我的辞职咨文当如何措辞。”

汪精卫说：“这件事情叫我来办吧，当年在日本的时候，大总统不是经常夸奖我是最佳的秘书吗？这个辞职咨文，我来替大总统起草吧！”

说着，也不待孙文点头同意，他就快步走到书桌前，铺纸拈笔，写了起来。

汪精卫的行书是极好的，四岁时候，他就跟随着在县衙当书办的老爹学习书法，后来又屡选名师，苦练不辍，终成气候，于颜体柳体都有很深的造诣。一杯茶的时间，已然草毕，笑嘻嘻地双手捧着，递给孙文看。孙文凝眉注目，读那辞职咨文，只见他写道——

清帝鉴于大势，知保全君位必然无效，遂有退位之议。今既宣布退位，赞成共和，从此帝制永不留存于中国之内，民国目的亦已达到。当缔造民国之始，本总统被选为公仆，宣言、誓书，实以倾覆专制，巩固民国，图谋民生幸福为任。誓至专制政府既倒，国内无变乱，民国卓立于世界，为列邦公认，本总统即行解职。现在清帝退位，专制已除，南北一心，更无变乱，民国为各国承认旦夕可期。本总统当践誓言，辞职引退。为此咨告贵院，应代表国民之公议，速举贤能，来南京接事，以便解职。

孙文读过汪精卫代他起草的辞职咨文，心里很不平静，沉默良久，怅然叹道："你这文中所言，'清帝退位'诚为事实，但'南北一心，更无变乱'，我看却是一厢情愿，理想的成分多而现实的意义少，南北能不能一心，国家能不能安定，还要看袁世凯的表现再说。此文就这样送给参议院，我总觉得少了点儿什么。"

汪精卫说："大总统看少了什么，请快快说出，容某加上。"

黄兴说："我也疑袁世凯是个口是心非的人，怕他另生枝节。兆铭不要催促，且容大总统从容思考之。"

孙文起身，手里拿着文稿，在大厅里踱起步来。

房间里静极了，黄兴和汪精卫屏息而坐，不敢出声。王云五在另一间书房里俯案工作，更是不敢发出声响来。这个时候，声音最大的，反倒是孙文自己的脚步声了，啪嗒，啪嗒，啪嗒，于这静寂里，显得非常响亮有节奏。

孙文踱步到黄兴面前，戛然停下，手里抖动着那文稿，说："南北是否一心，要看袁世凯是否真心赞成共和。而测其真心，就要看他敢不敢南下来当这个大总统。若不敢来南京而执意留在北京，那是要拥兵自重，无变乱的话就无从谈起了。"

黄兴说："这话对。"

孙文接着说："清帝虽然退位，国家虽然共和，但会不会产生野心家、阴谋家，企图开倒车走回头路，这就很难说了。而保证国家的民主性质不为篡国者所改变者，法律也。中华民国之临时约法，当是保障国家民主共和性质不被改变的坚实屏障，我们一定要强调它，维护它！"

黄兴说："言之有理。"

孙文眉梢一挑，面上露出了笑容，说："我要在这篇辞职咨文下边附上几条措施！"

说着，快步走向书案前，拈起毛管，认真写来。

只见他写道："附办法条件如左：一、临时政府地点设于南京，为各省代表所议定，不能更改；二、辞职后，俟参议院举定新总统亲到南京受任之时，大总统及国务各员乃行辞职；三、临时政府约法为参议院所制定，新总统必须遵守颁布之一切法制章程。”

黄兴说：“我完全赞成大总统这三条办法条件，其中，第一、二条是限制袁世凯的，而第三条，则是预防包括袁世凯在内的一切执政者，谁也不允许超越法律之上，法律，乃是民主共和的坚强保障！”

但是，各地的革命党人、政府机关成员、军队将士、人民团体以及社会名流，或以集体名义，或以个人名义，纷纷致电大总统，强烈反对举袁世凯为中华民国总统。世界各地的海外华侨团体和个人也纷纷来电，反对举袁世凯为中华民国总统。

孙文为了顾全大局，恪守承诺，只好通过上海的《民立报》对他们说：“清帝退位，民国统一，继此建设之事，自宜让熟有政治经验之人。袁氏以和平手段达到目的，功绩如是，何不可推诚。且总统不过国民公仆，当守宪法，从舆论。文前兹所誓忠于国民者，袁氏亦不能改。若在吾党，不必身揽政权，亦自有其天职，更不以名位而为本党进退之征。”又说：“仆满清而建民国，今目的已达，以此完全民国，归诸全体四百万人之手，我辈之义务告尽，而权利则享自由人权而已，其他非所问也。至于服务之行政团，若总统类者，皆我自由国民所举用之公仆，当其才者则选焉。袁君之性情不苟于然诺，当其未以废君为可也，则持之；及其既已共和为当也，则坚之。其诺甚濡，其言弥信。彼之公布天下万世，有云：不使君主政体再发生于民国，大哉言矣！复何瑕疵？至彼之委曲求全，予亡清以优待，亦隐消同气之战争。功罪弗居，心迹自显。前日之袁君，为世界之一人；今日之袁君，为民国之分子。量才而选，彼独贤劳。正我国民所当慰勉道歉，责之以尽瘁，爱之以热诚者也。总统既非酬庸之具，袁君即为任劳之人。宜静观其从容敷施，以行国民之意，使民国之根基，由临时尽力维持而完固焉。我同志其鉴文之微忱。”

就这样，孙文没有接受广大革命群众“勿堕袁之狡计”“和议决不可行”的劝告，以一代革命领袖的身份敞开了妥协的大门，引虎狼入室，铸成大错，以至造成了他苦战到死终未挽回的惨痛局面。——这是后话了，此处不再赘言。

且说这时候的袁世凯，在北京是个什么状况呢？

他得意得很！

清帝退位的当天，他就从地窨子里走出来了。

伸伸懒腰，举举胳膊，踢踢腿脚，长出一口大气，舒活舒活筋骨，白花花的太阳晃着他的眼睛。他下意识地伸出一只手来，从背后拽出脑袋后头拖着的花白了的辫子，轻轻地抚摸着，温柔地梳理着那辫梢，迈起四方步，一步一摇地往他久违了的书房走去。

梁士诒、赵秉钧、王士珍等亦步亦趋地跟随在他的屁股后头，他们后脑勺上拖着的大辫子，一摆一晃地扭动着，这个时候显得特别刺眼。

突然，一阵风，袁克文从大门口蹿进来，恰与袁世凯撞了个对面，吓得扑通一声跪伏在地，嘴里慌忙叫“爹”。

袁世凯大怒，骂道：“混帐小子，你不在天津野跑，回北京干什么?”

袁克文磕头说：“儿子回家来看望爹爹。”

袁世凯说：“又胡说了不是? 你小子连谋刺你爹的刺客都敢保走，心里还有你爹!”

袁克文抬起头来，不服地辩道：“那两个人不是刺客，是陆建章抓错了人。倘真是刺客，儿子岂能保他?”

袁世凯撇撇嘴，讥讽道：“这么说来，你还是个孝子，老子冤枉你了?”

袁克文说：“陆建章为了讨好爹爹，枉抓枉杀的人多了去了，爹爹要不管束他紧些，小心他坏了爹爹的清名。”

说到这儿，扑哧一声笑了。

袁世凯问：“你笑什么?”

袁克文说：“清帝退位，国家共和了，满街的人都争着剃头剪辫子呢，可是，我看咱们家，还是大清朝!”

袁世凯怒问道：“怎么讲?”

袁克文说：“唐人王勃说，‘浇风易渐，淳化难归’，满人入关二百多年来，他们浮薄的风气很快就强逼着人们接受了它，今天民国了，中华民族淳厚的风俗归来原来是顺理成章的事，谁知却如此艰难，儿子今天从各位大人身上看见了这一点。你们哪里是民国的公民，分明仍旧是大清的臣子，朝衣朝服，还有那大辫子。”

“混账话，还不快滚!”袁世凯怒吼道。

袁克文听见叫他滚，迫不及待地从地上爬起来，一溜烟早没有了影儿。

就在这一刹那，袁世凯看见他一头短发，一身唐装，人完全变了另一个样子。

梁士诒笑道：“古人说‘风俗之变，迁染民志，关之盛衰’，又说‘教化可以美风俗’，看来，这一条象征满人愚昧落后的辫子，是该剪掉它了。”

袁世凯点点头说：“既已民国，就剪了它吧，总要把我们打扮得像个革命党不是?”

赵秉钧说：“这条辫子，戴习惯了，猛一说剪，还真有些舍不得，可是要是不剪，势必为外国人耻笑，回去我就剪了它吧。”

王士珍说：“拖着这个劳什子，确实很不方便，回去我第一件事情，就是剪掉它。大帅今晚是不是也剪了它呢?”

袁世凯呵呵一笑，说：“你们尽管剪就是，我么，稍待，不忙，哈哈哈哈。”

说着话，进得书房，落了座，侍女早一一斟上茶水。

袁世凯捋着八字胡须，眯缝起眼睛，诡诈地一笑，说：“看来，孙文决议要把首都定在南京了，我这个临时大总统也要去南京当去了。”

赵秉钧说：“南京可不能去，那里是革命党人的天下，大帅一进去，那无疑是钻进了马蜂窝，情等着挨蜇了！”

王士珍问：“大帅的意思是什么？去耶，还是不去耶？”

袁世凯笑问道：“看来，智庵是不赞成我去，你的意见呢？”

王士珍说：“我们的势力在北方，若去了南方，就失去了我们的优势，面前就有无穷的危险，自然还是不去为上策。不过，南京是临时政府所在地，孙文坚持要在南京定都，你自然是要去那边当大总统，这又是理之当然的事情，拒绝他，似乎也不容易。”

袁世凯一甩袖子站起身来，挺着大肚子，厉声喝道：“老子不去！老子的北洋大军都在北方，光杆儿一个去了那边，有我的好果子吃吗？孙文只需买通一个枪手，消耗一粒子弹，啪的一声响，老子就玩儿完！大总统的宝座，还是他孙逸仙的。孙文跟老子玩儿这个，他还嫩了点儿！”

梁士诒说：“大帅说得是。不过，要是公然反对，南北僵持起来，似乎又不利于我们。不管怎么说，眼下，大总统还是他当着，咱们还没有接过那位子不是？”

袁世凯哈哈大笑，说：“对，对，急不得，急不得！我们不能公然反对，我们要公然支持，公然同意，公然拥护！总之一句话，这个时候，他孙文说什么意见出来，我们都没有异议，跟他绝对保持一致，违心的话敞开嗓子说！一切要等他们那参议院的选举结束之后，要等老子的大总统当上之后。”

王士珍说：“清帝已经退位，参议院的选举结果究竟如何，尚不得知，这个节骨眼上，北方各省各级衙门，各镇兵马，可不能乱，我们总要有个应对的法子。”

袁世凯沉吟片刻，缓缓地移步到书桌前坐下，说：“燕孙，你马上草拟电报，以清帝退位诏书命我‘全权组织临时共和政府’的名义，传我的命令，命令各省各军，布告文武官衙以及军警各部，我临时政府代替清政府行使权力，本帅为临时政府首领，要他们一切照旧，维护好社会秩序，管理好自己的兵士，严防盗贼作乱。”

梁士诒说：“这个措施很有必要，属下马上去办。只是这‘首领’二字，很是不雅，有点儿山大王的意味，最好能改一改。”

袁世凯摇摇头说：“本帅想了几天啦，想不出个合适的名号，除了‘总统’

这个词儿之外，再没有合适的啦，就暂时先这么叫着吧！等孙文那边腾出地方来，老子就去出任这个大总统；孙文那边不腾出地方来，他赖着那个总统宝座不挪窝，老子就在这北京城里自立政府，自当大总统；老子进也是大总统，退也是大总统，老子这个大总统是当定了！”

说罢仰头大笑。梁士诒、赵秉钧、王士珍等也跟着他大笑不止。

这天晚上吃晚饭的时候，袁世凯高兴，把五姨太太、九姨太太都叫到跟前，一个胳膊搂住一个，叫她们喂着他吃，说笑打闹成一团。

五姨太太杨氏灌了袁世凯一杯酒，又夹了一筷子菜填进他嘴里，眉开眼笑地拖着媚腔媚调儿，问道：“大人，您眼下要当的这个‘大总统’，比起当‘皇上’来，哪个官更大？”

袁世凯哈哈大笑，道：“我的乖乖儿，当然是一般大了，这还用问吗？”

杨氏说：“不对，依妾看，还是皇帝大。皇帝乃九五之尊，真龙天子，全天下的人都是他的奴才，全天下的土地，都是他的私产。大皇帝死了，太子继位，又是一个小皇帝，一代一代传下去，几代十几代，都是皇帝。可是那总统呢，听说还要人家开会选举，选上你，你才是，选不上，什么也不是，平头百姓一个，大总统如何有皇帝大呢？”

杨氏这一席话很让袁世凯不高兴，他马上黑下面孔，推开紧紧依偎在身边的左右两个爱妾，怒道：“那是别人当总统，老子若是当了总统，老子要做得比皇帝大，让全天下的人都当老子的奴才，全天下的土地都是老子的私产。什么他妈的公仆，老子是爷，是主子！不当爷，不当主子，谁当那个鳖孙总统？傻子啊！”

吃饭的兴致已经没有了，袁世凯一推饭碗，起身要走。忽然想起了什么，问道：“招儿呢，今天不是回家来了吗，怎么不见他？”

杨氏说：“早上一进门，就被你骂了个狗血喷头，还敢见你呀，早溜走了！”

袁世凯皱皱眉，说：“再回来，告诉他，天津那边准备搬家吧，都搬回来。住在这个狭窄的地方，太憋屈人！”

“那咱们搬什么地方去？”杨氏问。

“中南海！全家都搬进中南海！”袁世凯说。

“那可是皇帝皇后们住的地方，咱们家能进去住吗？”杨氏大惊，她做梦也没有想过有一天会搬进那个神仙似的地方，她怀疑自己的这个丈夫在说胡话。

袁世凯这时已经走出门去了，特别探进头来，说：“老子马上就是大总统，皇上住得，大总统为何就住不得？住得！你们也准备搬家吧！”

二月十三日下午，袁世凯正跟梁士诒、赵秉钧、王士珍等议事，袁克定领着杨度来了。

袁世凯很高兴，对他们说：“你们那个共和促进会闹得不错，舆论上帮了老子很大的忙，清帝退位，你们功不可没。”

杨度说：“还不是大帅您领导得英明，现在回过头来看一看，大帅放弃君主立宪而转为拥戴民主共和，真是智者之见，这真是应了苏东坡的一句话，‘智贵乎早决，勇贵乎必为。早决者无后悔，必为者无弃功’。今日之中国，不费一兵一卒，一枪一弹，统治大权眼见着就要落入大帅的囊中矣，晚辈这里预为祝贺了。”说着，抱拳作揖，一躬到底。

袁世凯呵呵而笑，矜持地频频点头。

梁士诒说：“人言皙子聪明过人，今日一见，果然非同凡比。唐人韩愈有‘清声而便体，秀外而惠中’的话，我看用在皙子身上，恰如其分。”

杨度是个极其势利、极善投机钻营的小人，利欲之心，大可弥天。他早年在日本留学的时候，虽然主张君主立宪，却与革命党颇多来往，并且跟汪精卫等骨干分子交谊甚深。同为立宪党人，他一方面与梁启超打得火热，甘以学生晚辈的身份低眉折腰低声下气趋炎附势，讨梁信任；另一方面又与清廷暗中联系，传递情报，报告消息，获得好处。这个人在中国晚清的政坛上，上蹿下跳，左右逢源，所以混得相当风光。这个时候，他听见袁世凯的得力亲信梁士诒如此夸奖他，以清声便体、秀外慧中来形容他，而且是当着袁世凯的面，这个荣耀是何等的大啊！他受宠若惊，忙不迭地抱拳作揖，道：“学生谢前辈鼓励，学生实不敢当。”

袁世凯说：“你小子不要把话说过了头，什么统治大权落入本帅囊中，还没有掉进来呢，这不，就又出岔子啦吗！孙文反对退位诏书里命我全权组织临时政府的话，反对建都北京，非叫老子去南京就职，这不是麻烦来了吗！”

杨度说：“命大帅以全权组织临时共和政府者，清廷也，非大帅也。这并非大帅您自己个儿的话，这乃是清帝退位诏书里的话。即或有错，并非大帅之错，乃清帝之错也，大帅只消回他个电报说明白了，也就是了，何苦往自己个儿身上揽。”

赵秉钧问：“依你之见，当怎样回他？”

杨度说：“这有何难！孙文不是说‘共和政府不能由清帝委任’吗？大帅也说，此言极为正确，共和政府确实不能由清帝委任，我看孙文还有何言！”

赵秉钧又问：“那诏书里的这句话，该如何解释呢？”

杨度说：“就说全权组织政府字样，决非袁某之意，而是满洲王公们疑惧，以为优待条件此后无人保障，非有此语，几于诏书不能颁发。今应以大局为重，这些细枝末节不与计较也罢。孙文心在国家未来、交权大局上，有了说法，必不会再行追问细枝末节。”

“然则，建都之事若何？”梁士诒问。

杨度说："我料大帅必不肯南下任职，建都南京，实属下策，决不能行。这次南京方面就建都事多有争执，昨日的参议院会议上，大多数议员就主张建都北京。虽然遭到孙文的坚决反对，执意要建都南京，亦未必没有办法改变它！"

袁世凯说："拿出你的办法来，叫某听听。"

杨度作揖道："晚辈一时并无上策，不过有一个人，他一定能在这个难题上给大帅以帮助。"

"何人？"

"张謇。"

袁世凯哈哈大笑，道："晳子真我之诸葛孔明也！燕孙兄，快快发电报给张季直，请他给出个主意。"转回头来对杨度说："你跟记儿商量着把舆论造好、造大。一些话要说得策略，该反着说时，就反着说。譬如，老子主张建都北京，决不愿去南京就职，你们就说老子同意建都南京，愿意去南京就职，在大总统没有拿到手以前，决不能跟孙文唱对台戏，大总统拿到手以后，就会是另一种说法了，这些，明白吗？"

杨度说："晚辈明白。"

袁世凯很是满意地说："你们去吧，我还要跟他们商量下一步的行动计划呢。"

杨度二人走出书房，杨度问袁克定说："刚才应对时，你怎么不说话？"

袁克定说："我说话了，还能显摆出你来吗？"

杨度感动地说："哥哥为了小弟出头，真是用心良苦。走，今儿小弟请客，咱们去八大胡同逛窑子玩去！"

二月十五日这天上午，袁世凯茶饭无心、坐卧不宁。他手里轻轻地端着自己的那条花白小辫子，不时地爱抚几下，在厅堂里转圈子。

他的面色非常凝重，紧紧地闭着嘴巴，眯细起眼睛，迈着两条小短腿，忧思忡忡。

他知道，就是在这个时候，在南京参议院，十七省的代表正在召开中华民国总统选举会。

他们将对自己进行投票表决。

此番，能不能当上这个大总统，就要看这十七省的代表的这一投了。

会是个什么结果呢？能够多数通过吗？

南京，可不是北京。倘在北京，什么事情都好办，他的势力可以影响一切，那个选举可以操纵，那个选举结果，自然也会按照他的意愿出来。可是，在南京，就是另一回事了！那里是孙文的天下，周围全是革命党，孙文可以操纵一切，掌握一切，选举的结果，可以按照孙文的意愿出来。他真的要把大总统让给自己吗？

袁世凯压根儿就不会相信这是真的！

世界上没有这么傻的人！

他孙文肯定要操纵选举！

孙文一旦操纵了选举，大总统必然是留给了自己，决然没有他袁某的事了！他最后落个竹篮打水一场空。

妈的，要真是那样怎么办？老子就组织北京临时政府，自己个儿干，也成立参议院，也叫他们选举老子为大总统……南北两个政府，两个大总统……南北干起来……看老子敢不敢……

他这样胡思乱想着，没有边际地胡思乱想着。

前天，二月十三日，孙文的辞职书，要说写得还是满诚恳的。他向参议院举荐自己为中华民国临时大总统的咨文，写得也是满诚恳的。他说：“此次清帝退位，南北统一，袁君之力实多，发表政见，更为绝对赞同，举为公仆，必能尽忠民国。且袁君富于经验，民国统一，赖有建设之才，故敢以私见贡荐于贵院。请为民国前途熟计，无失当选之人。”这些话，倘叫我老袁跟他孙某人换一换位置，老子是决不会为之的，老子决不会把到了手的甜果子让给别人吃！从这一点看，孙文，乃仁义之人也，非我袁某之所及也！可是政治能讲仁义吗？孙文讲仁义，讲恪守前言，那是他缺心眼儿！这家伙不是傻子，就是呆子！

袁世凯的嘴边，流露出一丝嘲讽的笑。

中午时候，他正在吃午饭，梁士诒、赵秉钧、王士珍等满头大汗地跑来了。

梁士诒手里高擎着两份电报，一进门，就兴高采烈地说：“报告大帅，不，应该叫大总统，您当选了！”

赵秉钧、王士珍也兴高采烈地说：“恭喜大总统，您当选了！”

袁世凯接过电报，匆匆浏览了一眼，分明地看见“十七省代表一致选举袁世凯为中华民国临时大总统”一行字，知道没有错，当时脑子轰的一声响，完全成了空白，里边什么也没有了。同时感觉一股暖流，从脚底板心奔涌起来，直往上翻腾，眨眼流遍全身。寒冬腊月天气，他忽然感觉浑身燥热，脑门上豆大的汗珠，忽地涌出来，啪嗒啪嗒地往下滴答。愣怔了一刹，他从那惊喜里缓过神来，一推饭碗，说：“走，给老子剪辫子去！”

袁世凯拉了条板凳坐在回廊上，剃头师傅是现成的，早有人端来热水，拿来布单。剃头师傅把那白布单往袁世凯脖子上围住，罩在身上，腾出一只手来，紧紧揪住脑后的花白小辫子，另一只手抄起一把剪子，只听见咯吱一声响，那条自打一出生就拖在脑袋后头五十多年的辫子被剪下来了。围观的众丫鬟、侍者、仆人、兵士们叫一声好，齐鼓起掌来。梁士诒、赵秉钧、王士珍也跟着众人笑。

袁世凯先是一怔，睁圆眼睛呆看着那条剪下来的辫子，若有所失。当他听见众人的叫好声，看见人们欢喜的笑脸，他也嘿嘿地笑了，大声说：“老子今天也革命啦！老子也成革命党啦！”

谁知，那剃头师傅不理会这些，伸出一只手来，扶住他的后脑勺，往下只一按，袁世凯的脑袋便沉进水盆里了。

但是，孙文、黄兴坚持要建都南京，坚持他袁世凯去南京就职。

这下可难为住了袁世凯。

袁世凯把梁士诒、赵秉钧、王士珍关在他的书房里商量对策。

赵秉钧说：“虎落平阳被狗欺，南京，去不得！”

王士珍说：“可是，别忘了孙文有三条，其中第二条就是‘新总统亲到南京就任之时，大总统及国务员乃行解职’，你不去南京，他还在任上，选出来也不算数。”

袁世凯骂道：“奶奶个熊，孙文这三条，是套在老子头上的紧箍咒，治住老子了。”

梁士诒说：“要不，干脆去电孙文，拒绝他。”

袁世凯摇头说：“拒绝不得，拒绝不得。这个时候，咱爷们儿刚被选上不是？还没有站住脚不是？不能跟他们闹翻，得顺着来。”袁世凯习惯性地把一只手伸向脑后，去抓辫子，却抓了个空，只得往上揪住一缕耳朵后头的短发，卷着圈圈，接着说：“咱们跟他们说，本大总统当然要去南京，当然愿意去南京就职，只是目前还有困难，还不能马上就行。本大总统一切考虑，都是以北方安定为前提，军队安定为前提，老子要暂维秩序，维护统一，这比什么都重要……如此发电给他们，如何？”

梁士诒说：“采用拖的办法，先拖他几天。”

袁世凯说：“对，拖他几天，老子总能想出不去南京的理由来的！燕孙，你就草拟电报吧。”

梁士诒说：“属下遵命。”

一个时辰以后，梁士诒的电稿草拟出来了，袁世凯凝目而观，只见那电文写道——

清帝退位，自应速谋统一，以定危局，此时间不容发，实为唯一要图。民国存亡，胥关于是。今接南京参议院及孙文大总统电示，十七省代表一致选举某为中华民国临时政府大总统，并务请驾临南京参议院受职。世凯德薄能鲜，何敢肩此重任？南行之愿，理所当然，无有问题。然暂时羁绊在此，实为北方危机隐伏，全国半数之生命财产，万难恝置，并非由清帝委任也。孙大总统来电所论，共和政府不能由清帝委任组织，极为正确。现在北方各省暨全蒙代表，皆以函电推举为临时大总统，清帝委任一层，无足再论。然总未遽组织者，特虑南北意见因此而生，统一愈难，实非国家之福。若专为个人职任计，舍北而南，则实有无穷窒碍。北方军民，意见尚多分歧，隐患实繁。皇族受外人愚弄，根株潜长；北京外交团向以凯离此为虑，屡经言及；奉、江两省，时有动摇；外蒙各盟，送来警告。内讧外患，递引互牵，若因凯一走，一切变端立见，殊非爱国救世之素志。若举人自代，实无措置各方面合宜之人。然长此不能统一，外人无可承认，险象环集，大局益危。反复思维，与其孙大总统辞职，不如世凯退居；盖就民设之政府，民举之总统而谋统一，其事较便。今日之计，惟有由南京政府将北方各省及各军队妥筹接收以后，世凯立即退归田里，为共和之国民。当未接收之前，仍当竭智尽愚，暂维秩序。总之，共和既定之后，当以爱国为前提，决不欲以大总统问题酿成南北分歧之局，致资渔人分裂之祸。

看过电稿，袁世凯嘻嘻而笑，道：“燕孙手笔，天下第一！咱们给他来个以退为进，高姿态，好计策！老子要看那孙文，是如何来接收我这北洋三十万大军的！”

王士珍嘿嘿笑道：“就这三十万大军的军饷，就够他孙文挠头的了！”

袁世凯踌躇满志，厉声命令道：“马上发出去！发给孙文、黎元洪、南京临时政府各部总长、参议院，以及各省各军。老子要叫他们看看，我袁世凯也不是吃素的！”

梁士诒、赵秉钧、王士珍等走了，袁世凯倒背起双手，迈着八字步，悠儿悠儿地往后院去了。

刚进月亮门，就听见迎上前来的五姨太太杨氏惊慌失措的尖叫声：“哎呀，天王爷爷呀，大人这是怎么啦！没有了辫子，变成老太婆了呀！”

袁世凯说：“混账话，有留着八字胡须的老太婆吗？”

九姨太太刘氏掩嘴笑道：“不看那八字胡，光看这张大圆脸，分明就是个老太婆嘛！”

袁世凯哈哈大笑，道：“老子裆里的家伙，老太婆有吗？你们有吗？老子如今是革命党，还是革命党的头儿，大总统！”

说笑着，一手搂住一个，一路打闹着，进到五姨太太的卧房里边去了。

三天以后，即二月十八日，孙文的电报来了，他说：建都南京，系乎中外之具瞻，勿任天下怀宫庙未改之嫌，而使官僚有城社尚存之感，意义重大，影响深远，请君务必同意，毅然南下，领导新中国之建设。并派出迎接大总统南下就职之专使团赶赴北京。专使团成员有：教育总长蔡元培，法制局长宋教仁，外交次长钮永建，湖北外交司长王正廷，海军顾问刘冠雄，步兵第三十一团长黄恺元，陆军部军需局长曾昭文，议和参赞汪精卫，共计八人，不日将抵京师以迎驾。云云。

与此同时，袁世凯还收到张謇从上海发来的密电。张謇的电报写道：要公南来，公实不能来，此确系目前第一大难题。为君思之，解此题者唯有二法：一从在京外交团入手，一从北方数省人民入手。飞箝捭阖，不着痕迹，使不欲南下之意不出于公，当可有效。

袁世凯摇晃着两份电报，诡诈地说："孙逸仙欲调离我离开自家巢穴，受制于革命党，去南京当那个空头总统，我岂能就范！张季直锦囊妙计让我老袁化险为夷，某已有应对之办法矣！"

王士珍问："'外交使团入手'似很明白，不需多问，这'北方数省人民入手'，可是要叫段祺瑞等北洋军人通电施压？"

袁世凯说："段祺瑞他们只能吓住清廷隆裕太后和宗室亲贵，岂能吓住孙文和他的革命党？"

王士珍疑惑道："那么，季直之言，是何意也？"

袁世凯说："勿问，保密，到时候你们就知道了。现在，马上叫记儿做我的代表，赶赴天津，迎接专使团。并电报直隶省和天津地方当局，要以最隆重的接待，欢迎专使团。"

从这一天开始，袁世凯忙碌起来了，他带着梁士诒，频繁地奔走于各国外交使团，仅英国大使馆他就去了两次，每一次都跟英使朱尔典密谈很久。

二月二十五日，专使团蔡元培一行在袁克定的陪同下，从天津抵达北京。前门车站上人山人海，彩旗飘扬，鼓乐声喧。梁士诒代表袁世凯前来迎接，他的身后，是北京各界、各军的代表，北京学界商界的代表，中小学生和北京市民手舞彩旗，高呼口号，汇成欢迎的海洋，热情的浪涛一浪高过一浪。把专使团蔡元培等人感动得热泪盈眶，激动不已。

梁士诒彬彬有礼地大步上前，紧紧握住蔡元培的手，说："本人奉袁大总统的委托，代表袁大总统，前来欢迎专使团各位贤达。"

蔡元培说："谢谢袁大总统，谢谢梁先生。"

这时，几辆彩车飘然而至，停在蔡元培等人的身旁。

梁士诒亲自陪同蔡元培乘上第一辆车，余下众人，亦各自登车，迤逦而行。

前边是警车开道，后边是高奏凯旋之曲的军乐队，再后边是禁卫军的马队，嘚儿嘚儿地踏着小碎步徐行，十分威武壮观。车队后边则是列成方阵的步兵，迈开正步走的步伐，唰唰地紧紧跟随，形成了一条长龙。街道两旁的群众，驻足而观，不时有人鼓掌欢呼。而马路两侧，三步一岗，五步一哨，都是荷枪实弹的兵士，担任着警戒。

蔡元培不停嘴地说："太隆重了，太隆重了。"

梁士诒说："这不能算隆重，蔡先生往前边看，看正阳门方向，是不是更要隆重些?"

蔡元培抬眼往正阳门瞅，只见正阳门大开，城门上下，花团锦簇，彩旗无数，一条红底金字的长条横幅从东头扯到了西头，上边写着一行金光闪耀的大字：热烈欢迎中华民国专使团莅京。

当车队接近正阳门时，从城楼的两边忽地垂下来两挂数丈长的鞭龙，同时炸响，噼里啪啦，噼里啪啦，声震寰宇，把欢迎的气氛推向了最高潮。

"太隆重了，实不敢当，实不敢当!"蔡元培一迭声地作揖打拱，慨叹不已。

梁士诒说："大开正阳门，这是袁大总统的意思。而正阳门之开，大清时候，非国家重大庆典，譬如皇帝登基、太后生日，是不允开启的。此番欢迎贵专使团，袁大总统亲自下令开启此门，足见大总统欢迎之忱。"

下午三点，袁世凯在总理衙门接见了蔡元培等八位专使团成员。

袁世凯携住蔡元培的手，久久不放，亲热地牵手步入会客大厅，落座之后，说："袁某热烈欢迎诸位专使莅临北京，感谢孙大总统的深情厚谊，感谢诸位一路劳苦。"

蔡元培说："我等此来，受孙大总统的委托，专程迎接袁大总统南下就职，领导中国人民建设新国家。我们带来了孙大总统敦请袁大总统南下就职的亲笔信函和临时政府参议院选举袁公为临时总统的选举状。"

说着，从皮包里拿出孙文的信件和选举状来，双手捧起，恭敬地奉上。

袁世凯接过来，满面微笑地一一浏览一遍，点头而笑，转身递给旁边的梁士诒，说："建都南京，明智已极，某双手拥护；南下就职，理所当然，某毫无问题。只是眼下还有一些需要妥为布置的事情，亟须安排的人事，待料理出了一个头绪，袁某马上便启程南下。孑民先生啊，今日之中国，腐朽专制的清廷刚刚解体，满人的阴魂未散，影响还在，而民国初创，百废待兴，诸多事物，尚无头绪，亟待梳理，当前国家第一重要的是安定，第二重要的是安定，第三重要的仍旧是安定！安定是大局，安定压倒一切。只有创造一个安定的环境，才能静下心来搞建设，谋发展。我想，袁某的这个观点，孙先生应该是能够理解并且同意的吧。"

蔡元培说："袁大总统所言极是，与孙大总统之见完全吻合。前日，孙大总统有《复五洲华侨同志电》发表，称袁大总统'其诺甚濡，其言弥信'，参议院'量才而选，彼独贤劳'，特别对袁大总统宣言中'不使君主政体再发生于民国'一语，给予极高评价。"

袁世凯说："某与逸仙，非唯同志，亦是知己，先生真乃知我者也!"

此时汪精卫插言道："二月十五日，参议院举行临时大总统选举时，孙先生率各部及右都尉以上将校文武官员二百余人，军士数万人，赴明孝陵行祭告典礼。有人不解其意，问大总统云，今日为参议院推选之期，大总统或须出席，请以他日祭告如何？大总统回答说，我正因此，命全师而出也。今日之事，闻军中有持异议者，恐于选举之顷，有所表示，其意不愿我辞职，又不满于袁公也。若此案不通过，人必疑我唆使军队维持个人地位，故特举行祭告，移师城外，使勿预选事也。由此看来，'安定'二字，于两位总统的心里是一样的重要啊！"

听见这话，袁世凯肃然而起，双手抱拳，仰望南方，深深一揖，说："孙大总统之为人，广阔之胸怀，仁让之风范，非袁某所可以及者！"

接见毕，蔡元培等人告辞出来，袁世凯送至台阶之前，特别拽住宋教仁的手说："今日晚间，燕孙先生将代表我宴请诸位，驻京各国使团都去参加，俟时，请各位尽兴。"又附在宋教仁耳边悄声说："余仰慕钝初已久，今日得识，三生之幸。"语气里充满了爱慕钦敬崇仰依恋之情。

梁士诒说："为了欢迎专使团，北京市民一连三天举行灯火游行，晚宴之后，诸位可以一赏北国风俗民情，与民同乐。"

众专使被感动得连连道谢不止，一步三回头，依依不舍地走出总理衙门，在梁士诒、袁克定的陪同下，登车离去。

且说就在专使团抵达的第二天晚上，晚宴过后，专使团成员们登上高楼，凭栏观赏北京市民、学生的灯火游行。游行之人，人人手里提着红色灯笼，夜色朦胧里，蜿蜒数里，十分壮观。人群里不时爆发口号声声：袁大总统万岁！中华民国万岁！热烈欢迎临时政府专使团莅临北京！还有高跷队、狮子队、旱船队、龙灯队，舞蹈演唱，打诨逗乐，一拨过去，一拨又来，好不热闹。

忽然，远处传来隆隆炮声，又见火光冲天，初时，人们以为在打礼炮、放焰火，并不以为意，一切游行游艺活动继续进行。可是后来，看见有一群一群散兵游勇手持枪械，高举火把，噼啪放枪，火烧店铺，知道发生了兵变，游行的人群眨眼间变成了逃命的生灵，哭爹叫娘，前呼后拥，四散而逃。

有一群变兵，杀奔专使团驻地煤渣胡同国宾馆来，堵住大门，嘴里高喊："大帅要走了，没人管我们了，大家抢啊！"

禁闭的大门被砸得咚咚乱响。有人朝大门、楼房开枪，子弹嗖嗖穿过，有几个房间窗户被击中，噼里啪啦，玻璃碎片撒了一地。蔡元培众人何曾经过这种惊吓，一个个早面如土色，浑身战栗，抱住脑袋，蹲伏在墙根桌角，不知如何是好。

这时，袁克定突然出现了，他浑身泥土，满头大汗，气喘吁吁，说："不好了，发生兵变了！城里的变兵从东安门、王府井开始抢砸，现在已经抢砸到前门、大栅栏、虎坊桥了，城外的变兵从朝阳门涌进来，抢过了东四一带，又去抢东单牌楼、北新桥了！”

蔡元培问：“他们都抢什么呀？”

袁克定说：“什么都抢。金号，银店，当铺，绸缎庄，哪家生意大抢哪家！见东西就拿，见房子就烧！”

汪精卫问：“我们怎么办？这里看来很不安全。”

袁克定说：“得赶快走！变兵要是冲进来，你们谁也甭想活！”

蔡元培说：“外边乱成这样，如何逃得脱？”

袁克定说：“跳墙吧，从后院跳过墙，钻小胡同，咱们躲进六国饭店去！”

汪精卫问：“那里安全吗？”

袁克定说：“六国饭店住了很多外国人，有外国兵把守，变兵不敢去。”

于是，众人跟随着袁克定，猫腰屏息，提心吊胆，狼狈已极地爬过墙头，潜入六国饭店里去了。

这天夜里，枪声响了一整夜，十几处大火，把天都烧红了。

第二天早上，梁士诒赶来了。

他对蔡元培众人说：“情况很复杂，一时也说不清楚，现在掌握的情况是，通州、天津、保定都同时发生了兵变。昨天夜间，英国、俄国、德国、日本已经调集军队进京了，刚才我来时，看见洋人的军队已经在使馆附近的大街上来回巡逻，战争有一触即发之势。”

蔡元培忧虑地说：“情况这么严重啊！”

梁士诒说：“如今全国倡行革命，人心浮荡，北方秩序很难维持。像目前这种情形，如果不能及时地调度、弹压，确保地方安定，那是很容易引起外国对我们用兵的，这一点，也是袁大总统最为担心的。”

汪精卫说：“是呀，倘引起国际争端，那可是大祸临头了。我们这个新政权，可是经不起外国人的颠覆的！定都问题，似应审慎考虑！”

这时，有一队英国巡逻队荷枪实弹地从六国饭店门前经过，专使团的众人都从窗户看见。

就在梁士诒和蔡元培众人说话的当儿，在袁世凯的家里，他正跟英国公使朱尔典密商下一步如何紧密配合，给南京政府施压，给参议院施压，叫他们在定都问题上让步，这时，北洋军第三镇统制曹锟戎装革履，推门而入。“啪”的一个敬礼，高声报告说：“报告大总统，昨夜奉大总统密令，兵变之事已经办到。下一步将如何行动，请大总统指示！”

袁世凯一听，这个浑蛋竟然当着外国人泄露机密，登时羞红了脸，大怒，喝道：“滚出去！快给我滚出去！”

曹锟知道自己说漏了嘴，干了蠢事，慌忙转身退下。

袁世凯望着他的背影，非常尴尬地耸了耸肩，做出一幅苦笑无奈的表情。

朱尔典诡诈地一笑，说："袁大总统，您的阴谋，被您的部下变成了阳谋，这样很不好。"

袁世凯哑然一笑，说："贵大使放心，我们的阴谋，永远变不成阳谋。"

变兵继续往城里涌，昨夜抢了东城，今天大白天，光天化日之下，大抢西城，砸门破户，烧杀抢掠，被骚扰的商家哭天抢地，投诉无门，北京城被变兵闹了个底朝天，乱成了一锅粥。

段祺瑞为首的北洋军人，纷纷通电叫嚣，呼应变兵，他们狂喊，临时政府必须设于北京，大总统受任绝对不能离开京城一步，否则，大家都闹起来，向专使团示威。

以英国为首的外交使团也发出通电，反对袁世凯南下就职，反对建都南京。并且以保护使馆为名，继续调兵入京。

诚实敦厚的蔡元培等人，被袁世凯导演的这一场闹剧蒙骗住了，他们也乱了方寸，以为这一切变乱都是真的。

三月二日，蔡元培致电南京政府，说："北京兵变，外人极为激昂，日本等各国已经派兵入京。设使再有此等事件发生，外人自由行动恐不可免。培等睹此情形，集议以为速建统一政府为今日最要问题，余尽可迁就，以定大局。"

孙文在各方面压力下，不得已，于三月六日向参议院提出允袁世凯在北京就职的议案。同日，参议院议决了从袁世凯受职到孙文解职的六项程序，即：一、电知袁大总统允其在北京就职；二、袁大总统接电后，即电参议院宣誓；三、参议院接到宣誓电后，即电复认为授职，并通告全国；四、袁大总统受职后，即将拟派之国务总理及国务员姓名电知参议院求同意；五、国务总理及国务员任定后，即在南京接受临时政府，交代事宜；六、孙大总统于交代之日，始行解职。

孙文同时向北京六国饭店迎袁专使团致电，云：经参议院决议，电允袁总统在北京受职。

孙文并向袁世凯致电，云：经院议决，公在北京受职。

三月十日，袁世凯身着大元帅服，趾高气扬、踌躇满志地在北京宣誓就职。

中华民国临时大总统，变成袁世凯了。

南京街巷里，儿童歌曰——

横商量，竖商量，
摘下果子别人尝。
今也让，明也让，
大权让给山大王。

第十五章　批八字命算真龙天子
攬大权挤垮第一内阁

隆裕太后和清帝溥仪被从中南海里请出来了。他们被圈进了一个远不如先前的狭小的圈子，而这块中南海地面，必须腾让出来让给他——这是袁世凯就任临时大总统以后办的第一件事情。

这个念头，他是从黄兴、孙文放出风来，说他只要逼迫清帝退位，结束中国两千多年的封建专制政体，赞成民主共和，他就可以做中华民国大总统的那一刻，那个第一时间，萌生出来的。

这以前，他无论是当北洋大臣、直隶总督，还是谪居洹上村，还是重新启用当上总理大臣、统帅北洋军跟革命党交战期间，他都未曾想过。他当时只想着如何抓住军权、抓住政权、站稳脚跟，跟宗室权贵们争权斗胜，往中南海里想，他还念不及此。

这中间，尽管取而代之的念头不时在脑际闪现，尽管他的儿子记儿和他的属下不少人多次劝他起兵反清，造反举义，把满人的天下夺过来，把革命党的火焰压下去，自家登龙廷当皇帝，他都没有奢望过有一天要住进中南海，要把这处皇家宅院占为己有。是的，他没有萌生过这个叛逆性质过于明显的念头。

可是，有了黄兴、孙文他们的话，有了那个“大总统”的诱惑，他从那个美丽的光环里幻觉出来的种种欲望中，就看见了这处帝王宫禁！得到它，占有它，永远地得到它占有它，这个念头日甚一日地强烈起来，以至到了后来的不可遏制。

他把自己的这个占有欲望悄悄地掩藏在心底，等待着实现它的那一天。

所以，才有了后来的与南军暗通关节，强攻汉口、汉阳，放弃唾手可得的武昌不打而与南军谈判，才有后来的逼宫、暗杀以及后来的一切的一切，当都成为既往的记忆的时候，现在回过头来一看，原来都是源之于这个念头。

清皇室搬出中南海的第二天，袁世凯就乘着他的双辕马车嘚儿嘚儿地赶来了。

节气虽然已经进入阳历三月，农历也已经过了春分，眼见就要到清明了，北京的天气依然贼冷。灰色的云团凝结住似的，板结在天际，纹丝不动，一切都显得阴沉死气，压抑得人窒息。不知道什么时候又飘起雪花来，纷纷扬扬地落在房上树上，留下一层薄薄的苍白。

坐在马车上的袁世凯，左右有两个十四五岁的妙龄少女亲昵着，显得十分快活，不时地哈哈大笑，笑声太大了，招引来路人惊异的目光。不过，请不要误会，这两个女孩儿可不是他的什么妾呀什么的，她们是他的二女儿仲祯、三女儿淑祯。袁世凯二十几个子女中，单女儿就有十四五个，他最喜欢的就是这两个妞儿了，所以此番来中南海看房子，他特意带了她们来，要听一听她们的意见。

车进新华门，转过一处假山，眼前豁然开朗，呀，这是人间吗？敢不是进入仙境了吧？袁世凯自是吃惊且不说，单说他身边的两个小姑娘，早惊讶得瞠目结舌傻了一般。

她们睁大了眼睛看。一池湖水，烟波浩渺，明镜似的闪亮。湖心里的薄冰还没有融化，薄薄的一层，冷冷地漂浮在湖面，给人一股寒气。雪花落在上边，凝结住，铺上了一层白。临近岸边的地方，已经波涛涌动了，碧绿色的水浪，透明儿似的晶莹，宛若一池水晶玉液，充满了生机诱惑，让人抑制不住那种要奔跑过去跟它亲近的冲动。纷扬的雪花飘飘悠悠地落下，眨眼便没有了踪影，它们已然融入那碧水里。岸柳如丝，虽还没有吐蕊，枝条却很有些柔意了，轻轻地拂动着水面，给人无穷的遐想。最是动人心的，是那湖底里倒映出来的亭台楼阁，影影绰绰，鳞次栉比，煞是神奇美妙，恍若那里面另有一个世界，比这皇宫还美丽的世界。

这个时候，大概是受了水底楼台的启发吧，她们忽然从那影像里回归了现实，想到了她们此刻置身的中南海，微微抬起头来，四下里瞩望，展现在她们眼前的，是远远近近的楼台水榭，是弯弯曲曲的通幽小径，是林立的松树柏树，是各种怪石山景、奇花异草……

二女仲祯说："怪不得隆裕太后哭哭啼啼不愿意退位呢，这么好的地方，仙境似的，如何舍得让给别人呢？"

三女淑祯说："地方虽好，却是国家的，他们爱新觉罗氏霸占了两百多年，还不该让出来呀？依着我，整个紫禁城，他们都应该让出来，还给老百姓。"

仲祯说："老百姓要它们干什么？争着来住，够几家分的？"

淑祯说："二姐真是死脑筋，把它辟成花园，供大家游玩，让人人享受，该有多好。不然，还叫什么民国呀！"

袁世凯笑呵呵地听着两个宝贝女儿说闲话，一只手牵住一个，也张开一双老眼四下里观瞻，大觉新奇。这个紫禁城，要说，他不该陌生，早在光绪十一年(1885年）九十月间，他经李鸿章奏请，任驻扎朝鲜总理交涉通商大臣，赏加三品衔，第一次入朝谢恩，至于今，往这皇宫里走动，接受皇上皇太后召见无数，并不能说是有什么稀罕。其实不然，他出出进进的那些是什么地方？上书房、养心殿之类也，都是外廷。这内廷所在，他何尝进来过？今日，从新华门大摇大摆地走进这中南海里，也是生平第一次啊！更何况他那颗心里，权力欲望，享受欲望，虚荣心欲望，如火如荼，远远要比他的两个清纯的女儿炽热千万倍，走进来，踏在这块高贵的土地上，好比一只饥饿的野狼猛虎，如何不垂涎三尺，恨不能一口都吞下肚里去！

两个女儿如花似玉，一式的大红斗篷，在这万木萧疏的庭园里出现，宛若盛开的两朵鲜花，分外娇艳。慈父爱女之心，袁世凯亦如常人，真挚而且细微，这个平日里杀人嗜血的野兽，此时显得非常有人情味儿，人性的一面，原来在这个恶人身上，有时候也表现得如此生动。人性的复杂，真是令人难以捉摸。

袁乃宽、陆建章他们，远远地跟随在后头，不敢靠近，生怕打扰了他的兴头，招来呵斥。

随便转悠着，专拣那楼台高的地方去看，观瞻了几处，父女三人来到了怀仁堂。

袁世凯很喜欢这里，他领着女儿们里里外外上上下下地看了一遭，说："此处不赖，咱们把家搬这里住如何?"

二女仲祯说："好倒是好，就是太大了些。"

三女淑祯说："太大了，里边阴森森的，让人得慌，不住，不住。"

袁世凯呵呵而笑，说："不住就不住，咱们再找别的去处，这么大的皇家庭院，还怕你找不见喜欢的地方!"

又转了几处，都不是很满意，最后，父女三人来到一处较为幽僻的所在，看见那里有一坐建筑很是别特的楼房，三女第一个产生了兴趣，撒开手噔噔噔地跑了进去，还没有上楼呢，只在楼下打了个转，就嚷嚷开了，说："这里好，就住这儿了！就住这儿了!"

二女仲祯抬头看了一眼正门上边的横匾，念道："居仁堂。"

袁世凯说："好吧，三丫头看中的地方，准保不差。"

这时，跑上二楼的淑祯从上边喊道："这里有一道天桥，通连后边那一座楼呢!"

袁世凯说："那就更好了，叫你们的五娘、六娘、八娘、九娘住进去，她们来前楼侍侯也方便。这座居仁堂，一楼留作本大总统办公之用，二楼可就是咱们的住处啦，我住东头那间大屋子，西头那间大屋，就给你们姊妹两个住吧。”

二女、三女赶忙行礼，说：“谢谢爹疼爱。”

袁世凯哈哈大笑，说：“要说人不偏心，那是假话，谁叫我喜欢你们这两个疯丫头呢呀！你们住在我身边，气起我来，不用跑路，方便着呢。”

二女、三女撒娇道：“女儿们不敢。”

袁世凯叫过袁乃宽、陆建章们，吩咐道：“夫人和二姨太太，记儿一家大小，就叫他们搬去东头的福禄居吧。大姨太太、三姨太太，招儿夫妇、老三克良夫妇，就去卍字廊后边的几个院子里住吧。我和二小姐三小姐住这座居仁堂，剩下的几个姨太太和她们的孩子，就住后边的楼上，大体就这么着定下了。你们马上派人派车，我要你们三天之内搬妥当了，老子恨不能今儿晚上就住这儿！”

三天以后，袁世凯的全家都搬进中南海了。老五和老九，是跟随他身边住在北京的，搬过来容易，跟他一起行动就是了；大姨太太等人则是从天津搬过来的，大人小孩，成群结伙，袁克定、袁克文分别料理，指挥一切，陆建章亲自跟随护驾，确保平安，分了几批，迤逦而入，都住进了她们做梦也不曾想得到的皇宫内院。大人们惊喜自不必说，小孩子们到了这个有山有水的所在，藏猫猫，打架，恶作剧，撒起野来，好比一群猴子入了山林，自是别有一番痛快。

袁世凯踌躇满志，喜气洋洋，心下里得意，连走路的架势都发生了改变。他本来就是个外八字脚，罗圈腿，还特别短，走路的样子就很不雅观，此刻，矜持傲慢多了几分，脚下的行速便无形间大大地减缓，硕大的鼓胀的大肚皮下，那一双小短腿，外起八字来，往外撇得更大更八了，几乎变成横着前行，一摇一晃的，临时大总统的霸气傲气骄横之气，直冲上天！

刚搬进来的那几天，他几乎每天一早一晚都要各处去遛遛，有时候偕着一二小妾，有时候独自漫步，眯细起眼睛，东瞅瞅西望望，欣赏一下自己的家业。是的，当此之时，在他的内心深处，这个中南海，此刻就是他袁世凯的家业了，是他这个临时大总统的家业了，他觉得这是理所当然的。偌大的一个中华民国，谁是最高统治者，谁是天下第一大？当然是他袁世凯，还有比他袁某更大的了吗？没有！要这么一块小小的地皮，这么几处宅子一池春水，算个屁，有朝一日老子叫整个紫禁城都姓袁！

这天早饭以后，袁世凯沿着湖边散了一会儿步，梳理了一下这些日子里发生的大事，想了一想眼下急着处理的公务，转回居仁堂。刚到门边，就看见赵秉钧肃立在门楣之下，恭候着他。

袁世凯问：“智庵，有事吗？”

赵秉钧说：“报告大总统，杨士琦、郑汝成发来密电，说国务总理唐绍仪这次南下，竟应孙文之邀，加入了同盟会。”

袁世凯一怔，立即沉下脸子，说："进来说话。"

赵秉钧俯首敛气，虔诚地跟在袁世凯屁股后头，走进居仁堂。

居仁堂楼下很大，很宽敞，袁世凯把他的办公室设在东头的一间大屋子里，而他的西头房间则成了他的会客室，一些重要的客人都在这里接见，而像赵秉钧、梁士诒这样的亲信，他就叫他们直接来办公室说话。有一些身份一般的生客，是进不了居仁堂的，他们会被人领进前院一个名叫"大圆镜中"的房间，在那里接受袁世凯的召见。

这时候的赵秉钧，已经由前清时代的民政大臣摇身一变成了中华民国的内务总长，实际是袁世凯的特务头子。他刚才在门口对袁世凯说的那个杨士琦、郑汝成，是袁世凯派到南方监视革命党的另外两个特务头子，他们送来了关于国务总理唐绍仪的秘密情报，而且是个坏情报，袁世凯自然怒形于色，很不高兴。

赵秉钧报告说："总统这次派唐绍仪去南京办理接交事宜，一切进行得还是顺利，二十九日，大总统遴选的内阁名单顺利通过，教育总长蔡元培、工商总长陈其美、司法总长王宠惠、农林总长宋教仁，革命党方面并无异议，而是欣然接受。对于我们北洋派人士陆征祥任外交总长、熊希龄任财政总长、段祺瑞任陆军总长、刘冠雄任海军总长、施肇基任交通总长、属下任内务总长亦无异议，一切看来都是按照大总统的意见进行的，唐绍仪似乎是不辱使命。但是，问题出在第二天的欢宴上。"

"唐绍仪被孙文收买去了吗?"袁世凯问。

赵秉钧说："收买好像还说不上，唐某自愿的成分也很多。三十号，南京临时政府在总统府为唐举行欢迎宴会，觥筹交错之际，蔡元培、黄兴首先发话，邀请唐加入同盟会，接着，居正、陈其美又继之煽动，热烈相请，与会党人鼓掌欢迎。本来就跟同盟会诸人交往密切、心气相通的唐绍仪并无犹疑，当即表示愿意加入。居正马上取出同盟会入会志愿书，递给唐。唐满面欢喜，欣然签名其上。黄兴、蔡元培做介绍人并签字。于是，请孙文主盟，唐起立宣誓，就这样，成了革命党。"

袁世凯听完汇报，拧眉锁目，半晌不言语，最后长叹一声，道："此人十四岁官费留学美国，由中学升入哥伦比亚大学文科，回国后又一直办理洋务。虽然小站练兵时跟着徐世昌协办营务，凡二十余年，但他那骨子里西洋的东西过多，对于革命党的理论主张，自然是一拍即合的。我派他跟南方谈判，亦是苦于无人，迫不得已。只是，此人今天入了同盟会，就不是我北洋的人了，眼下的这个内阁，恐怕要麻烦。"

赵秉钧说："大总统放心，内阁里，军事、外交、财政、内政大权，都在我北洋手里，他一个内阁总理，跟咱们一心则罢，不一心就架空他，再不行，就挤走他，或灭了他，还不是大总统一句话吗？”

袁世凯说：“倘真闹到那一步，也是没有办法的事情，怪不得咱爷们无情，只是又要平添多少烦恼。参议院何时北迁，有什么问题吗？”

赵秉钧说：“杨士琦的电报里说，听说每月几百元的薪水，还有车马费补贴，大部分议员都愿意北上，还有临时政府里的很多官员，也都愿意到北京任职。”

袁世凯笑道：“看来，钱这玩意儿还蛮管用，孙大炮那二十元公务员薪水，拢不住人。不过有一条，老子的钱也不是白花的，领了老子的薪水，就要入老子的圈子，吃里爬外，跟着革命党跑的，就给老子滚蛋！”

这时，五姨太太杨氏屋里的一个小丫头悄悄进来，说：“大人，俺们奶奶说有一件急事，叫大人马上过去呢。”

袁世凯问：“何事，这时候叫我，不见老子正忙着吗？”

小丫头掩嘴笑道：“奶奶说，多忙的事情也要请大人放一放，大人过去一看就知道了。”

赵秉钧说：“既如此，属下告退。”

袁世凯说：“日本人板西利八郎有什么情报吗？英国人卜禄士有几天没有消息送来了，告诉他们，要特别注意南军的动向，能收买的将领就收买他。你也要留心参议院的议员们，能拉过一个是一个，不要怕花钱。”

赵秉钧说：“属下记下了，请大总统放心。”

赵秉钧走了，袁世凯拉过那个小丫头，搂进怀里，摸摸脸蛋儿，拍拍屁股，问：“老五叫我何事？”

小丫头羞红了脸，挣脱出来，说：“俺不知道，奶奶让叫，俺就来叫，大人自去问奶奶去。”

袁世凯说：“小死妮子，还蛮机灵呢，头前引路吧。”

且说袁世凯跟随着小丫头上至二楼，走过天桥，便来到后楼五姨太太杨氏的房间。进得客厅，袁克定早迎将出来，趋前一步，单膝跪地，请安道：“孩儿拜见爹爹。”

袁世凯怔道：“你如何在此？”

五姨太太也迎出，笑道：“是我请大少爷来的，大人快请进来说话。”

袁世凯问：“我正在忙国家大事，你如何指使人叫我，还说是什么急事，哄骗老子？”

说着话，早被杨氏上前搀住胳膊，请进上座坐下。

袁克定嘻嘻笑着凑过脸来，神神秘秘地说：“孩儿为爹请来一位高人，占卜求签，名满京津，人送神卦黄大仙……”

袁世凯瞪圆眼睛怒道：“你要给你爹算卦？”

杨氏说："大人，算一卦又怎样呢？灵着呢！刚才给妾算了一卦，句句被他算住，真是一个活神仙！"

袁克定说："拈龟祝蓍，古来圣贤尽为之，我们为何不能占卜未来预知祸福呢？周文王拘羑里，还演《周易》呢！"

袁世凯嘿嘿一笑，说："谁知道你叫来一个什么妖人，胡言乱语，蒙骗你老子！"

袁克定急道："人还没见，如何便冤枉儿子？"

五姨太太见老爷子默允了，忙吩咐道："快去请大仙来。"

说话间，两个小丫头便从外边叫进一个身着灰布破烂长衫、手执拂尘的糟老头子来。

袁世凯看那人时，只见他生得五短身材，骨瘦如柴，小脑袋长脖子，母狗眼鸭子嘴，三寸宽的刀条脸黑黄黑黄，两绺山羊胡须稀稀疏疏地挂在尖如刀削的下巴上，又丑又脏，纯乎一个乞丐，大怒，喝道："叉了出去！"

袁克定、五姨太太正要上前劝阻，没有想到，那黄大仙并不惊慌，而是仰起头来，呵呵冷笑声声，道："外间谣传袁大总统如何英雄，如何了得，今日一见，不过如此，俗人肝肠，势利眼睛，惜乎哉，惜乎哉！"

说完，转身就走。

袁克定上前拽住。

袁世凯问："你自称大仙，可有经言示我。"

黄大仙道："神仙之道，只示于信众，大总统不信，如何又问！"

袁克定说："你不说出来，大总统如何信你，姑且诵之。"

这时，只见那黄大仙神色立刻变得肃然，双腿一弯，盘膝坐于当地，双手合十，闭翕双目，静默了一刹，忽然，嘴里念念有词，道："南无佛，南无佛，南无阿弥陀佛。紫微金耶摩阿摩阿弥陀佛。弥勒佛，百千万亿佛，恒河沙数佛，无量功德佛，能救三灾百难苦，能超地狱众阴魂。南无佛，南无佛，呵哪摩，唏弥陀耶。呵弥耶，哪伽哪耶，南无阿弥陀佛。"

他的声音很低，嘴里又像含了个蛋，呜里哇啦，屋里的人只觉得稀奇古怪，谁也没有听清他念叨了一些什么。

袁世凯摇头说："听不懂，听不懂。"

黄大仙说："唱给神仙的真经，凡人如何能懂。"

袁世凯皱眉，又要发怒。

袁克定赶忙说："大仙说话，非如常人，爹爹不要与他一般见识，且叫他算一卦，灵与不灵，自然知晓。"

袁世凯说："那就求一签。"

黄大仙问："敢问大总统，此签求问眼前事还是未来事？"

袁世凯说："自然是先问眼前之事。"

那黄大仙从肩头卸下一个破旧的蓝布褡裢，从里边掏出一个黑乎乎的竹筒，拿在手上，拼了命地摇呀摇呀摇，摇了一番之后，忽见有一支竹签从众签里突出出来，高高地露出大半个身子，非常醒目地站住在那儿。黄大仙戛然打住，一只手捂住那竹签，不使它滑动，小心翼翼地将竹筒伸向袁世凯。袁世凯缓缓地把那支突出的竹签拈在手里，抽出来，睁目看去，只见那签背上写着一行小字，道是"韩文公遇雪"，下边又有一首诗，道是"雪拥桥头马不前，风狂渔父莫开船。水流花谢人谁惜，早立坚心志勿偏"。

袁世凯和儿子袁克定不懂这些文字所寓何意，都把那探询的目光瞅住了黄大仙。

那黄大仙接过竹签，煞有介事地却不去看那些文字，而是转过竹签，看那腹心，只见上边工工整整地写着两个字，道是"中平"。点一点头，摇一摇头，又点一点头，闭目沉思半晌，似有狐疑，又显迟疑，而后才若有其事地翻转过来签背，看那文字，嘴里念念有词，又两手平摊，两个大拇指头分别数那指关节，似乎是在掐算什么，反反复复，又闹腾了一阵子点头摇头，忽然睁开眼睛，说："大总统此签，乃是'韩文公遇雪'签，不是上上签，亦非下下签，乃是中平签也。此签诗中所述，乃唐朝时候，文公被贬，往南粤潮州为官。来到秦岭，遇大风雪，马不能行，船亦不能行，所谓'云横秦岭家何在，雪拥蓝关马不前'，进退维谷。幸得其犹子湘子救护，始获脱危难。求得此签者，凡事务须谨慎，更宜防小人口舌是非。此签虽无大碍，亦无可喜，能谨慎，可得平稳而已。"

袁世凯手摸下巴，仰面朝天，闭眼思忖黄大仙的话，琢磨良久，忽然大声说道："有理，有理！某自当上这大总统以来，多有小人算计，遇事总是不顺，口舌是非，无日不有，烦死人了！这一签算你蒙住。"

黄大仙嘿嘿而笑，说："大总统身居高位，军政财权集于一身，身边又有众多忠臣谋士辅佐，好比泰山立于天地之间，纵有小人算计，蚍蜉撼树，螳螂当车，又能奈何大总统哉！"

袁世凯哈哈大笑，道："这话我爱听！你且算一算老子的未来。"

黄大仙手把竹筒，郑重问道："大总统此卦，可是问未来祸福？"

袁世凯说："不错。你给某算一算，未来几年，袁某我将如何？"

黄大仙一如前状，手里抱住那竹筒，闭目而摇。袁世凯众人注目而观，忽地，一支竹签急速跳出，仿佛有什么力量在里边猛推，眨眼之间，便犹如利箭射出，"啪"的一声，落于地下。众人大惊，不知是吉是凶，都屏息敛气，不敢出声。就连袁世凯也变了脸色，紧张得额头冒汗。

袁克定定了定神，轻轻走过去，弯腰拾起那竹签，也不敢看，就慌忙递给袁世凯。袁世凯接过来，匆匆瞥了一眼，也没看仔细了，就慌忙递给了黄大仙。

黄大仙接签在手，只一眼，便神色大变，当时紧张得呆了半晌，额头豆大的汗珠唰唰地流下，浑身也发起抖来，胳膊腿哆嗦成一团……后来，他终于定住了神，二话没说，翻身匍匐在地下，双膝跪地，把那颗尖脑壳咚咚咚地往生硬的石头地上磕响头，嘴里诚惶诚恐地说道："吾皇万岁万岁万万岁，吾皇万岁万岁万万岁！"

黄大仙的举动，把本来就惊魂不定的人们弄得越发莫名其妙了。大家都被这奇怪的情况搞得晕头转向，就连袁世凯也晕头晕脑地发了呆。

五姨太太杨氏壮壮胆子，问："黄大仙人呀，你这是怎么啦，他是大总统呀，怎么叫起皇上来啦？"

黄大仙磕头不止，战战兢兢地说："真龙天子在上，真龙天子在上，大家都快快跪下，不要触犯了圣躬。"

听见黄大仙如此说话，袁世凯似乎觉得这一签未必是凶，也许是个大吉，心神便恢复了些，弯腰问道："本大总统叫你占卜未来，你如何真龙天子地叫起来了？你先不要磕头，说说这一签究竟如何！"

这个时候，那黄大仙才停下磕头，不过身子却还是匍匐在地，说："陛下今日抽了一个上上大吉签，此签近百十年来从未被人抽过，今日现世，主真龙天子降落凡尘……"

他说话时，牙齿打架，哆哆嗦嗦，下边的话竟然说不出来了。

袁世凯一听此言，来了兴趣，便吩咐丫头，给大仙看茶。

黄大仙喝下半杯茶水，神情有些缓和，哆嗦得也轻了许多。

袁世凯说："你且起来说话。"

黄大仙说："真龙天子在上，如何有草民的坐处，还是叫草民跪着回话吧。"

袁世凯说："你且讲讲此签，究是如何，怎么引出真龙天子的话来？"

黄大仙说："陛下抽得此签，名叫朱洪武登基之签，其诗曰：'群山扰扰朝中岳，有似为臣列鹊班。拱立两行齐整肃，自居此地岂无欢？'此签说，天下之山以中岳为至高，四山朝拱，齐齐如人臣拱手排班而立，有如君之使臣一呼即应。明朝开国之君朱元璋，少时牧牛，率群童登中岳之巅，戏称自己为帝，使群童贺之。后朱元璋竟成真正皇帝，号称洪武，统一山河。此签尘封百年，今日一旦峥嵘毕现，岂是偶然？如何不是真龙天子之降世啊！"

袁世凯笑道："我是民国总统，帝制已经推翻，并且永不允许复活，这你应该知道。你口口声声叫我陛下，又说什么真龙天子的话，传将出去，岂不贻笑天下？"

黄大仙叩头说：“卦人只知天意如此，岂管天下俗人如何说？陛下不信，请拭目以待，过不了几年，今日的大总统，必是来日的真龙天子也！陛下必将荣登九五，南面称孤，君临天下，创立千秋万代不世之基业也。”

黄大仙一席话，只说得袁世凯抓耳挠腮好不兴奋。

他吩咐五姨太太杨氏，重赏黄大仙，又叫袁克定亲自送出中南海。

五姨太太杨氏悄声问袁世凯道：“这个黄大仙的话倘应验了，大人您就是一代开国圣君了呀！”

袁世凯呵呵笑道：“算卦人的话，能当真吗？”

嘴上如此说，心里却美得不得了，倒背起双手，摇头晃脑地轻声吟唱起豫北梆子腔来，“有本王打坐在金銮宝殿”，袁世凯沙哑的很不好听的调门儿响起来了，那难听的唱腔随着他肥胖的身子一摇一晃地往前楼而去。

且说袁克定领着那个黄大仙走出中南海，拐弯抹角，转到一条背街上，找个无人处停下。

黄大仙哧哧笑道：“大公子，小老儿表演得如何？”

袁克定满意地点头说：“不赖，不赖，老爷子被你蒙住了。”说着，示意身后跟随的马弁，递上来一个不大不小的布袋袋，一摇晃，哗啦哗啦乱响，说：“这是二百块大洋，你收下。”

那黄大仙接过钱，抱在怀里，颠了颠，嘻嘻恬笑着，千恩万谢地去了。

这天下午，袁克定瞅了个机会，钻进袁世凯的办公室，神秘地对他说：“爹，黄大仙的神卦，您老人家怎么想？”

袁世凯放下手里的公文，从架在鼻梁上的眼镜框上边盯视着他，反问道：“怎么，你小子想当太子啦？”

袁克定说：“爹要是当了皇帝，儿子自然是太子，这是咱们袁家的千秋大业，请爹不要等闲视之。”

袁世凯沉默半晌，长叹一口气说：“黄袍加身，恢复帝制，能是一句话的事情吗？如今国内，人们到处都讲民主自由，西方人的价值观念洪水猛兽一般肆虐泛滥。革命党人占据着南方数省，有军队，有政权，这个时候，你轻举妄动，胡思乱想，那是自取死路！儿呀，你老子刚刚当上这个临时大总统，椅子还没有坐稳当呢，帝制的话，以后再不许乱说！”

袁克定说：“可是，我们也应该早做准备呀，天意如此，怎能轻易放弃呢？”

袁世凯皱起眉头，面上露出不快的表情，袁克定知道老爷子不愿意继续讨论这个问题了，不敢再说下去。但是，他从老爷子的言语里感知到了一条信息，那便是对于皇权帝制，这个临时大总统似乎更显得热心些。这已经很够了，为了将来有一天，他以太子的身份荣登九五，成为中华帝国至高无尚的大皇帝，下边的事情，他知道该怎样去做。

儿子退出去了，袁世凯也没有心思继续办公了。年轻人莽撞，性子急，沉不住气。当皇帝，哪个龟孙不想！眼下的这个鳖孙总统有什么好当的！什么参议院，什么责任内阁，什么《临时约法》，人们都睁大了一双双贼眼死死地盯视着你，手里还拿着粗绳子、铁链子，变着法儿要捆绑住你的手脚，叫你动弹不得，大总统名为天下第一，实则什么也不是，有什么好？那个《临时约法》纯乎一个紧箍咒，把实权都给了责任内阁，事事都要内阁通过了才能实行，一切重大法令必须国务员副署了才能生效，国务总理比他这个总统还管事，没有当上总统时千方百计想当那个总统，今日一旦当上了，什么实权都没有，自个儿不能发号施令说了算，有什么意思？味同嚼蜡！相比之下，还是当皇帝好啊！帝制独裁，天下就是老子一个人的，老子说了算，老子放个屁，天下都震惊，那个威风，总统如何比得上啊！

这一天，袁世凯坐在办公室里，忽然想起前几日黄大仙算卦的事情，那些朱洪武登基之签，真龙天子的话，心里美美地发晕，正自胡思乱想，唐绍仪推门进来了。他胳膊底下夹了个大皮夹子，步履匆忙，跟袁世凯打过招呼之后，唐绍仪在旁边的一把太师椅上落了座，把皮夹子从腋窝取出，抱在膝上，说："大总统，有两件大事要跟您商量。"

袁世凯说："唐总理，有话尽管说。"

唐绍仪说："第一件事，是经费问题。目前政府财政极端困难，结束南京政府，参议院北迁，南京政府各部委北迁，还有南北对峙时期诸多军费、政费的支出，数目浩繁，都急需一笔相当大的款子。我向英、美、德、法四国银行团商议借款，他们竟然提出要监督款项支出，监督用这笔借款遣散南方革命军，大总统您听，他们这是什么话？难道我们向他们借款，还要被他们干涉内政不可吗？如此苛刻的条件，实在令人气愤，实在难以接受。我准备向比利时财团借贷一百万英镑，以解燃眉之急，大总统看行得行不得。"

袁世凯也故作气愤地说："四国银行团欺人太甚，他们有几个臭钱，就是天王老子了吗？凭什么干涉我们的内政，凭什么监督我们怎么用这笔款子？你把钱借给我们，这笔钱就是我们的了，怎么花它，那是我们的事，你们管得着吗？这个四国银行团，简直就是个大网，罩住我们，寸步难行，我被他们压了这些年，如何不知道？唐总理要冲破他们这个罗网，转而求救于比利时财团，这个办法甚好，本总统第一个赞成。你派人去跟他们交涉吧，这是步高棋，放开手脚做去就是了。"

袁世凯的表态很令唐绍仪高兴，他来之前还以为袁世凯要借故推委，要滑头不表态呢，因为他知道袁世凯跟四国银行团的关系非常暧昧，四国银行团实际是袁的北洋势力的经济后台，他曾经是北洋一分子，当然清楚其间关系。没有想到，袁世凯竟然有这样一番慷慨激昂的言论，竟然如此顺畅地支持他。他甚至觉得，自己以前对袁世凯的看法也许是个误解，也许袁世凯真的跟自己今天一样，一直遭受着四国银行团的欺压。不管怎样，这件事有了袁的支持，四国银行团方面闹起来，也有了回击的理由。

唐绍仪接着说："第二件事，是王芝祥督直的事情。参议院还在南京的时候，就曾经议决一个规定，各省督抚一律改称都督，谘议局改为省议会，都督由省议会公举。当时直隶代表谷钟秀、刘若曾等人，推举广西副都督、驻南京第三军军长王芝祥出任直隶总督。我想，这也是北洋民意所归吧，反对不得。此事究如何行，请大总统也给个意见。"

袁世凯呵呵而笑，说："听说王芝祥是个军事干才，很会领兵打仗。"

唐绍仪说："此人不仅长于军事，政治上亦有一套。叫他来督直，大总统同意吗?"

袁世凯说："此事不应该有什么问题吧，好商量，好商量。"

唐绍仪说："两件事情，既然大总统都没有异议，我就去办理了。"

说完，夹起皮包，转身就走。

梁士诒从旁边的一间屋子里走出来，说："向比利时财团借款和王芝祥督直，是两件非常大事，前一个势必得罪四国银行团，惹起麻烦，后一个里边暗藏阴谋，是引狼入室，对我北洋十分不利，大总统怎么都允许了他?"

这个梁士诒，现在是总统府秘书长，参预一切机密，深得信任，所以，袁世凯接见唐绍仪时并不避讳他，允其在隔壁房间里窃听。唐绍仪走了，他便踱步出来，发表意见。

袁世凯静默了一会儿，搔搔头皮，长叹一口气说："燕孙呀，今日的唐绍仪，已经不是当年的唐绍仪了，他跟咱们已经不是一条心了。"

梁士诒说："他是北洋老人，大总统在天津小站训练新军时，他就协着菊人兄办理营务，算来二十多年了，这次南北议和，大总统又委之重任，给予特别的信任，再凭他跟菊人兄的亲密交谊，怎么说变就变了呢?"

袁世凯叹道："唉，这就是俗语所言，人心隔肚皮，虎心隔毛衣，此一时彼一时啊！南边来的情报说，他这次去南方交接，不仅参加了孙文的革命党，还跟孙文有秘密协商，要运用政治手段，把革命党的势力向北方发展。王芝祥充任直隶都督，就是这个发展计划的第一步。接下来，便是派柏文蔚出任山东都督，黄兴任南京留守，掌握五个军的武装力量，保全实力，以待机会。"

梁士诒惊道："他们要干什么？这不是在监视大总统吗?"

袁世凯说："如果北洋被他们控制了，就不是监视的问题了，他们是要取而代之啊！”

梁士诒疑惑道：“大总统既然看得这样透，洞若观火，怎么又答应他呢？”

袁世凯冷笑笑，说：“他是内阁总理，职权内的事，我如何可以当面反对？权且应承罢了。不过，老子也不是吃素的，直隶是我根本，卧榻之侧，岂容他人酣睡！老子只好也暗中接招了。”

梁士诒问：“大总统意欲何为？”

“老子要大裁军！南方各省军队，能解散的就地解散，不能解散的，要大幅度裁减，不愿意裁减的，就是对抗中央，老子要罢他的官，撤他的职！多余的军队，老子不给军费！不信有人敢公然对抗。”袁世凯说，“燕孙，你马上去找四国银行团的人，告诉他唐绍仪欲向比利时财团借款事，还告诉他们本大总统不予支持的态度，叫他们闹起来，提抗议，发声明，搞集会，怎么闹都行，只要闹大！”

梁士诒笑道：“这个法子高明，四国银行团一闹，比利时财团也就要有所顾忌了，赵秉钧他们再从内阁闹起来，够唐绍仪喝一壶的！可是王芝祥那件事怎么办？无论如何也不能叫他督直啊！”

袁世凯说：“这你放心，老子自有办法。”

梁士诒奉命去找四国银行团泄露国家经济机密去了，袁世凯呢，因为有了对付唐绍仪的法子，心下得意，忽然想起九姨太太刘氏，那个还不到十五岁的小姑娘，一时淫心大起，热血涌动起来，便一推桌子，着急慌忙地奔上楼去，走过天桥，钻进了后楼。

且说国务总理唐绍仪从中南海出来，坐在马车上好不快活，两件最棘手的大事情，总算是有了一个结果，袁世凯这个大滑头，总算是没有刁难耍滑，答应了下来。国务总理难当，最难当的是袋里没钱。有人说四国银行团所以刁难，要求这些苛刻条件，是袁世凯在后边捣鬼，他没有证据，不敢信其为真，今天看袁世凯的表态，听袁世凯的言论，似乎并不是真；但是，以袁世凯的为人，歹毒阴损，极善于搞两面手法，当面一套背后一套，又不敢信其为假。可是不管怎样，借不出钱来，自己这个国务总理就寸步难行。没有办法，只好去跟人家比利时财团伸手。这下好了，袁世凯没有打横，借款的事情马上就可以办了。

回到办公地点，唐绍仪马上给南京的王芝祥发电，着他火速进京，准备就任直隶都督。而后，把他早已经准备好的有关借贷文件装进皮夹子里，跳上马车，吩咐车夫说：“去华比银行驻京办事处！”

他知道，这一去，马上就可以签下一份一百万英镑的借款合同，他的口袋里马上就要鼓鼓囊囊，有了钱，一切事情都有了转机，好比待死的人输进去了新鲜血液，窒息的人得到了新鲜空气，他面前的一盘死棋眨眼之间就又活转过来了！

他想起了孙文先生，想起了前不久他在南京办理移交手续时孙文先生跟他说的话，孙文说：“现在，种族革命与政治革命皆已告段落，而社会革命才刚刚着手伊始。我们要着手社会事业，着手经济革命，把中国富强起来，把中华民国建设成第一等民国。我们要振兴实业，谋国富强，不出数年，知必有效！”想到这里，唐绍仪哑然而笑了，还是在青年时代，在他留学美国的时候，他就羡慕美国人的民主制度，三权独立，互为监督，任何个人，任何政党，都要置于法律之下，接受法律的约束和监督，这样的制度，如何不国强民福经济繁荣科学进步呢？他无时不为自己国家的封建愚昧专制独裁而感觉羞耻。他渴望有朝一日改变这一切，把自己国家也建设成为一个民主的法制的文明的富强的国家。孙先生说的“第一等民国”，就是他曾经朝思暮想的“梦”啊！今天，历史的浪涛不知怎么一推一涌把他送上了这个重要的内阁总理的位置，别的宏图大志他不敢说有，把中华民国建设成为西方社会那样的民主法制国家的心愿，他还是很强烈的呢！他要勉力而为之，当好这个第一届责任内阁的第一任总理！

因为一切都是事先已经谈好了的，所以，借款合同签得十分顺利。这天下午五点钟，唐绍仪已经抱着皮包、乘着马车嘚儿嘚儿返回来了。下边，就是专等着比利时财团把那一百万英镑源源不断地打入他特别开的账户里了！

为国家，他终于办成了这件大事！

但是，两天以后，在唐绍仪与比利时财团签订借款合同的第三天，英、法、美、德四国公使相约来到中南海，向中华民国大总统袁世凯提出强烈抗议。

英国公使朱尔典手持抗议书，煞有介事地当庭宣布曰：“中国政府曾经对英、法、美、德四国银行团保证说，鉴于四国银行团在目前紧急关头所给予中国的援助，及其在外国市场上支持中国信用的贡献，中国政府向四国银行团保证，如条件与其他方面的条件同样有利，银行团有承办大规模的善后借款的选择权。可是，贵政府最近背叛了这个保证，竟然无视四国银行团的利益，向其他方面借款英镑一百万。对于中国政府的不守信用，我们提出强烈抗议，以停止预付中国借款来表示抵制。并且声明，自此以后，凡关于中国借款之事，一律与本国驻使交涉，本银行团不再予以受理。”

念完，朱尔典一脸严肃，把那抗议书往总统府秘书长梁士诒手上只一塞，随同另外三国公使，转身而去。

袁世凯大怒，冲着四国公使的背影厉声吼道：“中国政府给你们的是选择权，而非独霸权，你们厉害什么？”转而对肃立一旁的唐绍仪以及内阁成员们说：“此事系有唐总理经手，对于四国公使的抗议，唐总理跟诸位回去研究出一个办法，答复他们吧。”

袁世凯怒气冲冲地离开了接见大厅，他的身边紧紧跟随着总统府秘书长梁士诒。他们走过长廊，转过假山，见前后无人了，“扑哧”一声，相对而笑了。

袁世凯说："奶奶的，这一壶，看唐绍仪咋着喝！"

梁士诒说："骑虎难下，够少川呛的！"

事情真的闹大了，闹僵了，唐绍仪做梦也想不到，他会陷进这个借款的烂泥潭里！

他主持的内阁会议上，乱成了一锅粥。

赵秉钧首先发难，他拍桌子打板凳地质问道："这么大的事情，对内，你瞒着内阁各部总长，不开会商量研究，对外，你不与四国银行团从容协商，争取他们的理解支持，就擅自做主，向华比银行一次就借那么多的钱，你有什么不可告人的机密大事，要花那么多的钱呀？能不能给大家说清楚呀？"

段祺瑞瓮声瓮气地嘲讽说："还用问吗？外边已经吵吵反了，唐总理要用这笔钱接济南方革命党做军费呢！如今南北已经统一，大总统命令大裁军，集中力量搞建设，唐总理却大借款资助南军，是何用心啊？难道要南北战争再打起来吗？再打起来对你唐绍仪有什么好处啊？"

熊希龄也不满地抱怨说："我这个财政总长看来是多余的了，被人摆在这里充一充聋子的耳朵，什么意思呢？向外国银行借款，本是财政部的事情，却一点儿不知情，被瞒了个死死！唐总理这样越俎代庖，干脆把财政部撤销算了，我这个总长既然多余，就辞了职吧！"

你一言，我一语，七嘴八舌，唇枪舌剑，一句比一句难听，一个比一个厉害，唐绍仪纵然浑身是嘴，也说不过这么多别有用心蛮横无礼的人。他只气得沉着脸子噘起嘴巴呆坐在那里，脑子里嗡嗡乱叫，天旋地转，大乱了方寸。

会后，他去找袁世凯商讨对策。

袁世凯没事人似的，嘿嘿干笑两声，说："此事系由唐总理你经手的，究要如何收场，还是唐总理你看着办吧。"

他没事人似的，置身事外，来了个一推二六五！

唐绍仪无奈，只好向四国银行团道歉赔礼，并宣布废除与比利时财团签订的借款合同。

中华民国第一届内阁的第一任总理，就这样遭受了一次沉重的打击。

唐绍仪悲哀地说："我之内阁，乃背包袱内阁也。多任总理一天，即多负罪一日啊！"

就在借款风波闹得沸沸扬扬的时候，王芝祥来到了北京。

他首先去拜访内阁总理唐绍仪。

焦头烂额的唐绍仪对他说："王将军来得正好，此时来，督直的计划或许能够实现，倘晚些时来，就说不定了。"

王芝祥说："报纸上关于借款的事情对总理多有微词，难道此事还没有了结吗?”

唐绍仪摇头说:“跟人家四国银行团道了歉赔了礼，跟华北银行中止了合同，该结束的都结束了，可是，北洋那帮人，既然抓住了辫子，能轻易放手吗?他们不把我搞臭逼走，看来是不会罢手的。”

王芝祥咋舌道:“如此说，王某督直亦恐难顺利。”

唐绍仪说:“我已经征询过袁世凯的意见了，他似乎对你很欣赏，没有反对。我马上通知直隶人士，请他们在议会上作一个决议，我便可以依据这个决议签发委任书了。”

王芝祥问:“袁世凯那边，我恐怕要去走走。”

“当然要去。他是大总统，你这个将要上任的直隶都督，不去拜谒大总统怎么可以?再者说了，直隶是他的老窝，北洋根据地，他不同意，跟你玩起两面派来，你恐怕一天也待不住。”唐绍仪说，“唉，王将军呀，你待久了就知道了，中国北方社会，是北洋的天下，铁板一块，是风吹不进水泼不入的。我跟他们打了二十多年交道，深知其顽固愚昧专制的厉害。今日虽是民国了，其观念行事，与前清一般无二，‘民主’两个字，你是看不到的。这便是你这次督直的重大意义，中国的革命大业，于君有厚望焉。”

第二天起了个大早，王芝祥来到中南海拜见袁世凯。他在门房里整整等了两个多时辰，才被侍者引进居仁堂前院的“大圆镜中”。

他进到客厅里，肃然立正，抬手行了个军礼，用一种士兵报告长官的神态声音大声吼道:“报告大总统，中国革命军南京第三军军长王芝祥前来拜见!大总统万岁万万岁!大总统身体健康永远健康!”

袁世凯微微而笑，离开座位，亲切地拉住他的手，说:“江南虎将王大将军，闻名久矣!闻名久矣!听少川说你要移驾北方，来任直隶都督，本大总统欢迎之至啊，欢迎之至!”

王芝祥说:“报告大总统，属下这次北上前，孙先生黄将军特别嘱我，向大总统转达他们的问候。”

袁世凯说:“谢谢逸仙先生，谢谢克强将军，我正在准备邀请他们来京共商国家建设大计呢!”

一番客套亲热的谈话，转眼时近中午，袁世凯要王芝祥与他共进午餐。

王芝祥受宠若惊，心下暗想，人们都说袁世凯奸雄，与革命党势不两立，很难共事，并且暗藏杀机。今日一见，热情真诚，跟自己这个革命党军人亲如故旧，一点架子也没有。看来，外边的谣传是信不得的。

饭桌上，袁世凯认真地对他说:“王将军，直隶省，乃国家中央政府所在地，它的重要性不用我说，你应该是知道的。我希望你当好这个都督，把直隶的事情办好，给中央以最大的支持!”

王芝祥说：“大总统放心，芝祥拥戴大总统，粉身碎骨，永不变心。”

袁世凯满意地点一点头，说：“很好，我信任你，你就放开手脚干吧。从今日起，我聘请你为总统府高等顾问，月支车马费八百元，在没有上任直督以前，先在总统府办差吧。”

八百元车马费，这么高的薪水，这是王芝祥做梦也没有想到的，他激动得有点儿颤抖，唰地起立，啪地一个举手礼，说：“谢大总统栽培，属下愿效犬马之劳。”

袁世凯哈哈大笑，“好哇，好哇”连说不止。

这天下午，袁世凯把冯国璋、段祺瑞叫到他的书房，三个人秘密协商如何处置王芝祥的问题。

袁世凯说：“孙、黄派王芝祥来督直，这是往我眼里插棒槌，岂能容他!”

冯国璋说：“唐绍仪既已叛我，他这个内阁总理就不能再当了。他要是再当下去，准没有我北洋的好!”

段祺瑞说：“此事好办。我派几个枪手，灭了他们算了。”

袁世凯摇头说：“我看这个王芝祥，贪财好利，这种人好利用，我想给他一个南京宣抚使，叫他回南京对付孙、黄去，或许能成，不中，再灭了他不迟。至于唐绍仪，挤走可也。”

段祺瑞说：“你叫他回南，他就回了吗？总要有个理由吧。”

袁世凯诡诈地一笑，说：“还是老法子，当年怎么对付清廷的，今日照方抓药。”

段祺瑞会心地笑了，说：“大总统的意思，是煽动军队反对。”

袁世凯说：“唐绍仪不是说，王芝祥督直，是北洋民意所归吗？我们就给他来个北洋军意反对！你们秘密传达我的命令，叫直隶五路军队突然发出通电，反对王芝祥督直，再遍发匿名信，威吓议会里那些拥王的议员，再遍布谣言，说王带来大批军队，要解散北洋军，大开杀戒，直隶军民要大祸临头了，总之，闹得愈乱愈好。”

冯国璋说：“先这样走，不行，再暗杀之。”

在唐绍仪的授意下，顺直议会推举王芝祥督直的决议很快便做出了。这一天，唐绍仪拿着顺直议会的决议和他的委任书来到总统府，请袁世凯钤印。

袁世凯哈哈而笑，说：“我已经接到孙逸仙先生的专电，他亦命我按照顺直议会决议委任。我遵命照办，没有问题。”

说着，接过文件，放置案头。

听见袁世凯这话，唐绍仪心里暗喜：问题总算解决了，王芝祥做了直隶都督，北方的事情就要好办多了。看袁世凯没有即刻盖印的意思，也不好催促，既已答应，想是不会变的，便告辞而去。

就在当天，准确一点儿说，就在唐绍仪向袁世凯递呈任命书以后，不到半个时辰，直隶五路军的反王通电就发表了。总统府的袁世凯，总理府的唐绍仪，几乎同时收到了北洋军人的这份通电。北京城里一时谣言四起，说什么的都有，东四西四一带甚至发生了白日抢劫事件，有几个乞丐被打死街头。议会议员谷钟秀、刘若曾等人还收到了装有子弹的威吓信件，一个大大的杀字，吓得他们魂飞魄散。

唐绍仪来找袁世凯商量办法。

袁世凯怒容满面，说："这是一起严重的政治事件，都督统辖文武，责任重大，任免之权理宜操自中央，本省人民岂能随意迎拒？再者，军人以服从为天职，不得干涉政治，不得随意迎拒主将。此事本大总统自有公断，请唐总理放心。"

唐绍仪请袁世凯钤章盖印，立即任命王芝祥，以免更乱。

袁世凯说："少安毋躁，少安毋躁，国家刚刚统一，安定是压倒一切的大局，不要操之过急啊！"

唐绍仪无奈，只好告退。

袁世凯命人把王芝祥找来，对他说："王将军，直隶五路军反对你督直，这件事情麻烦了呢。你有什么打算吗？"

王芝祥说："军人反对，处置不当，易于引起暴乱。王某新来，一切听从大总统安排。"

袁世凯说："军队是什么？虎狼也。这些人要是闹起事来，刀光剑影，杀人嗜血，京畿必为恐怖笼罩。本大总统为将军考虑，这个都督不当也罢。我派你去南京担任宣抚使，帮助黄兴将军解散留守部队，经费十万，用不完不必上缴了。这可是个重要的差使，王将军可愿往？"

王芝祥一听，乖乖，十万大洋，凭自己随意使用，这是个肥差呀！再一想，当那个直隶都督有什么好，自己光杆一个来此，进入虎狼群里，四面反对之声，当下去，有自己的好吗？还是回南吧。便说："大总统差遣，属下敢不效命。"

袁世凯说："不用将军效命，只须去办好遣散南方部队就是，差使办得好，本大总统还有倚重。"

唐绍仪得知袁世凯任命王芝祥为南京宣抚使，不叫他当直隶都督了，很是生气，便来到总统府与袁讲理。

唐绍仪说："王芝祥就职直隶都督，乃是顺直议会决议推举，本总理任命的，大总统如何反任他去当什么南京宣抚使，这样干，内阁还有什么威信，怎样再行使职权？"

袁世凯说："直隶五路军反对他督直，这个情况你又不是不知道。"

唐绍仪说："军人不许干涉政治，他们拒迎主将，已经遭到大总统的严令斥责，不严加追究也就罢了，如何反向其让步，助长其气焰？请大总统尊重《临时约法》，依法办事，万万不要失信于直隶人民。"

袁世凯冷笑道："少川，你不要拿《临时约法》压我。法是人定的，难道《临时约法》比大总统还高吗？如此，要《临时约法》发号施令管理国家算了，还要我这个大总统何用？你说不要失信于直隶人民，这句话说得好，直隶人民要安定，不要混乱，你逼着军队闹起来，京畿大乱，我这个大总统还怎么当？你这个大总理还怎么当？"

唐绍仪说："我也看出来了，其实反对王芝祥督直的，不是什么五路军，而是大总统你！你是怕这个革命党军人乱了你的北洋统治。敢问大总统，既然反对，为什么又答应？"

袁世凯说："是你答应的，本大总统何时应承过？"

唐绍仪急了，说："任命之事，乃我责任内阁职权，本总理坚持不变，照发任命书。"

袁世凯说："本大总统不盖印，你那任命就是废纸一张，不能生效。"

唐绍仪说："大总统委任南京宣抚使的命令上，本总理拒绝副署，亦是废纸一张。"

袁世凯说："那，咱们试试看吧！"

当着唐绍仪的面，袁世凯签发命令两道：一道，任命冯国璋为直隶都督；一道，任命王芝祥为南京宣抚使。并吩咐下去，即刻上任，不得有误。

冯国璋出任直隶都督，不经参议院推举，不经国务总理任命，这是违法的专制行径，是完全与《临时约法》相悖的，袁世凯这样干，是公然蔑视国家法律！可是，那个王芝祥的作为却是太令人失望了，他竟然违背南京革命党同人的嘱托和期望，欣然接受了袁世凯的这个非法命令，掉头向南，怀里揣着巨款，心安理得地去南京赴任去了。真是一个不争气的家伙！

在袁世凯的逼迫打击下，唐绍仪知道这个内阁总理是无法再当下去了，怒火满腔，留下一道辞呈，怫然出京。

他悲哀地说："袁世凯嘴巴上满口民主共和。其实一肚子专制独裁帝王思想。革命志士前赴后继所追求的依法治国的理想，从此破灭矣！中华民族又要跌入强权统治的深渊里去了！呜乎哀哉！"

第十六章　真阴谋枪毙张振武
假革命迷惑孙逸仙

内阁总理唐绍仪的去职，引起连锁反应，出现了内阁危机。

先是同盟会议员张耀曾、李肇甫、熊成章、刘彦四人，往谒袁世凯，对他说：“同盟会国务员于昨晚议定，全体辞职。并声明我党对于第二次组阁意见，希望下一届内阁组成政党内阁或超然内阁，如再采用混合内阁，同盟会会员不愿加入。”态度很是强硬。

袁世凯嘿嘿笑笑，说：“你们的意见是偏激的，它不符合中国今日的国情。无论是政党内阁还是超然内阁，都不适宜今日之中国，因为政党幼稚，人才缺乏。如果专取共和党、同盟会或超党派人士组织内阁，无论哪一方都不能得到许多人才。所以，非联合数党及无党派人士共同组阁，则不能组成美满之内阁。革命已经成功，今日之中国，主旨在于建设。诸君如热心于建设者，余皆引为同志，否则，余不能强人所难。”

说完，起身送客，态度也骄横得很。

接着，同盟会的教育总长蔡元培、司法总长王宠惠、农林总长宋教仁、工商总长陈其美又联袂辞职。

袁世凯心里高兴，嘴巴上却说：“我代表四万万人民挽留各位总长。”

蔡元培回答说：“我等亦以四万万人之代表而辞职。”

这个时候，因为借款无着，财政总长熊希龄已经递上辞呈，交通总长施肇基因系唐绍仪亲戚已于六月底前离阁，袁世凯客气了几句，说了几句无关痛痒的淡话，便顺水推舟，批准了同盟会四总长与熊希龄一同辞职。

现在的内阁，只剩下赵秉钧、段祺瑞、刘冠雄和陆征祥了。

袁世凯跟梁士诒商量，决定让唯命是从、温顺如羊的无党派人士陆征祥为总理兼外交总长，另外凑了周自齐等四个北洋派官僚分任财政、司法、交通、农林总长。陆征祥出席参议院会议，正式提出补充阁员名单，袁世凯也亲笔致函参议院请求通融，谁知，议员们不予理会，全部否决。陆征祥自知无颜，干脆告假不出，躲在家里装病。

袁世凯遭此惨败，怒火中烧，天天骂娘。

这天，他把赵秉钧叫到办公室，对他说："参议院的这些老爷们，欺软怕硬，老子以礼相待，他们蹬着鼻子上脸，不识抬举。对付他们，我看非得使用特别手段不可！"

赵秉钧问："大总统的意思是像上次对付专使团那样，来一次军队骚乱，吓唬吓唬他们？"

袁世凯说："不能骚乱，但要敲打敲打这些家伙！你用北京军警联合会的名义，给参议院发通电，说他们中的一些议员，挟持党见，故作艰难，破坏大局，向他们发出警告。"

赵秉钧心领神会，说："干脆点名道姓，把谷钟秀、刘若曾，还有跟着他们跑的吴景濂、殷汝骊等人挨个点名，列举罪状，扬言他们收受贿赂数万，其罪当诛。"

袁世凯点头说："就是这个意思。还可以散发传单，说悬赏万元，取他们的脑袋；还可以打匿名电话，说不放弃党见者，将以炸弹从事；再以北京军警公所的名义召开会议，声明倘不通过补充阁员名单，即请求以武力解散参议院。如此之类，你去办吧。"

赵秉钧领命而去。

袁世凯对梁士诒说："燕孙兄，你去找一找章疯子，此人最近几年，专跟革命党拗劲，或可派出用场。"

梁士诒问："大总统的意思，叫他附和我们，舆论上造造声势？"

袁世凯摇头说："舆论上的事情，我会安排杨度他们去办。你只叫章炳麟拉扯上一批人，致电副总统黎元洪，请黎出面说说话，要我便宜行事，不可拘泥《约法》。黎是副总统，他的话出来，局面必会转好些。"

梁士诒笑道："大总统真是足智多谋，这一硬一软两个招数，准保把参议院摆平。"

袁世凯摇摇头说："奶奶的，这些还不是被那一帮议员老爷们逼的吗？"

袁世凯动用军警干涉立法机关，威胁利诱，终于见了成效；黎元洪接到章炳麟的电报，立即通电北京参议院，指责某些议员不顾国家大局，一味以党见干政，致使茫茫神州陷于无政府状态。并且明确提出，自此以后，应由大总统主持于上，各都督维持于下，对补充议员，必须速为赞同云云。一些带头反对的同盟会议员，在军警恐吓面前吓破了胆，不敢再死硬反对了。他们终于在第二次表决补充阁员名单时投了赞成票。

袁世凯任命赵秉钧代理国务总理，新的内阁班子，又按照袁世凯的意见搭建起来了。

赵秉钧上任以后，干脆把国务会议迁移到总统府内召开，主动接受大总统的直接控制，一切政务完全秉承大总统的旨意行事，国务院变成了唯有遵从大总统意愿盖章副署的行政机械，完全丧失了它的作为政府的独立性，成了袁世凯的一个幕僚班子，譬如清王朝的军机处一样的机构了。

袁世凯转败为胜，目的达到。

他嘿嘿冷笑声声，对赵秉钧、梁士诒说："孙文的《临时约法》，也不过如此！老子一动用武力，它就什么也不是了！看来，什么法也怕枪杆子啊！"

可是，就在第二天，还是这个袁世凯，一下子变换了面孔，变成一个维护法纪的正人君子了。他又一次颁布了军人不准干预政治的命令，而且语气态度分外郑重。他命令说："军人不准干预政治，迭经下令禁止在案，凡我军人自应确遵明令，以肃军纪。乃闻近日军界、警界仍有干涉政治之行为，殊属非是。今特再申告诫，其各守法奉公，以完我军警高尚之人格。"

命令颁布下去了，北京的各大报纸纷纷转载。袁世凯很是得意，中国的老百姓，谁个又能知道，军警干政的大后台，就是他这个下令不准军警干政的大总统啊？真是戏法人人会变，巧妙各有不同，袁世凯玩耍起政治戏法来，那真个是花里胡哨、鬼神莫测。

打了胜仗，自然高兴，得意，美！他倒背双手，迈起八字步，板着一张公正无私的面孔，走出居仁堂，在中南海的柳荫里晃晃悠悠地散起步来，嘴里不由自主地就哼哼唧唧地唱起了豫北梆子腔："有本王打坐在金銮宝殿……"

但是，已经民主共和了的中国，再也不是大清帝国时代的铁板一块了。一些较为清醒的人们，从袁世凯挤走唐绍仪和玩弄流氓手段动用军警控制参议院的劣行里，觉察了他大搞个人独裁，欲图黄袍加身、复辟帝制的野心，纷纷在报纸上揭发他，在公开场合揭露他，弄得他很是狼狈，也分外担心，生怕这样的揭发再继续下去，他恐怕就要在人们的唾骂声里完蛋，那个真龙天子的"梦"，也许会变成雨地里的水泡，破灭了。

他如何会甘心那个破灭！

他叫总统府秘书长梁士诒写一篇通电，为自己辟谣，藏匿形迹。

梁士诒的通电文稿很快便写出来了，其辞曰——

世凯束发受书，即慕上古官天下之风，以为历代治道之隆污，罔不系乎公私之两念。洎乎中岁，略识外情，目睹法美共和之良规，谓为深合天下为公之古训。客岁武昌起义，各省影从，遂使两千余年专制之旧邦，一跃而为共和之政体。世凯以衰朽之年，躬兹盛会，私愿从此退休田里，共享升平，乃荷国民委托之殷，膺兹重任。当共和宣布之日，即经通告天下，谓当永远不使君主政体再见于中国。就职之初，又复经沥忱宣誓，皇天后土，实闻此言。乃近日以来，各省无知之徒捏造讹言，摇惑观听，或以法兰西拿破仑第一之故事妄想猜惧。维当此艰难缔造之秋，岂容有彼此猜嫌之隐？用是重为宣布：凡我国民，苟以救国为前提，则当能见其大，万不宜轻听悠悠之口，徒为扰乱之阶。若乃不逞之徒意存破坏，借端煽惑，不顾大局，则世凯亦唯有从国民之公意，与天下共弃之！事管大局，不敢不披沥素志，解释猜嫌。知我罪我，付诸公论。

袁世凯很满意这个通电，吩咐说："此电发给黎元洪副总统和各省都督，叫他们晓谕各级官吏，并在本省报纸上发表，并密告他们，严密监视革命党徒，若有人再以帝制自为攻击，即以诬蔑领袖反对革命意存破坏论处，决不姑息。"

梁士诒说："把咱们掌握的舆论机器都调动起来，宣传大总统拥戴共和反对帝制的决心和言论，让天下人都知道，大总统乃民主共和之大总统，乃反对帝制皇权之大总统也。"

袁世凯嘿嘿笑了，搔抓着头皮，眯细起眼睛，诡诈地说："正是这话！婊子门前没有挂婊子牌坊的，都是挂贞节牌坊！老子是共和国的大总统，当然只说民主共和的话！"

梁士诒谄笑道："子曰，君子于其言，无所苟而已矣！"

袁世凯点头说："对，对，咱爷们不随便说话！"

这一天，袁世凯收到黎元洪密电说：湖北军务司副司长张振武、湖北将校团团长方维等十余人近日将抵京城。张、方之徒蛊惑军士，勾结土匪，破坏共和，昌谋不轨，伏乞将张、方立予正法。元洪爱既不能，忍又不敢，回肠荡气，仁智俱穷，抚驭无才，致使起义健儿变为罪首，请给处分。云云。

袁世凯接电，哈哈大笑，说："人言宋卿多谋，果不其然！他阴谋杀张，却要假我之手，此曹孟德不杀弥衡而假手刘表之计也，岂能瞒我！"

梁士诒说："这个张振武，乃湖北罗田人氏，字春山，早年毕业于湖北省立师范学校，后留学日本，入早稻田大学，研究政治法律，加入同盟会。去年的武昌起义，他是领导者之一，曾亲临前线，与我北洋军激战。听说武昌首义的时候，是他用枪把黎元洪从床底下挑出，逼迫其就任军政府鄂军大都督的。最近因裁军事，拒不执行黎元洪裁撤其所属部队，跟黎关系紧张，此黎所以恨其桀骜不能相容也。”

袁世凯说：“裁撤革命军，乃本大总统之命令，张振武辈竟敢公然抗拒，宋卿执行军纪就是了，何必把人送到我这里来，假我之手杀他？可惜我袁某不是刘表，怕担那杀贤之名而放之他去，张振武这次是死定了。”

梁士诒大惑不解，问：“大总统既知别人假手，奈何代人受过，背上那个杀害民国功臣的罪名？”

“老子才不代人受过呢！老子才不背那个屠杀革党的黑锅呢！他黎元洪只想着借刀杀人，却没有想到老子给他来个杀人借刀！”袁世凯嘿嘿冷笑几声，说，“像张振武这样的造反乱国之徒，杀死十个八个，难解我心头之恨，当然要杀，手软不得。黎元洪把他推给我，我给他这个人情！再者，黎元洪是革命党推举出来的鄂军大都督，两家伙穿一条裤子，好得跟一家人似的，这回，我要让他们彼此都认识认识，看清各自的嘴脸。黎元洪跟革命党翻了脸，不用叫，他必来投靠老子！从此以后，我有老黎做帮手，对付革命党，不是有了一支援兵了吗？”

梁士诒恍然大悟，惊骇道：“大总统计中之计，谋深看远，鬼神不及！”

袁世凯摇头说：“计中之计，太好听了，应该说是阴谋套阴谋，似乎才更贴切些。”

第三天早上，从湖北武昌匆匆来京的张振武，带着方维，兴致勃勃地来到铁狮子胡同总统府，拜谒大总统袁世凯。

这个时候，袁世凯正在高兴，情绪很好，因为他刚刚接到了立宪党领袖梁启超发自日本的一封重要信件。在这封信里，梁启超就目前国内财政、政党问题提出了意见，很多话说得他极爱听，正中下怀，他正在跟梁士诒兴致勃勃地讨论这封信。

袁世凯说：“老子几次三番去信邀请他回来，梁卓如就是不上路，当年的芥蒂还耿耿于心呢！哈哈，今日这封信，与老子推心置腹，可以说是前嫌尽弃矣！有梁启超助我，中国的事情就好办多了！”

梁士诒说：“梁卓如说，今后之中国，非参用开明专制之意，不足以整齐严肃之治。他跟张謇的意见是一致的，都主张维护中央集权，这于我们很有利。”

袁世凯说：“用梁启超的这个开明专制论去对付革命党的什么人权、民主，很有杀伤力，正是老子需要的！梁启超就是梁启超，大才子，想出来的问题提出来的口号，就是远超人上！”

梁士诒说：“梁卓如还说，中国今日政界，可略分为三派，曰旧官僚派、立宪派和革命派。旧官僚派即公所素抚循也，宜为行政之中坚；而革命派自今以往，可分为二。其纯属感情用事，始终不能与我公合作者，不可威压之，又不可阿顺之，唯有利用健全之大党，使为公正之争；而健全之大党，则必求之于立宪派与革命党中之有思想者也。这些话，可谓把中国的政坛看得透透了。”

袁世凯兴奋地抖动着来书，欢喜地说：“梁启超啊梁启超，大贤宏论，如豁云雾而见青天，袁慰亭受教了！非我君子，孰与告语？你马上给他发电，邀他速归，参与政事，以纾国难!”

梁士诒笑道：“大总统才刚刚邀请了孙、黄，又邀请梁卓如，倘一齐来京，您如何接待啊?”

袁世凯说：“只要都来，我自有接待的办法，快快发电给他。”

正兴奋中，侍者来报，湖北张振武将军求见。

袁世凯骂道：“日他奶奶，扫兴扫兴！请他们进来吧。”

张振武、方维并肩步入会客大厅，袁世凯从侧门进来，哈哈而笑，嘴里连声说道：“欢迎，欢迎!”

张振武、方维啪的一个立正，举手行了个军礼，报告说：“大总统，属下张振武、方维前来报到。”

袁世凯频频点头，一双眼睛闪动着喜悦欣赏爱怜的光，一刻也没有离开他们两个人的脸，说：“张将军武昌首义，向清廷打响反叛专制政体的第一枪，英名盖世。今日一见，果然英武矫健，神勇非凡。”

张振武说：“黎副总统对属下说，大总统几次电催，命属下等速速来京，听候调遣。”

袁世凯说：“正是，正是。张将军等，才识优长，功猷卓著，敝处正虚席以待。将军等惠然肯来，甚慰我心。职务的事情，本大总统特邀请二位为总统府军事顾问，张将军月薪八百元，方将军月薪五百元，本大总统已有行文下去，总统府军事部不日将与二位具体接洽。本大总统已经传过话去，不要他们催促将军们上班，先休息几日，与北洋诸将领认识认识，北京各处去看看，然后从容到任可也。”

张振武说：“大总统安排细致入微，感人至深，振武等敢不遵命。”

“很好，很好。”袁世凯说，“燕孙先生，你先派人领他们去冯国璋将军处，军人见面，自有他们的语言说话，容我忙过这几日，再设专宴宴请。”

梁士诒叫人把张振武、方维领走了，转回大厅，对袁世凯说：“孙子曰，形人而我无形，则我专而敌分。张振武今日见大总统热情如火，那心里正美滋滋地想着做大官享大福呢，岂料肉已入砧，旦夕刀斧将加焉!”

袁世凯说：“从来为人走卒者，有几个是明白鬼呢？叫他们糊糊涂涂去死吧!”

且说张振武、方维被领到冯国璋处，立即受到冯的热情款待，马上拉到前门太白楼设宴招待。从此以后的几天里，段祺瑞、姜桂题等北洋将领，轮流做东，宴请张等。张振武不知死神已至，每日喝得酩酊大醉，欢喜非常。

这个情况被黎元洪知道了，他怕袁世凯不听招呼，刀下留人，放过张振武，电报催促之外，仍不放心，又派他的亲信秘书进京谒袁，请即日处决。

袁世凯密电黎元洪，说："已饬步军统领、军政执法处将张振武、方维查拿，即按军法惩办。所请处分，应无庸议。"

这是1912年八月十五日的事。

当天晚上，张振武在六国饭店设宴宴请北洋诸将领。冯国璋、段祺瑞、姜桂题、段芝贵等人都参加了。

觥筹交错之际，段祺瑞借着酒兴，问道："张将军，武昌首义之时，黎副总统如何？"

早已经酒气熏天的张振武扑哧一声笑了，说："黎元洪那熊样……咳，不说也罢。"

"为何不说？大家都是军人，有什么怕的？说，说！"众人齐声鼓励。

张振武吞下一口酒，抹了抹嘴巴，跳将起来，得意扬扬地说道："那天攻下巡抚衙门之后，清军已经大乱，纷纷缴械投降，没有降的，抱头而窜，溃不成军。我带人攻进黎元洪军营的时候，早成了一座空营，清兵全跑光了。我进到内室，见那只牙床不停地跳动，垂下来的床单，也像被风吹似的抖动不止，便知那床底下藏的有人。便大喝一声，一枪管子戳进去，只听见里边'唉哟，唉哟'连声，接着又传出呻吟求饶的声音，'好汉饶命，好汉饶命'。我撩起床单，只看见一个大屁股高高地撅起，只顶住床帮，正嘚嘚抖得欢！那床乱动床单乱抖原来是它的缘故！却不见人头，弯腰看看，床下黑洞洞，什么也看不清楚。我用枪管子挑住那人的裤腰带，只一拖，便拖出个大活人来。诸位猜是谁个？"

"黎元洪？"

"正是他！这位混成协统领满脸尘土，衣衫不整，跪在地上，磕头如捣蒜，'好汉饶命，好汉饶命'，一连串就这几个字，现在想来，还让人忍不住想笑。"张振武说。

段祺瑞哈哈大笑，说："黎元洪，狗熊将军！"

众人起哄，大声应和，道："黎元洪，狗熊将军！"

一时间，六国饭店大厅里，嘲笑谩骂喊叫之声，乱成一片。

闹到夜静更深，客人们纷纷离去，张振武、方维才歪歪扭扭，醉意蒙眬走出六国饭店大厅，跳上马车，返回寓所。一路上，张、方二人引吭高歌道："丈夫生在天地间，不怕神仙不怕官。敢上南山擒猛虎，敢下东海剖龙肝……"

边唱边笑，声震夜空。当马车行进到前门脚下，忽地从马路两边涌出一帮持枪军士，喝令停车。那马扬起前蹄，嘶叫一声，戛然停住。

张振武厉声喝道："什么人，敢拦我马车？我乃武昌张振武也！"

兵士群里走出一人，张振武定睛看去，分明看见乃是刚才还在一起喝酒的步军统领段芝贵，忙喊道："段将军，这是何意？"

段芝贵并不理睬，只是喝令众兵士道："给我拿下！"

眨眼之间，张振武、方维被拉下马车，双手反剪，捆了个结结实实。

张振武厉声质问："段芝贵，你要造反吗，老子是革命党！"

段芝贵说："你是革命党还是反革命，到了军政执法处自见分晓，此刻给老子闭上嘴巴！"

众军士押解张、方二人到军政执法处后，陆建章接住，嘿嘿冷笑，说："等候二位英雄多时了。"

张振武问："我等所犯何罪，为何无故拿我？"

陆建章说："拿你算啥，老子今天要杀你！"

张振武说："无罪杀人，你们是强盗吗？"

陆建章、段芝贵哈哈大笑。陆建章说："我这里杀人，还要什么罪状吗？明白告诉你吧，是黎副总统来电，要袁大总统取你等性命的。去了阴曹地府，找黎元洪算账去吧！"

说完，即命令刽子手道："拖出去砍了！"

可怜张振武、方维，来到京城，刚刚欢喜了几天，就这样不明不白地惨死在黎元洪、袁世凯的阴谋里，真是"天地有穷，此冤无穷"，岂不悲夫！

张振武被秘密处决事件，引起中外震惊，舆论哗然。在京的湖北议员和知名人士闻讯，有如雷电轰击，惊骇万状。他们涌到军政执法处往见陆建章，陆以袁世凯军令为答。

袁世凯军令上说："查张振武既经立功于前，自应始终策励，以成全人。乃披阅黎副总统电陈各节，竟渝初心，反对建设，破坏共和，以及方维同恶相济。本总统一再思维，诚如黎副总统所谓爱既不能，忍又不可。若事姑息，何以对烈士之英魂。不得已，即着步军统领军政执法处总长遵照办理。此令。"

众人见到命令，知是黎元洪、袁世凯所为，便涌到总统府谒袁。

袁世凯拿出黎元洪的电报给他们看，并做出无可奈何的样子说："我明知此举对不住湖北人，天下人必将骂我，可是我实不能救他。你们要知道，国法为维持治安唯一之大物，共和国民只赖此法以得生息。若曲法徇情，则公安不可保，人民无时不在危险中，此事实迫于万不得已。吾人念其首功，唯有厚恤其家族而已矣。"

黄兴致电袁世凯，说："所宣布张振武罪状，皆属言行不谨，无一条与'破坏共和，图谋不轨'符合。所谓'爱既不能，忍又不可'是出于黎元洪一人之意，于共和国法律不沾边。不经审判，立毙创造共和有功之人，人权国法，破坏俱尽。”

蔡元培串联邀集了一大批人，在上海成立了法律维持会，通告说：“大总统与副总统，无直接杀人之权。张君振武等所得罪状，皆暧昧不明，未经裁判，即行行刑。尤为可奇者，犹复加恤赠金，掩饰耳目。此种举动，明明故意违反《约法》，玩弄国民。若不讨论其究竟，无以为法律生命之保障，尚何共和政体之可言?”

湖北籍议员闹得最激烈，他们致电黎元洪严厉质问，又在参议院提出质问议案，要求政府拿出张振武的犯罪证据。议会上，发表演说的，号啕大哭的，严词质问的，大声骂娘的，群情激烈，不可收拾。

黎元洪只想到了借刀杀人，没有想到袁世凯还了他个杀人借刀，根本不会代人受过，反而公开了他的电报，把责任全部反推到他的身上来。经此一事，他的声誉大损，骂声盈天，革命党人彻底看穿了他的反革命嘴脸。同盟会总部鉴于他“暴戾恣睢，擅杀元勋，破坏约法，摇动民国”，议决革去其同盟会协理职务，开除出会。

黎元洪声名狼藉了。

袁世凯迫于各方面压力，他的手法又变，对梁士诒说：“奶奶的，给孙文、黄兴、黎元洪再发电报，敦促他们速速进京，共商国是，老子要与革命党首脑握手言欢了!”

梁士诒会心地一笑，知道袁世凯要借孙、黄的威信，冲淡国人因为杀张而激起的民愤，转移人们的视线了。

孙文携夫人卢慕贞、秘书宋霭龄，以及魏宸组、居正、王君复等十多人启程北上的消息传来，袁世凯不敢懈怠，立即召集亲信开会，布置迎孙事宜。

会上，杨度说：“孙文行前，曾对报界发表谈话，说他此行的唯一宗旨，在于赞助袁总统谋国利民福之政策，并疏通南北感情，融合党见。大总统此次迎孙，请宣示宗旨，属下亦好心中有数，便宜行事。”

袁世凯说：“你这个问题问得好，本大总统把话说明白了，你们也好遵照执行，别把调门唱错了，坏了老子的大事。孙文之宗旨，即本大总统之宗旨也！本大总统之宗旨，恰为孙文所言中，此所谓英雄所见略同也。老子请孙来京，所谋者，国利民福之策也，疏通南北感情、融合党见之求也，孙文之追求，亦即老子之追求也。孙文是革命党，老子也是革命党，革命的调门儿你们给我唱得响响的，让天下人都知道一个真理，那便是袁世凯跟孙文一样革命，救国救民的觉悟一般高!”

赵秉钧问：“孙文来后，何处下榻?”

袁世凯说：“就叫他住在石大人胡同国宾馆吧，要以大总统的礼仪接待他。”

赵秉钧又问：“为什么不叫他住中南海?”

袁世凯皱眉说：“那种帝王园囿，这些革命党是去不得的。倘一旦看见世上如此乐土，萌生异志，我们还有安生日子过吗?”

会后，梁士诒悄悄问袁世凯：“大总统这次迎孙，要达到什么目的?”

袁世凯嘿嘿冷笑两声，狡猾地一挤眼睛，也压低声音说：“老子只要他孙文一句话，‘永不再当总统’，如此而已。”

梁士诒说：“当今世界，能与大总统争天下者，孙文也。只要他亲口说出这句话，‘不战而屈人之兵，善之善者也’，大总统将立于不败之地。”

袁世凯哈哈干笑两声，嗔目而言道：“此言保密，万不可泄露。”

八月二十四日下午五时三十五分，孙文乘坐的专车徐徐驶进北京车站。

北京站欢迎牌坊前人山人海，鼓乐声喧，彩旗飘舞，热烈非常。站门内外，大路两厢，持枪兵士肃然敬立，手持警棍的巡警往来游弋，维持着秩序。国民政府各部总长、参议院议员、文武官员以及各会党、报界、工商学界、各国使节、外宾上万人聚集月台之上恭迎，前清隆裕太后的代表一身长袍马褂，头戴瓜皮疙瘩帽，脑后拖着一条乌黑发亮的大长辫子，也赶来迎接。

列车站稳以后，代理国务总理、内务总长赵秉钧，首先登上列车，代表大总统袁世凯向孙文表示热烈欢迎。

他双手抱拳，作揖打拱，满面欢笑，说道：“袁大总统派赵某前来欢迎孙先生，问候孙先生安好，孙先生一路辛苦了。”

孙文亦抱拳还礼，说：“谢谢袁大总统，谢谢赵总理。”

这时，国民政府文武官员段祺瑞、许世英、周学熙等人，也步入车厢，向孙文问候，表示欢迎。

孙文陪着众人说了几句客气话，便在秘书宋霭龄的搀扶下，起身下车。

当他的身影出现在车门前边的时候，站台上立时军乐声大起，黑压压上万欢迎群众激情沸腾了！人们脱下帽子，高扬起来，大声欢呼。孙文也举帽示意，缓缓地从人群中穿过。这时，中外记者在他的身前身后乱跑，照相机的闪光争相闪亮，耀人眼睛。两旁人众，顾不得巡警弹压，前呼后拥，争睹先生丰采。

孙文一行步入会客室稍歇，接见各位总长及各团体代表之后，走出车站，来到马路边停放的一辆黄缎铺锦饰有漆金朱轮双辕马车前边站定。

赵秉钧走上前一步，恭敬地说：“这辆马车，乃前清摄政王载沣专用的，民国以后，袁大总统以其代步，今日为迎接孙先生，特备此车，以示虔诚。”

孙文微微而笑，只点一点头，并未言语，便在赵秉钧的扶持下登上了马车。

车队开始启动了。前边，骑兵三十名前导，每人手执白旗一面，上书“欢迎”字样。后面，数十名军警分列两边，担任护卫。正阳门大开，中华门大开，迎接孙文的车队进城。

沿途群众，观者如潮，环立如堵。楼窗前，房顶上，街道两边，观者举帽欢迎，欢呼声此起彼伏，一浪高过一浪，响彻了整个北京城。

有一位长者感而泣道：“孙先生奔走四方，追求民国，今日目的已达，功业圆满，故有此光荣，实不为过。”

孙文一行，在赵秉钧等政府官员的陪同下，一路行进，至石大人胡同国宾馆下榻。

且说这时，袁世凯正在铁狮子胡同总统府他的书房里，秘密召见一个人。

那人中等身材，四十多岁，原在清廷内务府当差，为人最是机警圆滑，是太监李莲英的一个远房侄子，袁世凯早就认识。这回，因为事涉机密，又关系重大，不便叫面上的人们出面，袁世凯情急之下想起了这个人，便破例亲自召见他。

袁世凯说：“李三，我知你聪明机灵，嘴巴又严，所以派给你一件最为绝密的差使，不知你可愿往？”

“大总统不以小人龌龊，亲自召见小人，派给小人差使，纵使粉身碎骨，也是小人祖上八辈子的阴德修来的，如何不愿？纵肝脑涂地，也在所不辞。”李三说。

袁世凯说：“没有那么严重，既不要你粉身碎骨，也不要你肝脑涂地，我且问你，今日北京城里来了一个大人物，你可知道是谁吗？”

“小人知道。孙文，孙大总统来京了。”

袁世凯说：“本大总统派你前去孙文身边专事伺候，孙文走到哪里，你必须跟到哪里，形影不离，一定要替我照顾好他，这件差使能办好吗？”

李三听见吩咐，马上单膝跪地，双手抱拳，说：“请大总统放心，小人一定要侍侯好孙大总统，不辱使命。”

袁世凯意味深长地问：“还有呢？”

李三说：“暗中监视孙文一举一动，把他每日接见什么人，说了些什么话，一一牢记，一点儿不漏地报告给大总统。”

袁世凯点一点头，说：“你果然内行，我就不再多嘱咐了。差事办好，我必有重用，差事办砸了，泄露了机密，你知道那后果。”

李三说：“大总统放心，这件事情，小人带到棺材里一百年，也不会泄露半个字出来。”

袁世凯叫进梁士诒，对他说：“我把李三交给你，以后每天叫他跟你单线联系，你现在可以去石大人胡同接孙文一行了，顺便把他安排在孙文身边。”

梁士诒领命，领着李三登上马车，出门而去。

傍晚时候，梁士诒陪侍孙文一行来到铁狮子胡同总统府。

袁世凯一身元帅装，早率领着总统府各级文武官员、国务院代总理及各部总长、参议院议长、副议长，黑压压一大片，恭候在大厅之前了。

孙文走下马车，袁世凯摘下帽子，鞠躬为礼，然后，大踏步奔上前去，与孙文紧紧地握手，互致问候。

此时，已经是晚上八点整，袁世凯携住孙文的手，两人并肩步入宴会大厅。

大厅里众来宾全体起立，鼓掌欢迎。

袁世凯邀请孙文入席。

孙文落座之后，袁世凯起立，手执酒壶，亲自为孙文斟酒，再虔诚地端起酒杯，递到孙文的手上，毕，又俯首给自己斟满。然后，高擎酒杯，致欢迎辞曰："尊敬的孙先生、孙夫人，各位来宾，在这个欢迎孙先生的盛大的宴会上，当此之时，我忽然想起了《诗经》里的一首诗。那诗道，'采采卷耳，不盈顷筐；嗟我怀人，置彼周行'。诸位都知道，这是一首爱情诗，是一位少女思念她的情人的歌唱。我袁世凯盼望与孙先生和克强君见面，时日久矣，就像这诗歌里的少女一样，'长相思，摧心肝'，殷殷之情，不可断绝。孙先生，我袁某相思你好苦啊！"

说到这里，袁世凯声有哽咽，戛然断语，把身体扭转过来，面向着孙文，俯下身去。孙文抬眼看见袁世凯一脸真挚、热烈的表情，看见他的双目里闪烁着莹莹的泪光，心里忽然感觉有一股暖流涌过，暗暗产生了一种感动，情不自禁地站起身来，把自己的大手伸给了他。

袁世凯乘势抓住了那手。

宴会大厅里掌声雷动，人们都被袁世凯的这个开场白和他的谦恭热情所感动。

袁世凯并不放开那紧攥住的孙文的手，像一个小弟弟一样依偎过去，做出无限亲昵的样子，亲切地，温顺地，依偎过去，人们看见，他那另一只高擎着酒杯的手在微微抖动，激动得抖动。

他接着说道："袁某我盼望孙先生与克强将军久矣，朝朝暮暮，望眼欲穿，犹如旱苗之盼甘霖，婴儿之望娘亲，殷殷之心，天地可鉴。今克强未与同行，未能共聆伟论，深引为憾。所幸，前大总统孙先生翩然惠临，春阳普照，惠风万里，予之寸衷，殊为欣慰，不胜欢喜。刻下时事日非，边警迭至，世凯识薄能鲜，力不从心，深望先生有以教我，以固邦基。孙君创立民国，功绩赫赫，垂名后世，有经天纬地之才，继往开来之志。世凯忝负国民托付，用敢代表四万万同胞，求赐宏论，以匡不逮。目前，财政、外交甚为棘手，尤望先生伸出援手，指点迷津，拨云见日，匡助时艰。”说毕，把那酒杯放下，站直身子，向孙文深深一个鞠躬下去，成九十度，久久不起。

这个真诚、虔诚、实诚之状，近乎憨愚，在场的人无不惊愕骇然。跟随孙文来京的魏宸组、居正等随行十余人，更是备受感动，激动不已。

一阵热烈的掌声过后，孙文起立，致答辞。他说：“文久居海外，于国内情形或有未尽详细之处，如有所知，自当贡献。唯自军兴以来，各处商务凋敝，民不聊生，金融滞塞，为患甚巨。挽救之术，唯有兴办实业，注意拓殖，然皆持交通为发达之媒介。故当赶筑全国之铁路，尚望大总统力为赞助，早日观成，则我民国前途受惠实多。”

袁世凯激动地说：“民间有谚，要想富，修铁路，孙先生之言，抓住了问题的症结所在，我中华民族振兴有望矣！”

于是掌声欢呼声大起。

于是觥筹交错，主客交融，甚为欢洽。

宴毕，袁世凯请孙文至内书房，促膝面谈，只有梁士诒一人陪侍。

孙文被让在书房正中间的一把太师椅上坐定。

袁世凯坐在右首，略微向后一点，显示出侧席的意思，向客人表示他的卑下谦恭，甘居末位的姿态。他正襟危坐，态度虔诚，一脸恭敬求教的样子。

梁士诒则坐在右下首袁世凯的下首位置上，陪侍的身份不言自明。他是孙文的同乡，又是袁世凯的亲信，他坐在这里，对孙、袁两个人来说，都是再恰当不过的了。

孙文满脸欢喜，情绪很好。显然，他对于这次来京，对于袁世凯的接待安排，特别是对于今天晚间的这个欢迎宴会，是很满意的。

袁世凯亲手斟茶，端起茶碗，恭敬地放在孙文面前的桌案上，说：“鸦片战争以来，列强入侵，满清腐败，国家经济已经到了山穷水尽的地步。去年革命军起，封建专制政体被人民推翻，民国初创，百废待兴。予不肖承乏君后，窃虑难堪其任。幸得先生移驾京畿，方有今夕难得之会。世凯恳请先生，不吝赐教，世凯当一一铭记在心，尽心竭虑，为民国努力，不背先生之初志也。”

孙文说：“现在革命已经成功，但困难依然存在，非努力一心，焉能建设得臻完备？共和政体皆赖人民巩固之，宜放开大眼光，破除小意见，以谋有益国家。”

袁世凯频频颔首，头点得跟小鸡叨米一样，唯唯而应道：“先生说得极是，此正世凯所以求教于先生者。”

孙文笑道：“建国方略，某已深虑之再三，已有方案在胸，此番前来，我将与君做十日之谈，把那国防、军队、实业、外交、铁路、财政等问题，悉数与君商榷，如何?”

袁世凯听见这话，先是装作惊谔一怔，继而又显出惊喜万分，他霍然起立，双手抱拳，深深作了一个揖，道：“如此，袁某这个大总统就好当得多了！这里，先谢过孙先生。”

说着，又是一个长揖拜下。

孙文说：“最近，京城里出现了张振武事件，外间舆论大哗，说什么的都有。美国一家报纸发表评论说，中国的共和制度恐难持久，革命的结果，很有可能将分为南北两国，北为君主制度，南为共和制度，而以长江为界。大总统对此一说法，如何看呢?”

说完这句话，孙文的一双明目，直视袁世凯，看他有何反应。只见袁世凯面上颜色立即大变，流露出恐慌，又有些委屈，恐慌委屈交加，令他显得十分不安，或者说很是拘谨、懊丧。他的肥胖的身子很不自然地扭动了几下，两只手不停地动，像一个干了错事的大孩子，在家长面前经受着教训。

终于，他镇定了下来，缓缓站起身来，走到书柜前边，从上边拿出一封信件，双手捧着，呈给孙文，嘴巴却是紧闭着的，什么话也没有说。

那是黎元洪给他发来的密电和派秘书送来的亲笔信，内容是叫他立即处死张振武、方雄。

孙文默默看过那密电那信件，很平静地把它们放在桌案上，并不说话，只是继续把一双眼睛直视着袁世凯看。

袁世凯肃立一边，做出不敢坐下的窘态，用一种低缓的无奈的口气说：“张振武乃武昌首义功臣，天下人谁不知晓？但其蛊惑军士，勾结土匪，破坏建设，昌谋不轨，种种罪行，黎副总统证据在手，不杀，何以立威？共和国家，赖以维系者，法律也。如果曲法徇情，与满清专制政府何异？世凯所以依据国家法律，处决他们，亦是无可奈何而为之。此事如果有错，非关黎副总统事，世凯愿一人承担责任。至于孙先生所言外电评论，系由我国内舆论所致，不足为奇。杀张之后，什么‘故杀滥杀、独夫民贼、企图复辟’之类的攻讦铺天盖地，甚至说袁某要当皇帝了，如此等等，不一而足。孙先生，今日小弟给你说一句心里话，那个皇帝有什么好当的？天下要不得的东西很多，其中最要不得的，就是那个皇帝！大清皇帝不是在人民的反对声里被推翻的吗？世界上的文明国家，哪一国还有皇帝呢？皇帝已经是愚昧落后、专制黑暗的代名词了，谁还稀罕这个？我这个大总统，是在全国人民面前宣誓忠诚下就职的，怎么能说我要再去当全国人民所推倒的玩意儿呢？翻一翻中国历史，哪一个皇帝的历史，不是血迹斑斑的悲惨史？他们和他们的子孙后代，有一个有好结果的吗？清帝逊位后，虽暂时受到优待，可是不知道哪一天，人民不承认他了，他们还有法子活下去吗？我要是连这一点也看不清楚，还敢在这乱糟糟的时候挺身而出，当这个大总统吗?”

袁世凯说到最后，因为激动，面孔涨得通红，脑门上、面颊上、脖儿颈里，大汗淋漓，还有白烟顺着后背往上冒。

孙文毕竟是个诚实君子，在袁世凯的表演面前，他不能不动心，不能不为其所骗，他迟疑再三，终于说：“张振武诚然有罪，但你和黎副总统在法律上亦有不当之处。”

袁世凯俯首承认，说：“这个教训，世凯铭记下了。”

孙文与袁世凯的第一次会谈，就在彼此谈笑甚欢中结束了。

返回的路上，孙文对居正等随从人员们说：“袁世凯绝无不忠民国之意，对袁总统万不可再存疑心，妄肆攻讦。使彼此诚意不孚，一事不可办。”

李三把这话传回去，袁世凯笑道：“老子就是叫他这样说的!”

第二天上午，北京同盟会支部在虎坊桥湖广会馆举行欢迎孙先生暨国民党成立大会。孙文早早地便走出石大人胡同前往湖广会馆去，路上，他忽然发现沿街空无一人，深为诧异，便问身边的人。那人报告说，袁大总统为了确保孙先生安全，特意这样安排的。孙文不悦，立即停下车驾，说：“鄙人虽系退位总统，不过国民一分子耳，若如此尊严，脱离人民，既非所以开诚见心，且受之甚觉不安，应即将随从马队及沿途军警一律撤去，俾得出入自由。如大总统坚执不肯，则鄙人小住一二日即他去矣。”身边随从用电话报告袁大总统，袁答以恭敬不如从命，遂令军警尽撤。孙文这才继续前行。

上午的同盟会北京支部的欢迎大会上，孙文发表演说：“满清推倒，共和告成，虽然同盟会为主动力，然亦系我中华民族各界同胞之赞助，始得成功。我们同盟会对会外之人，尤其要极力联络，毋违背昔日推倒黑暗政体、一视同仁、互相亲爱之宗旨，这样才能巩固我们的中华民国。”

他的谈话，引起与会者热烈的掌声。

下午，还是在这个地方，宋教仁把统一共和党、国民公党、国民共进会、共和实进会与同盟会合并，改组为国民党，此刻召开国民党成立大会，孙文参加会议，并发表演说。

孙文说：“五党合并，从此成一伟大之政党，或处于行政地位，或处于监督地位，总以国利民福为前提，则我中华民族将可日进富强。所以孙某于五党之合并，有去无穷之希望。我同盟会成立之初，即有主张三主义者，曰民族主义，曰民权主义，曰民生主义。今民族、民权主义已达目的，唯民生问题尚待解决。今后我党革命之主要宗旨，无他，唯民生主义是也。”

演讲完毕，鼓乐声大起，孙文在人们的掌声和欢呼声里退席。

返回石大人胡同的路上，因为没有巡警滋扰，沿途市民，填满街巷，尽兴瞻仰，中外舆论，惊叹赞扬。

八月二十六日一大早，铁狮子胡同总统府至石大人胡同国宾馆的路上，交通断绝，岗哨林立，各个巷口，均有绳网阻拦，巡警把守。大约十点钟的时候，袁世凯在五百快枪手的护卫下，乘双辕马车从铁狮子胡同出来，直奔石大人胡同。

他今天身穿军服，腰佩马刀，挺胸腆肚，威风凛凛，满面红光，兴奋异常。

他要去回访前大总统孙文。

马车在国宾馆门前停下了。卫队司令袁乃宽趋前一步，报告说："报告大总统，孙先生已经在台阶上专诚迎候了。"

袁世凯闻言，慌忙伸腿弯腰，要下车。袁乃宽和两个兵士赶快上去搀扶，被袁世凯伸手拨拉开，自己下了车，快走几步迈上台阶，远远地就伸出双手，上半身前倾，趋赶上前，走到孙文身边，紧紧攥住孙文伸过来的大手，握在了一起。

袁世凯说："孙先生，袁某前来拜谒。"

孙文说："大总统，快快请进。"

二人携手并肩，步入内客厅坐下。

原来这个客厅，是一明两暗的大厅房。孙文和卢夫人各住左右两间配室，中间是客室，置放着三个大沙发。孙、袁携手进室，就并肩落座在中间那一个长沙发上。大概是过于紧张兴奋的缘故吧，身着军服腰挎佩刀的的袁世凯，把脱帽摘刀的礼节竟忘记了，臃肿地坐在那里只感觉不舒服，身子不时地扭动一两下。

这时，卢夫人在秘书宋霭龄的搀扶下，从西侧配间款步走出来，对袁世凯微微一笑，问候道："大总统好，你太太好。"

袁世凯慌忙站起身，必恭必敬地回问道："卢夫人好。卢夫人一路辛苦。"

卢夫人示意袁世凯请坐，她自己也欠身坐在孙文的身边。

袁世凯因为身子臃肿，坐得很不得劲，又一次扭动身子，习惯性地搔搔头皮，手一下碰在帽檐上，这才意识到自己没有脱帽摘刀，慌忙起立，嘴里不停地说着"失礼，失礼"，赶忙脱下军帽摘下佩刀。

袁世凯笑容可掬地问卢夫人道："夫人是广东人，这北京的菜肴可吃得惯吗?"

卢夫人说："还行吧。这些年跟着先生，国内国外四处奔走，西餐中餐，南味北味，早习惯了，任什么风味的饭食，都是能吃饱肚子的。"

袁世凯哈哈大笑，声音洪亮，震撼屋宇。他接住话头说："夫人这话说得实在！不过，北方气候干燥，夏季炎热，夫人要多喝些水，最好是绿豆汤，清热解暑，有益健康。"

卢夫人说："绿豆汤他们备的有，我都是晾凉了喝，又解渴又清热，很好喝的。"

袁世凯说："一定要再加些冰糖进去，那真是琼浆玉液呢！"

为了讨孙文的高兴，袁世凯故意东扯一句西扯一句，跟卢夫人拉家常，把个卢夫人奉承得满心欢喜。

卢夫人小坐了一会儿，就退去了。

袁世凯又开始了正襟危坐，满脸恭敬。

孙文问道："目前国内财政情况如何？外交上是不是多有麻烦？"

袁世凯说："说到财政，一个'难'字可以概括；说到外交，一个'乱'字可以概括；但这些都不是最重要的。最重要者何？上下一心，内外和洽也！"

孙文点头说："是的，我们自身的团结，步调一致，是办好国家大事的第一要素，倘各怀鬼胎，心志不一，势必四分五裂，无谈建设。"

袁世凯说："民国始基，胜利得来不易，万不可因党见而自相冲突，自耗国力。孙先生威信昭然，万民敬仰，希望在这些方面多有号召，给世凯以支援。"

孙文说："没有问题，我会的。"

袁世凯说："虽然，财政困窘，外交棘手，诸多治国方略，世凯虽少有浅见，然亦是心里无数。今日以后，世凯当频频前来叨扰，请先生不吝教我。"

孙文见袁世凯说话诚恳，心下暗自感动，便回答说："国家之事，乃每一个国民之事，文愿意与大总统共同探讨。"

这一次回访，用时短暂，一个小时以后，孙、袁的第二次谈话就结束了。

袁世凯走后，卢夫人笑对孙文说："这之前，听外间人说这个袁世凯，如何如何狡猾诡诈，贪婪自私，心肠歹毒，今日一见，家长里短，亲切得很，很有人情味儿。我看他对你，满心敬重，跟个小学生一样，唯唯是从，诚恳得很呢！"

孙文说："这次来前，多少人劝我止步，放弃北上，我独回答说，无论如何不能失信于袁总统，且他人皆谓袁不可靠，我则以为可靠，必欲一试我目光。今日情形，我的眼力还是不错的！"

此话又通过李三传进袁世凯耳朵里，袁世凯微微一笑，意味深长地说："孙文此话不差，他的眼光，已经把我老袁看了个透！"

八月二十七日下午，午休之后，袁世凯去国宾馆专访孙文。

他正襟危坐，满脸恭敬，态度十分诚恳地说："眼下，藏、蒙大闹独立，事态发展已经很严重了。清帝逊位之前，因政权危机，无暇顾此，现在问题暴露出来，兄弟我真是穷于应付，世凯真心请教孙先生对付方针。"

孙文品了一口茶，略作思考，慨然答曰："藏、蒙离叛，系由外人插手，而达赖活佛实为祸首。若能广收人心，施以恩泽，一面以外交立国，倘徒以兵力从事藏、蒙，人民愚昧无知，势必反激其外向，牵连外交，前途益危，而事愈棘手。"

袁世凯唯唯诺诺，点头不迭，说："正是这话！正是这话！西藏问题，就是英国刚刚卸任不久的英印总督明托煽动挑起的，十三达赖喇嘛发动所谓独立叛乱，就是他在暗中支持。达赖的内侍达桑占东组织一万多人的叛军，向江孜驻军进攻，继而进攻日喀则驻军，以至后来围攻拉萨，都是这个英国人暗中捣乱。而俄国军队，现刻已经驻扎进了我蒙古地区，直接干预我国内政，支持叛乱。"

孙文说："对于蒙、藏，我国政府应该有一个明确的条文政策颁布，叫那里的人民，知道政府对于他们的态度，这样，外人的阴谋就不会得逞。蒙、藏风云，转瞬万变，强邻逼视，岌岌可危。凡我国人，莫不注目。可是，近日报纸所载蒙、藏情形，多不免得之传闻。须知蒙、藏如此危急，国人又如此注目，若以误传刊登报章，引为事实，使人心恐慌，外人将必乘此时机直来谋我，当以何法对付。故文主张此后蒙、藏消息，责成各该处办事长官逐日报告政府一次，由政府再分送各报登载，既免误传，且得真相。"

袁世凯说："这个办法极好，袁某回去就叫他们办理。先分别颁布《蒙古待遇条例》《西藏待遇条例》，再命令川、滇两省西征，把被叛军夺去的地方收复之。"

孙文微笑道："如此，蒙、藏问题庶几可望解决了。"

这是孙、袁的第三次谈话。

这天晚上，袁世凯在国宾馆设宴招待孙文一行。

八月二十八日晚，袁世凯在总统府大宴孙文及其随行人员，并请各部总长、高级武官、参议院议长吴景濂、总统府秘书长梁士诒，还有孙武、宋教仁、沈秉坤、章太炎、孙毓筠及蒙、满王族为陪客，济济一堂，六十多人。

宴前，在内书房，袁世凯跟孙文有一次亲密的谈话。

他正襟危坐，满脸恭敬。

袁世凯为难地对孙文说："唐绍仪辞职后，经参议院选举通过，陆征祥为国务总理，但陆决计辞职，势难挽回，欲请赵秉钧任此职，又怕参议院通不过。欲请宋教仁任，而宋则非搞政党内阁不可。事情悬在这里，先生看该用何种解决办法？"

孙文说："国家本无政党内阁之必要，但各视乎其时。时而宜乎政党内阁，则政党之时；而不必政党内阁，则超然之。今之时，宜政党内阁欤，抑超然内阁欤，君自裁夺之可也。"

袁世凯说："有先生这句话，袁某心里就踏实多了。还有一事，请先生指教：就是南北两军的融洽问题。去年以来，南北交战，彼此隔阂甚大。今日全国统一，南北已是一家，军队的感情问题不可小觑，不知在这个方面，请先生有以教我。"

孙文笑道："大总统真是心细入微，国家的事情考虑备至矣！我主张举行秋操，南北军队一起操练，彼此互相学习，互补长短，交流感情。再召开军界协会一次，大家各抒己见，统一观点，自然融洽。"

这是袁世凯与孙文的第四次谈话。

这时，开宴时间已到，袁世凯陪侍孙文、卢夫人、秘书宋霭龄以及居正等十余人入席。

袁世凯与孙文对坐，其余依次就位。

席间，袁世凯首先起立讲话。

袁世凯说："孙先生游历海外，凡二十余年，此次来京，与我所商者，大有造于民国前途。各项政见，渐有端倪，所议种种，一时间殊难叙及。先是谣传南北有种种意见，今见孙先生来京，与我所谈者，极其诚恳，可见前此谣传，尽属误会。民国由此更加巩固，中华民族复兴有望焉！袁某德薄智鲜，不足以承大业，此任结束，自当回洹上，颐养天年。中华之事，唯仰孙先生叱咤运作，国富民强，悉仰赖之。孙先生万岁！"

孙文起立致答辞曰："袁总统富于政治经验，担任国事，可为中国得人庆。袁总统善于练兵，以中国之力，练兵数百万，保全我五大族领土。以我五大族人民既庶且富，又能使人人受教育，与列强各文明国，并驾齐驱，又有强兵以为之盾，十年以后，当可为世界第一强国。文今坦言，维持现状，我不及君；规划将来，君不及我。为中国目前计，此十年内，大总统勿辞辛苦，文将专心尽力于社会事业。十年以后，国民欲我出来服役，尚不为迟。袁大总统万岁！"

孙文"十年以内，十年以后"的话一出，袁世凯心下大喜，他俯首对身边的梁士诒低声说："听见没有，孙文说话了，他许我大总统连任十年。"

梁士诒说："十年之后，他还想再任呢。"

袁世凯说："老子不须十年，三五年即可，这国家就由不得他了。十年后再任，黄粱国里做梦去吧！"

宴会结束，孙文回到国宾馆，兴奋异常。他马上草拟电文给黄兴，对他说："到北京后，与项城接谈数次，关于实业各事，彼亦尚有计划，大致不甚相远。至国防、外交，所见略同。以弟所见，项城实陷于可悲之境遇，而绝无可疑之余地。振武案实迫于黎之急电，非将顺其意，无以副黎之望。弟到此以来，大消北京意见。兄当速来，则南方风潮亦可止息。统一当有圆满之结果。"

李三把孙文电报内容报告回去，袁世凯笑道："孙文入我彀中矣！其一心要搞建设筑铁路，老子却要利用他来个政治统一。此人质直过人，幼稚得可爱，此番帮我大忙了！"

此后，袁世凯又就迁都问题，军政统一问题，铁道建设问题，财政问题，军民分治问题，政党协调问题，蒙、藏问题，以及外交问题等，与孙进行了一系列的谈话。孙文来京时，对袁世凯说，要与他作十日之谈，实际一共谈了十三次之多，每一次都是正襟危坐，满面敬重，宛若小学生。

九月九日，袁世凯发布命令，特授孙文“筹划全国铁路全权”，其文曰：“富强之策，全藉铁路交通，亟宜从速兴筑。兹特授孙文以全国铁路全权，将拟筑之路，先与各国商人商议借款招股事宜，按照将来参议院议决条例订定合同，报明政府批准；一面组织铁路公司，以利进行。此令。”

总统府秘书长梁士诒奉命把授任令公文送交孙文时，对他说：“大总统特令，孙先生月薪三万，每月按时拨付，不得有误。”

孙文微笑颔首，并无异议。

九月十一日下午二时，黄兴偕沪军都督陈其美抵京。

袁世凯派陆军总长段祺瑞、内务总长赵秉钧、步军统领江朝宗、参谋次长陈宧会同各界代表数百人前往车站迎接。

袁世凯嘻嘻而笑，道：“来吧，来吧，袁某谢谢帮忙，谢谢帮忙。”

第十七章　黄克强发展国民党
袁慰亭迎迓梁启超

“黄兴今日好威风，好气派！”赵秉钧说，“着上将军服，腰悬佩剑，精神奕奕，蔼然可亲，得胜将军似的。”

“再威风，不过一个光杆儿司令。”姜桂题说。

“而且，乃我北洋军之手下败将也！”段祺瑞说。

“听说汉阳失陷，黄兴无脸见江东父老，投江自尽，幸被左右救起，当时若是淹死了，也就没有今日的威风了。”杨度觍着一张谄媚脸子，也凑过来说。

众人正说笑间，袁世凯从里边走出，他拧眉锁目，黑沉着面孔，扫视众人的目光阴阴的，透着寒气。

落座之后，袁世凯严肃地对众人说：“你们不要只看见黄克强表面上无一兵一卒，是个光杆司令，看不见他那身后有着半个中国的老百姓在支持着他，他只消振臂一呼，半拉中国都会响应，你们信不信？”

杨度赶紧点头，说：“大总统说得极是。听说汉阳失陷的时候，武汉人心，悲痛异常，甚至连车夫、舟子都相视而泣，可见他是深得民心的。”

袁世凯微微颔首，说：“皙子的话很对，你们万不可小觑了这个黄克强，以后这种瞧不起的念头都给我收敛起来，藏进肚子里去，谁要是面子上露出破绽，别说我不客气！”

梁士诒说：“若不是因为那个人心，大总统才不耐烦陪着孙、黄如此周旋呢。”

袁世凯说：“燕孙先生的话你们都明白啦吗？老子这次打的是政治牌，是要借孙、黄的影响来达到我们北洋派的目的，牢固地统治住这个国家，不叫革命党人得逞！”

众人慌忙抱拳作揖，说：“属下都记下了，再也不敢胡说八道了。”

这时袁乃宽匆匆走进客厅，报告说：“黄兴马上就到总统府了。”

袁世凯说：“好哇，你们众人随我去迎接他，都给我做出热情欢喜的样子来！”

众人笑道：“大总统放心，假装热情，小的们会。”

且说黄兴、陈其美一前一后大踏步地走进总统府，转过一架假山，迎面出现一座富丽堂皇的大殿，大理石台阶上，袁世凯正率领着总统府各级官员和国务代总理及各部总长笑哈哈地迎接他们。

黄、陈二人快走几步，来至袁世凯面前，啪地一个立正，敬礼，高声吼道：“报告大总统，黄兴、陈其美前来拜见！”

袁世凯满面春风，哈哈大笑，道：“好，好，来得好！袁某盼望克强，望眼欲穿了呢！”

说着话，早一把攥住黄兴的大手，一用劲，拉至眼前，瞪圆眼睛，上下打量，多时，喟然叹道：“果然虎背熊腰，凛然英武，深沉从容，莫测高深，真将帅之才也！”

身后众人应道：“大总统所言极是，黄将军气宇轩昂，有大将之风。”

袁世凯手指着段祺瑞、姜桂题道：“相比之下，尔等要逊色一筹了。”

段祺瑞、姜桂题赶紧俯首，说：“大总统说得极是，黄将军英雄了得，乃天下第一等人物。”

黄兴听见奉承，嘴巴上连说“不敢，不敢”，心里越发得意扬扬，面有矜持之色。

袁世凯冷眼一瞥，跟段祺瑞、姜桂题递了个眼色，彼此会心一笑，稍纵即逝，却早伸出大手，紧紧地牵住黄兴，直牵进会客大厅里坐下。

一阵寒暄客气话之后，袁世凯对众人说：“你们陪着英士少坐，我与克强要单独坐一会儿去。”

众人和陈其美慌忙起身相送，袁世凯哪里顾及他们，早牵住黄兴转身进了他的内书房。

早有侍者捧上茶水。

袁世凯亲切地问道：“克强今年贵庚几何？”

黄兴说：“三十九岁了。”

袁世凯惊叹道：“哎呀呀，真是金子一样的年华啊！真是金子一样的年华啊！让老夫羡慕死了啊！”

黄兴说：“马上就是不惑之年了，事业上少有成就，惭愧之至。”

袁世凯大摇其头，说：“是何言也，是何言也！克强领导中国革命，百折不挠，辛亥一役，推翻满清专制统治，结束中国两千余年的封建帝制，令世界震惊，使华夏新生，创立民国的盖世功勋，万古流芳，怎说事业少成的话？你这不是要羞杀老夫了吗？”

黄兴说：“中国革命，仰仗的是广大革命志士前赴后继、流血牺牲换来的，是全国人民支持的结果，克强何德何能，敢贪天下之功为己有？大总统实是谬奖了。”

“没有谬奖，没有谬奖！民国肇基，克强功不可没，这一个铁打的事实，你是拒绝不了的。天下百姓都铭记在心的历史功勋，你能拒绝不受吗？”袁世凯指手画脚地说。正说得兴起，他又突然神情一变，先是嘿嘿干笑几声，继而伸出手来，使劲地骚挠着头皮，压低了声音，觍着一副媚脸，说道：“其实，我袁某人也是最早主张社会变革的。戊戌年那一场变革自不待言，我是朝廷里最先支持康梁变法的，后来的事变，乃慈禧与光绪母子反目，是不干我事的，我被人栽赃，成了他母子反目的牺牲品，一肚子委屈，说与谁听，谁又肯信？这且罢了，后来在我任直隶总督时期，推行新政，搞司法独立，地方自治，建设警察制度，这些怎么不是革命？咱们现在民国搞的这些，我当年都已经干起来过了，说明什么？说明我虽然是做的大清的官，干的却是推进国体改革的事情。而且……而且……我在光绪三十四年还秘密派人给孙先生和你分别送过信件，要跟你们革命党联合，里应外合，推翻帝制，此事克强当应记得。”说到这里，他抬眼看了一眼黄兴，俯着的头很不好意思地往下又低了一低，流露出一种羞涩忸怩。

黄兴说：“此事有过，只是当时大总统乃清廷军机大臣，慈禧欣赏之人，我和孙先生如何敢轻易相信？”

袁世凯长叹一声，说：“唉，倘那时我们联了手，一举灭清，何有后来的那么多磨难！这也是天意不可违啊！不过，于此可以看出，革命之心，某是早已有之的了。不然，去年汉阳之役，还不知道要打成什么样子呢，更不要说后来的清帝逊位了。”

说起汉阳之役，黄兴想起他的战败投江，无颜见江东父老的狼狈，不禁红了脸。看袁世凯时，一脸虔诚，双眼泪汪汪地正瞅住他，丝毫无有讥讽的意思，心下暗想，此人忠厚，有什么说什么，其倾心革命或许是真，并无有假。便说：“大总统劝说清帝逊位，使南北和平统一，这个功绩，历史将永远铭记。”

袁世凯说：“孙先生来京，我不见克强，好生难过失望啊！日日盼君不见君，你说我那心情……这下好了，你终于来了，许多国家大事我要跟你和孙先生面商，我这个大总统当得心里有底了啊！啊哈哈哈哈……”

袁世凯的笑声洪亮得很，那里边流露出无尽的喜悦和欢畅。

因为还要去拜会孙文，畅谈一番之后，黄兴起身告辞。

袁世凯依依不舍地说：“若不是孙先生那里专侯，袁某说什么也不会叫将军走的，我定然与君喝个同醉。”

黄兴再一次致谢，叫上陈其美，两人乘坐双辕马车，嘚儿嘚儿直奔石大人胡同国宾馆，与孙文见面。

路上，陈其美问黄兴道：“克强兄，袁世凯如何？”

黄兴说：“人人都说袁氏乃当世曹操、董卓，今日一见，大谬不然，袁世凯分明是一个北方农民，憨厚朴实得可爱，乃忠厚长者是也！”

陈其美沉默不语。

黄兴问道：“怎么，我的看法难道不正确吗？”

“大奸若忠，大智若愚，须知，王莽未篡之时，其谦虚恭敬、卑下小心，感动一时。而一旦谋篡，凶相毕露，豺狼嘴脸，令世人骇然。我看袁世凯今日的表现，礼贤下士，卑微热情，很像当年之王莽行径，其所为者，临时大总统前边的‘临时’二字耳！”陈其美说。

黄兴哈哈大笑，道：“若真是那样，也不怕，免掉他，不过议会几张选票而已。古人说，‘与人以实，虽疏必密’，只要我们对他推心置腹，开诚布公，其纵然奸猾，也是要收敛改过的。”

说着话，国宾馆已到，远远地就看见孙文正站在门前石阶上迎接他们。

晚宴上，孙文问及对袁世凯印象，黄兴如实陈述，并且把陈其美的担心也说与孙文听。

孙文笑道：“余来京前，对这个人也是疑虑重重，印象很坏。但是，半个多月的接触，促膝谈话十余次，印象大变。不瞒二位说，我私下里，是很认真地观察了他的。我发现，他对我们的政治主张、实业计划，是很用了心思脑筋的，听的时候很是认真，一旦理解马上执行，这就很难得嘛！我们自己的同志能够做到这一点的为数也是不多的嘛！我还发现他对我党的党纲及主义，也是完全拥护赞成的，一些主张建议，甚至比我们的同志还要中肯深刻。这几天来，我常常想，让袁世凯当这个民国大总统，并不谬误，这也是国家之大幸啊！外间疑袁世凯有帝制自为之心，把他置于嫌疑的位置上，着实是委屈了他。嗣后，我们要告诫党内同志，要以全力支持赞助袁总统和他领导下的现政府。”

黄兴点头说：“先生所言极是。其他不说，单就这次南北统一，推翻帝制而言，不费一兵一卒、一枪一弹而完成共和大业，袁氏实为首功。此番入京，又见街市繁荣，社会秩序安定，人民安居乐业，我心甚慰。对于袁氏和他的北洋派骨干，支持之外，我还主张在他们中大力发展国民党员，让我党的力量能够渗透进北洋势力圈里去。”

陈其美说：“袁世凯不是傻子，他能让你如愿？”

黄兴说：“事在人为嘛！世上的事情，为之，难者亦易矣；不为，易者亦难矣。”

孙、黄的这一番对话，传到袁世凯耳朵里，他笑对梁士诒说：“好呀，黄兴要发展咱们的人加入国民党，咱们就有选择地派人去接受它，打进去。孙猴子最厉害的手段，是钻进铁扇公主肚子里去，在内里打跟头踢拳脚，要比外头厉害百倍！”

梁士诒说：“如此说，我跟赵秉钧都参加进去。”

袁世凯说：“智庵是一定要加入的，他这个代总理扶正，参议院里国民党议员反对甚剧，加入进去，跟他们是同志了，还怎么反对？你不行，不能加入，你还有更重要的差事。”

梁士诒问：“大总统该不会叫我自家组织一个政党吧？”

袁世凯说：“为什么不呢？咱们有自己的北洋军，有自己的议员、总长，有自己的报纸，为什么不也有一个几个政党？打入议会里边去，左右住局势，这很重要啊！”

梁士诒说：“大总统深谋远虑，属下明白啦。”

孙文要结束北京之行赴山西考察去了。九月十六日上午，十三国驻京公使赶去国宾馆谒见孙文。毕，孙文偕黄兴、陈其美及居正等随行人员赴总统府参加袁世凯的饯别宴会。

袁世凯与孙文、黄兴一席。

袁世凯对孙文说：“报告孙先生一个好消息，四川都督尹昌衡出兵西征，已经收复河口、理塘，并解了察木多、巴塘之围。云南都督蔡锷也出兵收复了盐井等地。八月以前被达赖叛军夺去的地方基本收复了。”

孙文说：“蒙古不欲取消独立者，西藏为之臂助也。如欲使蒙古取消独立，必先平西藏，以为取消库伦独立之预备。西藏平，则蒙古之气焰息矣。但余极端反对以兵力从事，一旦激起外向，牵动内地，关系甚大。我意加尹昌衡宣慰使衔，只身入藏，宣布政府德意，令其自行取消独立可也。”

袁世凯诺诺。

孙文又说：“目下财政困难，势不能不出借款一途。但用途宜加详审，数目不可太多耳。”

袁世凯诺诺。

孙文看一眼袁世凯，接着说：“建都之事，我们已经讨论多次，我仍坚持迁都。北京不是为永久国都，将来或武昌，或南京，或开封，请大总统毅然定夺。此十年之内，君为大总统，专练精兵五百万，始能在地球上与各强国言国际平等。某当筑铁路二十万里，富国强兵，中华民族跻身世界文明国家之列，不亦乐乎！”

袁世凯低眉笑眼，诺诺连声。

酒至半酣，袁世凯佯装醉意，轻轻抚住孙文的手背，压低声音问道：“方今革命已经成功，先生奔走数十年之目的已达，中国革命至此可以说告终了吧？”

孙文肃然言道：“满清幸已推翻，帝王思想，皇权意识，独裁残余，并未肃清，且大有死灰复燃之可能，如云中国革命从此告终，恐未必然。”

袁世凯听见这话，脸色骤变，紫红面皮霎时变成蜡黄，双手颤抖，哗啦啦竟然把手里的筷子掉在地上，慌忙俯身去捡，以此遮掩内心的不安。

宴毕，袁世凯邀约孙文、黄兴去他的内书房商榷大事。

袁世凯拿出一个黄缎封面的文本，双手捧起，恭敬地递到孙文手里，说：“这是本人召集属下，根据这些日来与孙先生商讨国事的意见，草拟出来的一个治国政纲，共有八大条款，已经与黎副总统电报往返修改数道，现呈于孙先生、黄将军面前，请你们审定。”

孙文接过那文本，打开来，张目而观，只见上边用欧体小楷工整地写道：中华民国治国八大政纲：一、立国取统一制度；二、主持是非善恶之真公道，以正民俗；三、暂时收束武备，先储备海陆军人才；四、开放门户，输入外资，兴办铁路矿山，建置钢铁工厂，以厚民生；五、提倡资助国民实业，先着手于农林工商；六、军事、外交、财政、司法、交通，皆取中央集权主义，其余斟酌各省情形，兼采地方分权主义；七、迅速整理财政；八、竭力调和党见，维持秩序，为外国承认中华民国之根本。

孙文默看几遍，略作沉思，把那文本转递给黄兴，对袁世凯说：“愚以为这是一个很全面的治国政纲，黎副总统既无意见，我本人也是同意的。”

袁世凯说：“这个政纲，其实核心精神还是依据孙先生的几次讲话原则制定的，倘没有孙先生的那些重要讲话指导，是根本出不来这个治国政纲的。孙先生这次来京，真是帮了兄弟的大忙了。”

袁世凯说这些话时，两只铜铃似的大眼眯细成了两条细细的黑线，短短的黑线，弯弯曲曲地在眉毛下边跳，嘴巴大咧着，一口黑牙黄牙大龇着，满是谄媚地笑。

这时，黄兴已经看毕，他说：“你这八条，唯‘统一制度’‘中央集权’‘维持秩序’三条最为重要。国家建设，人民幸福，社会安定，全凭这三条做保障。很好，很周详，我们没有异议。”

听见这话，袁世凯暗喜，心里说道：“老子写这八条，其实要的就是这三条，你眼力头不赖。不过老子可不是要什么国计民生，老子要的是大权在握，这一层，你们八辈子也休想看出来！”

袁世凯心里这样想，嘴巴上却不能这样说，他嘿嘿点头陪着笑，却说了另外一句话："孙先生、黄将军既然都表示同意，袁某马上就准备通电全国颁布它。不过，这第八条'调和党见'一款，还望二位在贵党的会议上特别予以贯彻，如果贵党能够与中央保持一致，袁某动作起来就要顺利多了。"

孙文说："没有问题，作为国民一分子，这是我们义务之内的事情，自当效命。"

这天晚上，国民党理事会举行茶话会，孙文参加。

到会的理事还有黄兴、宋教仁、吴景濂、贡桑诺布尔等人。国民党各部主任干事及国民党籍国会议员也列席了会议。

会议主题，主要讨论国民党对袁世凯及赵秉钧继任国务总理应取的态度。

宋教仁说："刚才孙先生介绍的袁氏政纲八条，字面上似乎看不出什么破绽，但是，我总觉得其中有诈，他好像是在借孙先生、黄将军的名义，兜售他自己的东西。"

"兜售什么呢？"居正问道。

宋教仁说："我也说不清楚，只是一种感觉。譬如'立国取统一''取中央集权主义'，道理上似乎说得通，但是，它是不是还可以理解为立国取袁氏之统一、取中央袁氏之集权主义呢？袁世凯若是立国为私，搞家天下，这些国策很有可能被他利用。再譬如，'收束武备'，这些日子以来，南方革命军裁撤不少，仅南京方面就解散军队十几万，四川、云南、广东、广西、湖北、湖南以及上海都大量裁军，可是他的北洋军却不见裁撤，反而增加，这样干，如何不令人生疑？"

孙文呵呵笑笑，说："钝初之虑，很有代表性，不过，你这是疑虑而已，对于袁世凯，我有信心，我们党内同志都要有信心。这些日子以来，我与袁氏晤谈频繁，很多国家大事，内政外交，所见略同。此人很有肩膀，头脑亦很清楚，见天下事均能明澈，而思想亦很新，我相信他的为人。要说不足，不过做事手段略显陈旧罢了。可是，我们做事情，总不能全采新法吧？当今之世，欲治民国，非具有新思想又精练旧手段者不可，而袁氏适足当之。所以，我们推荐袁氏并不谬误。嗣后我党同志，当以全力赞助袁总统及政府，国家建设，于此望之矣！"

黄兴附和说："孙先生的话很有道理。我这次来京，觉有一绝大之希望与一绝大之乐观之事，这就是看到袁总统之苦心谋国也。报纸上以拿破仑诋毁他，殊为失当，且亦绝无之事！以我观之，袁氏之为人，精神充足，态度诚恳，政策亦非常真确。今日之中国，北有袁大总统，南有黎副总统，犹之屋有栋梁，而吾辈方能住居寝食歌哭于其下，故吾辈一面监督现今之政府，同时复当尊重此两大伟人，拿出我辈真实爱国之心，以投身民国建设之伟业之中，国家强大，人民幸福，庶几有望哉！"

会议论及赵秉钧继任国务总理事，黄兴兴致勃勃地说："赵秉钧已经答应加入国民党了，既为我党同志，此事似不应再有问题。”

吴景濂问：“听说政府里不少人要加入我党，可是确信？”

黄兴兴奋地说：“如何不是！现在已经有大半数总长表示要加入我党，如果发展成功，这届政府可以说是国民党政府了。钝初不是要搞政党内阁吗？我看有些相似了呢！”

宋教仁说：“这些人都是袁世凯北洋嫡系，人加入进来，心却未必，还不能算是政党内阁。”

众人议论一番，最后议定两点：一、对袁世凯宜取稳健态度，与大总统袁世凯提携，南北猜疑消灭；二、赵秉钧继任国务总理较为合宜；并公推黄兴代表向袁世凯表达国民党理事会对于大总统及赵秉钧继任国务总理的支持态度。

与此同时，在中南海居仁堂，袁世凯正在他的书房里召集亲信召开着另外一个秘密会议。

袁世凯撇嘴冷笑有声，说：“此番与孙、黄接触，冷眼观之，这两个被国人视为当代最伟大的人物，其行事臧否，不过尔尔。”

赵秉钧问：“大总统所言不差，孙文且不多论，就这个黄兴，下车伊始，哇啦哇啦，见人就拉入他的国民党，也不考察，也不研究，也不管人家对他是否一心，纯粹一个剃头的。”

段祺瑞笑道：“所以你现今摇身一变，也变成国民党员啦！”

赵秉钧说：“如何要变，不变他们也是欢迎的，为了拉我和朱启钤入党，我们的门槛都要被他踢翻了呢！”

梁士诒问袁世凯道：“大总统看那孙、黄，究是何等样人？”

袁世凯一捋八字胡须，沉吟片刻，说：“孙氏志气高尚，见解亦超绝，但非实行家，嘴巴上的功夫长而手脚上的力气短，徒居发起人之列而已。黄氏性质直，果于行事，然却胆小识短，易受小人之欺。所以我视二人，尔尔而已。”

杨度说：“大总统的八大政纲，孙、黄既已表态支持，我们的报纸是否要大加宣传一番呢？”

“这个自然，是不消说的！你们回去好好研究一个宣传方案，把那口号提得响响亮亮的，叫天下人都知道，孙、黄完全拥护本大总统的治国方略，本大总统的一切举措，都是孙、黄参与共拟的！给人们一个信息，本大总统即革命党，革命党即本大总统也！这个很重要！”袁世凯瞅了一眼唯唯连声点头哈腰的杨度，一挥大手，转了话题，说，“孙、黄既已入了我们的套中，一切照章进行下去就是啦，不再议论他们啦！现在说一说迎接梁启超归国的事情吧。燕孙先生，你与梁卓如系同窗好友，你先说说这件事情我们该怎么办。”

梁士诒说：“据可靠情报，辛亥事变发生以后，梁启超就给其立宪党人定下了一个‘抚革拥袁’的大政方针，这就是说，他接受了辛亥事变这一现实，却对革命党并不放心，采取的是安抚之策，而真心拥护者，大总统也。这说明梁氏与革命党心并不一，而一心所向在大总统这里。目前国内党派林立，而国民党势力犹大，国会斗争将会空前激烈，控制国民党，另建新党，制约住革党的人，唯有梁启超了。对于此人，大总统似应大用。”

袁世凯哈哈大笑，说：“此话不差！老子不仅要大用他，还要仰仗他。你们不知道，这个梁启超对于我们北洋派是何等之重要啊！有些话，你们不能讲，本大总统不能讲，他梁启超却可以讲，而且，一经他说出，那个分量，那个号召力、影响力，就大得不得了！譬如‘开明专制’一说，我们北洋派的人说出口，天下人就会攻击我们，说我们是封建官吏复辟，是开历史倒车，是要复辟帝制，反对共和。可是梁启超一说，就变成了安定国家、制止分裂的灵丹妙药，就是上上国策，甚至连革命党都没有办法反驳他。你们看梁启超厉害不厉害？”

段祺瑞说：“梁启超的‘开明专制’理论，果然是个稳定时局的好法子，好口号。民国初创，没有中央集权，地方上就会群龙无首，闹起分裂，军阀割据，国家还要一团糟，这个非老百姓所愿，而梁氏的‘专制’主张，最容易为他们所接受。‘开明’二字，又与民主自由联系起来，又与大清朝的皇权专制区别开来，最能讨老百姓的喜欢。如此分析，梁氏的‘开明专制’说，怎么讲都对我北洋派巩固政权有百利而无一害。”

袁世凯嘿嘿奸笑着，眼睛里闪动着狡猾诡诈的光，说：“芝泉的话你们都听明白了吗？这正是老子看重他梁启超的所在！燕孙先生马上再发电报催他启程，以本大总统的名义专请。你们各位也都听好了，此番迎梁，与欢迎孙、黄不同，孙、黄是外人，我们迎接他们是做秀给天下人看，是演戏耍猴子。梁是咱们要大用之人，要仰仗他对付革命党，说句时髦的话，是咱们北洋派的朋友加同志。”

说到这儿，因为袁世凯用了那个“朋友”“同志”新名词，与会众人觉得新鲜，轰的一声发起了笑，会场上一时有些乱。

袁世凯骂道：“笑啥呢！奶奶的，革命党能说的新名词儿，咱们就不能也说几句啦？”

赵秉钧说：“大总统放心吧，梁启超归国，属下要用欢迎孙、黄的排场迎他。”

袁世凯说：“不中，不中！要十倍于孙、黄！十倍于孙、黄！”

时光荏苒，转眼到了深秋季节。

1912 年，十一月二十八日这天，归国三日的梁启超，乘专列从天津出发奔赴京城。他侧身座椅上，闭翕眼睛，想打个盹，歇息歇息几天来嘈杂纷乱的心，可是，哪里睡得着！

他是本月五日乘日本国邮船“大信丸”号离开日本返回祖国的。邮船在大海上漂游几日，于十一日抵达天津港，却因为风大，上不了岸，在海上苦等三日，于十三日好不容易找到一条舢板，在日本水手帮助下，这才艰难地登了岸，踏上了祖国的土地。面对破败的港口，想起十四年前维新变法失败，自己狼狈出逃的情景，梁启超感慨万千，唏嘘不已。去年辛亥革命爆发，他曾经秘密归国一次，那次没有进天津港，而是直接去了大连，准备秘密联络北军吴禄祯、张绍曾、蓝天蔚部，直捣北京，颠覆清政府，响应武昌起义，解决北方问题。谁知，袁世凯谋杀了吴禄祯，又利用徐世昌等清政府官员解去了张绍曾、蓝天蔚的兵权，大事未偕，只得又悄然而返。当时，他对于国家政局真是失望到了极点。

老实说，这次归国，虽有袁世凯几次三番的电报邀请，他心里并不踏实。袁世凯是什么样的人，他心里最清楚。当年在京城闹强学会，办报纸，宣传变法，谈到国耻家亡，群情激愤的时候，袁世凯动辄号啕大哭，最是爱国图强的一个。结果怎么样呢？关键时候，出卖变法，背叛光绪皇帝，向荣禄、慈禧告密的人正是他！光绪三十四年七月，立宪党人在上海的政闻社被清廷镇压，强行解散，在慈禧处攻击诋毁最甚者，还是这个袁世凯。

这些年来，袁世凯在他们立宪党人的眼中，什么时候也没有把他当个人来看过，纯乎是披着人皮的一条狗，一只狼，一尾毒蛇！

可是今天，为了国家的统一，为了社会的安定，为了结束常年的战争给广大人民带来的灾难，梁启超不得不跟这个披着人皮的恶狼、毒蛇、恶狗妥协了，以他为代表的立宪党人有了自己新的政策，他们决定和袁拥袁，通过国会来控制利用袁世凯。

离开日本前，他的朋友张君劢对他说：“我党之联合袁世凯，目的非常明确，乃是借其势力以发展支部于各省，待数年以后，我党势力必弥漫全国，则左右天下不难矣！到了那个时候，袁世凯虽欲不听命于我，安可得焉？”梁启超回答他说：“正是这话。目前我党面临两大敌人，一乃腐败社会之旧官僚派，一乃暴乱社会之旧革命派。彼两大派者，各皆有莫大之势力，盘亘国中，而我党力量孤微，同时战胜两敌，实属不可能，不得不急其所急，而先战其一。其一者何？暴乱派也。这是因为，革命之后，暴民政治最易发生，而一旦发生，国家元气必大伤而不可恢复。对于袁世凯，所谓联合者，欲其不为我敌，且将改为我用耳。我党之与袁氏，当在不即不离之间，断无委身其中之理。”张君劢说：“如此，君此番归国和袁，我放心矣！”

可是，这些立宪党人的目的能达到吗？

这时候的梁启超，信心是十足的！

在天津的这三天，他实在是太过劳累了！

他受到了直隶都督冯国璋以及张锡銮、唐绍仪的热烈欢迎。

他每天都要接见数以百计的陌生的面孔，聆听他们操着各种口音的谈话，接受那些并非发自内心的恭维，一拨接着一拨，从早晨天刚亮，一直到子夜时分，他没有一分钟属于自己的时间，实在是疲累已极。

昨天下午，袁世凯派遣的专使梁士诒、杨度来到了天津，他们代表袁世凯向他表示了热烈欢迎，敦促他立即启程赴京，说大总统为了恭候他，已经夜不成寐、茶饭无心了，再拖延几日不能见面，非病倒不可。

盛情难却，梁启超跟同行的汤觉钝、胞弟梁启勋一商量，便登上了赴京的火车。

此刻，在赴京专列的车厢里，他真的想假寐一会儿，哪怕是十分钟，甚或五分钟也好啊！可是，他不能够，他的心里翻江倒海，正刮着十二级风暴，如何能够平静得下来？他偷眼看一眼身边不远处的梁士诒、杨度，两个人正窃窃私语着什么，还不时朝着他这边张望一番，似乎是在等他说话。“这两条恶狗之狗，可恶！”他心里骂道。于是他把眼睛闭得紧紧，这样，可以不要听他们喋喋不休地说话，自己也可以不费口舌去跟他们说话，落个两下里清静。他忽然想，这大千世界，芸芸众生里，怎么会有“人狗”这一个种群呢？自己个儿生了一副本来并不错的人模样，也有着人的嘴巴人的肚肠人的胳膊腿，可是那骨子里却竟然没有一丁点儿人的骨气人的味道呢？看人，总是张着一双狗眼，或高或低地变幻着嘴脸；处事，总是窥视着主子的眼色揣测着主子的意图，或乞怜于人或恶狠狠地追咬于人，势利而且是非而且多变而且丑恶而且歹毒而且……想着这些，想着梁士诒、杨度们的种种可恶，想着他如今要跟这些大狗小狗们周旋应付同流合污了，他觉得很可笑，又觉得很无聊，还觉得很无奈，他于那可笑无聊无奈的莫名其妙的感觉里，竟然恹恹地欲睡了。

这时，窗外隐隐传过来一阵一阵锣鼓家伙的声音，洋鼓洋号的声音。

“梁先生，列车已经快进北京站了，醒一醒吧。”这是杨度软软的声音，他那湖南口音软得像烂柿子。

“卓如，该起来洗漱了，车一进站，就有各方面要人登车拜谒，要准备一下才是。”这是梁士诒的声音，他是梁启超广东老乡，又是他在佛山读书时的同窗学兄，但他的口音已经有了不少京腔搀杂，粤语的味道没有剩下多少了。

梁启超缓缓地睁开眼睛，坐直了身子，张开胳膊伸了一个懒腰。他起身向盥洗室走去，对跟过来的汤觉钝小声说：“这两条狗一路上为何如此殷勤？”

汤觉钝说：“狗是看主子的眼色行事的，这次大概袁世凯是真心迎你。”

梁启超一面洗着脸，一面冷笑说：“袁贼会真心迎我？倘若那样，这世界可真的变了，好坏难分了呢！我此刻正在发愁跟他如何见面呢！须知，这些日子以来，戊戌六烈士的惨烈，无时不在我的眼前晃动！”

汤觉钝说：“不过，从天津登岸以后的种种迹象看，你不觉得他们的热情过于殷勤了吗？倘没有袁世凯在后边，谁会理睬咱们？”

梁启超默默地点点头，面上满是困惑的表情。他步回到车厢里，听见外边的鼓乐之声似乎更大了，探身往外边看，列车已经徐徐地拐过一道路口，正往车站里进，隐约看见彩旗飘扬，人群攒动，便问道：“外边这么热闹，是迎接什么人吧？”

杨度嘻嘻笑了，觍着一副讨好的脸子，说：“这是在迎接先生您呀！先生怎么就看不出来？”

梁启超愕然道：“迎接我，有这个必要吗？我是一个普通老百姓呀！”

梁士诒说：“你梁启超可不是普通老百姓！你是大总统的客人，是著名的维新变法领袖，是流亡海外十四年的伟大的爱国者，你的大名如同霹雳经天，天下人谁个不晓，谁人不敬？袁大总统说，要以超过迎接孙、黄十倍的隆重迎接你呢！”

这个情况却是梁启超始料不及的，他惊讶万状，赶忙对胞弟梁启勋说：“阿弟，快帮我更换衣服，快帮我更换衣服！”

说话间，专列已经进站。只听见噼里啪啦、咚咚轰轰、嘀嘀嗒嗒鞭炮声锣鼓声唢呐声交织在一起震耳欲聋价响。

梁启超透过窗玻璃往外瞅了一眼，只见月台上人山人海，黑的是人红的是花绿的黄的粉的紫的是彩绸，五光十色一大片。站上一条横扯的长幅上一行大字上边写着“热烈欢迎爱国志士梁启超先生载誉归国”，梁启超的心忽地动了一下，热泪忽地涌满眼眶，鼻子忽地一酸，就要哭。“爱国志士”这四个字，分量太沉重了，自己承受得起吗？十四年了啊，抱头鼠窜，落荒而逃，九死一生逃出国门，去到那异国他乡，寻求救国的道理，谋划救国的方略，发出救国的呐喊，日日夜夜，风风雨雨，生生死死，十四年啊……“爱国志士”？自己算什么“爱国志士”，自己若当得起这个荣誉，谭嗣同算什么？康广仁算什么？戊戌六烈士算什么啊？还有领导自立军起义的唐才常们算什么啊？他们才是真正的“爱国志士”啊！“捐躯赴国难，视死忽如归”，那些捐躯赴死的烈士们，他们才称得起“爱国志士”这个荣誉啊！难道烈士们慷慨就死，先我而去，留下我们这些苟活的人们，来窃取本应该属于他们的荣誉吗？这样的窃誉者，与窃贼何异？梁启超忽地感觉心里一阵慌乱，眼前的这一切来得太突然了，太突兀了，太出乎意料之外了！他没有一点儿思想准备，他一时间慌了手脚，不知如何是好……

透过玻璃窗，站台上此起彼伏的口号声声传进耳朵，更是令他无所措手足。

“热烈欢迎爱国志士梁启超先生！”

“中华民国万岁！”

“袁大总统万岁！”

“民主共和万岁！”

梁启超张皇地对汤觉钝、梁启勋说：“这、这……”

汤觉钝、梁启勋也被眼前的景象弄得莫名其妙，茫然无措。

梁士诒凑过来说：“卓如不要紧张，自报纸上披露先生即将归国的消息，国人之望君，如望慈父母焉，特别是立宪党人，自去年辛亥一变，革命党得势，嗒然气尽久矣，今日君归，如何不欢喜若狂，一吐一年多来的晦气。前月人们之迎孙、黄，出于礼仪也，今日之迎君，发自肺腑也，心悦诚服，如何不热烈如此！”

这个时候，梁启超唯有点头频频，什么话也是说不出来了。

列车刚刚站稳，车门开处，国务总理赵秉钧早领着一帮国务院总长次长们登上车来。他双手抱拳，满脸堆笑，亮开大嗓门，对梁启超说：“梁先生一路辛苦。下官赵秉钧，奉袁大总统之命，率领国民政府各部官员前来迎接问安，恭迎先生大驾！”

这真是又是一个意外！梁启超本来想，欢迎已经过分，热烈已经令他承受不了，既已如此，也就罢了。到站下车，雇辆车，随便找个旅馆住下，改日抽个时间去拜访一下袁世凯也就是了。谁知，他竟然派国务总理和政府各部总长次长们登上车来迎接他！看来，袁世凯真的以隆重礼仪对待他了。他这个时候隐约感到身不由己了，事已至此，拒绝是不可能的，也就只好听之任之了。

这个赵秉钧，中等身材，小五十年纪，大头，圆脸，黑黄面皮，一双小眼提溜打转，很是机灵，特别是鼻子底下那两撇山羊胡须已经泛黄，稀稀疏疏，隐藏着无穷的奸诈，令人很不愉快。梁启超不认得他，闻名却是久了的，知道此人乃袁世凯最体己的亲信，是河南临汝人，书吏出身，早年追随袁世凯，鞍前马后，十分卖力，官愈做愈大，今天竟然爬到国务总理的位置上。梁启超眼睛一扫，便知他是个势利小人、走狗奴才，心下厌恶，面子上却不能带出，忙抱拳作揖还礼道：“梁某何人，乃一介逋逃归来之穷儒耳，如何敢惊动赵总理和各位大人屈驾来迎？实在惶恐。”

赵秉钧说：“梁先生休要过谦，先生抱天下才，负天下望，当此多事之秋，念神州之陆沉，悯生灵之涂炭，脂车北上，毅然归来，襄赞袁大总统同扶宗邦，共济时艰，乃我中华之大幸。今后政府工作，尚有种种依赖，我等今日前来恭迎，一则奉大总统之命，代表大总统一表欢迎先生之忱，二则我侪亦有瞻仰先生慈颜，亲近先生，指望将来受教于先生足下，殷勤之心，实秉肺腑。”

他身后的那些总长次长们，这时候也七嘴八舌，喋喋不休，恭维声声，让梁启超连客气谦虚一两句都插不上嘴。

一番赞誉美誉歌颂功德之后，他们终于恭身奉侍着梁启超走下列车，穿过人声鼎沸、鼓乐喧天的欢迎人群，梁启超终于步出车站，被领到一辆装饰辉煌大红彩绸缠绕的双辕马车之前。

赵秉钧指指马车，说：“这是袁大总统平日乘坐的双辕镏金马车，袁大总统说，卓如是我的老朋友，早年跟随德宗皇帝闹维新变法的时候，最是心气相通的知己，迎接故人，我这辆马车是最相宜的！”

杨度也凑过脸来，说：“大总统亲热先生，盛情如火，孙、黄来京，也没有这样的待遇，这真是一种至高无上的荣耀啊！”

还没有缓过神来的梁启超未及开口说话，早被赵秉钧等人满脸媚笑地搀扶上了那马车。

车夫一扬鞭子，凌空打了一个脆响，马车启动了。后面的马车也跟着移动起来，长长的车队蜿蜒有一二里长。

坐在马车上的梁启超，于噼啪作响的鞭炮声中，咚咚锵锵的锣鼓声中，嘀嘀嗒嗒的洋号声中，呜里哇啦的唢呐声中，于人头攒拥的呼啦啦的潮水里，渐渐地缓过神来，知道自己正在受到国人的热烈欢迎。他不明白为什么会是这个样子，为什么自己一夜之间身价会提高百倍，成为万众瞩目的角色。他无论如何也不明白。他伸一伸脖子，往上抬一抬屁股，朝前边看。只看见他的脚下是全副武装的巡警，是威严的骑兵马队，这些兵士警察一个个杀气腾腾地保护着自己。再往前看，是群众的游艺队伍，踩高跷的，跑旱船的，耍龙灯的，扭秧歌的，红红绿绿看不见头，一路耍着舞着往前缓行。街道两边的群众，扶老携幼，争先恐后，把街筒子塞了个满满，只留下一条仅可以让马车通过的小胡同。人们拥挤着，喊叫着，满脸都是欢笑。只有当巡警们骑兵们的队伍走过来时，他们才在野蛮的呵斥声里、警棍的挥舞之下呼叫着往后撤退……而这一切显得是那么混乱，那么热烈，又那么和谐，似乎没有这种嘈杂混乱，就显示不出那个热烈的氛围来似的。

由于有游艺队伍在前边表演的缘故，梁启超的车队行进缓慢，天快正午的时候才赶至正阳门。正阳门城门大开，城门上方横扯着的一条欢迎横幅比火车站上的更长更宽，城门上边有军士肃然而立，持枪行礼。城门下边的广场上，有一支耍狮子的班子早搭上高台，远远看见梁启超的车队出现，便锣鼓家伙大响，舞耍起来，招来上千群众观看。车队好不容易走过正阳门，路过中华门的时候，梁启超远远看见中华门也双门洞开，它周围的巡警兵士恭敬地向他行举手礼，一直目送着他远去。

车队在城里缓慢地绕行了一个大圈，却也奇怪，并不往孙文下榻的石大人胡同的国宾馆去，也不往黄兴下榻的东厂胡同俱乐部去，而是转而向东，奔了王府井，一直把他拉到一处松柏森森广场辽阔肃穆寂静的大寺院门前停下。

前方的游艺队伍早按照事先的安排留在了沿途不同的地方玩耍去了，各级官员各界代表以及赵秉钧和他的下属们也在车过中华门之后陆续散去，一路护送他们的除了巡警骑兵护卫之外，就只剩下梁士诒、杨度的两辆马车了。

梁启超被梁士诒、杨度搀下马车，他站住脚，抬头看那山门横匾，只见上边写了三个浓墨重彩的大字“贤良寺”，大惊，问道：“你们怎么把我拉到这个地方?”

梁士诒嘿嘿笑道：“这是先生下榻之处，如何不拉来这里?”

这个贤良寺，梁启超虽然从没有来过，却是很知道它的大名的。这里本来是清康熙皇帝第十三子允祥的王爷府。允祥是康熙六十一年雍正皇帝继位时被封为怡亲王的，雍正八年，允祥病危，遗嘱家人，待他死后，将这处王府改为寺庙，供奉佛祖，香火不断。允祥逝后，谥曰贤。雍正十一年，贤良寺建成，清世宗亲赐寺名，并御撰碑文。乾隆皇帝继位以后，又御书心经塔碑于其内，再次扩建，使它的规模越发宏大了。后来，太平天国造反期间，曾国藩进京述职，接受皇帝、皇太后召见，就是住在这个寺里。庚子年闹义和团，八国联军侵略中国，李鸿章跟洋人谈判，这里曾经是他的办公住所。也正是因为有曾国藩、李鸿章下榻此寺的这段历史，使这个寺名远播天下，清朝的外官们进京，都以能够下榻贤良寺为最高荣誉，可是他们谁也没有与此寺结缘，就是袁世凯，也没有机缘在这里住上一个晚上。现在，要在这里下榻了，这确是梁启超又一个大大的意外。

梁启超微微一笑，说：“叫我住这里，未必合适吧?”

梁士诒说：“卓如名满天下，伟大的爱国者和思想家，袁大总统最高贵的客人，下榻此间，是再合适不过的了，请勿推辞，你就尽管入住吧。”

杨度也觍着一张笑脸，说：“大总统之恭敬先生，于此可见一斑。”

梁启勋说：“不就是一座庙嘛，曾国藩、李鸿章们能住得，我们为什么就住不得呢? 阿哥，我现在又渴又饿，我们还是先住进去再说，一味客气，何必呢!”

梁启超听见阿弟如此说话，自己也确实感觉饥渴难耐了，便说：“既然如此，也只好客随主便吧。”

一行人走进寺里，早有寺僧迎将出来，把他们引到西跨院里边去了。

安顿好了梁启超三个人，梁士诒、杨度也就算完成了这次的迎接任务，他们也疲累了，嘱咐了几句担任保卫工作的巡警头头，告辞离去。

关上房门，梁启超三个人顿时瘫倒在板床上、椅子里，大气进小气出，喘作一团。

梁启勋呻吟道：“我的娘亲呀，生生地折磨死我了，袁世凯这哪里是在迎接，分明是谋杀嘛！从天津上火车到这会儿，我们就没有消停过，分明是被人家绑了票了!”

汤觉钝说："下边憋着尿，上边又渴得紧，也不知道先顾上边还是先顾下边了。"

梁启超说："经你这一说，我这下边也憋得受不了了，先撒尿要紧！"

说着，翻身起床，双手捂住小肚子，拉开门，就往外边跑。

梁启勋、汤觉钝也跟出来。

谁知，门外黑压压站满了人，看他们胸前挂着的照相机之类，知道是记者，正要往里边进呢。

他们见要采访的人自己走出来，如何肯放过，哗的一声涌上前，把梁启超围在正中间，水泄不通。

"梁先生，您这次回京，有什么感想？"

"梁先生，袁世凯这么高标准欢迎您，事前您有思想准备吗？"

"梁先生，戊戌六君子喋血菜市口，那情景您还记得吗？"

"梁先生……"

七嘴八舌的问题，劈头盖脸地砸过来，一时间像天降冰雹，被困在核心的梁启超无法招架。

梁启勋大怒，他拨拉开人群，高声喊道："你们这是怎么啦，还要不要人活啦！饭不叫吃，水不叫喝，总要叫人撒泡尿吧！"

汤觉钝说："诸位包涵，让梁先生先方便方便，然后一一回答诸位的问题，如何？"

梁启勋说："你们看见那东边回廊没有，都去那边排队，我一会儿要在那里登记接待，谁排第一先接见谁，每人五分钟，多一秒也不行。"

众记者听见梁启勋的话，呼啦啦又涌去了东回廊那边，前拥后挤地排起了长队。

茅厕里，梁启超说："先想办法弄点儿水喝，吃几口干粮点心，不然，我恐怕要病倒。"

梁启勋说："袁世凯葫芦里卖的什么药？这不是活活地折磨人吗？阿哥，庄子有言，'人心险于山川，难于知天'，世上的事最忌过分，一过分了，必然有假，对这个袁世凯，你要防着点儿。"

汤觉钝说："仲策之言是也，所谓面誉之者，必背毁之，袁世凯过分亲近，我们还是要提防为上。"

梁启超微微一笑，说："他无非是要利用我为他的统治服务，我心里有数。"

匆匆地吃了点儿东西，喝了几口水，梁启超便开始接见来访的新闻记者，各党各派社会团体军界商界学界的代表，这些人里，有采访新闻的，有邀请赴欢迎会茶话会宴会的，因为人数太多，梁启超只得每位以五分钟为限，时间由汤觉钝掌握，时间一到，马上结束，再请下一位。后边的人急于被接见，所以对前边那人，监督格外严格，往往还没有等汤觉钝发话，他们已经“时间到了，快请出吧”嚷嚷起来了。

两位商人模样的中年人满脸堆笑毕恭毕敬地来到梁启勋面前登记排队，他们特意放低了声音，以最温和的语气说：“俺们是山西商人联合会的代表，特代表山西驻京全体商人，为梁先生专门安排了一次欢迎宴会，请梁先生务必赏光下顾。”

梁启勋听见是山西商人，便放下手里的毛笔，困惑地说：“两位，你们是不是搞错了，家兄可是从来未跟商界朋友交往过，你们请他去，这不是风马牛不相及，挨不上边吗?”

“挨得上，挨得上，我等虽是经商之人，爱国之心，却跟大家是一样的，请务必安排一下。”其中一人诚恳地说。

梁启勋无奈地摇摇头，说：“好吧，不过时间可是要在五日以后了。”

“成，成！五日以后，我们有专车来接。”

两个人高高兴兴地看着梁启勋把时间、地点一切都记在本子上后，才欢欢喜喜地起身，走出回廊，去外边排着长队的人们后边站住脚，挨个儿等候着梁启超的接见。

又有几个僧人来到梁启勋的面前登记，梁启勋大声对他们说：“各位长老，家兄不谙佛事，你们总不会也是叫他去演讲吃饭的吧?”

那几个僧人双手合十，嘴里“阿弥陀佛”念念有词，梁启勋一边听着，一边无可奈何地摇头叹气，往本子上记。

这个时候，几辆双辕马车嘚儿嘚儿驰进寺来，车夫们大声小气地吆喝着把车停在院子里，跟班的保镖们小心翼翼地从车上搀扶下几个老态龙钟身份高贵的小老头儿来。

排队的人群里有人低声说：“徐世昌、陆征祥们也来啦!”

有人不高兴地发牢骚：“这些前清旧官吏来凑什么热闹，他们难道也要咸与维新吗?”

梁启勋放下笔，走过去，拦住他们问：“诸位，何事?”

徐世昌也不答言，只扯开嗓门高声唤道：“梁卓如，我徐菊人来拜谒来了，你怎不出来见客，难道还要拒我等于门外不可吗?”

屋里的梁启超听见喊叫，赶忙迎出，认得是徐世昌，忙双手抱拳，将他们迎进屋去。

这次跟徐世昌一起来的，陆征祥之外，还有孙宝琦和沈秉昆，他们是奉袁世凯之命，也来捧场子凑热闹的。

“五分钟，不能延长!”排队的人们喊叫声声。

梁启勋说："不要乱，他们情况特殊，二十分钟。"

"清廷旧官吏，有什么了不起，为何特殊？"众人不服，嚷嚷成一片。

梁启勋说："没见他们是四个人吗？四个人四件事，二十分钟一到，准保请出。"

这天下午，一直应酬到天近子时，才慢慢安静下来。

谁知，第二天一大早，国务总理赵秉钧就来了。他来时，梁启超正在洗漱，赶忙匆匆结束，请进客房说话。

正说话间，陆军总长段祺瑞来了。于是，前客让后客，赵秉钧告辞，段祺瑞接着谈。

跟段祺瑞正谈话间，教育总长孙毓筠、司法总长章宗祥双双赶来了，于是，又是前客让后客，段祺瑞告辞，孙、章二人请进去说话。

就这样，国务院的总长们前脚走后脚来地鱼贯来访，梁启超迎出迎进，作揖打拱，忙得晕头转向。

半晌午的时候，忽然，一队全副武装的禁卫军呼啦啦开进寺来，把闲杂人等悉数驱赶出去，寺门外边停下一大片双辕马车。梁士诒、杨度二人奔进客房，对梁启超说："梁先生，大总统看你来了！大总统看你来了！"

听说袁世凯亲自来到贤良寺，梁启超很感意外，心下暗想：这个袁世凯怎么亲自来了？不敢怠慢，忙三步并作两步走，迎将出去。在山门前边，他与袁世凯四目相向，面对面站在了一起。

十四年了，从戊戌变法失败的光绪二十四年（1898 年）至今，整整十四年了，君恩友仇两未报，割慈忍泪掉头东，这是怎样血泪飞迸的十四年啊！仇人相见，分外眼红，面前站着的这个一身戎装的黑胖老头儿，这个一脸奸笑一肚子诡诈的家伙，就是十四年前那个在光绪皇帝面前痛哭流涕发誓效忠，要竭死保护圣主，保护新政，转身又跑到荣禄面前告密，向慈禧太后出卖皇上的袁世凯吗？正是他！怎么不是他呢？这个卖主求荣背叛变法维新的无耻叛徒，变成灰，梁启超也认得他！他忽然睁大了眼睛，他分明从袁世凯那张横肉遍布的脸上，看见了谭嗣同、康广仁、刘光第、杨深秀、杨锐、林旭六君子飞迸的鲜血！热气腾腾的血啊，飞溅在贼人身上脸上的血啊……十四年了，并没有消失，亦没有淡化，反而愈发血渍斑斑清晰可辨……情不自禁地，梁启超打了一个寒噤。

而此刻，十四年后的今天的此时此刻，他却是以朋友的身份，以一个支持者的身份，出现在这个贼人面前，他不知道这是怎么了，事情的发展为什么会是这样一个轨迹，这样一个结果……这个世界怎么变得令他陌生如此啊！

他冷眼注目面前的这个曾经是他的不共戴天的仇敌的袁世凯，两道冷峻的目光利箭一样直射在那仇敌的脸上，他要看一看袁世凯这个贼子将以何面目面对他！当然，与此同时，他也在悄然思考着用什么样的态度来应付这个家伙。

他看见袁世凯先是大睁开双眼，里边满是惊讶、惶惑、疑惧和愧疚，他的暗淡的视线逃逸着，躲避着，拼命往地下钻……继而，又看见他的面皮剧烈地抽搐了两下，鼻子和眼睛和眉毛和嘴巴都尴尬地扭曲了形状，原来横着的竖了起来，原来竖着的变成了一条一条横道道，那样子似乎很痛苦，又似乎很无奈……忽然，不知道怎么了，他看见袁世凯的一张大嘴向一边咧开，鼻子紧了紧，大眼一闭，哇的一声，晴天响了炸雷似的，号啕起来。

袁世凯号啕大哭，声音爆发得太突然，又太响亮了，旁边树上的一只乌鸦被惊吓了，嘎嘎叫了两声，惊慌而逃。树枝上悬挂着的枯叶被那哭声震落下来，纷纷扬扬，坠落了满地。

袁世凯一边号啕大哭，一边大张开手臂，跌跌撞撞地向着梁启超前奔几步，一把抓住他的胳膊，眼泪汪汪地打量多时，又一次委屈地撇撇嘴，哭道："卓如，我的苦命的亲兄弟，你可想死哥哥了啊……这些年，你流落异国他乡，受尽了苦楚……哥哥我无日不以泪洗面……呜……呜……"

正哭到悲处，那悲声又戛然停止，只见他车转身来，铁黑着面孔，严厉地对身后跟随而来的总统府官员们说："你们都远远地一边去候着，我要跟我那亲兄弟说一会儿贴心话。"

众人闻言，诺诺连声，俯首而退。

袁世凯一只手牢牢地攥住梁启超的胳膊，一只手亲昵地搂抱住他的肩胛，跟他相拥相依地走进客房去。

进到客房，分宾主坐定，小和尚捧上茶水，袁世凯端起茶碗，抿了一口，愁眉苦脸地说："去年秋上，革命党武昌这么一闹，把俺给闹出了山，不久，又推上这大总统的位置，全中国的矛盾，大大小小每天都有几千几万件，军人要饷，官员要俸，老百姓要活命，外国人要在华利益，一件一件都集中到俺面前，俺又不是孙猴子会七十二变化，捉襟见肘，步履维艰，真是难啊！兄弟你是知道俺的，纯乎一介武夫，箩筐大的字不认得一挑子，真是应了戏文里演的，程咬金坐瓦岗，当起这个混世魔王来了！"

梁启超微微笑道："大总统如此说话，卓如就无话说了。"

袁世凯听见这话，一个愣怔，心下暗想：遭了，我把话说得离了谱了，梁启超不高兴了，赶快刹住车。便假借摘帽子擦汗的空儿镇定了一下自己，说："卓如兄弟呀，为兄句句是肺腑之言呢，你如何不信？不过，为兄再难，也没有贤弟你艰难啊，这一点，哥哥我心里清楚！这十余年来，我弟含忠吐谟，奔走海外，呐喊呼号，饥寒交迫，心神憔悴，所为者何，救国也！兄弟的一片匡时之忧，付诸行动，见诸文字，天下人谁不感动钦敬，仰敞神往也！"

梁启超默默点一点头，沉吟片刻，缓缓说道：“宋人欧阳公有言，‘不动声色，而厝天下于泰山之安’，公之谓矣。自公出山以后，指挥若定，不战而清室逊位，南北统一，战火消弭，国人以华盛顿誉之，实不为过。近日，又颁布治国八大政纲，取制度统一、中央集权、维持秩序之道，此乃起其死而肉骨之神功，率土归仁，群生托命，我公之造福于国家者，岂鲰生揄扬盛美者哉？”

袁世凯听见这个夸奖，只高兴得抓耳挠腮，眉开眼笑，他立即涨红了脸说：“咳，哥哥我那治国八大政纲，还不是从兄弟你那‘开明专制’演绎出来的？民国初创，百业待兴，最怕的是什么？地方割据，动辄造反，自立山头，胡搞乱来，没有秩序。有了兄弟你的‘开明专制’理论，哥哥我才能够提出集权中央的八大政纲啊！‘功在社稷’之人，不是哥哥我，而是兄弟你呀！”

梁启超说：“民主共和，在中国实现立宪政治，根除皇权，依法治国，这是我们共同的理想，是全国老百姓神往的神圣目标。但是，革命之后，最怕的是暴民动乱，国家分裂，试想，如果各省各地不服从于中央，各府州县不服从于省督，中国将会是一个什么样子？那不是要粉絮破碎，倒退于部落政治了吗？在这个非常时期，国家最需要有一个强有力的人物，在共和的形式下，运用专制的手段，把国家逐渐地引上民主立宪的道路。这就是我提出开明专制理论的基本点，而那个‘强有力’的人物，我想，大概就是明公你了。”

袁世凯哈哈大笑，说：“俺想，俺一定不会辜负卓如的期望，把国家的事情办好。”

梁启超审慎地盯视着袁世凯，有顷，说：“大总统可知，‘开明专制’的关键是‘开明’，开明就是民主、法制，就是接受人民的监督，而那个‘专制’，只不过是手段耳，它与封建皇权的专制政体有着本质的区别。大总统能实行民主政治下的‘专制’吗？”

袁世凯霍地起立，挥动着大拳，说：“卓如你放心，现在已经是民国时代了，国家的一切，都要以老百姓的意愿为意愿，意志为意志，我袁某人发誓，永远不会开历史倒车，民主政治，依法治国，这条路俺是走定了！”

“如此，国家可以稍安矣，老百姓可望有几年休养生息的日子过了。”梁启超笑道。

第十八章　国会竞选全线溃败
独夫民贼又起杀心

自打袁世凯进了梁启超的客房，一谈，便是两个时辰过去了，转眼时已正午，寺里的主持亲自过来，请大总统和梁先生用膳。

袁世凯说："你叫他们把酒菜送到这里来，俺要与俺家兄弟在这里吃，俺们还有一揽子国家大事要细细地言说呢！"

梁启超说："这样最好。不过，我那两个兄弟，请长老费心照顾一下。"

主持和尚笑道："梁先生不要记挂他们了，汤先生和令弟，正在饭堂大嚼大咽呢，此时已经半饱了，委屈不了他们。"

袁世凯说："我可告诉你，你若是怠慢了俺的贵客，本大总统可是要拿你问罪的！"

主持和尚唯唯连声，屏息退下。

眨眼之间，几个小和尚穿梭往复，便将酒席摆上。袁世凯携住梁启超的手，双双入座。

袁世凯高擎酒杯，跟梁启超碰了一个脆响，然后，一仰脖子，把一大杯法国白兰地喝了个底朝天。梁启超也一口饮干了杯中之酒。袁世凯嘿嘿笑着，殷勤地给梁启超夹了一筷子菜，挤眉弄眼，摇头叹息，说："治理这个国家，可不如喝酒吃菜容易，哥哥我面前现刻就横摆着三大难题，犹如三座大山，压得俺喘不过气来，真真是要压死人了。"

梁启超笑道："大总统谦逊，何必把话说得那么邪乎？明公之所谓三大难题，无非是财政、军队、政治三件事者，以梁某看来，不过庖人之烹小鲜耳，轻而易举，不至于难到大山压顶吧。"

听见这话，袁世凯霍地站起身来，挪动椅子，撤身后移一大步，恭而敬之地抱拳作揖，道："兄弟，你是周公在世，还是诸葛复生？太神奇了，太伟大了，真个是料事如神，一眼就把乱如麻团的国家大事看了个透透。”又仰脸向天，高举起双臂，大声唤道：“老天爷呀，你的神灵真个是无处不在吗？你看顾我老袁，把今日中国的周公、诸葛送到我老袁身边叫他来辅佐我的吗？难道你也知道‘以天下与人易，为天下得人难’的道理吗？啊哈哈哈哈！啊哈哈哈哈……今日‘义人在上，天下必治’，老袁这里恳请大贤指点迷津，教我救国救难之策。”说完，一个长揖到地，又就势屈下双膝，跪伏下去，连连磕头不止。

梁启超见状大惊，慌忙离座，搀扶他起来，说：“大总统这是为何，何必如此！”

袁世凯撇撇嘴，一副为难无奈的模样，又使劲挤挤眼睛，竟至落下几滴泪来，沙哑着嗓子说：“国事繁复，举步维艰，卓如教我，卓如教我。”

重新落座之后，梁启超说：“既然大总统诚恳诚心，那么，梁某就班门弄斧，谈一些浅见，抛砖引玉，且供大总统参考吧。”

袁世凯虔诚地说：“袁某洗耳恭听。”

梁启超说：“一个政权，保证国家机器正常运转者，财政金融也。前清糜烂，国库空虚，无有剩余，而民国初创，各个方面都处于亟待金钱接济，进项没有，而出项皆是，钱从何处来？此乃大总统所遇第一大问题。”

袁世凯的脑壳点动之频，小鸡叨米一般，连连说：“正是，正是！不错，不错！”

梁启超说：“明公何不将租税政策、银行政策、公债政策冶为一炉耶？若能消息于国民生计之微，而善导之，利用之，庶几可望渡此难关。”

袁世凯恍然曰：“卓如的意思是，借外债之外，在租税上、公债上动动脑筋，把三方面开动起来……好办法，好措施！孙先生于这个方面，只有外债之论，而无租税、公债之说，看来，卓如于理财经济一项，亦是一大天才啊！”

梁启超接着说：“一个国家，欲求国泰民安、不受异族侵略者，必有强大之军队。孙先生要求大总统练兵五百万，这个愿望诚然美好。然，国家财力贫溃，恐力不从心。余以为应以二百万为限，中央和地方分力合作，同步进行，五年之内，精兵练就，分布各大要塞，倘一旦有变，开赴前线，列强从此休敢小觑我中华！”

袁世凯信心十足地说：“于练兵一道，袁某不是自夸，还是有一些经验的，五年为期，训练精锐二百万，某敢立军令状于国民之前！”

梁启超微微点一点头，说：“三难之中，政治一项为最难。所谓政治者，国家民族之治也。政通则国兴，政弊则国败，此通常之理，人人皆知的，不须赘言。然，《尚书》上说，‘不学墙面，莅事惟烦’，又说，‘蓄疑败谋，怠忽荒政’，为政者不可不察。”

袁世凯说："愿闻其详。"

梁启超说："'无偏无党，王道荡荡；无党无偏，王道平平；无反无侧，王道正直。'——此仁政之治也。'庖有肥肉，厩有肥马，民有饥色，野有饿殍，率兽而食人。'——此苛政之治也。敢问大总统，欲行仁政耶？欲行苛政耶？"

袁世凯笑道："苛政留万世骂名，不得善终，而仁政家给人足，恩泽四方，自个儿也能落个清名远播，遗福子孙，俺自然是要行仁政。"

梁启超笑问道："厉行仁政，就要以天下为己任，以百姓为父母，公而无私，廉而不贪，倡言民主，施行法制，大总统你做得到吗？"

袁世凯说："做得到，做得到！如今是民国政治，大总统由人民选出，为人民办事，当上几年，我老袁还不是回洹上村去耕田野居，自然是要公而且廉，决不干那私心膨胀贪得无厌的事，这一条还是敢拍着胸脯打保票的！"

梁启超呵呵而笑，面有喜色，说："如此，梁某且为大总统分析国家目前活跃于政治舞台各派之政治力量，何者为我中坚，何者为我援手，何者为我政敌，亲疏敌友，历历在胸，举措起来，何愁没有章法！"

听到这里，袁世凯大感兴趣，胳膊腿乱动起来，一个不小心，把面前的一只酒杯推翻在地，"啪"的一声脆响，摔成粉碎，他也不管，径直往前挪一挪椅子，与梁启超靠得紧紧，喘着粗气说："卓如先生，请接着说，请接着说。"

梁启超说："今日之中国，虽然党派林立，归纳起来，无非三派：曰官僚派，曰立宪派，曰革命派。三派之中，官僚派控制我国各地大小政权，实属实权派，这些人大多为前清遗留下来的各级官员，与大总统有着千丝万缕割舍不断的联系，实为国家行政部门的中坚力量，大总统当依赖之。但是，这些人贪鄙愚蠢，腐败糜烂，善于投机，名声很坏，大总统又须时刻提防之，不使其为害大局为好。立宪党人历来主张变法维新，和平建国，反对暴力。民国初创，国家重心转入发展经济，关注民生，立宪党人有开风气，变旧俗，引导舆论，兴利除弊之优势，大总统当引为援手，诚心相待，倾力倚重。至于革命党，大多数人在去年武昌事件之后，已见南北统一，实现民主共和，暴力革命的思想已经放弃。但尚有一部分暴乱分子，动辄起事，生性好斗，实为国家之患，倘这部分人在国会有了势力，中国政局，将无有安定的日子了，大总统不可不防。"

袁世凯抱拳作揖，说："正是如此，正是如此！暴乱分子乃我心头之大患也，对这些人，当如之何？"

梁启超说："暴乱分子所倡言者，民权也，我以'国权'为大总统破之。我将著文，倡言国权主义，告诉中国的老百姓，国权重于民权，民权当服从国权。为了维护国权，必须抑制民权。这是因为政治无绝对之美，政在一人者，遇尧舜则治，遇桀纣则乱；政在民众者，遇好善之民则治，遇好暴之民则乱，其理正同耳！”

袁世凯听到这里，突然，呆呆地怔在了那里，双目凝滞，神态虔诚，珠泪双流，嘴里喃喃地说道：“卓如，俺的亲兄弟，亲爹，亲祖宗，俺给你跪下了……”

说着，又起身后退，双膝弯曲，又一次要跪下。

梁启超伸手拉住了他。

袁世凯仰着一张泪脸，说：“你、你……说得太好了，国权主义，国权主义，以国权抑民权，太精辟了，圣者之言也。”

午饭毕，袁世凯告辞，临上马车时，他忽然又想到了一个问题，问梁启超道：“前月，有关国会组织法，参众两院选举法已颁，国会选举就要进行，卓如你看，我与革命党，胜负如何？”

梁启超皱眉道：“此番选举，我料革命党必胜。”

袁世凯吃惊道：“却是为何？”

梁启超说：“势之必然也。”

袁世凯再问，梁启超默然不语。袁世凯无奈何，只得怏怏上车，狐疑而去。车行至山门前，袁世凯从车里探出头来，向着梁启超高声喊道：“晚上，我在总统府设宴为君洗尘，我们再谈！”

送走袁世凯，梁启超转回房里，梁启勋、汤觉钝迎上。

梁启勋鄙夷地说：“这个袁世凯，动辄下跪，流涕，叫爹叫祖宗，卑贱龌龊之至，令人恶心！”

汤觉钝说：“那是他有求于人。”

梁启超说：“你们只看见他卑贱龌龊的一面，不见他卖主求荣、杀人残酷的一面，十四年前，他的这一套把戏我维新党人早就领教过了。”

梁启勋不解地问：“既如此，何必跟他敷衍？”

梁启超叹道：“唉，有什么办法呢？今日之中国，袁氏之外，还有谁个能够稳定天下，避免战乱发生呢？姑且监督辅佐之，引导其纳入民主共和轨道罢了。”

且说袁世凯回到中南海下处，对他的总统府秘书长梁士诒说：“梁启超要写文章，以‘国权主义’对付国民党的‘民权主义’。”

梁士诒惊喜道：“这太好了！这样一来，从舆论上我们将大占优势，对巩固提高大总统的中央集权很是有利。”

袁世凯诡诈地一笑，说：“胜过十万精兵！此子对我有用，本大总统要善待他。你马上吩咐总统府司礼官，叫他们把今晚的宴会搞得隆重一些，超过孙、黄待遇。叫赵秉钧的国务院官员大大小小都来，再通知社会各界知名人士、社会团体、各党各派、学界商界军界，能请的都请来捧场，老子要给足梁启超面子。宴会之后，你再去一趟贤良寺，给他送去十万元安家费，问候他的家属，叫他把家尽快接回国来，话要说得委婉温存一些。”

梁士诒说：“如此，梁启超更会死心塌地为大总统所用了。”

袁世凯说：“十万元，买下梁启超的一张嘴巴一支笔，值。”

这天晚上，从总统府欢迎梁启超的宴会上回来，夜已经很深了，袁世凯醉醺醺地走进他居仁堂的卧室，开门迎接他的，是九姨太太刘氏。这个不满十五岁的小姑娘，自打被袁世凯收房之后，明显胖了许多，原来就丰腴的肩胛，饱满的胸脯，圆润如酥的纤纤十指，还有那左右紧绷的小屁股蛋儿，如今更是肉乎乎地涨满了，肩胛已经显示出厚度，本来骄傲地上翘的一双小乳，此时越发滚圆了，还有一点儿微微下垂的意思，把那件紧身大红小棉袄顶得高高的，还忽闪忽闪地乱颤动，浑身上下满溢着性感和妩媚，显得十分可爱。特别是她原来微微泛出菜色的面容，那些笼罩其间的忧郁压抑哀怨的气息，一些儿也没有了，仿佛换了一个人似的，如今是白嫩白嫩的，透着浅浅的一抹红晕，水灵灵的，那个滋润，好像手指头一捅，就要捅破流出水来。加上那双忽闪闪的眸子和小若樱桃的红唇以及那内里深藏、时不时显露的一口小白牙齿，更把她那脸蛋儿映衬得娇媚百态，柔情万种。这个曾经被五姨太太驱使呵斥折磨蹂躏的使唤丫头，一朝变成了主子，也当上了姨太太，成了袁世凯这个酒糟老头子的宠妾，心气儿通畅了，模样儿也出落得仙女似的了。如今，袁世凯把她宠到了天上，含在口里怕化掉，捧在手上怕摔了，爱得不得了。

“大人，您回来啦。”

九姨太太娇滴滴的莺歌燕啼，是最酽的醒酒汤，一下子给袁世凯已然昏沉沉的脑壳注入了镇静剂，他霍地来了精神，眨巴眨巴模糊困倦的眼睛，说：“回来啦。今儿该着你侍候本人总统歇息啦吗？好哇，好哇，老子正想你呢！”

说着话，一把把迎上前来搀扶他的刘氏揽在怀里，伸出嘴巴就往上乱啃。喉咙里还发出“呜、呜、噜、噜”的声音。

原来这袁世凯的家里，自搬进这中南海以后，私生活上便有了一条规矩，每天晚间前来陪侍他的，大夫人于氏一直住在彰德府老家就不说了，大姨太太沈氏、二姨太太李氏、三姨太太金氏也不用说了，她们一个个年老色衰，病歪歪地讨厌，是没有资格来侍侯起居了。叠被铺床，揽在怀里狎谑，满足袁世凯强烈性欲的只有五姨太太杨氏和她以下的六姨太太叶氏、八姨太太郭氏、九姨太太刘氏了。这四个姨太太以一周为期，轮流值班，轮番服侍着这个一家之主，所以刚才袁世凯进门，见着九姨太太，有那句“今儿该着你”的话说出来。

九姨太太的一张粉脸，被袁世凯硕大的猪头压在下边，一股强烈的酒臭冲击过来，直灌入她的鼻腔，填满肺腑，令她窒息。尖利如刺的胡茬子，密密麻麻，往她娇嫩的香腮上猛扎，疼得她钻心。可是，刘氏并没有一丁点儿痛苦和厌恶，她心甘情愿地接受着这一切，她以这令她窒息的酒臭和扎刺得她钻心疼痛为幸福，为满足，为欣慰。这个大她四十多岁的男人，这个满身横肉满脸杀气的男人，这个手里握有全中国最高权力的男人，不是别人呀，是她的丈夫，是她的靠山，是她自家的男人啊！这个世界上，男人千千万，与她年龄相当的，相貌俊秀的，体格威武的，令她爱慕的，那些英俊少年成千上万，千千万万，可他们与她何干啊？那些人，只不过是她更深夜静辗转床笫时，从她燃烧的裸露的胸膛前疾掠而过的一缕清风罢了，只不过是她少女思春的梦魇里，跟她肆意轻薄又转瞬消逝的幻影罢了。真正实实在在的，还是此刻压在她身上的这个丑陋的老迈的凶狠的男人。她爱这个男人，她不爱他，又能去爱谁呢？她把自己的青春和未来，都赌注在这个男人身上，她热烈地迎接着这个男人的爱抚、轻狂和戏弄。

亲热抓摸了一阵子，袁世凯一声长气放出，扑通平倒在床上，呻吟道："唉，累死俺老袁了！"

小丫鬟送进洗脚水，悄然退下。刘氏一边给他脱鞋脱袜子，一边嘻嘻笑道："真是没有见过大人这样儿的，吃酒，能吃得这么累。"

袁世凯说："那看跟什么人吃了。今儿俺请的这个人，乃是当今文坛领袖，文章声名盖天下，跟他一起吃酒，哎呀呀，累死人了呀！"

"不就是个白面书生吗？他能喝几盅几两，把大人您累成这样？"

"不是吃酒累，是心累，脑袋累。"

"吃酒就是吃酒，干心干脑袋何事，我咋愈听愈不明白了？"

袁世凯不耐烦地说："咳，这些话，跟你说不清楚。"

夫妻两个正说话间，忽然听见后楼福禄居上传来女人的哭号声。那声音忽高忽低，中间还夹杂着争吵，随着西北风一阵一阵送过来，送进袁世凯的耳朵里去。

袁世凯大怒，霍地坐直了身子，厉声问道："何人，半夜三更哭闹？"

刘氏侧耳听了听，说："像是老二媳妇刘梅真，您没听见那哭闹声音里满是天津味儿！"

"擦脚，穿鞋，老子过去看看！"袁世凯说着就要起身，被刘氏按住，强给他穿上了鞋袜。

哭闹声是从三姨太太金氏房里传出来的。袁世凯赶到时，房里已经坐满了人，大姨太太、二姨太太还有五姨太太都在那里，刘梅真怀里抱着个吃奶的孩子，正抽抽咽咽坐在炕沿上哭呢。

袁世凯大步进屋，满脸怒气，房里的人都吃了一惊，慌忙起身行礼，叫"大人"。

刘梅真也赶忙抱着孩子跪下，迎接老公公。

袁世凯在正上首的太师椅上坐下，怒问道："何事，如此哭闹?"

刘梅真吓得跪在地上只是哭，不敢说话。

金氏说："还不是咱们那个不争气的招儿，最近又跟八大胡同云吉班一个叫什么蒋清丽的好上了，要纳宠收房呢，梅真如何不伤心。"

地上跪着的刘梅真哭道："家里已经有五个啦，什么情韵楼、小桃红、唐志君、于佩文、亚赛仙，已经闹得鸡犬不宁了，又要娶进来一个蒋清丽，这日子还怎么过呀?"

说着，呜呜呜地又哭了起来，再偷偷地掐了怀里小孩的屁股一把，被掐疼了的奶子孩哇的一声也大哭起来，于是，房里顿时哭声一片，乱成了一锅粥!

袁世凯大怒，喝道："闭嘴！再敢哭闹，叫人拉出去乱棍打死！这里是中南海，是大总统的家，如此哭闹，传扬出去，成何体统!"

刘梅真吓得立即禁声，连她怀里的奶儿也没有了哭泣。

袁世凯说："不就是纳个妾嘛，有什么可以大惊小怪的！男人有作为有本领，才有三妻四妾的，没有本领的男人一个老婆也养活不起。你应该高兴才是，吃什么醋!"

金氏毕竟是出身高贵的名门小姐，她很体谅刘梅真此刻的心情。她见袁世凯这样说话，知道事情已经无法挽回，便起身离坐，弯腰搀扶起儿媳，劝慰她说："起来吧，消消气，这种事情，家家户户都是有的，有什么办法呢？有一点儿你放心，招儿娶得再多，也不过都是妾，你那正室夫人的名分没人夺得过去。"

五姨太太见状，也走上来劝。

刘梅真知趣，她知道，再哭闹下去，惹恼了杀人不眨眼的公公，什么事情都可能发生。既然公公护着儿子，她再闹也闹不出个什么结果，不如见好收船，走了吧。

返回的路上，三姨太太刚才的一句"正室夫人"的话，不知怎么强烈地震撼了袁世凯的心。他忽然想，老子此刻，当的这个临时大总统，不就是个妾嘛？正室夫人的名分拿不到，永远只是个妾！妈妈的，日他奶奶，老子不要这妾，老子要正室夫人的名分!

他嘴里喃喃有声，什么妾呀正室呀的，不停嘴地唠叨。刘氏听不懂，问他，他也不回答，只是不停嘴地骂。

且说中国的民主潮流，因辛亥革命而大起，却并未因南京临时政府的夭折而停滞，相反地，却以江河奔腾不可遏抑之势蓬勃发展。自 1911 年秋天武昌暴动以来，一直到眼下，这一年多的时间里，中国的政治舞台上竟然出现了以往历史上绝无仅有的较为民主的新生活新景象，出现了一个以议会政治为主体的新局面，它的主要的标志就是风靡朝野的政党政治。这个时期，社会各阶级、各阶层的代表人物，无不利用这个机会从本阶级、阶层的根本利益出发，发表政见，组织政团，创办报纸，集会演说，以求在新的权力分配中谋得一席之地。有人做过统计，这一年多来，新立党会就有六百八十二个，其中政治团体就有三百一十二个，可谓党派林立，令人眼花缭乱。后来经过分化组合，自生自灭，发展到今天，国内基本上形成了四个较大的政党，它们是国民党、统一党、共和党、民主党。

这四个政党又分为两大派。一是以孙文、宋教仁为领袖的国民党，这个政党，积极推行民主共和制度，强调遵守临时约法，倡言民权，反对专制，以平民政治为其建党宗旨，具有进步性革命性，受到广大中下层人士的欢迎拥护。一是以原立宪派为主，包括旧官僚、地方士绅及部分革命党人在内的保守派政党统一党、共和党、民主党。他们强调国权，拥护依附现政府，主张政治渐进主义，反对武装暴力，是袁世凯政权的政治基础，得到袁氏的鼎力支持。话说白了，这个时期，在政治舞台上，实际是两大政治集团的斗争对抗，即代表革命民权一方的国民党与代表保守国权一方的共和党、统一党、民主党的对抗。

历史的车轮隆隆奔驰，不为尧存，不因桀亡，按照它既定的规律徐徐前行，转眼，时间到了1912年的年底。

依据《临时约法》的规定，临时参议院成立后，要在十个月内进行国会选举。根据参议院议决，国会采取参众两院制。而早在八月间，袁世凯已经公布了《中华民国国会组织法》《参议院议员选举法》和《众议院议员选举法》。

为了获得在国会中的多数席位，各个政党展开了激烈的竞选活动。四个政党中，国民党的宋教仁表现得尤其活跃。

他的奋斗目标是，在中国，建立内阁责任制，而废弃总统独裁制。

他主持召开国民党北京地区主要干部会议，在会上，他发表演说，动员全党倾全力投入这次国会大选活动。

他说：“中华民族封建专制政体，凡二千余年，去年武昌起义一朝推翻，封建专制政体的国家机器被摧毁了，盘踞在中国人心目里的封建专制思想、习惯、残余势力摧毁了吗？帝王思想、皇权意识摧毁了吗？我看没有。这些封建余孽还顽固地盘踞在人们的脑海里、观念中。为了保卫辛亥革命的伟大成果，保卫年轻的民主共和国，保卫人民刚刚获得的民主自由权力，我们也一定要积极施行政党内阁制，而反对总统独裁制。这是因为，内阁不善，可以随时更迭之，总统不善，就不能随便变易，如必欲变易，势必摇动国本，这就是我极力主张建立政党内阁制的原因。而我党能否顺利组织政党内阁，此次国会大选至为关键。因此之故，我号召全党同志，暂时停下你手里的其他工作，停止一切运动，倾全力投入这次国会选举。选举竞争，这在文明社会、民主国家，是公开的，光明正大的，用不着避什么嫌疑，讲什么客气。我们的目标，就是要在国会里头获得半数以上的议席。这个目标达到了，进而在朝，可以组建一党执政的责任内阁，执政管理天下大事；退而在野，可以严密监督政府，使执政者有所惮而不敢妄为，应该为的，也使他有所惮而不敢不为。”

国务总理赵秉钧，以国民党员的身份参加了这次会议。他坐在会议室后边的一个角落里，听见宋教仁的讲话，句句如同雷霆轰击闪电劈刺，惊心动魄。他面色如土，冷汗泉涌，吓得浑身乱颤。他想：事情发展真的如宋教仁所言，将来国会里成了他国民党一党的天下，国民党真的闹起政党内阁，他这个国务总理就要靠边去啦，就要把位置让给宋教仁坐啦，就连袁世凯的代总统再当也是难上难了，正式大总统人家不投票选你，你还能当上吗？还有啥鳖孙戏了？

每一个人的发言都是慷慨激昂，每一个慷慨激昂都令他心惊肉跳。好不容易坚持到会议结束，他像一只从狸猫爪子底下逃生的耗子，溜着墙角逃奔出来，跳上马车，直奔中南海居仁堂袁世凯的寓所。

这时候的袁世凯正被噩梦困扰。

他梦见是在一间大屋子里，仿佛是他的总统办公室，又仿佛是中南海的怀仁堂大殿里，总之那间屋子非常之大。屋子里黑极了，门窗紧闭，一点儿光亮也没有，阴森森地怕人。几个赤膊大汉，头缠红巾，腰缠红布，手里都掂着鬼头大刀，凶神恶煞一般。他们面前有一个大火盆，熊熊的火苗上蹿，有一丈多高，直扑上屋梁去。一个青年女子，很像是九姨太太刘氏，又像是五姨太太杨氏，还像是那个屈死的七姨太太张氏，她披头散发，被剥得精光，双臂被铁链高高吊起，两只脚也被钉死在木柱上，嘴里还被横勒了一根木棍，像勒牲口一样，不时发出“唔、唔”的声音。她遍体鳞伤，血渍斑斑，殷红的血液顺着开裂的刀口往下淌，滴答，滴答……一个大汉手里高擎着一块烧红的烙铁，走过来，走过去，在她脸前头晃……那女子吓得拼命扭曲着身子，一双眼睛恐怖地大睁……一个声音在他的耳边响起，那阴毒的沙哑的声音说：“她是个妾，永远成不了正室！”……不知怎么的，那女子突然不见了，一晃间，竟变成了一个男子，一个白发苍苍老迈昏庸的男子，那男子黑黄的肥肉在炉火的蒸腾下闪动着黧黧的光，有油脂从那一块一块的横肉里流出……他拼命眨巴着眼睛瞅，怎么瞅，那个男子也是自己……他不知道自己什么时候因为什么原因被捆绑在这里……周围的赤膊大汉们也变了，变成了荷枪实弹的兵士，他们平端起长枪，枪刺上边淌着血，火苗儿在上边一跳一跳地……他听见那个阴毒的沙哑的声音又一次响起了，说：“他是个代的，不是个正的，预备——杀——”兵士们的枪刺向着他的胸膛猛刺过来，他绝望地吼道：“不——。”

“大人，您怎么了？您做噩梦了？”

一声一声轻柔的呼唤，是九姨太太刘氏的声音，袁世凯从噩梦里苏醒。他心有余悸，浑身汗透，睁开眼睛时，发现自己躺在刘氏的怀里。

他惊恐地问道：“老九，你没事吧？”

刘氏说：“我好好的呀，您怎这样问我？”

袁世凯定了定神，他渐渐从梦魇里走出，回到现实中来了。他苦笑笑，说：“没什么，只是梦里看见了你。”

这时候，“笃笃、笃笃”传来轻轻的敲门声。

“谁？”袁世凯问。

“我。”门外传来袁乃宽的声音。

“咋？”袁世凯又问。

“赵秉钧来了，说有大事要向大总统报告。”

“日他奶奶，半夜三更，觉都不叫睡安稳！”袁世凯骂骂咧咧地起了床，“叫他去客厅等我。”

袁世凯穿着睡袍走进会客厅，赵秉钧在门口恭迎他。

袁世凯问：“啥事？”

赵秉钧说：“大总统，大事不好了，国民党要全党出动了。”

“出动啥？你把话说清楚点儿！”

赵秉钧咽下一口气，定了定神，把刚才国民党北京地区主要干部会议的内容向袁世凯做了详细地报告。

“就这？”

“报告大总统，这可不是小事呀，倘若宋教仁的阴谋得逞，国会中我们失了势，后边的大总统选举，国务院的组成，一连串的问题就无法收拾了。”赵秉钧说。

袁世凯嘿嘿冷笑笑，说：“你别把他国民党看得这么厉害好不好？他们算个尿！他一个党，咱们三个党，三打一，打不过他，那才是见了怪了！你先回去吧，这事，天明了再说。”

赵秉钧见袁世凯不以为然的样子，并不甘心，焦急地说道：“兵法上说，‘兵有利钝，战无百胜’，大总统大意不得呀。”

听见这话，袁世凯突然想起刚才的噩梦，他一个愣怔，怔在了那里，半晌缓过神来，点了点头，对赵秉钧说：“明天，咱们开个会，议一议国会议员选举的事情，老子就不信、三打一、打不过他！”

赵秉钧走了，袁世凯回到卧室，睡意已经没有了，九姨太太刘氏白花花的身子泥鳅似的钻进他的怀里，又温软又光滑，撩拨得他早把什么噩梦呀选举呀抛去九霄云外了。他兽性大发，一伸手把刘氏从被窝里掏出来，高高举起，放在自己的肚皮上，淫狎地笑道：“叫声爹。”

刘氏哧哧笑说道："什么话，哪有管自家的男人叫爹的，大人糊涂了吧。"

"糊涂啥？叫爹。"袁世凯说，"你叫声爹，明儿俺买一只大金镯子赏你。"

"真的？"

"鳖孙说瞎话。"

"要论年龄，不论辈分，叫爷爷也不为过，叫声爹算什么？那我可就真叫啦！"刘氏说。

一阵娇媚的窃笑之后，房里果真传出九姨太太刘氏娇滴滴的一声唤："爹——。"

接着，是袁世凯公鸭子一样的哈哈的笑。

第二天上午，袁世凯去总统府办公，一进门，他看见赵秉钧正肃立门前恭迎他，觉得很奇怪，便问："你不去你那国务院上班，怎么在这里？"

赵秉钧毕恭毕敬地说："事情紧急，大火上了房啦，属下心里不踏实，哪有心思去总理衙门干事？"

"您是说昨日晚间那事？"袁世凯问。

"正是。"赵秉钧说，"大总统，国民党已经全党动员啦，咱们也该研究出个应对办法，不然，国会选举真的败下来，大局就不可收拾啦。"

袁世凯在他的大总统书案前边落了座，他又一次想起昨日夜里的那个噩梦，便情不自禁地沉吟起来，紧抿着嘴唇憋了一会儿气，终于说："好吧，你通知咱们的人，叫他们下午来我办公室议事。"

赵秉钧说："属下已经自作主张，把他们都请来啦，请大总统立即召见吧。"

梁士诒走进来说："昨日一夜，智庵未睡一刻钟觉，先是把我找来，接着又去通知众人，邀好今日一早在大总统办公室来议事。"

袁世凯皱眉问道："如此说，你也一夜没有睡觉？"

"是啊。"梁士诒说，"报告大总统，此番国会议员选举，无异于一场战争，属下以为我们不可轻敌，一定要打败国民党，叫宋教仁的阴谋不能得逞。"

说着话，段祺瑞、陆征祥、杨度、袁克定等鱼贯而入，加上赵秉钧和梁士诒，袁世凯北洋集团的核心人物都到齐了。

众人向袁世凯敬礼问候之后，分列两厢肃然坐下。

袁世凯说："事情你们都知道啦，说说吧，人家都行动啦，咱们该怎么办？"

赵秉钧说："大总统，不是属下草木皆兵，实在是情况十分严重。宋教仁对他的党徒们说，眼下，我党虽然没有掌握军权、政权，这不要紧，世界上的民主国家，政治的权威是集中在国会的。我们中华民国，乃是新兴的民主国家，我们要把所有的精力都集中到国会选举上，只要在国会取得半数以上的席位，我党就举足轻重啦！进而组建一党责任内阁，退而可以监视政府，使其不可大胆妄为，到了那个时候，民国政党，唯我独大，共和党、民主党、统一党，岂能与我争雄乎？您看他们有多么狂妄！”

段祺瑞说：“大总统与孙、黄会晤之后，国民党对于大总统的攻击明显有所和缓，但是，他们那心里，仇视、敌对并没有丝毫的化减，宋教仁就是最大的一个敌手。他要在议会里争议席，其实质，就是要跟大总统争夺天下，狼子野心，张狂得很。”

袁世凯说：“我问梁启超，这次国会选举，我与革党谁胜，梁启超断言，革党必胜。问他原因，他回答了个势之必然。你们是如何看他的话的？”

“屁话！”袁克定说，“亏他还是民主党领袖呢，屁股坐到政敌一方去了，这算什么？”

段祺瑞说：“梁卓如的话绝非武断，有他的道理。他说势之必然，就很有眼光。目前国内，民主、自由呼声甚嚣尘上，朝野上下，人心所向，确实对国民党有利，我们万万等闲不得。”

赵秉钧说：“这也正是我所害怕的。”

袁世凯“啪”地一拍桌子，骂道：“孱！你害怕什么？老子就不怕！他宋教仁不是叫喊民主、自由吗？老子也叫喊民主、自由，调门儿比他还高！怎么样？老子当的是中华民国的大总统，不是大清朝的皇帝，喊叫民主自由，最有权威！老百姓信他还是信我？当然信我，因为我是他们的大总统，他宋教仁是什么？什么也不是！我们有三个党，共和、民主、统一，三党联合，对付他一个国民党，打不败他，那才叫怪！”

这时，坐在一边的杨度探知了袁世凯的意见，赶紧附和道：“大总统的话对！国民党仅仅一个党，如何能跟我们三个党抗衡？再说，他那个党，才刚刚由几个小党组合而成，乌合之众，人心不齐，没有什么战斗力。最重要的是，他们是在野党，手里没有政权军权财权，光凭一张嘴巴喊口号，能喊出议席来吗？”

袁世凯哈哈大笑，说：“这话我爱听。咱们手上有权，袋里有钱，怕他个鳖孙！统一党就抓住张謇、熊希龄，共和党抓住黎元洪、章太炎，民主党抓住梁启超、汤化龙，打招呼送钱，不怕他们不拼了命地跟国民党斗，只消抓过来半数席位，他国民党就是个惨败！”

杨度说：“国民党并非铁板一块，吴景濂、王宠惠就未必听命宋教仁。”

袁世凯说：“收买他们！别舍不得花钱！”

会议开得很乐观，他们人人都知道，金钱收买，是政治斗争最强有力的法宝，只消祭起它来，就没有打不败的对手。

就这样，宋教仁和袁世凯两方面，几乎同时开始了他们的议会竞选活动。

宋教仁满怀信心地准备回南了。他要先去湖南家乡，再转道湖北，经安徽而江苏，而浙江，而上海，广泛联络同志，宣传主张，抨击时政，鼓吹责任内阁，一定要打赢议会选举这一仗，在中国名副其实地建设起民主共和制度来。

袁世凯呢，当然也不示弱。他派出梁士诒、赵秉钧、陆征祥、杨度、袁克定这些铁杆北洋分子，以高官厚禄相诱惑，大肆封官许愿，收买亲信，也要在议会选举上中个头彩，牢牢地保住北洋势力在中国的统治地位，护驾袁世凯的临时代总统顺利过渡到正式大总统。

袁世凯毕竟不是寻常人物，他是奸雄，绝非三国曹操董卓所可以比。尽管他对于这场三打一的选举战争有着强烈的必胜把握，信心十足；尽管他的走卒梁士诒们已然展开全面的拉票收买活动，而且收效显著；他还是私下里做出了一个大胆的决定，为了预防万一，他决定收买宋教仁。

这天晚上，他把赵秉钧叫到中南海居仁堂，关上房门，对赵秉钧说："这里有从德国进口的新款西服一套，价值三千元。另有交通银行支票一张，票值五十万。你把它们去送给一个人。"

赵秉钧问："大总统叫我送给谁？"

袁世凯说："宋教仁。"

赵秉钧大吃一惊，他万万没有想到，大总统会打宋教仁的主意，会主动给自己的政敌送上金钱以示弱，而且出手如此慷慨，给这么多钱，五十万！他迟疑了一下，问："大总统的意思是……"

袁世凯反问："怎么，你以为不可行吗？"

赵秉钧说："不，不，谁跟钱有仇呀，谁见了钱不开眼呀？而且，宋教仁那穷小子，那身破西装……嘻嘻……我是说……钱给得是不是太多了些？"

袁世凯嘿嘿的一声奸笑，说："不多，不多。五十万，买过来一个宋教仁，就是买过来一个国民党，太便宜了！我这是釜底抽薪之计，又叫擒贼擒王之计，只要把宋教仁搞定了，这场选举，还有以后的国事，吾高枕无忧矣！"

赵秉钧领命而去。

但是，他很快就回转来了。

袁世凯笑问道："事情办妥当了？"

赵秉钧苦笑笑，摇头说："没有。西装留下了，支票封还在此。"

说着，双手捧着那张支票，放在桌子上。又从内衣兜里掏出一封信来，说："宋教仁给大总统的书信。"

袁世凯面色大变，刚才还满面红光，此刻一下子像着了霜的驴粪蛋蛋，铁青铁青，而且泛着苍白。

展开那书信，只见上边一行流畅的草书小楷道——

袁大总统雅鉴：绨袍之赠，感铭肺腑。长者之赐，仁何敢辞。但惠赐五十万元，实不敢受。仁退居林下，耕读自娱，有钱亦无用处。原票奉璧，优祈鉴原。宋教仁。

读毕，刚才还铁青铁青的驴粪蛋蛋，此时被羞窘得变成了红紫红紫，铁青反而成了底色。袁世凯手持宋教仁的短笺，恨道："此子不为金钱所动，其志不在小，将来必为我心腹大患！"

赵秉钧沮丧地大摇其头，连说"可恨、可恨"不止。

权奸之心，小人之心也。收买不成，嫉恨成仇，此时的袁世凯，已经萌生杀宋之心了。

时光飞驰，岁月荏苒，转眼到了1913年二月上旬。

参众两院的选举形势非常严峻，袁世凯每天得到的情报，没有一个不是令他懊恼愤怒的。他的权力，他的金钱，此时竟然显得那么脆弱、苍白，而且丑恶。这是他万万没有预料到的。"有钱能使鬼推磨，无钱寸步也难行"，戏词里的这句唱词，这些年来，他是奉之为古圣先贤至理名言来礼拜的，而且，无数成功的经验告诉他，他奉行的这个处世真理，果然神通广大，无有不灵验的。从他二十二岁投军入淮军统领吴长庆部，到买通直隶总督李鸿章，以同知补用赏戴花翎成为朝廷命官，到以三品衔抵朝鲜总理交涉通商大臣，奉旨天津小站训练新军，以及后来的出任山东巡抚，署理直隶总督兼北洋大臣，还有辛亥年的再次出山，一直到今天当上这个临时大总统，他没有一步不是凭赖金钱铺路搭桥而春风得意的。可是，这次是怎么了？难道金钱失去了魔力，变成废纸了吗？革命党真的有比金钱更有威力的法宝来对付他？

他百思不得其解。

今天，是国会参众两院最后投票表决的日子，议员席位胜负决战在此一举，他从头一天就心烦意乱，今日早起，情绪特别恶劣，看见啥烦啥，动辄骂人摔东西，吓得下人们都躲得远远的，不敢招惹他。

他派出所有的亲信走卒赶赴国会，煽风点火，摇旗呐喊，里外呼应，擂鼓助阵。

然而，他那心里，依旧是一个不踏实。他渴望胜利，他担心失败。

一个整天，他茶饭无心，坐卧不宁，把自个儿关在总统办公室里呆坐，甚至连撒尿拉屎也不出屋。

一直到晚上十点多钟，他才听见门外杂沓的脚步声响，才看见赵秉钧、梁士诒满脸死灰、垂头丧气地推门走进来。

看见他们斗败的鹌鹑似的鸟样，袁世凯一切都明白了，一个寒战，他周身寒彻。

“大总统。”赵秉钧、梁士诒耸肩缩颈，恭立一旁，少气无力地叫道。

“怎么，败下阵来了？”袁世凯冷冷地问。

“是，选举的结果很令人失望。”赵秉钧说。

梁士诒说：“万万没有想到，我们花了那么多钱，拉了那么多关系，竟然败在宋教仁手里！真是如兵法上说的，‘地有常险，守无常势’。”

袁世凯不满地瞪他一眼，说：“你先不要咬文嚼字跟我说什么兵法了，且说一说选举的情况吧。”

梁士诒慌忙俯首，唯唯后退，压低了声音说：“属下所在的众议院，共有五百九十六个议席，经过激烈竞争，共和、统一、民主三党共得一百五十四个席位，而国民党得到二百六十九个席位，三党得数仅仅有他们的半数。”

听见这个报告，袁世凯也吃了一惊，他的神情显得惶惑，一双恶狠狠的大眼睛里也流露出茫然和不解。他把视线投向赵秉钧。

赵秉钧报告说：“属下所在的参议院，情况更糟些。二百七十四个议席中，国民党获得了一百二十三个，而共和、统一、民主三党，仅得六十九个。”

这个情况太出乎意料之外了！袁世凯遭到雷击一般顿时瘫在了椅子上。他黑青着面孔一言不发，僵尸一样竖在那里，胳膊腿一动不动，房间里的空气几乎凝固，充满了寒气死气霉气污浊之气。

不知道过了多少时候，袁世凯的身子移动了一下，他的硕大的脑壳扭转向赵秉钧、梁士诒二人，盯视着他们，目不转睛地盯视着，把他们直盯得毛骨悚然。他突然厉声说道：“这不是全线溃败了吗？白刀子进去，红刀子出来，老子在战场上从来没有当过孬种，今天，在这个鳖孙议会选举上却跌了个大跟头，这是为什么？你们说，这是为什么？老子为啥会吃败仗？说！说！说！你们跟老子说清楚！”

他的雷霆之怒爆发了，惊天动地地爆发了。

也不知过了多少时候，袁世凯渐渐平静了下来，他像一个瘪了气的大皮球，瘫在太师椅上发呆，嘟噜着嘴巴阴沉着脸，只有那一双牛蛋子眼睛不停地滴溜溜转动，告诉人们他的脑子并没有歇息。

他少气无力地问梁士诒道：“梁启超怎么说？”

梁士诒说：“梁启超说，虽然我们是三打一，看似三个比一个多，其实不然。三党并不一心，力量分散，又互相争斗，抢夺那席位，未及交锋，内里先自窝里斗起来，正好给国民党钻了空子，焉有不败之理。”

袁世凯说：“今日这个结果，他梁启超早就预见到了，他比你们有眼光！他没有说以后的办法？”

梁士诒说：“说了。梁启超说，对付国民党，无他，只有把民主、共和数党联合起来，集中力量，组织一个大党，才能与国民党相抗衡，在国会里控制住局面。”

袁世凯说：“也只有走这一步棋了。你去找他，传我的话，叫他干起来，经费没有问题，先送去二十万。再听听他还有什么具体的要求意见，尽量满足他。国会这场战争，这次败了，下次不能再败，一定不能叫宋教仁得手。老子现在不相信国民党能够以暴力夺取国家政权，担心他们以合法的手段取得政权，置老子于无权之地位，到了那个时候，就糟了，这个国家就是他国民党的了，你们和我一起完蛋。”

赵秉钧说：“这次选举国民党大胜，宋教仁得意非常，他扬言三月份的国会选举上，一定要把政党内阁组建起来，由他们国民党执政。还说、还说……”

赵秉钧欲言又止，吞吞吐吐，袁世凯怒道：“还有什么，说！”

赵秉钧接着说：“还说，大总统骨子里是假民主，真专制，打着共和的幌子，搞他袁氏的家天下，是中国人民最险恶的敌人。用不了多久，就会公然破坏《临时约法》，背叛民国。我们的政党内阁就要监督他，阻止他的阴谋得逞。不行，就以黎元洪来代替他……”

“日他奶奶！”赵秉钧的话还没有说完，袁世凯已经破口大骂、暴跳如雷了，“这是要把老子逼到绝路上去了！宋教仁呀宋教仁，既然你不仁，也就休怪我袁某不义了，国会选举这一仗，咱们还没有打完呢，胜负输赢，咱们走着看！”

听见袁世凯这话，赵秉钧心里大喜，脸上却并不流露出来。宋教仁要搞政党内阁，第一个倒霉的，就是他这个内阁总理，他不下台，宋教仁怎么上台呢？宋教仁上台，他必然要灰溜溜地下台。所以，这个时候，他实际是比袁世凯更仇恨宋教仁，恨不得一枪把他打死，一刀把他杀死，一口把他咬死。他从袁世凯的话里听见了那个杀字，如何不欣喜若狂？他赶紧问道：“大总统的意思是……”

袁世凯扬起胳膊，“啪”的一声，把手里的一个盖碗摔了个粉碎，恶狠狠地说：“你给老子把他灭了，看他还如何组建政党内阁？这个国家，只能姓袁，不能姓孙姓黄，更不能姓宋！”

赵秉钧领命，说：“属下马上去办。”

袁世凯说：“你要把活儿做得干净，不能在北京下手，要等他回到上海以后，在那边结果他。老子只要宋教仁的性命，不要天下大乱，你要特别注意机密，一点儿蛛丝马迹都不能留下。”

赵秉钧说：“大总统放心，属下派国务院内务部秘书洪述祖专办此事，准保把事情干得干干净净，密不透风。大总统就听好消息吧。”

赵秉钧、梁士诒们去了。袁世凯怒气未消，他狠劲儿踢了一脚那些散乱的碎瓷片，气歪歪地奔出门去，跳上马车，回他的中南海家里去了。

第十九章　罪恶枪响宋教仁殒命 阴谋败露袁世凯要赖

且说这赵秉钧，乃是前清巡警道出身，是袁世凯豢养的一个大特务头子，民国以后，他与陆建章黑白两道，经营着袁世凯的特务暗杀情报机关。这次国会议员选举，国民党大获全胜，宋教仁摩拳擦掌要组织政党内阁，直接威胁到他这个内阁总理。而且，宋教仁几次三番于那演说之时，把他的名字和袁世凯一起大骂，列为中国目前封建专制势力的代表人物，非要取而代之不可，这更令他恨之入骨。袁世凯要杀宋教仁以绝后患，正中下怀，他从总统府出来，坐在马车上，一路沉默不语，心里暗暗酝酿着他的暗杀计划。

回到国务院他的办公室，赵秉钧马上派人把机要秘书洪述祖找来。

洪述祖奉命赶到。赵秉钧命令侍卫把好门禁，不准放任何人进来，又不放心，亲自关紧办公室的房门，并且从里边上了暗锁，这才神色严肃地叫洪述祖坐下说话。

“总理有什么大事吩咐小的去干吗?”洪述祖中等身材，三十多岁，白净面皮，微胖，一双单皮鼠目，绿豆眼珠滴溜溜乱转，奸猾诡诈尽藏其间，为人最是逢迎拍马欺弱凌下心狠手辣烂心烂肺的势利小人。他明里是国务院的机要秘书，实际是赵秉钧手下一个得力的特务头子，刺探情报，杀人越货，欺男霸女，投毒暗算，诸般坏事，他干起来犹如吃饭穿衣拉屎撒尿一般，得心应手，自然随便，没有一点点儿的自责自愧天良发现。这么说吧，这分明是一条披着人皮的狼，而非人也。他从赵秉钧诡秘的行动里觉察出了有什么大事要让他去干了，便小声问道。

赵秉钧点一点头，说：“正是。”

“啥事?”

“杀人。”

“杀谁?”

“宋教仁。”

洪述祖嘿嘿笑了，说：“杀他，无异于杀一条狗，容易，小的这就派人去把事儿做了。”

赵秉钧皱眉道：“此事乃大总统密令，不可以草率，况且宋教仁乃国民党领袖，京城内外尽其党徒，万一做事不密，泄露出去，就坏了，你万万莽撞不得。”

洪述祖说：“如此，我派人秘密侦知宋教仁行动轨迹，埋伏在他的寓所周边，三更半夜，潜入其宅，杀之可也。”

赵秉钧大摇其头，说：“不可，不可。北京乃我们的地盘，在这里杀了他，势必让天下人怀疑是我们北洋干的，那是引火烧身。大总统的意思是在南方下手，最好是上海、南京，这一带是国民党的势力范围，刺杀他之后，人们往内讧上猜，怀疑不到咱们头上。上海方面你有没有得力之人?”

洪述祖说：“有一个名叫应桂馨的，现在江苏巡查长任上，是我的好朋友。此人早年曾经开过烟馆、戏院，还捐过一个候补知县。上海光复后，一度在沪督陈其美手下做过谍报科长，还在孙文的卫队里混过几天，不知为什么被孙文除名。此人黑白两道都有些门道，可以驱使。”

赵秉钧说：“如此，你马上跟他联系，叫他物色杀手，就在上海把宋教仁灭了吧。”

洪述祖接受命令，不敢怠慢，马上跟上海方面发电报，向应桂馨布置一切。

转眼之间一个多月过去了，春分过后，江南已是烟花柳絮，万紫千红，所谓“弱柳千条杏一枝，半含春雨半垂丝”，东南形胜地，驿桥燕子飞。宋教仁去湖南、湖北跑了一趟，所到之处，或发表演说，或发展组织，或布置工作，忙得兴奋，忙得疲惫，忙得大有收获，忙得不可开交。三月初旬，他回到上海，陈其美接他住在自家寓所，党内同志居正、于右任、蔡元培纷纷赶来看望，陪他说话聊天，听他畅谈下一个月即将在京召开的正式国民议会和组建政党内阁的宏伟计划、美丽蓝图。

宋教仁对他们说：“孙先生和克强前番去京，实际是被袁世凯利用了。袁氏的什么‘八大政纲’，其实是一个阴谋。表面上看他要什么‘统一制度’‘中央集权’‘维持秩序’和‘调和党见’，骨子里却是要他的独裁专制统治，要他的北洋利益。孙先生和克强将军被他的甜言蜜语蒙蔽住了，我们一定要识破他，向全国人民揭穿他。”

陈其美说：“钝初的意见是正确的，我完全同意。别的不说，就说唐绍仪，他是怎样为袁氏卖命的一个，怎么样呢，只是因为坚持《临时约法》，坚持责任内阁不受总统约束而对国会负责，怎么样呢？不是被逼走了吗？唐内阁不是垮台了吗？我和钝初都是内阁成员，其间情形洞若观火。”

宋教仁说：“民国成立两年了，纵观国事，几无一善状可述。财政一项，尤其混乱。眼下紊乱，将来亦无有一个明确计划，司农仰屋，唯知依赖大借款，而列强趁机大肆要挟，以达控制中国之目的。现在是民生穷困，实业凋敝，政府毫无补苴办法。特别令人气愤者，对于外蒙古问题，袁世凯事前置之不问，事后又束手无策，造成目前万难收拾的局面，其罪弥天，不可饶恕！”

于右任说：“去年六月，内务部封闭新闻社一案，就是袁世凯主谋策划的。报社被查封，编辑和工作人员被逮捕，人民的民主权利遭受公然侵犯，言论自由遭到公然镇压，那个时候我就怀疑袁世凯是个假共和真专制的家伙。拒绝新闻监督的政府，跟民主自由挨不上边，不是封建独裁是什么？去年年底，孙先生刚刚离开京城没有一个月，袁世凯就颁布了一个《戒严法》，申令严禁一切秘密组织，严禁集会结社，并且通令各省都督、民政长说，凡有倡言革命，敢为国民公敌者，随时逮捕，依法严惩。你们看，世界上有哪一个民主共和国家反对人民集会结社、反对人民革命的？他为什么如此害怕人民？”

宋教仁微微冷笑道：“对待人民他是动辄逮捕镇压，丝毫也不手软的，可是对待那些前清镇压革命的封建官吏，那些屠杀我们革命党人的刽子手们，袁世凯却是情有独钟、体恤入微的呢！为了保全这些反革命的性命和荣华富贵，你们大家应该还记得他去年十月八日下达的那一道命令吧，说什么‘前清之季，各处官绅制止革命，捕戮无辜，不无过激行为，亦系职守使然。共和成立，咸与维新，自应既往不追，共相更始。乃旧日官绅仍多疑畏匿迹，或竟托非其所。而不知大体之官吏，亦辄苛求瑕隙，于其返里之时，陷诸刑网，均于民国政体及共和之真意有乖。特此通知各省行政长官，自今以往，除现在犯罪者外，概不得追究反正以前罪状，肆意诛求。其播迁流寓之人，亦宜各复乡里，以安生业’。你们听听，那些屠杀革命志士的刽子手们，就这样被袁世凯保护起来了！”

陈其美说：“袁氏之心，复辟之心也！”

宋教仁说：“不怕他搞复辟！他敢明里来，我们再拉起队伍闹二次革命推翻他！他敢暗里来，我们就在议会揭露他，战胜他！只要维护住《临时约法》，只要我党在议会控制住大部分议席，就不怕他！叫我看，用不了多久，袁世凯是一定要撕毁约法背叛民国的。好吧，就让他逆历史潮流而动吧，他撕毁约法背叛民国之时，也正是他自掘坟墓、自取灭亡的日子。今天，我们首先要打赢议会选举这一仗，把政党内阁组建起来。”

居正说：“最近，袁世凯又跟梁启超一唱一和，大谈什么‘开明专制’‘国权主义’，以国权反对民权，以开明粉饰专制，很是具有麻痹人心的作用。”

宋教仁冷笑，说：“这个梁启超，回国以来，全然投入袁世凯的怀抱里了，他的‘开明专制’理论非常反动，亦非常荒谬，既为专制，如何开明？倘使开明，何须专制？‘开明’这个文明字眼如何能够跟‘专制’这个野蛮字眼搭配呢？梁启超旧病复发，他的思想依旧停留在维新变法的层面上，没有丝毫进步。事实将无情地告诉他，他犯了一个多么严重的错误。”

于右任说：“我们要写文章反驳他们的‘国权主义’‘开明专制’，阐明我党关于集权分权的观点。”

宋教仁说：“正是这样。我们要告诉人民，我党的治政方针是，中央以下一省的行政长官，必须由国民选举产生，如此才能完全体现民意。不能一切权力归中央，国家集权要与地方分权相结合，高级地方自治团体当畀以自治权力，使地方自治发达。如此，倘中央倒行逆施，闹起独裁专制来，地方政府就可以代表民意，予以抵制。”

陈其美慨然道：“如此，袁世凯就处于人民监督之下，他想搞复辟专制，就艰难得多了。”

国民党在第一届国会复选大获全胜，的确令这些国民党人大受鼓舞，他们意气风发，踌躇满志，雄心勃勃，一定要在中国组建一个完善之政府，而欲政府完善，就必须有一个政党内阁，而今日之国民党即处此地位，具备此条件也！他们诚服宋教仁的观点，今日革命之成功，仅指种族革命而言，而政治革命之目的，在中国真正实现民主共和，尚未达到也。所以朋友们每每高谈阔论，终日不倦者，唯有这一个话题耳！

这天晚上，时已深更，宋教仁刚刚入睡不久，忽然听见窗外一声厉喝：“什么人?”接着就是“乒、乒”两声枪响。那枪声在这夜深更阑万籁俱寂之时突然爆发，煞是惊心动魄，恐怖万分。宋教仁知道有情况，翻身而起，从枕下取出一把德国造火枪，攥在手里，一步跳于窗下，静听动静。

窗外霎时间变得静极了，似乎空气被冻结凝固住了一般。这个时候，突然从头顶房梁上边传过来一阵哗啦哗啦的乱响，是房顶屋瓦被人踩踏的声音。“乒、乒”，又是两声枪响，有一个子弹打在屋脊上，击碎了瓦片，瓦砾哗啦啦从房上滚落的响声特别大。房顶上的脚步声渐去渐远，后来就没有了，宋教仁知道贼人已经逃窜。

这时，外边院子里口哨声声，杂沓的脚步声乱成一团，有人高声喊叫“有刺客”。

宋教仁开门出来，他看见对面楼上的陈其美也披着棉大衣、手里掂着手枪、倚着栏杆往下看。

警卫长周南陔仰着脸向陈其美报告说：“报告陈将军，刚才有一个刺客潜入宋先生的寝室外头，幸亏发现得早，不然，真要出大事了。”

陈其美说："你们怎么搞的，如何叫贼人摸进里边来？前后几个院子，几道警卫，怎么就没有发现他？"

警卫长说："此人身手了得，我连打他几枪，都被他躲过，蹿房越脊，如履平地。"

陈其美问："看清他的长相了吗？"

周警卫长摇头说："一身夜行衣，又蒙住面，黑暗里如何看得清楚？"

陈其美命令道："你们加强警戒，不要叫贼人杀咱们一个回马枪，中了他的暗算。"又对宋教仁说："钝初你来我房里睡吧，看来此贼今晚是奔你来的。"

经了这一场惊吓，如何还能睡得着觉？乱了一阵子，天也就亮了，索性穿衣起床。

听说来了刺客，朋友们一大早就纷纷赶过来了。众人议论纷纷，七嘴八舌，都劝宋教仁小心。

居正手里攥着一大叠黑信，抖动着说："这些恐吓信，都是点名道姓寄到上海分部的，没有一封不是杀气腾腾。有的里边还装有子弹，说什么再行攻击袁大总统，就以此物对付，恶毒极了。"

于右任说："这可不是个好兆头！此番国会议员选举，我党大获全胜，异党必然嫉恨，你为我党领袖，物望甚高，要杀你的人不少，恐吓信已见苗头，如今刺客竟然找上门来，钝初万万大意不得。"

宋教仁哈哈而笑，道："不怕！既为恐吓，就是心虚。只有心虚胆怯者，才对政敌施之恐吓手段，我不见其强大，而见其虚弱也，有什么可怕的！"

廖仲恺说："话虽如此，警惕小心还是必要的。这段时间，你要深居简出，出则多加警卫，万不能给歹徒以可乘之机。"

陈其美点头说："此话有理。我已经部署了警力，对我党在上海的几处重要的处所给予保护。钝初听话，外边的一些活动就少去参加吧。"

宋教仁感谢朋友们的爱护，嘴巴上是答应了，可是每天外出开会、演讲仍然不断，刺客的事情并没有放在心上。

转眼到了三月中旬。这一天，江苏都督府派人送来一封袁世凯的加急电报，他电邀宋教仁火速进京，商议下个月即将召开的国会选举事宜。

陈其美说："刚刚发生了刺客事件，今日又收到袁世凯邀你北上的电报，二者相距甚近，我疑其中有着某种联系，不得不防。"

宋教仁说："英士兄多虑了。想那袁世凯，乃一国之大总统，如何会跟暗杀行刺之徒串通起来，干那些偷鸡摸狗的勾当呢？兄过于杯弓蛇影了！况且，我辈所为，志在统一全局，调和南北，堂堂正正，有何惧哉？我正有北上谋划此番国会上一战而定政党内阁之事，纵有危险，亦当并力赴之。"

陈其美说："钝初，大意失荆州，你万万麻痹不得。你视袁世凯为一国之大总统，我看他纯乎一个大流氓大强盗大骗子也。你想一想吴禄贞之死，张振武之死，他们哪一个不是被袁世凯暗杀的？他嫉恨我党之政党内阁已达切齿，焉知他不会用暗杀来对付你？"

宋教仁哈哈大笑，说："暗杀，乃我革命党人之专技，哪里还怕他们的暗杀？不怕，不怕！"

于右任说："虽然，亦是不能大意的，一切行动，还是警惕为好。我建议你走水路，乘轮船从海道进京，这样要安全些。"

宋教仁摇头说："海船太慢，拖延时日，还是坐火车快得多！"

1913年，三月二十日夜晚十时四十分，宋教仁由黄兴、陈其美、廖仲恺、于右任、居正等陪同，意气风发地步入上海火车站。

临近车站，他们虽置身黑压压的人流之中，众人却并未疏忽大意，而是一个个瞪圆双目，四下里察看。

陈其美说："黑夜混乱之地，钝初，你要格外留心。"

于右任说："车站不是个好地方，人员流动太大，歹人最易藏身，什么事件都有可能发生，大家都把眼睛睁大些。"

宋教仁呵呵而笑，说："你们也忒意得小心了，纵使有刺客，其又奈我何？"说完，大踏步地径直往前里走。

他们终于从几股人流中挤了过来，到了检票口。宋教仁把手伸进大衣口袋，掏出火车票，递了上去。就在这时，突然，在他们身后不远处，闪出一个人来，身影一晃，"砰、砰"连开两枪。黄兴大惊，喊道："有刺客！"众人惊魂未定，随着枪声，四下里乱看，正发怔间，只听见身边的宋教仁"哎哟"一声，身子已经站立不住，就往前边倒下。这个时候，众人才恍然大悟，原来是宋教仁遭了暗算，中了人家的黑枪了！

于右任上前一把抱住宋教仁，惊慌地喊道："抓刺客呀！"

黄兴拔出手枪，回转身来，大步走出，四下里看时，枪声惊吓下的人们，早横里竖里抱头四窜，奔逃惊喊，跌跌撞撞，人群乱成了一锅粥，哪里还有那刺客的影子！

居正、廖仲恺看见旁边有一辆邮车，忙奔过去拦住，众人把宋教仁抬上车去，直奔就近的沪宁铁路医院抢救。

车上，宋教仁血流如注，于右任脱下大衣，用衣服堵住前胸，仍然止之不住。

宋教仁冷汗淋漓，浑身颤抖。

于右任问："钝初，怎么样？"

宋教仁痛苦地说："冷得很，痛极……"

于右任说："坚持住，你一定要坚持住！"

紧张的手术抢救，两粒罪恶的子弹头从宋教仁的胸腔里取出，其中一粒距他的心脏仅几个毫米。宋教仁伤势严重，命垂一线。

昏迷中的宋教仁，嘴里不时地喃喃有声，断断续续地说出"四月八日""宪政国家"的话。四月八日，乃正式国会开会的日期，宪政国家，乃革命党人梦寐以求的政治理想。宋教仁在他生命垂危的时候，念念不忘的，还是他建设民主法制国家的政治理想啊！

宋教仁终于从昏迷中清醒过来，他对黄兴说："克强兄，我怕是不行了……我死后，家中老母望予照应……我的那些书，悉数捐给国家图书馆……政治革命，一定要进行……到底……"

宋教仁请黄兴代笔，草拟了一份给袁世凯的电报。

> 袁大总统鉴：仁本夜乘沪宁车赴京敬谒钧座，不幸遭奸人行刺，弹自上胸入下腹，必致死。今国基未固，民福不增，遽而撒手，死有余恨！伏冀大总统开诚心，布公道，保障民权，实行法制，俾国会确立不拔之宪法，实现民主宪政之新国家，则虽死日，犹生之年。宋教仁。

黄兴录毕，宋教仁过目。气息奄奄，又一次昏迷过去。

经过第二次手术抢救，宋教仁依旧没有脱离危险。

死神向他一步步逼来。

顽强地挣扎到二十二日凌晨，宋教仁已经处于弥留状态。

他双目圆睁，炯炯有神，似有话说。

黄兴俯在他的耳边，轻轻地说："钝初，你就放心地去吧。你的遗愿，我们一定继承，把中国建设成宪政文明国家。"

宋教仁的心脏终于停止了搏动，没有了呼吸，时年三十一岁。

但是，他的双目依旧圆睁，直视前方，依旧炯炯有神，似有话说。

黄兴俯下身去，轻轻给他合上眼睛。

但是，当黄兴的手一离开，他的一双眼睛又圆睁如故，又直视前方，炯炯有神，似有话说。

如此几次，宋教仁就是不合眼。

于右任哭道："钝初这是死不瞑目啊！"

众人亦号啕而泣，声震屋宇，哀莫大焉！

陈其美挤到宋教仁身边，轻抚着他的眼睑，哭道："钝初，此仇不报，誓不为人，你闭上眼睛，放心地去吧。”

话音刚落，只见宋教仁缓缓地闭翕上了眼睛，神态安详。

众人哭道：“钝初这是叫我们为他报仇雪恨呢呀！”

陈其美、黄兴都是军人，他们咬牙瞪目、顿足捋拳，发狠道：“不擒奸徒，誓不为人！”

于右任说：“刺杀钝初，绝非仅仅一二奸徒为之，必与眼下国会开会有关，内幕中必有某某政治关系有力之人教唆指使，我们要登出告示，重金悬赏，调动一切关系，查拿凶手，揪出国贼！”

众人齐说有理，就是这样办法！

于是全上海的国民党员悉数出动，他们利用可以利用的所有关系，分头寻找线索，上天入地，也要挖出那刺杀宋教仁的凶手出来，食肉寝皮，犹不解恨！

居正从国民党上海分部匆匆赶来，他拿来了袁世凯的慰问电报。其辞曰——

得悉宋公教仁遇刺身亡，惊诧莫名，悲愤填膺！民国新建，人才至难，该凶犯胆敢于众目昭彰之下阻击勋良，该管巡警并未当场缉拿，致被逃逸，阅电殊堪发指。前农林总长宋教仁奔走国事，缔造共和，厥功甚伟。迨统一政府成立，赞襄国务，尤能通知大体，擘画勤劳。方其大展宏猷，何意剧闻惨变，凡我国民，同深怆恻，应即交国务院从优议恤，用彰崇报。所有身后事宜，业经电饬陈贻范会同钟文耀妥为料理。方今国基未固，亟赖群策群力，相与扶持。况暗杀之风，尤乖人道，似此逞凶枪击，藐法横行，匪惟国法所不容，亦为国民所共弃。应责成江苏都督、民政长迅缉凶犯，穷究主名，务得确情，按法严办，以维国纪，而慰英魂。

黄兴一把从居正手里接过那电报，举到眼前头，反复审视，道：“先是来电报催促北上的是他，此时来电报声讨刺客告慰英魂的又是他，这是一个巧合呢，还是一个阴谋呢？钝初为人，豁达大度，热情诚恳，没有私仇，欲置他于死命者，除了政治原因，岂有他哉！而政治上最恨钝初之人，除了袁世凯还能有谁呢？我疑此电为猫哭耗子假慈悲！”

陈其美说：“何用怀疑！钝初立志要在中国施行政党内阁，推行宪政，第一个反对他的人就是这个袁世凯，第一个杀人嫌疑犯亦是这个袁世凯！”

居正说：“案发之后，袁氏曾电饬江苏都督程德全、民政长应德闳，要他们‘迅缉凶犯，穷究主名，务得确情，按法严办’，这是登了报纸的，似乎又不像，他总不会贼喊捉贼吧。”

于右任说："他如何不会贼喊捉贼呢？这类事情他袁世凯干得还少吗？现在的关键是，我们一定要找到证据。查出凶手，真相就会大白了。"

二十二日，自从宋教仁被刺杀到后来的手术抢救，到后来的溘然仙逝，已经两个整天了，陈其美、黄兴、于右任们不吃不喝不合眼睛，他们急于抓住凶手，一个一个都疲惫憔悴快要疯了。白天忙碌了一天，把宋教仁的灵柩安顿在湖南会馆，一切总算妥当了。到了晚间，筋疲力尽的陈其美等人依旧不愿意离开他们的同志战友，便守候在宋教仁灵柩之旁，陪伴着他。窗外，凄风苦雨，淅淅沥沥，苍天跟他们一起淌洒泪水，一诉哀情。

这时，国民党上海分部交际处主任周南陔匆匆进来，报告说："案情有了线索。"

人们一个激灵都振作了。陈其美听完了周南陔的简单报告，马上在隔壁房间会见了两个证人。这是两个来上海报考学校的四川学生，穷困潦倒，他们向陈其美报告了一个重要情况。

其中一个说："我们住在鹿鸣旅社，隔壁房间住着一个名叫武士英的人。此人衣衫不整，容貌凶恶，每天早出晚归，形迹可疑。一天，他向我们借钱，说有人要提拔他，叫他去干一件大事，成功之后，他马上就富贵了，十倍奉还。又给我们看了一张照片，说，这个人不好，可杀，不久就会有结果。又拿出一张名片叫我们看，说，这个就是要提拔他的人，在上海滩，有权有势，厉害得很。前天夜里，武士英果然归还了我们的钱，神色极其慌乱，又很是得意，还拿出一大叠钞票向我们显摆。不料第二天报上登载了宋教仁先生被刺的消息，并有照片刊出，与武士英给我们看的照片竟是一人，特来报告。"

陈其美问："武士英叫你们看的那个名片上的人，你们还记得叫什么吗？"

那个学生摇头说："不记得了，只是好像名字上有长长的一撇。"

这个情况太重要了！

陈其美不敢怠慢，马上和周南陔一起，跟随两位学生赶去鹿鸣旅社。不见武士英的影子，于是搜查他的房间。搜查也一无所获，没有找见任何有价值的东西。陈其美大失所望，他无意地翻动床上枕褥，忽然从褥下看见了一张名片，上边写有"应桂馨"三字，那个长长的一撇找到了，原来是个"应"字！

陈其美顿足叹道："四下里寻找凶手，其实凶手就在身边，今日白天送钝初灵柩来这湖南会馆时，此人就在现场，而且甚为殷勤！"

"下一步怎么办？"周南陔问。

"马上密告英、法两捕房，急速逮捕应桂馨！"陈其美说，"周主任也带上几个咱们党内同志，协助巡捕们抓捕，万万不可叫他跑掉！"

第二天一大早，陈其美、黄兴就领着周南陔去租界巡捕房报案。

捕房探长阿姆斯脱朗接到报案，立即带领侦探数人，伙同周南陔的几个手下，按照名片上的地址，赶到法租界西门路文元坊应桂馨的家。但是，他们扑了个空，应桂馨没有在家。经过追问，家人答说，可能在民和里迎春坊妓女李桂玉那边吃花酒。于是众人赶赴迎春坊找到李桂玉的妓院，周南陔跟应桂馨本是熟人，大家都认得的，所以进得妓院，二话不说，就在楼下大喊起来。

“应桂馨，下楼来！”

正在拥妓取乐大嚼大饮吃花酒的应桂馨听见喊声，走出门来往下看，见是周南陔，赶忙招呼道：“周主任，哪阵风把你吹来，快快上楼，一起玩耍。”

周南陔说：“有一句紧要的话须面谈，我们去门外借一步说话，再来入席如何？”

应桂馨并不起疑，爽快地答应着，噔噔噔地奔下楼来，跟着周南陔跨出大门。

门外，探长阿姆斯脱朗二话不说，上去就抓住了他的双手，两个侦探左右挟持，把人擒了个死死，一副冰凉的手铐咔嚓一声铐住了他！

应桂馨挣扎道：“这是为何？怎么随便抓人？”

众巡捕也不理睬他，按住脑袋，把他塞进汽车，一溜烟，把人押解去南京路老闸捕房了。

陈其美、黄兴商量，应桂馨身后，必有重要人物指使，一定要搜出证据，才能致其死地。便命令周南陔乘胜追击，搜查应桂馨的家。

周南陔会同法捕房人员再一次赶到文元坊应家，把应家女眷都赶上二楼软禁起来，而应家来客则被关在一间厢房里，等候传讯。

翻箱倒柜，里里外外，搜查了个遍，任何证据都没有找到，周南陔心下暗自有些着急。因为他知道，应桂馨是个极其狡猾的家伙，如果拿不出证据，势将奈何他不得，这到手的线索很可能就断了，凶手将逍遥法外，宋教仁的仇如何能报？忽然，周南陔灵机一动，计上心来，他转身奔了二楼，打开房门，先是厉声吆喝了几句，震吓了一下这些早被惊吓得浑身乱颤的娘儿们，接着，又突然压低了声音说道：“你们都听着，你家应大人拜托我赶来安慰你们，不必着急，事情已经有眉目了，到明天就可以解释清楚回家来了。不过，他有一个机密文件，一定要赶快取出来，交给我，以便做好手脚，快点，快点。”

女眷们惊慌地互相看着，没有一个人说话。

周南陔煞有介事地瞅一瞅外边，着急地催促说：“此件要是被搜出来，应大人就麻烦了，你们哪一个晓得文件藏在何处呀？”

他的诡诈果然见了效果，有一个年轻女眷应声问道：“我晓得。可是这里如此严紧，到处都是警探，如何弄法？”

周南陔说："有我呢，怕啥！我也是警探，没有人疑我，快点快点。"

那个姨太太听话地出了房门，转身来到一间密室，开开门，走至墙角，掀开一块活动地板，从里边拿出一个小箱子来，递给周南陔。

周南陔打开箱子一看，见里边放着的全是应桂馨与国务总理赵秉钧和内务部秘书洪述祖的电报文件，还有一本密电码，又惊又喜，对那位姨太太说："你很聪明，为应大人立了一功。"

抱着小箱子走下楼时，周南陔心想，这些来客里未必没有武士英，且诈他一诈。便走到厢房门前对里边喊道："武士英先生在吗？谁个是武士英？"

话音刚落，就听见里边有一个人应声答道："我就是武士英，有什么事情吗？"

众巡捕闻言，哗的一声拥上前，张眼看时，眼前站着一个身穿旧军衣，头发蓬松，矮胖凶悍的家伙。刺客找到了，如何能让他逃脱，人们一拥而上，将他擒住。这真是天网恢恢，疏而不漏，于无意间，将这个刺客捉拿归案了。

那武士英高声喊道："我是应大人的好友，来找他索要欠款的，为何抓我？"

众人也不理睬他，只管拧住胳膊摁住头，拉进囚车里去。

陈其美、黄兴面对这些铁证如山的证据，面对这些赵秉钧、洪述祖跟应桂馨往来的电报，面对他们秘密谋杀宋教仁的阴谋，曾经被预测被判断过的可能一旦变成了铁的事实，他们反倒心惊肉跳了！

堂堂的中华民国，其大总统、国务总理，竟然是暗杀阴谋的主犯强盗，人民处在这样的杀人魔王的统治之下，如何能不心惊肉跳啊！

黄兴愤怒地说："前年杀吴禄贞，去年杀张振武，今年又杀宋教仁！你说是应桂馨，他说是洪述祖，我说就是袁世凯！"

陈其美说："'不去庆父，鲁难未已'，袁世凯之杀宋，其志不仅仅在杀宋也，所以去平民政治与政党内阁之主张者，借以放胆厉行专制，而为变更国体之张本也。故不去袁世凯，民主共和就要被倾覆湮灭！我们一定要公布罪证，讨伐袁贼！"

且说这个时候，在北京中南海里，袁世凯正陶醉在刺杀宋教仁的喜悦中。

前天（二十二日），赵秉钧送来应桂馨的电报，说，宋二次手术失败，人已驾鹤西归，今日成殓。这就是说，宋教仁确确实实是死了，再也活不成了，呜乎哀哉了。

昨天（二十三日），赵秉钧送来应桂馨的电报，说，宋已移柩湖南会馆，民党哭号一片，乱矣。群龙无首，如何不乱？好啊，好啊，老子出这一手，就是叫你们乱的！你们倘使不乱，老子就要大乱。老子若要阵脚不乱，尔等就必须大乱。不然，真的叫你们闹起什么司法独立、民权民主、政党内阁，老子这大总统还不下台呀？这个中华民国还是老子的吗？这下好了，闹事的匪魁成了历史人物，肉体消灭了，在这个世界上不存在了，老子脚下的一块大石头踢开了，没有了，下边的路该怎样走，就要由着老子的性子走了，哈哈哈哈，哈哈哈哈，这个中华民国，还是姓他妈的袁！

早上起床，袁世凯就笑眯眯地想着这些令他激动兴奋的心事，嘴里念念叨叨，倒背着双手，沿着南海边上的石子路，晃晃悠悠地散步遛弯子。

他披着一件蒙古王爷送他的小羊羔皮袍子，灰白色的狐皮领子把短而粗的肉乎乎的脖儿颈围了个严严实实，敞着怀，露出里边穿着的紧身紫红缎子小棉袄，下边是一条藏青掩腰灯笼裤，一条大红英雄巾里三道外三道缠在腰上，脚踝处青纱扎腿，足蹬高腰厚底牛鼻子登山鞋，光着一颗秃顶浑圆黑里泛紫紫中透光的大脑壳，一步三摇，摇头晃脑，得意扬扬，优哉游哉地慢慢走来。

他的身边，左首，是柔情万种的五姨太太扬氏，右首，是豆蔻初开娇嫩娇嫩的九姨太太刘氏，这两个天津女子一左一右搀扶着他，偎依在他的两边，轻柔的身子、水蛇的腰儿，紫荆藤条条一般左旋右转地往他的身上缠，浓郁的脂粉香气烟雾缭绕般地把他笼罩其中，又恰逢北京初春时节乍冷还寒的阳和天气，漫步在帝王园囿里的袁世凯，恍若天上的玉皇大帝，美女娇娘，蓬莱仙界，杀人得手，阴谋实现，诸事顺心，大权在握，他感觉幸福极了，快活极了，得意极了。

微风吹过，吹皱了一池春水，倒影在水里的亭台楼阁摇晃起来，晃晃悠悠，似乎要走出来，煞是好看。岸柳垂拂，一下一下地撩拨那水，于是有游鱼嬉戏，它们追逐那柔软如丝的柳条儿，张口去咬，却又扑空，反反复复，乐此不疲，把一串一串的水泡泡吐出水面，又成就了另外一种风景。

五姨太太杨氏来了兴致，嘴里轻声柔气地唱道：“二月春风上柳梢，小妹妹思春泪滔滔。不见情郎哥哥面，奴家有话没人捎。”

袁世凯摇头道：“不好不好！淫词俚曲，倒人胃口。老九，你给爷来一段。”

九姨太太刘氏领命，低声浅唱道：“卖花担上一只春，晚霞晓露尽泪痕。空帏无人怜香玉，翻来倒去愁煞人。”

袁世凯哈哈大笑，道：“如何就愁煞人了，老子不是夜夜陪在你们身边吗？颠鸾倒凤，彻夜快活，你们还不满足呀！”

九姨太太低眉羞道：“谁说咱们自个儿啦，人家不是唱春曲儿嘛？”

袁世凯说：“也难为你们了，除了淫词俚曲，我看你们也唱不出什么雅致一点儿的了。也罢，也罢，老子喜欢，喜欢，哈哈哈哈！”

正自快活取乐儿，赵秉钧突然一溜小跑地奔过来，到了跟前，气喘吁吁，扑通声就双膝跪下，磕头如捣蒜，嘴里连声说道：“大总统，大事不好啦！”

袁世凯吃惊道：“什么事情呀，如此惊慌？”

赵秉钧抬起头来，一脸哭丧晦气相，说：“报上登出来啦，报上登出来啦！”

“什么报上登出来啦？你给老子慢慢说！”袁世凯怒道。

赵秉钧说：“宋教仁的事，报上全登啦！”说着，颤抖着一双手，把一张报纸递上去。

袁世凯接过报纸，只看了一眼，面色大变，脑门儿上顿时冒出一层冷汗，牛蛋大的一双眼睛怒视着赵秉钧，半晌说不出一句话来。

赵秉钧又惊又怕，什么话也不敢再说，只管一味地咚咚地磕头。

袁世凯终于从惊骇里回过神来，一抬右脚，狠狠地把赵秉钧踢了个仰八叉，骂道：“日你奶奶赵智庵，你坏了老子的大事了！”

说罢这句话，一甩袖子，转身就走。

赵秉钧从地上爬起来，低头弓背，尾追而去。

丢下的两个姨太太，早被惊吓得呆在了那里，不知道发生了什么事情。

这是一张上海的《民立报》，惊魂未定的袁世凯赶回他居仁堂的办公室，把报纸摊放在桌子上，心惊肉跳地看。

只见一行特大号的黑体字，炸弹一样地跳出在他的眼前——

注意！注意！注意！看民贼的手段，宋案证据之披露

袁世凯的头又一次轰的一声爆炸了。他分明感觉有人用一根无形的棍棒狠很地砸在他的脑袋上。他又分明地看见一双眼睛、两双眼睛、三双眼睛、千千万万双眼睛、全中国人民的眼睛齐刷刷地怒视着他，怒视着他……他分明觉得自己被人脱光了衣服，赤裸裸地暴露在光天化日之下，他的丑恶，他的隐秘，他的五脏六腑，都被人们指点着、谩骂着、嘲笑着、鄙夷着……他似乎听见了人们的斥责：“凶手！”“强盗！”“阴谋！”“暗杀！”“败类！”“流氓！”……他想找个地方躲起来，躲起来，找个谁也看不见他的地方……

但是，袁世凯毕竟是袁世凯，他终于从惊慌里、慌乱里、羞耻里挣脱出来，镇定了自己。

他努力抑制住浑身的颤抖，看那些披露于报端的证据——

1913 年，一月十四日　国务总理赵秉钧给应桂馨的密函：密电码请妥收。以后有电，直寄国务院可也。

1913 年，二月四日　内务部秘书洪述祖致应桂馨密电：来电到赵处，即交兄手，面呈总统，阅后颜色喜，说弟有本事。既有把握，即望进行。

1913年，三月十三日　应桂馨致洪述祖密函：《民立》记宋钝初在宁之演说词，读之，即知其近来之势力及趋向所在矣，事关大计，欲为釜底抽薪，若不去宋，非特生出无穷是非，恐大局必为扰乱。

同日　洪述祖致电应桂馨：所见极是。大总统指示，毁宋酬勋，相度机宜，妥筹办理。

1913年，三月十九日　洪述祖急电催促应桂馨：宋即赴京，事速照行。

1913年，三月二十日　应桂馨密电洪述祖：匪魁已灭，我军无伤亡，堪慰，望转呈大总统、赵总理。

……

泰山崩塌了啊！大地塌陷了啊！云崩石裂，地动海啸，袁世凯只感觉心脏被一只大手揪住拧绞，疼痛得他几乎断了呼吸，倒抽一口凉气，他知道自己此时已经方寸失措，乱了手脚了。好比一个贼，被人家当场抓住，人赃俱获！好比一个淫妇，被人捉奸在床上，赤身露体！这时候的袁世凯，就感觉自己就是那贼，就是那淫妇，恨不能找个地缝钻进去！

他这一生，施展过多少阴谋诡计啊，无论是出卖康、梁，断送掉百日维新，也无论是南北议和，收买汪精卫为内应，逼清帝退位，请孙逸仙让位，翻手为云覆手为雨，杀人越货，明抢暗夺，何曾有一次失手过？怎么这次就败露了呢？这真是大江大河安然过，小河沟里翻了船，真他奶奶窝囊！

他怒目地下跪着的赵秉钧，厉声问道："此事我嘱你要格外谨慎，格外用心，严保机密，你却搞成这个样子，如何收场，你说？"

赵秉钧以头抢地，说："属下此时已经六神无主了，一切请大总统挽救，请大总统挽救。"

袁世凯说："你已经把最机密的证据给了人家革命党，叫我有什么办法啊？你这不是要我的命吗？"

赵秉钧磕头连连，说："属下该死，属下该死。"

这时候，袁乃宽进来说："大总统，谭人凤求见。"

袁世凯说："看看，看看，宋教仁的同党问罪来了。"

赵秉钧说："大总统您接见他吧，属下回避。"

袁世凯说："案子牵扯到你，你这个总理如何回避得了呢？起来吧，一块儿接见他吧。"

赵秉钧一边从地上爬起来，一边着急地问："他要是讯及案情，当如何回答他啊？"

袁世凯冷笑笑，说："到了这个时候，最好的办法只有一个了，那就是要赖！要赖之外，别无良策矣！贼被人抓住手，淫妇被人按在床上，还不认账呢？何况我们？用一个'赖'字应付他吧。"

谭人凤，湖南新化人，号石屏，又号雪髯，五十多岁，光绪三十年（1904年）曾经参与黄兴等人谋划的湖南起义。两年后，因招纳宝庆会党起义残部，事泄，逃亡日本，加入同盟会。以后，他接连参加国内的萍浏醴起义、镇南关起义、云南河口起义、广州起义。1910年七月，与宋教仁、陈其美等人在上海组织同盟会中部总会，被举为总务干事，总务会议议长。武昌起义爆发后，曾任武昌防御使兼北面招讨使，节制武昌各军。现任川粤汉铁路督办与长江巡按使之职。

宋教仁被杀，他正在京，第一个怀疑对象便是袁世凯。今晨见到上海《民立报》刊登的袁世凯、赵秉钧谋杀宋教仁的证据，大惊，匆匆扒拉了几口饭食，便跳上马车，径直奔了中南海，他要当面问袁世凯一个清楚！

怒气冲冲地大步走进居仁堂，步入袁世凯的办公室，张目一看，袁世凯正端坐在办公桌后边抹眼泪呢。再看旁边椅子上坐着的赵秉钧，也哭丧着脸，一副悲哀委屈之相。心下不免感觉有些奇怪，这样的气氛下，纵然有怒，也是不好发作的。他抱拳作揖，算是给面前的两个人打了招乎，一屁股坐在赵秉钧对面的椅子上，只把一双眼睛盯视着袁世凯看。

袁世凯揩抹了几把眼泪，又使劲扭擤了一阵鼻涕，抬起头来，眼泪汪汪地问："雪髯公可是来问罪的吗？"

谭人凤说："问罪不敢。请问大总统为谁流泪？"

袁世凯悲道："钝初，乃我之友也，被人暗杀，少年殒命，余能不悲乎？政府与宋案，实无关系，被人诋毁，余能不忿乎？是以落泪。"

谭人凤说："然则，谭某有一些疑惑须请教大总统。"

袁世凯扬一扬桌子上的报纸，说："可是这上边登载的宋案证据吗？若是为此，雪髯公就是大大地冤枉本大总统和赵总理了。"

谭人凤说："如此说话，难道《民立报》所载，俱是伪证了？"

"当然是伪证无疑！"袁世凯忽然变悲为怒，愤愤地说，"报上证据，句句指向政府，说宋案系本大总统与赵总理指使所为，此何言也！此何言也！宋案突发之时，本大总统立即电令江苏都督程德全、民政长应德闳等有关官员，出巨额赏金，缉拿凶犯。既为政府所为，何致如此？有悬重赏擒拿自己的同谋的吗？好在今日凶手已经就擒，关押在案，只须审讯，便可明白，悠悠之口，自然阻塞！只是我那兄弟钝初君，实我中国当代特出之人才也，只须再阅历数年，经验宏富，总理一席固胜任愉快者也！何物狂徒，施此毒手，加害于钝初而玷污本大总统、赵总理清名，士可忍孰不可忍？余恨不能亲手执法，将此贼碎尸万段！"

谭人凤微微点头，不动声色，转而问赵秉钧道："赵总理亦有说乎？"

赵秉钧说："外间物议，我不与辩，久后自当水落石出也。请先生静待，勿惑浮言。"

谭人凤将信将疑，告辞去了。

这里，袁世凯对赵秉钧说："眼下有一件急事，智庵必须即办。"

赵秉钧说："大总统的意思是杀人灭口……"

袁世凯怫然道："有活口予人，你我都死！"

赵秉钧领命而去。刚走到门口，又被袁世凯叫住，厉声问他道："此番如何？"

赵秉钧说："大总统放心吧，再出纰漏，誓不生还。"

赵秉钧也走了，房间里只有袁世凯一个人了。他端坐书案之前，凝视着那张让他心惊胆战的《民立报》，知道赵秉钧这次是给他捅破了天了，惹下了大乱子，革命党绝不会善罢甘休。他沉吟再三，谋划着下一步的应对办法。

第二十章　酒后真言志在独裁
巨金收买反咬黄兴

赵秉钧知道，这次谋杀宋教仁，把那些铁一般的证据落到革命党人手里，他是捅了大娄子了，下边，革命党人抓住了证据，不知道会怎么跟他们大闹呢！大总统也被牵连进去，肯定要迁怒于他。下一步，丢掉这个国务总理是没说的了，是不是会丢掉脑袋，他心里也觉得悬。他跟随袁世凯几十年，最知道袁氏心狠手辣，对于那些对不起他的手下，给他招惹来麻烦陷他于困境的走卒，他是不会轻饶的。他袁世凯可以负天下之人，他是决然不允许天下之人负他袁世凯的！这里边，当然也包括像他这样死心塌地跟随多年的铁杆奴才。

事情确实是太严重了，祸闯得太大了，几天来，赵秉钧心慌意乱，魂不附体，六神无主，乱了手脚。他的神志甚至出现了错乱，夜里噩梦不断，梦见他被革命党人抓住，脑后插上亡命旗，绑赴刑场，开刀问斩……又梦见宋教仁浑身鲜血淋淋，向他伸出大手，厉声喊道："还我命来！"还梦见袁世凯冷酷无情地对他喝道："你还有脸活着见我吗？为什么不去死？"……白天，则痴呆呆发愣，常常自言自语，嘴里反反复复念叨着一句话："糟了，糟了，怎么办，怎么办……"

这天晚上，他派人去把国务院秘书长张国淦请到家，在书房里摆上了一桌酒席，张刚刚落座，他就作揖磕头，嘴里连连说："张兄救我，张兄救我。"

张国淦大惊，慌忙离座，双手搀扶起他，说："智庵兄这是为何，小弟如何受得了你如此大礼？"

赵秉钧一边揩拭着眼泪，一边摇头叹息，满面惊恐地说："坏了事了，坏了事了，此时，愚兄只求免职，才可保全性命。"

张国淦冷眼看他，见其惊恐之状，心下便知是因为宋案引起，因问道："宋教仁一案究竟如何，是不是确跟仁兄有些瓜葛？"

赵秉钧说："莫问，莫问，说不清楚，说不清楚……"

张国淦说：“有干系则有之，无干系则无之，‘说不清楚’的话，让人糊涂。”

赵秉钧说：“此事此时不能谈，但我倘不免职，必死无疑，求张兄救我……”

张国淦沉默不语了。你什么都不谈，叫我如何给你拿主意想办法呢？

这个张国淦，乃是湖北蒲圻人氏，举人出身，中等身材，三十七八岁年纪，十分精明干练，前清时候曾经任过皇族内阁的统计局副局长，现在是赵秉钧内阁的国务院秘书长。宋案证据见诸报端，袁世凯大怒，赵秉钧知道大祸要临头了，为求免死，没了办法，情急之中，把张国淦拉至其家，想讨个主意。可是，一时之间，话又不知如何出口。坦白交代出宋案真情，那还了得，传了出去，不是又凭空增添了罪证给人家手里？而且，张国淦将如何看他，如何看大总统？实情是万万不能说的！袁世凯为人，杀人泄愤，杀人免祸，杀人纾难，牺牲别人，保全自己，是他的一贯作风，自己此番难逃一死，为求活命，才不得已求人帮忙，指点迷津，帮忙找一条活路……可是，关于袁世凯的那些话，关于对袁世凯的担心恐惧，能说吗？半个字也不能流露出来啊！……唉……唉……

有苦难言的赵秉钧，坐在桌前，唯有哀声叹息，珠泪交流，一个字也是吐不出来的。

面前纵有丰盛的美味佳肴，主人如此，客人张国淦即使想大嚼大咽，又如何能够？

这真是一餐令人难受的宴席！

张国淦兀然桌前，一丝苦笑悬于嘴边，眯细起一双秀目端详着赵秉钧看，不言也不语。

枯坐半晌，赵秉钧忽然从慌乱中清醒过来，你把人家客人请过来，就是为了看你的愁眉苦脸，听你的唉声叹气在这里傻坐着吗？如此，人家纵然有锦囊妙计，会说给你听吗？糊涂！

赵秉钧慌忙起身，作揖赔礼道：“小弟实因心里有事，忙乱里照顾不周，失礼了，失礼了，请张兄谅我。”

说着，扭转身来，冲着房外“啪、啪”拍了两声巴掌。

巴掌声刚落，虚掩着的书房门吱扭一声缓缓开启了，一个小丫鬟搀扶着一位丽人袅袅婷婷地迈步进来，同时进来的，还有一股浓烈的脂粉香气。

张国淦张目看去，只见此女十六七岁年纪，中等偏高一点儿身材，瓜子儿脸，白皙面皮，一双水汪汪的大眼睛分外传神，滴溜乱转，很是勾人魂魄。一眼便知，此女肯定是秦楼楚馆中人物。不过，若说姿色，倒是很有几分。心下想道：“这个赵秉钧，搞得什么名堂，不过让我帮他出个主意，何须招来妓女陪酒？”

谁知，赵秉钧的一句话，说出此女真实身份，反倒弄得张国淦很是不安。

赵秉钧道："难得张兄屈驾寒舍，小弟特令新纳小妾出来陪侍，叶儿，快快给张大人斟酒。"

一听说是赵秉钧的姨太太，张国淦如何敢怠慢？忙不迭起身作揖施礼道："小弟见过嫂夫人，嫂夫人请坐下说话，斟酒却是万万不敢当的！"

客气了几句，终于拗不过，还是让那个小女子给斟了三杯酒，喝下。名叫叶儿的姨太太退下去了，因为有些话彼此都不能言说，所谓心照不宣，心知肚明，酒席宴上显得格外沉闷。张国淦胡乱陪着赵秉钧坐了一会儿，便起身告辞。

走出赵宅，来到门前停放的马车旁边，赵秉钧紧紧拉着张国淦的手就是不放，一副可怜兮兮的样子，嘴里不停地低声说着一句话，"张兄救我"。张国淦见此情景，心下不由你不软，便把嘴巴凑到赵秉钧耳根，诡秘地说道："大总统遇到重大事情须决断时，北洋系里有文武两个人可以左右其心，君如何忘却了？"

赵秉钧说："你是说徐世昌、王士珍？"

张国淦莞尔一笑，未置可否，登上马车，扬长而去。

赵秉钧顿足道："呀，我如何把这两个人给忘记了呢？我赵智庵有救了！我赵智庵有救了！非但不死，总理的位置兴许也能保住呢！"望着张国淦的马车后影，作揖不迭，连说："谢过了，谢过了……再造之恩，赵某异日相报。"

这一天，袁克定和杨度两个人领着一个高个子美国人来到总统府，袁世凯接见了他。

杨度介绍说："大总统，这位古德诺先生，乃是美国当今最大的政治学家，曾经担任美国哥伦比亚大学行政法教授，现在是美国政治学院院长，著有很多关于政治与行政方面的著作。"

袁世凯说："欢迎，欢迎。"

古德诺脱帽行礼，操着生硬的中国话，毕恭毕敬地说："大总统，您好。我对大总统仰慕已久，今日得见尊颜，深感荣幸。"

袁世凯呵呵笑道："哦呵，这个洋鬼子中国话说得还不赖，还'得见尊颜'呢，是你们临时教他的吧？"

袁克定说："古德诺先生精通几国文字，中文也是略通的，不需要我们教。"

袁世凯说："这么说，果然有些学问。好哇，我是很喜欢学问家的，你能来到中国，就多走走看看，欢迎随时指教。"

古德诺说："你们中国的《临时约法》，我研究过，不好，它不符合你们中国的国情。"

袁世凯一听这话，乐了，嘿嘿笑道："这话我爱听。你且说说，我们的《临时约法》怎么的不好，怎么的不符合我们的国情？"

古德诺说："中国，是一个封建专制政体的国家，两千多年了，人们脑子里已经习惯了顺从服从，逆来顺受，国民智力非常低下，绝对没有政治智慧，也缺少政治热情，治理这样的愚昧民族，最好的办法就是强权，就是镇压，就是政治专制，而不是西方的民主。《临时约法》鼓吹民主自由，法制人权，共和国体，这无疑是对牛弹琴，老百姓既不懂它又不理解它，更谈不上遵守它了，所以我说这个约法是与贵国国情相悖的，不好，不好。"

袁世凯沉吟片刻，点头说道："你这些话嘛，虽然听起来难听，有贬斥我国人民的嫌疑，但是，细琢磨起来，也不能说没有道理。你说共和政体不符合我中国国情，那么什么政体符合呢?"

古德诺说："君主制度应该是最理想的选择。"

袁世凯扬起一只手来，搔摸着头皮，心里很赞成古德诺的观点，却并不说出，只是嘿嘿憨笑不止。

始终在一旁察言观色的杨度，见袁世凯只是笑，不置可否，知道他那心里是很以古德诺的话为然的，忙趋前一步，说："大总统，属下以为古德诺先生的观点，是有一定的道理的，我们打算请他把这些想法写成文章，发表出去，也叫那些南方革命党徒听一听别一种声音，告诉他们，西方世界的人，并不是都主张共和制的，也有大理论家主张君主制。"

袁世凯说："人家孙文、黄兴们，动辄就是西方文明，共和民主，把中国人的心都搅乱了，古德诺先生也是西方人，也是来自他们那个文明社会，对我们中国的问题就不那样看。你们的想法很好，请他写成文章，发表出去，叫中国人听听看看，来自西方的另一种声音，百家争鸣嘛，有什么不好，本大总统以为可行。"

"谢谢大总统的信任。"古德诺听见袁世凯的夸奖，受宠若惊，赶忙把一只手放在背后，另一只手扶在胸前，鞠躬行礼，又诡秘地微笑着问道，"不过，最近，贵国的很多报纸纷纷登载文章，说宋教仁先生被刺事件乃是贵国政府的阴谋，而且，还说与大总统您有直接关系，请问果真是这样的吗?"

听见这一问，袁世凯的面色一下子紫涨起来，变成了猪肝，刚才还嘻嘻发笑的脸马上充满了怒容。他愤怒地说："不对！不是这样的！宋案与政府无关，更与本大总统无关！外边那些话，纯是别有用心的人们造的谣言，肆意攻讦!"

袁世凯说着，从桌案上拿起一沓子文件递给古德诺，说："你看看这些。这是稽勋局局长冯自由送上来的呈文，请求给宋教仁遗孤一次恤金三千元，遗族年抚金一千六百元，并请将宋丰功伟绩饬令国史馆立传，某已一一照准。并且责令该局查明宋教仁有子几人，逐一落实后，派遣游学深造，一切费用，悉由国家负责。请问，宋案倘与政府有关，政府能做这样人性的安排吗?"

古德诺说："这些材料，雄辩地说明宋案与政府无关，与大总统无关。"

袁世凯的情绪稍稍平静了些，继续说："着哇，你这话才是公平嘛！人都死了，遗孤总要继续生活下去吧？孤儿寡妇的，不管行吗？我这心软啊！宋教仁被杀，本大总统正为失去人才而痛惜，可是社会上一些别有用心的人，却大造谣言，以风影之词，嫁祸政府，实属可恶！不要说宋教仁大才堪用，政府和本大总统爱护有加，即以手段而论，政府方面无论怎样愚蠢，也不至于卑鄙到这种地步吧？所可庆幸者，现在罪犯已经抓获归案，只消依法穷追，真相不难大白于天下。另有一点，这次宋案之破获，之审理，中央极端放任，不去插手，不予过问，何者？乃因法律问题，不容牵入政治也。本大总统与赵总理，自知清白，所以坦然处之，待此案了结之日，古德诺先生便知本大总统与政府当局之无辜也。"

古德诺说："听大总统一席话，对于案情，我已经了解了。请问大总统，刚才我们的这段谈话，能否允许我以采访的形式写成文章发表呢？"

袁世凯高兴地说："中！有啥不中呢，当然中！"

古德诺听不懂那个"中"字是何意，扭动脑袋，茫然问袁克定道："大总统说'中'，是同意我的意见吗？"

袁克定笑道："正是此意。'中'，就是可以、可行的意思。"

古德诺又问："大总统在这里说的是贵国的古典文言吗？"

袁克定点头而笑，说："不错，不错，是古典文言，比先秦还先秦呢！"

古德诺更疑惑了，又紧追着问："那是一个什么时代，公元前多少年呢？"

袁世凯不耐烦了，一边挥手叫他们退下，一边笑道："这个洋鬼子怎好打破砂锅问到底呢？干脆告诉他是河南话不就结了！"

这时，袁乃宽匆匆进来报告说："徐阁老和王将军来了。"

袁世凯一听，觉得好生奇怪，不知道他的这两个密友怎么突然造访，来他的总统府何事，来不及多想，赶忙说"有请"。

袁克定、杨度见徐世昌、王士珍来了，知道他们一定有重要的事情，不好久留，便知趣地领着古德诺起身退下。但是，袁克定被叫了回来。

袁世凯悄声对他说："这个古德诺，对我们有大用处，你要抓住他，别叫他跑到革命党那边去，给他钱，给他女人，叫他替咱们说话！"

袁克定领命而去。在大殿门口，与徐世昌撞了个满怀，慌忙半膝跪地，叫一声"大爷"，行了个礼，一溜小跑没了影儿。

徐世昌笑骂道："这个猴崽子，给他爹去抢金元宝啦，慌慌张张的？"

袁世凯早推开手边的文件，大步流星地奔出，迈门槛的时候还不小心绊了一下，迎将出来，伸开双臂，上去就抱住了徐世昌，说："哪阵风把哥哥吹过来了？恁不在恁那神仙洞里消停，怎想起下凡来看顾看顾受苦受难的兄弟了？"

徐世昌笑道："李白诗云，'寒雪梅中尽，春风柳上归'，这两日阳和方起，天气转暖，突然想来看看我那兄弟的大总统府的排场，就叫上聘卿一起来啦。"

王士珍现在陆海军大元帅统率办事处坐办任上，是个现职军官，今日虽着的是便装，在袁世凯面前仍然是个军人，他挺胸立正，恭恭敬敬行了一个军礼。

袁世凯笑点点头，说："聘卿是我手下将军，本大总统没有召他，又着一身便装跟随哥哥前来，我知你们二位是有事来登三宝殿的，有何吩咐，只消哥哥一句话，小弟照办就是。"

进到办公室，分宾主坐下，拜上茶，袁世凯笑嘻嘻地看着徐世昌，恭恭敬敬听他说话。

"其实也没有什么大事，愚兄不过是受人之托，来求情于贤弟的。"徐世昌说。

"何人的面子这样大，竟然惊动得起哥哥，且请直说吧。"袁世凯说。

徐世昌说："还能有谁，怎么转也转不出北洋这个圈子吧。要说起此人与大总统的关系，拿尺子量一量，似乎比在下还要近乎几尺呢!"

袁世凯一时间有些发蒙，猜不出此人是谁，有什么大事竟然托到徐世昌这里。

王士珍说："赵总理昨日去了菊人兄那里，好生痛哭，知道自己此番闯了大祸，给大总统带来麻烦，但求卸职请罪，从此归隐田园，不再过问政治。"

听见是受赵秉钧托付而来，袁世凯的脸子一下子耷拉下来，阴沉得分外难看，两只眼睛也眯细起，枯坐不语了。

徐世昌说："要说智庵这个人，书办出身，学问是没有一点儿的，能力更谈不上，所以能够混到今日这个地位，一人之下万人之上，离开了大总统的提携，他狗屁也不是，这个是朝野人士没有不知晓的，他个人心底也是明镜似的清亮，毋庸多言。但此人最大一个好处，那便是忠诚可靠，对大总统赤胆忠心，忠心不二。这回把事情办砸了，也是事出意外，大总统一向宽宏大量，这一次对这个奴才，放他一马，给他留个念想，也是可行的。"

王士珍见袁世凯黑着脸不说话，知道还怒气未消，便接住徐世昌的话说："他也知道自己个儿半斤八两，没有多么大的能耐，把大总统牵涉进宋案里，惶恐懊恼得什么似的，再继续干这个国务总理，是没有一点儿脸了，只请求大总统准许他解职还乡，从此做个田舍翁去吧。"

房间里一时间静极了，空气凝固住似的，徐、王二人把脸转向袁世凯，两双眼睛盯视着他，等候他说话。可是袁世凯呢，泥塑木雕的一般，呆然木然，就是不吭气儿。

也不知过了多少时间，几分钟，十几分钟，也说不清了，反正客人和主人都度过了一段极其尴尬的漫长的时间，袁世凯才起身离坐，突然放声大笑起来。

“哈哈哈哈！你们这是怎么了？”袁世凯大声地说，“我们这是怎么了，难道赵秉钧犯了死罪不成？他不就给老子捅了个麻烦吗？可是他也给老子立了一大功呀！除去了老子的心头之患，功过相抵，也没有死罪呀，为什么要卸职归田呢？这是从何说起呀！俗话说，千军易得，一将难求，老子眼下还离不开他赵智庵呢！”

主人笑了，客人自然也跟着笑了，房间里的空气转瞬之间又活跃起来。

因见袁世凯说出“功过相抵”“一将难求”的话，知道赵秉钧的事情有了结果，给了他们面子，两个人又说了一阵子闲话，徐、王二人便起身告辞，袁世凯如何答应？他吩咐下去，百花厅备酒，他今日要跟他的哥哥弟弟一醉方休。

三人相携相随地，来至木樨园百花厅，落了座。那徐世昌东瞅瞅西看看，慨叹道：“怪道世上一些人要造反呀起义呀争这个天下第一呢，原来这帝王家风光，果然与别处不同。隆裕皇太后哭哭啼啼不愿意退位，个中原因，小老儿今日知之矣。”

袁世凯笑道：“哥哥若是喜欢这帝王景象，待小弟任期满了，下一届大总统便请哥哥来当，做这中南海之主，如何？”

徐世昌慌忙摆手摇头道：“小老儿可消受不起，小老儿可消受不起，兄弟不要混说。”

袁世凯道：“如何消受不起？所谓‘皇帝轮流坐，今日到我家’，更何况我们现如今是民国，是当这个大总统呢！”

三人说笑着，大嚼大饮，转眼酒过了三巡，菜品完五味，一个个都有了些许醉意。徐世昌说：“兄弟刚才有‘除去心头之患’的话，愚兄以为对极。倘听凭那个宋教仁闹下去，我北洋的这点儿基业，很有付之水流的危险，你这一步棋，走这个‘杀’字，是英明得很呢！”

王士珍说：“不杀宋教仁，眼前国会两院选举这一关就没法过。宋教仁肯定会凭持他们国民党议员优势，控制参众两院。灭了他，国会的事情就好办多了。此所谓将不听我命，去之，大总统这一招，是合乎兵法的。”

袁世凯呷下一大口酒，又抬手抹一抹嘴巴，颇为得意地说：“唉，这步棋，我也是不得已而为之啊！目前国内各党各派，可以与我北洋势力相抗衡者，革命党也。如何收服他们，不叫他们再动辄造反革命，坏我大事，兄弟我也是绞尽了脑汁了。去年秋上，我电邀孙文、黄兴北上，来京共议国事，所以低三下四，俯首帖耳，还以高工资相酬者，无他，就是叫他们别再捣乱，听命于中央。孙文、黄兴倒还乖觉，孙文答应放弃党见，专心致力于民生主义，黄兴更是听话，于裁军上甘愿听命中央摆布。我想，大事偕矣，从此我北洋无有后顾之忧了，安安生生掌握国家大权吧。谁知，凭空里杀出个宋教仁来！要搞什么平民政治，政党内阁，政治革命，这不是跟老子唱对台戏吗？不杀他，留着他撵我们下台呀！”

徐世昌说：“这话对极！对付革命党，最好的办法就是‘杀’！大总统英明伟大，哥哥我敬你一杯！”

袁世凯高擎酒杯，一饮而尽，说：“什么他妈的民主共和，什么他妈的民权民生，老子不要这个！老子要的是专制独裁！这个国家，得老子说了算！打共和牌，走专制路，这就是老子的袁世凯主义！”

徐世昌高声叫好道：“好一个袁世凯主义！打共和牌，走专制路，英明，伟大，了不起！让我们为袁世凯主义干杯！”

“干杯！”

“干杯！”

王士珍和袁世凯的两只杯子与徐世昌的酒杯“砰”地碰了一声脆响，三个人高仰脖子，同时干下，接着放声大笑不止。那声音把百花厅外边老松上栖着的几只老鸹都惊吓跑了。

谁知，正自欢声笑语开怀畅饮的袁世凯，突然哑了壳儿，大脑袋一歪，扫帚眉成倒八字耷拉下来，露出愁眉苦脸的样儿。徐世昌、王士珍见状大惊，不知道这是怎么了，大总统刚才还好好儿的呀！

徐世昌问：“兄弟，有什么烦心的事情吗？说出来，哥哥给你拆析拆析。”

王士珍说：“大总统，别是又为社会上革命党人的那些流言烦恼吧？”

袁世凯长叹一声，说：“聘卿真是知我者！灭掉革命党，这个雷打不动的既定国策，老子是铁了心的了，没什么可犹豫的了！可是，唉，眼下……国民党把手里的那些杀宋证据漫天摇晃，报纸上一叠声的喊抓贼、揪后台，连江苏都督程德全也跟着他们起哄，全中国的老百姓都知道是俺暗中指使的，你们要知道，舆论也杀人呀……老子如今陷进是非圈子里，脱身不得，真是……”

徐世昌呵呵而笑，说：“兄弟真是聪明一世，糊涂一时，对付这些，你是高手呀，怎么把当年自己的撒手锏给忘却了？”

袁世凯茫然问道：“请哥哥把话说明白些，你兄弟一时还没有听懂你的话。”

徐世昌说：“记得当年咱们在开封双龙巷住的时候，一天你跟隔壁邻居家的小孩打架，把人家的头打破了，怕叔叔回家问罪打你，便把自家的头往那椿树上撞，弄得血淋淋的。这一招果然灵验，邻居家大人领着儿子来告状，你反说是他儿子先动手打了你，你才被迫还手的，你叔叔一看，自家侄儿比对方孩子伤得还重，先自心软了，对方看见这个，也说不清楚两个孩子究竟是谁打了谁，讪讪地也走了。这一招开封人叫它啥来着？”

袁世凯说：“尿泥。”

徐世昌一怕大手，说："对，就是叫尿泥。兄弟要应付面前这个阵势，我看，给他们耍耍尿泥未尝不可。你说宋教仁被我杀了，我还在杀人者的黑名单里呢，焉知杀人者不要杀我？既然杀人者也要杀我，我怎么可能去杀宋教仁呢？政府方面控制的报纸不少，中间派可以买通的报纸也不少，大家都嚷嚷起来，让老百姓看得眼花缭乱，他就分辨不出什么真的假的了！兵书上管这叫瞒天过海，开封人管这叫尿泥，其实是大总统孩提时代就玩过的把戏，对付他们革命党，用这一招，准灵！"

一席话，把袁世凯说了个哈哈大笑。他霍地从椅子上跳起来，高声嚷道："进士出身的徐菊人，原来于这些下九流的市井学问无赖文化也精通如此，小弟佩服！真是好法子，真是好法子！明儿我就叫杨度他们拟一个黑名单，把老子的名字、赵秉钧的名字都写进去，登上报纸，来他个鱼目混珠！耍尿泥，老子会，打小儿就是高手，拿这个对付孙文、黄兴，没有不取胜的！"

徐世昌问："兄弟还愁眉苦脸不啦？"

袁世凯说："不啦，不啦！来，咱们哥仨，为'尿泥'干杯！"

徐世昌、王士珍举杯在手，齐声应道："来，为'尿泥'干杯！"

这天晚上，袁世凯正在洗脚，赵秉钧来啦。

进得门来，他低垂着头，战战兢兢地，迈着小步，一步一步挨过来，扑通一声，双膝跪地，又往前爬了几爬，爬至洗脚盆前，轻轻推开洗脚的丫鬟，伸出双手就抱住袁世凯的一只大脚洗了起来。战战兢兢的十个手指头，扳脚板的扳脚板，抠脚指头的抠脚指头，不时地还腾出五个手指头来抓挠脚后跟的皴……大概是下手时太过于急促，忘记挽袖管了，弄得两只衣袖湿漉漉地乱滴水。

袁世凯半闭着眼睛，也不言语，听任他洗。

脚洗好了，赵秉钧从丫鬟手里接过擦脚毛巾，把那大湿脚抱在怀里，一只脚一只脚地轻轻地擦拭，毕，双手扶地，跪直了身子，耷拉着脑袋，俯耳听训。

袁世凯半倚在床上，丫鬟给他腿上搭上一条虎皮褥子，悄无声息地退下，这个时候，袁世凯才咳嗽一声，说话了。袁世凯问："智庵，你跟了我多少年了？"

赵秉钧说："光绪二十年中日甲午战争开战的那一年，属下就跟随大总统了，算来已经有十九个年头了。"

袁世凯问："你可有所学？"

赵秉钧说："属下什么学问也没有，是个白痴。"

袁世凯又问："你可有所长？"

赵秉钧说："大总统，您老人家别问啦，属下既无所学，亦无所长，当年就是个混混、无赖，倘没有大总统您老人家的提拔，我赵秉钧早被野狗吃了。"

袁世凯说："我刚认识你时，你不过是个小小的书吏，是我把你提拔当了典史、同知，又升汝为巡警道。我任直隶总督兼协办大学士时，又破格提拔你当上民政部侍郎，成为朝廷三品大员，不及半年，又擢汝为民政部尚书，把朝廷一品大员的官职荣耀富贵全都给了你，如今，我又任你为国务总理，总管天下政务，你说一说，我袁某待你如何？”

袁世凯数落这些之时，赵秉钧早趴伏在地，磕头如捣蒜，咚咚咚地把眼前的石头地板恨不能磕碎，此时见问，嘴里忙不迭地说：“大总统再造之恩，属下粉身碎骨也不敢有忘呀！啊啊啊啊……”情不自禁，放声哭将起来。

待他哭泣的声音小些了，袁世凯说：“你知道就好。你是我的体己属下，漫说有功，就是出了点差错，我也是会替你担待着的，何用去惊动徐世昌、王士珍？今天我收到上海黄兴的问罪电报，他抓住那些证据不放，非要问罪于你我，让你我在天下人面前丢丑，我岂能答应他！”说着话，从怀里掏出一纸电稿，抛给赵秉钧，说：“你且看看，我是怎样答复他的！”

赵秉钧接过那电稿，捧在眼前，张目细看，只见袁世凯写道——

克强先生雅鉴：来电所陈，已尽悉之。公所责宋案证据影射政府之处不近情理，纯系诬蔑公正舆论，意在倾覆政府，动摇国本。其间赵总理与应直接之函，唯一月十四日致密电码一本，声明有电直寄国务院，绝无可疑。如欲凭应、洪往来函电，遽指为主谋暗杀之要犯，实非法理之平。近一年来，凡谋二三次革命者，无不假托伟人。若遽凭为嫁祸之媒，则人人自危，何待今日？甲乙谋杀丁，甲诳乙以丙授意，丙实不知，遽断其罪，岂得为公！公为人道计，为大局计，当平心而论，务必使法理与事实两得其平，此之为国家之幸也。乃近来迭接各地电报，竟指赵总理为宋案主谋，并称人心愤激，请速诛赵等语。阅之殊堪骇诧。查赵总理致应犯手书二件，初无一语涉宋，未经审判，尚难认为有犯罪嫌疑；即果犯罪属实，刑律既有明条，尽当依律科断，纯系法律问题，何能涉及政治？为此，本大总统明白宣示，宋案现既破获，自不难水落石出，各该案外之人，毋得飞短流长，借端挑拨。倘有别有用心，蓄意谋反，制造动乱，颠覆国家者，各级政府、守军长官，皆有权予以坚决镇压之。

赵秉钧读毕，只感动得涕泪双流，转又破涕为笑，道：“还是大总统高明，这样说话，没理变成有理了，还振振有词，变被动为主动，我们就不怕他们了。”

袁世凯笑道：“明白该怎么对付他们了吗？”

赵秉钧说：“属下明白了。”

袁世凯问：“知道这叫什么法子吗？”

赵秉钧笑道：“耍赖。大总统前日教过俺的，只是遇到事情慌乱了，不会用了。”

袁世凯说：“‘耍赖’是北京人的说法，咱河南人叫它‘耍赖皮’，开封人叫它‘尿泥’。‘尿泥’，你知道吗？”

赵秉钧高兴地说：“大总统，俺全明白了，任他啥证据，俺一概来个不认账，看他们有啥法子治俺！”

袁世凯说：“光耍赖‘尿泥’还不行，还要反咬一口，叫他也遍体鳞伤，如此，看客就分辨不出谁个是真主谋谁个是假主谋了。似你这样，心里有鬼，先自张皇了，没有不被人抓个死死的！”抬起眼来，又放缓了语气，变得亲切了些，说：“起来吧。给我说说，那个姓武的刺客现在怎么样了，还让他活着呢吗？”

赵秉钧从地上爬起来，双腿已经跪地酥麻，站不直身子，只得弯曲着腰胯，说：“已经派人去了上海，只待时机，便下手灭他。这一次，叫应桂馨的人去干，咱们的人没有插手，什么痕迹也不会给他们留下。”

“你那个姓洪的秘书，是怎么安置的？”

“我已经叫他逃去青岛，住进德国人的租界里了。”

袁世凯沉吟片刻，说：“你叫他写一个声明，把责任全揽下来，说清楚杀宋纯系他个人行为，与政府无干，他与应的电函来往，假借政府名义，也是他的个人主张，政府方面根本不知情，如此，咱们‘尿泥’起来就更有话说了。”

赵秉钧说：“属下这就去办。”

袁世凯说：“总理这个差使，眼下你还不能辞掉，倘辞了职，不是不打自招了吗？请假吧。叫段祺瑞暂行代理几天，等事情过去了，再销假上任。”

赵秉钧走了，五姨太太杨氏从隔壁房间进来，鄙夷地说：“一个大男人，六尺的汉子，跪在地下给上司洗脚巴丫子，使唤丫头似的，低三下四，纯粹一个下三烂、狗奴才，俺就看不起这号人！”

袁世凯笑道：“老子面前他不当狗奴才，就能在属下面前充爷啦，就能当上国务总理啦？别笑话他，老子也一样，也是从孙子辈里混过来的。权力社会，不如此，永无出头之日。这一点，你们女人不懂，所谓能屈能伸，大丈夫也，就是说的这个。”

杨氏说：“要是这样，俺要是个男人，一辈子不做官，当个穷老百姓，也不下三烂到这个份上。”

袁世凯说：“那你就一辈子受穷受人欺负吧，永远是个人下人了。”

第二天上午，袁世凯正在总统办公室上班，处理公务，梁士诒拿过来当天的几张报纸，笑嘻嘻地放在他面前，说：“大总统，你的‘文章’登出来啦，果然出手不凡，棋高一筹，据杨度派来的人说，今天的报纸比往日热销了二成多呢！”

袁世凯放下手里的文件，拿起一张来看，见头版头条一溜竖排大黑体字道：沪上发现秘密裁判机关，大总统、赵总理与宋教仁等均名列暗杀名单上。再看那名单，有宋教仁、梁启超、袁世凯、孙文、黎元洪、赵秉钧、黄兴、李烈钧、朱瑞等数十人。还附有宣告文字，一一开列有罪状，谓上述人等俱宜加以惩处，特先判处宋教仁死刑，即日执行。余者，将依次执行，决不姑息。云云。

袁世凯抖动着报纸，嘻嘻笑道："政治斗争，没有点流氓手段，能成大事？此文一出，人们争相争辩的，是那个并不存在的秘密裁判所究是个什么机关，有什么背景，何人主持，要干什么？谁还有心思去追究赵秉钧如何如何，袁世凯如何如何，咱们不就金蝉脱壳了吗？"

梁士诒恭维道："大总统真是雄才伟略，连市井功夫都能用到国家政治里来。别的不说，单就这个名单而论，各党各派的领袖人物，杂陈其间，甚至连朱瑞这样的无名小辈也与著名政治家同列，鱼目混珠，良莠难辨，搞得人昏头昏脑，不知所以，确实高明得很。"

袁世凯说："这算什么，开封人玩的'尿泥'而已。说说正经事吧，四月八日的第一届正式国会成立，你要代表我去发表祝词，文章赶紧写出来叫我过目，注意，你一定要大讲团结团结团结，大讲民主民主民主，大喊民国万岁国会万岁本大总统万岁。要写得像屈宋诗赋一样动听感人。你再去找找梁启超，好好跟他谋划一下参众两院的议长选举，争取都能拿过来。议长要是咱们的人了，议院还不也是咱们的啦！"

梁士诒说："大总统说得是。听说梁启超发展进步党速度很快，准备让黎元洪当理事长，梁启超、张謇都当理事，笼络了不少人呢。属下下午就去找他。"

那天晚上从中南海出来，赵秉钧就把国务院秘书长张国淦请到家里，关上书房的门，草拟了一个通电全国的电文，分辩自己与宋案无关，把责任全部推到了洪述祖、应桂馨身上。并且替洪述祖草拟了一份电稿，叫他把责任全部承担下来。声明他和应桂馨只是不满意宋教仁搞党派专制，而欲毁其名誉，根本没有谋杀他的意思。他在与应桂馨联系过程里，假借了中央名义，也只是为促其进行，并无其他。特别声明国民党人欲借此牵涉政府，挑动南北恶感，以实行其亡国灭种之政策，实数可恶。云云。

张国淦说："这样以来，洪秘书既为自己辩护了，也帮大总统、赵总理脱尽了干系，很策略，很有必要。"

赵秉钧说："事情闹到这一步，也只有如此办理了。"

赵秉钧的通电和洪述祖的声明电稿相继在报纸上发表了，宋教仁一案一时间更是是非难辨。袁世凯叫人捎信给他，大加赞扬，说，就这么办，以牙还牙，以骂还骂，不要退缩。

赵秉钧似乎踏实了些，做贼心虚的战战兢兢也没有了，夜间睡觉也不做噩梦了。

但是，革命党人并不是你要“尿泥”要无赖反咬一口就善罢甘休的主，他们顽强得很坚定得很厉害得很！他们在上海组织了特别法庭，径行审理宋案。袁世凯得到消息，当然不能答应。宋案在上海由国民党人审判，应桂馨、武士英两个案犯都在他们手上，提出来一审两审，便会马脚全露，机关泄尽，他和赵秉钧的主谋嘴脸赤裸裸地完全暴露在光天化日之下，那还了得！那他袁世凯还有什么脸面继续当这个大总统啊！事关重大，袁世凯寸步不让，坚决反对。他命令司法总长许世英，以上海特别法庭不符合《临时约法》和《法院编制法》为理由，进行干预，不准设立。袁世凯并且亲自致电黄兴，诬蔑黄兴摧抑司法独立，制造事端，扰乱国家。黄兴据理反驳，袁世凯置之不理。

证据在手，罪犯在手，国民党人顶住袁世凯的高压，审判按照计划程序进行。

上海地方检察厅发传票到北京国务院，传赵秉钧到案受审。

接到传票，赵秉钧慌了手脚，他跑到总统府去找袁世凯要主意。

袁世凯说：“不要理他！你可以特别法庭未经司法总长许可，应属违法，不予接受传票。”

赵秉钧立即通电全国，自辩与宋案无关，特别法庭非法，拒绝到案。

上海地方检察厅再次发传票至北京地方检察厅，请该厅立即传赵秉钧归案。

北京地方检察厅将传票转交赵秉钧。

赵秉钧致函北京地方检察厅长，说洪述祖通电已承认其假托中央名义，足可证明本人与宋案无关。他致洪、应二函均属正常公文往来，并无犯罪嫌疑，故无到庭后质之理，拒绝接收传票。

袁世凯搔挠着头皮说：“日他奶奶，如此你来我往终不是个办法，咱爷们还是被动挨打。”

赵秉钧说：“一个堂堂的国家总理，今日一传票，明日一传票，成何体统，属下羞耻极了。”

袁世凯说：“他给咱发传票，咱为啥不给他发传票呢？”说完，一双眼睛直溜溜地盯视着赵秉钧看。

赵秉钧被看得发毛，迟迟疑疑地问：“大总统的意思是……”

袁世凯诡秘地笑了，说：“智庵，拿出你当年当混混的本领，使个孬招出来，对付他革命党！”

三天以后的一个早晨，北京宣武门外头条胡同军政执法处门前，来了一个十七八岁的女学生。此女生得黑丑异常，大头，黄毛，长身子短腿，腰粗膀圆，身高不足四尺，洼兜脸、扫帚眉，塌鼻子，大厚嘴片子。她站在门前左顾右盼，还不时地扭转身去看看后边远处站着的人。那人不停地向她挥手，示意她勇敢地上去说话。

她站在台阶上，对大门里边的人喊："俺有重大案情报告，俺是来自首立功的。"

值班官员把她叫过去询问，这个女子说："俺报告的案情有天一样大，不见陆建章大人，别人休想问出一个字。"

陆建章得报，知道此女子大有来头，急忙亲自召见她。

陆建章问："我便是陆建章，你叫什么名字，从哪里来，要报告什么案情?"

那女子说："俺叫周予儆，从天津来，俺是个学生，来报告血光党造反的事。"

陆建章惊问："血光党，什么血光党?"

女子说："血光党就是专门从事暗杀政府要人、颠覆政府、制造暴乱的党，现在他们的暗杀团正在北京天津一带活动，要暗杀袁大总统、赵总理、梁启超、黎元洪呢。"

陆建章问："你是血光党成员吗?"

女子说："是呀，是谢持介绍我加入的，他是血光党的财政部长，血光党的总头目是革命党陆军上将黄兴。"

这个案情太重大了，他立即把这个情况电话报告了袁世凯。

袁世凯电话里笑道："这个情况我已经知道了，你要把此事闹大，闹得越大越好，召开记者招待会，发布消息，并且把有关举报材料移送北京检察厅，叫他们移案上海检察厅，审理黄兴阴谋颠覆政府、谋炸要人罪。"

放下电话，陆建章会心地笑了。这个一贯以阴谋诡计血腥杀人为业的"陆屠夫"，如何不能马上察知其间的猫腻?他又拿起电话要通了赵秉钧。

陆建章问："赵总理呀，我这里来了一个天津的女学生，她要告黄兴组织血光党的事，此案是否哥哥你一手谋划的呀?"

赵秉钧说："不谋划不行呀，上海方面一天一个传票，闹得人好烦，咱们也叫他们烦烦吧，来而不往，非礼也。兄弟你就大张旗鼓地闹腾吧，要是能把黄兴抓起来才过瘾呢!"

陆建章说："此女容貌丑陋，口才却是一流的，小嘴吧唧吧唧机关枪似的，专拣关键的说，很是得力呀!"

赵秉钧说："那是，哥哥我花了大价钱呢!几万块钱买个笨嘴拙舌的来，兄弟你不是要笑话哥哥笨蛋了吗?"

陆建章又问："谢持是怎么回事呀，要不要抓起来?"

赵秉钧说："据我的人报告，谢持跟黄复生这次来京，是预谋要炸大总统的，可是一时又没有证据，此人是参议院议员，轻易动他不得，恰好借这个理由先抓起来严刑审问，或许能打开个缺口什么的。哥哥拜托兄弟啦，哈哈哈哈！"

陆建章心领神会，马上下令，逮捕谢持，召开新闻发布会，宣布黄兴组织血光党的罪行。

一时之间，袁氏控制的北京、天津的几家报纸首先发难，接着全国袁记报纸蜂拥而上，鼓噪喧哗，乱哄哄地炒作成一片，血光党、暗杀团，黄兴谋炸要人颠覆政府……黑体的铅字，大块头的文章，漫天飞舞，喧嚣吵闹，不可一世。

谁知，国民党人并不怕这些。他们阵脚不乱，从容应对，紧紧抓住宋案证据不放，一方面在自己的报纸上据理力驳，一方面敦促上海检察厅电促北京检察厅，速提赵秉钧到案受审。

袁世凯命令北京检察厅，根据周予儆的举报，认定黄兴组织谋炸要人罪，迅速将该案移交上海检察厅，着令上海交涉使陈贻范转饬会审公廨审理。

会审公廨传票黄兴，黄兴持票立到。

黄兴当庭揭露，说："所谓血光党、暗杀团者，纯系袁世凯、赵秉钧诬陷捏造，他们这是在玩弄以审判对审判的诡计，明眼人一眼就可识破。赵秉钧谋杀宋教仁证据如山，铁一般证据在此，不容他百般抵赖。倘赵秉钧无罪受屈，为何不敢应传到庭，接受审判，当庭辩理？黄某今日应传到庭，请法庭拿出黄某组织血光党、暗杀团证据，请法庭传出原告，当面对质。"

领事团被问得张口结舌，面面相觑，无言以对。他们既无证据，又无原告，如何开审？

黄兴大骂袁世凯、赵秉钧卑鄙无耻不止，愤愤离去。

各报记者，据实报道，中外舆论哗然。

袁世凯这一次的"尿泥"没有耍好，以审判对审判的阴谋以失败告终。

赵秉钧沮丧懊恼，又要辞职。袁世凯安慰他说："奶奶的，不管怎么样，宋教仁是让咱们干掉了，除却了一个心腹大患，你立有大功，何须懊丧？我们跟国民党，已经势若水火，不能相容了，老子将借这个机会消灭他们，兄弟你就等着看吧。眼下，你继续请假，继续以段祺瑞代理总理。下边，我还要派你去干一件大事情呢！"

赵秉钧询问何事，袁世凯笑而不答，只是喃喃自语道："奶奶的，一不做，二不休，老子要大开杀戒了！"

第二十一章　忽人忽鬼大耍两面
秘密借款阴谋用兵

这一天，晚饭时候，袁世凯心情好，二女仲祯、三女淑祯陪他一桌吃饭，他的话特别多，问长问短，没完没了。五姨太太妒忌得什么似的，不时地拿一双丹凤眼斜睨歪瞪过去，流露出不满情绪。

袁世凯笑道："老五，你这是怎么啦，我们父女高兴，你吃醋啦？"

杨氏撇着一口天津腔，说："大人您老说嘛？父女天性，爱女之心，世上哪个当爹的不是一样？只是你这么多儿呀女呀，别的那些虽也都疼爱，可没有见过对这两位姑娘这么特别的，说大人一个偏心眼，总是不冤枉您的。"

袁世凯呵呵而笑，用筷子点着她，对两个女儿说："你们这个五妈，哪都好，就是这张嘴巴，刀子似的，厉害不饶人，心眼儿还特别多。"

二女仲桢笑道："五妈嘴巴上抱怨，心里可是乐和着呢，她为爹爹疼爱俺们高兴着呢，是吧，五妈？"

杨氏说："不是又怎么着呢？咱们家里，谁能当得了大人的主儿呢？认命吧。"

一句话，逗得袁世凯哈哈大笑。

忽然间，袁世凯伸出去的筷子在餐桌上乱找，竟然找不见他要吃的那碟小菜，脸子一下子沉下来，问："高丽白菜怎么没有了？我有好长时间没吃了呢。"

杨氏说："三姨太太近来身体不怎么好，敢情是没有做吧，回头我去请她再给大人做些。"

袁世凯说："这道菜，是老三的绝活，也不知她是怎么弄的，做出来的味道就是与众不同，在朝鲜时我就爱吃它。"

三女淑祯说："方法其实简单着呢，我见俺妈做过。剥去白菜外边的叶子，把它的嫩心切成四段，每段的中间再夹上梨丝、萝卜丝、葱丝、姜丝，就得啦。"

袁世凯笑道："好聪明的宝贝女儿，赶明儿给老爹做些吃。"

五姨太太撇撇嘴说："姑娘，别夸海口，说说容易，做可就难了。要是好做，俺们早学会了！"

说着话，袁世凯忽然沉默了，他扪下头，不言也不语了。杨氏机灵，给两位小姐抛过去个眼色，告诉她们，大人有心事了。

是的，这个时候，袁世凯由高丽白菜而想到了他那个朝鲜贵族出身的三姨太太金氏，他觉得自己有很长一段时间没有见到她了，过于冷落了她，心下愧疚，过意不去。

饭后，他对三女淑祯说："跟我去你妈房里走走，看看她在忙乎些啥呢，身子骨怎么就不好了呢？"

说着，牵住淑祯的手，就奔了后边卍字楼。

这卍字楼后边往北里去，分散着四处宅院，分住着大姨太太、三姨太太和二公子克文夫妇、三公子克良夫妇。

袁世凯牵住三女淑祯的手，径直进了三姨太太金氏的院子。还没有进屋，就听见正房里传出二子克文捏着尖腔唱昆曲的声音，便停下脚步，笑吟吟地驻足而听。只听那袁克文唱道："香肩斜靠，携手下阶行。一片明河当殿横，罗衣徒觉夜凉生。惟应，和你悄语低言，海誓山盟……长生殿里盟私定，问今夜有谁折证？银汉桥边牛女星……"

袁世凯附耳悄声问道："他这是唱的哪一出？"

淑祯说："像是《长生殿》里《密誓》一折吧。"

袁世凯摇头说："太雅，太雅，听不懂，哪有咱们老家的河南梆子来得痛快！"说着话，重重地咳嗽了一声，房里尖声尖气的吟唱顿时哑了腔。

紧接着，屋门洞开，几个丫鬟俯首敛步，黄花鱼似的溜着边迎了出来，跪成了一条线。

袁世凯早大步流星迈步进了屋。

正在书案前边画画的袁克文来不及收拾，早扑通一声跪伏在地，迎接其父，嘴里叫了一声爹。

袁世凯说："起来吧。你妈呢？"

袁克文从地上爬起来，说："妈在后院看花呢。"

袁淑祯早跑到画前欣赏那画，见是两只正在咬架的大老虎，一只咬住另一只的脖子，鲜血淋淋的，很是瘆人。画的右上方还题有"虎威狗性"四个字。

袁淑祯不解地问道："二哥，你怎么画了这么一幅画？常见狗咬架，没有见过老虎咬架的，你这画一定有什么寓意吧？"

袁克文眯细着眼睛只是笑，并不回答。

袁世凯也走过去看那画，并看那题字，口里念出声来，“虎威狗性”，知道这小子定有所指，便问道：“什么意思？”

袁克文说：“没有啥意思，就是说，画上这虎，空有猛虎的威势，其实骨子里还是野狗咬架的本性。”

袁世凯疑惑地盯视了他一眼，没有说话，在旁边的一把太师椅上坐下。又张眼看见身边茶几上有一张革命党人办的《民立报》，心下便不悦了，脸孔阴沉下来。他随手拿起报纸，见是整版的篇幅报道上海静安寺给宋教仁举行追悼会的情况，便有了怒容。又在那报纸显著位置上看见了孙文、黄兴撰写的挽联，怒气便顿时填满全胸了。他的眼睛像着了火，通红通红的，直勾勾地盯视着孙文、黄兴那挽联看，只见孙文那挽联写道——

作民权保障，谁非后死者；为宪法流血，公真第一人。

三尺剑，万言书，美雨欧风志不磨，天地有正气，豪杰自牢笼，数十年季子舌锋，效庄生索笔；五丈原，一坡土，卧龙跃马今何在？冠盖满京华，斯人独憔悴，洒几点苌弘血泪，向屈子招魂。

又见黄兴那挽联写道——

前年杀吴禄贞，去年杀张振武，今年又杀宋教仁；你说是赵秉钧，他说是洪述祖，我说就是袁世凯。

哗啦啦一阵响，袁世凯将手里的报纸团成团，狠劲地摔在地下，怒问道：“你这个大才子，大风流名士，不是很厌恶政治吗？为何对你爹的仇人，对这些骂你爹的屁话如此留心，还把这些反动报纸拿回家里来看？”

袁克文说：“孩儿确是厌恶政治，不喜欢那些争权夺利、吵吵闹闹。可是，孩儿又不是瞎子聋子，眼前发生的事儿又不能不闻不问不思考。”

袁世凯说：“你思考出了些什么？说说听听，难道你相信孙文黄兴的鬼话，说宋教仁是你爹杀的？”

袁克文说：“爹自然不会亲自动手杀他。不过……”

“不过什么？说！”袁世凯怒道。

“指使下边的人去干，或许是有的……”袁克文说。

“浑蛋话！”袁世凯大怒，骂道，“你就知道我们杀人，却不知道他们要杀你爹呢，这算什么思考？浑蛋思考！”

袁克文说：“孩儿如何不知道？革命党宋案以后，党内三个意见，第一个就是用暗杀的手段对付爹，第二个、第三个才是法律解决军事讨伐。”

听见这话，袁世凯又扑哧一声笑了，说：“既知他们要谋杀你爹，为何不赶紧告诉我，叫我防备着点儿？”

袁克文也笑了，说：“谁杀了谁，谁要杀谁，天下老百姓其实都看得很清楚，爹心里也明白，何用孩儿说？”

袁世凯说：“这就是你画这个虎威狗性的本意了？”

袁克文说：“也不全是。孩儿说了，我厌恶政治，不喜欢政治家们的打打杀杀，我希望大家都归附在一个权威的法律之下，都能够接受法制的约束，用公开的、合理的法律手段实现各自的政治主张，如此，中华民族就只有虎威而没有狗性了。”

袁世凯说：“一派胡言乱语！你那是世外桃源，并不是红尘人间，天底下没有你说的那个世界！老子现在告诉你宋教仁为何死，他是既要权力，又要国家，所以必死。老子是不要国家，只要权力，所以得逞。‘虎威狗性’，混账逻辑，你给老子把画撕了！”

说完，怒气冲冲地转身就走，三姨太太金氏恰领着几个丫鬟回来，迎面碰上，便问：“大人如何要走？”

袁世凯说：“招儿这小子气死我了，一分钟也不能待了！”

三女淑祯后走一步，凑在袁克文耳边，悄声说：“二哥哥，你的话是对的，西方文明国家，哪一个不是公平竞争文明竞选的呀，一切党派都要隶属于法律之下，接受法律的监督制约，这样国家才不会乱，谋杀诬陷一类的事儿才不会发生，我支持你。画也别撕，寓意深刻着呢，我喜欢呢，保存下来，或许将来会成为一幅名画呢！”

说完，扭头就跑。

金氏说：“怎么，你也要走？”

淑祯说：“爹正生着气呢，我去哄哄他。”

第二天上午，袁世凯正在总统府办公室上班，处理公务，袁乃宽进来报告说，有一个湖北富商名叫裘平治的求见，说着，递上来他的劝进表。

袁世凯接过那呈文张眼一看，见是劝他放弃民国恢复帝制的，下边还有一二百个赞成附议者白花花的一大片签名，心下大喜，急慌慌浏览一通，真个是遇到知音一般，句句入耳，字字暖心，好不快活。暗自想道：这大概就是古书上说的、戏文里演的那个上合天意下合民心吧？不然，好端端的，这个姓裘的与我一不沾亲二不带故，干吗吃饱了撑得从湖北跑到北京来递什么劝进表啊？这乃是天意民心使然啊！他高声叫来隔壁房间的总统府秘书长梁士诒，兴奋地对他说：“你看看这个。”

梁士诒接过劝进表一看，笑道："这个表上说，总统尊严，不若君主，总统权力，不若君主，总统富贵，不若君主，请求大总统暂改帝国立宪，恢复帝制，缓图共和，登基当皇帝。看来，这个意见很代表了当前国家一大部分人的意见啊，民心所向，此之谓乎！"

袁世凯说："难得他如此忧国忧民，推崇袁某，老子马上召见。"

"且慢。"梁士诒把手里的劝进表恭恭敬敬放回袁世凯的办公桌，皱眉摇头，说，"大总统见他不得。"

袁世凯愕然道："却是为何？这样的忠臣顺民，本大总统自应褒奖封赏，以号召天下，使之为天下人之榜样，却为何不能见他？"

"见不得，见不得。"梁士诒说，"这个裘平治，虽然意见合乎民心，帝制一说当属很超卓的政见，有益于国家，确应受到大总统嘉奖，但他这个时候提出这个过于敏感的问题，不是时机。"

袁世凯说："如何就不是时机了，你且说来。"

梁士诒说："大总统您想啊，自从宋案发生以来，朝野上下，国民党一片喧嚣，说什么北京政府为'专制政府''强盗政府''杀人机关'，诬蔑说'杀宋先生者，袁世凯是也。我人继宋先生之志，第一当不承认袁世凯为总统'，有人甚至公然说，'主犯并无别人，乃要做皇帝的那一个'。有一个名叫戴天仇者，在《民立报》上著文，历数大总统武昌起义以后的所谓罪恶，说大总统之杀宋，目的在于扼杀平民政治与政党内阁，借以放胆厉行专制，复辟帝制，为变更国体之张本也，公然号召国人起而推翻政府，打倒大总统。在这个时候接受裘平治的劝进，给予褒奖，非但不合时宜，给国民党以口实，还会招致大乱，很不利于大总统之地位啊！"

听见这一席话，袁世凯默默点头不止。沉吟良久，说："有理，有理。若不是燕孙提醒，我几乎犯了大错。不过，裘平治之心，虽不合时宜，毕竟是为我老袁好，是咱们的基本群众，不可以伤他。我意还是接见接见，就是不予褒奖，也给他些金钱，勉励他几声，以资鼓励，如何？"

梁士诒说："我想裘平治此来，必然在湖北当地有过一番宣传，一二百人签名，其社会影响必然很大，说不好已经为舆论界所注意，大总统倘接见他，夸奖给钱，与公然褒奖何异？属下看，这无疑是引火烧身、自寻其乱耳！"

袁世凯恍然大悟，啪地一拍桌子，大声说道："见还是要见的，他既然轰轰烈烈地来了，我若不见，没有个态度，予外界无有个交代，反而不妥。来人，传裘平治进来。"

袁乃宽得令，转身出去，眨眼领进一个人来。

那人五短身材，小胳膊小腿，虽然外边穿着豪华，黑缎子夹坎肩，紫红马褂，藏青色长袍，却依旧显得十分瘦小，鸡胸脯盈把，内里的肋巴骨一根一根隔着几层衣服依然依稀可见，但是瓜皮帽子下边的那颗脑袋瓜子却格外地大，呈长柱形，大门楼大后脑勺，像半拉瓢扣在上边，底下才是鼻子眼睛脸。此人迈着小碎步啪啦啪啦地疾走几步，走进大殿，来至袁世凯面前，一个长揖到地，双膝跪倒，口里扯开嗓子高声喊道："小民裘平治拜见大总统大人，大总统万岁万岁万万岁！"

袁世凯抬眼一看，忍不住扑哧一声笑了，心里想，这不是个怪物吗？分明就是天桥外头耍把势卖艺人手里牵着的大马猴！这样的人拥戴我，这不是掉我老袁的价吗？先自就不快了。他挤挤眼睛，强忍下一口气，问道："你就是裘平治吗？"

裘平治说："回大总统话，小的名叫裘平治。"

袁世凯问："你上的劝进表本大总统已经看过了，上边说的那些什么'总统尊严，不若君主'、'暂改帝国立宪，缓图共和'之类，是你自己个儿的话吗？"

裘平治说："是小民自己个儿的心腹之言，亦是天下百姓农工士绅的共同心愿。小民启奏大总统，民主共和不适宜我中国国情，它纯乎是西洋人搞的那些无上无下无尊卑贵贱的鬼把戏。革命党倡言造反，厉行民主，几千年的祖宗章法全被他们搞乱了，下边的一些无赖乱民，动辄革命，喊叫自由，要求民主，全然忘记自己奴才的身份，跟主子们平起平坐，争权夺利，成何体统？今日之中国，已经千孔百疮，疮痍遍布，性命垂危了。小民等恳请大总统放弃民国，恢复帝制，登基当皇帝，还原我中华民族君君臣臣主子奴才千古不灭之旧制，倘如此，于国家，则我中华得以起死回生重见天日，于大总统您，则高踞九五，改朝换代，威加四海，子子孙孙永为我中华之主，荣耀百代以至万世……"

裘平治的话说得袁世凯频频点头，心血发热，头脑膨胀，激动万分。这些话说得何等好啊！这大概就是民心所向吧？这些语无伦次的话，却一句句一字字全都说进他的心窝窝里去了，他感动得几乎热泪盈眶了！这个时候再看那裘平治，仪表堂堂，谈吐风流，哪里还有一点大马猴的痕迹？可是，当他的眼睛看见梁士诒投射过来的焦急的目光时，一下子想起来目前他的处境，国民党人对他的攻击，他今日这个大总统的"临时"身份……他在心里说：裘平治呀裘平治，不是本大总统无情，不欣赏你的这些话，不赞赏你的劝进表，拂了你的面子，实在是你的这些话说得不是时候呀！没有法子，本大总统只有拿你开一把刀了，你老哥就委屈一时吧……你不是忠心爱主吗？今日，你就为本大总统做一次牺牲吧。

想到这里，袁世凯的思想斗争戛然停止，他顿时沉下脸子，怒目裘平治，半晌，一言不发。跪在下边的裘平治看见袁世凯面色大变，心下好生奇怪，暗自嘀咕说，这是怎么啦，大总统刚才还兴致勃勃、津津有味、和颜悦色地听我说话呢，怎么转瞬之间变脸了呢？想一想，自己哪句话说错了？……没有呀，哪句话都是对他大总统忠心耿耿日月可鉴的呀……可是……这是怎么啦……他这里正自胡思乱想、费尽心机、胡乱猜测的时候，猛听见“啪”的一声拍击桌子的巨响，吓了他一大跳，浑身打了个冷战，这时，只听见袁世凯厉声问他道：“裘平治，你是何人所遣，来到大总统府刺探我虚实？从实招来！”

裘平治被这一声喝问直吓得灵魂出壳，六神无主，慌了手脚。他不明白大总统这是怎么啦，怎么问他这么一个奇怪的问题。他顿时瘫软在地，磕头如捣蒜，战战兢兢地说：“小的是受湖北各界士绅并且代表全国忠君爱国的前清官宦读书士子农学工商各色人等前来劝大总统登皇帝位，恢复旧制，摈弃共和，力挽狂澜的呀，‘被人派遣’‘刺探虚实’的话不知从何说起。大总统明镜高悬，洞察秋毫，可万万不要冤枉小人呀！”说完，跪伏在地，浑身乱颤。

袁世凯说：“既无人所派，为何把反对共和、诋毁民国的谣言说到我总统府来啦?”

裘平治说：“确系小人出于对大总统的忠心和期望，受家乡几百士绅鼓励委托，赶来京城，向大总统进尽忠言，反映民心民意的，绝无所派。”

袁世凯说：“既如此，那么，尔今听我一言，算是本大总统对你那劝进表的答复。圣人有言，曰，‘天下非一人之天下也，天下之天下也’。又曰，‘圣人不以一己治天下，而以天下治天下也’。这就是说，天下是天下老百姓的，而不是皇帝一家一姓的私产。我中华民族两千年来，所厉行于国家者，帝王之治也。此所以中国落后于世界先进文明国家之缘故也。本大总统就职以来，遍研古今中外历史典籍，考察国体制度，深以为共和为最良之国体，治平之极规。民主法制，乃是世界文明发展不可逆转的运行轨迹，任何倒行逆施都是无出路的，必然为历史所抛弃。基于此，本大总统受国民托付之重，就职宣言，深愿竭其能力，发扬共和之精神，涤荡专制之瑕秽，永不使帝制再现于中国，皇天后土，实闻此言。不意化日光天之下，竟有尔等鬼蜮行为，若非丧心病狂，意存尝试，即是受人指示，志在煽惑。今日，本大总统若果对尔宽大，置不深究，势必邪说流传，混淆视听，极其流毒，足以败坏共和，谋叛民国，何以对起义之诸人，死难之烈士？何以告退位之清室，赞成之友邦？无可奈何，今日只有先拿你问罪了。”

说罢此言，袁世凯朝着门外厉声喝道：“来人，给我拿下！”

话声刚落，门外急步走进来十几个彪形大汉，不容分说，三下五除二，便将裘平治捆了个结结实实，拖了下去。

裘平治一路大喊冤枉，凄厉的声音传出去老远：“大总统，我是忠心拥戴你的呀，你不能这样对待一个忠臣呀，冤枉啊……”

袁世凯问梁士诒：“如此处理，中不中?”

梁士诒说："中是中，不过还须彻底才好。"

袁世凯手挥大笔，在裘平治的劝进表上批示道：所有呈内列名者，着湖北民政长严行查拿，按律惩治，以为猖狂恣肆甘冒不韪者戒！

袁世凯又问："如此，中不中？"

梁士诒点头笑道："中，中，中！"

袁世凯一抛毛笔，长出了一口气，道："你把我刚才说的那些话整理成文，连同这个批示，交给杨度他们，叫他们大做文章，尽力渲染，尽快见报。老子要叫孙文、黄兴他们看看，俺老袁也是革命党！拥戴共和，热爱民国，革命得很呢！啊哈哈哈哈……"

中华民国第一届正式国会成立以后，临时参议院便随之解散了，参议院、众议院随着也就正式成立，两院议长的选举便成了国民党与民主党、统一党、共和党争夺的焦点。

选举之前，袁世凯命令梁士诒专办此事，交代他的原则是，分化瓦解国民党，问票不问钱，力争两院议长都拿到手。

但是，选举结果两派都并不尽如人意，参议院选举，国民党大胜，张继、王正廷当选为正副议长。众议院选举，国民党又大败，正副议长被共和党人汤化龙、陈国祥摄去。

这天，梁士诒向袁世凯报告这个结果时，心怀忐忑，准备好了挨骂。没有想到，袁世凯听了，并没有骂娘，而是搔着头皮歪着脑袋问道："为啥会这样？钱没有花够？"

梁士诒说："很难说。参议院里，咱们的人多，国民党人少，想着得胜不应有什么问题，并没有十分在意，谁知，偏偏在这里出了岔子。而众议院里，国民党人多，咱们的人少，反而得了胜。"

袁世凯说："这没有什么难说清的。众院你的钱花到位了，所以便赢，参院你的钱没有花到位，所以便输。别以为咱们那些议员认人不认钱，错，大错特错！他们也是见钱眼开的主儿，人家国民党把钱送上去，他那选票就会写上张继的名字！"

梁士诒说："大总统说得一丝不差！这次众院选举，那些名通国民党党籍、身寄国民党招待所的人，选举时，因为受了咱们的钱，便把国民党推举的吴景廉，悄悄写成了'汤化龙'，算来有二十九个之多，一下子把局面扭转过来了。"

袁世凯问："就没有受了咱们的钱，又临阵倒戈的？"

梁士诒说："怎么没有？湖北国民党议员胡祖舜、骆继汉就是接了咱们的钱，又受国民党的津贴三千元，而临时变卦的。"

袁世凯说："咱的钱呢，退回来了吗？"

梁士诒说："如何退？这种事情，能公开吗？吃个哑巴亏算了。不过，这种小人实在可恨！"

袁世凯说："那能中？要了咱的钱，不给咱办事，咱爷们是冤大头啊？不中，得跟他们讨要回来！……唉，说到底，还是你给他们的少，你要是给他们四千五千，比国民党的多，还会叛逃吗？取个教训吧。下边，你有什么打算啊？说说，咱们研究研究。国会这个牌子，不要把它看得太重，也不能小觑了它。而掌握它，靠什么，靠的就是政党。国民党就是利用这个跟咱们争权夺利的呢。"

梁士诒说："大总统说的是。属下跟下边班子里的人研究过多次了，也有了一个大概的计划，正要报告给大总统听呢。下一步，属下打算分两步走，这第一步，催促梁启超、汤化龙，尽快把共和、民主、统一三党合并成进步党，以大党对抗国民党这个大党，国会里就可以跟他们分庭抗礼了。"

袁世凯说："这个很重要，给他的二十万花完了吗？不够，再给！告诉梁启超，老子要他马上完成新党组建，不能再拖了，再拖下去，正式大总统选举不是要延误了吗？"

梁士诒说："这第二步，组织小党群，以分散国民党势力，使之成为进步党的辅助力量，到了那个时候，大党小党，一窝蜂上，围攻国民党，参众两院，还不是咱们的了？"

袁世凯说："你们有些眉目没有？老子可不听空话！"

梁士诒说："如何没有？策反的人选计划都已经运筹得差不多了。这一，属下打算收买国民党参议孙毓筠、景耀月，让他们组织一个政友会，拉走几十个国民党议员。这二，利用同盟会干事刘揆一出面组织一个乡友会，再拉走国民党议员几十个。这三，利用国民党华侨议员朱兆莘，组织一个集益社，重点网罗粤籍国民党议员。这四，再利用国民党人郭人漳、夏同和组织一个超然社，又叫第三党。这两个党少说也要拉走国民党议员五六十人。算下来，仅这些党，就拉走国民党议员不下一百多号人。"

袁世凯笑道："这些计划，老子以为可行，你就放开手脚干吧，钱上不要吝啬，大把地花去，还是那句话，问票不问钱！有一个情况你不要掉以轻心，那就是梁启超的进步党。你也要像对付国民党那样，分化瓦解之。须知，梁启超并不跟咱们一条心，他志在救国，目前对我们北洋派，对本大总统，只不过是暂时利用尔，一旦羽翼丰满，分庭抗礼对着干的，也有他的份，这叫我中有敌，敌中有我。不过方法上，要注意点策略，悄悄进行，不能像对付国民党那样公开。"

梁士诒说："大总统真是高瞻远瞩、目光远大啊！属下跟着大总统，非唯长见识，而且长本领。"

袁世凯哈哈大笑，站起身来，亲切地抚着梁士诒的脊背，说："掌握一个国家，并且控制住它，叫它属于咱爷们，不易啊！今天晚上，你叫上赵秉钧、陆征祥、周学熙三个，去中南海我家里吃个便饭，本大总统有大事跟诸位商量。”

梁士诒领命而去。

傍晚时候，梁士诒、赵秉钧等按时赶到中南海居仁堂时，袁世凯并不在，侍者告诉他们，大总统去了北海学馆，有话留下，说是他们来了，叫去北海找他。

梁士诒、赵秉钧等不敢怠慢，便转道北海。

此时，正值仲春时节，中南海里一片花团锦绣，芍药牡丹竞相开放，桃花杏花染红枝头。那梁士诒遥指前方一片杏林，啧啧赞道：“诸位请看那一园杏花，真真是应了唐人诗里的情景，‘春风贺喜无言语，排比花枝满杏园’。这人世间，要说享福，还是帝王家啊！”

赵秉钧说：“那是！不然，大总统何须从锡拉胡同搬进这里来呢！”

一行四人说着话，不知不觉来到北海五龙亭前，远远地，就看见袁世凯跟他的几个儿子在草场上骑马玩耍。

骑在一匹枣红马上的袁世凯扬起马鞭，招呼他们道：“你们几个也过来骑骑。”

陆征祥说：“俺们几个可不行，舞文弄墨还凑合，骑这高头大马，还没爬上去呢就得让它尥蹶子摔下来。”

四公子克瑞、五公子克权、六公子克桓、七公子克齐、八公子克轸、九公子克久，大大小小六个少爷，齐步走过来，弯腰作揖，给他们施礼。

梁士诒等四人还礼不迭。一抬头，看见东头湖边大柳树下坐着一位长者，正笑吟吟地瞅着他们，认出是几个公子的国文老师、大学者严修先生，哪里敢怠慢，忙急步过去抱拳作揖问候声声。

严修说：“几位大概还不知道吧，五公子六公子马上就要出国留学去了，大总统有舐犊之思，故而前来跟他们玩耍亲近。”

这时候，袁世凯已经骑着马悠悠地过来，便接过严修的话说：“世界潮流在变，中国也在变，西方文明国家的东西，不知道不行啊，所以我要他们去学学。”

周学熙说：“大总统为儿女考虑得远啊，宋人苏洵有言，曰，‘惑乎故而不能即乎新者，溺也’。又曰，‘不先审天下之势而欲应天下之务，难矣’。把儿子们遣送出去，学习世界先进的思想学问，给他们安身立命的本领，此乃慈父最大的疼爱啊！”

袁世凯听见他的话，哈哈大笑，说：“你这句‘审天下之势应天下之务’的话，很好，今天老子把诸位叫来，就是要跟你们商量一件大事，咱们一起审审天下之势，应应天下之务，如何？”

说着话，一跷腿，跳下马来，身段利索得很。

回到居仁堂，袁世凯吩咐把酒宴摆在书房里，他们要关起门来说话。

梁士诒聪明，一天到晚在袁世凯身边，猜他的心事，一猜一个准。这时便凑过来问道："大总统是不是打算去外国人那里借款？"

袁世凯笑道："燕孙先生料事如神，猜得不差。"

吃饭的时候，袁世凯一边劝酒，一边对他们说："今日之中国，跟我北洋争夺天下者，国民党是也。他们妄想通过国会，控制国家，叫咱爷们下台，这就是止庵刚才说的那个天下大势。宋教仁闹得最凶，所以便叫他呜呼哀哉了，不灭不行呀！倘使此人还活着，这次的参众两院选举，不定会是个什么样子呢！下一步的大总统选举，组建政府，他会把黎元洪捧出来当傀儡，自己组阁当总理，我和你们大家都得滚出这园子，玩完！你们大概也都看出来了，国会，咱们只有半壁江山，只控制住了众议院，而参议院还在国民党手里，国民党员在国会的势力还是很大，随时都会跳出来跟咱爷们捣蛋，怎么办？总要拿出个法子来对付他们吧？"

赵秉钧试探地问："大总统的意思是……"

袁世凯恶狠狠地说："消灭他们！"

"对，对，消灭他们，把他们从国会里赶出去！"陆征祥说。

"不，不是赶出国会，而是……"袁世凯说到这儿，故意停下，缓缓地端起酒杯，抿了一口酒，又从袖管里掏出手帕来擦拭一下短髭上沾的酒渍，双目射出凶光，说："武装消灭，从肉体上消灭，消灭全中国的国民党！本大总统要调兵遣将，武力镇压！要宣布他们为非法组织，对其成员，一是逮捕，二是枪毙！"

四个人听见这话，顿时活跃起来，挽袖子的，捋拳头的，摇头晃脑的，七嘴八舌地说道："大总统英明！如此，看哪个还敢跟咱们北洋较劲！"

袁世凯说："调兵打仗，就得钱！国库里没有，钱从哪里来？找外国洋人要，他们的银行里，钞票多得是，借去！我今儿把你们这外交总长和财政总长还有国务总理找来，就是叫你们三个去办这件大事的！"

周学熙问："大总统打算借多少？"

袁世凯说："韩信用兵，多多益善，能借多少借多少！"

陆征祥问："我国以何物担保，请大总统明示。"

袁世凯说："盐税、关税，这还用我说吗？你们看着办去就是，老子只要钱。"

赵秉钧问："请问大总统，以何名义借款呢？总要师出有名啊，将来也好给国人一个交代。"

袁世凯搔挠着头皮，吭哧半晌，也说不出个名堂，便指指梁士诒说："你们问他要名堂去，燕孙先生会给你们一个最合适的理由的。"

饭毕，赵秉钧等人告辞，袁世凯叮嘱他们说："借款的事情马上就办，进展情况随时报告。"

“是。属下领命。”赵秉钧、陆征祥、周学熙三人作揖退下。

梁士诒悄声问道：“大总统这次是真的下决心武力镇压国民党了？”

袁世凯一头走一头说：“不把他们压下去，老子这个总统，永远是个‘临时’的！中国的事情，不能由着他们，得老子说了算！”

经过几个来来往往，协商交涉，赵秉钧等在东交民巷汇丰银行与英、法、德、日、俄五国银行团的借款谈判有了眉目，他们带着跟外国洋人商定的意见，来向袁世凯报告。

赵秉钧说：“大总统，跟五国银行团的谈判已经达成初步协议，洋人那里同意借给我们两千五百万英镑，利息五厘，实收八四扣，咱们可以从洋人手里实得两千一百万镑，四十七年还清。”

袁世凯兴奋地说：“好哇，好哇！两千一百万镑，军费之外，还够老子花上几年，这买卖划算！”

财政总长周学熙说：“可是，洋人的条件也苛刻着呢！他们提出，借款以盐税、关税和直隶、山东、河南、江苏四省之中央税款为担保。”

袁世凯说：“中，中！只要给老子两千一百万镑，咋着都中！”

外交总长陆征祥说：“大总统，洋人还附有三项特别条件，其一，将来以盐税为担保借款，或与此性质相同之借款，银行团有优先权；其二，凡领款凭单，须由审计处所属稽核外债室华洋稽核员会同签押，方能核准；其三，于北京设盐务署，署内设稽核总所，由中国稽核总办一员、洋会办一员主管，各地盐斤纳税后，须由该处华洋经协理会同签字，方准将盐放行；盐税存于银行，非经总会办会同签字，不能提用。这就是说，三条下来，洋人不仅仅控制住了我们的盐政，国家的财政也要受到他们的监督。”

听见这三个特别条件，袁世凯为难地搔起了头皮，吭吭哧哧地沉吟起来，骂道：“日他奶奶，洋人这算什么，如此苛刻，把老子置于何地？这不是叫国人骂我老袁卖国贼吗？”

赵秉钧三人肃然恭立，静待袁世凯的最后决定。

袁世凯突然问：“借款的名义燕孙怎么说，名字起好了吗？”

梁士诒闻讯疾步走过来，说：“名字倒想了一个，叫‘善后大借款’，不知是否妥当。”

袁世凯仰起脖子，想了想，说：“善后，有意思，老子借款是为了善后，善清帝退位之后，善武昌暴乱之后，国家要建设，老百姓要吃饭，老子要打仗，不善后如何能成？而要善后，就得借款，名正而言顺……这个名字中，老子认可啦，咱们就叫善后大借款。至于洋人条件苛刻，就苛刻吧，谁叫咱们手里没钱啊？咱们有求于人，就得任人家挟制，这是没有办法的事情。此事就这么定了吧，你们去跟洋人签约吧。”

善后大借款很快就谈妥了，赵秉钧、周学熙、陆征祥三人抱着跟洋人签订的借款咨文，匆匆赶到大总统府，请袁世凯签字生效。

袁世凯接过那文件，粗粗浏览一通，便拿起毛笔，就要签名。周学熙趋前一步，说：“大总统，此件尚未经国会通过，咱们这样干，有违《临时约法》，势必要引起乱子。”

袁世凯呵呵而笑，道：“你这是什么话，《临时约法》大，还是老子的权力大？我今天告诉你，在我老袁这儿，权大于法，倘那个权力不比法大，哪个鳖孙愿意干这个大总统！闹起乱子，好啊，闹吧，老子还怕他们不闹呢，闹得越凶越好。到了时候，老子拿枪杆子说话，看他们谁的嘴巴硬得过老子的炸弹！”

袁世凯大笔一挥，把他的名字写在了借款咨文的右下方，正要合上，递给周学熙，忽然眼珠一转，又有所思，沉吟片刻，又缓缓地把那文件打开，缓缓地拈起毛笔，又在签名的左下方写下一行小楷，道是——

此次合同签字，在势无可取消，倘国会能谅苦衷，固为国家之幸，否则，唯有向国民代表引咎自谢，以明责任。

赵秉钧笑道：“大总统这句话添加得好！一则说明借款非为我北洋之私，乃是为国家不得已而为之；一则说明大总统赤心为国，勇于承担责任，光明磊落，坦荡襟怀，将来跟南方乱党斗起来，咱们也好有话说。”

袁世凯说：“你们记住这一条真理，只要老子手里有钱有枪，这天下就是咱爷们儿的，乱不了！”

赵秉钧三人佩服得五体投地，诺诺连声，悄然退下，抱着借款咨文，去五国银行团要款子去了。

善后大借款的消息一经报端披露，全国各地沸反盈天，反对讨伐之声，排山倒海。

孙文首先向五国银行团发表声明，曰：袁世凯属非法借款，中国人民绝对不予承认。

黄兴通电响应，曰：袁氏借款蔑视国会，违背《临时约法》，丧失主权。一息尚存，此心不死，宁为共和之鬼，不为专制之民。

上海六万人大集会，揭露袁世凯暗杀宋教仁和违法大借款的罪恶行径，要求袁世凯辞职。

参议院正副议长国民党员张继、王正廷夤夜谒见袁世凯，要求遵守《临时约法》，中止合同。袁世凯百般推诿强词夺理声言合同已经签字，无法挽回。张、王愤慨已极，通电全国指出借款悖谬有三，其词曰：一、借款不交正式国会通过，蹂躏立法机关；二、借款竟许英人为盐务稽查所总办，俄、法两国人为为审计处总办，德国人为借债局总办，日本人为长芦盐政局总办，丧失主权，召将来瓜分之祸；三、政府擅借大宗外债，反谓前参议院已经通过，用心叵测，祸国殃民。最后宣言，袁世凯违法横行，至于此极！袁政府如此专横，前之参议院既被摧残，今之国会又遭其蹂躏。试问，不有国会，何言共和？继等唯有抵死力争，誓不承认。呼吁各省都督、民政长、省议会一致起来斗争，迫袁取消借款，维护国家尊严，民族权益，云云。

通电一经发表，国民党的安徽都督柏文蔚、江西都督李烈钧、广东都督胡汉民、湖南都督谭延立即相应，通电全国，严斥袁氏。

紧接着，湖北、江西、湖南、广东、安徽、江苏、奉天、吉林、陕西、云南、广西、福建、甘肃、贵州诸省的省议会亦相继发表通电，斥袁氏藐视立法机关，坚决否认借款的合法性。

参众两院内更是风暴大起，国民党议员群情激愤，大骂袁世凯独裁暴政，以权压法，出卖主权，志在复辟。有的议员骂到激动处，跳上桌子，振臂高呼打倒袁世凯的口号，代理国务总理段祺瑞到国会答复质询，有议员竟向他抛掷墨盒，激愤混乱之状可见一斑。

但是，袁世凯并不退让，亦不妥协，一意孤行，志在必得。

他派梁士诒催促梁启超，加快进步党的组建速度，以党制党，分化瓦解国民党的军心。同时，以金钱收买、暗杀威胁软硬手段，拉拢国民党议员中的动摇分子，削弱其势力。梁启超的进步党员大都是国会里共和、民主、统一党的议员，他们四出活动，散布“大借款在今日之财政上不能反对，只可监督用途”的理论，分散了国会议员们的议题，加之一些国民党员议员对武力讨袁缺乏信心，私心又重，舍不得丢掉议员位置，议会里出现了意见分歧，反对劲头日渐减弱。

恰在这时，军政执法处陆建章报告，众议院议员伍汉持在天津新车站被警察厅长逮捕，在他的身上搜出一份请袁退位的建议案，请示袁世凯当如何处置。袁世凯说：“此乃乱党攻击领袖、颠覆国家的铁证啊，老子求之不得，他倒送上门来了，杀了他以示众啊！”陆建章得令，不加审讯，立即枪决。袁氏报纸上就此事大做文章，一时间阴风习习，黑云盖顶，北京城里充满了恐怖气氛。

袁世凯哈哈大笑，道：“跟老子玩这个，谁怕谁来！”

他接连发布“除暴安良”命令，说一些不法歹徒，乘善后大借款事，煽动诱惑，酿成暴乱，扰乱和平，破坏民国，命令各地官吏，遇有不逞之徒，潜谋内乱，敛财聚众，当立予逮捕严究，不得宽贷。

他发表通电，申斥带头反对大借款的江西都督李烈钧、安徽都督柏文蔚、广东都督胡汉民、湖南都督谭延，说他们身为现役军官，有绝对服从之义务；民政长为行政长官，有服从中央命令之义务；可是他们近日电文，多出于职任范围之外，竟置行政系统于不顾。该都督等亦有属官，如相率效尤，何以为治？且唆同僚以抗争，陷国事于危险，雌黄信口，更非身列军界政界者所当为。本大总统严饬地方各级官员，自今以后，遇有开会聚众，散布浮言，潜谋内乱者，立予查拿惩办。

在袁世凯的金钱收买、分化瓦解、恫吓威胁、公然枪杀面前，加之一些人的眷恋议员虚名、满足既得利益的私心私欲，那些曾经愤激慷慨大义凛然过的议员们很快便沉寂了下来，尽管他们中仍然有一部分坚强分子不甘心于袁世凯的倒行逆施、专横跋扈、胡作非为，然而，整体的气势既已丧失，旺盛的斗志既已消弭，孤掌难鸣，也只有望洋兴叹，无可奈何地叹息落花流水春去也了。

但是，袁世凯并不就此罢手！

他在赵秉钧、陆征祥、周学熙从五国银行团领到第一批借款五十万英镑的第二天，便召开了军事会议，部署对于国民党的武装讨伐。

他说："对付国民党，光靠暗杀不行，国会也指望不上，赢不了他们，解决问题的办法只有一个，那便是枪杆子！"

段祺瑞说："大总统说得好！正是这个理！国民党议员大闹国会，放肆无礼，老子当时恨不得拔枪全毙了他们！"

袁世凯说："国民党不灭，我北洋兄弟就休想安稳掌权，这一点已经是秃子脑袋上的虱子，不须明言了，现在该我们动手啦，调兵遣将，武力消灭之。"

王士珍说："大总统这个决心下得好，下得及时，下得英明伟大。属下已经跟各地将领通了声气，所有的北洋将领一致拥戴大总统的这个讨伐决定，他们保证大总统指到哪里，便杀到哪里，剿灭乱党，一个不留。"

袁世凯捋着八字胡须，满意地点头说："好，对于我北洋铁骑、百万雄师，本大总统还是有信心的！这次剿杀国民党，主战区在湖南、江西、安徽、江苏四省，进攻的重点在江西、江苏，湖北为我军的大本营，海军机动灵活策应长江沿岸各战场。现在我命令——李纯率领第六师自保定沿京汉线南下，驻军武昌，随时准备沿江东下，进攻江西；命令张勋率领本部军马，会同北洋第五师沿津浦线南下，进逼南京。命令海军中将郑汝成率领军队迅速占领上海江南制造局，命令海军司令李鼎新增调军舰两艘驶进上海，控制住上海局势，配合陆军作战。"

王士珍说："大总统，这次讨伐，湖北乃我军战略策源地，军事地位举足轻重，我军进攻江西，势必要假道武汉，黎元洪手中握有八九个师的兵力，倘不配合，奈何？倘有异志，我军处境就危险了。"

袁世凯哈哈而笑，道："聘卿之忧，亦我之忧也。不过，此忧已经不存在了，聘卿请看。"

说着从怀里掏出一张纸片，递给王士珍。

那王士珍接过那纸片一看，原来是黎元洪发给袁世凯的一封电报，只见那电文写道——

> 元洪唯知服从中央。长江下游，誓死撑住，绝无瞻顾。倘渝此盟，罪在不赦。

王士珍大喜，说："如此，我军无后顾之忧矣！"

这时候，段祺瑞却又提出了一个新问题，他说："听说，国民党方面正在极力主张宋案司法解决，大借款国会解决，并无起兵造反或宣布独立的迹象，大总统派兵剿杀，舆论上是否师出无名啊？"

袁世凯哈哈又笑，道："芝泉之问，亦我之问也。不过，本大总统既已打算剿杀他们，就有办法叫他们主动进入我的准星。"

段祺瑞问："大总统有何办法？"

袁世凯狡猾地嘿嘿冷笑两声，说："本大总统有三步棋，步步逼其造反。其必反，我军自然师出有名矣，芝泉且拭目以待之可也！"

军事会议刚散，袁世凯就叫来梁士诒，嬉皮笑脸地对他说："你马上发电报给张謇，请他做我的传话人，传话给孙、黄。"

梁士诒问："大总统欲传何话？"

袁世凯说："你叫张謇告诉他们，说我袁慰亭说，现在我已经看透了孙、黄，除捣乱外别无本领，左又是捣乱，右又是捣乱。我受四万万人民托付之重，不能以四万万人民之财产生命，听人捣乱！自信政府军事经验，外交信用，不下于人，若彼等能力能代我，我亦未尝不愿，然今日承未敢多让。彼等若敢另行组织政府，我即敢举兵征伐之！国民党诚非尽是莠人，然其莠者，吾力未尝不能平之！"

梁士诒说："此语诚然铿锵，然杀气太重，可否以属下名义传语？"

袁世凯厉声说："不可！即说是我袁慰亭所说，怕他怎的！"

梁士诒诺诺而退。

回到办公室，梁士诒终于憋不住，对手下人说："大总统决心要剿灭国民党了，战事又要开了。"

手下众人说："这一打，国民党肯定完了，天下真地是要姓袁了。"

这时，外边居仁堂大厅里，隐隐约约传来袁世凯哼哼唧唧的河南梆子腔："有本王打坐在金銮宝殿，尊一声驸马儿细听王言……"

梁士诒咂舌说："如何？大总统胸有成竹矣！"

第二十二章　步步紧逼逼人造反 二次革命惨遭败绩

日月如梭，眨眼之间节令已进入夏季。

澳门广慈医院一间普通的病房里，一位病疴沉重的少女，躺在洁白的枕褥间，气息奄奄。

她是孙文的长女，名叫孙娫，今年刚刚十八岁。

十八年前的1895年，她出生在老家广东省香山县翠亨村那间破旧的砖瓦房子里。

住院以前，她是美国加州柏克莱大学的学生，因为患病，东归就医，住进了这所澳门的教会医院。

她病弱的面容憔悴不堪，泛着菜黄，人已经羸瘦得皮包了骨头，她的嘴唇干裂，上边沁出丝丝血痕，神情疲乏，少气无力，呆滞的目光时而闪动一下，给人们一点点生命的信息……只有那一头乌发散乱地飘逸在枕边，还依稀残留着一些少女的美丽痕迹。她的母亲卢慕贞女士坐在她的床边，轻轻攥住她枯瘦如柴的纤手，两只眼睛填满了泪水，又不敢让它们流出来，强憋着，悲凉的凄婉的表情难以掩盖她无尽的心酸。

孙娫昏昏沉沉处于半昏迷状态，眼睛却并不闭上，而是双目大睁，似乎在寻找着什么，又似乎在等待着什么。

卢慕贞女士不时用手帕轻轻揩拭着她额头的冷汗虚汗，悄声对她说道："娫儿，你闭上眼睛歇息歇息吧，这样一刻不停地睁着，就是健康的人也是受不了的，听话，啊……"

孙娫没有听见似的，依旧大睁着双目，痴呆呆地大睁着，混浊的眼球一动不动地注目前方。

卢慕贞再也控制不住自己的感情，泪水夺眶而出。她把怨恨的目光也射向窗外，还侧起耳朵来听，希望她的丈夫娗儿的爸爸突然出现在面前——他们的娗儿盼望见到他，已经三天三夜没有合上眼睛了啊！对于这样一个濒临死亡的生命来说，娗儿是在用怎样的意志力强撑着，等待着她的爸爸的来临啊！

午饭以后是最困乏的时候，为了让女儿能够合合眼睛，卢慕贞把她的一只手平盖在女儿的眉榍之上，并且轻轻地向下压一压，强迫那上眼皮下去跟下眼皮合上。女儿试图反抗，她的头轻微地摇摆了一下，但是，她太虚弱了，没有力量把母亲的手移开，后来，她似乎也不愿意母亲的手移开了，她静静地承受着母亲给予她的那一点点压力，乖乖地接受着母爱的甜蜜……

单调的蝉鸣催人入眠，更何况是一连几夜没有休息好呢？卢慕贞终于支持不住，伏在女儿的床头打起了瞌睡。

突然，她感觉女儿的身体在移动，接着，又听见女儿在叫“爸爸”。

她一个激灵睁开了眼睛。

她看见女儿正大睁着双眼望着窗外，嘴里不停声地呻唤着“爸爸、爸爸。”

她侧耳聆听，外边似乎有汽车引擎的声音，紧接着，又传来急促的脚步声响。

再接着，病房的门被推开了，孙文真的出现在面前。

“爸爸、爸爸。”孙娗不停地呼叫着，那个声音虽然很微弱，但是却格外清晰。

孙文快步走到病床前，伏下身子，注目自己的女儿，说：“娗儿，爸爸来看你来了。”

孙娗的眼睛活动起来了，还不停地眨巴着，一闪一闪地闪动着光芒。她的面颊上流露出微微的笑，眼角上噙着晶莹的泪珠。她蠕动着干裂的嘴唇，艰难地说：“我知道您会来的，我知道您会来的。”

孙文的眼泪如同决堤的水，哗的一声汹涌而出。他说：“娗儿，爸爸一定请最好的医生，用最好的药，把你治好。”

孙娗说：“爸爸，抱抱我。”

孙文急忙答应着，弯下腰去，坐在床头，把女儿揽在怀抱里，他感觉女儿的身体在颤抖。

孙娗将她的头用劲地往父亲的怀抱里钻，她希望自己能够钻进父亲的胸膛里边去，永远在那里边待着，那样的话，父亲走到哪里，她就可以跟随到哪里了，永远地沐浴着父爱，聆听到父亲那亲切的坚强的忧国忧民的声音了。但是，理智又告诉她，那只是一种幻想，父亲为了拯救这个国家，很快又要离她而去，可是，可是，上帝给她的时间已经不多了，她不愿意离开父亲，也不愿意父亲离开她，她渴望父亲就这样搂抱着她，用他温暖的怀抱慰藉她脆弱的灵魂。

她努力抬起头来，嘴巴尽量向父亲的耳轮靠近，用足了气力说："爸爸，我不想死……"

孙娫这句凄婉的哀求，令孙文万箭穿心般地痛！他心如刀绞，泪如雨下，不能自持。而站在他们父女旁边的卢慕贞女士，早已经掩面而悲，泣不成声了。

孙文在女儿的病榻前仅仅待了一个多小时，他必须马上赶去参加一个重要会议，他要在这次会议上与广东的陈炯明商谈讨伐袁世凯事宜，催促陈炯明痛下决心，同意四省独立，并且马上宣布广东独立。

袁世凯已经把作为共和国象征的《临时约法》踏在脚下，他大借外债，调集军队，磨刀霍霍，他要向革命派下手了！

中国的民主革命面临一场生死浩劫。

刚刚诞生的民主共和国就这样断送在袁世凯的手里吗？

"不能！绝不允许袁世凯的倒行逆施！"孙文的回答是坚定的、毫不含糊的！

他要发动讨伐袁世凯的二次革命！

从澳门返回上海的航船上，孙文接到爱女病逝的电报。这个打击太沉重了，他的眼前一黑，几乎晕倒，英文秘书宋霭龄扶他进了船舱，躺下休息。

孙文躺在卧榻上喘息。他感觉胸口上边被压上了一大块石头，不，抑或是一座大山，令他窒息。他的心里万箭攒射，痛不欲生。

他的眼前分明地出现了爱女娫儿那张病痛的脸，那双渴望的眼睛正大睁地瞅着他看，那里边有晶莹的泪珠流出……他看见娫儿干裂的嘴唇在蠕动，颤抖地蠕动，似乎要跟他说话……他忽然听见娫儿呼唤他的声音，"爸爸、爸爸"……声音很微弱，但是很清晰……

"爸爸，抱抱我……"

"爸爸，我不想死……"

这是娫儿给他留下的最后的声音……那么微弱，却又那么清晰。

作为父亲，他感觉歉疚、失职、无能和无奈。

他的乖乖的女儿、宝贝的女儿就这样悄无声息地从他的身边离去，永远地离去，离开她深爱着的亲人，离开这块多灾多难的生她养她的土地，永远地离去了啊……

"娫儿，爸爸对不起你，没有尽到责任……"孙文在心里向女儿忏悔，他伸出手臂来，努力地前伸，希望能够抱住眼前女儿那虚幻的影像。

英文秘书宋霭龄端过来一杯咖啡，说："古人云，'河清不可俟，人命不可延'，生死，是无可奈何的事情，非人力所可以左右的，先生请节哀。"

孙文点一点头，长叹一口气，道："'生不能相养以共居，殁不能抚汝以尽哀。少者殁而长者存，强者夭而病者全'，唉，天道不公，我这心里……"说着话，潸然泪下不止。

军舰驰过台湾海峡时，天下雨了。浩瀚的东海海面，完全被雨网笼罩。孙文踱步窗前，向远处张望，眼前一片白茫茫的雨障，不见岛屿，更不见陆地，唯有倾盆而下的雨柱和汹涌滔天的海浪……

这动荡不安的大海潮汐，很是与孙文此刻的心境相通，他那汹涌激荡的心海里，如何不是也在大雨倾盆巨浪滔天啊！

女儿的生命他是无力挽救了，因为女儿已经满怀怅恨地离开了这人间。

国家的命运，刚刚诞生的民主共和国的命运，他能够挽救吗？

他在心里问着自己。

答案，却是与这海天一样，一片茫茫。

1911 年，辛亥革命爆发之时，他是主张乘胜北进，直捣黄龙，以武力推翻满清封建专制独裁统治的。但是，党内的一部分同志却主张和谈，主张非武力解决政权禅让的问题。他们要求袁世凯采取逼宫的办法压迫清室退位，实现共和，而条件是由他把那个临时大总统的位置转让给袁氏。不得已，他屈从了这一部分同志。

然而，他实在是信不过这个背叛康、梁变法卖主求荣的袁世凯，不相信这个满脑子功名富贵利欲熏心的封建官吏，不相信他能够一夜之间脱胎换骨成为拥戴民主共和的平民政治的代表人物。他怀疑袁氏有一天会背叛民国，复辟封建政体，在他被逼无奈准备向袁氏移交权力的时候，他主持拟定了《中华民国临时约法》，他要用这部国家宪法，确定国家民主共和的性质、人民的权利、司法的独立和对于临时大总统权限的监督制约。

但是，他的这一切努力在袁世凯那里统统无效了！

袁世凯大权独揽，一意孤行，为所欲为，暴戾专制。他表面上装出一副忠厚虔诚、唯唯诺诺、拥戴共和的诚恳态度，暗地里却干着施展阴谋诡计，组织暗杀，收买瓦解，践踏法律，藐视国会，大借外债，出卖民族利益的罪恶勾当。清皇帝能干的坏事他都干尽了，清皇帝不能干的坏事干不了的坏事他也都干尽。中国革命面前的形势如今真真是应了老百姓的一句话，“前门打虎，后门迎狼”，如今的中国，豺狼当道，年幼的共和国随时都有被出卖被颠覆的危险啊！

当此之时，他孙文该怎么办？

难道还有什么可以迟疑、动摇、妥协、退让的理由吗？没有！

他的面前，唯有继续革命，再次革命这一条路，别无他途！

他决定发动二次革命，推翻袁世凯的独裁统治，挽救年幼的共和国于即倒！

但是，发动二次革命，谈何容易啊。

一排巨浪砸过来，铺天盖地，雪白色的浪柱怒吼着砸向舷窗，水花四溅，孙文下意识地后退了一步。

孙文痛苦地紧皱眉头，脚下摇晃，身子有些站立不稳，他慌忙伸手紧紧抓住身边的一个把手——这个时候，他的心海里也有巨浪砸来，那怒吼的浪涛铺天盖地，震撼着他的心扉。

袁世凯向五国银行团借款的消息一经传出，他立即知道袁世凯要发动内战，向革命派下手了。他要借全国人民愤怒声讨的大好时机，主动出击，向袁世凯发难。

他命令胡汉民立即赶回广东，宣布广东独立，组织讨袁军，讨伐国贼，但是，胡汉民犹疑不决，回答他说“时机尚未成熟”；他命令陈其美在上海起事，宣布上海独立，组织讨袁军，讨伐国贼，但是，陈其美犹疑不决，迟迟无所行动；他问计于黄兴，黄兴说，“还是想办法加强国民党议员力量，利用国会进行合法斗争，达到推翻袁世凯的目的”。

是何言也？国会乃口舌相争之地，对于无法无天以权压法、以权代法、心中无法的袁世凯，法律已经丧失了抵抗力量，革命党只有武力解决这一条路可以走得通。

但是，他的话，在党内却无人肯听。

六月九日，袁世凯颁布命令，免去江西都督李烈钧的职务，任命黎元洪兼领江西都督事；任命贺国昌护理江西民政长，欧阳武为江西护军使兼第一师师长，节制江西所有陆军；任命陈廷训为江西要塞司令，节制湖口、九江一带江防部队，直属陆军部管辖。——如此，袁世凯就首先完成了他对于江西革命党的进攻部署。

六月十四日，袁世凯颁布命令，免去广东都督兼民政长胡汉民的职务，任命陈炯明为广东都督，任命陈昭常为民政长。——如此，广东省的革命党面临被袁世凯分裂的危险。

他这次在澳门海上会晤陈炯明，跟他商议二次革命武力讨袁的大计，就是粉碎袁氏的分裂阴谋，巩固住革命党内部阵脚。

六月二十九日，孙文回到上海，继续发动讨伐袁世凯的二次革命。

当天晚上，他在自己的寓所召集国民党主要干部开会，商议讨袁事宜。

孙文说：“现在，我们国民党人控制的四个省份，已经有广东、江西两个省份的都督被袁氏免职了，袁世凯这是在逼我们造反了，二次革命，已经如同弦上之箭，势在必发了，诸位对于今日之时局，究如何看待，请尽其所言。”

黄兴说：“前日，袁世凯委托张謇传话我党，说什么他已经看透了孙、黄，除捣乱之外别无本领，云云；近日又复电张謇，说什么自共和以来，待遇伟人，倾诚接纳，而经年以来彼党执拗，肆意诬蔑，气焰嚣张，国会之内，党争激烈，声言北伐，煽动暴乱，为国家民族计，袁某可以一忍再忍，焉有三忍四忍之理？由此观之，其意在于用兵。我党此时举事，正中其谋。且南北战端一开，势必造成国家分裂，生灵涂炭，愚以为还须谨慎，谋求和平办法，当属上策。”

居正说：“近日，袁世凯接受外国记者采访，当讯及其是否真心拥戴共和反对君主旧制时，袁世凯振振有词地说，我知道社会上早有谣言，说袁某我拥戴共和是假，复辟帝制是真，但既为国家公仆，岂能够逃避这些诽谤乎？此种问题，我不做回答，当留之以待后人之解决。余所知者，既为民国办事，自当尽余之能力，以求民国之成功耳！我心里追求者，拥戴共和之华盛顿，而非实行专制之拿破仑也！”

众人闻言，哄然而笑，七嘴八舌地说：“真是婊子立牌坊，一点儿脸也不要了。”

居正亦笑道：“当那个外国记者问他，听说南方革命党欲为二次革命，讨伐你，大总统如何看待，袁世凯说，此种人已有革命习惯，无建设思想，无实地经验，不识中国大势之真相。然人民必不助其所为。此种人大概可分为两种，第一种已得政府之酬报或官职而不满意者，第二种尚未得政府酬报或官职者……”

听到这里，众人又笑，齐声说：“满口谎言，胡说八道，真不知世上有‘无耻’二字。”

孙文说：“诸位但见其鄙，不见其阴险。须知，谎言与阴谋总是关联在一起的。袁世凯把自己标榜成共和制度的拥戴者，把我革命党人说成是专事捣乱的‘暴徒’，施放和平烟幕，假扮和平使者，其用心在于麻痹群众，惑乱人心，混淆视听，为其后边的杀手张目耳，我们不可不防。”

黄兴说：“先生的分析是对的，袁世凯制造事端，无理撤掉我们的同志，又往江西大批派兵，武力镇压的意图是明显的。”

这时，汪精卫长叹一口气，说：“这正是令人担忧的。广东、江西都督被撤，下一个我料必是安徽都督柏文蔚无疑。”

陈其美说：“袁世凯欺人太甚，他这是逼迫我们造反呢！”

汪精卫说：“是呀！既知是阴谋，我党就更不能上当，中了他的圈套。我跟一些同志商量出一个和平解决三条办法，请诸位研究。第一条，举袁世凯为正式总统；第二条，袁在临时期内不撤换都督；第三条，宋案仅罪至洪述祖、应桂馨，不再往上追究。”

汪精卫三条既出，会场上一片沉寂，众人凝目而思，揣摩可否。

孙文说：“如此，岂不是向国贼妥协吗？我料袁世凯必不肯放弃独裁，轻易罢手。”

黄兴说：“如果我党首先发起军事行动，袁贼必将挑起内战罪责和暴徒罪名强扣在我们的头上，那样反而成全了他。不如用这三条先自缓解一下形势，保住我广东、江西、安徽、湖南的力量，积极备战，以待时机。”

陈其美、居正等人都赞成黄兴的说法，以为汪精卫的三条可行。

孙文叹道：“既然大家都如此认为，我还有什么说的呢？不过我料那袁世凯，必然因我们的妥协而愈发猖獗，其灭我之心必然更加张狂。孙子曰，善战者，致人而不致于人。今袁贼步步调动于我，而我不能诱敌于先，国家前景，我党利害，我见其忧矣。”

商量来商量去，议论了大半夜，终是众人坚持和平解决的意见占了上风，孙文二次革命武力讨袁的计划被暂时放置。大家研究，推举汪精卫、蔡元培为代表，邀请张謇为中人，赶赴北京，跟袁世凯当面谈判，请他恢复李烈钧、胡汉民的都督职务，而革命党方面，则保证拥戴他当上正式大总统，宋教仁案也不再往上追究，只查到洪述祖、应桂馨处便罢休。

张謇表现热情，接到邀请，欣然同意，便跟随汪精卫、蔡元培坐上了北上的火车。

汪精卫三人赶到北京总统府，秘书长梁士诒告诉他们，大总统已经两日没有来铁狮子胡同上班了，一应大事，都是去中南海解决，请他们即刻赶去那边面见大总统。

汪精卫三人来到中南海，被袁乃宽领到居仁堂前院“大圆镜中”里边坐下，拜茶。

张謇跟袁世凯关系特殊，不仅仅是同党，还有着几十年的交谊，每次来都是被请到居仁堂楼下袁世凯的书房里谈话，从来没有在这个只接待生客或一般客人的地方待过，心里很不是滋味。他问袁乃宽说：“你没有告诉他，说是我张季直求见？”

袁乃宽笑道：“张大人误会了，大总统此刻有些家事在忙，少待，自然请大人等去里边就座。”

张謇又问：“何事，还劳动大总统亲自处理，什么大事五姨太太处置不了？”

袁乃宽笑而不答，只闷着头给他们倒茶。

且说这个时候，居仁堂里鸦雀无声，虽说已经是半晌午了，时针已经指到了十点，楼下的工作人员一个也不敢进去，都规规矩矩垂手侍立在门外走廊上，大气也不敢出。而楼上，卧室的门紧紧关闭，五姨太太坐在门外边的一只木椅上，不时地探头往里边瞅，也是大气也不敢出。

这真是一个奇怪的现象。袁世凯这个一贯遵守时间，按时起床办公的人，怎么到了这个时候还在卧室里猫着呀？猫着也就罢了，怎么连五姨太太这样一个备受宠爱的人，衣食起居一刻也不能离开的人，也被关在了门外边不能进去呢？

大约十点半钟的时候，袁乃宽在楼下大厅里转了无数个圈子以后，看楼上卧室依旧没有动静，他迟疑了片刻，犹犹豫豫地走上楼来。五姨太太赶紧迎上去，不停地作揖打拱，意思是请他赶紧叫门。袁乃宽会意，把一根手指头竖压在唇上，示意她噤声，自己个儿则轻轻叩响了那门。

里边传出袁世凯的声音："什么事?"

袁乃宽说："报告大总统，南通张季直大人和汪精卫、蔡元培来了。"

袁世凯说："知道了，叫他们少待。"

只听见里边窸窸窣窣一阵响，不时地夹杂有抽咽喘泣之声，大约半个时辰以后，袁世凯卧房的门吱扭一声开启了，走出来三个十二三岁的小丫头，她们头发蓬松，衣衫凌乱，眼泡红肿，战战兢兢拿袖口儿半遮住脸，羞臊的样子显得很慌张，看见五姨太太，赶忙一曲双膝算是行了个礼，一溜小跑奔下楼去了。

五姨太太进得房去，见六姨太太叶氏正在对着镜子梳头，便抱怨道："就知道领着你的这几个小同乡讨大人的喜欢，也全然不顾及大人的身子，倘掏空了，谁也别想再快活。"

六姨太太叶氏，是扬州人，二十来岁，也是个心高气傲的主，听见这话，反唇相讥道："老五姐姐，您说这话可就冤枉死人了，是大人派人去扬州买小丫头们的，如何赖在我的账上？大人，您老人家明儿再派得力的采办去天津卫，那里的丫头个个都似咱们五姨太太，又会侍侯大人，又不会掏空了大人，岂不两全其美喹!"

杨氏嗔道："怎么一下子弄来三个，大人受得了吗?"

叶氏一翻白眼，说："姐姐这可是咸吃萝卜淡操心，咱们大人，厉害着呢，也不知吃了什么灵丹妙药，一夜也没有叫这些小妮子们消停，哭的哭喊的喊，烦死人了。"

袁世凯一边穿衣服，一边嘿嘿奸笑道："都给老子住嘴，你们夹枪夹棒地嘲讽老子，以为老子听不出来啊？都给老子小心点!"

骂骂咧咧地说着，眦眯带笑地，迈步走出了房间。袁乃宽赶紧头前引路，把他引领到"大圆镜中"。

张謇、汪精卫、蔡元培三人，早迎将出来，抱拳行礼，问候声声："大总统好！大总统好!"

袁世凯呵呵而笑，上去牵住张謇的手，拽在腋下，说："干吗在这里？走，去书房里说话。"

来到居仁堂楼下袁世凯的书房，落座拜茶，客套几句，谈话便转入正题，张謇向他说明了来意。

袁世凯凝眉锁目，脸上流露出不悦之色。沉吟半晌，才从鼻子窟窿里挤出几个字来，道："季直哥哥，你刚才调和一说大错特错。今日的问题，并非调和南北，乃是地方不服从中央，中央宜如何统一的问题。宋案自有法院审理，借款案自有国会议会，我们都说不上话。江西都督李烈钧，广东都督胡汉民，身为地方长官，却事事处处与中央唱反调，反对中央的正确领导，他们属于政府之系列，中央不能不求统一之法，免掉他们，也是迫于无奈耳。”

汪精卫说：“诚然。大总统站在全局的立场上如此看问题，不能说没有道理。不过，南北分歧也是一个客观存在，如何妥善地解决它，对国家前途至关重要，这一点想必大总统也是同意的。前日，我们国民党总部召开了一次会议，专门研究了这个问题，有三点意见报告大总统，请大总统考虑。”接着，汪精卫便把举袁世凯为正式大总统等三条一一做了说明。

袁世凯听见这些，心下想到：革命党要举自己为正式大总统，宋案只罪至洪述祖、应桂馨，不再往上追究，换取的条件仅仅是不撤换都督，这很好啊！这个买卖划算得很啊！他那心里很是高兴，脸上的阴云顿时消散殆尽。他哈哈大笑，道：“这很好啊，你们举我为正式大总统，本人自然欣然乐意。宋案一事，再闹腾下去也没有什么意思了，凶手既已抓住，依法办事就是了。我也通知赵秉钧他们，周予儆的案子也罢手吧，不要再传讯黄兴将军了。至于撤换都督一项，只要他们服从中央，不跟中央捣乱，何须撤换？”

这时，袁乃宽进来报告说，酒宴已经备好。

于是大家入席。

酒过三巡，菜品五味，袁世凯擎酒在手，颇为感慨地说：“共和成立以来，某之待遇伟人，倾诚结纳，诸位尽知。虽然社会上有人以过于顺从相讥诮，某亦在所不顾，何者？自认为敬人者人恒敬之耳。哪里想到，那些依附伟人之辈，气焰熏灼，俨同贵胄，某亦不惜屏声忍气，曲予优容，所虑者何？大局也。可是，经年以来，贵党执拗，动辄骂人，肆意诬蔑，凡与鄙人稍有情感者，莫不吹求痛击，体无完肤。即使这样，我仍抱定不较之心，隐忍迁就，以冀其悔悟，如此，并非鄙人怕他们，有所畏惧，实在是国计民生，不堪再扰，故而降心相从耳。岂料，国会将开，党争激烈，适有变故，借为大题。扬言北伐，煽动暴乱，军事会议，暗杀分途。名义上调解之人络绎不绝，以维持之言论蒙蔽世人，实际上积极备战，暴烈进行仍不住手。其目的，无非是把破坏民国的罪名强加在鄙人身上。鄙人身为一国之大总统，即使不为一身计，难道还能不为一国计吗？现在我是为公为私，退无余地，无他，唯有行我心之所安而已矣。当然，如果伟人果肯真心息兵，我又何求不得？倘若佯谋下台，实则猛进，我袁某不是傻瓜蛋，是绝对不会接受这个事实的！”

袁世凯这一番话，软硬兼施，夹枪夹棒，把那“破坏民国”的罪责，悉数推给了国民党，为他自己的用兵镇压，挑起战争，尽力开脱。最后虚晃一枪，打出一个烟幕弹，说什么只要对方真心求和，他这里完全可以息兵，麻痹对手。

汪精卫、蔡元培果然中计，赶紧说："请大总统放心，我党绝对不会'佯谋下台，实则猛进'，我党的三条是经过认真研究讨论的，代表我党的正式意见，决然不变。"

袁世凯笑点一点头，说："如果果然如你们所说，那是彼此释嫌了，我们中央地方，同图建设，如天之福，国赖以存，鄙人决不为已甚。你们回去就把这个意见转告孙先生、黄将军吧。"

谈话变得投机起来，于是觥筹交错，尽欢而散。

汪精卫三人以为完成了使命，不日将恢复李烈钧、胡汉民的都督之职，国民党控制的四省势力得以保全了，一个个心下高兴，屁颠屁颠地往回赶。

孰料，他们这里刚离开，正在路上逍遥呢，袁世凯已经紧急召开军事会议，部署下一步的围剿行动了。

袁世凯说："老子的三步棋只走了半部，暴乱党就沉不住气了，派人来跟老子谈调和了。"

段祺瑞问："大总统答应他们没有？"

袁世凯说："答应了，他们拿两条换老子一条，划算的买卖为什么不答应啊？"

段祺瑞说："这就是说，大总统同意李烈钧、胡汉民官复原职啦？"

袁世凯说："官复原职是有条件的，那就是他们必须声明拥护中央的一切方针政策，保证不再捣乱。"

冯国璋说："这一条很难，我料他们做不到。"

梁士诒说："做不到，就不能复职。"

段祺瑞哈哈大笑，说："大总统这是军不厌诈，高，高！"

袁世凯手捋着八字胡须，得意地说："那就怪不得本大总统了，老子要继续走完后半步。燕孙先生，给老子起草命令，着即日免去安徽都督柏文蔚的职务。此人不识抬举，老子给他送去一百万元的支票，叫他听话别胡来，谁知他非但不要，还死心塌地跟着孙文跑。"转脸又对赵秉钧说："你给我派一个特务小组去湖南，谭延闿这个家伙虽然不可靠，但跟胡汉民辈有点区别，先不免职，去吓唬吓唬他吧。"

赵秉钧问："大总统的意思是……"

袁世凯说："把他的军火库给老子炸了！没有了军火，此人就动弹不得了，湖南方面，老子就放心啦！"

段祺瑞说："大总统这第一步棋就厉害非常，先夺了他们的权再说，下边就该开打了。"

袁世凯说："这二步三步，就要仰赖段芝贵、冯国璋、倪嗣冲三位将军了。"

段芝贵、冯国璋、倪嗣冲闻言，啪的一声起立，厉声应道："末将在。"

袁世凯说："我命令段芝贵任江西宣抚使兼第一军军长，统辖陆军江西护军使李纯部和第二师师长王占元部，由京汉线南下进军江西，并发给银币二十万元以为军资，即日赶赴前线，督剿乱党；命令冯国璋任江淮宣抚使，统辖江北镇抚使张勋部和雷震春部，沿津浦路南下进军南京，并发给银币二十万元以为军资，即日赶赴前线，督剿乱党；命令皖北镇守使倪嗣冲统率所部，由汴梁、周家口经颍州、正阳关及太湖方面进攻安庆，并发给银币二十万元以充军资，即日赶赴前线，督剿乱党。"

段芝贵、冯国璋、倪嗣冲齐声应道："末将得令。"

袁世凯对段祺瑞说："陆军部即调海军中将郑汝成、海军次长汤芗铭率领海军舰艇协同作战。一应军资武器后方补给军员补充等事项，你都要做出周密安排，不得有误。"

段祺瑞啪的一个立正，厉声应道："陆军部坚决执行大总统命令，请大总统放心。"

袁世凯微微而笑，对段芝贵、冯国璋、倪嗣冲说："本大总统这二步、三步棋，乃是逼迫革命党先开第一枪。只要他们造反的枪声一响，老子就要全面聚歼了。到时候，三位将军大显神通的时机就来到了，你们就给老子甩开膀子杀吧、砍吧，本大总统勋章奖金早为诸位准备妥当了。所以，你们要记住，这第二步，乃是大军压境，逼其动手。第二步他们若仍不动手，就实施这第三步，制造军事摩擦，派小股大股部队频繁骚扰之，逼令其动手。只要他们稍一还击，即或是仅开了一枪放了一炮，造反的罪名就休想赖掉，老子师出有名矣，尔等便大举进攻，江西、江苏、安徽同时动手，以迅雷不及掩耳之势，杀他们一个鸡犬不留！"

段芝贵、冯国璋、倪嗣冲说："末将明白。这叫既要杀人，还要占理。"

袁世凯哈哈大笑，道："正是，正是！这就是老子逼其造反的三步棋也！"

且说汪精卫三人返回上海，张謇自回南通经营他的商业去了，汪精卫和蔡元培兴冲冲地赶回孙文寓所，准备向他报告此番赴京的情况。殊料，进得客厅，看房里坐着的诸人，一个个面孔阴沉，好像发生了什么事情。看孙先生时，只见先生向他们毫无表情地微微点一点头，并不说话，好像有无限心事似的，眼睛里闪动着忧郁的光，兀坐桌前，一言不发。

汪精卫问："你们这是怎么啦？为何如此沉闷啊？"

蔡元培亦问道："难道又有不幸的事情发生了吗？"

众人只把一双双呆滞的眼睛打量着他们，并不言语。

汪、蔡二人更是丈二和尚摸不着头脑了。

沉默了好大一会儿，还是陈其美首先打破了沉寂，他问："你们此番去北京，跟袁世凯谈得如何？"

汪精卫回答说："谈得很顺利呀，袁世凯答应了我们的三条意见，并且说，只要孙先生出于真心息兵，那就是南北释了前嫌，大家同心搞建设，他袁世凯决不为已甚。"

居正说："兆铭，你们中了司马昭的疑兵之计了！"

汪精卫大惊道："难道他会出尔反尔？"

黄兴欠了欠身子，把一张电报稿递给汪精卫看。并说："昨天，也就是你们跟袁世凯谈判的当天，他袁某就颁布命令，撤掉了柏文蔚安徽都督兼民政长的职务，而任命孙多森为民政长兼署都督。至此，我们国民党人能够控制的四个省份，先自失掉了三个，情况对我们很是不利呀。"

蔡元培怒道："这个流氓，竟然视国家大事为儿戏，气死我了！"

孙文叹道："他本来就是个流氓，这一点我们大家原本很是清楚。可悲的是，我们既知其为流氓无赖，却屡屡遭受其骗，被他玩弄于股掌之间，一而再、再而三地示弱于人，这个愚蠢，才是最可悲的啊！"

汪精卫听见这话，惭愧地低下了头，他分明感觉孙先生这是说给他听的。

两天以后，惊人的消息传来，长沙的军火仓库爆炸失火了，大批的弹药枪械被炸了个一干二净，都督谭延同时收到恐吓信件，警告他胆敢跟着暴乱党闹事，小心他和一家老小的性命。

孙文悲哀地说："我党控制的四个省份，至此，悉数被袁氏颠覆殆尽了。革命元气已经大伤，二次革命，面临险境啊！"

他秘密叫来朱卓文，交给他二万元活动经费，对他说："虽然举行起义的最佳时机已经错过，但为了捍卫《临时约法》，反抗袁贼的独裁专制，请你秘密潜入南京，运动第八师几个营连长，杀掉他们的师长陈之骥，斩断冯国璋在南京的内应，宣布独立，我立即赶赴南京去主持讨袁。"

朱卓文说："这么大的事情，先生不跟克强他们开会研究研究吗？"

孙文痛苦地摇头说："克强到今天还是力主议会斗争，武力讨袁，并不赞成。"

朱卓文说："什么时候了，还寄希望于议会，这不是幼稚吗？先生放心，我此番前去，当竭尽全力，先把冯国璋的女婿陈之骥干掉，南京就是我们的啦！"

朱卓文走后的第五天，半夜三更，驻守南京的第八师的两个旅长王孝缜、黄恺元突然出现在上海黄兴的家门前边，他们叩响了门环。

黄兴闻报，披衣出来接见了他们，惊问道："夤夜来此，必有大事？"

王孝缜说："黄将军，大事不好了，孙先生派朱卓文潜入南京，秘密鼓动营连长谋杀陈之骥的事情泄露了。"

黄恺元说："幸而那报密之人报告给我们两个，若是报告给陈之骥的亲信，朱卓文性命不保，革命大事亦将贻误。”

黄兴一听见这话，登时惊吓不小，忙问道：“那报密人如何打发去了？”

“我们说此事非同小可，嘱咐他们至此打住，万不可再泄露于人。”王、黄二人说。

黄兴说：“如此最好，倘一旦泄露，就坏了大事了。你们还见不见孙先生？”

王孝缜说：“时间紧急，我们不能久留，必须连夜返回。请黄将军千万嘱咐孙先生，万万不可在此混乱时间去南京，须俟南京独立稳定后再去组织政府。”

这天夜里，就在王孝缜、黄恺元秘密面见黄兴、报告南京重要情报的同时，被免职的江西都督李烈钧也十万火急地赶到孙文住处，向他报告了一个紧急情况。

李烈钧说：“孙先生，我革命军已经在沙河镇跟袁军交火了，战事已开，你看下一步怎么办啊？”

孙文问：“我方尚未组织好队伍，怎么就开火了呢？”

李烈钧说：“袁军李纯部肆意向我驻沙河镇赣军挑衅，杀我哨兵，旅长林虎忍无可忍，起而反抗。”

孙文沉默良久，突然走到李烈钧面前，问道：“李将军意欲何为？”

李烈钧说：“仗是迟早要打的，既已开火，就反他娘的！”

孙文问：“袁军势大，你孤军力单，难道将军就没有顾及吗？”

李烈钧说：“顾及又怎么样呢？与其束手待毙，不如起而一搏，了不起是个鱼死网破罢了！”

孙文说：“这正是我想听到的坚强的声音！”

李烈钧备受鼓舞，说：“那好，我立即返回湖口，召集会议，通电讨袁，宣布江西独立。”

孙文说：“二次革命从将军这里就开始了，我一定竭尽全力，号召南方各省起义响应！”

李烈钧领命而去。

第二天大清早，黄兴冲冲赶来，向孙文报告了昨晚王、黄两位旅长送过来的情报。

孙文也把李烈钧要在江西起事的决定通知了黄兴。

黄兴说：“袁世凯这是逼着我们造反呢！”

孙文说：“与其被人逼反，何如自己主动革命？民主和专制，势若水火，袁世凯不能容我民主政治，我们岂能容他的专制独裁乎？”

黄兴俯首兀立，有顷，面有愧色地说：“克强懵懂，险些被袁氏的假象所误。请先生派我去南京，举兵讨袁，响应江西李烈钧。”

孙文点一点头，说："南京独立以后，势必要有上海的兵力财力支援，我会督促陈其美，尽快占领上海。"

1913年，七月十二日，江西省议会召开特别大会，公举李烈钧为江西讨袁军总司令，欧阳武为都督，宣布与北京政府脱离关系。

同日，李烈钧在湖口誓师，宣布江西独立，通电讨袁，并发布檄文如下——

> 民国肇造以来，凡我国民莫不欲达真正共和目的。袁世凯乘时窃柄，帝制自为，灭绝人道，而暗杀元勋；弁髦《约法》，而擅借巨款。金钱有灵，即舆论公道可收买，禄位无限，任腹心爪牙之把持。近复盛暑兴师，蹂躏赣省，以兵威劫天下，视吾民为寇仇，实属有负国民之委托。我国民宜亟起自卫，与天下共击之。

七月十五日，黄兴宣布江苏独立，自任讨袁军总司令，江苏所属之徐州、镇江、无锡、常州、苏州、松江、靖江等地亦相继宣布独立，以呼应江西李烈钧讨袁军；

七月十七日，安徽宣布独立，柏文蔚任讨袁军总司令；

七月十八日，上海宣布独立，陈其美任讨袁军总司令；

广东宣布独立，陈炯明任讨袁军总司令；

七月十九日，福建宣布独立，许崇智任讨袁军总司令；

七月二十二日，孙文在上海发表宣言，称"袁世凯专权独裁，践踏《约法》，藐视国会，专为私谋，倒行不已，种种违法，天下共知。以致东南人民荷戈而逐，旬日之内，相连并发，暂以武力济法律之穷，非惟其情可哀，其义亦至正。当此存亡续绝之际，我各界同胞以国家安危人民生死为重，同令袁氏辞职，以息战祸。袁贼世凯，昔日为任天下之重而来，今日为息天下之祸而去，是为明智。若必欲残民以逞，善言不入，文不忍东南人民久困兵戈，必以前反对君主专制之决心，反对袁氏之独裁，义无返顾"。

七月二十五日，湖南宣布独立；

八月四日，四川宣布独立。

二次革命，在南方各省相继爆发。

袁世凯面对南方各省的起义，哈哈大笑。因为他知道，彻底镇压国民党武装的时机已经到来。他端坐总统府，从容指挥一切，等待着来自各省的战报。

孙文发表宣言的当天，他亦在总统府召开中外记者会，发表他的反革命言论。

袁世凯说："袁某自受事以来，始终以尊重人道主义及适合世界大势为主旨，苟可和平维持，决不肯轻事破裂，决不肯再言破坏，自取覆亡。乃若有之，则亦二三不逞之徒，生性好乱，必不能得多数国民之同情。今日战祸又起，本大总统若再曲予优容，便与此辈同为亡国祸首，非唯辜负众望，实亦矛盾初衷。唯有牺牲一身，保全大局，竭我绵力。叛党欲破坏民国，本大总统责当保之；叛党欲涂炭生灵，本大总统责当拯之。断不忍五千年神明古国，倾覆自我。但使一息尚存，亦不许谋覆国家之凶徒以自恣……"

记者会结束，袁世凯回到总统办公室，对梁士诒说："传我的命令，即日起，销去孙文筹办全国铁路之全权；生擒或击毙叛党贼首黄兴者，赏洋十万元；生擒或击毙贼首陈其美者，赏洋五万元；生擒或击毙贼首李烈钧、柏文蔚、陈炯明、许崇智者，赏洋三万元。"

段祺瑞来见。

袁世凯问道："江西战况如何？"

段祺瑞说："初战不利，李纯部败北。"

袁世凯愕然，道："你马上调派部队增援李纯，传令海军部，调驻泊武昌之军舰四艘赶赴湖口参战，水路夹击，一定要给老子拿下湖口。传本大总统令，叫段芝贵、李纯用心指挥，打好江西这一仗，功成之日，老子必有封赏，加前敌将领吴金彪、石振声陆军中将衔，加吴鸿昌、肖安国、张敬尧陆军少将衔，再拨银币十万元以资犒赏，叫小的们给老子舍了命地去冲去杀他个龟孙啊！"

段祺瑞说："是，属下马上去办。"

段祺瑞走了，梁士诒说："革命党士气高昂，此番作战，恐怕要历时经年，厮杀惨烈。"

袁世凯大摇其头，说："何用经年，老子预料，两个月内结束战争。"

梁士诒说："大总统如此乐观，如此有把握，岂不闻'胜败兵家事不期'的古话了吗？"

袁世凯哈哈大笑，说："你这是书呆子的判断，汝可知此番交战，革命党有三不利？"

梁士诒说："敢问大总统，他们有哪三不利呀？"

袁世凯说："仓促应战，准备不足，此一不利也；内部意见分歧，主战主和不得统一，心不一而步不齐，此二不利也；没有军费，捉襟见肘，临阵者不果腹，立功者无犒赏，兵胜有怨，战败鸟散，此三不利也；有此三不利，焉能不败？而我军则恰恰相反，一者战备充分，水陆并进，兵强马壮，以多打少；二者统一指挥，唯老子意志为转移，只有将士用命，没有反对意见；三者五国银行团大借款为后援，老子手里军费充盈，临战者有酒肉，立功者有奖赏，高官厚禄，金钱美女，唯待拼命杀敌为我所用者受用之；有此三利于我，打败孙文乱党，两月时间足矣。”

战争的结果，果然如袁世凯所料，二次革命，自七月十二日李烈钧誓师讨袁，到九月十一日四川讨袁军熊克武兵败出走，恰恰是两个月的时间。

且说江西起事，李烈钧讨袁军初战告捷，袁世凯大惊，立即增派两个旅的兵力赶往前阵支援，水陆夹击，讨袁军不支，湖口失陷。袁军乘胜，兵分三路进攻瑞昌、南康、德安一线。江西都督欧阳武见袁军势盛，败走吉安，李烈钧则率部进入南昌。袁军围攻南昌，激战数日，讨袁军伤亡惨重，后无援兵，弹尽粮绝，部队瓦解，李烈钧只身逃出，奔往日本避难去了。

南京战事，比江西更其激烈。黄兴抵达南京后，立即宣布江苏独立，自任讨袁军总司令，通电讨袁。并调兵遣将，防堵张勋南下部队。十六日，驻徐州讨袁军冷遹之第三师向驻韩庄袁军靳云鹏之第五师发动攻击，大胜。张勋和田中玉部急往驰援，冷部遭数面夹击，败撤柳泉。袁世凯立即授予张勋陆军上将衔，命其乘胜猛攻。激战三日，讨袁军败走徐州。很快，徐州陷落，张勋率部由水路取道清江、扬州，进攻镇江。袁世凯令江淮宣抚使冯国璋由津浦路南下竞取临淮，进逼浦口。然后，冯、张二军会合围攻南京。冯国璋部攻陷蚌埠以后，由于军事上得势，袁世凯目空一切，百倍残忍，他密令冯、张各部，对取消独立的军队一律勒令缴械，将其首领枪毙，对持械观望者，一律以叛军论处。并饬令二人，迅速占领南京。冯、张督师星夜兼程前进，讨袁军抵挡不住，败退至浦口。此时黄兴已被部下挟持至一艘日本商船上，前往上海，江苏都督程德全马上宣告取消独立。当此危机时刻，何海鸣挺身而出，八月八日，率队占领都督府，二次宣布江苏独立，自任讨袁军总司令。六个小时以后，冯国璋之婿、第八师师长陈之骥保卫都督府，拘捕何海鸣，第二次宣布取消独立。八月十一日，陈之骥渡江迎接冯国璋进城，讨袁军第二十九团士兵乘机将何海鸣救出，仍举其为讨袁军总司令，第三次宣布独立，并打败第八师，占领各处险要。九月一日，张勋部首先炸毁城墙入城，冯国璋部继之，南京沦陷。“二次革命”失败。冯、张军队进城以后，袁军立即把南京变成了人间地狱。他们纵火焚烧民房建筑，烈焰冲天，数日不熄。杀掠奸淫，如同野兽，千万家庭家破人亡，投秦淮河自尽的受辱妇女不计其数，袁军的这些暴行中，张勋的辫子军尤其野蛮。

至于安徽、广东、上海等地，讨袁军或因为敌强我弱，或因为阵营里主要将领被袁收买临阵倒戈，亦相继败绩。

孙文偕胡汉民等人登上德国“约克号”邮船离开上海时，黯然叹道：“杜甫诗云，‘狐狸何足道，豺虎正纵横’，中国的专制独裁势力顽固猖獗坚冰百丈，我非败于袁氏之奸谋，实败于国家愚昧大梦之未觉也！奸人窃国，其所以得志，即基于此也！呜呼哀哉……”

第二十三章　扼杀民主天下袁氏一家言
武装胁迫三选当上大总统

这天早上，刚起床，洗漱毕，五姨太太正指挥着丫鬟侍女准备早餐，袁乃宽进来了，报告说："夫人和大公子回来了。"

正在里间屋穿衣服的袁世凯问："他们回来了吗？什么时候到的？"

袁乃宽说："报告大总统，昨儿晚上，因当时大总统接见外宾，没有打扰您。不过……"

袁世凯说："不过什么，吞吞吐吐的，讨厌！"

袁乃宽说："不过大公子出了点岔子，他在彰德车站骑马，不小心摔下来了。"

"受伤了？"

袁乃宽说："摔断了腿，左手也伤得不轻。"

袁世凯听见这话，脸色登时变了，厉声说："为何不早点告诉我，腿都摔断了，那不是很厉害吗？"

说着，推开身边侍侯的丫鬟，就往外走。五姨太太赶紧奔过去拽住袖口子，说："还没吃饭呢，怎么就走啦？人是铁饭是钢，不吃点东西怎成？"

袁世凯被拉拽回来，坐下，胡乱吃了些油条果子煮鸡蛋之类的东西，喝了一大碗绿豆稀饭，抹一抹嘴，就往后院的福禄居而去。五姨太太怎敢怠慢，扭动起三寸金莲，少不得三脚变成两脚走，匆匆忙忙赶上，搀扶着他，一路行来，进了福禄居的门。

门洞里，走廊上，早黑压压跪了一大片人迎接。他们是二姨太太和她房里的丫鬟侍女，大公子袁克定的妻妾和他的孩子们，四公子克端的妻妾子女，以及两位公子房里的丫鬟侍女，足有三十几号人。

袁世凯也不理睬他们，径直带着五姨太太进了大太太于氏的房间。

于氏的几个贴身丫鬟赶忙跪接，于氏也从太师椅上抬了抬身子，说：“大人，你好。”

袁世凯点一点头，说：“太太，你好。”

五姨太太杨氏也走上去跟于氏夫人行了个屈膝礼，问候几声。于氏略点点头，算是还了礼，嘴巴上并不支应一声。

“记儿摔着了，很重。”于氏说。

“这小子，毛手毛脚，三十好几的人了，还这么莽撞。”袁世凯说。

“我在彰德住得好好的，干吗把我弄到这个鸽子笼里头来，憋囚死了！”于氏说。

“这是皇宫，是平常百姓做梦也享受不起的地方，怎说是鸽子笼？”

“反正它没有我彰德好……”

话不投机，袁世凯略坐一会儿，便起身出来，去了楼上大儿子的住处。

袁克定的妻子名叫吴本娴，是前清湖南巡抚吴大徵的女儿。此女耳聋，行动迟缓，一切都要丫鬟侍侯指点。这时，早领着袁克定的两个姨奶奶跪伏门前迎接。

袁世凯也不理会她们，大步进屋，奔了里间卧室。

躺在床上的袁克定挣扎着要起身，被袁世凯伸手按住，问道：“还疼吗？断的地方接上了吗？”

袁克定说：“疼得好些了，断处已经接上，是请彰德府有名的老中医接的，只是不能行动，憋闷死了。”

袁世凯说：“虽已接上，我看，残疾还是要留下来的。唉，儿呀，你如果落下一个瘸子，六根不全了，将来如何君临万民啊！祸事，祸事！”

听见父亲说出君临万民的话，袁克定又惊又喜，他强忍住疼痛，翻身爬在床上，就咚咚地磕起头来，嘴里连声说：“儿子不孝，让爹操心了。儿子一定请名医疗治，把腿疾医好，不使它落下残疾，为我们袁家鞭笞天下一展怀抱，替爹分忧。”

丫鬟搬过一把椅子，袁世凯坐下，叹口气说：“话虽如此说，情况究是堪忧啊！唉，老子刚刚平定了南方叛乱，正是用你的时候，你又出了这个变故，岂不扫兴！一些事情，指望不上你了，可是交给别人，老子又不放心，你说怎么办啊？”

袁克定又要翻身请罪，被袁世凯命人止住。袁克定说：“爹，你老人家放心，眼下儿子只是腿脚不便，嘴巴和脑子还是没有一点儿损伤的，我可以在家里办公，叫下人们来这里听我的吩咐，一应事务，绝不会耽误。”

“现在看来，也只有这样了，只是你要受些辛苦了。”袁世凯说，“儿呀，今日你爹混到这个份上，这是咱们袁家的福分，也是咱们袁家的灾难，这一点，你明白吗?”

袁克定摇摇头说：“爹是大总统，一国之主，万民敬仰，要权有权，要势有势，花不完的钱财，享不尽的富贵，虽没有登极当皇上，也是天下之主。咱们袁家如今可谓登上人生极顶，威福满门，福分日隆，鼎盛之极，哪里来的灾难？爹说出灾难的话，儿子着实不明白。”

袁世凯叹道：“你是真糊涂呢，还是装糊涂呢，难道连老聃那议论祸福的名言名句也忘记了吗？人在得志的时候，要千万小心灾难的降临，而人在灾难之中时，要看到情况的变化，胜利的光明，老子我一生谨慎，就是时刻不忘记老聃这句‘祸兮福所依，福兮祸所伏’的话。这一点，你应该明白。”

袁克定连连点头，说：“儿子如何不知？爹任军机大臣、外务部尚书时，何等风光，却有摄政王载沣之祸；而避居洹上村销声匿迹、韬晦待时，又有了内阁总理大臣之任，号令三军，与革命党激战于长江，遂有了后来的清帝退位，以至今日的临时大总统的荣耀富贵。祸福变化，只在转瞬之间。可是，今日爹爹拥有雄兵百万，北洋诸将忠诚效命，平定南方二次革命，威加四海，世界各国争相承认，如同红日东升，蒸蒸日上，如何又担起福祸之忧来了，难道现在我们的权利遭遇到什么威胁了吗?”

“这个威胁，大得很呢，你没有看到，老子我已经看到了啊!”袁世凯说，“纵观中国历史，两千多年来，为人主者，食不得甘味夜不得安寝者，何也？忧患帝位之倾覆也！你身为帝王，必然要算计天下之人，同如此理，焉能阻住天下之人算计你啊？一人之心，即使老谋深算如曹操、董卓，又如何能够算尽天下人之心哉！曹氏可以夺得汉家之天下，岂能阻止司马氏之篡魏乎？一旦政权被夺，惶惶如丧家之犬，不要说尊荣富贵尽失，子孙性命恐怕也是保全不住的，到了那一步，真是不敢再往下想……”

袁克定笑道：“您老人家过虑了。如今我们是民国，实行的是总统制，任期满了，回家当田舍翁去，咱们有庄园有房地产，还是吃香的喝辣的，荣华富贵，人上之人!”

“蠢话不是？你今日的念头，正是老父为你担忧的啊！民国虽好，那是对老百姓而言，对于我们袁家，好个屁！权力更迭，一切灾难都源之于那个‘民’字啊!”袁世凯神色张皇地说，“你也不想想，将来如果有一天，国家权力不在咱们手里了，大总统变成了那砧上之肉，任人宰割，绝无还手之力，那时，谁让你去安享那个田舍翁啊？做梦去吧！庄园地产，说是你的便是你的，说个不是，不知道它们会变成谁家的私产了呢！一页封条，两个走卒，就能断送了你我父子的性命也!”

袁世凯的一席话，只把袁克定惊了个愕然骇然，登时大眼瞪小眼，傻了个眼。他吞吐半晌，咋舌道："如此可怕，我们该怎么办，总不能束手就擒，坐以待毙吧？"

袁世凯点一点头，说："法子现摆在那儿，两千多年的封建帝王们一个个早深知就里，那就是一刻也不要放松自己手里的权力！"

袁克定说："爹说得极是！封建帝王一旦丧失权力，就是丧家之犬，猪狗不如。可是，我们如今玩的是民国呀，爹是民国大总统，与那帝王，总要有些区别吧……"

"又是蠢话！"袁世凯说，"老子看这个大总统，跟那封建皇帝，不同的只是个名儿，内里并无差异！权力是他的生命，这一点，有区别吗？下一步，咱爷们就要在那个权力的巩固上动动心眼儿了。"

袁克定说："爹，儿子明白了，您老人家吩咐吧，只要能叫这天下永远姓袁，儿子没说的，上刀山下火海，不待眨一眨眼睛的！"

袁世凯呵呵而笑，说："眼下第一件事，就是先把天下人的嘴巴堵住，不叫他们乱说乱动。这个中华民国，只能有一种声音，那便是老子我的声音，除此之外，绝对不能有第二种声音存在！报纸舆论，只能围着咱爷们的心思走，那些闹民主喊自由要民权的东西，一律给老子查封掉！之后，让老子顺利通过国会选举，把那正式大总统的位子牢牢坐上，咱们袁家的家业才算有了一点眉目了啊！"

袁克定恍然道："儿子明白了。堵住天下人的嘴巴，这很容易，儿子马上就叫杨度他们去办。"

三天以后的一个上午，袁世凯刚刚来到总统府他的办公室，杨度就匆匆赶来，请求觐见。

袁世凯吩咐袁乃宽说，叫他进来吧。

杨度今天穿了一件枣红色马褂，银灰色长袍，里边是蓝缎子长裤，脚蹬擦拭得明光锃亮的大红尖头皮鞋，没有戴瓜皮帽子，而是齐耳的短发抹了不少发油，黑明黑明的，紧紧贴服在尖脑壳上，鬓角两边，闪闪发光。此人生得清秀，瘦高身材，漫长脸，高鼻梁，上边又架着一副金丝眼镜，一亮相，就给人一个精明干练超凡脱俗的感觉。

他迈步进来，恭恭敬敬地双手抱拳，放在胸口前边，虔诚地抖了三抖，双目下视，觍着谄笑，慢声轻语地说："学生拜见大总统，大总统万岁万岁万万岁。"

袁世凯听见声音，放下手里的公文，把那目光从眼镜片上边的缝隙里射出来，满脸欢喜地说："皙子来啦，好哇，好哇，快快看座。"

杨度哪里敢就座？他躬腰屈背，侍立一旁，小心翼翼地从怀里掏出厚厚的一沓子纸片，双手呈过头顶，说："大总统，学生这里有全中国各省各埠的报纸书刊名册一份，它们的主笔经理以及后台背景，已经一一罗列清楚，请大总统过目。”

袁乃宽接过来，转身送到袁世凯的办公桌上，又摆摆正，叫袁世凯看。

袁世凯一边跷起一只大腿，把那脚丫子放到椅子面上，抠那脚指头缝里的癣皮，一边张开眼睛看那黑名单，连声说：“好哇，好哇，老子要的就是这个，克定看过了吗?”

杨度微微觍着笑，轻轻地往前迈了一小步，说：“报告大总统，大公子已经看过，修改补充了三遍，与各省又核实了一通，最后才定下来的，学生这几日忙的就是这一件事。”

袁世凯抬起头来，笑微微地目视着杨度，做出一副无可奈何的样子，说：“子贤侄啊，不是本大总统无情，实在是这些乱党分子猖獗啊！此番南方数省公然造反，大闹什么‘二次革命’，是你亲见，老子不跟他们动真格的行吗？那不是要天下大乱，人民涂炭，你我死无葬身之地了吗?”

杨度说：“大总统英明。那些暴乱分子，动辄革命，轻言造反，所凭持者《临时约法》也。诚然，《约法》规定，中华民国之主权，属于国民全体。中华民国之人民，一律平等。中华民国之公民享有人身、居住、财产、言论、著作、刊行、集会、结社各项民主自由权利。但是，它们绝对不能成为暴乱分子煽动社会动乱、反对中央，大搞无政府主义的理由或借口，更不能成为攻击领袖，图谋不轨的理论依据。一些别有用心的人，利用言论出版、集会结社的自由，公然对大总统施行人身攻击，说什么大总统逼走唐绍仪，解散第一内阁，是违背《约法》关于‘国务员于临时大总统提出法律案、公布法律或发布命令时，须副署之’的规定，带头违法。说什么宋教仁案和善后大借款，大总统触犯了《暂行新刑律》第三十条之规定，教唆他人使之实施犯罪之行为者，为造意犯，依正犯之例处斩，并由此污蔑大总统犯了‘共犯罪’；第一〇八条之规定，受中华民国之命令委任与外国商议，图利自己或他人或外国人，故意议定不利中华民国之条约者，不问批准与否，处无期徒刑或二等以上有期徒刑，污蔑大总统犯了‘外患罪’；口口声声要拿大总统绳之以法，真是以下犯上，反了天了。”

袁世凯笑道：“这些人嚷嚷的结果，就是孙文、黄兴发动的这场‘二次革命’。皙子贤侄呀，可不能小觑了这些报纸刊物呀，它们扬其波而助其澜，舆论杀人，有甚于刀枪啊！二次革命是镇压下去了，可是对付这些报纸杂志舆论喉舌，我们该怎么办呀?”

“查封它们!”

“对！查封它们，仅仅查封还不够，老子还要逮捕人、杀人，一些重要的报纸主笔老子还要处以极刑!”袁世凯刚才还微微而笑的面孔，此刻变得凶神恶煞，可怕极了，“言论自由，出版民主，对呀，这很好呀，共和国嘛，没有了这些，与封建专制政体何异呀？老子身为共和国大总统，拥护这个呀！老子什么时候反对过民主自由啦？没有呀！可是，怎样的民主，怎样的自由，这可是要讲究讲究的啊，不能由着一些人的性子乱来是吧？只要你们拥护中央，拥护本大总统，按照老子的路子走，跟着老子的腔调唱，你们就有充分的民主、充分的自由、充分的民权保障啊！如若不然，跟着那些别有用心的革命党胡闹，处处唱反调，跟老子过不去，那就别怪老子反目无情了。民主，老子不给了，自由，也没有了，人权，去你妈的蛋！为什么？这不是被你们革命党逼的吗？”

“将听我言者，用之；不听我言者，去之。大总统封杀异己而倡行王道，以一家之言规矩天下，真霸者之风也，学生佩服。”杨度恭维道。

袁世凯嘿嘿地冷笑笑，说：“不这样不行呀？这么大个国家，没有点霸道、杀气，那不是要乱了营吗？虽然如此，你们还是要继续大喊民主自由人权法制，要喊叫得比革命党还革命党，喊叫得愈响亮愈好，愈真切愈好，愈真假难辨愈好。为啥？因为只有这样，我这里封杀报馆逮人杀人才更能名正言顺，轰轰烈烈。你要记住，什么时候，在那些愚民心目里，咱爷们永远都站在那个‘理’字上。”

杨度诺诺连声道：“庄子有言，曰，‘大知闲闲，小知间间。大言炎炎，小言詹詹’，此之谓乎？大总统智者之见，圣人之明，千古奇人，学生五体投地矣！”

打发走杨度，袁世凯传令，叫国务总理赵秉钧、司法总长许世英、交通总长朱启钤和军政执法处的陆建章速来开会。

总统府秘书长梁士诒把人员召集在会议室里，茶水奉上，众人屏息静气，一个个端坐在那里，呆看着茶杯里袅袅升腾的轻烟，就是不敢去碰那茶碗，满怀着十二分虔诚，恭候大总统莅会训话。

会议室的玻璃门开了，袁世凯出现在门前，众人唰地站起身来，弯腰鞠躬，嘴里轻声说道：“属下拜见大总统，大总统安好。”

“好哇，好哇！哈哈哈哈！”袁世凯仰头大笑，迈步走进了会议室，走到正中间他的位置上，先是站着扫视了众人一通，觉得很满意，然后一屁股坐下，说，“今儿叫你们来，是想跟你们商量一件事情。武戏唱完啦，文武全打，闹腾了两个多月，总算是把孙文、黄兴们的‘二次革命’弹压下去了，获得了个全胜，这个结果不赖，老子还算满意。这下一步该唱文戏啦，诸位看看这出文戏该怎么唱呀？”

众人来开会前，梁士诒已经跟大家通了消息，告诉他们，大总统要向报纸刊物舆论工具开刀啦，叫他们心里有个数，开会时围绕着这个议题发表高见，别把话题往别的问题上岔。自从宋教仁案发生以来，赵秉钧吃尽了报纸刊物舆论喉舌的苦头，说起革命党的那些舆论工具来，恨得牙根痛。此时，见袁世凯要动手收拾那些摇唇鼓舌耍弄笔杆子的文人墨客们了，自然是欢喜非常。他缓缓站起身来，双手抱拳，在胸口前头抖动了三抖，第一个发言说："大总统真是一代明主，英明圣君，一眼就看出国家的弊病所在啦！那些革命乱党，要谋权篡政，扰乱国家，凭赖的是什么？一是武装，二是舆论。有了这两手，他们便可以大着胆子胡作非为啦。国家典制，共和领袖，政府官员，无一不是他们攻击的对象，甚至连大总统都不能幸免。属下以为，国家要安定，第一要务，就是解决那些报纸书刊问题。"

许世英说："一些别有用心的人，利用《临时约法》关于言论出版、集会结社自由，办报纸，发刊物，写文章，散布浮言，惑乱民心，攻击政府，污蔑领袖，已经严重地妨害了社会治安，不惩治惩治，看来是不行了。"

朱启钤说："今日之中国，就是政党太杂，主义太多。几个人十几个人就可以立党，立了党，就发表政见，宣传主义，稍不遂意，就大叫抗议，动辄革命，乱哄哄把人们的心都搅乱了，不杀一杀这个势头，听凭发展下去，还得了吗？"

陆建章说："什么他妈的这个党那个党，叫属下看，都是他奶奶的暴乱党！叫属下说，今日的中国，只有一个党，那便是袁大总统党，只有一个主义，那便是袁大总统主义，除了这个，一律非法，该封的就封了它，该抓的该杀的就抓就杀，不要留情。"

众人齐声笑道："陆将军倒来得爽快，细想一想，如何不是这个理？"

陆建章说："如此，就请大总统下令就是，我那特务队，还有京师警察厅，北京警备司令部，都磨刀霍霍，随时听候大总统调遣呢！"

袁世凯微微点头，呵呵而笑，说："要是不抓人杀人，老子叫你陆建章来干啥？我这里有一个名单，是克定、杨度他们秘密搜集的，全国各地的都有，什么上海的《民立报》《飞艇报》《中华民报》，北京的《日日新闻》《国风日报》《民国报》《民主报》《亚东新闻》《中央新闻》《正宗爱国报》《京话报》《超然报》《华报》《国报》，天津的《新春秋报》《民意报》，还有什么福建的《民报》《群报》《共和报》，湖北的《民国日报》《震旦日报》，湖南的《女权报》，南京的《中华报》，浙江的《天钟报》，吉林的《新吉林报》等上百种报纸，以及广州的《晦鸣录》和上海的《自由杂志》等数十种刊物，他们都是一些拥护共和、宣扬民主的革命党徒或同情革命党徒的不安定分子所办，这些人都是我们的心腹大患，此番行动，务必彻底干净地横扫之。外省的，赵秉钧以中央政府的名义发布命令，着令他们迅速采取果断行动，给老子封杀干净。北京城里的，就交给你陆建章了，该收拾谁，怎么收拾，就是你的事情了，老子只要结果。"

赵秉钧、陆建章摩拳擦掌，齐声应道："请大总统放心，您老就看好吧。"

袁世凯说："但是，咱们是民国，讲究的是共和，咱们的行动要有个法律依据，不然，他们又要骂咱们是封建独裁专制了，骂老子是暴君了，咱不能给他们以口实。咱们要打着共和民主法律的旗帜镇压他们！朱启钤、许士英，你们两个要通过内务部赶紧制定《戒严法》《新刑律》和《新报律》，用法律的办法，用强制的抓人、杀人的手段，堵他们的嘴，捆他们的手脚。你们要在法律条文里写清楚，告诉他们，共和政体之精神，首先在于驱使国民于法治。司法独立，依法办事，乃是当今世界万国共由之大义。本大总统历来主张人人在法律面前一律平等，行政不得干预司法乃是共和政体之司法原则，一要施行法制，二要司法独立，三要执法公平。如此，则捣乱暴动之歹徒得以绳之以法，遵纪守法之民得以保障其生命财产利益，天下大治、共和繁荣庶几有望哉……"

袁世凯说到这里，因为语言混乱，词不达意，众人听得可笑，便哄然作声。袁世凯亦笑道："你们别笑老子说得满篇混话，言不由衷。可是不如此说话，不用这个法子，就治不住革命党。"

赵秉钧说："大总统这个法子好，这叫以子之矛攻子之盾，喊着民主反民主，喊着共和反共和……"

因为话说得比袁世凯的更露，他自己也觉得不好意思了，便涨红了脸，戛然止住了自己的话。

袁世凯哈哈大笑，说："智庵聪明一世，怎么这会儿犯起糊涂来了，世上有些话，说明白了反而不好……总之，就是这个意思吧……你们去给老子立法，执法，抓人杀人，手下不能软了！至于舆论方面，杨度他们会配合你们的！"

会议结束了，袁世凯腆着大肚皮转身离去，余下的几个人，仿佛被注射了强心针一样，一个个精神抖擞，如临大敌，杀气腾腾，他们的眼前，又出现了一个建功立业、报效主子的机会。

于是，很快地，如同瘟疫之蔓延，风暴之突起，白色恐怖霎时间笼罩了全中国。

先是京师和全国各地的袁记报纸，几乎在同一时间发表内容相同、造语惊人的大块头社论文章，煞有介事地向国人报警说，中华民国面临着空前的灾难，面临着被别有用心的暴乱分子的颠覆，辛亥革命无数先烈用生命和鲜血换来的大好局面，面临着被破坏被肢解的危险，共和国的民主，人民的自由，社会的法制正在被一些野心家阴谋家偷天换日，偷梁换柱，消亡殆尽。中国人民面临着一场空前严峻的斗争。这场斗争的特点就是，那些志在复辟封建独裁专制的暴乱分子，打着民主自由法制的旗号，正在猖狂地反对我们崭新的共和国刚刚兴盛起来的民主自由法制。他们利用报纸刊物、出版书籍、发表言论，恶毒地攻击我们的中央政府，散布谣言，造谣中伤，肆意诋毁共和国领袖、政府官员……对于这股反动势力，暴乱分子，若不依法惩治，势必造成社会动乱，人心动摇，法律扫地。为捍卫年轻的中华民国，保障广大人民的民主自由权利，我们必须奋起打一场文化思想领域的歼灭战。对于那些挑唆是非、制造矛盾、贻害国家的报纸刊物，必须尽数扫除，对于那些反动党派，必须坚决解散，所谓除恶务尽，不留后患，云云。

舆论发出的同时，军警特务们如狼似虎般地倾巢而出了，他们警笛嘶鸣，杀气腾腾，砸门破户，大呼小叫，大大小小的报馆、书社、党部、团体机关，凡是主张共和的报社单位，无一不遭到野蛮的洗劫。印刷机器被砸被毁，铅字被扔得满地都是，出版的报纸刊物被放火焚烧，编辑人员被绳捆索绑投入牢狱，有些著名的报纸主笔，被几个大兵强拖下楼，二话不说，当街枪杀，尸首横陈在人行道上，还不准亲属收敛尸体，扬言这叫当街示众，杀鸡吓猴。

北京城里被陆建章闹腾得更是腥风血雨、鬼哭狼嚎、鸡飞狗跳、人心惶惶。青天白日，满城的军警特务开着警车，蝗虫一般，铺天盖地。他们封报馆，砸门窗，烧图书，随心所欲地打砸抢烧，抓人杀人。甚至连一般行路之人，商家客户，与出版发行报纸书刊八百里连不上边的普通老百姓，也说抓就抓，说杀就杀。没有一点儿理可以讲了，军警们看着谁不顺眼，就以嫌疑为名，或绳捆索绑投入大牢，或就地开枪，刺刀挑死。没有人问你有罪没罪，没有人管你冤枉不冤枉。到了夜间，更是恐怖，夜黑如染，阴风凄凄，军警特务们成群成帮地沿街打砸，本是要封报馆抓编辑的，夜间却连同普通民宅也不能幸免。有些特务军警，乘机泄愤报怨，凡是跟他们有私仇旧怨的人家，这时间可是大遭其殃，睡梦之中，还不知发生了什么事情呢，忽地闯进一批人来，鸣枪示警，大砸大抢，甚至还有的放火焚烧，人被从被窝里拽出，二话不说，拖出房去，啪地就是一枪，当场毕命，大人小孩吓得哭爹叫娘，糊里糊涂人就死了，杀人者是谁，为了什么被杀，找谁去问呀？谁个敢问呀？

参众两院议员开始有人被捕被杀了。参议员朱念祖、赵世钰、张我华、高荫藻、丁象谦，众议员刘恩铭、楮辅成、常恒芳等人，以私通南方叛军为由被抓进监狱。而在议会里曾经依据《临时约法》，提出议案，主张宋教仁案法律解决，并列举袁世凯种种罪状，弹劾袁世凯，促其退位的众议院议员伍汉持、徐秀钧、徐企文等人，则被陆建章游街示众，凌迟而死。

袁政府陆军部也乘势发布通告，悬出赏金，悬赏查拿叛乱重要罪犯名单，他们是：孙文、黄兴、陈其美、钮永建、何海鸣、岑春煊、李烈钧、欧阳武、柏文蔚、许崇智、陈炯明、谭人凤、熊克武等一百多人。

国会议员们都被“保护”起来了。军警特务便衣暗探散布在议员们的房前屋后，议员们走到哪里，他们跟随到哪里，一步不离地进行监视，稍有异动，立即逮捕。袁世凯亲自发布命令，大言不惭地说这些“保护”是民国政府对于国家最高立法机关和法权的尊重，弄得议员们敢怒而不敢言，哭笑不得。

只有三天，短短的三天，全中国便沉入万丈深渊里了，四万万人民的嘴巴，便彻底地被封闭住了！党禁森严，全中国的反对党，除了国民党外，悉数被勒令解散。而袁记以外的所有报纸杂志舆论工具，悉数被封，殆无仄遗。

从此，中华民国，除了袁氏一家言外，再没有第二种声音了。

袁世凯在中华民国广袤的大地上，开始了他的文化思想领域的全面专政。

而对于国民党，之所以没有宣布其非法，予以取缔，那是因为国会议员里，国民党籍议员占有相当大的比例，若宣布其非法，给取缔了，这些议员势必要从国会里消失，国会倘不存在了，而下一步的国会选举正式大总统，势必泡汤。袁世凯不傻，这个国民党对他暂时还有些用处，还不能消灭。但是，它的存在是有条件的，是必须纳入袁世凯的阴谋之内的。

这一天，在京的国民党本部负责人吴景濂、王正廷接到通知，命令他们到总统府秘书处接受质讯。

总统府秘书长梁士诒接见了他们。

梁士诒铁黑着脸，严肃冷峻，对他们说：“本秘书长受大总统之命，代大总统垂询二位一个问题，请据实回答。”

吴景濂、王正廷心惊胆战，匆忙起立，唯唯而听。

梁士诒厉声说：“中华民国大总统袁世凯询问国民党北京总部负责人吴景濂、王正廷曰，政党行动，首重法律。近来赣、粤、沪、宁凶徒构乱，逆首黄兴、陈其美、李烈钧、陈炯明、柏文蔚等皆系国民党重要之人，其余从逆者亦多系国民党党员。究竟该党是否通谋，抑仅黄、李等私人行动，态度未明，人言岌岌。现值戒严时代，着总统府秘书长代本大总统传询该党干部人员，如果不预逆谋，应限令三日内自行宣布，并将隶籍该党叛徒一律除名，政府自当照常保护。若其声言助乱，或借词搪塞，则是以政党名义为内乱机关，法律俱在，决不能为该党假借也。”

听罢宣布，吴、王二人面如土色，战战兢兢抖作一团，几不能立。

梁士诒见状，心下暗笑，面子上遂放得缓和了些，问道：“二位可听清楚了，听明白了？”

吴景濂说：“清楚了，清楚了。”

王正廷说：“明白了，明白了。”

梁士诒说：“何去何从，请二位尽快定夺。这几日国家的局势，大总统的决心，二位应该看出个端倪来了吧？”

吴景濂、王正廷说：“看出来了，看出来了。不过……”

梁士诒拧目道："难道二位还有什么狐疑的吗？"

吴、王赶紧俯首摇头不迭，说："没有、没有。"

梁士诒微微冷笑道："古人说，识时务者为俊杰，事关身家性命，儿戏不得。况且，我临来时，大总统嘱我说，吴、王二位虽是国民党领袖，姑念其这几年对政府工作多有配合，且人亦厚道，给他们个机会吧，是以有此一问。大总统体恤之心，二位可万不能不领会呀。当此之时，一失足则成千古恨，好自为之吧。"说完，扬长而去。留下吴景濂、王正廷二人，大眼瞪小眼，傻了一般，枯木两根，呆站在那里，一动也不动。

果然在第三天头上，北京各大小袁记报纸上登载了国民党北京总部的声明，开除黄兴、陈其美、李烈钧、陈炯明、柏文蔚等人的党籍。

强大的政治压力，往往会使一个人或者一个党丧失本心，因那贪图蝇头小利、权势富贵而把自己置于依附于人、软弱无能的位置上，从而犯下不可饶恕的错误抑或罪行，名利之心害人如此，可是有几个人能够摆脱它呢？

袁世凯抖动着报纸，嘻嘻而笑，道："从此，天下无异声矣！"

这天晚上，九姨太太刘氏轮值，还有扬州买来的两个小丫头陪侍，三个女人，最大的刘氏，也不过十五岁大小，那两个扬州小妞，十二三岁年纪，什么也不懂得，被买进中南海后，先后被袁世凯奸污，从此便也跟班随侍，袁贼夜御三女，沉湎声色，好不快活。

不过，怎么说，袁世凯毕竟是五十多岁的人了，精力体力比不得少年时候，效法楚襄王巫山之会，云雨过后，大觉困乏，呼呼而睡，沉入梦乡。三个少女，也已困倦，九姨太太刘氏抱住后腰，那两个扬州小妞，一个钻进怀抱，一个搂抱大腿，也香腮吐纳，酣然沉睡。

万籁俱寂之时，天地昏暗之际，忽地，死猪一般沉睡着的袁世凯大喊一声"哎呀不好"，翻身坐起。大概是他的喊声过于巨大，抑或是深夜过于寂静，总之，他的这一声喊，顿时把三个年少女子惊吓醒来，吓得她们浑身乱颤，抖成一团，不知道发生了什么事情。

"大人，怎么啦？出什么事儿了吗？"刘氏战战兢兢问。

袁世凯坐在床头，并不言语，只是用力眨巴眨巴眼睛，静静地清醒着自己的头脑。

两个扬州小妞，早拥被蒙头，惊吓得躲到墙角，相拥而泣了。

"穿衣。"袁世凯说。

刘氏疑惑地问："大人，深更半夜，您要出去呀？"

"老子有大事要办，快快给我穿衣。"

刘氏闻言，也不敢再多问，光着屁股，忙手忙脚地侍侯袁世凯穿衣戴帽，着袜蹬靴。

门外值勤的袁乃宽早听见动静，叫醒了警卫队的走卒们，准备车驾，立正恭候。

袁世凯走出卧室，来到居仁堂的大门之外，对袁乃宽说："去铁匠营。"

东四五条铁匠营，那是徐阁老徐世昌的家，袁乃宽如何不知道？半夜三更，大总统要去那里，必有大事，又不敢问，只好匍匐在地，叫袁世凯踩着自己的脊背，上了那辆双辕镏金马车。车夫一扬鞭子，喊了一声"驾"，马车启动，隆隆地走出中南海中华门。

几百名卫队士兵，骑着高头大马，前呼后拥，迤逦而行，不一会来到徐世昌的家门前边。

早有人快马来报过了信儿，袁世凯的马车到来时，徐世昌已经在门前迎接了。

"大总统夤夜来此，必有重要事情，快快请里边说话。"徐世昌睡眼惺忪，打着哈欠，迎接袁世凯。

袁世凯说："哥哥，小弟又有难题不能解，白天来此又多有不便，是以打扰。"

两人来至书房，徐世昌关住房门，拜茶，问道："何事，能难住兄弟？"

"几个晚上了，此事困扰我不能安眠，今夜又被它惊醒。"袁世凯说，"哥哥，小弟要在前边十月十日国庆之日，登上正式大总统宝座，你看如何？"

徐世昌说："这有何难？政权兵权在兄弟手里，要天上的星星难摘，要那个大总统宝座，有何难哉？"

袁世凯摇头说："不是那么容易的，难得很，难得很。"

徐世昌说："究有何难，请贤弟明示。"

袁世凯说："若要变临时大总统为正式大总统，有两个条件必须具备，一曰有大批议员拥护，国会选举时投我的赞成票。二曰得有法律依据。可是，按照规定，正式总统必须在国会制定宪法以后，才能依据宪法选举总统，而此时宪法连影子还没有呢，你说我能不着急吗？"

徐世昌搔着头皮在房里踱步，这个诡计多端、老于事故的政客，一时也被袁世凯的这个难题难住了。

他来来回回转了一会儿圈子，嘴里自言自语道："近些日子，你又抓又杀，国会里死硬的几个国民党议员已经被解决掉了，现在留下的这些，虽然人数仍占多数，但死心与大总统作对者已经不多了，大部分都是看风使舵的人。这些人好对付，只要花些钱，招降收买，附之以威胁利诱，可以为我所用，不足为虑。只是这法律依据一项，确是个难题，为兄我一时也没有好办法给你。"

袁世凯见他如此说，更是沮丧，愁眉苦脸地坐在那儿，唉声叹气，如丧考妣。

“别忙，别忙，总要有法子的，且喝酒说话，把这事儿先放一放。”徐世昌说。

于是叫醒厨子，开火备菜。不一会儿，冷盘热炒，便摆了一大桌子。

徐世昌一边给袁世凯斟酒，一边斜睨着老眼问道：“我府上新近也买来江南小妞数人，个个聪明伶俐，叫来两个伺候兄弟，如何？”

袁世凯已经夜战过了的，心神疲惫，更何况正式大总统的事情让他烦心，何来兴致？摇头说：“兄弟我急着跟哥哥讨要主意，要那些小丫头片子何用？不要，不要。”

徐世昌说：“如此，咱们吃酒说话。”

两个人便你一杯我一杯地喝起闷酒来。

徐世昌说：“共和法律一项，你我弟兄，都不沾边，白脖一个，这上头，要了性命也是想不出办法来的。”

袁世凯说：“咱们当了一辈子大清朝的官，脑袋里装的全是老佛爷懿旨，皇上心思，围着那个权力转圈子，什么时候想过那个‘法’字？权力就是‘法’，没有权力，还谈得上什么法呀！可是，如今民国时代，动辄讲法，真是烦死人了！”

徐世昌说：“说到法律，当今中国，梁启超当是第一学者，此人逋逃日本十三年，所致力研究者，西洋诸国之法律政治也，咨询于他，或许有什么说法亦未可知。”

袁世凯听见这话，眼睛忽地一亮，转又黯淡下来，叹口气说：“梁启超这个进步党，虽与孙文的革命党不同，反对暴乱，主张国家主义，持拥护本大总统之原则，但总归不是咱们北洋嫡系，和你我隔着一层肚皮呀。”

“不是同谋，未必不能作为工具一用。”徐世昌说，“进步党乃是国会里第二大党，是可以与国民党抗衡者，不可小视他们。”

袁世凯说：“也重视不得啊！哥哥不知，最近他们中一些人，要在国会里弹劾咱们的赵内阁，不知又会生出什么事情来呢。”

徐世昌缄默了。他低头饮酒，似有所思。

“哥哥因何不说话？”袁世凯问。

徐世昌略顿了顿，说：“我在想赵秉钧。此人是我北洋旧人，忠心耿耿自不待言。可是，宋案以来，多有失误，他的那个内阁，亦因此声名狼藉，换他一换，未尝不是个办法。”

袁世凯说：“弟早有此心，只是碍着哥哥的面子，没有提出耳。今哥哥既如此说，干脆，就叫张謇出来组阁，任这个国务总理，他是进步党首脑，拉他出山，就把进步党拴在小弟的裤腰上了，怕他们不出来捧场！”

“此计大妙，可以实施。”徐世昌一拍桌子，哈哈大笑道，“张謇组阁，我弟正式大总统必然顺利上任矣！”

讨来了主意，袁世凯大喜，他端起面前的酒杯，一仰脖子，干尽。抱拳作揖，道：“叨扰哥哥，就此告辞。”

于是大步出门，登上马车，扬长而去。

此时，已经鸡叫头遍，天将拂晓。

袁世凯没有去铁狮子胡同总统府上班，而是打道回了中南海家里，倒头便睡，一觉睡到快晌午时候。

五姨太太杨氏见他醒了，说道：“大人这一觉睡得好香，呼噜打得山响。”

袁世凯伸了个懒腰，问道：“什么时间了？”

“十一点多啦，马上就该吃午饭啦。”五姨太太说。

“来人！”袁世凯大声冲门外喊。

袁乃宽应声而入，立正敬礼道：“大总统有何吩咐？”

袁世凯说：“你马上通知国务总理赵秉钧，叫他立即过来吃午饭，我有重要的事情给他谈。叫梁士诒也来。”

袁乃宽转身出去了，杨氏说：“二小姐三小姐听说你在家，高兴得什么似的，专心等您一起吃饭呢，怎么又叫外人来？二位小姐肯定又要不高兴了。”

袁世凯呵呵笑道：“我有大事，不能不谈。吃饭的事，你替我想着点儿，改日专门要她们姊妹陪我。”

说着话，杨氏侍候着他洗漱毕，赵秉钧、梁士诒也赶来了，袁世凯哈哈笑地携着赵秉钧的手，步下楼去，把他牵进东头办公室里。

因为大总统没有叫他进去，梁士诒知趣地走出居仁堂，坐在山亭上跟袁乃宽东一句西一句侃大山。

书房里，袁世凯微皱眉头，神色严肃地从桌案上拿出一个公文夹，抛在赵秉钧脸前头，说：“智庵，有人参你，你看看吗？”

赵秉钧一听这话，轰的一声，脑袋登时就炸了，吓得额头出汗，面色全变。他跟随袁世凯二十来年，这类事儿见得多了。以有人参劾为名把手下杀掉或是撤职的事情，他见过好几起。宋案以来，他知道惹怒了袁世凯，不知道他什么时候会对自己下手，终日提心吊胆，惶惶惑惑，疑神疑鬼，不得安宁。此刻，袁世凯把那卷宗摆在自己眼前头，叫自己看，那能看吗？倘那里边什么也没有，只不过是几页不相干的东西，大总统的戏法被露了底，那不是自己个儿找死吗？求生的欲望要他很快冷静下来，他扑通一声跪伏在地，磕头如捣蒜，说：“卑职无能，没有办好事情，请大总统处分。”

袁世凯呵呵而笑，说：“别人参劾，对耶错耶，你不知就里，亦不分辩，怎么就要处分？”

赵秉钧说：“属下无能，实不堪国务总理一职，差错不断，是在必然，别人参劾，决非空穴来风，一定是哪里又出了纰漏了。”

袁世凯叹道：“要说呢，你最近一段时间，确实给老子添乱不少。不过你我兄弟多年，再大的事情，本大总统都是可以包容的。问题是，听说国会里边，进步党有人要提案弹劾你和你的国务院，这件事情可是有些沉，闹将起来，就不仅仅是对你个人不利了，恐怕我北洋一派，都要受到牵扯。”

赵秉钧咚咚磕头不止，说：“大总统，您老人家撤了我吧。撤了我，换来我北洋无事，大总统安泰，值啊，大总统！”

袁世凯说：“恐怕不是你这个总理一人的问题，整个内阁，也不得不变一变了。”

“重新组阁，这样最好。”

“卸任之后，你有何打算？”

“但凭大总统处置。”

“你我兄弟多年，如何能够亏待于你？这样吧，你去天津，出任直隶都督如何？”

“啊啊啊啊！”赵秉钧放声大哭，鼻子眼泪双流，说，“大总统真是赵某的再造父母重生爹娘啊！”

袁世凯俯首看着他，说：“别哭啦，起来吧，洗把脸一起去吃饭，算是本大总统给你饯行啦。”

饭后，赵秉钧千恩万谢地走了。袁世凯望着他的背影，对梁士诒说：“此人走卒耳，管管警察署特务队还行，让他独当一面，任这个国务总理，确实不堪其职，给老子带来恁多麻烦。”

梁士诒说：“直隶都督，封疆大吏，大总统可是没有亏待他。”

袁世凯说：“老子要再起炉灶啦！你马上给张謇发电报，告诉他，老子要他出任国务总理一职，组织新内阁。”

但是，张謇回电，婉言谢绝，他不是对那个国务总理没有兴趣，实在是太了解袁世凯的为人，难缠霸道，不好共事。与其将来闹翻，何如此刻远避？

袁世凯哪里会轻易放过他，再电三电，纠缠不放，非要他来京任职不可。

越如此，张謇越觉得那个国务总理当不得，便二辞三辞，死不肯就。最后没有办法，他给袁世凯出了个主意，荐熊希龄以自代。

熊希龄这个人，袁世凯是熟悉的。唐绍仪内阁时，他曾经出任财政总长。唐内阁倒台，他被袁世凯派到热河当都统，是进步党的领袖之一。袁世凯见张謇死不就任这个国务总理，又不好闹翻，无可奈何，只好同意让熊希龄来组阁，于是电报招熊。谁知，熊希龄也是回电婉拒，不肯就任。袁世凯大怒，道："叫他回京述职，老子不信给他套不上这个笼头！"

命令下达，熊希龄不敢抗命，拖拉了几天，还是扭扭捏捏地来总统府觐见袁世凯。

袁世凯热情地接待了他，拉住他的手说："秉三兄，举贤授能，为政之要。当前国家多事，百废待兴，季直兄荐你再三，奈何一拒再拒耶？"

熊希龄说："大总统啊，秉三无能无德，当个地方官还勉力为之，已感吃力，怎么能够担当国务总理这个重任啊！实在是自知怯弱，不堪其任啊，请大总统另请高明吧。"

袁世凯哈哈而笑，并不答他的话，却扯起不相干的闲篇来，有顷，忽然言道："秉三兄，你先稍坐，我办件事情马上回来。"起身走了。

熊希龄被丢在袁世凯的办公室里，一个人呆坐半晌，不见他的人影，好生焦躁，不知袁世凯忙什么去了，把他一个人丢下。不耐烦了，起身在屋子里转圈子，忽见那办公桌上有公文一件，走近去一看，见上边一行字道：承德避暑山庄前清文物被盗案卷宗。心下大惊，忙快走几步，翻开那卷宗看，只见第一页便是失窃名细及涉案官员名单，第一个人名便是他熊希龄，大惊，虚汗登时从额头后背脖儿颈往下流，后脊梁只感到冷风飕飕，小腿肚子也不听使唤了，哆哆嗦嗦转起筋来。他心下暗想道："什么人敢背着我这个主管都统，向袁世凯告老子的黑状，且看看都有些什么内容……"刚要往后边翻动，就听见门外走廊上传来袁世凯的咳嗽之声，不敢怠慢，慌慌张张把那卷宗恢复原状，努力镇定住情绪，坐在原地不敢乱动。

袁世凯进屋坐下，看见那卷宗，先是一怔，又扫视了一眼熊希龄，做出有所疏忽的表情，忙收起，弯腰放进右手的一个书柜下边，这才严肃着面孔，说道："有人告诉我，说秉三兄跟南方革命党有瓜葛，本大总统第一个不相信。前些日子，有人攻讦本大总统，说宋教仁是我命令人去杀的，无端造谣，着实可恶，所以，有些谣言，我是压根儿不相信他的。可是，还有另一面，谣言有时候也是能杀人的呀，三人成虎，流言可畏，也是一个官场事实，秉三兄应该深有体会。记得前年，梁卓如归来，给我进言说，'文武之功，未有不以得人而成者也'，他的这句话，给我留下极深的印象。今日国家有难，请秉三兄出来主政，奈何一推又推啊？"

这时候的熊希龄，早一窍魂灵跑出壳外，他脑袋里装的，无他，只有袁世凯刚刚收起来的那个机密卷宗和那里边关于他的揭发材料。这人，不能吃人家的，拿人家的，吃了拿了，嘴软手短，心里亏，自然遇事发虚，先自矮下去半截儿。避暑山庄里的那些皇宫器物，珍玩宝物，热河的官员们偷的拿的不少，他自己个儿也顺手牵羊弄了一些。可是，他下手机密，没有人知道啊，怎么袁世凯这里都入了卷宗啦？他并且知道，袁世凯并非粗心把那卷宗落在桌上，他那是故意留给他看的。他是在警告自己，不听话，他就治他，罢官，除名，入监，杀头，哪一样都不为过……愈想愈怕，愈怕愈惶恐，表情就愈不自然，面色先是带出来了，说话也跟着吭吭哧哧前言不搭后语了，总之，此刻的熊希龄跟刚进来时判若两人了。

袁世凯微微笑问道："秉三兄，国务总理，你到底是干不干？"

熊希龄嗫嗫嚅嚅地说："大总统，您、您是……知道我的……怕干不成叫您失望。"

袁世凯哈哈大笑，说："这不结了吗？本大总统信任你，你就称职，就能干好！明儿拿着你的组阁意见来见我吧。"

走出总统府，熊希龄不敢迟延，跳上一辆马车，就急慌慌赶去旧帘子胡同梁启超的家。进得书房，也不客套，便眼泪汪汪地诉苦道："袁世凯无赖，逼我就范，非要把那个国务总理给我当。"

梁启超惊喜道："这是好事呀，如何愁眉苦脸的？我们正好趁此机会，把国家的民主法制向前推进一步，你应该积极答应才对呀！"

熊希龄说："既是好事，袁世凯三番五次叫张謇干，他为何不干？唐绍仪、赵秉钧都是袁的亲信，怎么样呢，有一个有好结果吗？"

梁启超说："话要跟袁世凯说在头里，既叫我们干，就不能越权干政，一切按照《临时约法》办事，不然，免谈，兄弟们不干。"

熊希龄皱眉道："现在说这些已经晚了，我已经骑在虎背上了，咱们还是商量一下组阁的事情吧。"

梁启超兴奋地说："财政总长我是当仁不让的，国家财政，我要以平生所学，彻底整治一番。司法总长一职，非林长民莫属，他留学日本，研究政治司法，国家法制交给他，必有改变。"

熊希龄说："张謇必须出山，我看把工商总长给他，必不辱没使命。"

梁启超、熊希龄二人忙活了大半夜，拟订出来了一个比较满意的内阁名单，梁启超叹道："我进步党人才济济，天下名流尽网罗其间，这个班子，当称第一人才内阁也，袁世凯见了，料他也说不出第二句话来。"

第二天早上，熊希龄匆匆吃了点儿东西，就奔总统府见袁，呈上了自己跟梁启超精心拟好的单子。

谁知，袁世凯并不看，随手放在了一边，笑嘻嘻地说："你们这届内阁，关乎国家兴衰，非同一般，我已经替你们拟好了阁员，你看看如何？"说着，从抽屉里拿出一张纸片来。

听见袁世凯的话，熊希龄心里暗叫“不好”，袁世凯插手组阁，必然安排亲信，他要被人以傀儡戏耍了，这届政府又完了。再看那名单时，财政、外交、内务、陆军、海军、交通重要位置皆为北洋人士占有，仅留下教育、工商、司法三个部门给他。

熊希龄迟疑半晌，说：“梁启超精通东西方经济，是理财高手，财政总长能否请他出来担任？”

袁世凯摇摇头说：“卓如学问，我如何不知？只是此人率直倔强，不知变通，财长一职交给他，一切死于章法制度，无疑是捆住老子的手脚了，什么事情也休想办成。财长一职，谁都可任，唯独卓如不能任。”

交涉几来几去，袁世凯最后说：“也罢，我权且让你一步，杨度拿下，周自齐放弃财长去当交通总长，财长就由你兼了吧，以后管钱管粮，我向你要就是了。”

如此这般，熊内阁的名单总算定下来了，他们是：外交孙宝琦、内务朱启钤、陆军段祺瑞、海军刘冠雄、交通周自齐、司法梁启超、教育汪大燮、工商张謇，财政熊希龄兼。这届内阁，因为有梁启超、张謇加入，所以，社会上果然以“第一人才内阁”称之。虽然有大批的北洋人士控制各重要部门，但是，这届政府仍然是进步党成立以来最得意的时候。

九月十一日，熊希龄内阁正式成立，袁世凯与会祝贺。

酒席宴上，梁启超笑问袁世凯道：“请问大总统，我们这届政府是民国之政府呢，还是大总统您的政府呢？我们这些阁员，唯国家大法为是从呢，还是唯大总统意志为是从？”

袁世凯听见这一发问，心下暗想：梁启超这是叫我表态呢，逼我说出不以权干政的话。说就说，老子会说得比他想的还革命，还约法，还带劲。那有啥，不就是说说大话吗？再者说，老子不是还要用他梁启超吗？退一步，让三步，算啥，跟这些书呆子较什么劲啊？便嘿嘿讪笑道：“外间说，这一届政府非凡了得，梁、张、熊、汪，中国当代的大才子全集拢到这儿了，乃天下第一人才内阁。今日卓如此一问，我已见其厉害锋芒矣！”

众人笑道：“大总统是个明白人，心里清亮就好。”

袁世凯顺手端起一杯酒，向众人举了举，说：“不就是叫我老袁表个态吗，那我就剖开肺腑，跟大家伙儿交交心，说说心窝子里边的话，如何？”

众人鼓掌道：“如此最好，实为难得！”

袁世凯说：“如今咱们中华民国，乃是以民为主的共和国家，本大总统乃是民选总统，国家的最高权力机关在国会，这一点大家心里都最清楚不过。既为民选总统，就要为民办事，本大总统和国务院诸位大人，其实都是人民的办事员。大总统不同于各位者，责任更大一些罢了。卓如先生刚才一问，是担心我会以权干政，现在我跟诸位表一个态，本大总统乃各位工作的后援和助手，是各位上楼的梯子，下海的筏子，掣肘的事情绝对不会发生，更不会干出以权干政的蠢事来，若有违此言，诸位大人拿唾沫啐我就是！”

众人鼓掌欢呼说：“大总统言重了，如此坦诚，我们干起事儿来，就更无后顾之忧了。”

于是觥筹交错，欢声笑语满溢厅堂。

袁世凯见众人大嚼大饮，陶醉于吃喝，便悄悄起身，离席来到梁启超身边，悄声说：“请卓如兄借一步说话。”

梁启超点头应允，随他来到大厅一角，未及问话，袁世凯那里早一揖到地，行了一个大礼。梁启超惊道：“大总统有话但说，何必如此。”

袁世凯说：“小弟欲于下月十月十日国庆之日就任正式大总统，但法律依据尚须时日，时间紧迫，火烧眉毛，请仁兄教我以方。”

梁启超微微而笑，沉吟片刻，说：“这有何难？法律是死的，人是活的，并非不能变通。大总统只消先选举总统，后制定宪法可也。”

袁世凯说：“可是，事必有因，当以何理由通告天下？”

梁启超说：“争取外国列强承认，免至瓜分，最强有力的理由，君可用之。”

袁世凯说：“可是，国会方面，提案将由谁出？”

梁启超说：“大总统可请黎元洪联络各省先声舆论，我进步党在众议院提出议案，大事必成。”

袁世凯闻言，大喜，也顾不得许多了，倒身下拜，又是一揖到地。

众人惊道：“他们二人这是在干什么呀？卓如说了什么话，叫大总统如此大礼有加，感激涕零啊？”

一切都按照梁启超的主意顺利进行下去。先是黎元洪会同十九省的都督、民政长通电全国，要求先选举总统后制定宪法；接着，进步党在众议院提出先制定大总统选举法，选出总统再制定宪法的议案，并顺利在众议院、参议院通过；然后，宪法起草委员会日夜兼程紧锣密鼓完成《大总统选举法》并于十月五日公布。于是在第二天，就是十月六日，国会开始了正式大总统的选举。——好比一场闹剧，剧本出炉以后，各种角色纷纷粉墨登场，各呈技能，而那个担任导演的袁世凯则躲在幕后，人不知鬼不觉地指挥着一切。

虽然如此，袁世凯的心里并不踏实。

选举大总统的那天，天还蒙蒙亮，总统府拱卫军司令李进才和后路军统领刘金彪就来到大院里指挥着拱卫军兵士换衣服。他们脱下军装，换上从前门估衣铺里临时租来的各式各样的便衣，暗藏短枪匕首，几千号人，组成了一支浩浩荡荡的公民团，打着五颜六色各种形状的旗帜，高喊“拥护袁大总统”“袁大总统万岁"的口号，开往宣武门外的国会会场，把会场围了个水泄不通。这个时候，荷枪实弹的军队，如临大敌，早三步一岗五步一哨，把整条宣武门大街戒严，手持警棍耀武扬威的军警们，也三五成群，往来梭巡。

袁世凯要用武装胁迫的手段确保自己当选上正式大总统，这在中国乃至世界的选举史上确属首创，空前绝后。

这一下可坏了，他惹恼了与会的国会议员们。

本来，议员们对这次选举大总统非常重视，积极性很高。在京的国民党议员、进步党议员和其他党派的议员们，几乎全部兴冲冲地来开会，准备投上袁世凯一票，因为他们中大多数人太渴望国家安定、经济发展、国家强大了。而作为总统人选，袁世凯又是唯一可以担当此任的人。不仅仅是袁氏公民党，支持袁世凯的进步党，就是国民党中的大部分议员，也都是幻想通过新宪法的制定，限制袁世凯，推进中国的民主法制建设，投赞成票，选举袁世凯为正式大总统的。可是，袁世凯的武装胁迫，杀气腾腾的军队戒严，巡警梭巡，特别是拱卫军士兵化装公民团大呼小叫的威胁逼迫，引起议员们的强烈反感，袁世凯的卑鄙无耻激怒了他们，一些有血气的议员坚持投反对票，一些摇摆不定的议员也坚定了反对的立场，袁世凯本来很顺利的当选出现了很大变数，他搬起石头砸了自家的脚，弄巧成拙了。

依据《大总统选举法》，总统选举以选举人总数三分之二以上列席，用无记名投票方法，得票满投票人数四分之三者当选。

选举开始了，袁世凯坐在他总统府办公室的椅子上，等待选举结果。他表面安静，无事人似的，不时呵呵笑笑，看去好像很沉得住气，实际那内心里，火烧火燎，很不平静。已经是中秋天气，天高气爽，空气很是凉快了，可是袁世凯却大敞着胸脯，豆大的汗珠出来一层又一层，怎么擦抹也下不去。

从早上八点开始的选举，检点人数、发票、投票、开票、计票，闹腾了一个上午，快到十二点时才有了结果：与会人数七百零三人，超过法定人数三分之二很多，袁世凯得票四百七十一张，黎元洪得票一百五十四张，其他人各得几票。但袁世凯得票数未达法定四分之三，未有当选。

主持会议的众议院议长汤化龙宣布休息吃饭，下午继续投票进行第二次选举。

这个结果令会场外边的"公民们"大怒，他们堵住大门，爬上窗台，站立墙头，甚至登上屋顶，高声大骂，摇旗呐喊，"拥护袁大总统!"、"袁大总统必须当选!"、"谁反对袁大总统就砸烂谁的狗头!"声嘶力竭的口号沙哑难听，此起彼落，乱七八糟。

被憋闷了一个上午的议员老爷们此时肚子也饿了，烟瘾也发了，浑身骨头都散了架了，他们潮水般涌向会议大厅门口，可是哪里出得去?"公民们"破口大骂，把门堵了个死死，只许进不许出。饿肚皮的老爷们还好说些，饿着就是，那些抽大烟的议员老爷可了不得了，他们那烟瘾上来，如何忍受得了啊？一个个眼泪汪汪，鼻涕交流，作揖打躬，苦苦哀求，出尽了丑态。偏偏“公民们”铁面无私，寸步不让，绝不通融。里边的议员出不来，外边那些党派便把饭食往里送，袁世凯御用党派“公民党”和支持袁世凯的进步党的饭食被顺利送进来了，那些议员老爷们抓馒头抢肉狼吞虎咽起来，而国民党总部送来的饭食说什么也不叫进，还被破口大骂：“饿死国民党，饿死活该！”眼睁睁看着别人大吃大饮，国民党议员们那心里，好不恨煞也！

梁士诒跑进总统府，袁世凯远远看见，忙从椅子上站起，急切地问：“如何?”

梁士诒报告说：“很不好，没有超过四分之三。”

袁世凯面色大变，顿时慌乱起来，出口骂道：“日他奶奶，这是咋回事呢?”

梁士诒报告公民团把议员们堵在会议大厅，不许乱出。

袁世凯发狠道：“就是这，李进才他们干得好！你去告诉李司令，选不出老子，就不放他们出来，叫屎尿憋死他们！饿死他们！”

梁士诒转身又去探听消息了，袁世凯这里也茶饭无心，坐不住了。他像一只绿头苍蝇，绕着屋子转起圈子来了。

下午的第二次投票结果在天黑以后才出来，袁世凯仍然没有达到法定票数。公民团的“公民们”急红了眼了，他们摇旗高喊，“选不出袁大总统，你们这些狗日的休想走出会场一步！”

有“公民”站在墙头上往大厅里撒尿，有“公民”往里边乱扔砖头，还有的“公民”干脆拔出手枪挥动匕首恫吓威胁。

汤化龙临时决定，晚饭不吃了，也不休息了，在黎元洪和袁世凯两人中投票决选吧。

于是又是一番发票投票开票计票程序，到晚上十点多钟，结果出来了，袁世凯得票五百零七张，过半数，当选为中华民国第一届正式大总统。

这时，会场外的“公民们”齐声呐喊：“大总统万岁！”“中华民国万岁！”

拱卫军司令李进才发布命令说：“各部列队回营，发银圆领奖赏，放假三天，逛窑子下赌场，随小子们的便！”

焦虑了一天的袁世凯，得到当选的消息，终于露出笑脸，长出一口气，说：“奶奶个熊，总有一天，老子不用军队，也能控制选举！吃饭，吃饭！”

这个时候，他确实已经饥肠辘辘，感觉饿了。

第二十四章　黄主义以袁画圆分内外 废约法以法废法定特权

1913 年，十月十日，中华民国国庆节。

紫禁城太和殿。

这个明清皇帝登基、君临天下、龙御万民的地方，今天，袁世凯要在这里宣誓就任中华民国正式大总统之职。

很早，参众两院的议长、议员们，文武官员们，美、英、法、德、日本等国的公使们，清皇室代表，蒙、藏各族代表，以及名流士绅等贵宾，就开始陆续来到了。人们三五成群，大堆小堆，叽叽咕咕说着话，议论着今儿这件事儿，或是彼此作揖打拱，点头哈腰，觍着笑脸儿寒暄问候，故作风雅。

梁启超跟众议院议长汤化龙正站在角落里小声说话，参议院议长王家襄满脸怒容地走过来，气哼哼地说："二位看袁世凯这是唱的哪一出？坐北向南，这哪里是大总统就职，分明是皇帝登基嘛！这还是民国吗？不像话！太不像话！"

汤化龙说："仁兄不是已经向总统府提出交涉了吗？如何还是这个样子，坐北面南？"

"交涉有什么用？胳膊能扭得过大腿吗？"王家襄怒冲冲地说，"在皇宫太和殿搞这个就任大典，地点就选得不对嘛！这里是什么地方？历代封建王朝皇帝登基的所在，怎么可以作为民国大总统宣誓就职的地方呢？跟人家提出来，那些狗腿子连理都不理，板上钉钉，死不改变。到了布置会场时，我们才发现，人家选在这里，原来那是别有用意的，是要叫袁世凯坐北面南仿效皇帝登基的意思，君临万民啊！他们把南面安排成外国使节和政府高级官员的座席，而东西两廊才为参众两院议长、议员们的座席，把北面设为主席台，安上袁世凯宣誓就职的席位，这不是喧宾夺主吗？我们这些国民代表却都被放在东、西客位上，本为会议之主宾，却变成了无关紧要的陪客，怎么令人容忍得下？我跟他们交涉几次三番，对他们说，‘民国以民为主，总统就职原系向全国国民代表议长议员宣誓，其余参加典礼的只不过是外宾及见证官员而已，理应将议长议员安排在北面主席上，听取总统矢誓，你们把我们放在客席，不是要贻笑世界吗’？可是，这些浑蛋谁听啊，几经交涉，最后才让了让步，把我们从东、西两厢挪到南边，他袁世凯依旧坐北面南，君临天下，皇帝登基啊！”

汤化龙说：“一叶知秋，查微知著，由此观之，袁世凯之心，果然如外间所传，意在复辟。”

梁启超皱眉说：“且看其就职后行事，倘果然倒退，我党决不答应。”

忽然听见司礼官冲众人嚷道：“各位中外来宾，参众两院议长议员大人们，各位政府官员，大典的时刻快到啦，请你们入席就座吧。”

人们在身着礼服的侍者引领下，乱哄哄地纷纷入座。太和殿本来很宽敞，容下百十号人不成问题，可是，今天安排的人过于多了些，足足有四五百号人，东西南北四个方面又添了许多把椅子，占去了大部分空间，便显得拥挤狭小了很多，殿里的空气也污浊起来，有人放了个哑巴屁，那臭气味硬是半天不离地方，直往人鼻子眼里钻。

上午十点整，只见腰佩军刀的三百多名卫士杀气腾腾列队进入大殿，分两排站立，形成了一条由军刀排列成的恐怖的警卫胡同，太和殿的气氛一下子紧张起来，也更显得人头蹿涌，拥挤不堪了。这时，又见总统府秘书长梁士诒、秘书夏寿田、侍从武官长荫昌和军事处代理处长唐在礼四人，分乘四人抬彩舆悠悠地过来了，在大殿外边落下，分立在两边恭候什么。又过了半袋烟的时候，远远地，一座八人抬的大彩轿姗姗而来，缓慢迟钝，蜗牛爬一样爬呀爬呀爬了过来，上台阶，下台阶，走过空旷的殿前广场，又上台阶，又下台阶，终于来到太和殿外落了轿。轿帘起处，袁世凯那颗大脑袋出现了，接着是他肥胖的短胳膊短腿和水桶一般的大粗腰身。他今日身穿装饰有金线的钴蓝色陆海军大元帅礼服，头戴着饰有白色羽翎毛的硬壳圆筒大礼帽，腰挎佩剑，足蹬德国进口的牛皮尖顶高腰大皮靴，摇晃着肩膀，挥动着两臂，迈开八字步伐，神气十足得意扬扬地走了过来。

梁士诒四人不敢怠慢，慌忙迎接上去，分列两边，贴身护卫着，把他拥入殿内，拥上主席台，又小心翼翼地搀扶着他坐下。

司礼官高声宣布大总统就职仪式正式开始。

于是袁世凯起立，他手持誓词讲稿，面南宣誓，道：“余誓以至诚遵守宪法，执行大总统之职务，谨誓。”

誓词寥寥数语，一句话，本来很容易就说完了，无须有什么复杂，但是，袁世凯却不然，他把他们肢解为几段，声调上也出现了变化，有的特别声高，有的则低沉压抑，近乎耳语，几乎听之不见，抑扬起伏，颇为明显。譬如，当他读到

“余誓以至诚遵守宪法”时，声音微弱，嘴里像含着个大鸭蛋，嘟嘟囔囔，连他身边的人都听不清楚，可是，当读到“执行大总统之职务”时，一下子高出八度，声音洪亮，字字清楚，且铿锵有力，并有回声，当读到“谨誓”二字时，声调复归低沉，其微弱犹如蚊子之鸣。

王家襄扭头对梁启超说：“卓如，言为心声，一句誓词他袁世凯都如此泾渭分明，读到遵守宪法时声微如诉，而读到大总统职务时，又洪亮如钟，袁世凯仇视民国之心，可以见之矣。”

大殿里突然爆发“袁大总统万岁!”“中华民国万岁!”的口号声，声音虽然杂乱，有人喊有人不喊，但是袁世凯却非常高兴，他喜欢听那“万岁”的喊叫声。然而，这个声音却打断了王家襄的谈话。

接下来宣读宣言书。

袁世凯从梁士诒手里接过稿子，干咳一声，以沙哑的河南腔调念道：“民国建设，余取渐进而不取急进，以国家人民之重，未可作孤注之一掷，而四千年先民之教泽，犹不可使斫丧无余也……眼下之共和政体，吾国四千年前已有雏形，本无足异；取急进，乃事权牵制，无可进行，余夙夜彷徨，难以安寝，故取渐进之法，以富国利民……”

袁世凯的这个宣言书，说的人有意，听的人也不糊涂，人人都听出来他那“取渐进”是什么意思，他那恢复“四千年先民之教泽”是要干什么。不要民主共和，不要自由法制，而要恢复封建皇权统治秩序，这才是他袁世凯的本心。

梁启超很不高兴他的这些话，对汤化龙、王家襄说：“他这是怎么了？民主政治被他以牵制事权、无可进行视之，难道他要抛弃这些不成吗？”

王家襄问：“倘袁世凯背叛民主，抛弃共和，你怎么办？”

梁启超说：“我个人怎么办有什么用？天下人必不答应，那才是不可小觑的呢!”

下午，举行阅兵仪式，袁世凯在段祺瑞、王士珍、冯国璋等一大帮北洋将领的簇拥下登上天安门，检阅陆海军。他挥动手臂，趾高气扬，满脸欢笑，大有不可一世之概。

段祺瑞说：“大总统，你看下边那些兵士，都在向你行注目礼呢。”

袁世凯哈哈而笑，说：“哥们儿，就是有了他们的效忠，你我弟兄才能享受这人间富贵世代尊荣呢，可别亏待了他们啊!”

王士珍说：“是呀，大总统手上有这几百万雄兵猛将，这中华民国，什么时候它也得姓袁。”

袁世凯说：“姓袁，就是姓段，姓王，姓北洋，你们说对吧？”

“对，对，大总统这句话说到根本上去了。”段祺瑞三人忙齐声响应，那三个脑袋点得跟小鸡叨米一般。

晚上，在总统府举行盛大的庆功宴会。宴会开始前，先举行授勋仪式。

总统府秘书长梁士诒宣读大总统授勋令。

梁士诒站在主席台前边，挺胸扬眉，朗声宣读道："中华民国大总统颁布授勋令，其令曰：授前清宪政编查馆参与政务大臣世续，勋一位；授前清内阁协理大臣徐世昌，勋一位；授中华民国内阁总理、直隶都督赵秉钧，勋一位；授中华民国陆海军大元帅统率办事处坐办王士珍，勋一位；授代理国务总理、陆军总长段祺瑞，勋一位；授江苏都督、讨逆军江淮宣抚使冯国璋，勋一位……"

这个授勋令很长，凡是逼迫诓骗清帝逊位的如世续、徐世昌和袁世凯的亲信大将如赵秉钧、段祺瑞、王士珍、冯国璋辈都是勋一位，其他北洋将领及各省都督、民政长，都是勋二位、勋三位不等，唯独那些推翻清王朝、结束中国两千多年封建专制独裁统治的辛亥革命志士们没有一人。这些人现在不是被杀掉，就是被捕入狱关在牢里，没有被抓住的，也纷纷逃亡国外，流落异乡。今天，袁世凯要以勋爵名利笼络人心，拉拢亲信，其志不在小。

酒席宴上，袁世凯问前来给他敬酒的赵秉钧说："智庵资历不及世续、徐阁老，战功不及我北洋三杰，可是我却把那勋一位授予你，汝可知缘故么?"

赵秉钧惶恐无状，嗫嗫嚅嚅回答说："大总统抬爱下属，格外体恤……"

袁世凯把他的大嘴巴凑到赵秉钧耳根，诡诈地说："无他，乃君谋杀宋教仁之功也。"

酒至半酣，刚刚被袁世凯任命为陆军上将北洋陆军第一军军长的段芝贵领着雷震春、张镇芳、陈宧几个北洋将领，趁着酒兴，笑嘻嘻地挨过来，给袁世凯敬酒。

段芝贵说："大总统，今天，南方的叛乱已经镇压下去了，乱党抓的抓杀的杀逃的逃，现如今正式大总统也已经拿到手了，整个中国已经在大总统的掌握之中了，下一步该怎么办，属下急等着大总统的示下呢。"

袁世凯笑问道："香岩，以你之见，本大总统该如何办呢?"

段芝贵说："依末将见，这个民国大总统当着没啥意思，动不动都要那个什么国会什么参议院众议院横加干涉监督，还有个什么劳什子《临时约法》紧箍咒一样箍住，不得风光，不得气派。不如恢复帝制，南面称孤，当一代开国皇帝，普天之下莫非王土，率土之滨莫非王臣，那多带劲儿!"

袁世凯笑道："你是叫我推翻民国，改弦更张，另起炉灶，当那开国之君?"

段芝贵说："正是、正是。"

袁世凯说："老百姓反对怎么办?"

"谁敢?"段芝贵说，"大总统手上有兵权、政权、生杀之权，谁敢说个不字，先自砍下他那吃饭的家伙！”

袁世凯哈哈大笑，说：“武力镇压，以固国基，好办法，好办法！哈哈哈哈！”

他端起酒杯，与段芝贵和他身后众将一一碰杯，对于那当皇帝恢复帝制的事不置可否。

梁士诒悄声对他说：“大总统，今天乃中华民国国庆之日，乃大总统当选之时，段芝贵等人奢谈帝制，一旦传出去，很是麻烦，有损于大总统之清明，为何不呵斥之？”

袁世凯瞪圆眼睛呆视他良久，亦不反驳，亦不首肯，没有听见似的，有顷，对他说：“燕孙兄，你去那边代我向诸位将军们敬酒，去、去……”

梁士诒愕然，只好端着酒杯，一边去了。

袁世凯问身边的徐世昌说：“哥哥，他们叫我登基，可行得？”

徐世昌说：“记得当年兄弟初出山时，有人叫大军急进，消灭革命党，有人叫大军回戈，推翻清王朝，你我是以何策应对的啊？”

袁世凯端起酒杯，跟徐世昌碰了个脆响，挤眉弄眼，哧哧奸笑道：“慢慢来，走走看。”

徐世昌含蓄地点点头。他和袁世凯四目对视，窃笑不止。

宴会结束时，已经是半夜十一点多钟了，袁世凯乘坐双辕镏金马车，嘚儿嘚儿从总统府返回中南海家里。车到中华门，忽地从旁边树丛后蹿出一个人来，双手高举一个纸牌，上写一行斗大的黑字，跪在当道，大喊“冤枉”，挡住了去路。担任护卫的袁乃宽和众卫士大惊，慌忙唰地一声围了上去，把那人按住，他手里的那个纸牌子也夺了过来。

听见动静，酒意阑珊昏昏欲睡的袁世凯被惊醒，以为有刺客行凶，惊骇失色，赶忙蜷起身子，伏下头去，拱在座椅下边，问道：“何事？可是歹徒行凶？”

这时，只听见外边一个嘶哑的声音高喊道：“大总统呀，我是民国的大功臣呀，您老人家如何把我忘记不管了呀！”

又听见袁乃宽厉声呵斥道：“休得乱喊，惊动了大总统，就是死罪！有话慢慢说。”

外边叽叽喳喳了一阵子，袁乃宽走近车辕，掀开门帘，报告说：“有一个从上海来的中年人，自称叫什么应桂馨，说是为大总统立有奇功，请求奖赏的。”说着递上那个纸牌子。

袁世凯接过那纸牌，张眼看去，只见上边那一行黑字写的是：大总统令，杀宋酬勋。马上明白是怎么回事了，吩咐袁乃宽说：“你把他叫过来。”

袁乃宽命人把那人领到马车之前，命其跪下回话，那人挣扎着不愿下跪，怎奈众军士强行压迫，只好双膝跪地，但他那颗脑袋却死硬，说什么也不肯下低。

袁世凯问：“你就是应桂馨？”

那人回答说：“卑职就是应桂馨，奉赵总理、袁大总统命令，行刺宋教仁的那个应桂馨。”

袁世凯问：“你不是被革命党抓起来关在上海监狱里了吗？”

那人说：“报告大总统，革命党造乱，上海打起仗来，卑职乘乱越狱逃了出来，捡了一条性命。”

袁世凯点头说：“这个情况我已经听说了。你此番前来，有何要求啊？”

那人说：“卑职受命之时，赵总理传达大总统口谕，许我‘杀宋酬勋’，今宋已杀掉，我请求大总统兑现前言，授勋封官，奖赏功臣。”

袁世凯哈哈笑道：“授勋，没有问题；封官，没有问题。只要你能要来赵秉钧的证明信，确实证明你就是应桂馨，本大总统决不会亏待你。”

那人问道：“大总统说话可算话？”

袁世凯哼了一声，算是回答了他。

袁乃宽喝道：“大总统已经答应了你，还不快滚！”

那人这才磕头谢恩，溜向一边，眼睁睁看着袁世凯的马车驰进中南海去。

且说第二天一大早，袁世凯就来到总统府办公了，梁士诒来上班时，见大总统已经先到多时，十分稀罕，忙走过去问候，说：“昨晚喝了酒，睡得又晚，大总统怎不多睡一会儿，这么早就来了？”

袁世凯一边办公，一边说：“‘子曰，政者，正也。子帅以正，孰敢不正？’我这是给大家带个头儿，自今日以后，看谁敢怠慢偷懒！”

梁士诒恭维道：“大总统真是旷世明主啊！这正是应了孔子家语里边的教导：‘欲政之速行也，莫善乎以身先之；欲民之速服也，莫善乎以道御之。’大总统以身为则，总统府的人哪一个还敢不兢兢业业尽心尽责地干？”

袁世凯说：“你这几句话我爱听。欲政之速，欲民之服，正是本大总统眼下最需要的。我这里有几道命令，你马上发布下去。”

梁士诒接过来一看，见是任命书，任命倪嗣冲为安徽都督，龙济光为广东都督，李纯为江西都督，郑汝成为上海镇守使，冯国璋为江苏都督，张勋为长江巡阅使，汤芗铭为湖南都督兼查办使……南方一些重要的省份，过去为北洋势力达不到的地方，经过此番任命，都完全被北洋控制了。

梁士诒说：“这次南方动乱，看是坏事，其实是大好事，经他们这一闹，不但解决了革命党在南方的势力，还让我们的人插进去，控制了整个中国。”

袁世凯搔搔头皮歪起脑袋说：“这就是老子逼他们造反的原因。不过，控制全中国的话，还不能说，桂、滇、黔、川四省，我们的力量还插不进去，兵力不够，鞭长莫及啊！"

一边说着话，一边又签署好了另几道命令，递给梁士诒说："把这几个人调进京来，我另有安排。"

梁士诒看过名单，见是浙江都督朱瑞，湖南都督谭延闿，云南都督蔡锷，心下不免疑惑，问道："朱、谭二人，动乱之际表现不好，弄进京来理论，诚为必要，可是蔡锷并无大错，亦未响应孙、黄，怎么也要把他弄来？"

袁世凯说："这三个人，调他们来京，并非都是惩治。朱瑞关键时刻，首鼠两端，持观望态度，诚然可恶，但终未从敌，可以恩威手段降伏，将来为我所用；谭延闿一面应付我，索要大批军饷器械，一面暗中勾结乱党，参与暴乱，滑头而且可恨，我必严惩。至于蔡锷，虽没有参与这次暴乱，但他在云南、贵州很有影响，很有才干，亦有智谋，这种人不闹则罢，一旦闹起来，其能量较之孙、黄更为危险，我不能不防。"

梁士诒问："松坡入京，云南都督暂缺，大总统打算叫谁去担任？"

袁世凯说："我准备叫唐继尧去署理云南都督事，叫刘显世去任贵州护军使，这样云、贵两省就有咱们的人了，会少很多麻烦。不过，命令要等蔡锷来京后再签发。"

梁士诒笑道："这大概就是陆建章所说的袁世凯主义吧？一切以袁大总统的意志为意志，以袁大总统的思想为思想，特别是表现在人事任命上。"

袁世凯耸肩缩颈，嘿嘿而笑。他站起身来，伸出两根手指，插进嘴里，饱蘸口水，又推开面前的文件纸张，用那并拢着的食指和中指，在桌子上画了一个大大的圆。然后，又把那手指伸进口里蘸足了口水，在那圆心处点了一个大大的点，这才指着那个圆圈圈，说："我们的中华民国，就是这个大圆圈，老子就是这个中心点，中国的事情，就要以老子这个点去画中国这个圆圈圈，里头的，升官发财呀、荣华富贵呀，老子都给，圈圈外头的，不听话的，反对老子的，只有一个死！这就是老子的主义！"

"异己者不死，天下不是要大乱了吗？大总统英明。"梁士诒觍着笑脸说，"不过，如此说话，未免过于直露，还是应该有个理论才好。"

"理论，什么理论？老子的话就是理论！老子的主义是什么，两个字，就是'服从'，绝对地'服从'！服从俺的，就是革命，就是北洋，就是自己弟兄，不服从俺的，就只有一个死！什么民主、自由、法制，去他奶奶的蛋，那些玩意儿，非目的也，都不过是手段罢了。归根结底，老子就是民主、自由、法制！老子就是革命党！"

说到这儿，他突然把话扎住，伸出手指搔动着头皮，半晌，又嘿嘿一笑，说："不过，如此说话，是有点儿野蛮不讲理，有点儿像山大王。既为主义，就应该有个一二三，你说得对，没有理论，怎么叫主义？赶明儿你叫杨度他们给老子写几篇文章，理论理论这些问题，我看挺好。”

这时候，段祺瑞来了，他一进门，啪地一个立正，敬礼，笑看着袁世凯说：“报告大总统，末将奉命来到。”

“哈哈，芝泉老弟，总长大人，快请坐，快请坐！”袁世凯一边打着哈哈，一边起身迎接。

袁世凯的哈哈打得段祺瑞有些不好意思，也不知道他叫自己来有什么事情，心下忐忑，不敢造次，依旧棍似的直立在那儿，一动不动。

袁世凯拉着段祺瑞在自己身边坐下，脸色变得严肃了些，说：“最近，我要把国内各省的都督、民政长调整一番，大部分都能够控制在我们北洋手里，只是有一处，地处中央地带，上接巴蜀，下连吴越，南通两广，北临中原，动辄牵动全国，举足影响大局，老弟可知此为何处？”

段祺瑞说：“大总统说的可是湖北武汉？”

“正是这个所在呀！辛亥年它一颗炸弹改变了中国，推翻了帝制，此为我国心脏地带，何人镇守它，让我颇费心思也。”袁世凯说。

段祺瑞何人？亦一奸雄也，如何听不出袁世凯那话里的话？他马上明白，袁世凯这是要派他外差，去任那个湖北都督，叫他去控制这一地区。便说：“大总统但有差遣，芝泉肝脑涂地，唯以死报效知遇之恩。”

袁世凯笑道：“自家弟兄，我也不说客气话了，一言以蔽之，黎元洪那老小子待在湖北，我这心里老大不放心。”

段祺瑞说：“黎元洪什么东西，不过是革命党从床底下拽出来的都督，若不是大总统您抬举他，他焉有今日？这次国会选举，他竟敢跟大总统争选票，竞决选，真是不自量力。不过，此人在湖北经营有年，动他，恐不容易。”

袁世凯说：“是呀，我叫人传话给他，希望他来京办差，谁知，他竟没有反应。看来，老子不动真格的，这老小子不知道马王爷三只眼。”

“大总统准备如何动他？”

袁世凯说：“动他不难，只需一个人前去，他无不服帖北上来京。”

“敢问大总统，何人可以完成使命，莫不是准备命末将前去吧？”

袁世凯哈哈大笑，说：“芝泉真知我心者也！大将段祺瑞亲往敦请，他黎元洪还敢推脱，那真是不要脑袋了。”

段祺瑞唰地起立，立正敬礼，大声说道：“末将领命！”

袁世凯亦起身，手抚其背，道：“此事要谨慎。你去请他，料他不敢不应诏北来，待其起程以后，我这里任命你的命令再颁布。调动军队策应配合，那是你陆军部的事了，回去办理去吧。”

段祺瑞接受命令，告辞去了，袁世凯完成了最重要的一件干部调整事宜，心里高兴，倒背着手，晃晃悠悠，在屋子里遛步，嘴里哼哼唧唧唱道："有本王打坐在金銮宝殿，尊一声驸马儿细听王言……"

门外的袁乃宽对梁士诒说："今儿爷高兴，弄不好要回中南海用膳……"

话未说完，就听见里边袁世凯大声吩咐道："袁乃宽，备车，老子要回家吃饭，打电话回去，叫五姨太太早做准备，叫二小姐三小姐陪我说话。"

袁乃宽出个鬼脸，说："果不其然吧，大总统的心思，我是揣摩个准准！"

十月十四日，宪法起草委员会拟出《天坛宪法草案》，准备提交国会宪法会议审议。杨度得到消息，便领着总统府法律顾问美国人古德诺匆匆赶来见袁世凯。

杨度报告说："大总统，汤漪、张耀曾他们已经将宪法草案拟出来了，共有十一章一百十三条，准备近日提交宪法会议审议。"

袁世凯惊道："怎么，有这等事情？"

杨度说："这个草案的基本精神，与临时约法没有出入，仍然坚持孙文的立宪主张，实行民主政治，立法权属于国会，行政权采取责任内阁制，对于总统的权限，给予了大大的限制。"说着，从怀里掏出一个抄件，双手捧着递上去。

袁世凯接过来，摊在桌案上，张目而观，粗粗浏览一通，怒道："这些国民党，竟跟老子捣蛋，这不是要拿我当猴儿耍吗？没有权利，谁干这个鸟总统！"

古德诺说："如果采用这个宪法，中华民国总统势必处于徒有虚名没有实权不能有所作为的地位，那样一来，大总统就是国会的一个傀儡了，不能干，不能干。"

袁世凯沉默良久，问："这个起草委员会都是些什么人？"

杨度说："委员长为汤漪，但此人多不与会，主要管事的乃是国民党员议员张耀曾，以及谷钟秀、孙润玉、沈钧儒，进步党议员李国珍、蓝公武等人也跟着起哄。他们还……"

"还什么？说！"袁世凯追问道。

"他们还肆意诋毁大总统，出言不逊，说，大总统以军人化装公民，冒充民意，包围会场，干涉选举，是中国选举史上一大创举，派军警包围选举会场，胁迫议员，威胁国会，已经严重地触犯了法律，理应绳之以法，依律治罪，根本不配当什么大总统。"杨度挑拨说。

袁世凯的脸变成了铁青色。他咬牙瞪目，不发一言。

杨度见不是事，知道袁世凯心里窝了一团怒火，随时都可能爆发，不敢久留，更不敢说话，看了一眼古德诺，两人屏住呼吸，蹑着脚尖，悄无声息地退下。

但是，袁世凯并没有爆发。他关上房门，闭不见客，一个人在屋子里想孬点子，琢磨着如何对付宪法起草委员会。

第二天，依旧悄无动静。

第三天早上，也就是十六日那天，梁士诒来总统府上班，在大门口被一个人迎面堵住。那人中等身材，长脸，短髭，戎装，看去显得十分干练，认得是山西都督阎锡山，皱眉道："百川，有何事，挡住我的路？"

阎锡山啪地一个军礼，说："百川特意前来看望秘书长大人，请安问候。"

"少给我来这一套，你来看我，不敢当，敢不是要借我这个梯子攀攀大总统，保官保命吧。你或许看出来点儿名堂啦，革命党控制的省份，已经一个个被解决掉啦，剩下不多了吧？"梁士诒一头说，一头大步走进自己的办公室。

阎锡山嘻嘻笑道："什么也瞒不过秘书长大人的眼睛。下官确实是来觐见大总统的，请秘书长大人给引荐引荐。"

梁士诒说："你来得不是时候，这两天大总统正烦着呢，即或见你，恐怕也没有好果子吃，我劝你还是不见为好。"

"您看我大老远来了，若是见不到大总统，不是白跑一趟吗？"说着，从衣兜里掏出一张支票，觍着笑脸递上去，说，"一点小意思，不成敬意，请秘书长大人赏个脸吧。"

梁士诒摇摇头，说："你敢贿赂本官？"

阎锡山说："怎是贿赂，是孝敬大人。下官这次来，还带有陈年汾酒百坛，羔羊皮千张和诸多珍奇宝物孝敬大总统。"

梁士诒接过那支票一看，四十万，心下一动，说："好吧，我暂且收下。可是你那些玩意儿大总统喜欢不喜欢，见不见你，我可就做不了主儿啦。"

"当然，当然。"阎锡山作揖打拱，知趣地在一旁椅子上坐下。

半晌午的时候，袁世凯办公室的门响了，接着有脚步声传来，再接着就是呼叫梁士诒的声音。

梁士诒撇下阎锡山，快步走过去。

袁世凯对他说："宪法草案要束缚老子，咱爷们也不是吃素的，给他们出个难题难难这些龟孙王八蛋，你马上帮我起草一个增修《约法》的草案，要求扩大总统职权。对他们说，国事日削，政务日隳，而我四万万同胞之憔悴于水深火热之中者且日甚，凡此种种，无一非缘《约法》之束缚驰骤而来。特别是第四章关于大总统职权各规定，适用于临时大总统已觉有种种困难，若再适用于正式大总统，则其困难将益甚。还有那个'同意权'，那是个啥鳖孙权呀，人家做主了的事，老子这个大总统再点点头，那是权吗？那是附庸，傀儡，老子不干。你记一下，老子有几条要求，叫他们答应，写进《约法》里去。一、老子要外交大权，或宣战，或媾和，或缔造条约，得老子说了算，毋庸参议院同意。二、官制官规以及任用国务员外交官，得大总统说了算，毋庸参议院同意。三、国家实行总统制，不搞什么责任内阁制，一切权利归大总统……你写的时候，一定要把四万万同胞生命财产水深火热跟老子联系一起，说清楚《约法》乃一切罪恶坏事之根源，说明束缚大总统，就是束缚四万万人民，把人民的旗号打得高高的，这很重要。”

梁士诒说：“属下明白啦。”

转身要走，忽然想起自己办公室里还坐着个阎锡山呢，便车转身，报告说：“山西都督阎锡山要求觐见大总统。”

“那个山西老西吗？这小子日本士官学校毕业，也是个革命党，老子正要拿下他来呢，不见，不见。”

梁士诒说：“此人好像跟孙、黄、宋教仁不同，大总统不妨一见，或有可以利用处，也未可知。”

袁世凯点了点头，算是应允下来。

阎锡山得知袁世凯要接见他，诚惶诚恐，战战兢兢，俯首弯腰，一溜小跑，赶去朝觐。大约有半袋烟的工夫，满头冒汗地出来了。

梁士诒问：“谈得可好？”

“好、好。大总统先是严厉异常，后来慈爱如父。”

“大总统笑了吗？”

“下官只看见大总统的靴子，靴子以上没有看见。是否笑了，实不知情。”

梁士诒哑然而笑，自语道：“革命党里头，也不都如孙文、黄兴、宋教仁者，似阎锡山、汪精卫之徒亦不乏其人啊！”

后来，袁世凯谈到阎锡山时，说：“百川这小子，还算听话，山西都督，就不易人了吧。”

十七日一天无事，十八日，一大早，袁世凯就把梁士诒叫到他的办公室，对他说：“老子昨天想了一日，咱再给小子们出道难题，今日你再写一道草案，向国会提出宪法公布权问题。告诉他们，宪法公布权理应属于总统，议会对于宪法案，只有起草权和议定权，而无宣布权。有了这个权力，他们起草委员会起草的什么法律条文，都需先过老子这一关。”

梁士诒说：“可是，《大总统选举法》乃是宪法会议公布的，他们若以此为理由辩解，当如何反驳？”

袁世凯说：“那时侯不是要举行正式大总统选举吗？老子以大局为重，所以便隐忍下来了。现在大总统选举已经结束，这个权力势必要收回。但是你草案里自然不能如此说，就说些目前大局，内忧外患，宪法会议贸然行使此权，势必对大总统权限藐视侵越，有违民国根本之《约法》，影响很坏，等等，胡乱编排去就是。”

梁士诒遵命草拟去了。

但是，国会并没有理睬袁世凯的这两个草案。他们答复说：宪法正在修订，大总统所提增修《约法》实无必要，宪草会不与采纳；至于宪法公布权问题，因宪法修订尚未完成，其公布权尚不能纳入讨论议程。

袁世凯的两次捣乱被一纸粉碎，大怒，骂道：“奶奶个熊，不信整不垮你们!”憋了三天，到十月二十二日那天，又想出一计，他把亲信施愚、顾鳌、饶孟任、黎渊、方枢、程树德、孔昭焱、余昌等八人叫到总统府，对他们说：“今日本大总统请各位法律专家来，无有他事，就是要派诸位进驻天坛祈年殿，参与宪法委员会的起草工作。那里边国民党议员居多，他们动辄民主自由、民权法制，限制本大总统的权利，实为国家大患。诸位此番进去，就是本大总统的代表，代本大总统陈述对于宪法意见，诸位可愿意委屈车驾前往效力?”

众人说：“大总统派遣，自当效命，何劳相问?”

袁世凯说：“如此，甚好。每位薪水每月两百大洋，外加一百大洋的车马补贴，差使办得好了，国家正逢用人之际，本大总统定然重用，破格提拔，决不委屈各位大才。”

众人感激涕零，激动万分，说：“大总统放心吧，我等此去，绝对不辱使命，给那些国民党议员以颜色。”

第二天一大早，施愚等八人仗着人多势众，又有大总统撑腰，趾高气扬不可一世地来到天坛祈年殿前，咣当一声推开殿门，就要往里闯，却被张耀曾领人挡在门外头。

“诸位何事?”张耀曾问。

“我等奉大总统之命，前来参加宪法修订会议，你敢抗命吗?”施愚大声说。

屋里的众起草委员哄然大笑。

谷钟秀说：“诸位也是学法律的专家，今日难道连起码的法律知识都忘记了吗?我宪法会议之性质与两院不同，大总统对于宪法会议既无提案权，自然也就无有派员出席会议的理由，我们不同意诸位出席，请回吧。”

施愚等人不服，欲要申辩，却自知理亏，就此返回，心又不甘，迟疑不决，怔在了那儿。

进步党议员蓝公武说：“政府委员出席宪法起草会议，无有法律根据。况且，宪法起草规则规定，除两院议员外，其他机关人员，既不能出席会议，亦不能旁听会议。诸位身份不明，仅凭大总统一纸无有法律根据的命令就要出席宪法会议，这不是在开玩笑吧?何其无知如此耶?”

众人哈哈大笑道："非无知也，实被大总统的银圆官爵弄迷了心窍也！"

施愚等人，本知自己此举有违司法，道理上说不过人，又被讥讽，羞惭而退。

袁世凯阴谋干涉制宪，却又插不进人去，恼羞成怒，破口骂娘，每天烦躁不安，却又想不出办法。

转眼十几天过去了，到了十月三十日，《天坛宪法草案》全部完成。次日，宪法起草委员会三读通过，文本正式提交宪法会议。

袁世凯得到消息，急如热锅上的蚂蚁，抓耳挠腮，团团乱转，一时又想不出破坏办法。

这天晚上，扬州小妞给他洗脚，水稍稍热了些，袁世凯大怒，抬起一脚，把那个小姑娘踢出去一丈开外，重重地摔在墙角处，又不敢哭，只吓得蜷缩在那里乱抖。九姨太太赶紧跑过来，伸出一只手，轻轻地给他揉胸，说："大人，今儿有嘛事儿不顺心了，发这么大的火呀！"

袁世凯瞪她一眼，呼呼地喘粗气，并不答话。

这时，袁乃宽推门进来，报告说：杨度来了。

袁世凯不耐烦地说："他来干啥，老子正烦着呢。"

袁乃宽说："属下也是这样对他说的，杨度说，他正为大总统的烦恼而来。"

袁世凯一怔，听出杨度话里似乎有什么话，便点一点头，说："叫他进来吧。"

杨度进得房来，笑吟吟地作揖说："学生拜见大总统。"

袁世凯哼了一声算是回答。待九姨太太和那个扬州小妞收拾完脚盆、揩拭干净洒在地上的洗脚水，退出去后，袁世凯问道："何事？"

杨度说："宪法草案既然让大总统不高兴，为何不废了它？"

袁世凯听见那个"废"字，眼睛一亮，说："我如何不想废它？可是宪法并没有赋予我这个权力呀！倘若能废，老子当临时大总统时就把那个鸟《约法》废掉多时了，何至于今日受它的约束捆绑？"

杨度说："宪法通过生效，在于国会。大总统虽没有解散国会之权，把它搞瘫痪了，使之丧失作用，办法还是有的。"

袁世凯霍然挺直了身子，道："你继续说。"

杨度凑前半步，歪着半边脸，谄笑说："国会瘫痪，宪法草案自然搁置，大总统再另外组织班子，重修宪法，以法废法，可以得志矣。"

袁世凯何等奸滑之人，杨度的几句话，立即打开了他的心窍，他哈哈笑道："皙子真我之诸葛孔明也，老子明白当如何为之矣！你马上去陆建章处领取奖赏。"

杨度说："学生为效忠大总统而来，非为奖赏而来，大总统知道学生的忠心，就是最大的奖赏了。"

袁世凯说："有功受奖，理所当然。况且，本大总统将来还要重用于君，仰仗于君啊！领奖去吧，不要过谦了。"

杨度领命，屁颠儿屁颠儿地往军政处去了。

这里袁世凯转怒为喜，招手叫过那个扬州小妞，安抚她道："还害怕吗？今儿晚上，老子谁也不要了，只要你和老九陪伴，如何?"

那小妞咬着手指头乱点头儿，还拿眼睛看了看袁世凯那张满布横肉的脸，惊恐未消，大气儿也不敢出。

第二天一上班，袁世凯就叫来梁士诒，对他说："马上拟电给各省都督、民政长、文武官员，说，此次宪法起草委员会，国民党议员凭持其人数居多，大搞阴谋，欲在中国实行其国会专政，而将国家行政机构，变为国会之附属品，直是消灭行政独立之权，将尽天下文武官员皆附属于百十议员之下，是无政府也。照此下去，势非亡国灭种不止。本大总统确见此等违背共和政体之宪法，影响于国家治乱兴亡者极大，何敢沉默！各该文武长官同为国民一分子，且各负有保卫治安之责，对于国家根本大法，利害与共，务望逐条研究，共抒谠论，于电到五日内迅速条陈电复，以凭采择。"

梁士诒抄录完毕，惊喜道："大总统这个电稿，题旨明白，造语准确，不需加工，便可发表。更重要的是，这个办法对付宪法草案，乃上上之策。大总统英明伟大，处变不惊，从容应对，真乃当世之圣者也!"

袁世凯得意地说："马屁你就不要拍了，快快办差去吧。"

望着梁士诒的背影，袁世凯暗自言道："这算什么英明伟大，老子的英明伟大还在后头呢，咱们骑着毛驴慢慢瞅那唱本吧。"

袁世凯的这道通电一发出去，他那些北洋派的狐群狗党立即有了强烈的反应。倪嗣冲、冯国璋、张镇芳、汤芗铭、段芝贵、张勋等叫得最凶。对于宪法内容他们只字不谈，集中火力攻击宪法起草委员会，说他们是"国家蟊贼"，叫嚣铲除国民党，驱逐国民党议员，解散国会，撤销宪法草案。全国的袁记报纸积极配合，大造舆论，说什么害群之马不除，国无宁日。请求政府通令各地，将国民党一律解散，其有身居津要而迹涉嫌疑者，即令免职回籍，闭门思过，着各省官司详加察管。并攻击《宪法草案》违背法理，阴加鼓煽，实为国民党破坏民国再接再厉之手段，与孙文、黄兴之谋逆构乱，一而二、二而一也。一时之间，乌烟瘴气大起，黑云压城城欲摧，举国哗然，人心浮动。

袁世凯却显得很是高兴，他每天嘴巴里哼唧着那句豫北高腔"有本王打坐在金銮宝殿"，在中南海里领着几个姨太太和扬州小妞溜达。

十一月三日，他派人请国务总理熊希龄来总统府议事。

熊希龄听见召唤，哪里敢怠慢，忙放下手里的工作，跟随那人匆匆前来。自从上次他在袁世凯办公桌上看见了那份查报避暑山庄盗宝案卷，对于袁世凯的畏惧日甚一日地严重。他回去苦思冥想，自己在避暑山庄居住时，虽然手脚不干净，拿过一些皇宫宝物，但极为机密小心，并未留下破绽，问题出在哪儿了呢？一天深夜，他忽然想起一件事情，顿时让他惊出一身冷汗。他想起有一年，自己曾慷国家之慨，将乾隆皇帝喜欢的一把折扇送给袁世凯的亲信姜桂题，肯定是这个家伙讨好袁世凯，将古物上缴，作了密报。不然，袁世凯怎么会把他列入调查重点呢？有了这个把柄在袁世凯手里，熊希龄这个国务总理当得是很不踏实了。他无时无刻不担心着被人从马上拉下的可能，个人的意见，自己的主张，他是一点儿也没有了。

熊希龄走进袁世凯的办公室，袁氏对他怒目而视，半晌不说话，熊希龄心里发毛，俯首站立，静候指示。

袁世凯声色俱厉地说道："秉三，《天坛宪法草案》你已经知道了，国家的事情很难向前推进，根子就在国民党凡事故意刁难掣肘，他们利用一切机会捣乱破坏，真是让人痛心。现在国家实行的是责任内阁制，如果不将国民党这个障碍铲除，你们内阁就很难顺利执行职责，我这个大总统的权力也不能行使了。根据目前形势，要把国家治理好，无他，非立即解散国民党不可，非立即取消国民党籍议员资格不可。我的意见如此，你看怎样，我要你一个态度。"

熊希龄听出袁世凯那话里的话来了，这哪里是在征求他的意见，分明是在命令嘛，而且那命令里还隐藏着威胁、强迫。这种情势之下，他除了恐惧和遵命外，还能有什么异议呀。忙点头哈腰说："大总统说得是，本人没有意见，完全同意。"

袁世凯皮笑肉不笑地点了点头，从抽屉里拿出一份早已经写好的命令，摆在桌上，说："既如此，就请签署吧。"

熊希龄乖乖地在那命令上签了名字。

袁世凯啪啪地拍了两下手，隔室的屋门打开了，梁士诒领着内阁阁员们鱼贯而入，依次在那命令上签署。

次日，解散国民党，取消国民党籍议员资格的命令颁布了。命令宣称，此次内战，该国民党本部与该国民党议员潜相勾结，内外煽动，南北呼应，危害国家，扰乱社会，陷四万万人民于水深火热之中。其但知构乱以便其私，而置国家危亡国民痛苦于度外，乱国残民，于斯为极。为拯救国家挽救人民于水火，特饬令即将国民党京师本部予以解散，并命令各地将国民党所设机关，不论支部、分部、交通部及其他名称者，于三日内一律解散。嗣后再有以国民党名义发布印刷品、公开演讲或秘密集会者，均以乱党论处，一体拿办，毋稍宽纵。凡国民党议员，一律追缴议员证书及徽章，该议员必须去我警宪机关登记听点，不准乱出，不准逃匿，听候处分。云云。

命令颁布的同时，北京城里的军警宪特，如狼似虎，一齐出动。陆建章领着他军政执法处的特务队，直奔北京国民党总部，翻箱倒柜，掘地三尺，里里外外，假墙暗道，闹腾了四个多小时，把那些党员名册、重要文件、档案材料、现金器物，悉数收缴而去。一群一群的军警宪特人员，手持名单，杀气腾腾，闯进那些国民党议员的家里，追缴证书徽章，顺便乱抢乱拿，闹得鸡飞狗跳，四邻不安。仅仅几个小时，三百五十名国民党议员被取消了议员资格。

袁世凯哈哈大笑，以为这样一闹，破坏国会的目的达到了。但是，杨度跑来告诉他，参众两院议员仍过半数，国会并没有垮。

袁世凯问道："咋会呢，抓了那么多人，你弄准确了?"

杨度说："学生算了三遍，数目的确没有过半，他们仍然可以继续开会。"

袁世凯搔动头皮，犯了难。

杨度献计说："倘若把那些湖口起义以前脱离国民党籍和跨党议员算上，就有四百三十多人了，人数就过半了，那时，国会就开不成会了。"

袁世凯说："传令下去，追缴这些人的证书徽章，一并视为非法。"

梁士诒说："既已脱离国民党籍，再按国民党籍处理，似有不妥。况且，咱们的公民党里也有几十个，难道也收缴么?"

袁世凯迟疑了一刹那，说："什么妥不妥，老子说妥，他就妥！不这样干，国会搞得垮吗? 至于咱们公民党里那些人，只好牺牲了，顾全大局吧。"

于是陆建章等人连夜收缴，北京城又一次变成了恐怖之夜。

宪法起草委员会由于二十多位国民党议员被取消资格，又有数人辞职不干，无从开议，宣告解散。《天坛宪法草案》亦随着它的解散而宣告流产。

参议院议长王家襄、众议院议长汤化龙，鉴于两院不足法定人数，国会无法开议，不得不通知在京议员，议院暂行停发议事日程。

国会垮台了。

袁世凯乘机下令召集政治会议。他要以政治会议取代国会。

同时，袁世凯命令筹备约法会议，并任命孙毓筠为议长，施愚为副议长。

袁世凯在中南海居仁堂召见孙毓筠、施愚，对他们说："国会专制，固不适宜，内阁集权，亦多窒碍。国家大法，应以总统制为好。此番拟法，二位有何高见?"

孙毓筠说："有大总统这句话，我们的国家大法便有了纲，属下一定按照这个精神去进行。"

施愚说："属下以为，制定《中华民国约法》，首先必须修订总统选举法。前选举法规定总统任期五年，可连任一次，这样很不适宜中国国情。愚以为，总统选举法宜参稽本国之遗制，而不宜涂附外国之繁文。大总统任期应为十年，连任无所限制。大总统继任人应由现任大总统推荐，仿照清康熙皇帝秘密建储书皇子名字，藏于铁盒，置于乾清宫'正大光明'匾额后的办法，大总统把继任人书于嘉禾金简，钤盖国玺，密藏于大总统府内金匮石室。石室钥匙由大总统掌管，如此，国运长久，天下归一，乱臣贼子，就无有空子可以钻了。"

袁世凯仰天大笑，声震屋瓦，尘土纷落，如虎狼之啸吼，令人起粟。

他手抚施愚背曰："古人说，'事在四方，要在中央'，汝真知中国国情者也。放开手脚去干吧，本大总统不会亏待你们的。"

第二十五章　不堪愚弄熊内阁倒台
权集一身政事堂颁令

转眼时令已进入严冬，历史到了1914年，因熊希龄家属皆在南方，春节期间，他大多数日子是在好友梁启超家里度过的。

这天从政治会议上回来，两个人都忧心忧忧，满面怒容、愁容、苦容，疲塌着脚步，挨进书房。侍女捧上茶水，两人也无心去喝，一个坐在椅子上，一个坐在床铺边，大眼瞪小眼，互瞅着对方发呆。

特别是熊希龄，那个沮丧懊恼，几乎到了绝望的地步，原因是他最近昧着良心干了一件伤天害理又蛮横无理的事情，令他和他的人才内阁声名扫地，骂声盖地，他和他的阁员们一个个羞愧无地，简直是抬不起头来。

这件事情还要从袁世凯瘫痪国会说起。

上年的十一月十四日，参众两院议长王家襄、汤化龙在国会不足法定人数开不起会议的情况下，不得已宣布议员暂停议事日程。广大议员们却不干了，他们不能接受这个毫无道理的事实，不甘心国会就这样被袁世凯消灭掉。一些进步党议员，在袁世凯对国民党大下杀手解散该党的时候，他们还幸灾乐祸拍手称快，这时，忽然发现袁世凯“醉翁之意不在酒”，而在乎取消国会，破坏民主政治，他们的权益也同时受到了威胁。这些人开始“痛之极，争之切”了。他们派代表责问袁世凯：“议员罪应黜否在法，总统得黜议员否，事须别论，要不能借口仆国会，无国会非立宪也。今宪法尚未立，即国会竟寐罢，公将何以处民国?”

这义正词严的问题问得袁世凯张口结舌，整垮国会乃是他的本心，可是又不能公开承认，担下那个破坏国会的罪名，狡猾的他哈哈大笑，连声说：“诸位所问句句在理，没有了国会，何谈民国？没有了民国，我这个大总统不是也失去权威了吗？但是，解决问题，补救办法，咱们还是按照章程来，请诸位去找国务总理研究解决吧。我想，熊总理一定会给诸位一个满意的答复。”

皮球一下子踢给了熊希龄。

于是，众议院议员一百九十余人于十七日向政府提出了一份《质问追缴国民党议员证书徽章影响及于国会书》，指出，议员资格之疑义，其审查权属之两院，《议员法》规定，彰彰可证。今政府以隶籍国民党之议员，早不以法律上合格之议员自居为理由，岂非以政府而审查议员资格，侵害国会法定之权限乎？至于追缴证书徽章，直以命令取消议员，细按《约法》，大总统无此特权，不识政府毅然出此，根据何种法律？况且，有已早脱该党党籍，改入他党，或素称稳健，曾通电反对赣乱者，亦一同取消。政府确为惩治内乱嫌疑耶，则应检查证据，分别提交法院审判，不得以概括办法，良莠不分，致令国会人数不足，使不蒙解散之名而受解散之实也。因此请问，究竟政府方针，对于民国是否有国会之必要，对于国会是否以法律为正当之解决？请求国会三日内予以明确答复。

问题提得义正词严，虽然对于国民党依然持有偏见，但却把阴谋解散国会的要害击中了。

熊希龄手持那份质问，抖了又抖，苦笑道："解散国民党，追缴证书，乃袁世凯强迫为之，目的就是解散国会，干我何事？却声声质问，叫我如何回答他们？"终日唉声叹气，不知如何是好。

过了几日，见政府不作答复，参议院议员六十多人也提出质问书，质问内容与众议院大体相同外，又特别强调指出，此事于民国国体有重大关系，政府如以为民国犹应有国会也，其速取消前令，彼此相见于法律。否则，以为国会掣政府之肘，防大政方针之实行，则政体如何，无关存亡，尽可任意所为。乃计不出此，既以非法使议会永无开会之日，而又畏首畏尾，不欲居破坏国会之名，究竟奚所取义？是何居心？

强硬的质问，严厉的措辞，令熊希龄欲哭无泪，大叫委屈，说："袁世凯流氓，坏事是他干的，却把责任推给别人，叫别人替他挨骂。"可是，自己有把柄攥在人家手里，跟袁世凯闹翻，把问题真相抖落出去，他又没有那个胆子，无可奈何，憋屈了二十多天，终于以国务院名义胡乱给议员们一个答复，说，质问权的行使，应该以《约法》和《国会组织法》为主，而《议院法》为从，议员活动停止以后，议员已经没有了质问权，因此，政府有不负法律上答复之义务。至于追缴证书徽章，则以事关国家治乱，不能以常例相绳，意思是说，解散就解散了，无须什么法律依据，昧着良心胡乱塞责了一番，算是答复了事。

熊内阁这样蛮横无理，强词夺理，视国家法律为儿戏的态度，一下子惹怒了参众两院的议员们，也惹怒了觉悟了的广大知识人士，他们痛骂熊希龄和他的内阁班子已经完全堕落为袁世凯独裁政治的狗奴才、贼帮凶，各种谴责唾弃的言论铺天盖地而来，用声名扫地来形容熊内阁此时的处境，那是再恰当不过的了。

今天的政治会议上，袁党代表杨度、李经羲、张国淦等人提出解散国会的议案，理由是现在的国会，组织不良，又事实上职权业已停止，且全国二十二个省的都督、民政长、护军使亦齐声痛诋国会，要求解散，政府应暂结残局，宣布国会解散为宜。袁世凯大加赞扬，当即表态说："民心所向，民意所归，不可违背。近来，国人中有人大言什么民主共和，自由法制，殊不知一个国家国力之强否，应视其内政外交之若何。而内政外交之善否，又视其政府之强固与否耶。至于国体之为君主为民主，其实并无关系。本大总统遵从民心民意，即日下令，解散国会，停止议员职务。"

国会取消了，共和政体就无从谈起，袁世凯要干什么，不是司马昭之心明摆着的吗？熊希龄、梁启超之所以愤懑沮丧懊恼的原因，正在于此啊！

梁启超叹息道："今日看来，我力主的那个国家主义、开明专制，是大错特错了。本来是为国家的安定稳定发展图强考虑，谁知却为奸人所用，袁世凯依然是戊戌年的那个袁世凯，他如此公然贬斥共和政体，难道真的敢开历史倒车，复辟帝制吗？"

熊希龄说："这个无赖什么不敢啊？听梁士诒私下里告诉我，袁世凯马上就要颁发命令，立即停办各省的自治会，解散省议会，如此干法，从中央到地方的立法机关、民意机关、监督机关，尽数取消，接着就该是对我们这个内阁动手了。"

梁启超说："想想前些日子，仁兄要跟袁世凯分清总统与总理权限，要对国家的地方制度大加改革，加强道县两级的权力，以限制省一级都督、民政长的专权独裁，而我也傻乎乎地要推行司法独立，帮助你整顿财政和税收改革，怎么样呢？人家袁世凯不买咱们的账，下边各省都督、民政长也不买咱们的账，大政方针，治国措施，一概行之不通。下一步，就是废除内阁制，实行总统制了。"

二人正说着话，书房的门被人忽地推开，一个英姿飒爽的青年军官出现了，那人进得门来，二话不说，啪地一个立正敬礼，说道："二位老师，学生拜见！"

"松坡，怎么是你？"梁启超大喜，忙起身迎接上去，抱住来人的肩膀，用力地摇着。

熊希龄也显得很高兴，说："知道你调来京城，还要参加眼下的政治会议，就是不见人。何时到京的？可住下了？"

来人不是别个，乃是大名鼎鼎的云南都督蔡锷。他少年时代在长沙时务学堂读书，梁启超、熊希龄都是那里的教习，故而他有那执弟子礼呼叫老师之谓。

侍女捧上茶水，他也不客气，接过来就咕嘟嘟一口气干下，抹一把嘴巴，坐下，对梁启超说："老师还记得您在时务学堂时跟我们讲过的一句话吗？您说，中国历史二十四朝，其足当孔子至号者无人焉。间有数霸者生于其间，其余皆民贼也。这句话学生记忆犹新，老师如何反倒忘却了?”

梁启超愕然道：“此乃我对于中国历史的基本观点，你如何说我忘却?”

蔡锷说：“既为老师的基本历史观，老师的国家主义，开明专制当如何解释呢？须知，袁世凯亦一当世民贼，老师的国家主义不是在帮民贼的忙吗？再者，既为专制，就是野蛮，如何能够开明？倘是开明，自然以民主自由法制治理国家，何言专制？老师的理论大大地帮了袁世凯的忙了啊！老师帮忙的结果，便是国民党的被解散，国会的被解散，学生我的被解除兵权、调来北京接受看管。”

熊希龄频频点头说：“松坡之言很有道理，看来，卓如难逃那个助纣为虐的罪名了。”

梁启超怆然道：“我的本意，乃是寄希望于民国，以国会宪法约束其纳入宪政轨道，不致使国家再遭动乱，谁知反被贼用呢!”

熊希龄问：“松坡既已来京，虎落平川，龙困沙丘，你打算怎么应付啊?”

蔡锷说：“看今日形势，袁贼对我，只是不放心，有疑心，还不至于把我列为敌手之列。那么，我就恭顺服从，处处以袁大总统为第一伟人，先敷衍些日子，以观其变。倘此人真的倒行逆施，胆敢破坏共和国体，实行独裁专制，学生自有讲究。”

梁启超叹道：“民贼当国，国无宁日啊，且走着看吧。”

但是，袁世凯的独裁步伐步步加快，并不允许梁启超、熊希龄们回过味儿来，他要在召开约法会议之前解决掉内阁问题。

手段还是老手段，办法还是老办法，但是很灵。

先是以段祺瑞为首，私下命令各地军队统领，乱纷纷向国务院讨要军费，报告单子雪片也似的飞来。

接着，二十二省的都督、民政长，也乱纷纷向国务院讨要政费，报告单子雪片似的飞来。

国务总理兼财政总长的熊希龄一眼便看出这是袁世凯在给他出难题，他虽然名为财长，可是实际财权牢牢把持在袁世凯手里，从五国银行团借来的外债，一分钱也不在他的手里，而是被袁世凯控制着，国家税收，各省缴上来的寥寥，即或有一点儿进项，杯水车薪，根本派不上用场。而军费政费的催要单子，一张张“燕山雪片大如席”似的，隔三岔五地往他办公桌上压。他愁眉不展，束手无策，每日里望着那些单子报告发呆。

这一天，段祺瑞怒冲冲地推门进来，问道：“熊总理，陆军部催要的那一笔军费，何时可以拨下来？再拖延下去，弄出兵变来，谁负责任?”

熊希龄说：“财政上不名一文，你叫我从哪里去筹钱?”

段祺瑞说：“没有钱，要你这财政部鸟用？撤了算了!”

熊希龄一听他说出粗话来，也不退让，顶上去说："撤了就撤了，国务院撤了才好呢，谁怕这个来？"

两人吵闹不休，一直闹到袁世凯处。

袁世凯止住两人的吵闹，拿起电话，把梁士诒叫过来，对他说："燕孙先生，陆军部急需一笔钱，财政部没有办法，你先从交通银行拨过去二百万吧，先解了燃眉之急再说。"

梁士诒说："是，遵命。"又问段祺瑞说："芝泉，二百万够不够？不够，我再多拨过去些。"

段祺瑞笑说道："先凑合着对付吧，足以应付一段时间了。"

袁世凯笑对熊希龄说："秉三兄，问题解决了，你可以回去了。"

这分明是一场戏！

回到总理府，熊希龄对梁启超、汪大燮说："这不是在羞辱我吗？袁世凯说'你可以回去了'，什么意思？这是叫我辞职呢！我不能再让他们愚弄戏要于股掌之间了，打鼓退堂吧。"

梁启超、汪大燮说："袁世凯这是过河拆桥呢！他不就是想搞垮内阁吗？咱们识相些，也都辞了吧。"

第二天，熊希龄辞去内阁总理的职务。梁启超、汪大燮亦相继辞职。

梁启超辞职时，袁世凯挽留他道："卓如，奈何舍我而去耶？"

梁启超回答说："熊内阁之大政方针本出自余一人之手，前之不忍去者，实待政策之实行。今已绝望，理应辞职。"

袁世凯问："绝望者何？"

梁启超说："既为共和民国，自应司法独立，行政职权不应干涉司法，更不能代替司法，以权代法，以权枉法，是无法也。身为司法总长，而不能以法治国，是以绝望。"

袁世凯微微冷笑道："卓如书生之见也！君徒恃司法独立之名，而不知国情之实。财政与人才匮乏如此，司法如何能够独立？且民间受害，转较司法不独立时为甚。本大总统在前清北洋大臣任内，亦曾主张司法独立，无如困难情形，有非普遍谈学理者所能尽悉。"

梁启超亦冷笑道："大总统所谓困难，谈学理者如何不能尽悉？大总统当年主张司法独立，是向清廷要权也；今日反对司法独立，是向人民要权也；司法独立与否，大总统权术使然，不干财政与人才事。"

说完，抱拳一揖，怫然而去。

这是1914年二月十三日的事。熊希龄内阁，短短五个月寿命，便在袁世凯的挤压逼迫下垮台了。

梁启超愤愤而去，很叫袁世凯失了面子，他狠狠地瞅着梁启超的背影，骂道：“奶奶个熊，敢跟老子使性子，不想活了！”

转而又窃笑。其实，这个时候，他那心里是快活异常的。五个月，这个内阁，这个国会，老子只暂时借用了五个月，正式大总统的位子便坐稳当了，还要你们何用啊？留着你们碍我的事儿呀，老子缺心眼儿呀？

心里一高兴，忽然想吃三姨太太金氏做的朝鲜酸菜，便吩咐袁乃宽说：“备车，回中南海家去。”

镏金双辕马车刚过了金水桥，应桂馨忽地从路边树后蹿出来，横里拦住马头，手上高擎着一个牌子，大声喊道：“大总统，赵总理的书信在此，杀宋酬勋，你老人家可要说话算数呀！”

众护卫立即上去拧胳膊按头，把他远远地扭开去。

袁世凯大怒，探出身来对袁乃宽耳语说：“收下赵秉钧的信件，然后叫陆建章给老子把事办了。杀宋可以，酬勋，不中。老子的勋位是可以随便给人的吗？”

镏金马车嘚儿嘚儿驰进中南海了。袁乃宽嬉皮笑脸地招手，叫卫兵们把应桂馨拽过来，对他说：“赵总理的证明信呢，拿过来吧。”

应桂馨挣脱众兵士的撕扯，从怀里掏出一封公函，递上去。袁乃宽接了，看了看，见是赵秉钧的亲笔，点一点头，说：“你小子面子不小，还真把东西弄来了。这下子，可是要升官发财、光宗耀祖啦！你去军政执法处，领赏银去，然后回天津，赵总理那里什么都给你安排好啦，情等着当官上任吧！”

应桂馨问：“大总统赏了我一个什么官？”

“甭问，反正比赵秉钧大，比老子小，够你小子威风的啦！”

应桂馨满心欢喜，作揖打拱，千恩万谢，眦眯带笑地走了。

第二天一大早，袁乃宽笑嘻嘻地手里捧着一张报纸，进了袁世凯的办公室，报告说：“大总统，陆建章把事办妥啦，利索得很，消息上报纸啦。”

袁世凯接过报纸溜了一眼，微微笑笑，什么话也没有说，继续办他的公。

原来，那报纸上登载了一条凶杀案消息，说，昨夜北京去天津的夜车上，四十多岁的中年男子被人用匕首杀死，连捅三刀，刀刀刺中要害，当即毙命，现在警方正在查证死者身份，调查凶手。

这时候，电话铃响了，是赵秉钧打过来的，他对袁世凯抱怨说：“大总统，怎么把应桂馨弄死啦？这不是卸磨杀驴吗？如此，势必寒了江湖上朋友们的心，以后谁还肯为大总统办事啊！”

“你说什么？卸磨杀驴？这是说我吗？浑蛋话！”袁世凯大怒，问了三问，骂了一声，啪地把电话听筒重重地放下。双目红色，射出凶光。

三天以后，袁克定瘸着腿一扭一扭地突然出现在天津都督府赵秉钧的办公室。

他双手抱拳，恭恭敬敬作了一个揖，然后从怀里掏出一个小纸包包，放在赵秉钧面前，慢声细语地说：“世叔，俺爹听说您老人家身体不适，病了，派我来给您送点儿药，说，世叔吃了它，准保就安稳无事了。”

赵秉钧什么人？袁世凯的特务头子，跟了袁世凯二十多年，如何听不出这话里是什么意思？他当时脸色骤变，蜡黄蜡黄的，浑身不由自主地颤抖起来，说：“世侄，能否叫我跟家里人说一句话？”

袁克定说：“家里您放心，俺爹会好生待他们的，话就不要说了吧。”

赵秉钧知道再求也没有用了，话说多了，反而累及家人，忍气吞声，狠了狠心，咬牙止住泪花花，双膝跪在地上，朝着正西北京城方向，咚咚咚磕了三个响头，说：“大总统，智庵我去了，请看我忠心赤胆跟随您这么多年，死后，把我葬身德宗皇帝陵麓之侧，让我去陪伴先帝吧。”

说完，缓缓地拿起那个小纸包，打开，从里边拈出一粒红色丸药，填入口里，一伸脖子，咽了。

袁克定见大事已经办妥，冷笑笑，扬长而去。

半个时辰以后，赵秉钧七窍流血，中毒身亡。

赵秉钧的死讯传到北京，袁世凯痛哭失声，说：“国家正是用人之际，奈何斫我心腹之人耶？”立即传令以陆军上将例从优议恤，给治丧银一万圆，并且委派总统府秘书长梁士诒、陆军上将荫昌，携带他亲笔题写的祭幛“怆怀良佐”，前去天津致祭。

众人叹道：“大总统有情有义，不薄故人，真有桃园刘关张义气风范啊！”

谁又能想到，毒杀赵秉钧的凶手不是别个，正是袁世凯其人呢？

转眼进入三月，一天晚上，约法会议筹备期间，孙毓筠、施愚二人来到居仁堂，接受袁世凯的召见。

袁世凯问道：“此番开会，二位大贤有何高见？”

二人回答说：“一切唯大总统之命是从。”

袁世凯点点头说：“‘大一统’‘定于一’，这是本大总统给你们的立法总原则，另有修改约法大纲七条细则，你们回去认真研究，遵照执行。下边的会议，以及会议期间的定法，皆要照此办理，不能偏移了方向。”

施愚说：“有人听说大总统最近要废除国务院，实行总统制，多有微词。甚至有人以为这不是好办法。”

袁世凯问：“他们是何意见？”

施愚说：“他们主张，大总统万不能实行总统制，而应该实行总统内阁制，这是因为总统制实在是把大总统推到各种矛盾的要冲处，令大总统无形中要承受各种冲击。今日办事难满人意，若行此制，殊多不便，非聪明之措。”

袁世凯摇头说：“此迂腐之见也！往者本行内阁制，如何呢？只闻有讨袁之声，却未闻有人讨唐讨赵讨段讨熊！倘不实行总统制，老子手里无权，处处遭遇掣肘，如何‘大一统’‘定于一’？老子要中央集权、元首独裁之合法大权！”

孙毓筠、施愚诺诺。

三月十八日，约法会议正式开幕。

孙毓筠为正议长，施愚为副议长。

袁世凯莅会致辞。他说：“《临时约法》之误国，此次赣乱尽见之矣！中国有中国之国情，照搬西方，倡言民主，奢论自由，势必为乱臣贼子所乘。若长守此不良之《约法》以施行，恐根本错误，百变横生，民国前途，则必危险不可名状矣！本大总统对于本此增修《约法》，信心百倍，寄予厚望，固信诸君发抒伟论，必有良好之结果。尤愿诸君宝贵时日，能为积极之进行也。谨致颂曰：中华民国万岁！中华民国国民万岁！”

袁世凯手臂高扬，唾沫星子乱飞，声嘶力竭地大喊口号。

会场报以热烈的掌声。

在袁世凯的御用造法机关约法会议上，众口一词，众词一声，没有反对意见，没有不同声音，袁世凯扩大总统职权的一切要求全部满足，并且有更大的发展。《临时约法》规定的国家统治权在参议院、临时大总统、国务员和法院，而约法会议则规定，大总统为国家元首，总揽国家统治之权；《临时约法》规定国家实行责任内阁制，而约法会议则规定国家实行总统独裁制；总统职权除了全部满足袁世凯的要求以外，还做了总统可以解散立法院的规定，国家的最高立法机关完全变成了听凭袁世凯随意玩弄的工具了。如此，袁世凯就拥有了与封建皇帝同等的权力，这个专制独裁的权力并且被以法律的形式肯定了下来。约法会议制定《中华民国约法》的同时，又重新修订了《大总统选举法》，将国会选举、任期五年、可连任一次，修改为任期十年，连任无所限制，大总统继任人由现任大总统推荐决定。如此，袁世凯不仅可以当终身总统，而且可以传位其子，世袭罔替，成就了他袁家“子孙帝王万世之业”了。

1914年，五月一日，袁世凯公布了新增修的《中华民国约法》。

这天晚上，他把徐世昌请到家里，设家宴于书房，关起房门，两人痛饮庆祝。

袁世凯从怀里掏摸出那个《中华民国约法》，醉眼蒙眬，轻轻地放在左手手掌上托着，而右手则抚摩婴儿似的缓缓地摩挲，来来回回，情谊绵绵，眦眯带笑地说：“哥哥，今日小弟才有那正式大总统之感了。说句老实话，这个感觉真好。”

徐世昌恭维道："那是，整个中国从此姓袁，你已经是总统皇帝了，普天之下，莫非王土；率土之滨，莫非王臣；如何感觉不好啊？"

袁世凯得意地说："哥哥您得出山帮我。"

徐世昌说："不帮你，我来府上干啥，给你添乱啊？"

袁世凯哈哈大笑，说："为了今日哥哥出山，小弟一批一批，把那些混小子们驱赶殆尽了，小弟之心，哥哥可明白？"

徐世昌端着酒杯，高高扬起，说："古人曰，'道民之门，在上之所先；召民之路，在上之所好恶'，兄弟顾重之心，愚兄如何不知？"

"知道？"

"知道。"

"慢慢来？"

"走走看。"

二人有问有答，又打着哑语说着暗话，毕，碰杯干尽，又满斟上，继续喝。

又是一杯酒下肚，袁世凯抹一把嘴巴上的酒渍，又把那酒渍往胸口衣襟上一抹，伸出大舌头舔了一舔黑嘴唇，诡秘地说："哥哥，小弟要对政府官制动刀斧，大改造。"

徐世昌问："兄弟如何改造？"

袁世凯说："政府机构及其权限，一切仿照前清官制模样。首先撤销国务院，于总统府内设政事堂，就好比前清的军机处。政事堂设国务卿，以左右两卿赞助之，哥哥以为如何？"

徐世昌说："如此，军国大计完全集中在兄弟一人之手，大权旁落之虞就没有了，当然是好办法。"

袁世凯说："如此，各部总长只有处理其部务之职，涉及国家的规定、命令等，均须报政事堂审理，再转呈大总统批阅发布，他们就不能再如国务院时叽叽喳喳乱发号施令了。"

徐世昌嘿嘿笑道："他们只有办事之权，没有决定国家大政方针之权了，中国的事情就好办多了。"

"请哥哥出任国务卿如何？"

"事关重大，愚兄已经衰朽迟钝，世情久已淡忘，政务诸多隔阂，不敢应命。"

"哥哥既许诺帮我，奈何又出此言？"

"愚兄以散员留居京都，偶有所见，随时献纳，以尽一公民之义务，亦是帮忙。"

"哥哥耍我吗？两年前洹上村你我兄弟相约之事兄忘记了吗？怎么今日跟我

打起哈哈来了?"

"两年前我们有什么相约，我怎么不记得了呢?"

"推翻前清，取而代之，你我兄弟共有天下，你难道真的忘却?"

徐世昌微微而笑，道："似有此约。既如此，愚兄就当当那个国务卿吧。"

袁世凯亦笑道："人皆言徐菊人奸猾，今日见此，果然。"

徐世昌并不让他，顶撞说："人皆说袁慰亭奸雄，今日见此，果然。"

于是，二人放声大笑，举杯共饮，直至酩酊大醉。

梁士诒听说要设立政事堂，又看见几天来徐世昌、杨士琦、钱能训、孙宝琦、朱启钤、章宗祥，甚至连前清官员阮忠枢、凌福彭、严复人等，一个个走马灯似的被袁世凯召见，而所议何事，竟然不叫他这个总统府秘书长知晓，心里犯了嘀咕，他不知道袁世凯要干什么。设了政事堂，将置他这个秘书厅于何地？将置他于何地？他自诩自己这个秘书长，曾经参与了袁世凯一切机密活动，又兼任着交通银行总理，还曾经一度主持财政部政务，功绩卓著，乃是袁世凯第一信任之人，此番改革官制，他有责任去进言献策，替大总统拿拿主意。但是面前情景，又似乎别有意味，令他心下忐忑。终于沉不住气，瞅准一个机会，跑进大总统书房，对袁世凯说："大总统，如欲扩张总统府制，网罗人才，可以将秘书厅扩大组织以容纳之，国务卿就不必再另设了。"

袁世凯听见这话，惊讶地抬起头来，目不转睛，瞪视着他，良久，不发一语。

梁士诒见不是事，知道自己莽撞了，惹了大祸，心下暗自打了个激灵，这个场面已经不能再作任何解释了，什么话在此时都是多余的了，他战栗着身体，黯然退下。

晚饭后，袁世凯去湖边散步，派人叫来袁克定，他问："记儿，燕孙此人如何?"

袁克定眨巴眨巴眼睛，拐瘸着腿，一歪一歪跟随在后边，听见问他梁士诒，心里早明白是怎么回事，故意迟疑了片刻，才回答说："外边人都叫他'二总统'，他自己也对人说，中国的事情，大总统之外，就是他了，没有他，大总统寸步难行。"

袁世凯半信半疑，哈哈笑道："那是别有用心的人编排他，嫉妒他得宠。"

"可是……"袁克定欲言又止。

袁世凯问："什么？尽管说!"

袁克定说："结交军人，却是千真万确的，上次山西阎锡山来，就孝敬了他上百万。听说他跟武汉黎元洪的军队不少将领都秘密来往，花了不少金钱给他们还私下对人说……"

“怎又停啦？说！”

“他不止一次对属下说，总统选举，五年一任，世界各国都如此，怎修订成十年啦，而且还可以永远连任，这不是终身制了吗？既为民国，就应该大家都有份，这算什么？依孩儿看，此人心怀叵测，想当总统。”袁克定嗫嗫嚅嚅言道。

袁世凯沉默了，他的脸色很难看，挥挥手说：“你去玩去吧。”自己也没有了游兴，转身回到他居仁堂的书房。

很快地，就看见杨士琦急匆匆地赶来，直奔居仁堂。

躲在远处柳树后边的袁克定嘿嘿笑了。杨士琦什么人？大总统安排在南方的大特务头子，大总统最信任的人，跟赵秉钧并列，而又与梁士诒不和。此刻把他叫进去，那意味着什么，还用说吗？他知道自己的话在老子那里产生了效果，便一蹿一蹿往北海团城跑去，他要把这个好消息告诉杨度听。

徐世昌走马上任的那天，也是政事堂正式成立的日子。

早早地，他就兴冲冲领着几个人抬着一块大横匾来了，那横匾上是他亲笔书写的三个大字——后乐堂。

袁世凯来到时，他正指挥着人往那正中墙壁上悬挂。

袁世凯远远地就看见那三个字，哈哈大笑，道：“好哇，好哇！徐相国真可谓用心良苦，心志高远，超凡脱俗啊！‘后乐堂’，取宋人范仲淹‘先天下之忧而忧，后天下之乐而乐’之意，真是再恰切不过了！”

徐世昌作揖谦虚道：“大总统谬奖了。徐某本一民国布衣，普通百姓，此番蒙大总统不弃，召某出山，为国效力，实不是为做官而来，而是来尽一国民应尽之义务者，‘相国’二字，实不敢当。”

袁世凯说：“如何不敢当？国务卿者何？天子之下，百官之首，是为卿相，你这个国务卿，如何不是名副其实的当朝相国！诸位，我说得对不对呀？”

那些已经被私下里许诺，等待今日正式任命的各级官员，黑压压一大群，听见这一声问，齐声捧场应道：“大总统说得是，徐阁老就是当朝相国！”

站在人群里的梁士诒，面色蜡黄，心里七上八下，今天这个会议他虽然被通知参加，可是，袁世凯将如何安排他，却一点儿风声未曾透露，他心里没有底，如何不紧张张皇？

会议开始了，袁世凯坐在正当中，徐世昌坐在他的右手旁边位置上，众官员两厢落座。

袁世凯说：“我们这个政事堂，就是中华民国的国务院，就是前清的军机处，从今天开始，一切军国大事，皆由本大总统一手掌握。这之前《临时约法》时代的什么总理总长等，从此一切取消。今后凡涉及全国的规定、命令，均须呈报政事堂审阅，再转呈大总统审批后，方可发布。今日这个会议，就是宣布各部局长官名次。请徐世昌国务卿代表本大总统宣布之。”

徐世昌缓缓站起身，手捧花名册，低声咳了几声，又晃了几晃脑袋——这一下可闹了笑话——他脑后的那根花白小辫拨浪鼓似的颤了几颤，煞是好玩，张謇憋不住，先自一声笑了，众人也跟着笑起来。徐世昌感觉到了什么，下意识地伸出一只手摸了摸那小花辫，于是人们又是一阵笑。

袁世凯亦笑道："徐相国，咱们这个玩意儿，赶明儿剪了它吧，你做的可是民国的官，前清的那些累赘还是不要为好。"

徐世昌诺诺点头不迭。等大家的笑声小些了，只见他挺一挺瘦小的鸡胸脯，放开尖细的嗓子，念道："中华民国大总统府政事堂，国务卿，徐世昌；左丞，杨士琦；右丞，钱能训；外交总长，孙宝琦；内务总长，朱自钤；财政总长，周自齐；陆军总长，段祺瑞；海军总长，刘冠雄；司法总长，章宗祥；交通总长，梁敦彦；教育总长，汤化龙；农林总长，张謇。"

政事堂名单宣告完毕，袁世凯指点着众位任命官员说："各位军机大人，恭喜恭喜，发财发财。自今日以后，你们就要如前清军机大臣一般，对本大总统负责，公文形式也要向前清看齐，原来钤用大总统印者，今日以后，须加上'政事堂策令'字样，类似前清'军机处奉上谕'，这是咱们民国新规矩，你们可要给我记下了。政事堂之下，还设有法制、机要、铨叙、主计、印铸、司务六部和负责办理总统机要事务的内史监，其官员任命，亦请徐世昌国务卿宣布之。"

那徐世昌换了另一页纸，宣读道："法制局长，施愚；机要局长，张一麟；铨叙局长夏寿康；主计局长，吴廷燮；印铸局长，袁思亮；司务局长，吴芨荪；内史监长史，阮忠枢；副内史监长，曾彝进、王式通；内史，夏寿田、刘春霖……"

下边的名字还有七八个，梁士诒一个也没有听进耳朵里去，这些他当年的属下们现在都在政事堂里任了官职，唯独他，被排除在政权核心之外了……他站在那里，如同站在火山口上，蝎子洞里，五脏六腑皮肉筋骨遭受着煎熬咬杀……

也不知道过了多少时候，也不知道这个官员任命会议是怎样结束的，也不知道袁世凯后来还又说了些啥子话，当他发觉满堂的会议大厅变得空空荡荡的时候，他看见袁世凯微微笑地站在他的面前。

他赶紧颤抖着双腿要站起身来。

袁世凯伸手按住他的肩膀，止住了他。

袁世凯说："燕孙兄，你去税务处任督办吧。这个差使很重要，叫别人去，我不放心。"

梁士诒茫然地点点头，他想说点儿什么，可是又什么也说不出来。

袁世凯走了，他也想走，可是两条腿铸了铅似的，沉得很，怎么也抬不起来。

政权的问题解决了，袁世凯一刻不停，开始整顿军权。

五月八日，他宣布撤销总统府军事处，成立陆海军大元帅统率办事处，掌管全国军事。他自任该处最高长官，委派段祺瑞、刘冠雄、陈宧、萨镇冰、王士珍、蔡锷为办事员，轮流值班，一切军政要务，均由办事员呈报大总统定夺。

袁世凯这样干，主要缘自于他对北洋军队的不信任和对陆军总长段祺瑞的失望。

如今的北洋部队分布全国，统帅林立，纪律涣散，已经不如初建时那么听话了。不听话的军队，不听话的统帅，这是一个多么大的潜在威胁呀！好比饲养员身边喂着一大群虎狼，弄不好，这些家伙可是要吃人的呀！

他袁世凯当年不就是因为手里拥有庞大的军事力量，摄政王才不敢轻易对他下毒手的吗？他才能够利用这个力量，跟南方革命党谈判，诱使他们让出临时大总统的吗？对北方清政府施压，强迫他们缴出政权的吗？

今天，他当上了正式大总统，成为了一国之主，如何保住已经到手了的这个最高权力，关键是军队！下边养成了势力，尾大不掉，那可就危险了！

他找来军事顾问日本人扳西利八郎和亲信王士珍商量办法。

“军权不能旁落，省一级都督手里的军队不能超过一个师，这个原则是很重要的。”扳西利八郎说。

袁世凯点点头，说：“现在已经有人不大听使唤了，任用私人，擅自做主，已经不把我这个大总统放在眼里了。”

王士珍没有言语，但是他心里明白，袁世凯这句话说的是段祺瑞。此人连任四届陆军总长，又代理了一阵子内阁总理，地位和声望渐高，尾巴翘得已经让袁世凯忍受不了啦。

“聘卿，你怎么不说话？”袁世凯问。

王士珍说：“属下在想，自从大总统成立了大元帅统率办事处以后，陆军部的部务芝泉已经很少过问了，一般都是他的亲信徐树铮料理，他好像是有些情绪。”

袁世凯说：“看出来了，他在跟老子消极应付呢。”

“不过，若是消减各省都督们的军权，恐怕阻力不会小。”王士珍说。

“阻力大也得干！若欲永息割裂之端，必须走这一步棋！”袁世凯说，“我要在京师建将军府，把那些没有督理军政事务的军官们，统统招揽在将军府里任事，给予虚衔，养起来。好比动物园里那些狼圈虎圈，虎狼入了圈，就闹腾不起来了。”

“这个办法好，圈养起来，有了战事可以驱使，没有战事便于监视。”扳西利八郎说，“不过，我以为大总统还应该有一支绝对忠实于您的军队，这支军队士兵年纪在二十二岁至二十六岁之间，有作战经验，忠诚可靠，身体强健，战斗力强。军官应该是北洋军里最优秀的，他们精通兵书，娴于战法，当然，忠诚也是第一重要的。”

袁世凯说：“我今天叫你们来，主要就是商量这一件事的。有人建议我成立模范团，采用德国的军事教育方法，训练一支现代化的精锐部队，以为表率。我们不妨利用此，把老子的禁卫军建立起来。”

但是，建立模范团首先遭到了段祺瑞的反对。他以为徒然增加军费开支，实际没有必要，所以来自陆军部方面的阻挠很大。如此，袁世凯更认为大有建立的必要了。他下令必须建立，段祺瑞不敢公然反对，只得妥协。陆军部的刁难失败了，袁世凯疑段之心益甚。

模范团建立起来了，谁来当团长，领导这支部队，又成了袁、段之间争执的焦点。

袁世凯认为，他的儿子袁克定将来必然是他的继承人，“皇太子”，可是，他与北洋旧军队关系一般，并不深切，没有几个体己得力的人，这样很危险。将来自己有那么一天突然“晏驾”了，“太子”震慑不住，这中华民国大好河山还是他袁家的吗？所以，他必须在今天，在他袁家事业最辉煌的时候，帮助儿子培养好羽翼。

袁世凯问：“叫克定出任模范团团长，如何？”

王士珍说：“属下看，行得。克定这些年历练得很有长进，把模范团交给他带，没错！”

扳西利八郎说：“大总统高瞻远瞩，这个任命很英明正确，自己的军队，当然应该交给自己人率领。”

段祺瑞却坚决反对，他不假思索地回答说：“我看他不行。”

袁世凯一怔，冷冷地瞅住他，端详了半晌，又放缓了语气，和颜悦色地解说了一番所以如此任命的理由，再次征询道：“不妨叫他试试？”

段祺瑞生硬地说：“领兵打仗的事，何用试？他不行。”

袁世凯生气了，气急败坏地问道：“你看我行不行啊？”

段祺瑞也不示弱，顶上去，说：“谁个都行，唯独大公子不行。”

然后，立正，敬礼，愤愤而去。

袁世凯被他顶撞得鼻子都歪了。

北洋军旧部里，不听话的除段祺瑞之外，还有一个，那便是江苏都督冯国璋。

袁世凯在改组中央机构的同时，对地方建制也同时进行改组。他在省与县之间增加了一个机构——“道”。并且改民政长为巡按使，裁撤了省级内务、实业、教育各司。特别规定巡按使由中央任命，地方不准推荐。冯国璋不买这个账，未经中央同意，擅自做主，保荐巡按使，并且走马上了任。袁世凯闻报，大怒，宣布保荐无效，并且大骂了冯国璋。

袁克定听到段祺瑞反对他主管模范团的事，跑去询问老头子。

袁世凯对他说：“现在你看见了，已经有人不听话了，没有自家的军队中吗？不中！”

“我去找他去，问问他，为何反对我当这个团长。”

“不准莽撞！”袁世凯说，“他是陆军部主官，他不同意，老子也得让步，你去问啥？这一任，老子先替你担着，下一任就是你，这个国家姓袁不姓段，你怕啥呢！”

段祺瑞的老婆张佩蘅，是袁世凯夫人于氏的干女儿。段祺瑞断弦，袁世凯做主，把义女嫁给了段。一则是笼络段祺瑞，令其死心塌地为其效力，二则在段身边安上一个眼线，随时掌握段的动静。所以，段祺瑞与袁世凯，北洋关系之外，还有这一层翁婿亲情，这些年他之倚重段，也就是情理之中的事情了。

这一天，张佩蘅回娘家看望干爹干娘，吃饭的时候，袁克定嘟嘟囔囔对张佩蘅抱怨说：“姐，姐夫现在是官做大了，六亲不认了，胳膊肘往外拐。爹叫我当模范团长，他偏不同意，打横子，使绊子，他想干什么？”

张佩蘅说：“兄弟，这是真的吗？姐回去跟他闹去，委屈谁，也不能委屈自家兄弟呀？砸断骨头连着筋呢，怎可以犯浑六亲不认了呢？”

袁世凯装着生气的样子，说：“记儿，不准胡说，你姐夫那是为你好，怕你毛躁，挑不起那副担子。”

“他要是那样想，存心护着我，我还有什么话说？可惜不是！他是想在爹身边安插亲信呢，将来自己个儿当大总统。”袁克定说。

“越发胡说了！”袁世凯真的生气了，霍地站起身来，离席而去。

一桌饭，吃了个不欢而散。

张佩蘅回到家里，不敢说出真相，从旁边试探着问段祺瑞道：“怎么我听人说，爹要叫记儿当模范团长，你不同意，惹爹生气。”

段祺瑞问：“是袁克定对你说什么了吧？”

“谁知他去哪儿疯去了，谁见他人来？”张佩蘅说。

“什么模范团长，那是御林军司令！”段祺瑞冷笑道，“这父子俩要当皇帝了，将来，你的身份也要变了，要当干公主了。”

“瞎说什么呀，如今都民国了，爹再糊涂，也不至于会干那种倒退的事！”

“他袁世凯什么不会干？利令智昏，懂吗？”段祺瑞瞪圆大眼，怒气冲冲地说，“打今往后，不准你再爹呀爹地叫，他是你爹吗？何况还是干的，算个屎，与我更不相干。我说的话做的事，你倘敢说过去一个字，我必杀你！”

张佩蘅吓得打了一个激灵，说：“这是怎么说的呢，人家一句话，招来你这么大的怒气。”

自从模范团这件事情以后，袁世凯的心里，已然投下了一条两条三条长长的阴影，他明白地感觉到，段祺瑞、冯国璋等开始不听话了，他们想干什么？他不能不想想这个问题。

他开始警惕身边的人了，他偷眼打量他们，揣摩他们的心事，他发现他们一个个都心怀叵测，都野心勃勃，觊觎着他的大总统的位子……

第二十六章　尊孔复古宣扬忠孝节义　两面嘴脸加快帝制步伐

总统府三四个司礼官在居仁堂袁世凯的书房里七手八脚忙活快一个时辰了，他们在帮袁世凯更衣。

二小姐仲祯、三小姐淑祯和长子袁克定、次子袁克文一旁观看。

杨度、杨士琦、阮忠枢等一大群官员在大殿外边的日头地里垂手肃立。

远处几株老松树下，袁乃宽和那辆双辕镏金马车以及车夫侍从们也都恭敬地站立等待，不过，他们的日子要比杨度们好过些，因为他们置身在树荫里，躲过了毒日头的炙烤。当然，这些人个个心里也明白，能站在树荫下侍驾，他们是沾了这辆马车的光了。

内里的衣裤都已经穿着妥帖，往前翻着一张大舌头的特制的浅腰云鞋也蹬在脚上，一个老年的司礼官从旁边的一只大木箱子里捧出一件枣红色印有大白云团的袍子，拿到袁世凯的面前，哗地抖开。另两个司礼官则赶忙走前一步，一边一个，扯开衣袖，三个人小心翼翼地侍侯袁世凯穿上。那个老年司礼趁两个同伙给袁世凯系衣襻的时候，又车转身去箱子里拿出一个平顶圆筒帽子，屏息敛气，给袁世凯戴上……

穿戴完毕的袁世凯，慢步走到大穿衣镜前，上上下下，左左右右，扭腰腆肚，欣赏自己今日的打扮。只见他那头上戴的一顶平顶爵弁，分外醒目。那个平顶，让他想起戏台上那些古代帝王诸侯们的威仪风采，虽说比他们少了些流苏点缀，他也觉得特别，不同凡响。他特别欣赏圆筒帽子下边的那一圈寸许宽的黄箍，给他的这顶帽子增添了一种帝王气象，衬托得他更显得高贵威严。还有身上披的那件十二团大礼服，腰上围的印有千层水纹的紫色缎裙，也都让他觉得威风八面，高贵风流，气宇轩昂。他张开双臂反复欣赏，不愿离去，那意思是要把这个印象永远铭记在心底，不使有忘……

这时，三女淑祯终于憋不住了，扑哧一声笑出口，说："嘻嘻，真好玩儿，爹成了算卦先生了！"

袁克定喝道："三妹休得胡说！"

"怎么胡说啦？"淑祯不服，扬起脖子分辩道，"人家说的就是嘛！你看爹穿上这身衣服，跟城隍庙前算卦的先生有什么差别呀！"

"我看，倒像个戏台上炼仙丹的道士。"二小姐仲祯悄声说。

"哎，就是，这大袍子分明就是道士服嘛！"淑祯说，"爹，您老人家今儿这是唱的哪一出呀，怎么装扮成道士啦？"

袁克定说："越发得不像话了，怎么说爹是道士？"

袁克文插进来说："身着道袍，足蹬道靴，头戴道帽，不是道士，难道是日本武士道的武士吗？我看三妹说得不差。"

袁克文的话，袁世凯也听见了，不过奇怪，今儿他高兴，这些大不敬的胡话，他竟然没有生气。这个时候，歪过脑袋来对他们说："小孩子家，不懂事，怎么乱说你爹？"

三女淑祯掩口笑说："爹，您穿这些奇装异服，是去唱戏的吧？"

袁世凯呵呵而笑，抚着她的脑袋，说："爹这是礼服，行大礼才穿的，爹今儿要去孔庙祭孔，行祭孔大礼。"

袁克文嘀咕道："现在是什么年代啦，还拿出这些陈年老古董玩儿。"

袁世凯不高兴地瞪他一眼，说："胡说！孔子之道，亘古常新，与天无极，可以位天地育万物，为万世开太平，如布帛菽粟之不可离，你如何以陈年老古董视之？"

袁克文见他生了气，心里虽不服，嘴巴上却不敢再言语，低声哼哼了两下。

袁克定讨好道："即或祭祀，叫礼官们去代祭罢了，这么热的天，穿这么厚，爹别中暑。"

袁世凯说："今天下人心浮气扬，乱臣贼子遍于国中，我身为大总统，倘不本仁义之心以平乱，以教民，如何能够国泰民安，天下无事？"

袁克定说："治国，在于酷吏峻法，强权镇压，爹只要多修严法，束缚愚民，控制军队，不使哗乱，国家自然太平，何用亲自去三跪九叩，折节死人？"

袁世凯说："儿呀，这你就不懂了！孔孟之道，忠孝节义，乃是统治人心之第一法宝，为历朝历代执政者所推崇。人身易治，一个杀字便能够了结。而人心难服，岂是那个杀字所可以解决的？而数千年中，人心风俗，政治得失，尽在孔教中矣！我们要想治理好这个国家，把持住政权不使有失，让天下之民忠于我袁氏，顺天为民，无他，孔教是也。你已经不是孩子，将来要主持大局，如何头脑这般简单？这方面，你们要多多请教严又陵先生。"

袁克定诺诺连声，表现得十分恭顺。

袁世凯大步走出去了，临上马车，又扭过头来，对两个儿子说：“记儿，招儿，你们都要去！以后凡是有重大的祭祀活动，你们都不准耍滑逃避。”

袁克定、袁克文答应道：“是，孩儿们记下了。”

待马车去远，袁克文小声对两个妹妹说：“他这哪里是祭孔，分明是祭刀呢，宰杀人心之刀，较之杀头之刀更厉害！”

已经走出去很远的袁克定见老二站在原地没有动，叫道：“二弟，你敢不去?”

袁克文说：“谁说的？去不去，到了孔庙才知道，我跟三妹还有话说。”又小声对淑祯说：“太子威严，已经露出来了。”

淑祯说：“爹叫他当太子，我第一个不干。”

仲祯害怕地说：“你们小声点儿，传出去，又是麻烦！”

袁世凯步出居仁堂，袁乃宽赶忙领着荫昌、陆锦快步迎接住。荫、陆二人一左一右搀扶住他，一步一步走下台阶。

袁乃宽早一溜小跑奔到那几株老松树下，指挥众人，驱动双辕镏金马车，“吁”的一声停在大殿门前，荫、陆二人小心翼翼地把袁世凯扶上了马车。

远处空阔的地方，总统府总指挥徐邦杰，早发出口令，命令骑兵卫士缓缓行动，依次簇拥在马车前后，往新华门移动。

新华门外，步军统领江朝宗，警察总监吴炳湘，早指挥步军士兵、警察队伍分别奔前头开路，奔后头殿后，浩浩荡荡，直奔孔庙而去。

孔庙之前，附近的几条街道，早已戒严。荷枪实弹的兵士，往来梭巡的警察，以及遍布街巷的便衣特务们，满眼都是。

京城里中等以上的大大小小官员们都来到了，文官武将，有西装革履者，有长袍马褂者，有戎装笔挺者，也有拖着长辫子身着大清朝服的遗老遗少，这些杂七杂八、乱七八糟、不伦不类、乌烟瘴气的人们，茅厕里的苍蝇似的，黑压压一大片，三三五五，麇集成团，或点头哈腰，或作揖打拱，或窃窃私语，或大声小气，大日头下，耐心地等待着祭祀活动的开始。

孔庙大殿上，香烟缭绕，钟鼓声声，泥塑的孔子塑像，高高端坐在正中间的一个高台上。左右两边，布幔低垂，半遮半掩，把这里渲染得森严肃穆。大成至圣先师的灵牌就摆放在孔子塑像的前方桌案上。

袁世凯的车队来了，人们先是翘足张望，继而屏息敛气，当袁世凯下了马车步入庙门，他们一个个中了电击似的立马肃然而立，必恭必敬，俯首帖耳，其驯服之状犹如一群温顺的羔羊。

一阵轻微的骚动之后，祭祀活动开始了。

袁世凯穿着他那身笨重的奇装异服，在荫昌、陆锦的搀扶下，缓步大殿之前，随着司礼官公鸭嗓子的叫喊，他笨拙的肥胖如猪的身体躬曲下去，跪伏在地，一跪拜；后，又随着司礼官的喊叫跪伏下去，二跪拜；后，又随着司礼官的喊叫跪伏下去，三跪拜……每次跪拜都要咚咚咚磕三个响头，这叫三跪九叩首之礼。

挤在人群里跟着跪拜的袁克定四下里张望，寻找着什么人。杨度悄声问他："大公子，你找哪个？"袁克定说："我看看老二来了没有。"杨度说："似乎来了，我好像看见他一晃。"袁克定说："他要敢不来，我必奏他一本。"杨度笑道："何必呢，都是自家兄弟，你也肚量大些。"袁克定不言，只把眼睛四下里张望。

休要小觑了那些陪祭的官吏，他们黑压压一大片此时真是又一番景致！

当袁世凯在前边屈膝下拜磕头叩首的时候，他们也随着司礼官的喊叫声大行其礼。他们中有那身着大清朝服的遗老遗少们，这个时候全都四肢着地匍匐下去，哭灵的孝子们似的，跟着袁世凯行那三跪九叩之礼；有那身着长袍马褂的民国官吏们，有少部分人也跟着袁世凯匍匐在地，行那三跪九叩之礼的，更有大部分人仰头腆肚、伫立当阶、双手抱拳作揖打拱的；还有那些民国军官们，有匍匐在地的，有作揖打拱的，更多的人却行那举手之礼；这一下子就乱了营了，匍匐在地的人们还没有起身，作揖的行礼的早已经完毕了事，等待着下一个口令了，一时之间那黑压压的人群高高低低、杂七杂八、参差不平了。有人觉得好笑，有人大感不伦不类，那些前清遗老遗少们则愤愤然，大骂这些不肖子孙玷污圣人、不知礼数、罪该千刀万剐……

好不容易祭祀完毕，袁世凯被人搀扶着登上双辕镏金马车嘚儿嘚儿回中南海去了，袁克定扭转头问身边的杨度说："哥们，咱去哪里消遣？"

杨度眯缝起眼睛猜测着对方的心事，说："天热难耐，谁还有心思办公，北海团城咱就不去了吧？"

袁克定说："那个地方，没有心情，要不，咱去逛窑子？"

杨度嘻嘻笑道："这主意不赖，窑姐儿已久不亲近了呢！"

于是，他们前后相随着，挤出人群，跳上马车，对那车夫喊道："八大胡同去！"

这北京城里的八大胡同，乃是一个窑姐儿麇集的地方。从前门西珠市胡同往北，到铁树斜街以南，自西向东依次排开，它们是百顺胡同、胭脂胡同、韩家潭、陕西巷、石头胡同、王广福斜街、朱家胡同、李纱帽胡同，一共是八条胡同，所以世人以此概称之。这些妓院又有南班、北班之分。南班多为江南一带才女，档次高一些，有色有才，琴棋书画都来得，窑子的名儿也起得别致，多以什么“院”呀“馆”呀“阁”呀名之。北班多为黄河以北女子，这些姑娘相貌好，体格健，文化素质却极差，大声小气，骂骂咧咧，风骚有之，温柔却不足，一二等是挨不上边的，只能往那三四等里凑数，窑子的名儿起得自然也粗俗了些，多以什么“班”呀“楼”呀“下处”呀名之。

八大胡同里当数百顺胡同、韩家潭、胭脂胡同、陕西巷为第一等，它们还有个雅致的名儿叫“清吟小班”。而这四处，每一条胡同里又有着十几家妓院，家家门前小红灯笼高高挂起，生意兴隆热闹得很。譬如这百顺胡同，小小的一条巷子里，就有潇湘馆、美锦院、新凤院、凤鸣院、鑫雅阁、莳花馆、兰香班、松竹馆、泉香班、辟芳院、美凤院，等等。胭脂胡同北连百顺胡同，南通珠市口西大街，光一等妓院就有十多家。有一个也叫莳花馆的，乃是一家三进带跨院的大四合院，几乎占去了半条胡同，明朝时候这里名叫苏家大院，名妓苏三（玉堂春）就曾经在这里卖艺。韩家潭也不一般，胡同里有环采阁、金美楼、满春院、金凤楼、燕春楼、美仙院、庆之春，等等。陕西巷里大大小小有十六家窑子，也不一一道来了，只说清末名妓赛金花，就住在那个名叫怡香院的宅子里。

且说袁克定、杨度二人坐着高头马车，嘚儿嘚儿地往八大胡同奔，车过前门大街，绕过大栅栏，远远就看见蔡锷骑着枣红大马进了百顺胡同，当他们的马车走过胡同口的时候，齐探身往里边瞅，只见潇湘馆前老槐树下拴着他的马，蔡锷人早没了影儿。“好快的身手，眨眼就不见了！”杨度说。袁克定不屑地摇摇头，说：“这家伙死心眼儿，嫖妓也只认住一个小凤仙，乏味！”杨度说：“他这叫感情专一，从这点看，蔡锷也算得一个真男子。”袁克定说：“这叫什么真男子啊？倘论真，家里守着他那黄脸婆熬日子得了，来这风月场里找甚乐子？”杨度说：“不过，那个云吉班的小凤仙也真是出水芙蓉似的，白皙如玉，娇媚似花，不由人不心猿意马心向往之，只可惜无缘。”袁克定嘿嘿笑了，说：“哥哥若是喜欢，咱哥俩赶明儿包下她，打双飞，玩个够，叫蔡锷小子一边吃醋去。”

两人一路说笑，转眼间，马车已经转进韩家潭，在一处高门楼上悬着一块名叫“燕春楼”匾额的宅子前边停下，一个四十多岁花枝招展的老鸨儿早迎接出来。

“哟，太子爷呀，杨老爷呀，您们可是有日子不来啦呀，快快请进呀！”

袁克定说：“快去叫李家姊妹出来侍侯。”

杨度说：“备一桌上好的酒席，老爷们今儿又渴又饿。”

“好咧！”老鸨儿抖动着手帕子，扭动着腰胯子，应道，“艳萍、艳红，你们快快出来接客人啦，袁大公子和杨大人来啦！”

“来咧，来咧！”里边传来应答声，江南味道的，娇滴滴地甜润轻软。接着，就听见一阵窸窸窣窣的脚步声响，珠帘挑起处，两张粉脸一闪一亮，出现在他们的脸前。艳萍上去拉住袁克定，艳红缠住杨度，水蛇似的，黏住在身上。“爷，多少日子不来啦呀，想死奴家了呢！”一个说。“爷，真是心有灵犀呢，昨儿夜间梦见爷，今儿早起想着爷，爷就果真来啦！”另一个说。

袁克定一边大口吞食着那张粉面，一边问：“今儿有啥绝活叫老子高兴，是鸳鸯戏水呢，还是骑马射箭？”

这燕春楼后宅有一处二层小楼，楼上三间豁亮宽敞的房间，厅堂客房是经过特别装修布置过的，袁克定常年包下，每次和朋友来此，他们都是在这里销魂鬼混。

酒席很快就摆上来了，两个妓女分别侍侯袁、杨二人洗漱毕，也都脱去了外罩，露出内里的胸衣粉裤，赤裸着玉臂酥胸，听由二人携肩搂腰，坐上席去。

四个男女，淫狎取乐了一阵子，酒也喝得半醉，渐渐地，他们的话题又扯到今日的祭孔上来。

袁克定说：“此类祭祀，太没有意思，乏味极了。孔老头儿已经死去两千多年了，尸骨全无，灰飞烟灭，拿着他做戏，什么意思呢？我劝我爹，反招来臭骂。”

杨度说：“大公子，您这话可是说错了呢，袁大总统的高明处，以属下看，正在这里啊！”

袁克定说：“怎么，难道祭孔还有什么名堂不成？”

杨度说：“这么热的天，倘没有名堂，大总统决不会折节屈驾去那孔庙三跪九叩，而且还搞得如此隆重。”

“这正是我弄不明白的。依哥哥之见，俺爹究是为何？”

“无他，试探耳！”

“愿闻其详。”

杨度推开怀里的妓女，端起酒杯，一口闷下，故意做出矜持之态，说：“自宣统三年十月十日武昌战事起后，清廷逊位，民国肇造，革命党宣扬西方社会民主、共和、博爱、自由、平等、法制，统治中国几千年的思想体系道德观念的孔孟之道，一夜之间土崩瓦解、分崩离析，君君臣臣父父子子忠孝节义的传统观念遭到横扫，一时间可谓‘礼坏乐崩’，面目全非。今日之中国，若欲实行共和，此为必然之举，旧的传统道德不予推倒，新的共和理念无从建立，本不奇怪。然，若欲恢复旧制，以君主宪政统治天下，则不祭孔尊孔，倡言忠孝节义，则万不能行。大总统以祭孔测试人心，其意在于帝制，这步棋我今看得明明白白，必无差处！”

听见这些高论，袁克定顿时兴奋激动起来，他把怀里的妓女艳萍猛地推向一旁，凑过身去，对杨度说：“早年我在德国留学之时，最最羡慕的，德国皇室之威望也！德皇至高无上的尊严，皇太子享受到的荣誉和特权，真是让我垂涎欲滴，馋得打心眼里痒痒。爹欲当皇帝这件事情，你真的看准了？”

杨度得意地说：“大公子请为我洗耳，听我为君试言之：曩者，武昌战事初起，大总统倒而复出，此千载一时之机也。他左袒，则左胜，右袒，则右胜，此必然之势也。然，大总统既不愿为大清朝廷打天下，开罪于革命党，又不愿从孤儿寡妇手里夺江山，落下个千古骂名。真是千古奇人奇策，计高一筹，非常人所可以料及，大总统采取了不左不右不偏不倚之手段，一面利用南方革命党以压大清，一面利用清政府来对付革命党，造成鹬蚌相争、渔人得利之势。那个时候，我就看到，大清朝廷垮台后，大总统必将排斥革命党而独霸天下。今日回过头来看一看，无不应验。以内阁制为政治基础的《临时约法》废除了，代之而有的是以总统制为基础的新约法，共和政体下才可以存在的集会结社出版言论自由没有了，代之而有的乃是君主政体的中央集权制下的一个声音一种思想的舆论专制，革命党被取缔了，逮捕的逮捕，枪杀的枪杀，外逃的外逃，代之而有的是大总统一派独裁势力，作为共和国权力象征的国会亦随之倒台，代之而有的是大总统的政事堂……以此种种观之，我料大总统是要在中国厉行君主专制无疑矣。而欲行旧制，人心向背如何？祭孔，乃一试牛刀耳！”

“妙哉高论！”袁克定手舞足蹈，高兴非常，说，“倘如此，我袁家登基当皇帝的日子不远了！大有奔头，大有奔头！可是，我有一事不明，既要复辟，称帝就是，发个号令，定个日期，大事偕矣，何必如此费事，还试探什么人心向背呀！”

杨度大摇其头，说：“大公子，此言差矣！请问大公子，今日威胁大总统政权的势力，来自何方？”

“这还用问嘛，自然是来自下边那些乱民百姓。”

“错！”杨度说，“中国的老百姓，愚民也，其散如沙，其盲如瞽，日出而作，日落而息，辛苦辗转惨淡经营者，但求果腹也，立意造反者鲜有其人。管理他们，只须清乡、查户口、办警备队、推行保甲制度附之以军队镇压足矣。即或有零星闹事起义者，亦不足惧，不难扑灭。”

“那就是革命党。”

“孙文一党，虽还在捣乱，但其多数已被赶去海外，余者已不足虑。今后只消严格执行《暂行新刑律》《惩治盗匪法》《惩治盗匪条例》《治安警察条例》《惩治国贼条例》《县治户口编查规则》《警察厅户口调查规则》《报纸条例》《出版法》，以及各种补充条例、施行法、执行法，千百条法律绳索编织而成的法的大网，加之以恐怖手段控制之，我料那些革命党徒亦难以动作。”杨度说。

“不是老百姓，不是革命党，那么会是谁呢？谁还有这么大的本事，敢与我老袁家争夺天下？”袁克定被杨度说得如同坠入五里雾中，狠劲搔动头皮，大惑不解。

杨度说：“觊觎你袁家政权者，非他，乃今日高喊袁大总统万岁、亦步亦趋、忠心报效的那些文官武将、军阀政客也。”

袁克定大惊失色。他迟疑半晌，睁目而言道：“你是说徐世昌、段祺瑞、冯国璋他们？他们敢造反？”

杨度微微笑道：“他们敢不敢造反，自然很难说。他们的手下，那些拥兵自重的各省军阀可就保不定了。但大总统要以祭孔所试探者，这些军阀之外，肯定也包括他们。”

“试探那些武夫，察其言、观其色，派特务监督足以，何用祭孔啊？”

“你那些手段，只能侦知其表面，如何能够洞察人心，如何能够控制人心？大总统高明处，就是要以孔孟之道、忠义之心把他们牢牢地拴捆住，令其不敢有异动也。”

袁克定缄默了，他的头脑陷入沉思。

身边的两个妓女此刻已经显得多余，他厌恶地挥手驱赶出去。

抿下一口酒，袁克定说：“我爹有那当皇帝之心，这一点我早有所察，只是没有想到，步子走得如此快，他在准备一切呢。”

杨度说：“步子虽快，狐疑观望亦有之，大总统目前决心并未下死，尚在彷徨中。这个时候，很有必要以外力推促之。”

“君若能帮我袁家实现帝制，登基当皇帝，便是开国之第一功臣。俺爹百年之后，本公子荣登大宝，你杨度就是当朝一品。”

杨度欢喜地作揖打拱，说：“为大总统和大公子效命，乃我杨度的福分，所报者知遇之恩也，荣华富贵，谁个想来？我今有一计，分两步走，可以帮助大总统尽快南面为君，大公子牢牢当上东宫太子。”

袁克定大喜，说：“哥哥快快讲来。”

杨度凑上前去，把那嘴巴伸至袁克定耳边，如此这般，窃窃私语，直说得袁克定眉开眼笑，手脚乱舞，不能自已。

两个人一直密谋到夜幕降临，火烛点燃之时，仍未有停歇的意思。

半个月以后，袁克定领着美国人古德诺来到总统府，袁乃宽把他们阻挡在大殿外头。

“俺爹有客？”袁克定不悦地问。

袁乃宽说：“大总统正在召见陈宧。”

袁克定笑了。这个陈宧，乃是湖北安路人，早年毕业于湖北武备学堂，是黎元洪的亲信，跟随黎元洪入京后被袁世凯收买，现在任着陆军部次长之职。他是袁家豢养的一条狗，在陆军部监视着段祺瑞，在统率办事处监视着蔡锷，是一个高级坐探，袁克定跟他是拜把子兄弟，自然也知道他被特别召见意味着什么，便微微一笑，对古德诺说："大总统既然有事，咱们就在客厅里等一会儿吧。"古德诺说："好的，一切听从大公子安排。"

这个美国人，原来是个很势利的小人，因为来过中国几次，又学会几句中国话，很会讨袁氏父子的喜欢。他最近被袁克定收买，跟着杨度他们一起搞帝制活动，很是卖力。

等了大概一个多小时，陈宧从总统办公室出来了，袁世凯把他送到门边，袁克定听见袁世凯说："你把蔡锷给我叫来，玩妓女我不管，停妻再娶，我不答应。"陈宧说："是，末将马上传话给他，叫他来觐见大总统。"

袁世凯转身进去了，袁克定招手叫住陈宧，问他道："将军哥哥，蔡锷要停妻再娶吗？他真的要把小凤仙扶正？"

陈宧吃吃笑道："兄弟，他们闹得可厉害了，大公子如何没有听说？蔡锷夫人已经闹到统率办事处来啦，披头散发，哭哭啼啼，很是可怜。蔡锷又要杀人又要休妻，任性得很。不过，小凤仙扶正恐怕也难，就他娘那一关就过不去，这不，蔡松坡每天请我吃酒，逼着我给他物色个漂亮的呢，停妻再娶恐怕他干得出来！"

"哈哈，这个风流将军，进了京城，怎么犯起桃花病了呢，停妻再娶，还真有他的！"袁克定仰面大笑。

这时，袁乃宽走过来说："大公子，大总统叫你们进去呢。"

陈宧敬礼告辞去了，袁克定对古德诺说："古先生，咱们进去吧。"

袁世凯正在俯首翻阅卷宗，随便地说："坐下吧。"

这时，古德诺把右手放在左胸前，弯腰行礼，毕恭毕敬地说道："大总统好，鄙人给大总统请安。"

听见这生硬的中国话，袁世凯抬头一看，见儿子身后跟着一个美国人，认得是古德诺，赶忙起身迎接，又是抱拳作揖，又是跟他握手问候，表现得十分热情，说："是哪阵风把你吹来啦？欢迎，欢迎。"

古德诺说："大总统，鄙人最近在日本一家报纸上发表了一篇文章，因与大总统有些关系，所以拿来请大总统指正。"

袁世凯笑道："什么文章，跟本总统有关呢？"

袁克定听见询问，慌忙从皮夹子里掏出一张还散发出油墨清香的报纸，双手捧着递上去。袁世凯接过那报纸一看，说："这不是《顺天时报》吗？日本人办的报纸嘛，有什么新鲜的呢？"

古德诺说："报告大总统，鄙人的文章就发表在这张报纸上，请大总统过目。”

袁克定走近前去，翻开那张报纸，找出古德诺的文章，摆在袁世凯的眼前。

袁世凯定睛看去，只见一条黑体大字标题非常醒目，道是：共和与君主论。

他的眼睛一亮，有一种奇异的光从里边放射出来，转瞬而逝，又倏忽藏匿，不见了。他微微皱起眉头，迟疑片刻，流露出一种隐隐的羞涩，伏在桌案上读那文章。

他匆匆地浏览着，速度很快，一双明亮的眼睛在字里行间寻找着什么。忽然找到了他需要的关注的语句，他停下来，注目，凝视，沉思，默想，反复品味着其间的味道，这个时候，他的脑袋会轻轻地摇一摇，或者点一点，谁也猜不透他那一摇一点的含义是什么。

他终于读完了全篇，挺直了身子，一双眼睛打量着面前的这个美国人，说：“这里边说的观点，确实是你自己的见解吗？没有受到我儿子和杨度他们的影响？”

古德诺说：“大总统，我是一名社会科学工作者，是美国哈蒲金斯大学的校长，是世界上著名的社会学家和政治学家，我只用自己的眼睛观察世界，用自己的头脑思维世界，没有人可以左右它们。我到过中国很多地方，对中国的国情有着很深刻的了解，中国有着两千多年帝制的传统，中国的老百姓习惯于服从和安于现状，对于民主自由的理解似乎也仅仅停留在吃饭穿衣上，民族主义的观念并不如我们西方人那么强烈，所以我认为，他们的心目里，更需要一个强有力的中央政府来管理国家，从而取代目前普遍存在的各省军阀割据独立的松散局面，而君主专制政权则是最正确选择。”

袁世凯摇头说：“可是，我们国家目前施行的是共和制，你叫我推行君主制，这不是倒退吗？”

古德诺说：“共和制、君主制，只是治理国家的一种形式或方法，采用哪一种，要看国情的需要，适合共和者，则用共和制，适合君主者，则用君主制。贵国共和以来，弊端千万，国家分裂，说明共和制并不适合，既不是最优的选择，那么为什么不可以更改呢？鄙人下边还将有《中华民国的议会》和《在中国的改革》等文章发表，就是专门探讨这个问题的。”

袁世凯又一次摇摇头说：“老百姓反对怎么办？”

古德诺说：“贵国的百姓，愚而且弱，一盘散沙，只要叫他们吃饱肚子，国体为何，他们并不在意。”

“读书人反对呢，怎么办？”袁世凯问。

古德诺说：“贵国的读书人，有两类，一类是直立行走的人，一类是四肢爬行的狗，现在，前者已经被大总统杀的杀，驱逐的驱逐，尚有漏网者，难成势力，已构不成威胁。至于后者，所追逐者名与利而已，国体如何，他们并不在意，大总统只须多赐官爵俸禄，就可以换来忠诚与拥护。”

袁世凯哈哈而笑，道：“你这个外国人，来中国没有几年，学得倒也乖巧势利。你的这些话，本大总统以为有些道理。”转又对袁克定说：“记儿，这张《顺天时报》有些意思，赶明儿再给老子送些来。”

袁克定赶忙说：“爹要是喜欢，孩儿叫他们天天送。”

袁世凯说：“杨度送来一个条陈，说要筹办一个什么以筹一国之治安的‘筹安会’，此事究应如何，容我考虑后再复他。”

袁克定答应着，喜滋滋地与古德诺告辞出来。路过客厅，他站住问古德诺说：“大博士刚才跟俺爹说的那人、狗理论，确为精辟。然，这种情况在你们美国就没有吗？难道你们国家就没有依附权力的读书人？”

古德诺说：“我们民主国家，是法制社会，司法高于一切，任何政党和个人都要隶属其下，所以读书人并不执意依附，做人的时候多而做狗的次数少，贵国则不然，乃是权力社会，权力大于一切，依附权力，自然是读书人的第一选择，所以狗多而人少。”

“大博士你今日之在中国，是人耶？狗耶？”

古德诺说：“我是以第三者的身份出现的，好比一个裁判员，置身事外，人、狗都挨不上。”

袁克定笑道：“挨不上狗，诚然。人也挨不上吗？不是人，那是什么？”

古德诺愕然，他一时没有听懂袁克定话里的意思，瞪圆两只眼睛发呆。

这时，袁乃宽走过来，袁克定叫住他，对他说：“哥哥，兄弟我有一句肺腑之言你要听，今日，你是开国有功，但不是有功之臣，哥哥难道就不想当那封妻荫子的开国元勋吗？”

袁乃宽说：“兄弟，哥哥做梦都想呢，可是，无才无德，这辈子是没有希望了，等下辈子吧。”

袁克定把他一把拉近跟前，诡秘地说：“终日守着真龙天子，却要等下辈子，你是真愚呢还是真憨呀？”

说完，拉起古德诺，扬长而去。

袁乃宽望着袁克定的背影走远，怔了一刹，忽然大悟，拍着自家的脑袋说：“看我这个榆木疙瘩家伙，怎恁笨呢？封妻荫子，哈哈，老子也明白咋着能够当开国元勋啦！哈哈哈哈！”

几天以后，总统府里传出一种谣言，诡秘得很，先是私下里嘀咕，没有几天，便成了公开的传闻，说是有一个姓熊的侍卫，一天中午侍候大总统午休，忽然看见床上盘着一条巨龙，那龙身金鳞遍布，闪闪发光，那龙头，硕大无比，龙角朝天，龙须颀长，两只龙眼像两个大红灯笼，红光金光交相闪烁，照红了整间屋子，那侍卫吓得磕头如捣蒜，一会儿，眼前忽然又变黑了，抬起头来再看时，红光金光没有了，金龙也没有了，只见大总统酣然而眠，鼾声如雷，睡得正香，这是真龙天子现身了啊！这个谣言，长了翅膀似的，很快传遍了整个京城，又向各省传去，眨眼全中国都传遍了。袁世凯听见了这个传说，知道是袁乃宽搞的鬼，也不说破，眯细着眼睛微微笑笑，很是得意地默认了，心里也对自己个儿说："没错，老子就是真龙天子降世，不然，这个国家咋老子说了算呢！"

转眼到了第二年，元旦刚过，一天，外交总长孙宝琦领着次长曹汝霖急匆匆赶到总统府拜见袁世凯。

"大总统，情况很不好呢，日本公使日置益今晨去了外交部，要求立即觐见大总统。"孙宝琦说。

袁世凯一怔，说："他不是回日本述职去了吗，怎么这么快就回来啦？"

"问题就出在这儿。"孙宝琦说，"我们的人报告说，日置益此番回国，是应日本政府紧急召回的，领有绝密任务，来华前，日外相加藤高明亲手交给他一份绝密文件。"

"是什么东西？"

"还不太清楚。不过据我们分析，可能跟去年秋天日本军国主义团体黑龙会策划的那个《解决中国问题意见书》有关系，要跟我们签订秘密条款。"

袁世凯说："他们要干啥？"

孙宝琦说："据说，这个秘密条款包括向中国派遣军队，占领胶州湾，取得德国在山东的一切权利，训练中国军队，还有充当中国政府财政顾问、教育顾问，要求中国把南满和内蒙主权让给日本，把福建港口租界给日本，等等。"

"日他奶奶，这不是要全面控制中国了吗？干脆把老子的大总统让给他日本天皇当算了！"袁世凯骂道，"这个小日本，真是得寸进尺，欺人太甚。你对德宣战，无非是要我青岛山东主权，这一点老子明白，所以德国人要把青岛归还，老子并未去接受。你们跟德国人开战，要从中国政府的中立区登陆，老子不是遵命照办了吗？还不够朋友吗？怎么样呢，日军在龙口、莱州登陆后，大举南进，占领潍坊，抢掠牛羊，掠夺粮食，勒派车辆，强奸妇女，滥杀村民，无恶不作。接着又占我济南、占我青岛，整个胶济全线和胶州湾悉被抢占，老子不是也忍下了吗？怎么着，没完没了啦？非要把中国亡了吗？"

曹汝霖说："日本人说，大总统不是要当皇帝吗，接受了条件，大日本帝国就出面支持，保证大总统荣登大宝。"

听见这话，袁世凯刚才的怒气登时消了大半，说："他是这么说的吗？他的这个秘密条款，怎跟老子当皇帝联系上啦？老子现如今是中华民国大总统，当那个皇帝算屎啊!”

不过，他说话的语气明显得缓和多了，也不骂骂咧咧了，面上也有了笑容。

迟疑半晌，他说：“明天吧，明天我接见他，看他究竟拿出个什么秘密家伙。”

第二天上午，也就是1915年一月十八日上午九时整，袁世凯在他的总统办公室，接见了日使日置益和参赞小幡酉吉、书记官高尾亨。

这三个日本外交官神色冷峻，态度傲慢，扬面腆肚，不可一世。他们在袁世凯面前站定，摘下帽子，微微俯了一下头，算是行了见面之礼。袁世凯呢，慌忙起身，作揖鞠躬，赔着笑脸，表现得十分热情下作。他正要说两句表示欢迎的话，谁知日置益那里却抢先发了言。

日置益说：“本大使代表日本政府致意中华民国大总统，并表示诚恳之意。”

袁世凯说：“谢谢。我十分感谢贵国政府的问候，并请贵大使转达本大总统对于贵国政府的致意和诚意。”

日置益嘴角微微抖动了几下，从那里边流露出一丝不屑和轻蔑，说：“日本政府特别知会大总统，我大日本国愿将多年来累积的悬案和衷解决，以进达中日亲善之目的。本大使兹奉政府训令，面递条款，愿大总统赐以接受，迅速商议解决，并保守机密。”

说完，从左胳膊腋下拿出一个大皮夹子，打开，从里边掏出一沓文件，做出呈上姿势，袁世凯慌忙伸出双手去接。可是，日置益却把那伸出去的手又突然缩回去了，这使得袁世凯很是尴尬，他那双远伸出去的手臂，直直地停在那里，缩回又不是，不缩回又不是，难堪极了。

日置益说：“贵国逃亡日本国之革命党人，深受我国人民的欢迎和同情，他们与很多日本人关系密切，得到支持。除非中国政府给予日本政府以明确的友谊证明，否则日本政府不能阻止此辈之扰乱中国的行动。”

袁世凯直直地站在那里，像一根木头棍子，他暗自说：这话是威胁老子呢，他们知道老子害怕革命党。

日置益接着说：“日本人民都反对袁总统，认为大总统是一个顽固的强有力的排日者，我国政府亦采取远交近攻之政策。大总统如果接受了我国政府的要求，日本人民将感觉友好，日本政府从此对袁总统亦能够遇事帮助。”

袁世凯听出来了，这又是在诱惑，他们那个“遇事帮助”，就是支持老子登基当皇帝。

他想发作，想骂出声来，把这三个浑蛋赶出去，但是，他忍下了，他隐忍住自己，依然满面堆笑，洗耳恭听。

可是人家日置益却并没有再接着说下去，戛然而止，只嗔着个脸子把手里的文件递交给他，傲慢地轻点一点头，与那另外两个日本人一起，车转身，啪唧啪唧地走出殿去。

瞅着他们的背影，袁世凯气不打一处来，他们这不是在藐视本大总统吗？这不是在跟老子耍尿泥玩光棍吗？这不是在仗势欺人吗？袁世凯英雄一世，哪里吃他这个！等到日本人走出总统府，他破口大骂了：“日他奶奶！这小日本也忒眼中无人了，竟敢傲慢如此，欺我中华无人吗？老子要当皇帝，也不能当日本的皇帝呀！”

正骂得兴起，忽然低下头看看手里的秘密文件，那气顿时泄了大半，他少气无力地坐下，看——

这是一个分列五号，每号包括若干条款，合计二十一条的东西。

它的主要内容有下面几项：

第一号四条，要求享有德国原在山东的一切权益，中国不得将山东省的土地和沿海岛屿出让或出租他国，日本得在省内修筑铁路，开辟主要城市为商埠。

第二号七条，将旅顺、大连租界期限和南满、安奉两条铁路交还期限，均展至九十九年为期，日本人在南满和东部内蒙古享有土地租界权或所有权、居住权，以及开矿等各种权利。

第三号二条，要求将汉冶萍公司中日合办，其附近之矿山，不准公司以外人开采。

第四号一条，要求中国不得将沿海港口、弯岸及岛屿，让与或租与他国。

第五号七条，要求聘用日人充任政治、财政、军事顾问，日本在中国内地所设之病院、寺院和学校有土地所有权，中日合办警政和军械厂，武昌与九江、南昌间及南昌与杭州、潮州间建筑铁路，福建省内铁路矿山建筑开采，日本有优先权，有在中国传教权。

……

袁世凯实在是不能再看下去了。他额头冒汗，脊背透凉，心惊肉跳，四肢发颤。

他叫来外交总长孙宝琦，次长曹汝霖，对他们说：“日本人这是要干什么？这不是明目张胆地抢夺吗？他们干脆把膏药旗插上新华门，宣布中国是他日本国的殖民地算了，奶奶个熊，这是怎么说的呢？”

孙宝琦说：“大总统若是答应了他们的二十一条，汉奸卖国贼的骂名就背上了，成为中华民族千古罪人。”

袁世凯听见这话，先是一怔，后又长时间凝视住他，半晌没有言语。

曹汝霖说：“可是，大总统若是不答应他们，变更国体的事情就进行不下去了，日本人肯定要出来捣乱。”

孙宝琦说：“国体宁肯不变，也不能出卖国家利益、落个卖国贼的下场。”

袁世凯问孙宝琦道：“若是派你去跟他们谈判，如何？”

孙宝琦说：“丧权辱国的条款，大总统难道会答应他们吗？属下已经当面回绝了他们，更不会去跟他们谈判。”

袁世凯迟疑犹豫、狐疑不定了。他对孙、曹二人说：“你们先退下吧。”

权衡于皇帝的荣耀与民族利益的得失间，袁世凯坐卧不宁茶饭无心了。这天晚上半夜时分，他终于从被窝里翻身而起，命人把陆征祥叫来中南海，问他道：“我有绝密大事问你，你当实言相告：皇帝事大，二十一条事大？二者当做何取舍？”

陆征祥早猜透袁世凯的心思，知道他急于要当皇帝，准备对日妥协，便迎合道：“当前各国列强正忙于世界大战，无心顾及中国，只有日本有力量干涉我国内政事务，若牺牲一些局部利益，与日交好，国家非唯可以长治久安，变更国体亦可以得到其支持，大总统称帝就有了国际保证，属下以为，忍痛做出些牺牲看来是必要的。”

袁世凯大喜，道：“国人反对，当如之何？”

陆征祥说：“政权军权在大总统手里，一二不安定分子，有何惧哉，武力镇压，杀之可也。”

第二天一大早，袁世凯立即颁布命令，免去孙宝琦外交总长之职，任命陆征祥代之。并偕同曹汝霖等人与日使日置益谈判。

袁世凯召见杨度，对他说：“日本人拿来一个二十一条，不签吧，招惹麻烦，签了吧，丧权辱国，落下骂名，这几天真是难为死我了。”

杨度说：“俗话说，偷鸡蚀米，无有小失，焉有大得？大总统以变更国体为重，国家受到一点儿小损失，值得。”

“如果国人能够都如你这样看，我还有什么可以担心的呢？”袁世凯说，“你那个以筹一国之安的‘筹安会’报告，我已经看过了，你怎么想？”

杨度说：“欲行大事，舆论走先。变更国体，大事也，国内舆论是一定要跟上去的。职欲以筹安会名义，以研究国体的借口宣传帝制，鼓吹复辟，为大总统的千秋大业开路。”

袁世凯说：“你的这个想法很好，但外人尽知你我关系，若果以为筹安会是我指使，就不好了。”

杨度说："这一点请大总统放心。职主张君主立宪，十有余年，此时如办君宪，宣传帝制，乃顺理成章之事，情理必然，况且还有学术自由可用。"

袁世凯说："你可去陆建章处秘密支领活动经费二十万元，再与孙毓筠、李燮和、严复等人商议，若能把梁启超拉进来，最好。"

杨度心领神会，告辞出来，马上去北海团城向袁克定报告。

袁克定大喜，说："老爷子果然棋高一筹！孙毓筠、李燮和，乃是革命党出身，用他们声言帝制，再好不过。严复老爷子，是最老牌的立宪党人，跟康有为、梁启超并列，他能出来号召，其影响力大矣！"

杨度说："只是那梁启超，辛亥年后，放弃立宪，主张共和，力行司法独立，以法治国，再言复辟帝制，恐怕未必赞成。"

袁克定说："梁启超且放一放，先找孙毓筠弄起来再说。哥哥，你的分两步走的计策一一实现，先是假《顺天时报》煽动老爷子的热情，今又以'筹安会'坚定老爷子的信心，变更国体的事情我料必行无疑矣！真个是'杨郎妙计行天下，改朝换代第一功'，哈哈哈哈！"

袁克定和杨度去找孙毓筠，孙本是个看风使舵、追名逐利之徒，开国元勋的诱惑如何抵御得住？一拍即合，马上邀来李燮和商议，又把刘师培、胡瑛拉了进来。刘师培其先人以治《左传》《春秋》闻名于世，他本人经学渊博，号为国学大师，但其品德恶劣，参加光复会、同盟会，又为两江总督端方收买，充当其暗探，差点儿被革命党处决。现刻卖身袁世凯，受到袁的赏识。胡瑛亦是革命党骨干，曾经任过湖北都督府外交部长，袁世凯就任临时大总统后，他背叛革命，投靠了袁世凯。

严复跟袁世凯交情不浅，维新变法时堪称同志，民国以后，袁世凯对他极其重视，先后任命他为京师大学堂总办、总统府高等顾问、约法会议议员、参政院参政。他主张帝制，但由谁来当皇帝却并未考虑成熟。杨度来请他，他有些不情愿。杨度说："此事，乃极峰之旨，钦命也，固辞似有不便。事机稍纵即逝，君已列发起人之一，启事明日即见报矣。"听见有袁世凯命令的话，严复只得顺从。

对梁启超的拉拢，是经过精细安排的。

袁克定坐上双辕马车，嘚儿嘚儿来到梁启超的家，亲自请梁启超去北京郊外汤山温泉赴宴。盛情难却，梁启超只好放下手里的笔墨，中断正在写的文章，跟随前往。

到了地方，下了马车，一脚跨进屋门，杨度却迎面而站，拱手相迎，梁启超甚觉诧异。

席间，客气话说完之后，袁克定直捣主题，说："今日便饭，没有外客，我们可以倾心而谈，不必拘束。近来外间议论纷纷，甚至连美国人、日本人都写文章发议论，说共和政体不适合中国国情，而主张帝制，敢问卓如先生，对此有何高见？”

这个时候，梁启超才恍然大悟，明白袁克定此邀的真实意图，他们是要拉自己跟他们一起搞帝制呀！这可能吗？杨度这个高参这一次是错打了算盘了！他沉吟片刻，说：“共和初造，百废待兴，自然有许多不适应。如果没有瑕疵，没有毛病，一切都如西方先进国家那样，法制文明，井然有序，那反倒是不正常了。譬如一个初生婴儿，正在嗷嗷待哺依赖母亲呵护的时候，你能要求他像几岁十几岁的小孩子一样会跑会说会自己照顾自己吗？至于帝制，乃是继奴隶制以后最愚昧最野蛮最自私最反动的国家政体，它统治中国两千多年，严重地阻碍了中国社会向文明世界的进步，当年我和康先生所极力推行的维新变法、君主立宪，其最终目的，也是要推翻这个腐朽的帝制的。幸得辛亥革命一声炮响，统治中国两千多年的封建帝制得以推翻，国家实现民主共和。今日之中国，非共和制不适合中国国情，而是别有用心之野心家欲以此理由复辟帝制、变公天下为私家之天下也！袁公子乃中华民国大总统之长子，不至于也被那些胡言乱语所迷惑吧？”

话说至此，再坐下去，已经没有意思。梁启超擎杯在手，一饮而尽，说：“我还有事，先走一步，谢过了！”

说完，起身，拱手，推开房门，扬长而去。

袁克定怒道：“不为我用，便是我敌，此人，我必杀之！”

杨度说：“留下他，必是我们心腹大患。”

梁启超回到家里，对他的弟弟梁启勋说：“袁克定拉我入伙，跟他们搞帝制，被我当面拒绝，必不能见容，北京不能住了，准备搬家去天津吧。”

梁启勋说：“袁贼，虎狼之人也，跟他共事，不为非作歹，必安全不保，我们马上搬家。”

恰在这时，江苏都督冯国璋抵京。他是听说袁世凯要当皇帝的言传，在南京坐不住了，跑到北京来打听消息。入京后，他没有立即见袁，而是跑到梁启超家去探个究竟。梁启超把袁克定请他吃饭对他的拉拢试探告诉了他。

冯国璋说：“倘如此，袁世凯变更国体的事情看来是真的了。什么意思呢，假如真的有一天袁世凯当了皇帝，这些人还要对他三跪九叩首吗？这且罢了，将来他龙驭归天，其子其孙当了皇帝，这些人还要向他的子孙们三跪九叩首吗？”

梁启超笑道：“孙子辈且不说，袁克定就很有可能享受你们这些北洋大将军们的跪拜行礼三呼万岁。”

冯国璋说：“屎！真要到了那一步，老子另有话说！不过，这些都是谣传，卓如可愿随我去总统府当面问问他吗？”

“愿意奉陪。”

于是，冯国璋、梁启超去总统府拜谒袁世凯，当面询问关于帝制消息。

冯国璋问道："外间盛传大总统欲废共和而行帝制，请预为秘示，以便在地方上着手布置。"

袁世凯嘿嘿笑道："华甫，那些谣言你也相信吗？你我多年在一起，难道不知道我的心事？我想那谣言之来，不外有两个原因：第一，许多人都说我国骤行共和制，国人程度不够，要我多负点责任；第二，新约法规定大总统有颁赏爵位之权，遂有人认为此为改革国体之先声；其实都是误会！你我是自家人，我的心事不妨向你说明，我现在的地位与皇帝有何区别？所贵乎为皇帝者，无非为子孙计耳；我的大儿子有残疾，是个瘸子，我的二儿子是个假名士，游手好闲，吃喝嫖赌，三儿年少，未达时务，其余都还在幼年，岂能付以天下之重？何况帝王家从无善果，我即为子孙计，亦不能贻害他们啊！"

梁启超说："是啊，外间人言啧啧，都是不明了总统的心迹，不过中国将来转弱为强，到天与人归的时候，大总统虽谦让为怀，恐怕推也推不掉的。"

袁世凯怒道："卓如，此何言也！我有两个孩子在伦敦求学，我已叫他们在那边购置薄产，倘有人再逼我，我就把那里做我的菟裘，从此不问国事。"

冯国璋起身谢道："末将言语莽撞了，大总统恕罪。"

梁启超说："大总统既无心帝制，外间'筹安会'等项活动，似应遏制。"

袁世凯说："'筹安会'吗？我会管的。"

从总统府出来，冯国璋对梁启超说："称帝事，看来不像是真。"

"但也未必是假。"梁启超说，"此公诡诈，我等询问他，他未必没有在观察我。"

冯国璋怔怔，说："我与袁公，有袍泽之谊，某妻周氏，本为袁府家庭教师，系袁亲自介绍，并代办妆奁，送去南京与我成婚的，这些年来，两家一直以亲戚走动，他如何会骗我？"

梁启超冷笑道："倘彼果真假言骗君，复辟帝制，君将如何？"

冯国璋说："且走着看吧，俟时，某必有所答。"

第二十七章　阴谋公开激怒英雄将军
强奸民意大要流氓手段

“冯华甫无礼！冯华甫无礼！”

晚饭时候，袁世凯在餐桌前骂不绝口，咬牙切齿，态度凶狠。

二小姐吓得俯首而坐，只低头吃饭，大气也不敢出。

袁克定则满面怒容，表示出对冯国璋的大大的不满意，呼应着他的老爹，却端坐如仪，规规矩矩，并不敢插话。

只有三小姐淑祯抿嘴窃笑，看看这个，瞅瞅那个，见大家都不敢说话，便也装出气恼的样子，噘起小嘴，说道：“华甫姐夫这是怎么了，全天下的人都拥护爹爹称帝当皇上，怎么偏偏是他却反对起来，还专门从南京跑到北京来气俺老爹，女儿明日就搭火车去南京找周砥先生，叫她好好管教管教自家的丈夫。”

袁克定低声阻止她道：“三妹，闭嘴。”

“怎么啦，我哪句话说错啦?”袁淑祯反抗说，“爹，您看，大哥专制，话都不叫人家说。”

袁世凯怔怔地看了她一刹那，心里有事，已无心吃饭，放下筷子，长叹一声，离席而去。

袁克定赶忙起身，上前一步，搀扶住他，陪着小心，说：“爹，您老不要生气，华甫那里儿子自会去说他，其实，变更国体，大势所趋，他冯华甫一人济不了什么事!”

袁淑祯高兴地说：“他们走啦，咱们吃，这清炖猪脚，红烧大虾，好吃着呢!二姐，动筷子啊!”

五姨太太杨氏劝道：“我的小姑奶奶，大人都走啦，你就少说两句吧，这么多好吃的难道还堵不住你的嘴?”

袁世凯回到书房，躺倒在安乐椅上，一边摇动手里的芭蕉扇，一边问道：

“你邀梁启超吃饭啦?”

“是，孩儿邀过他。可这家伙不识抬举，坚决反对变更国体，等手头的事情有了眉目，我就派人去灭了他。”袁克定说。

袁世凯说：“别一说就是杀人。杀个梁启超容易，一个杀手就能办妥，可是，留下的后遗症就麻烦了，擦不完的屁股。你要知道，梁启超身后是一个进步党。对付这种人，不到万不得已，不能杀，只能礼贤下士，去求他，请他，三顾茅庐，感动他的心，才能为我所用。争取到他，就是争取到一个党。”

“要是争取不到呢?”

“现在是用人之际，尽量拉拢些人为我服务，只要他不开口说反对的话，他的那个党，我们就能利用，就能收买，就能分化。”

袁克定点头说：“孩儿明白了，回去，叫杨度派人再去联络他。”

袁世凯说：“不能派人，得亲自去，叫杨度去登门拜访，或许会软化他。另外，舆论上，你们造得还不够。革命党的那些报纸不是都已经查封了吗?我党报纸占了上风，其他民报给他们钱，叫他们跟着咱们走，不听话的，就封。一定要掌握住舆论导向，天下只能有咱老袁家一个声音!”

“爹，杨度这两天正在日夜兼程赶写一篇文章，名字叫《君宪救国论》，说写好了就呈送大总统御览。”袁克定说。

袁世凯翻身坐起，说：“好啊!叫他赶快写!这个时候，全中国就需要一个理论，一个调子，这样才能号召人心，统一意志。”

袁克定笑了，他没有想到老爷子对杨度这篇文章如此重视，说：“孩儿马上过去叫他连夜写，明天早上就送去总统府。”

袁世凯点一点头，沉吟有顷，然后，慢悠悠地说：“看来，有一个人，咱们还要用。”

“谁?”

“梁士诒。”

“这个家伙极不老实，在秘书长任上拉拢了不少人，发展自我势力，还妄图插手军界，已经形成了一个交通系，控制着我们的铁路、财政、关税、金融，人送外号‘二总统’，用他，是很危险的。”

“正因如此，我们必须用他。改变国体是个大事，什么样的力量我们都要联合，都要使用，不能只依靠北洋派。”

“可是，爹免去他秘书长的职务，政事堂又没有他的差事，他正怀恨在心呢，能听话吗?”

“叫他听话，他就得听话，玩不转他老子还当什么大总统?前边的事情我去做，后边跟他摊牌，你去做!”

父子两个嘀嘀咕咕，一直说到夜深，五姨太太催促睡觉，袁克定才从书房里离开。

他没有回北海团城，而是乘了马车，急匆匆直奔石驸马大街筹安会本部。

叫开大门，袁克定噔噔噔上了二楼，见杨度房间还亮着灯，便咚咚咚拍响了门板。

此时的杨度，并没有伏案写作，也没有办理公事，而是拥妓酣睡。刚才颠鸾倒凤闹腾得太厉害，人困马乏，此刻睡得正香。

当他秉灯开开门，看见是袁克定，有些吃惊，问道："大公子，有事？"

袁克定点点头，并不答话，只是冲着床上赤身露体的娼妓艳萍厉声喝道："滚！马上滚！"

艳萍一边慌慌张张穿衣，一边委屈地说："深更半夜，叫人家怎么滚呀……"

袁克定说："再迟延，就一刀杀了了事！"

妓女艳萍强忍悲声，连滚带爬奔下楼去。

这时，杨度已经穿好衣服，收拾停当，匆匆洗了一把脸，悄无声息地坐在袁克定的旁边，问："出了什么事，劳动大公子连夜来此？"

袁克定说："事却未出，我问你，你那篇文章写到何处？"

"上篇已经写完，中篇刚刚开了个头。"

"大总统急着要看呢，怎么才写了这么一点儿？"

杨度大惊失色，道："大总统急着要看吗？我马上就写，秉烛夜战。"

袁克定面上稍稍有了一些笑意，问："现在离天亮还有五六个时辰，你能写毕吗？"

杨度说："拼命往前赶吧。"

"人生这种建功立业的机会不多，你可要仔细了，把那文章做好做足做充分了。"

"知道，知道，得时如水，得时如火，遽而趋之，唯恐弗及……"杨度一头说着，一头展纸研磨，援笔挥毫，俯首睁目摇头晃脑而作起文来。

"知道就好。"袁克定说着话，一个呵欠打出来，困意上来了，忽然想起妓女艳萍，赶忙问跟随的人，知道还没有走，便说，"把人送到我房间去，叫他侍侯大爷睡觉。"

一口气忙到第二天上午九点多钟，直累得杨度头昏眼花、身体摇晃、十指乱颤、心跳过速、气喘吁吁，才算把分上、中、下三篇的《君宪救国论》完成。

从容吃罢早饭，又去外边转悠了一圈儿的袁克定恰在这时慢悠悠地回来了，见杨度大作已经完稿，说道："快快更衣，跟我去总统府交差。"

总统府袁世凯的办公室里，此刻，他正在召见肃政厅官员。

袁世凯说："最近，下边有人揭发，梁士诒的交通系，腐败案件接二连三，十分严重。民愤最大的，是交通部次长叶恭绰勾结陆军部次长徐树铮、财政部次长张弧的军火走私案。此外，铁路方面问题也很多，津浦、京汉等数个路局都有严重经济犯罪，你们给老子查一下，调查仔细了，拿出证据，老子决不宽容。"

两个官员诺诺，又互相对视了一眼，对袁世凯的意图心领神会，领命而去。

袁克定、杨度进来时，正跟他们碰了个照面。袁世凯看见他们，很是高兴，招呼道："快快坐下说话。"

两个人哪里敢坐？垂手低头，侍立一边。杨度从怀里掏出文稿，双手捧上，说："属下连夜完成一篇文章，是议论改变国体的，请大总统审阅。"

袁世凯接过那文稿，眼睛笑眯成了一条线，呵呵呵呵，不绝于口，说："你且说说，此文是怎么个意思？"

杨度觍着奴才脸，抱拳作揖鞠躬，回答说："属下此文，共有上、中、下三篇。上篇乃是全文总论，言共和国体，厉行四年，千孔百疮，行之不通，唯有改变国体，实行君主立宪，中国才能有出路。而欲求宪政，必应先求君主，君主者何，大总统是也，舍此一代天骄，中国再无第二人；中篇阐述总统制的种种弊端，以大量的事实论证上篇之论点；下篇则是分别批评前清立宪之不彻底导致亡国和民国成立后民主共和立宪之失败及不适合中国之国情，得出结论，中国必须实行君主立宪，则方有希望也！"

袁世凯听后，仰面大笑，夸奖道："如此作文，正合我心，皙子真我袁氏江山第一功臣也！我有殊荣嘉奖于汝！来人，笔墨伺候！"

袁乃宽应声而至，指挥着侍者，抬来一块六尺长四尺宽的空白大横匾，平放在桌子上，袁世凯拈起一管羊毫，饱蘸墨汁，挥笔写下"旷代逸才"四个大字。杨度见了，惊喜非常，慌忙双膝跪地，作揖磕头，嘴里连连谢道："属下如何当得，属下如何当得……"又爬将起来，伸出颤抖抖的双手要去搬动那横匾。

袁世凯止住他，说："不，我要叫他们吹吹打打给你送去石驸马胡同筹安会总部，叫你骑上高头大马风光风光，比中头名状元还风光荣耀！"

袁世凯的吩咐，自然是立竿见影。早有人牵过一匹枣红马来，杨度也大红披挂前胸，鼓乐手们及时赶来，嘀嘀嗒嗒震天价响，一群人众簇拥着他，"旷世逸才"在前，杨度骑着高头大马在后，先绕着总统府走一大圈，招来各级官员推门倚窗观看，然后，走出总统府，奔了西四牌楼、前门大街……

袁克定说："看把小子高兴的，嘴巴咧成倒八字了，一嘴黄牙，恨不得全露出来。"

袁世凯说："这种读书人，要的就是荣耀名利，你只要满足他们这个虚荣心，叫他去死，也没有不愿意的！"

"只不过一篇文章，爹奖励得有些过分了。"

"你懂个屁！他这篇文章，胜过十万精兵，乃是我们这次举事的理论纲领，全中国的政府机构官员军队都要跟随着这个调子走，不然，老子疯了，给他写那四个字，赏赐给他如此荣耀？"

袁克定似懂非懂地点点头。

袁世凯见他那一副憨相，很觉得此子之智力不及老二，愚钝莽撞，大觉失望。可是，有什么法子呢，二小子招儿无心政治，每日秦楼酒馆，诗词歌赋，改朝换代、千秋基业这般大事，丝毫无动于心，他如今也只有指望这个愣小子了，慢慢引导培养吧。他耐着性子说："记儿我儿，事情弄到这一步，再置身幕后似无必要了，老子干脆就跳出前台吧。我们要发动起一场运动，变更国体创建皇权的运动，要把全中国的老百姓、政府官员、军队警察、士学工商、寺院僧尼、诸般人等都发动起来，叫他们串联、请愿、游行、演说，拥戴老子当皇帝！老子还要召见各省军队高级将领行政最高长官，一个一个听他们表态，听话的，留任，狐疑的，罢免，反对的，杀头！外交方面，各国驻华使节处，也要跟他们沟通沟通，争取这些友邦的支持，最起码不要打横棍子使横劲儿……"

袁克定兴高采烈地说："如此，爹马上就可以登基了，我家的千秋大业就可以大定了！"

袁世凯说："傻小子，你稳当点儿好不好？老子还有更重要的话呢，听着，这一切，都是老百姓心甘情愿的，都是民心所向，老子这个皇上，是老百姓拥戴上去的，是响应人心，不得已而为之的，万不能流露出一丁点儿老子要当这个皇帝的意思来。这一点，极为重要，你要给老子记仔细了！"

袁克定说："儿子明白啦，回去我就以筹安会的名义，向全国发出电函，叫他们各省的筹安会马上行动起来，组织群众游行请愿，上书参政院，要求变更国体，拥戴大总统当皇帝，热火朝天地闹将起来！"

袁世凯满意地点一点头，拿起电话，叫通了政事堂徐世昌。

在回廊上，袁克定迎面遇见匆匆赶来的徐世昌，赶紧闪到一边，作揖行礼。徐世昌已经快步走了过去，忽又扭转身来，对袁克定咬耳朵，道："太子爷吉祥，改日小臣请太子爷吃花酒！"忽又转去，眨眼不见。一句"太子爷"，只把袁克定美得抓耳挠腮，忘乎所以。

袁世凯关起房门，就交通系的问题，先拿谁开刀，从何处突破、如何立案、怎样追究、杀鸡吓猴、打狗惊主等一系列的事情，跟徐世昌叽叽咕咕一番密谈，连中午饭都是在他的办公室吃的。

这天下午，听说大总统赐匾杨度，公开表态愿意变更国体实行君主立宪，一直在袁世凯秘密授意下进行暗箱操作的军政界积极分子段芝贵、杨士琦、张镇芳、雷震春、袁乃宽、夏寿田诸人，相约齐了，一窝蜂似的拥进大总统办公室，请求袁世凯颁布命令，废除共和政体，恢复君主制度，择选吉日，改朝换代，登皇帝位。

杨士琦说："共和政体，历时四年，把个完完整整的中国，搞得七零八碎，军阀分割，各怀异心，乱党作祟，杀人放火，百姓罹难，水深火热，若非大总统尽心竭力，勉为其难，中国早不知被外夷瓜分割裂几十百千矣。为国家民族计，共和政体一天也不能再存在下去了，我等恳请大总统早定大计，速正大位，废除共和，建立新朝，恢复帝制。"

段芝贵说："目前国内，从中央到地方，从政府到民间，政界军界，士农工商，三教九流，无不热血沸腾，披肝沥胆，恳请大总统荣登九五，开天辟地，威仪天下，统治万方。就连外国友邦，日、德、英、美、法诸国，也都支持大总统改变国体，恢复帝制，千载一时，我等恳请大总统体察民心，适应潮流，为中华民族计，为天下苍生计，放弃顾虑，英明决断。"

众人七嘴八舌，一个个妙语连珠、慷慨激昂、侃侃而谈。

袁世凯端坐在太师椅上，半闭双目，面有微笑，屏息静听，十分得意。

待众人说完了要说的话，不再叽叽喳喳乱成一团，他才缓缓睁开双目，定住神，一个个扫视了一遍，又端详打量多时，才不紧不慢地说道："尔等只知一味地拥戴我当那个皇帝，如何不知道本大总统的难处呢？"

众人说："大总统有何难处，请尽言明，我等众人与大总统化解。"

袁世凯说："袁某现在任的是中华民国的大总统，乃是民选总统，维持共和政体，乃是本大总统当尽之职分。你们请愿改变国体，恢复帝制，此实与本大总统之地位难以相容，这不是强差我意吗？叫我如何回答国民，立言服众呢？"

杨士琦说："大总统虑的是。倘全国军民一致拥戴，那又将如何？大总统是否遵从民意啊？"

袁世凯嘿嘿笑道："那就另当别论了啊！袁某大总统之地位，本为全体国民所公举，顺从国民的意志，理所当然，袁某只有服从，无有其他。但尔等这样七嘴八舌，似亦不是办法，自当向代行立法院陈述观点，依法讨论，征询民意，自必有妥善之上法也。"

段芝贵说："大总统的意思是说，只要全国人民拥戴，这个皇帝他是可以当的，这是答应了啊！诸位，我们马上各自回到自家衙门，组织人众，向参政院请愿去。"

杨士琦说："诸位且慢行，凡欲建功立业成就大事者，必应有一组织以号令全国，统一行动，否则一盘散沙，群龙无首，难建大功。我意以我等为中心成员，成立一个请愿联合会，通电全国各都督、巡按使，各行各业，叫大家都行动起来，拥戴大总统当皇帝，废除民国，恢复帝制，如何？”

众人齐声应道：“言之有理，就这么办！”

于是，纷纷向袁世凯作揖鞠躬，退出去，吵吵嚷嚷，去商议他们的请愿组织去了。

肃政厅的工作效率果然很高。很快地，他们便分别向参政院和政事堂国务卿徐世昌递呈了《三次长参案》及《五路参案》弹劾文件，参政院和徐世昌立即将案卷上呈大总统批示。袁世凯的批件一刻也没有停，当即下发，徐世昌不敢怠慢，立即以政事堂名义，宣布大总统令，陆军部次长徐树铮、财政部次长张弧立即撤职，听候处分；交通部次长叶恭绰停职查办，下入大牢；津浦铁路局局长赵庆华撤职待查；京汉铁路局局长关赓麟、京绥铁路局局长关冕钧逮捕候审。明眼人一眼便可以看出，袁世凯的矛头直指梁士诒的交通系。

一石激起千层浪，交通系人马顿时慌了手脚。梁士诒对大家说：“老袁这是冲我来的！老袁这是冲我来的！”他战战兢兢惶恐终日，不知道袁世凯将怎样对他下手，逮捕，审判，暗杀，还是抄家灭门？他预感到大祸要临头了！

这一天，袁世凯召见了他。

袁世凯对他说：“燕孙先生，你的手下营私舞弊，被人参劾，你看怎么办啊？”

梁士诒脸色蜡黄，哆哆嗦嗦地说：“但凭大总统处置……”

袁世凯厉声说：“参劾案中，多处涉及先生，你叫我怎么办啊？”

梁士诒吓得扑通一声跪伏在地，一句话也说不出来了。

袁世凯故意不再言语，狠狠地冷落他好大一会子，心下暗笑，暗自说：“也是个没骨头的孙子。”表面上却装出豁达大度的样儿，呵呵而笑，走了过去，搀扶起来，说：“燕孙先生莫怕，我已经叫他们把涉及先生的地方尽数删去了。你我什么关系？共事多年，这个忙我还是要帮的嘛……”

从总统府回到家，梁士诒心下忐忑，不知道袁世凯葫芦里卖的什么药，茶饭无心，把自己个儿关进书房纳闷。下人又送进来袁克定的请柬，邀他去北海团城一述。这是何意呀？不敢怠慢，慌慌张张穿戴整齐了，三脚并作两脚走，赶去赴邀。

一见面，袁克定上去就是长长的一揖到地，说：“侄儿给世叔请安。”

梁士诒哪里敢承受这个大礼，慌忙还礼不迭，说：“大公子，你这是要折杀小人了！”

进到客厅，落座，拜茶，袁克定开门见山，单刀直入，说：“外间军民人等最近吵吵反了，要求家父变更国体，实现君主立宪，世叔听说否？”

梁士诒听见这话，立即明白了袁克定话里的意思，也大概猜出袁世凯要拿他们交通系开刀的意图，故意做出一副哭脸说：“如何不知道啊！民国四年了，革命党造反，各地军阀割据，民不聊生，若不是大总统力挽狂澜，国家不知要乱成什么样子呢！看来，今日之中国，也只有走君宪一条路了。”

袁克定高兴地说：“世叔既然看到这一步，为什么不出来帮助家父完成大业?”

梁士诒双手一摊，说：“我纵有此心，恐怕也是无能为力了，我的几个手下纷纷出事，我也是自身不保的泥菩萨，奈何……”

袁克定一拍大手，说：“这有何难！只要世叔出山帮助家父完成帝业，我保证你那几个手下个个无事，世叔也会名列开国功臣之首，大福大贵，荫及子孙万代。”

梁士诒立即起身作揖，谢道：“若如此，大公子真是叶恭绰诸人的再生父母了。”

“好说，好说！你们只要出来帮助大总统完成君主立宪，我保他们非但无事，还要升官。”

从团城回来，梁士诒连夜把交通系的几个重要成员请到家里，关起门来密商。

梁士诒说：“今日，袁氏父子演的这出双簧，意思很清楚，我们面前两条路，一条，拥护他的帝制，参案可以取消，诸人可以官复原职；一条，反对他的帝制，后果就是大家完蛋。简单说，赞成，就得不要脸；不赞成，就得不要头；要脸还是要头，大家发表意见吧。”

诸人议论来议论去，最后统一了认识，为了保全交通系实力，保全交通系已经获取的这些既得利益，决定选择要头不要脸这一条路走。而且他们还决定，不干则已，一干就要轰轰烈烈，有声有色，干出名堂，让交通系在这场国体变更中获得更大的利益。

但是，究竟当怎样干才能显出本领赢得袁世凯的重新信任呢?

梁士诒辗转床笫绞尽脑汁了。

这个时候，外间有人传说袁世凯乃明朝名臣袁崇焕之后，一下子给了他启发，梁士诒想：对呀，为什么不在袁世凯的出身上大做文章呢？于是钻进明史里三日，对袁崇焕的家族历史丰功伟绩大加考证，最后得出一个结论：大总统袁世凯乃是明朝忠臣袁崇焕的嫡亲子孙，出身高贵，名门之后，并且附有他自己精心杜撰出来的年代考证列表，详详细细绞尽脑汁写了一篇文章，揣在怀里，前去觐见袁世凯。

忽然之间，有人把他河南项城县城北张营小村庄的土财主、恶霸一方的袁家，跟大明英烈袁崇焕的血统联系在一起，而且是出自前清进士、总统府秘书长梁士诒之手，而且还有如此详细权威的考证文章为证，袁世凯大喜过望，他接过那文稿说：“燕孙先生，你的考证弥足珍贵，马上叫他们登报发表，昭示天下。”又牵住他的手说：“你能支持本大总统，足见同心，至为难得！叶恭绰他们的事情，一风吹啦！没事啦！我马上通知政事堂，叫他们放人回家，官复原职。”

梁士诒感动得热泪盈眶，激动得说话都有些颤抖了，他向袁世凯献计道：“大总统，这个时候，您要格外稳住，千万不要在人前流露出您要当皇帝的意思，请愿和拥戴的事情，让我们这些人去干，水到渠成了，今日的大总统，就是当今的皇帝陛下啦！”

这话袁世凯听得特别顺耳，他频频点头，哈哈大笑。

梁士诒走了，张謇来了。

他风尘仆仆，是从南通特意赶来京城的。

一见面，张謇便急切地问袁世凯道：“大总统，你果然要废除民国倒退当皇帝吗？”

袁世凯咳咳干笑，摊开双臂，做出一个无奈的表示，说：“哎呀，季直兄呀，你快快救救我吧，我本是民选总统，维护中华民国乃是本大总统的职分，可是今日，这些官员们，市民百姓们，热烈地要求某放弃共和而恢复帝制，弄得我是骑虎难下，哭笑不得呀。”

张謇问：“这是大总统的心里话吗？”

袁世凯说：“你是我的哥哥，我们情同手足几十年，我如何说瞎话欺骗于你！”

张謇又问：“那么筹安会是怎么一回事情？它的出现，举国惶恐，皆知帝制即将产生，亦知大总统为其后台，致使其乱国横行，大总统怎么说？”

袁世凯说：“苍天在上，后土在下，我袁世凯要是筹安会的后台，天诛地灭，不得善终。小弟发此重誓，哥哥总该相信我了吧！”

张謇说：“大总统曾经有言，民主共和，载在《约法》，邪词惑众，厥有常刑。如有造作谰言或著书立说及开会集议，以紊乱国宪者，即照内乱罪从严惩办，以固国本而遏乱萌。言犹在耳！今日，杨度等六人以筹安会公开发表宣言，反对共和，鼓吹君宪，已犯下‘紊乱国宪’之内乱大罪，请大总统立即将这些乱臣贼子绳之以法，严加治罪。”

袁世凯被张謇将住，一时竟然语塞。吭哧半晌，终于大红着脸说：“哥哥说话，太过呆板。君主立宪，近数年来，虽无开会讨论，然已耳熟，弟并未把它放在心上。以弟现在所居地位，只知民主政体之组织，不应该再有别的主张。前日美国某博士来拜谒，极力辩论君主民主之优劣，我只答复他说，本大总统唯知民主国大总统之职分，其他并未研究。至于杨度他们筹安会讨论研究共和原理，君主制度，与国家安危并无大碍，如何能够横加干涉啊？我曾经多少次表示过自己的心志，帝王既非所愿，总统亦非所恋，洹上秋水，无时去怀，无论研究者作何主张，确实丝毫不干弟事。所以，如杨度等人此种研究之举，乃学人之事，并不扰及秩序，实在没有干涉之必要也。”

张謇冷笑道：“大总统既视筹安会为研究之举、学人之事，我还有什么话说？只是奉劝袁公一句话，请万万不可当耳边风：帝制覆灭，乃历史潮流使然，非个人力量所可至者，逆历史潮流而动，势必为历史潮流所湮灭，共和国体，实是变不得的啊！”

见袁世凯呵呵讪笑，并不在意，张謇知其沉湎已深，不可救药，只得长叹一声，黯然离去了。

且说杨度，奉了袁世凯之命，赶赴天津，去游说梁启超，拉他参加筹安会，为帝制推波助澜添一大将。

说起杨度与梁启超的关系，应该说时日已久。早在光绪皇帝百日维新的时候，他们已经认识。不过，那时，梁启超是名扬海内外的“康梁”之一，受到光绪帝的召见，是变法维新的骨干分子，而杨度尚是一个白衣书生耳。他们的交往真正开始在百日维新失败以后，当时梁启超流亡日本，而杨度亦在日本留学，因都是主张君主立宪，所以来往便密切起来。辛亥革命后，杨度依附袁世凯，与袁克定打得火热，堕落成袁氏家族的走卒奴仆，梁启超鄙其下贱龌龊，彼此就疏远了。

下了火车，杨度乘坐一辆西洋马车，嘚儿嘚儿来到天津意租界西马路二十五号梁宅门首，他在门前喘息片刻，定了定神，待神态稍稍自然了些，才伸手揿响了门铃。

开门的是梁启勋。

他认得杨度，觉得很意外，一时怔在那里。

“杨度拜见仲策兄。”杨度拱手作揖。

梁启勋冷冷地问：“你来我家何事？”

杨度说：“特来拜谒卓如先生。”

梁启勋说：“请少待。”

转身进去，好大一会儿，才姗姗出来，说：“请。”

梁启超在书房接见了他。

他的书桌前放着一沓稿子，他端然而坐，纹丝未动。

“何事？”梁启超问。

一进门，杨度已经很强烈地感觉到主人的冷淡和不欢迎。但是，他是奉命而来，袁大总统对他此行寄予厚望，袁大公子嘱咐再三，要求他一定要把梁启超拉进筹安会，利用梁启超的影响而成就千秋帝业，此时，他只好硬着头皮强装笑脸点头哈腰地说：“袁大总统吩咐鄙人代为致意梁先生，问候梁先生起居，并有北京特产礼物数件奉上。”

梁启超微微而笑，与胞弟彼此互看了一眼，相对一笑，说：“不敢当，不敢当。梁某何人，寓居天津租界一书生耳，已经劳动大总统派来特务警探日夜守候门前屋后保护森严了，如何敢再承受这样高贵的问候？你请不要绕圈子了，直说吧。”

杨度嘿嘿笑道：“先生还是当年那种爽快，可敬可敬。既询问，学生就直言了吧。当今世界，各国国体，君主实较民主为优而中国则尤不能不用君主国体。此一点，各国学者，议论已多……”

梁启超伸出一只手来，示意打住，说：“君意我知之矣，系为筹安会做说客者。”

杨度说：“正是。先生历来主张君主立宪，倘能够出山相助，变更国体，辅佐袁公，奇勋伟业举手之劳……”

梁启超又一次伸出手来，二次打住他，说：“当年我与康先生主张维新变法，厉行君宪，是为了打破坚如铁石的封建专制政体，限制君权，扩大民权，最后走向虚君共和，乃是为了拯救国家民族；今日你们筹安会，鼓吹君宪，复辟帝制，是为了背叛民国，变公天下为袁氏一家之私天下，历史倒退，贻害国家民族；二者怎可相提并论！”

杨度不服，欲行争辩，道：“先生如此说话，某倒要理论理论……”

梁启超怫然而起，伸手拿起桌案上那文稿，向上扬了一扬，第三次打住他，厉声说道：“君以筹安会为名，发表《君宪救国论》，信口雌黄，胡言乱语，公然鼓吹帝制，煽动复辟，已然违反《约法》，触犯《刑律》，沦为国家罪人，汝有何资格在我面前胡说八道、混淆视听？君之筹安会，明为研究君宪，实为袁世凯的复辟鹰犬，口口声声以筹一国之安，实为以求一己之私利而祸国殃民，颠覆国家。杨度啊杨度，汝亦是读书之人，通晓天下之事，文明民主，野蛮专制，善恶理应分辨，难道那些浮名虚利，官爵利禄，诱惑如此之大，竟然让你甘心为人走狗，自污清白，放弃做人的尊严，不顾人民的祸福，而扭曲人性，改变本心，助纣为虐，自甘堕落吗？古人有言，国之将亡，必生妖孽。妖孽者谁？汝与筹安会诸贼也！贼人在前，我还有何话说？即日绝交，快请速去，休要污了我干净地面！并请转告袁世凯，我有《异哉所谓国体问题者》一文，近日就要见诸报端，以纵论复辟之罪背叛之恶也！”

说完，把手里的那文稿重重地放在桌上，大步走出书房，恨恨转入后宅去了。

杨度被呵斥得一时间蒙了头，木头棍子一根，直直地竖在那里，一动不动。

梁启勋说："还不快走，难道要别人驱赶吗?"

杨度被羞臊得面红如染，喏喏连声，抱头鼠窜而去。

此番羞辱，是杨度生平所未遇！一股火窝在肚子里，放又放不出来，化又化解不开，好生焦躁难受！"浮名虚利、为人走狗"，骂得多么难听！可是，人生在世，读书做官，为了什么？哪一个不是要那个光宗耀祖、大富大贵？不然，读的什么书，做的什么官啊！权力社会，人不跟着权力走围着权力转，那不是傻瓜蛋吗？今日之中国，袁世凯是权力的最高峰，不跟着他跑围着他转，谁给你荣华富贵、高官厚禄啊？"浮名虚利，为人走狗"，张开眼看看，天下的读书人，谁个不是？想到这里，他又哑然失笑，笑梁启超不通事理、不懂人情、不知进退，不善权变，这种傻读书读死书读书死的人，愚不可及，何必放在心上！去他的吧，绝交就绝交，不绝交，老子还能沾你什么光不成吗？……一路胡思乱想着，忽然想起梁启超说的那篇文章，什么《异哉所谓国体问题者》，这可不是件小事，此人的名气影响，文字的犀利尖刻，号召力之大，可不能等闲视之，万一此文一旦见报，那简直是百万大兵横扫京城，袁世凯的帝制无疑将会受到严重的干扰，甚至还有流产的可能……他不敢再想下去了，好不容易火车到站，虽说正是深更半夜，但事关重大，他不及细想，也来不及报告大公子袁克定了，就直奔了中南海。

被人从睡梦里叫醒的袁世凯很不高兴，满面怒容，披衣走出卧室，打着哈欠，问："皙子，夤夜至此，有何话说?"

"大总统，不好了!"杨度说，"梁启超写了一篇反对大总统称帝的文章，名字叫什么《异哉所谓国体问题者》，不日就要发表了。"

一句话，把还在梦魇里的袁世凯惊醒，他打了个愣怔，问："你如何知道的?"

"卑职刚从天津回来，亲眼所见。"

"内文你也读了？说些什么?"

"内容却不曾读得，但只消听那题目，便知此文对大总统变更国体大大不利。"

袁世凯沉吟起来，不言语了，默然半晌，说："这篇文章，一定不能叫他发表，梁启超这是要拆老子的台呢!"

不用说，这后半夜，袁世凯是睡不成觉了。

第二天，梁士诒奉袁世凯之命赶去天津，面见梁启超，因少年时代同在佛山读书，有同窗之谊，彼此说话也就率直了许多。

"学兄此来，为杨度筹安会做说客耶?"梁启超问。

梁士诒摇头说："非为杨度，实是大总统亲派，前来问候卓如。"

梁启超笑道："问候是假，阻我文章发表是真。"

梁士诒亦笑道："贤弟料事如神，果然为此而来。大总统的意思是，无论如何，请贤弟不要发表此文。"说着，从怀里掏出一张银票，说："大总统的一点儿意思，二十万，请卓如收下。"

梁启超面有愠色，问："怎么，袁世凯要买我的文章吗?"

梁士诒说："也可以这样理解吧。"

"学兄可以要头不要脸，做袁氏复辟走狗，我却不能出卖灵魂，被他这二十万元收买了去!"梁启超说，"自从辛亥八月至今，不到四年时间，袁世凯忽而搞满洲立宪，忽而搞五族共和，忽而搞临时总统，忽而搞正式总统，忽而制定约法，忽而修改约法，忽而召集国会，忽而解散国会，忽而内阁制，忽而总统制，忽而任期总统，忽而终身总统，忽而以约法暂代宪法，忽而催促制定宪法，如此等等，不一而足！大抵一制度之颁，行之不盈半年，旋即有反对之新制度起而推翻之，无风鼓浪，兴妖作怪，千变万化，莫之所从。所为者何？袁氏之独揽大权也！今日又搞起变更国体，复辟帝制，总统不当了，要当皇帝了，独夫民贼，窃国大盗，我已料其必亡矣!"

梁士诒说："卓如若执意发表此文，反对帝制，大总统要我代为提醒，亡命十年，况味饱尝，何必更自寻其苦!"

梁启超呵呵而笑，说："请带话回去，告诉袁世凯，余诚老于亡命之经验家也。余宁乐此，不愿苟活于此浊恶空气之中而为桀纣之徒张目也!"

梁士诒讪讪而退，返回去复命。

三天以后，北京《京报》全文发表梁启超反对变更国体复辟帝制的文章《异哉所谓国体问题者》，之后，北京、上海、天津、昆明、武汉各大城市的报纸《国民公报》《时报》《申报》《大公报》《觉民》月刊等报刊，争相转发，一时之间，举国各大中城市抢购一空，人们只得辗转传抄，相互借阅，茶馆旅店，议论纷纷，大有洛阳纸贵之势。

袁世凯气急败坏，大怒道："待大事毕，我必杀此人！现在，马上给老子把那些报馆杂志社收拾了，封馆抓人，不能放过一个!"

袁世凯开始频繁接见各省都督、巡按使，公开出面接受北京各界的请愿书、劝进表了。

湖南都督汤芗铭对袁世凯发誓说："末将忠心拥戴大总统登皇帝位，倘有怀挟私意之徒胆敢公然阻挠救国大计，某誓当为王前驱，除此公敌。"

吉林将军孟恩远说："末将誓死拥戴大总统登皇帝位。设他界微有反对者，恩远首先起问其罪，担当诛除，以去异己，而策治安。"

陆建章说："大总统登基当皇帝，如有困难，凡我军人，愿力排众难，以奠国家磐石之安，而定万世一系之业。"

阎锡山说："锡山忝列军人，苟利于国，艰险不避，誓当竭忠报国，拥戴新君。"

张作霖说："关以外有异议者，唯作霖是问，作霖一身当之；内省若有反对者，作霖愿率所部以平内乱，虽刀锯斧钺加身，亦不稍有顾怯。"

这些话，袁世凯很爱听。他捋着八字胡须得意洋洋地对徐世昌说："别亏待了那些外省来京请愿的代表们，要月有津贴，日有补助，吃饭看戏逛窑子，把他们的文化生活安排舒服些！"

总统府的会议大厅，如今变成了袁世凯接受各省代表及在京军政各界递交请愿书和劝进表的地方，一把太师椅放在正中间，袁世凯端坐其上，满面矜持，又不时哈哈大笑，接受着徐世昌率领的政事堂官员们的请愿，以及军警宪特请愿团、北京商会请愿团、教育请愿团、社政请愿团、孔社请愿团等不尽言表的请愿组织的请愿。

而这一切，都被一位青年将军看在眼里，怒在心头。

此人不是别个，乃是昭威将军前云南都督蔡锷也！

这一天，蔡锷一大早去总统府军事统率办事处上班，陈宧迎将上来，对他说："松坡，王士珍将军和刘冠雄将军要率领中央各军事机关人员上呈请改变国体书，你如何？赞成共和耶，君主耶？"

蔡锷说："民国肇建，于今四年，风雨飘摇，不可终日，弟当然是拥戴大总统登皇帝位，实现君主制啊，这还用问吗？"

陈宧说："如此，请跟我来。"

说着，把他领到统帅部议事大厅，只见正中间摆放着一张大会议桌，桌上平铺着长长的一溜大红纸，上边已经有一张纸上写满了洒金文字，文字头上，有一行楷体大字写的是：中央各军事机关人员呈请改变国体书。那红纸以下的纸张，全是空白，乃是等人签字之用也。蔡锷一眼就明白了，便毫不犹豫，拿起毛笔，大大地在上边写上"蔡锷"二字。

陈宧赞道："爽快！弟也签上吧。"便也把名字写在上边。

蔡锷心想，你这个袁贼的特务，专门在此观察我的态度好去袁贼处告密，以为我不知道吗？太小看我蔡锷了啊！

签名完毕，胡乱瞎聊了一会儿，蔡锷走出统率处衙门，翻身上马，要走。陈宧赶上，问："哪里去？"蔡锷说："闲极无聊，找乐子去！"陈宧说："某也要去。"

于是二人策马并行，奔八大胡同而去。一路上，只见各类请愿团打着红绿彩旗，举着横幅标语，稀稀拉拉走过。忽然前边人群涌动，街上的路人都驻足而观，待稍稍近前些，蔡、陈二人才看见有一队奇怪的请愿队伍，破衣烂衫，打狗棍开路，手里打着莲花落而来，原来是一支乞丐请愿团。只听他们打着竹板唱道——“竹板一打声声响，坚决打倒革命党。真龙天子从天降，坚决拥护袁皇上。”

蔡锷听了心里被针扎一样痛，国家民族被袁世凯糟践成什么样子了啊，连这些吃百家饭的乞丐们都被他收买了来替自己篡位夺权当皇帝造声势造舆论了，真是不知羞耻、贻笑大方啊！可是表面上却把那愤怒痛苦隐藏下来，而做出哈哈大笑的样子，伸出马鞭指点着说：“痛快，痛快！二庵兄，袁大总统果然英明伟大，连这些沿街讨饭的丐帮好汉都拥戴他当皇帝呢！看来，变更国体，复辟帝制，真乃天意也！”

陈宧说：“松坡将军，你是只知其一不知其二啊，不给他们钱，不让他们得到甜头，这些丐帮老爷会出面拥戴？我告诉你，连他们那些唱词，都是杨度筹安会替写的呢！”

蔡锷说：“何须如此，杨度这小子也太不相信大总统的威信魅力了吧，袁世凯何人，登高一呼应者云集的大英雄啊！”

两人说着，并马齐驱，又往前走，转眼来到前门根下，只见前方黑压压一大片人，围得里三层外三层，一个门板搭起的小台子上，站着十几个手持小红旗的女人，因为觉得稀罕，他们策马走过去观看，原来那台子下边还有五六十个花枝招展打扮妖冶的女子队伍，大红标语表明了她们的身份，道是：北京妓女请愿团。

蔡锷说：“原来大总统把她们也发动起来了啊！真是天下人心尽占去了，这个天下不姓袁，那才是辜负了天意民心呢！”

这时，只听见那妓女请愿团的领衔人尖细着嗓子对众人说道：“俺们这些姐妹，虽说都是操皮肉生意的主儿，也算是商标性质的吧，让俺们走上前线或是出入衙门问案办差，自然是自惭形秽，狗头上不了大席面。可是，俺们也有一颗爱国之心，共和政体实不适合中国国情，这些年也苦坏了俺们青楼秦馆，俺们请愿团今日也走上街头，披沥下忱劝进请愿，请袁大总统改弦易帜，另起炉灶，登基当皇帝，如此，则天下幸甚，万民幸甚，俺们青楼女子幸甚！”说着，突然又放声高唱起来，那唱词也别特，与那西河大鼓河南坠子大有不同，道是：“宣统三年九九天，武昌城里枪炮喧，革命党起义造了反，大清国四处冒狼烟……”

蔡锷哈哈大笑，说：“这革命党造反与大总统当皇帝何干呀？这不是乱弹琴吗？”

“这是打大总统出山说起呢，一直要唱到今天，看来它不唱一个时辰不拉倒。”陈宧说，“这个妓女名叫花元春，倒是有几分姿色，床上功夫亦了得，我曾经尝过她的厉害。赶明儿大总统登基当了皇上，选她进入后宫，封个贵妃什么的，倒是一段风流佳话。”

蔡锷笑道：“二庵兄，弟料你还要升官。”

“为何？”

“你拍马屁的本领比军事本领大得多，把花元春给大总统当贵妃，真是再好不过的主意。”

二人说说笑笑，眨眼来到百顺胡同口，蔡锷一挥马鞭，说了声“先走一步”，嘚嘚地进了潇湘馆。

胡同口外边，几个暗藏在这里的小特务从人丛里走过来，给陈宧施礼。陈宧对他们说：“人已经进去了，给我看好了，别叫他跑了！”小特务们答应着，又四下散去，陈宧策马奔自己相好的婊子处去了。

就在这天傍晚，乘着天黑，蔡锷从妓女小凤仙的后窗逃出，乘夜车，连夜赶赴天津。

第二天上午，他化装成日本人，穿上和服，给自己按上一绺小胡子，手里拿着一个日式大黑皮包，坐上日本人拉的黄包车，车铃丁零零一路脆响，来到意租界西马路梁启超家门首，揿响门铃。

梁启勋开开门，见是他，并不惊奇，反而故意高声问道：“先生找谁？”

他用纯正的日本话说：“鄙人特意来拜访梁启超先生。”

梁启勋说：“请进。”

进得门去，蔡锷露出本相，说：“仲策老师，我跑出来了！”

梁启勋惊呼道：“怎么是你！”

梁启超闻声早迎将出来，说：“我正焦急怎么通知你赶快脱离虎口呢，你可就来了，很好，很及时！”

说着话，走进书房，蔡锷说：“先生，袁世凯是王八吃秤砣，死心要复辟帝制当皇帝了，已经公然跳向前台，把北京城闹得乌烟瘴气，连乞丐妓女都成立请愿团游行演讲啦！”

梁启超沉痛地说：“在对待袁世凯的问题上，看来当初我们支持他是彻底错了！因为怕乱，怕倒退，怕为外人所乘，所以支持他，寄希望于他，想通过约法，把他纳入民主政治，孰料反而给了他篡夺国家权力、实行独裁统治的机会，这真是民族的悲哀啊！”

蔡锷说：“为了国家进步安定，人民免受动乱之苦，我们不惜对袁世凯隐忍屈从，应和妥协，但是几年的事实证明，我们的牺牲，只能是白白的牺牲，先生主张的开明专制，换来的只有专制而没有开明，只要袁贼存在一天，中国的倒退就不会停止，国家的民主政治就无从实现，没有退路可走了，反了吧！不反，真的叫外国文明国家嘲笑我们中国无人了！”

梁启超说：“我党素昔持论，厌畏破坏，常欲维持现状，以图休养。怎么样呢？四年来，为独夫民贼所利用，现状多维持一日，国家元气多斫伤一分，助人养痈，于心何安？我辈自命稳健派者，失败之迹，历历可数，无有尺寸根据之地，唯张空拳代人呐喊，故无往不为人所劫持，无时不为人所利用，回顾起来，真是汗颜。今日，我们就只有云南这一块根基了，当此普天同愤之时，倘不奋起，更待何时？反了他，反了他！我们此反，只为救国，不谋私利，事败，则以身殉国，无怨无悔；功成，则急流勇退，绝不做官！”

蔡锷说：“唐人诗曰，‘兴废由人事，山川空地形’，此番起义，我们以人心定天下！学生疾走云南，起兵造反，先生取道广西，策动陆荣廷响应，云贵两广一反，袁贼的皇帝梦破灭无疑矣！”

大计策划稳妥，蔡锷告辞。

梁启超送他至门前，说：“你走后，五日之内，我亦去上海，走海道，入广西，我们师生云贵前线见！”

陈宧得到蔡锷潜逃的消息，已是两天之后了。他跌跌撞撞跑去报告，说：“大总统，不好了，蔡锷逃跑了。”

袁世凯大惊，抄起书案上的一块砚台，就向陈宧砸去，骂道：“要你何用，跑了蔡锷，天下大乱矣！”

陈宧机灵，一低头，躲过砚台，却被击中胸口，墨汁洒了一脸一身，慌忙跪伏在地，磕头如捣蒜。

这时，王士珍手里拿着一封电报快步进来，报告说：“大总统，蔡松坡去日本看病，这是从天津发过来的请假电报。”

袁世凯接过电报，只看了“袁大总统”四字，心下便一阵烦乱，如同有一根尖刺扎入心脏，忽然警觉道：“大事不好，蔡锷此行必将危我。”

王士珍说：“其已无实权，能有何作为？”

袁世凯大摇其头，说：“此人诡诈，此行必有所动。”

说着话，急忙抄起电话，要通陆建章，命令道：“蔡锷忽然潜逃，事有可疑，你马上通知咱们在日本、上海及云南的特务密探，严密搜寻蔡锷，务必找到，就地解决，免生遗患。天津梁启超，要严加监视，不能叫他南窜。”

陆建章问：“梁启超倘有异动，如何处置？”

袁世凯狠狠地说：“杀！”

放下电话，看见陈宧还跪伏在那里哆嗦，怒喝道：“还不快滚！”

陈宧丧家犬一样，夹着尾巴，狼狈而去。

袁世凯眯细起肉泡子眼，盯视着陈宧的背影，心口处忽然被什么东西猛击了一下，感受到强烈的震动，又隐隐预感到一种威胁，好像身前身后有一双眼睛在盯视着他，随时都会对他下手……他觉得有些紧张，心里很不安定，是恐惧吗？他突然挥拳狠击向书案，发出啪的一声巨响，茶杯都被震得跳了三跳。又霍地起身，骂道："老子怕谁，谁敢反我？日他奶奶，大丈夫敢作敢为，怕他个屌！"

袁乃宽听见声响，疾步过来，问："大总统，何事？"

袁世凯说："叫王士珍过来说话。"

王士珍上班的陆军部距离总统府很近，十几分钟就赶过来了。段祺瑞被袁世凯强令休息病假以后，陆军部的差使就归他署理了。

袁世凯问道："聘卿，各省的情况怎样？"

王士珍报告说："情况很不错。属下所担心的，亦是各省之担任维持是否实有把握，地方之现状究竟如何，亟须事前调查，以便随时筹划应对。现在从各省反馈回来的报告看，出乎意料地好！"

袁世凯高兴了，刚才满脸的疑惑阴云瞬息不见，代之而有的是红光泛起，眦眯笑脸，问道："都怎么说？"

王士珍翻动着手里的电稿，一一念道："安徽来电说，地方极称安靖，无鸡鸣犬吠之声。湖北来电说，军警部署周密，军民众志成城，无懈可击。广东广西来电说，万众一心，拥戴变更，固若金汤。江苏、福建、江西诸省电文仿佛，都异口同声说，人民于改定国体问题极为欢惬，齐心向顺，无间遐荒。"

袁世凯特别问道："云南情况如何？唐继尧方面有何反映？"

王士珍找出云南电报，说："云南将军、巡按使来电说，所有地方治安，敢负完全责任。"

"好，好！这我就放心了！"袁世凯说，"你转达我的命令，对他们说，万勿大意，格外谨慎，随时戒备，力维治安。"

王士珍走了，袁世凯心里兴奋，已无心办公，他对袁乃宽说："去北海团城走走。"

北海团城，现在是袁克定指挥全国变更国体、复辟帝制的指挥部。

袁世凯的到来，令袁克定、杨度、梁士诒等人诚惶诚恐。他们远远地迎接出来，恭恭敬敬地陪侍进去，奉茶、请安、行礼毕，侍立一旁，俯首听训。

袁世凯问杨度说："召开国民会议的事情，准备得如何了？"

杨度说："已经差不多了。筹安会和各省公民请愿团、全国请愿联合会已经向参政院呈递了第二次请愿书，请求召开国民会议，解决国体。参政院已经议决并咨请政府，于年内召开国民代表大会，并且同时公布了《国民代表大会组织法》，参政院发表告令说，'咸以为中国二千余年，以君主制度立国，人民心理，久定一尊。辛亥以后，改用共和，实与国情不适，以至人无固志，国本不安。今唯有速定君主立宪，以期长治久安’。云云，产生很大影响。”

袁世凯说：“很好！很好！国民代表大会，你们打算什么时候召开呀？”

杨度说：“初定在十一月二十日。”

袁世凯仰面想了想，算了算，说：“这件事情要赶早不赶晚，不能往后再拖了。不过，你们要替我拟一道申令，向全体国民说明本大总统的苦衷。一定要告诉国民知道，本大总统受国民之托付，以救国救民为己任，民所好恶，良用兢兢，唯有遵照《约法》，以国民为主体，务得全国多数正确之民意，以定从违。简而言之一句话，本大总统一是遵守《约法》；二是尊重民意，这个道理，你们拟稿时要不厌其烦地向人民讲清楚，其间意思，你们可明白？”

杨度说：“大总统放心，属下明白。”

袁世凯又问：“国民代表的人选，是件大事，你们万不能松懈大意，一定要选出咱们自己的人，不要到了会上另搞一套，拥戴变成反对，就糟糕了。拟定名单，我要亲自过目，中央定下来的，各省原则不能变更。燕孙先生在这方面很有经验，就多多操些心吧。”

梁士诒说：“大总统放心，这我们已经安排妥帖，万无一失的。大公子说，把投票地点规定在将军或巡按使衙门，由将军和巡按使做投票监督人，票面上印有‘君主立宪’字样，投票人在选票上写‘赞成’或‘反对’字样，在下方写上投票人姓名，国体投票之后，紧接着再投拥戴袁皇帝的投票，两次投票相继完成，这个主意好甚。那些代表都是中央指定的，极为可靠，况且，投票前每人先已领到五百元大洋功劳费，斧钺之下，没有哪个傻子会拿自己的脑袋开玩笑。所以百无遗漏，万无一失。”

袁世凯放心地一笑，说：“如此甚好。既要控制住他们，也不要亏待了众人，订最好的饭馆子戏园子，叫大家吃好玩好，再找最有名的妓女侍寝，美女美酒，我老袁知道如何感谢朋友！”

众人哈哈大笑，齐声鼓掌。

袁世凯说：“你们众人先下去歇歇吧，我要跟记儿说说话。”

众人知趣地退下。

袁世凯步入内室，脱鞋躺上床，半倚着身子，说：“儿呀，变更国体，事情非小，你知道老子为何敢放开手脚干吗？”

袁克定说：“咱们手里有权有枪，啥事不敢干？”

袁世凯说：“混小子，你就知道使横要光棍，枪杆子固然厉害，但它只能封住人们的嘴巴，抓不住人们的心，要攻心，控制住人们的思想，还得报纸新闻舆论！现在你知道当初老子为啥杀宋教仁、取谛国民党、撤销国会、封闭报馆了吧？众人当家、七嘴八舌，那是民主，咱不要。为啥？有了民主，老百姓都做了主了，还能有咱袁家的天下吗？咱要一家做主，一人之言，要主子说了算，要专制，专制才是属于帝王家的宝贝东西，万万丢不得。你要懂得，一个君主，控制天下，就靠这两手，一手拿刀枪，一手抓舆论，两手都不能松，一松就完蛋。还有，对杨度、梁士诒这些人，要用他们，也要防他们，记住，除了自己个儿，谁也不能相信，此乃帝王之术，可记下了？"

袁克定诺诺连声，心里想：爹给我说这些，这不是在教我如何治理天下吗？这是把着手儿培养接班人做啊，欢喜得什么似的，说："儿子记下了！君主立宪，立宪是幌子，是表面文章，是手段，做给人看的，君主独裁才是真个儿的，为啥，因为这天下是君主私家的产业，跟别人挨不上边。"

袁世凯呵呵而笑，道："正是这个理，正是这个理。"

1915 年，十二月十一日上午九时，全国国民代表大会开会，举行国体投票。

十一时，大会秘书长林长民宣布投票结果：

计全国国民代表一千九百九十三人，得票一千九百九十三票，全票一致赞成改国体为君主立宪，改袁总统为袁皇帝，改中华民国为中华帝国。

杨度大步走向主席台，从怀里掏出一张纸，向台下扬了扬，大声说："既然全国人民一致赞成君主立宪，一致拥戴袁大总统为皇帝，本院就应该据情咨报政府，并恭上推戴书。我等已草就推戴书在此，现预宣布，诸位听后鼓掌通过如何?"

众人大喊"同意""要得""中""使得""就这么办"等南腔北调。

于是杨度放声诵读道："今者，天牖民衷，全国一心，以建帝国，民归盛德，又全国一心，以推戴皇帝。我中华文明礼义为五千年帝制之古邦，我皇帝睿智神武为亿万姓归心之元首，伏显仰承帝眷，俯顺舆情，登大宝而司牧群生，履至尊而经纶六合……"因为读得太急，情绪激动，致使一口气上不来，憋在那里，满面通红，大汗淋漓，好不容易才缓过气来，又咳嗽成一团。

终于读毕，众人欢呼鼓掌通过。

杨度、孙毓筠、梁士诒等人立即捧着推戴书，赶赴总统府，三拜九叩之后，恭恭敬敬把推戴书献上。

袁世凯矜持地微微而笑，接过推戴书，伸出两只胖手，摩挲半晌，爱得什么似的，不肯放下。

杨度说："圣上须发表推托申令，立即退回，以示谦让。"

袁世凯点一点头，一一照办。

杨度等人手捧着那推戴书返回国民大会，于是又一次推戴，欢呼鼓掌通过。

下午五点十五分，第二次推戴书摆在了袁世凯的面前，袁世凯问杨度说：

“此番可以接受了吧？”

杨度说：“不可，圣上须再发表推托申令，如此三揖三让，方可接受。”

袁世凯说：“你们搞得也太过于烦琐了，这不是脱裤子放屁吗？老子不揖也不让了，就这么接受下来吧！”

说着，从怀里掏出事先准备好的接受国民推戴的申令书，放声念道：

“天下兴亡，匹夫有责，予之爱国，讵在人后，但亿兆推戴，责任重大，应如何厚利民生，应如何振兴国势，应如何刷新政治，跻进文明种种措施，岂余薄德鲜能所克负荷。前次掬诚陈述，本非故为谦让，实因惴惕交萦，有不能自己者也。乃因国民责备愈严，期望愈切，竟使余无以自解，并无可诿避……”

袁世凯终于念完了他的申令书，并且把那文章抛给了杨度，说：“拿去登报发表它吧，老子这就算表过态啦！下边的戏文怎么唱，就看诸位的啦！”

就这样，中华民国变成了中华帝国，民国大总统变成了帝国袁皇帝，袁世凯完成了他的变更国体，窃泱泱中华民国为私有。

第二十八章　武装讨袁蔡锷誓师云南
南柯一梦国贼龙驭归西

第二天一大早，袁世凯刚刚吃罢早饭，正要乘车去总统府上班，袁克定、段芝贵进来了，他们像臣子朝拜皇帝一样，给袁世凯行跪拜礼，毕，说："皇帝陛下，外边请来一位星相大家，来给皇上占卜，选一个黄道吉日，请皇上接受大臣们的朝贺。"

袁世凯高兴地说："好啊，我正要叫你们办这件事情呢！占卜问卦，老子就信这个。"

袁克定赶忙吩咐袁乃宽，叫那位黄大仙进殿。

黄大仙一身道袍，肩着一个粗布袋子，手执佛尘，俯首进来，匍匐在地，说："贫道给万岁爷爷请安。"

袁世凯张眼一看，认得，因问道："你不是去年给我算卦的那个黄大仙吗？"

黄大仙说："皇上真是好记性！贫道去年曾算大总统必登九五，今日果然灵验，天道循环，其在必然。"

袁世凯笑道："确乎叫你言中了。今日你且算算，我要登皇帝位，接受百官朝贺，哪一天是黄道吉日啊？"

那黄大仙盘膝坐地，伸出左右手，左边掐指算算，右边掐指算算，嘴里念念有词，像煞有介事地反复几次，最后，睁开双目，恭喜道："本月阴历初六初七，乃是黄道吉日。"

袁克定说："初六初七，不就是今明两天吗？"

段芝贵说："臣下恭贺皇上，真是天道使然，怎么这么巧呢，好日子就在眼下！今日是来不及了，明天乃是最好的日子，是否就定下来，明儿一早举行朝贺典礼，请皇上恩准。"

袁世凯也高兴了，说："中啊，就定在明儿上午吧。"

黄大仙俯首退下，袁克定跟出来，还是在上次给他钱的那个墙犄角，袁克定掏出一个布袋子，扔给他，说："叫你老小子又捞了一笔，滚蛋吧！"

黄大仙作揖打拱，千恩万谢地去了。

这天下午，外交总长陆征祥手里拿着一封信件来到居仁堂袁世凯的书房，说："国务卿身体不适，派人送给我一封信件，叫我亲自交给皇上，不知何意，请我主御览。"

袁世凯接过那信，张目看去，只见信封口处有"绝密"二字，甚是诧异，急忙打开，抽出信瓤来看，一行工整的楷书映入眼帘，只见那徐世昌写道——"古来英雄欲行大事者，皆要有所保留，留有余地，给自己放一条退路，不把亲近悉数摆上。菊人老矣，暂请告假，荐陆征祥代。"

袁世凯看毕，怅然若失，道："菊人这是不愿因跪拜之礼屈节呀，奈何？"又转对陆征祥说："国务卿一职，菊人荐你，你就兼任起来吧。"

1915 年，十二月十三日，上午九时。

中南海居仁堂。

大殿之上，正中间，摆设好御案、御座。

奉天将军兼巡按使的段芝贵戎装笔挺，在这里指挥着一切，充当着大典礼仪主持人的角色。朝贺仪式因是昨天临时决定的，今天早上八点多钟方才通知各部委机关衙门，各级官员刚刚上班，毫无思想准备，更不要说衣着穿戴了，大家衣履随便，各式各样，有军装佩剑的，有西装革履的，有长袍马褂的，还有短衣短裤的，形形色色，杂七杂八。

本来侍者把御座安放在御案之后，等袁世凯来了端坐那里接受朝贺，也不失其尊严威武身份，岂料，鬼使神差，段芝贵就在袁世凯进殿的刹那，大步走过去，把那御座从御案后边搬出来，放在了前边，而且，还不是正当中，而是右手边上。这样一来，御案御座成了一条线，也就没有前后了。

御座刚刚摆上，谁个也没有发现它的不合适，通往内室的西角门吱扭一声开开了，袁世凯出现了。

也是因为仓促，他根本来不及叫人赶制龙衣龙袍，而是着上平时穿的大元帅戎装，偏又秃着个脑袋，没有戴帽子，黑敦敦的一堆肉直竖在那里，怎么看，都跟皇帝的那个至高无上挨不上边，显得既没有威严也没有风采，很是煞风景。段芝贵、袁克定左右各一个，上去搀扶着他，扶到御座前，因御座在边上，坐下算什么？不伦不类，很不像话，可是这时戏已开演，谁也没有时间去多想，谁也想不到把那御座搬去御案后头，当然更不明白御座被摆放在一边的道理，糊里糊涂，段芝贵、袁克定就把他安放在御座之前了。袁世凯低头看看，觉得不是事，坐在这边上接受人们的朝贺，算啥？也许是他老练善于变通，抑或是他无可奈何只得如此，他迟疑了一刹，最后选择了站姿，站立在御座之旁，他觉得这样似乎好些，虽然心里觉得十分别扭，不舒坦。于是，大殿正中间便出现了这样一道风景：御案——御座——袁世凯，一线排开，两件东西和一个人，成了互不干连的三个物件。

赶来朝贺的都是京城里的高官显贵，他们是政事堂和各机关衙门司局长以上官员，军队师长以上将领，京畿附近的文官武将们听到风声也不甘落后，急匆匆赶来，也参加了朝贺仪式。大殿外边黑压压挤满了这些人。

段芝贵走出殿门，高声说道："传中华帝国皇帝陛下口谕——"

众人听了，要传口谕了，有人哗地匍匐在地，跪下听宣，有人肃然恭立，默不作声，有人没事人似的歪着脑袋半仰着脸等下文……

只听段芝贵继续宣道："我被全国人民推戴为中华帝国皇帝，自己个儿瞅瞅，实不胜惭悚。我国国势积弱，险象四伏，如求转弱为强，不是容易的事。国家建造之始，就应当有一个久远大计，来日方长，还不知道有多少困难在前边等着呢。我今日大位在身，永无息肩之日，所以说皇帝实在是一个忧勤惕厉的地位，绝对不可以安富尊荣视之。况且，历代皇帝子孙有几个能得善终的？就是平时的一切学问职业，也都有种种限制，不能自由。唉，今日为了救国救民，牺牲我自己，牺牲我子孙，也只得义不敢避了。少时诸位行礼时，要简单些，三鞠躬就行了，一切跪拜大礼，就免了罢。"

口谕传达完毕，朝贺开始。陆征祥首先率领政事堂官员步入大殿，他本人一开始是站着行礼的，无奈身后一大批如阮忠枢辈，哗地跪倒，行三跪九叩大礼，他一时慌乱，赶紧趴下，也磕头礼拜起来。但也有不行跪拜礼的，军人行军礼，文人行鞠躬礼，一开始就参差不齐乱了营了。

袁世凯倒还镇静，他左手扶着御座扶手，右手掌心向上，对行礼者做出各种动作，表示接受朝贺，并有谢谢不敢当的意味。无论三跪九叩的，无论行军礼的，无论行鞠躬礼的，他都以微笑点头礼遇之。碰到年纪大些的，他还往前半探身子，手臂伸长一些，做出搀扶的架势，表现得十分谦恭礼让。

段芝贵站在大殿外边的走廊上，不停嘴地对朝贺完毕出来的人们说："行礼结束了，请诸位回衙门继续办差吧，各位辛苦了，皇帝陛下将有封赏给大家。"

断断续续地朝贺进行了大半天，快晌午的时候结束了，袁世凯感觉有些累，对袁克定说："记儿，叫香岩他们回去吧，我也要歇歇了。"

段芝贵等人很知趣，跪伏在地，行君臣之礼，屏息退下。

袁世凯叫住阮忠枢、杨度和梁士诒，叫他们留步，还有紧急话说。

袁克定搀扶着他回到卧室，袁世凯半倚床上，对阮忠枢说："今日我已正式承认帝位，接受百官朝贺，汝内史监当替我颁布第一道命令，向天下人昭示某之主义。”

阮忠枢说：“大概精神主要题旨为何，请皇上明示。”

袁世凯说：“此番某之舍弃共和而改行帝制，完全是遵从民意服从天命，没有一丁点儿个人的意志在内，汝等起草，当以此为要旨。文中要特别对于一些不肖之徒提出警告，告诉我们的国民，万勿丧失警惕，中了坏人煽动，贻害国家。告诉老百姓，宵小佥壬，何代蔑有，好乱之徒，谋少数党派之私权，背全体国民之公意，或造言煽惑，或勾结为奸，甘为同国之公敌，同种之莠民，在国为逆贼，在家为败子，蠹国祸家，众所共弃，国纪具在，势难姑容。予唯有执法以绳，免害善良。着各省文武官吏，剀切晓谕，严密访查，勿稍疏忽。”

阮忠枢领命，退后站立。

袁世凯又对梁士诒说：“燕孙先生，某又要借重你们的交通系了。”

梁士诒说：“皇上有何差遣尽请明喻，臣下肝脑涂地，也是要办好的。”

袁世凯说：“新朝初创，帝位初登，武备乃是第一位的，没有军事上的准备，很难巩固久远。某要亲自与军火商人雍剑秋商定军火采购，需要定金数千万元，汝能否代为筹措?”

梁士诒说：“皇上放心，臣下马上去办，砸锅卖铁，交通银行也要筹出这笔款子。”

“这样最好。”袁世凯转对杨度说，“舆论方面，就交给你了。如今，革命党、民间的报纸刊物，已经被我扫荡一空，天下只有我一家之言，你们不要怠慢，把喉舌声音传递好，‘民意’‘天命’，要用各种形式各种声音传递给国人，叫他们深信不疑。新朝成功，有你们的一半功劳!”

说完，仰面躺下，再不说话。

三人磕头退去。

房里只剩下袁克定一人了，他偷眼看一看老爷子，似乎没有叫他退去的意思，便斟上一杯茶水，双手捧住，递上去，陪着小心，说：“爹，您喝口茶吧，说了那许多话，口舌也早干了。”

袁世凯点一点头，张眼看看他，说：“也好。”

接过茶来，抿了两口，伸出一只手指指床沿，示意他坐下，问道：“你还有什么话说?”

袁克定强忍住满心的欢喜，倚在床沿边边上，往前探着身子，小声发问：“爹，从今儿起，这个国家，真的就是咱袁家的了?”

袁世凯嘿嘿笑道：“咋，你还怀疑吗?”

“怀疑倒没有，只是觉得忒顺当了些，并没有费多大气力。”袁克定说。

袁世凯说：“你小孩子家，如何知道老子的艰难，从宣统三年老子出山，就已经开始经营今天的事儿了，跟大清朝斗，跟革命党斗，跟自己窝里人斗，费尽心思，用尽手段，才换来今日的荣耀，不容易啊！”

袁克定说：“这下好了，大功告成，爹可以安坐天下了。”

“又说小孩子话！”袁世凯说，“汝只知皇帝尊荣，皇家气派，哪里知道皇帝的隐忧和危险啊！如今这个国家名义上归顺了我们袁家一姓，殊不知正因如此，把我们自己置于天下万姓之前，四万万人的注目之下，孤家寡人，这里边潜藏着何等大的危机厉害啊！远的不说，大清朝廷就是个例子，一旦倾覆，猪狗不如。”

袁克定说：“这个，孩儿如何不知？水可以载舟，也可以覆舟，不过，咱们这条船大，任啥风浪，都不怕，只须咱们自家勤勉执政，小心经营就是了。”

袁世凯说：“这话，倒还算有点儿道理。我来问你，眼下，你该怎样勤勉执政、小心经营呀？”

袁克定踌躇满志地说：“要办的事情多了去了，但千头万绪，不过一些诸如派兵调将之事罢了。”

袁世凯睁目怒道：“果然是个浑小子，派兵调将是个容易的事情吗？听老子告诉你，眼下最大的事情有三，一是购买军械，准备镇压反抗叛逆；二是封官赐爵，拉拢收买各级官员；三是开展外交，争取各列强国家的支持援助。此三件事刻不容缓，件件都要办好，我袁家的皇位才说得上巩固！狗屁不通的东西，什么时候才开窍明达事理啊！你暂且退下，叫老子一个人歇歇。”

袁克定见不是事，知道老爷子生了他的气，赶紧知趣地退出去了。

以后几天，接连的秘密会议，紧锣密鼓，居仁堂的会议大厅人出人进，一批一批地去，一批一批地来，终于在二十一日那天有了结果，袁世凯颁发了“锡爵令”。

那一天，袁世凯端坐大厅正中间，厅里厅外，百官云集，列班朝拜，毕，代理国务卿陆征祥出班宣道：“宣皇帝陛下口谕：以予薄德，奚足君人，遭时多难，无从息肩，而临深履薄，无时去怀。近见各处文电，纷纷称臣，在人以为尽礼，在予实有难安。况今之文武要职，多予旧日之同僚，眷念故侣，情尤难堪。虽四岳五人，曾无异代之成见，而圣帝贤王，万非予所可企及。凡我旧侣及耆硕老人，均勿称臣。时艰方殷，要在协力谋国，无取仪文末节也。今颁布列入朕旧侣者七人，曰黎元洪、奕劻、载沣、世续、那桐、锡良、周馥；列入故人者四人，曰徐世昌、赵尔巽、李经羲、张謇；列入耆硕者二人，曰王闿运、马相伯。并特申令徐、赵、李、张四故人为嵩山四友，用坚白首之盟，同宝墨华之寿，以尊国耆，其喻予怀！格外优礼，办法有六：一燕件，关白大计，陈述情款，许随时自请入对，延见于便殿，行一鞠躬礼，皇上答礼，赐座赐茶，称名不臣，迎送于门内；如皇上就见于其家，迎送皆肃立于大门之外。二赐舆，延见时得乘坐四人肩舆，直至内宫门外下舆。三笺启，特赐启事小章一方，玉质螭纽，文曰‘某某启事’，不论何事，均得随时修笺钤章入告。四免朝，国有庆典，免其列班朝贺，仍许随时入贺于便殿。五特飨，外廷公宴，均免参列，上随时亲设特飨，共席列坐，以燕乐之。六优给，按照原俸优于年禄，按月致送，以资供给。”

殿内外大臣，唏嘘赞叹，啧啧连声，钦羡不已。

又见陆征祥翻过一页，又取出另一个文本，打开首页，朗声宣道：“皇帝陛下锡爵令，令曰：民为邦本，本固邦宁，立国之道，必先求人民之乐利，方有政事之可言。辛亥改革，非无热心爱国之人，而诚不敌奸，民受其祸。秩序紊乱，土匪暴民乘机肆虐，非假托政治，即附会名义，冀遂其贪残争夺之私，扰攘纷纭，莫可究诘。而人民受其荼毒，遭其蹂躏者不知凡几，言之痛心。今之渐就安定，全赖文武将吏深明大义，保国卫民，或屡建殊勋，或力戡变乱，或防守边塞，或保护地方，使国家得以安全，人民得以苏息。予甚嘉之，允宜特沛恩施，论功行赏，封官赐爵。谨册封龙济光、张勋、冯国璋、姜桂题、段芝贵、倪嗣冲为一等公；册封汤芗铭、李纯、朱瑞、陆荣廷、赵倜、陈宧、唐继尧、阎锡山、王占元为一等侯；册封张锡銮、朱家宝、张鸣歧、田文烈、靳云鹏、杨增新、陆建章、孟恩远、屈映光、齐耀林、曹锟、杨善德为一等伯；册封……”

后边还有一等子、一等男、二等男、三等男之封，各省将军、巡按使及旅长以上文武官员一共有二百多人受到封赏。一时之间，大殿内外，那些封公封侯的官员们感激涕零，跪伏在地，皇恩浩荡，山呼万岁，甚至有号啕大哭者。

登基大典筹备处应运而生。

它的成员有朱启钤、梁士诒、周自齐、张镇芳、杨度、孙毓筠、阮忠枢、叶恭绰、曹汝霖、江朝宗、吴炳湘、施愚、顾鳌诸人，朱启钤为大典筹备处长，总管一切筹备事宜。

这天一大早，袁世凯召集筹备处全体开会，商量迫在眼前的诸多大事。

袁世凯说：“立国尚质，唯圣去奢，这是古今致治之根本。此番筹备典制，凡有利于国家有利于百姓者，自应加意研究，用备施行，此之外，一切缛节繁文，概从屏弃。历代朝仪，多相沿袭，跪拜奔走，何关敬事？格律程式，亦困异才，白白耗费人的精神，也蒙蔽上下交流情感，哪里是开明之世提倡的啊？况且近年来国家变患频仍，闾阎凋敝，商民坐困，财政艰难，培养国家元气乃是当务之急，怎么可以因为大典而消糜铺张奢侈浪费呢？各部院筹备这件事时，务以简略撙节为主，前时所拟典章失于繁重者，均不许采用。总之，要不尚虚文，重惜物力，轸念民生为至意。”

朱启钤说：“皇上圣明，处处体民爱民，崇尚节俭，此番庆典，当以皇上之心志为我等举措之精神，诸位要格外精细，认真执行之，方是最大的忠心。眼下，立国头宗大事，乃是厘定年号，请诸位广开思路，踊跃献言。”

杨度第一个发言，说：“予以为年号之定，宜用一个‘武’字，古有‘光武’‘洪武’，都是盛世。并且太子名克定，年号定为‘武定’，最为恰当，意即冠‘武’于‘定’也。”

阮忠枢说：“愚以为‘武’字不妥，当用‘文’字。理由很简单，也很实际，当今皇上之得天下，非用武力，攻伐战略，而是俯顺民意，上应天心，以‘文功’为纪元，宜莫大焉！”

于是马上出现了两派，袁克定一党，以杨度为首，极力主张“武定”，而以阮忠枢为首的一班子老臣，则主张“文功”，“武”“文”争执，各说各理，互不相让。

这时，梁士诒开口说话了，他说：“各位大人所说‘武定’‘文功’，愚以为都不甚适宜，原因是它们皆出于人事，我们为什么不从天意上去探究一番呢？符应图谶，也许能找出一个合宜的年号亦未可知。”

袁世凯笑道：“燕孙先生这个主意不赖，君请试言之。”

梁士诒说：“洪范五行，自古为帝王建号之基。黄孽山入禅诗，有‘洪荒古国泰阶平’之句，有梅花数述《周易》各卦，得见天地之心，原本者洪范也。历察谶纬，‘洪’字累累如贯珠。余主张先定下这个‘洪’字，再拟他字，如何？”

众人七嘴八舌议论起来，大多数人赞成梁士诒的意见。

袁世凯仰面而笑，两只大眼珠子滴溜乱转，他心里此刻也在琢磨那个“洪”字。他首先想到了“洪武”，想到明太祖朱元璋创立大明帝国三百年的基业，怎样辉煌啊！他又想到了洪秀全，这个把大清朝搅得天翻地覆的乱党，也是一个“洪”字，这个“洪”就不好，主天下大乱，可是……他又想到了黎元洪，也有一个“洪”字，黎氏乃武昌起义之首义者也，此洪可以压盖住太平军之洪，建元取这个“洪”字，大吉大利，可是……哪个字当与其搭配才吉利呢……拧锁着眉头苦想……有顷，忽然大声喊道：“某已有了，某已有了！”

众人问道：“皇上所定何字？”

袁世凯得意地说：“‘洪宪’，以洪宪纪元，意为‘洪’扬君主立宪，大有顺应民意上和天心之意也！”

众人惊喜无状，七嘴八舌地说：“天乎，天乎！我等众人的智慧，不及皇上瞬息之思也！怎么就想不出这么好的年号来呢？归根到底，还是皇上自家定下来，这真是天意如此，这大好江山，就应该归顺于袁氏啊！”

年号的问题解决了，下一个，就是决定登基大典的日期和地点了。因事关重大，诸人不敢乱论，都把眼睛盯视着袁世凯，听他一锤定音。

袁世凯说："登基日期某已定下，定于民国五年即1916年一月一日，为洪宪元年元旦。登基地点定在故宫之三大殿。不过，那名称要改一改，太和殿更名为承运殿，中和殿更名为体元殿，保和殿更名为建极殿。诸位看，这样定如何？"

人家皇上已经定下来的东西，谁敢改动？众人自然是一叠声地道好。

陆征祥说："皇上已经把日期和地点都晓谕明白了，下边就是分头去准备了，时间很紧迫，样样事情都要抓紧，日夜兼程。但三大殿已多年未曾修缮，陈旧面目与新朝气象很不相称，要重新油饰。而且，我新朝尚赤，屋顶的黄瓦也要换成红瓦，殿内圆柱一律改漆红色，当中八大柱要加髹赤金，饰以蟠龙云彩，等，都须细加设计，加紧施工。"

阮忠枢问道："玉玺怎么办？是改铸还是重铸？"

于是众人又把话题转到玉玺上来。有人主张用民国总统印玺改铸，理由是洪宪帝制乃是由民国演变而来，取"旧邦维新"之义。有人认为不妥，改铸民国印玺，大不吉利，于是此议作罢。这时，有人提出取前清玉玺加以改铸，理由是袁皇帝乃是受清室禅让，非取自民国，用清室玉玺改铸，顺理成章。但有人立即提出反对，说，用亡清旧玺，非新所宜，很不吉利，此议又作罢。后来还是梁士诒提出新造，他说："我听说直隶玉田县某富户家有长方良玉多块，何不着礼制馆议定式样，沿仿明制，新造玉玺呢？况且，玉田得玉，邦家之瑞。"

陆征祥说："此议最好。古者天子一尊，四海外国，皆其臣庶，皇帝天子之宝，可统御一切，不书国名。今则各国并立，我们不妨铸两个玉玺，对内用'皇帝之宝'，对外用'中华帝国之玺'，如何？"

袁世凯一拍大手，吼道："就这么办，老子所建者新朝也，新朝新气象，自然是自家新造国玺，旧的不用，旧的不用！"

这天下午，代理国务卿陆征祥领着内务总长朱启钤、财政总长周自齐来到居仁堂跟袁世凯紧急磋商登基大典前的一些工程用度开支细则。

朱启钤拿出一页明细表来，戴上石头花镜，一边从镜框上边观察袁世凯的表情喜怒，一边从镜框下边念那账目明细，说："三大殿外部油饰之外，承运殿里还要重新设置皇上的御极宝座，扶背各处须雕云龙九尊，并镶嵌珠宝；宝座前要设雕龙玺案，案前左右须排列古鼎、古炉各三座；座后要陈设雕龙嵌宝屏，屏侧各置日月宝扇一对，预计用费须二百万元。此外，登基和祭祀用的吉服，即衮冕、玄衣、纁裳、大带、中衣、朱袜、赤舄，都已经按照章制叫他们定做去了。衮冕的制作非常精细，冕延前后各有垂旒十二，每旒贯明珠十二，每珠圆径二分，末缀五彩玉；冕的边围饰有金云龙二，中嵌大珍珠一环，珍珠十二，通体圆径一寸八分。衣用金绣日、月、星辰、龙、山、华虫、火、宗彝、藻九章，裳用金绣粉米、黼、黻三章，衣裳皆绿金织云龙锦，中衣上织金云锦。大带为金织云龙锦。朱袜饰以金绣云龙。赤舄缘以金锦，绣有金云纹。登基和祭天用龙袍两袭……”

说到龙袍，袁世凯眼睛大亮，打住朱启钤的话，问道：“龙袍如何？做工精细吗？”

朱启钤笑道：“皇上放心，比之清帝的龙袍，要精美百倍，皇上只听造价便知其美轮美奂。”

袁世凯问：“要花多少钱？”

朱启钤说：“八十万！”

袁世凯点一点头，这个数目，让他心惊，也让他满意，八十万元做两个袍子，能孬了吗？

朱启钤接着说：“仅这些开销，要费去三百万元以上。还有案衣、围顶、门帘、拜褥……”

袁世凯不乐意再听了，他有些厌烦，也听累了，说：“那些细则，就不要一一报告了，你只告诉我总共下来要花多少钱。”

朱启钤说：“把典礼费用、筹备处人员津贴以及其他开支算进去，三千万元不一定能够包住。”

袁世凯惊道：“如何这么多？”

朱启钤说：“多是多了点，可是，新朝庆典，新君登基，千古难遇的盛典，破费一些就破费一些吧。”

袁世凯把眼睛盯住周自齐，问：“你是财长，钱从哪里出，可有办法？”

周自齐说：“办法总是要有的，偌大的中国，筹措两三万万元还是不难的。”

袁世凯说：“你且说说。”

周自齐说：“我们研究，眼下当务之急，是从中国银行和交通银行提出一些本金来以应急需。变卖爱国公债，叫老百姓认购，不愿意买的，叫当地政府给他们些压力，有些官产卖掉可以得些钱，再加上挪用一些爱国储金和铁路收入，还有就是增加捐税了，把这些花费平摊给各省的老百姓，中国人口众多，真摊派下去，每人也没有多少。”

袁世凯摇头说：“这几年，河南、云南、广东、广西、江苏、浙江、山东、安徽十几个省，水灾、风灾、旱灾、虫灾，接二连三，没有停过，有的地方已经出现卖儿卖女死亡相枕了，加重赋税，恐怕激起民变。”

陆征祥说：“变也要征，国家有了困难，国民自应承担一部分责任，所谓国家有难，匹夫有责嘛！有人敢铤而走险，无他，只有镇压之。在死亡和贫穷二者之间，老百姓会选择后者的，中国的老百姓，忍受惯了。”

“也只好如此了，国家有事，他们只好担待着点儿了，有什么法子呢？”袁世凯唉声叹气，又点头频频。他忽然灵机一动，想起一个主意，说，“为什么不去找他们报销一些呢？这些人可是很有钱的啊！”

“找谁？请皇上明示。”周自齐问。

“烟贩子们啊！”袁世凯说，“这些烟土贩子平时投机倒把赚了老百姓多少黑钱去，不从他们身上揩揩油，老子是傻瓜蛋啊？”

“着哇！”三人齐声欢呼道，“皇上真是睿智英明，灵机一动就抓出来一个大头，这些人身上，少说也要剐出三四千万元来！”

话说到这儿，问题似乎已经解决了，三人起身，磕头行礼，退了出去。

一切准备就绪了，资金问题马上也要迎刃而解了，袁世凯很是得意，很是高兴，他倒背双手，摇摇晃晃，步出居仁堂大殿，一路又哼唱起了那句豫北梆子腔：“有本王打坐在金銮宝殿，尊一声驸马儿细听王言……”

正自哼唱得高兴，忽然从假山后边急匆匆跑过一个人来，一头跟他撞了个满怀，只撞得他一个趔趄，差一点儿弄个仰八叉。袁世凯大怒，正要发作，定下神来一看，原来是他的宝贝女儿淑祯。袁世凯嗔道：“小孩子家，又胡闹，差点把你老子撞翻车！”

淑祯满脸通红，额头上浸有细小的汗珠，正生着气呢，见撞了老爹，一时也有些慌乱，不知如何是好，只一味地咬着下嘴唇发呆。这时，五姨太太杨氏气喘吁吁赶来，手里还拎着一套黄灿灿的公主服，说：“正好，大人在这儿呢，就请评评理，解劝解劝咱们这位三公主吧，大家伙儿都等着她照相呢，可这位公主奶奶就是不去，衣裳也不穿，可急死人了！”

袁世凯笑问道：“公主服是特意给你做的，为什么不穿？咱们袁家已经是帝王人家了，照相留念，好事呀，为什么不照？”

淑祯说：“俺才不稀罕什么公主服呢，好好的衣服，偏要弄成黄缎子料子，耀眼不拉的，偏又搞些凤凰牡丹云彩潮水红太阳绣在上头，乱糟糟的，跟戏台上那些角儿们的戏装有啥差别？张开眼看看，满世界谁穿这个？这不是妖怪吗？俺也不稀罕什么帝王家，当总统的女儿，已经很不自由了，每天在‘馍饭监狱’里关着，天天起来扛着吃饭念书睡觉三大件，已经够人受得了，再变成帝王家，当上什么公主皇女，还不把人憋闷死呀！”

袁世凯说：“又说浑话了，帝王之家，富有天下，公主皇女，金枝玉叶，多少人做梦都想它呢，你怎说这没头脑的话？”说着，拉住三女的手，也不容商量，就去照相去。

但是，三女淑祯执拗，死也不要穿那公主服。袁世凯说：“不穿也罢了，就这么着照吧。”

五姨太太嘀咕道：“偏心眼儿也忒露了，要是别的姑娘，大嘴巴子早打过去了。”

这天袁世凯高兴，又因为照相，全家老小女眷们都聚在了一起，他忽然想听戏了，便吩咐袁乃宽说：“快打电话，把京城的名角叫过来几个，给老子唱戏玩!”

众人听说要看戏，老的小的都欢喜非常，只有于夫人打退堂鼓，说：“你们去吧，我想回去歇歇。”

袁世凯说：“这些戏子们多才多艺，有的也会反串唱河南梆子，待会儿叫他们反串一出《铡美案》你听。”

听说有河南梆子听，于夫人心也动了，就勉勉强强跟随着他们大家伙儿去了怀仁堂。

锣鼓家伙一阵大响，开戏了，袁世凯点了四郎探母《坐宫》一折，正听到杨延辉跪在地上跟铁扇公主盟誓呢，政事堂代理国务卿陆征祥急匆匆赶来了，他手里拿着一封刚刚接收到的紧急电报，报告说：“皇上，不好了，蔡锷在云南造反了。”

袁世凯闻言大惊，赶忙抢过那电稿，张目看去，是蔡锷、唐继尧、任可澄、戴戡发自昆明的一封宣布云南独立、声罪致讨的通电。那电文道：“天祸中国，元首谋逆，蔑弃《约法》，背食誓言，拂逆舆情，自为帝制；卒召外侮，警告迭来，干涉之形既成，保护之局将定。袁氏世凯，罪大弥天，窃国为盗，背叛民国。锷等深受国恩，义不从贼，今已严拒伪命，奠定滇黔诸地方，为国婴守，并檄四方，声罪致讨……”读到这里，眼前一黑，“哎呀”大喊一声，一股黑血从口腔里喷将出来，只听得訇的一响，他那黑胖的身子重重地后跌在地上，人事不省。陆征祥、袁乃宽诸人惊惶万分，七手八脚，把他抬去居仁堂寝宫，又赶忙请医生抢救诊治，乱成了一锅粥，怀仁堂看戏的眷属们早吓得大的哭小的号，哭成一片。戏子们也卸了妆，屏息静气撤场而去。

一个人，头脑正处于高度兴奋的当口，心海沸腾到了极度，正是头昏脑胀头脑发烧的时候，突然被人当头一棒喝，或被人当头浇下一盆冰寒彻骨的冷水，那个滋味如何？袁世凯此时就是这种感觉。当他被人救醒，恢复了知觉，躺在床上，满脑袋想的只有一件事情，那便是云南蔡锷的护国军。蔡锷造反，是他这些日子以来心里隐隐恐惧的最大忧患，他最担心的事变，今日果然成为事实，他的皇位面临挑战，他预感到了危机、完蛋和身败名裂。

但是，袁世凯毕竟是袁世凯，他虽受了强烈刺激，神经系统一时间出现紊乱，但那不过是短时间的震撼，仿佛地震或火灾、水灾之类，灾难之后，虽然面目受了损伤，一切仍然照旧，他的神志很快恢复了平静。

他躺在病榻上听陆军部总长王士珍和代理国务卿陆征祥的军情汇报。

王士珍说："陆军部已经遵照皇上谕旨，将唐继尧、任可澄、蔡锷褫职，夺去本官、爵位、勋位、勋章，听候查办。同时授云南第一师师长张子贞将军衔、暂代督理云南军务，授第二师师长刘祖武少卿衔，代理巡按使的命令也已颁下，可是……"

袁世凯问："可是什么？说！"

王士珍说："张、刘二人接电后立即通电全国，说，他们'行斯义举，纯系出于爱国热诚，既非威所能胁，亦岂利所能动'，抗命不受。"

袁世凯苦笑笑，问："云南方面究如何，难道蔡锷麾下就没有异己者吗？"

王士珍摇头说："情况很不好。据咱们的特工人员报告，云南军民士气空前高涨，反对帝制，保卫共和，口号喊得震天响。滇军上校以上军官，省级各机关长官以及来滇的各方人士，接连开了四五天会，众口一声，誓死发动反袁护国战争，他们歃血为盟，共同宣誓，其誓词曰，'拥护共和，我辈之责。兴师起义，誓灭国贼。成败利钝，与同休戚。万苦千难，舍命不渝。凡我同人，坚持定力。有渝此盟，神明必殛'。他们组织了讨袁护国军和云南都督府，以蔡锷为护国第一军总司令，出兵入川，李烈钧为护国第二军总司令，出兵入桂，唐继尧以都督兼第三军总司令，留守大本营。现四川前线已经交火，川军节节败退。"

陆征祥说："蔡锷发布出师讨袁檄文，称'与全国民戮力，拥护共和国体，使帝制永不发生，义一；规划中央地方权限，图各省民力之自由发展，义二；建设名实相符之立宪政治，以适应世界大势，义三；以诚意巩固邦交，增进国际国体上之资格，义四；建此四义，奉以纲维'云云。"

听见这些话，袁世凯吃惊不小。他心想，我早知蔡锷绝非池中之物，此人不闹事则罢，一旦闹事，必然做大，今果然！但是表面上却故作镇静，说："君主立宪，非我袁某自为，乃是国民公决，铁案如山，无可厚非，举国上下皆无反对之余地！若以一二人之私意，遂可任意违反，推翻不认，此后国家将凭何者以为是非取舍之标准啊？无可为准，任听人人各逞其私，更复何能成国？蔡锷为乱，区区一省，我以举国之力征伐之，必胜！汝可去召段祺瑞，命他为帅，完成此役。"

陆征祥问："登基大典的事情，如何进行，请皇上明示。"

袁世凯说："这个皇帝，老子是当定了，蔡锷小儿岂能阻我？一切抓紧照章进行就是。"

王士珍、陆征祥领命退下。

时光闪电，眨眼几天过去，日子到了1916年元旦。

这天早起，天还蒙蒙亮，陆征祥、王士珍为首的朝廷百官就齐集新华宫（原总统府）殿外，等候当今皇上举行登基大典，行朝贺之礼。

有人低声议论："不是说登基大典在三大殿吗，如何又来这里?"

"还不是蔡锷闹的！皇上临时变了。"

"既已骑上虎背，后悔是来不及了，拼了命干去就是，何用惧怕，皇上这是内虚啊。"

居仁堂寝宫里，袁世凯迟迟不愿起床，袁乃宽叫了好几次，五姨太太也催促声声，奈何他把脑袋钻进被窝里，就是不出头。终于经不住唤叫，勉强爬起身，五姨太太侍侯着他洗漱毕，才开开门，招手招呼门外侍侯着的几个司礼官进来，给他更衣。那三四个司礼官员抬起一只大木箱子，屏息敛气，进到内室，给袁世凯行了跪拜之礼，又爬将起来，为首的一个缓缓打开箱盖，双手捧起一袭龙袍，黄灿灿地，捧到袁世凯面前，又一次跪下，说："请皇上更衣。"

那袁世凯张眼看见那龙袍，像看见了炸弹，面有惊惶之色，连连说："不要，不要，我不穿这个!"

司礼官说："今日皇上登基大典，不着龙袍如何行？其他衮冕、玄衣、纁裳、大带、中衣、朱袜、赤舄，都是要穿戴的。"

袁世凯畏葸地说："不要，俺不要穿戴这个。"

推拒再三，五姨太太见不是事，便说："皇上不穿，怎能逼迫，改穿别的衣服也是一样的嘛!"又悄声对袁世凯耳语道："大人休怕，男子汉大丈夫，敢作敢为，即使错了，也要不露痕迹地错将下去，您老手里有枪有权，怕谁呢？更何况咱们当皇帝乃是天心民意，又不是自家要当的，更要理直气壮些!"

袁世凯张皇地翻起白眼看她一刹，点一点头，可那腰杆依旧挺不起来。

司礼官们见袁世凯执意不穿龙袍，知道他被蔡锷的护国军惊吓住了，碍于全国反对帝制的声浪，怕因这袭龙袍招来更多的非议麻烦，便跪下问道："皇上不着龙袍，以何衣登基典礼，请给个明示，职等好侍侯。"

袁世凯说："穿我那身陆海军大元帅服，挎佩刀。"

于是经过一阵忙乱，袁世凯终于穿上他的元帅服，手里紧紧攥住腰间那刀把子，仿佛随时防备有人行刺他似的。在袁乃宽们的搀扶下，登上双辕镏金马车，嘚儿嘚儿来到新华宫，匆匆忙忙接受百官的朝贺。

一阵三跪九叩万岁万万岁之后，陆征祥出班宣道："传洪宪皇帝陛下口谕，自今日起，中华帝国正式成立，改用洪宪纪元。过去凡称'大总统策令''申令''批令'者，一律改称'政事堂奉策令''奉申令''奉批令'，所有公文、报告、呈文，均改为奏折体，口称皇帝陛下。着令京师及各省警察厅、步军统领衙门排队四出，将所有门对、牌号、告白、墙壁，有共和字样、与帝制相抵触者，一概消除。自今往后，所有发出之通告，所有奏折、咨文及一切公牍，一律署洪宪元年。"

袁世凯端坐在御座上，俯视下边，看文武百官，一个个对他虔诚礼拜，忠诚有加，心里暗想，老子怕啥呢，北洋大军几十万尽在老子手里掌握，他蔡锷才有几个人马？区区三两万人，就想翻天？国民党如何？江西、安徽、江苏、四川、湖南五省同时发难，怎么样呢？老子只用两个月就镇压下去了。云南一省，一隅之地，还能翻得起大浪？自家先镇定下来，控制住大局是最最重要的啊！想到这里，神情也自然了些，干咳两声，款款言道：

"诸位爱卿，当年予养疴洹上，无心问世，不幸全国崩解，寰球震动，遂毅然出山，以救国救民为己任，支持四载，困苦倍尝，真不知尊位有何乐趣。无如国民仰望甚切，责备甚严，同为国民，敢自暇逸？责任所在，尽力以为，不惜一身，只知爱国，皇天后土，实鉴此心。况且，自古以来，天生民而之君，使司牧之。以藐藐之躯，举数万万人之生命财产，赖一人以保护之，举数万万人之知识能力，赖一人以发育之，昔人所谓夙兴以求、夜寐以思者，责任何等重大！蔡锷之流，权利熏心，造谣煽乱，非不知人民之状况，时局之艰危，但思侥幸一逞，偿其大欲，即涂炭生灵，倾覆祖国，亦所不顾。某既为一国之主，为避免遗祸全国，唯有执法从事，坚决镇压，以谢国民。"

袁世凯的话音刚落，段芝贵急不可耐地出班奏道："现在国体已经定下，怎能因为一二叛徒有所动摇？蔡锷等叛逆这是自绝于中国，即为国家公敌，臣恳请皇上俯准某带兵前赴滇省，歼灭丑类，以伸天讨！"

陆军部次长陈宧也出班奏道："蔡锷戴戡，小丑跳梁，请皇上准我赶赴四川，临阵杀敌，天兵到处，如沸汤之沃雪，斩杀殆尽！"

刚才还少气无力的袁世凯，听见诸将表态，陡然来了精神，哈哈笑道："你们的勇气可嘉，忠心感人。香岩统领地方，安危所系，不能轻动；二庵请缨，正合某意。只是那蔡锷精于武学，极善用兵，我担心你不是他的对手。"

陈宧睁目言道："皇上怎长他人威风灭自家锐气？二庵不才，此番前去，定要大败蔡锷于川南，不获全胜，提头谢罪。"

袁世凯说："二庵此语，果然志气。某任命你为四川将军，率领北洋军第三混成旅入川剿贼。朝廷后继部队，亦将陆续出发。将军尽忠报国，正在此时。"

陈宧领命，挺胸腆肚，摇头晃脑，大有马到成功之势。

退朝下来，袁世凯把王士珍叫到便殿，问道："芝泉如何，可愿奉命？"

王士珍说："我去他家，芝泉病卧床上，呻唤声声，说，'将死之人，如何接得帅任？'继而咳喘成一团，不复能言。"

袁世凯恨道："他这是司马懿之赚曹爽也，老子有事，他是要作壁上观了。"

沉思半晌，袁世凯对王士珍说："发电报给冯华甫，叫他任征滇军总司令。"

王士珍说："电报马上可以发出，但卑职以为冯国璋未必遵命。"

袁世凯怒道：“他敢！任命下去，看他敢抗命不遵!”

事实是冯国璋真的抗命不遵了！命令发出去三天了，如同泥牛入海，没有了消息，南京的冯国璋不与理睬，好像并没有接到什么命令似的。

袁世凯的肺都要气炸了。又不敢逼之过甚，责之过严，怕又弄出一个蔡锷来。只得赌气说：“你们不挂帅，老子亲自挂，不信镇压不住蔡锷小儿!”

于是，袁世凯无奈，只得在中南海丰泽园成立了一个征滇临时事务处，亲任处长，发号施令，调兵遣将。他首先电令邻近云南各省将军、巡按使，对护国军一体严筹防剿，毋稍疏忽。接着又派虎威将军曹锟督帅各师进兵四川、湘西。曹锟领命，兵分两路，一路由北洋第七师师长张敬尧为总司令，率领第七师、第三师和第八师一旅，进入川南，配合陈宧的部队，正面迎击护国军蔡锷部；一路由北洋第六师师长马继增为总司令，率领第六师、唐天成的混成旅、二十师之一部和安徽的安武军，进军湘西，从侧面反击云南。又派广惠镇守使龙觐光率粤军第一师、安武军第十五营和第二十师大部，假道广西进攻云南，抄袭护国军的后路。进剿大军十五六万，分头并进，浩浩荡荡，杀气腾腾，势不可当。加上他新近从德国购进的先进武器，充足的弹药器械，雄厚的军饷供给，无论从兵力、武器还是粮草，北洋军都大大的优胜于护国军，这是一个绝对压倒对方的军事态势。部署完这一切，袁世凯才松了一口气，他笑对王士珍、陆征祥们说：“蔡锷小儿，不自量力，老子这十几万大军压下去，不出一月，管叫他丢盔卸甲作鸟兽散!”

但是冯国璋的抗命令他寝食难安，一天晚上，他把阮忠枢叫到寝宫，对他说：“华甫抗命，奈何?”

阮忠枢说：“华甫乃北洋旧人，与皇上又是姻亲，忠诚是不容怀疑的。他之抗命，似与帝制有关，皇上当以怀柔安抚为上策。”

袁世凯说：“老子亦是此意。想派你去一趟南京，一者为我开导于他，叫他服从帝制，勿生二心。二者替老子看住他，一旦有变，老子好有个防备。”

阮忠枢领命，连夜赶赴南京去了。

古人有言：“行险者不得履绳，出林者不得直道。”意思是说，挑着危险地方胡乱走的人，或是想走出丛林草莽的人，面前是没有直路可以走的，只有弯弯曲曲的歧路险路。古人又说：“祸莫大于不知足，咎莫大于欲得。”这句的意思是说，人们的灾祸，都是因为贪婪不知足所致，而一切过错都是因为他的欲望没有满足所造成。洪宪皇帝袁世凯就应了这两句古语。他自从元旦登基当上皇帝以来，日子过得一天比一天糟糕。可以说是是非丛生、警报迭至，中国的、外国的、政界的、军事的，没有一件让他快活顺心的事情，恰恰相反，都是一些让他头痛、惊心、苦恼、无可奈何的麻烦事端。他今日的处境，又应了古人的另一句话，道是："哀乐失时，殃咎必至。"

首先叫他恼火的是天津、上海、广州、武汉的那些地方报纸，朝廷三令五申，叫他们自本年一月一日起，一律署洪宪元年字样，可是，这些家伙竟然敢公然抗旨不遵，仍然使用中华民国纪年，而且各家报馆步调一致，存心捣乱。袁世凯大怒，命令内务部、交通部以专政手段强制执行。两部向各报社发出警告："如再沿用民国纪年，不奉中央政令，即照《报纸条例》，强行取缔，停止邮递。"各报这才收敛，改民国纪年为公元纪年，而把"洪宪元年"刻意印成六号小字，置于公历之下，聊以应付。看去很不顺眼，徒招市井议论。

再有就是梁启超的那个进步党，洪宪前后，在京的党员骨干汤化龙、张謇、汤觉顿等辈数十人，纷纷辞职南下，这些人与当地的党徒联合起来，公然反对帝制，响应护国军。可恶的是，一些地方的军事将领和政府官员，竟然与其内外勾结，庇护之外，还参与他们的阴谋活动。据内线报告，广西的陆荣廷、贵州的刘显世，都跟护国军秘密联系，朝廷命令他们起兵讨逆，他们叫苦声声，狮子大张口，索要军费枪械，待东西到手之后，却并不出兵，明显是暗自通敌。还有孙文的革命党，在上海广东闹得也很凶，上海镇守使郑汝成被他们炸死，前不久，上海的肇和兵舰竟然起义，投奔了革命党，炮轰制造局，进攻上海电话局、警察署。广东方面已经有数千民军在活动，严重威胁到广州的安全。

最让袁世凯难堪的，是北京街市上那些平头百姓，这些人，每天吃饱饭，没事干，凑到茶楼酒肆澡堂子里侃大山，或是哥几个掷色子斗牌九练把势摔跟头，说起那些贪官污吏巡警暗探地痞恶霸，或是流氓窃贼无赖混混斗鸡走狗之徒吃喝嫖赌之辈，恼了，气了，不高兴了，骂将起来，那嘴边上准是"那个浑蛋纯粹一个袁世凯"！或是跟人发誓赌咒，张嘴就是"我要是说瞎话，就他妈是袁世凯"！洪宪皇帝袁世凯的尊讳，在平常百姓心目里，已经是最丑恶的代名词。他们骂人赌咒，"袁世凯"三个字已经是最肮脏最下贱最见不得人的东西了！北京某澡堂有一个小伙计，只有十三岁，一天客人问他贵姓，他扭头就跑，躲藏起来。伙伴问他为什么跑，他说："我姓袁，要是说了，客人还以为我跟袁世凯是本家呢。"可见袁氏强奸民意倒行逆施，遭到人民怎样的诅咒和唾弃啊！

这一天，袁克定手里拿着几张报纸急匆匆赶来，行了跪拜之礼以后，说："儿臣启奏皇上，咱们家里出大事了。"

"何事？"袁世凯问。

袁克定把手里的报纸奉上，说："孩儿的叔叔、姑姑登报声明，与皇上脱离关系。"

袁世凯大惊，接过报纸一看，见是他的弟弟袁世彤和妹妹张袁氏的声明，说："袁氏世凯，与予二人，完全消灭兄弟姊妹关系。将来帝制告成，功名富贵，概不与我弟妹二人相干。帝制失败，一切罪案，我弟妹二人亦毫不负究。特此声明。”

袁世凯看罢，面色蜡黄，怅然无语。抬头见袁克定欲语又止，似有话要说，便问道：“还有何事?”

袁克定说：“二弟酒后做诗，诽谤父亲，被小报记者侦去，胡乱演绎成文，京津各报争相登载，影响很坏。”

“诗呢?”袁世凯问。

“儿臣不敢拿来，怕父皇生气，只记得里边有两句道，‘绝岭高处多风雨，莫到琼楼最上层’，显是讽刺父皇帝制事。”袁克定说。

袁世凯大怒，喝道：“袁乃宽，给我把那个浑小子关起来，不准他外出胡闹!”

袁克文被关到北海一个小院子里，失去了自由。袁淑祯听到消息，偷偷跑去看望她的二哥。

袁淑祯问：“二哥，你怎么得罪大哥了，让他在爹爹面前害你?”

袁克文说：“我哪里敢得罪他，躲还躲不及呢，还不是那件皇子服害的!”

“皇子服怎么了?”

“我和五弟的皇子服上绣有金线，大哥他们的没有，他疑我要被立为太子，扬言要杀了我。”

“这也忒狠毒了吧！再说，谁稀罕什么太子皇帝的，现在都什么年代啦，爹还搞这一套!”

袁克文警觉地四下看看，见没有人，小声说：“爹完全被大哥蒙蔽住了！我告诉你个秘密，你千万不能说出去：大哥他们给爹看的《顺天时报》，是假版，是杨度他们伪造的，那里边的言论跟真《顺天时报》完全相反。”

“爹这不是上了他们的当了吗？你怎么不告诉爹?”

“我哪敢呢，老老实实待着，他还要害我呢!”

袁淑祯勇敢地说：“我敢，现在就去告诉爹去，看大哥敢如何我!”

袁克文说：“二妹，救咱爹，救咱们家，只有靠你啦。我书房抽屉里有真版的《顺天时报》，你拿去给爹瞧，这个阴谋捅破了，或许爹能幡然醒悟，取消帝制。”

袁淑祯跑到袁克文的书房拿了真版的报纸，又一口气跑到居仁堂袁世凯的办公室，见袁世凯正在看《顺天时报》，毫不客气地说：“爹，您看的报纸是假版的，那上边尽是胡言乱语，目的就是蒙蔽您的!”

袁世凯嗔道：“小孩子家，又胡说。你现在是公主啦，怎么还是那么没有规矩!”

袁淑祯从背后拿出真版的《顺天时报》，摊在袁世凯的面前，说："这才是真的呢，日本人根本就不支持您的帝制。那些支持的话，是大哥和杨度他们编排出来哄骗您的啊！您被他们利用了！"

这真是晴天霹雳，袁世凯想不到自己的儿子和最宠信的大臣杨度，竟然会设计欺骗他！他俯首桌案，一张一张对照着核对那报纸。

这天晚上，他把袁克定叫到书房，紧闭房门，审讯逆子，亲自手挥皮鞭，把这个一心想当太子当皇上的不肖儿子，打了个遍体鳞伤。人们从窗外听见袁世凯反反复复说的只有一句话："欺父误国！"

再说那些外国人，更是可恶，帝制之初，他们一个个表态，说是坚决支持，给予承认。帝制之后，一看，云南闹起来了，国内民心浮动，反对的呼声大起，袁世凯的帝制要流产，立即变脸，给袁世凯唱起了对台戏，弄得他好不难受。

洪宪纪年以后，政府的对外公文悉数被退回，原因是那上边有"洪宪元年"字样。陆征祥找到他，询问办法。对付国内人民，好办，抓、杀、镇压就是，可是，对付这些外国使节，敢来横的吗？袁世凯说："那就还用民国年号吧，老子仍用总统身份跟他们交涉。"陆征祥说："那样一来，势必出现对内是帝国对外是民国，帝国民国同时存在，岂不是荒唐吗？对内对外所用年号不一，有失国家尊严。"袁世凯叹道："有什么法子呢？这些洋爷爷硬是不给面子，叫我怎么办？横竖外交上的文件，老百姓们也瞧不见，且糊里糊涂干去。反正老子做的是中国皇帝，不是外国君主，洋人不承认'洪宪'年号，咱们只有变通办理了。"陆征祥摇头说："一个文件，却要发两份，一对外，一对内，这叫什么？"

这且罢了，更让袁世凯难堪的，是这些洋人竟然找到新华宫来了。英国公使朱尔典对袁世凯说："阁下的帝制活动，乃是一场利己主义者发动的纯属虚伪的运动，必然失败！"美国一位外交官对袁世凯说："人民已经背离，阁下除了引退以外，别无他法。"日本公使转达其总理大臣大限重信的话说："阁下如果真心诚意想要中国和平，就应该引退，离开现在的职位，我认为那才是你最好的选择。"袁世凯的美国顾问莫理循对他说："阁下太急于黄袍加身了，你的野心到了疯狂的程度，毁了你自己的前途，也连累了你的国家。如果阁下能够立即发出一道明确的强有力的命令，放弃帝制，并且承担起筹安会以后一切陷国家于内战的活动的责任，就有可能防止更大的危险。"

这都是些什么话？奶奶的，当初教唆老子闹帝制的是你们，今日跳出来责备老子叫老子放弃的又是你们，怎么左右都是你们的理？老子手里几十万北洋大军，还没有施展呢，如何就叫老子放弃？就叫老子引退？这不是比蔡锷的护国军更可恶吗？老子不干！蔡锷小儿只有数千兵马，云南全境只有区区两三万兵马，不信老子灭不了他们！

然而，前线的战事非常糟糕，一个消息比一个消息坏，他每天都在心惊肉跳、焦躁烦乱、恐惧不安中度过。

一月十六日，护国军西路军第一梯团，在燕子坡击溃北洋军伍祥祯部，次日，占领黄果铺，乘胜追击占领安边，进驻川南重镇叙府。伍祥祯旅丢盔卸甲，狼狈逃窜。

一月二十五日，袁世凯命令陈宧，率领北洋军三个混成旅和川军两个师的兵力，全线反击，一定要夺回叙府。双方激战于宗场，四天四夜，北洋军大败，被击毙击伤和堕崖而死者不计其数，袁世凯夺取叙府的企图被完全粉碎。

一月二十七日，贵州护军使刘显世宣布贵州独立，并立即参加护国军在川东和湘西的作战。袁世凯刚刚拨过去三十万元军饷，凭空给护国军增加了给养。

二月一日，护国军第二梯队占领纳溪，川军刘存厚师当即宣布起义，自称护国军四川总司令，向北洋军发动进攻，迅速占领益田坝、月亮岩、与泸州隔江对峙。此时，北洋军张敬尧的第七师、李长泰的第八师和曹锟的第三师相继赶到，护国军蔡锷亲临前线指挥，双方展开激战。张敬尧部伤亡最为惨重，入川时九千人马，激战下来，伤亡过半，仅仅剩下不到四千人，其中吴佩孚旅被杀得尸横遍野，兵士们钻进战壕，不敢抬头，冲天放枪，狼狈已极。

二月五日，护国军右翼军总司令戴戡，开辟第二战线，从遵义出发进攻四川綦江，同时命令王文华率部进入湘西，开辟第三战线。护国军所向披靡，所战皆捷，接连占领綦江、永水、晃县、麻阳、芷江。

就在护国军大举进攻的同时，革命党人也组织了武装起义，他们分别在广东、山东、湖北、湖南开展武装斗争，有力地打击了北洋势力。

三月十四日，梁启超的代表汤觉顿一行抵达广西南宁，谒见广西将军陆荣廷。陆得知梁启超已在赴桂途中。

三月十五日，陆荣廷发表由梁启超代拟的广西独立通电，宣布广西独立。陆荣廷改称广西都督兼两广护国军总司令，并任命梁启超为总参谋。发表由陆荣廷、梁启超联衔的《广西致北京最后通牒电》《广西致各省通电》，提出“大憝不除，国无宁日”的口号，号召各省“迅举义旗，共犁妖窟”。同时命令其子陆裕光率部包围并缴械了征滇军龙觐光、龙运乾的武装，并镇压了龙体乾在云南策动的暴乱。

梁启超策动的广西独立，对整个战局产生了重大影响。它极大地鼓舞了四川前线艰苦作战的护国军士气，也彻底粉碎了袁世凯从东部进攻云贵的战略部署，扩大了反袁战线，增强了反袁声势，瓦解了北洋军的士气。从此，滇、黔、桂、川联成一气，护国战争已形成燎原之势。

中南海丰泽园里的袁世凯惊恐万状，百思不得其解，自己的十几万大军怎么就不是蔡锷六千兵马的对手了呢？为什么梁启超一亮相，陆荣廷这些人就言听计从，跟着他跑了呢？

他召见亲信杨士琦，紧急问计。杨士琦说："贼势已大，臣亦无计可施。"

袁世凯说："前线兵士厌战，诸将屯兵不前，而日索饷械不断，何故？"

杨士琦说："兵士厌战，责不在兵而在将。屯兵不前，是有所观望。臣听说两军阵前，兵士们互有走动，称兄唤弟，将领们也互有信函来往，如此对阵，何言杀伐？"

"可是，这些将领，都是我北洋亲信，他们为什么临敌观望呢？"袁世凯大惑不解。

杨士琦说："这个，属下一时也说不清楚，咱们北洋，谁还能比皇上更有威信？"

袁世凯召见梁士诒，对他说："目前之计，看来只有取消帝制了。"

梁士诒说："帝制取消后，护国军仍不依不饶，不拥戴陛下再任总统，奈何？"

这又是一个新问题，是很有可能发生的，也是最可怕的，袁世凯黯然无语。

直到二十日这天，他收到冯国璋、靳云鹏、汤芗铭、李纯、朱瑞五将军请速取消帝制、惩办祸首、以安人心的密电，才解开了心头迷团。他忽然想起辛亥年北洋军之讨伐革命党，他命荫昌屯兵不前以要挟清室。四川前线的今日，不是当年武昌军前的重演吗？而那个幕后导演者，暗示前方将领消极应敌，以军事威胁控制主子者，已经由他袁世凯改换成了冯国璋了，既利用护国军，又依靠北洋军，两边拉拢，两边利用，他冯国璋意欲何为，不是昭然若揭了吗？

这，难道是天理报应吗？

如同雷轰电殛，袁世凯魂飞天外了。

若只是滇、桂、黔三省反叛，大势尚有可挽，今日是自己最亲信的将领反叛，段祺瑞和冯国璋，北洋军里他的左右两条臂膀，已经不听使唤了，并且还公开反对他的变更国体，这就意味着北洋军的解体……最强有力的统治工具解体了，他的皇权还有希望吗？是一点儿希望都没有了，保不住了。

这天晚上，他手里捏着冯国璋五大将的密电，眼噙泪水，久久不能入睡，他恨恨骂道："狼心狗肺的东西们，老子还没有走到绝路呢，你们就反叛了。段祺瑞、冯国璋不就是也想当总统嘛，汤芗铭们不就是想保住自身嘛，老子要是完蛋了，你们一个个也休想得逞。"恍惚间，他分明看见一颗斗大的巨星从天上掉将下来，那白色的光柱划破夜的长空，留下一道长长的尾巴，转瞬而逝。袁世凯一个骨碌爬起来，绝望地叹道："完了，巨星陨落，我该死了。我袁家历代祖先没有活过五十八岁，我今年五十七岁了，恐怕也难过这一关了……"

第二天早起，他收到康有为的一封电报，康氏写道：“慰亭总统老弟，公起布衣，而更将相，身为中国数千年未有之总统，今又称制改元，衮冕玉玺而临轩，百僚称圣而上奏，已数阅月，亦足自娱矣。今公对清室则近篡位为不顺，对民国则反共和为不信，故致天怒人怨，不佑不助，不吉不利，公之近状，必无幸免矣。然则与其为国人之兵迫而退位，何若公自行高蹈之为宜耶?”

袁世凯羞怒交加，面红耳赤，恨恨自语道：“腐儒以恶言激我退位，老子偏不！没有了权力，老子猪狗不如，市井小儿都可以欺。皇上不做，大总统的位置老子拼死也不会丢的!”

回到新华宫，他立即召开了有国务卿、各部总长、参政院参政、肃政厅肃政史、平政院院长参加的紧急会议，讨论撤销帝制问题。

袁世凯说：“我本不欲称帝，是你们非叫我当皇帝不可，现在南方闹起来了，国家大乱，你们说怎么办?”

众人一听这话，彼此相视，大觉奇怪。这是什么话呀，是你自家闹着要当皇帝，关我等何事呀？现在局面收拾不住啦，又怪罪起别人来啦，这不是不讲理吗？心里不服，嘴巴上谁也没说，都眼睁睁看着他发愣。

见大家没有异议，袁世凯说：“既然大家都不说话，那就是同意撤销帝制啦，下达撤销令吧。”

袁克定忍不住，号啕痛哭，跪伏地下说：“儿臣启奏皇上，帝制实实地取消不得。蔡锷等因为不满帝制，才以独立相要挟，欺凌朝廷；若帝制取消后，仍然不满，又以独立相要挟取消总统怎么办？如此下去，得寸进尺，没有止境，奈何?”

杨度也说：“君主立宪，并没有错。错在蔡锷等叛逆，这些人私欲膨胀，野心弥天，纵是民国，亦要反叛。皇上有数十万北洋军，战争胜负未分，如何就言退位，臣以为帝制撤不得。”

梁士诒、朱启钤等人，都是帝制祸首，担心一旦撤了，必要受到国人惩处，亦随声附和，表示反对。

袁世凯眼噙泪水，掏出冯国璋五将领的电报往他们手里一塞。诸人看过，大惊失色，不复有言。

三月二十二日，袁世凯发表撤销帝制申令。

忙乱了一天的袁世凯，身心交瘁，拖着疲惫的身子回到中南海居仁堂。一进大殿，忽的一声，黑压压五六个人迎面扑过来，抱腿的抱腿，搂腰的搂腰，又哭又叫，乱成一片。待他定睛看时，原来却是老五老六老八老九几个小妾，吃惊道：“你们这是怎么啦，哭闹什么?”

五姨太太哭诉道：“大家都是一样的女人，都是侍侯大人的，怎么就不一样了呢，为何几个姐姐是妃子，我们几个却是嫔子了呢？呜呜呜呜……”

六姨太太亦哭道：“从古至今，哪个皇帝不是三宫六院七十二妃嫔，这才几个呀，怎么就把我们四个搁在下等了？若不能做妃，我就带着孩子回彰德老家去。”

老八老九也随声附和，道：“对，当不上妃子，咱们就回彰德去。”

这时，大姨太太和三姨太太也凑上来，怒视着袁世凯，说：“大人，你那大儿子放出话来了，要是立招儿当太子，他就杀了他，你说怎么办吧？”

大姨太太有恩于袁世凯，在他面前说话气势，又补充一句道：“我把话说头里，我那招儿若是有个三长两短，我就跟你拼命！”

大、三姨太太两个说着，也跟着她们抽抽咽咽地哭。

五姨太太不忿，插言道：“怎么就要立老二，都是亲生骨肉，我们家老六学问品行也不比几个哥哥差！”

大姨太太说：“老五，你也想凑热闹吗？记儿犯浑，是不是你教唆的？”

五姨太太不服，正要分辩，袁世凯顿脚叹道：“别闹啦，帝制已经撤销啦，等我死了，你们跟我的尸首一块回彰德吧。”

一句话，把几个姨太太的哭闹止住了，霎时间变成了惊惶，一张张粉脸也成了黄烧纸，没有了血色。

人民要彻底打倒袁世凯，把他从总统宝座上拉下来，起义接连不断，一个高潮连着一个高潮。

三月三十日，广州潮州、汕头、廉州、钦州宣布独立。

四月四日，肇庆、三水、惠州、高雷宣布独立。

同日，宝壁、江大、江固军舰起义，举起反袁大旗。

四月十日，湘西二十余县宣布独立，并推举程潜为护国军湖南总司令。

四月十二日，浙江宣布独立。

五月一日，两广都司令部成立，岑春煊任都司令，梁启超任都参谋，刘显世、陆荣廷、龙济光、蔡锷、李烈钧、陈炳琨为抚军，领导指挥全国的倒袁运动。

绝不承认袁世凯为总统，迫其下台的舆论声浪同时大起。

唐绍仪斥袁：“撤销承认帝制之令，而仍居总统之职，以为自是可敷衍了事，第在天下人视之，咸以为廉耻道丧，为自来中外历史所无。此次义举，断非武力所可解决，为执事劲敌者，盖在举国之人心，人心已去，万牛莫挽。滋陈唯一良策，则只有请执事以毅力自退。”

汤化龙电袁：“国民今日不能以取消帝制恕公，实为国民历史争一线之人格，非仅感情之冲动也。”

其他社会名流如孙文、黄兴、伍廷芳、谭人凤、张謇、孙洪伊、康有为等，亦纷纷发表宣言，叫袁下台，劝袁多行善事，以求“灵魂安乐”。

原国会议员通电全国，十九省公民发表宣言，滇、黔、桂、粤四省军政府发表宣言，海外侨胞及各团体亦发表通电，众口一词，袁世凯撤销帝制，其罪仍在，总统资格已经消失，乘胜进兵，扫除凶逆，以绝乱种。

但是，袁世凯并不甘心。他请王士珍去找黎元洪、徐世昌、段祺瑞出来收拾残局。黎元洪一言不发，徐世昌回了辉县，只有段祺瑞答应出山，但是他要求撤销政事堂，撤销大元帅统率办事处，建立责任内阁制，由陆军部接管模范团、拱卫军，向他索要政权、军权。袁世凯口头答应，实际坚决不交。

他对梁士诒说：“你给梁启超发电报，告诉他，帝制已经取消啦，大家讲和吧。咱们还是民国，实行责任内阁，不打啦，本大总统一定大开党禁、报禁，言论自由，民主政治……一切仍以原有之名义及现行之各职权，维持全国之现状。”

梁启超回电梁士诒：“再醮之妇，更求归奉宗祧，不徒大悖于理，且亦难以为情。”

袁世凯读毕，羞愧满面，恨不能找一个地缝钻进去。

他寄希望于冯国璋，冯国璋貌合神离，打算以召开南京会议为名，逼袁退位。江西、山西、山东、河南、奉天、吉林、黑龙江、湖南、湖北、福建、直隶、热河、绥远、察哈尔、安徽等十五省和上海市、徐州地区的与会代表，大多数赞成袁世凯下台，但是倪嗣冲、张勋反对，吵成一锅粥，南京会议流产。冯国璋于是宣布保境安民，将自己置身事外，实际是一种变相的逼宫。

他的死党未死。刘冠雄、段芝贵主张用兵，倪嗣冲叫嚷要与护国军兵戎相见，他一面大借外债，筹措军费，一面搜罗喽啰，组织兵力，准备反击，作困兽之斗。

他把扭转战局的希望寄托在湖南将军汤芗铭和四川将军陈宧的身上，这是他的最忠实的两条狗，在这个关键时候，他相信他们一定会赤胆忠心，为他拼死效力。

但是，被湖南人民称为屠夫的汤芗铭，叛变了他。进入五月，湖南的湘乡、邵阳、保靖、新化、衡山、郴县、宜章、资兴、桂阳、汝城、衡阳等地相继独立暴动，湘西镇守使田应诏在凤凰城宣布讨袁。广西护国军进驻零陵，程潜率护国军挺进长沙，长沙变成一座孤城。汤芗铭见大势已去，死硬到底只有死路一条，不得已，宣布湖南独立。

五月二十二日，袁世凯突然接到四川将军陈宧宣布四川独立的通电，其词曰：

“宧以庸愚，治军巴蜀，痛念今日国事，非内部速弭兵争，则外人必坐收渔人之利，亡国痛史，思之寒心。川省当滇、黔兵战之冲，人民所受痛苦极巨，疮痍满目，村落为墟。忧时之彦，爱国之英，皆希望项城早日退位，庶大局可得和平解决。宧既念时局之艰难，又悚于人民之呼吁，几番径电项城请其退位，冀其鉴此忱悃，回易视听，当机立断，解决纠纷。嗣得复电，则以妥筹善后为因循延宕借口，是项城所谓退位云者，绝非出于诚意，或为左右群小所挟持。宧为川民请命，项城虚与委蛇，是项城先自绝于川，宧不得不代表川民与项城告绝，自今日始，四川省与袁氏个人断绝关系。袁氏在任一日，其以政府名义处分川事者，川省皆视为无效……"

读到这里，袁世凯气愤不过，"哎呀"一声晕倒在地，又是一大口黑血"噗"地喷出。众人一阵忙乱，掐人中的掐人中，揉胸口的揉胸口，抢救半天，袁世凯才缓过气来。他面色苍白，双手哆嗦，泪眼瞅着梁士诒说："二庵如此说话……我复何言……某就是喂一条狗，亦不至此……"

从此一病不起。

六月六日，袁世凯病势渐沉，弥留之际，他示意妻妾，把二子克文叫到床前，伸出枯瘦的指头，微微笑着，计算着，说："招儿……洪宪皇帝，八十三天……唉，短命帝王……天不佑我，奈何？……你反对帝制的诗……还记得吗?"

袁克文饮泣点头。

袁世凯说："能给爹吟唱一曲否?"

侍女拿过一把三弦，袁克文弄弦调声，哽咽唏嘘，用京韵大鼓的腔调，唱起了他的诗篇——

乍着微棉强自胜，阴晴向晚未分明。
南回寒雁掩孤月，东去骄风动九城。
驹隙当身争一瞬，蛩声催梦欲三更。
绝岭高处多风雨，莫到琼楼最上层。

唱完了最后一个拖腔，抬起眼来看那袁世凯时，早已经歪头流涎龙驭归西了。

中国近代史上，最大的阴谋家野心家独裁者窃国大盗袁世凯，就这样在全国人民的讨伐声里，在众叛亲离的打击之下，死了，终年五十七岁。

2007 年 2 月—2008 年 7 月于厦门寓所之风雨轩

后 记

有些时候，事情是需要说清楚的，这乃是一种责任；

有些时候，事情是不能说清楚的，这确是一种无奈。

当我接到朋友庞俭克先生的稿约，他准备出版我的这部长篇小说的时候，他同时有话说在前面：“‘前言’就不印了吧，您写一篇‘后记’怎么样？书名恐怕也要改一改，叫《袁世凯》如何？”

我几乎没有思考，马上心领神会，答应道：“好的。就这么办。”

这部长篇历史小说原名叫《洪宪惊梦》，2009 年五月在安徽文艺出版社出版。

2008 年七月，我在厦门大学西村的寓所完成了它。大概距离杀青还有一万多字的时候，我接到这家出版社一编室岑编辑的电话，问我有没有历史小说方面的书稿，我告诉他马上有一部要收笔了。把题目和大概内容简单说了几句。他马上定下来，说他们出，不叫给别家了。因为大家都是朋友，我答应了他。他编到一半的时候打电话给我，说“写得非常好，总编辑赞不绝口”。第二年的春末，样书寄过来了，版式设计、印刷装订等都不赖，我很满意。

这部书，俭克先生后来见到，也喜欢。

他曾经要求我把版权转过去，他们社出新版本。

那次版权的事情没有办成，俭克先生并没有放弃这本书的出版打算。

袁世凯本来可以当中国的华盛顿，流芳百世，结果，他却选择了当秦始皇，落了个遗臭万年。国家蒙难，他自个儿蒙羞，于国于民于自家，都没有好处。听说国内现在有人要给他翻案，怎么翻？那个“洪宪皇帝”是无论如何也翻不过来的。他死的时候只有五十七岁，惊吓而死，也是一个历史悲剧人物，反面角色。

张琳璋于纽约哈得孙河畔寓所

2015 年 12 月 21 日圣诞节前夕